Douglas Jackson

DER HELD ROMS

Historischer Roman

Aus dem Englischen
von Barbara Ostrop

Ullstein

Besuchen Sie uns im Internet:
www.ullstein.de

Deutsche Erstausgabe im Ullstein Taschenbuch
1. Auflage November 2020
© für die deutsche Ausgabe Ullstein Buchverlage GmbH, Berlin
2020
© Douglas Jackson, 2011
First published as *Hero of Rome* by Transworld Publishers
Umschlaggestaltung: zero-media.net, München
Titelabbildung: Gladiator: Arcangel / © COLLABORATION JS;
Rüstung, Armschutz: © FinePic®, München
Karte: © Dr. Helmut W. Pesch
Gesetzt aus der Quadraat Pro powered by pepyrus.com
Druck und Bindearbeiten: CPI books GmbH, Leck
ISBN 978-3-548-06385-0

Für Alison

Historische Anmerkung

Der Held Roms ist ein Roman, doch die Geschichte der zweihundert Soldaten, die aus Londinium entsandt wurden, um die Veteranen in Colonia gegen das Racheheer Boudiccas zu verstärken, wurde von dem Historiker Tacitus in seinen *Annalen* festgehalten.

BRITANNIEN

um 60 n. Chr.

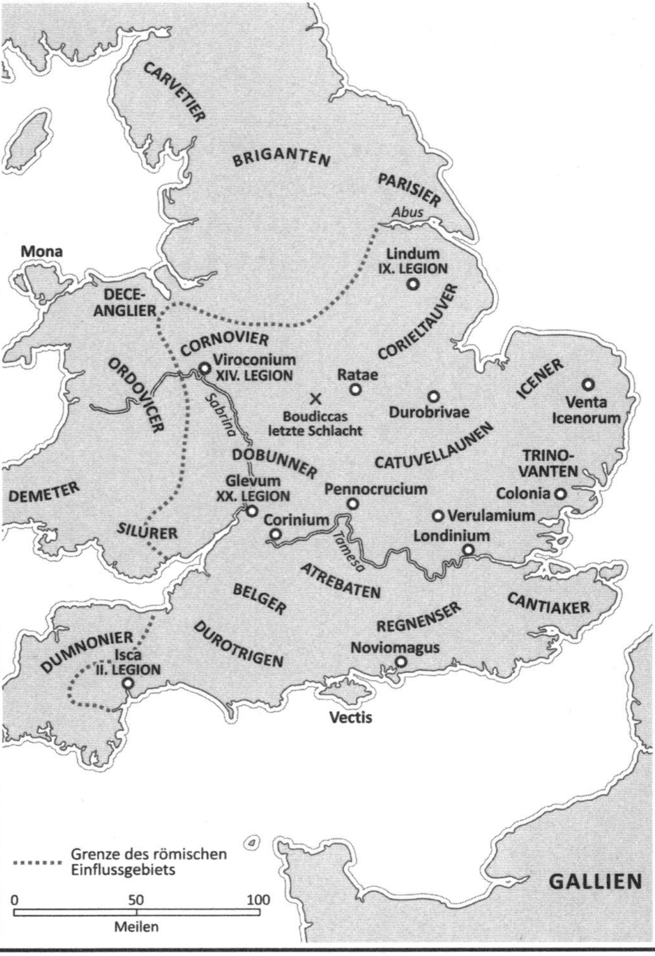

Prolog

Wie die Arme einer Liebenden reckten sich ihm die Flammen entgegen, als er nackt zwischen den beiden Feuern hindurchging. Er spürte ihre warme Liebkosung auf der Haut, wusste aber, dass sie ihn nicht verletzen konnten, denn es waren die Flammen des Taranis, und er war der Diener dieses Gottes. Ein anderer Mann wäre von ihrer Hitze versengt und verkohlt worden, er jedoch blieb unversehrt.

Als er die gegenüberliegende Seite der Halle erreichte, erwartete ihn dort Aymer, der Hohepriester des Kultes, und reichte ihm die Kleidung, die er auf seiner Reise tragen würde. Auch sie war gereinigt und gesegnet worden. Der Druide war uralt, ein Mann wie eine verdorrte Schote, ausgetrocknet und aufgerieben von den langen Jahren der Mühen, des Studiums und der Enthaltsamkeit in den hohen, eichengetäfelten Räumen von Pencerrig. Aber die Lebenskraft war immer noch stark in ihm, und das spürte Gwlym jetzt deutlich. Gleichzeitig nahm er eine Erweiterung seines eigenen Geistes wahr, als der Druide seine milchigen, erblassten Augen auf ihn richtete und ihn mit seinem Blick bannte. Wortlos gab Aymer ihm das Wissen weiter, das ihn zu seinem Ziel führen würde, und er sah den Weg deutlich vor sich. Die schwarzen Berge mit ihren tiefen Schluchten und schmalen Pfaden entlang schäumender Wildwasser in felsigen Bachbetten. Der große Strom mit seinen Wirbeln, tief und dunkel, den er unbeobachtet überqueren musste. Dann, noch gefährlicher, das flache, grüne Weideland mit seinen ausgetretenen Wegen und neugierigen Bewohnern, bevor er schließlich die Zuflucht der Wälder und des fernen Meeres erreichte.

»Es ist vollbracht«, sagte der Priester mit seiner vom Alter brüchigen Stimme. »Die Reinigung ist vollzogen.«

Gwlym kleidete sich rasch an und folgte dem Druiden in die Dunkelheit, wo die Ponys warteten. Auf versteckten Pfaden gingen sie durch die Nacht, bis sie den Rand einer niedrigen Klippe erreichten, von der aus man auf einen schmalen Strand hinunterblickte. Von unten drang das sanfte Zischeln der Wellen herauf, die sich rhythmisch an den Kieseln brachen, und er bemerkte eine schattenhafte Gestalt, die sich an dem fragilen Boot aus Holz und Tierhäuten zu schaffen machte, das ihn hinübertragen würde. Das Licht oder vielmehr dessen Nichtvorhandensein verlieh dem Meer einen dumpfen, bleiernen Silberton, und dahinter erkannte man den noch dunkleren Umriss des Festlands. Zwischen Mona, der heiligen Insel der Druiden, und dem Land der Deceanglier gab es kürzere Wege, aber sie würden zweifellos bewacht sein.

»Sie werden bald hier sein.« Aymers Worte waren kaum zu hören. »Bis dahin musst du deine Aufgabe vollbracht haben.«

Gwlym nickte. Mehr gab es nicht zu sagen. Er begriff, dass er Aymer nach dieser Nacht nie wiedersehen würde. Bald würden die Legionen Roms durch eben diese Bergschluchten marschieren, um das letzte Bollwerk der Druiden zu zerstören und ihre Macht für immer zu brechen. Er spürte einen dumpfen Schmerz des Bedauerns darüber, dass er das Schicksal der Priester, die ihn ausgebildet und sein unablässiges Streben nach Wissen genährt hatten, nicht teilen würde. Aber er hatte seine eigene Mission, und die war sogar noch wichtiger. Denn noch während die Speere der Legionen über Mona hereinbrachen, würde er die lange vernachlässigte Glut des keltischen Stolzes schüren und einen Feuersturm entfachen, der jeden Römer und jeden Römerfreund auf der britischen Insel verzehren würde. Scham, Groll und Demütigung würden seine gefährlichsten Waffen sein. Nach der sechzehn Jahre währenden Erniedrigung durch die Eroberer waren die Stämme reif für einen Aufstand; sie brauchten nicht mehr als einen Funken und einen Anführer. Gwlym würde der Funke sein, den Anführer würden die Götter ihnen geben.

»Trage das Wort weiter. Trage es weit, aber sei vorsichtig. Man darf dich nicht fassen.« Aymer hielt inne, damit Gwlym Zeit hatte, über die finstere Realität hinter seinen letzten Worten nachzudenken. »Rate den Ungestümen zur Geduld. Wenn die Zeit reif ist, werden die Götter ein Zeichen senden: Der Zorn Andrastes wird vom Himmel regnen, und das Volk Britanniens wird sich aus seinen Fesseln erheben und die Eroberer in einem Wirbel von Blut und Feuer aus unserem Land hinwegfegen.«

»Der Zorn Andrastes.« Der junge Mann flüsterte diese Worte vor sich hin, als wären sie ein Gebet. Dann stieg er vorsichtig über die Klippe zum Strand hinunter, ohne sich noch einmal umzusehen.

I

Gab es einen anderen Grund für den Untergang Spartas und Athens als den, dass diese erfolgreichen Kriegsmächte jene, die von ihnen besiegt worden waren, als Fremde zurückwiesen?
Claudius, römischer Kaiser, 48 n. Chr.

Tal der Sabrina, Land der Silurer, September 59 n. Chr.
War bisher wirklich erst so kurze Zeit vergangen? Gaius Valerius Verrens biss die Zähne zusammen und heftete den Blick auf die Augen seines Gegners, aber die Botschaft, falls diese verhangenen Lider überhaupt eine Botschaft übermittelten, war das Gegenteil dessen, was er sehen wollte: Der Drecksack verspottete ihn. Mit einem kräftigen Atemzug sog Valerius den würzigen Kiefernholzduft des frisch abgesägten Baumstumpfs ein, auf dem sein rechter Ellbogen auflag. Gleichzeitig spürte er, wie der brennende Schmerz, der seinen großen Oberarmmuskel peinigte, ein wenig nachließ. Er lenkte diese Erleichterung in seinen Unterarm und an der Innenseite des Handgelenks hinunter bis in die Finger der rechten Hand. Der Zuwachs an Kraft mochte verschwindend gering sein – er nahm ihn selbst kaum wahr –, aber er be-

merkte das winzige Zucken von Crespos Augenbrauen, und so wusste er, dass der Zenturio es ebenfalls gespürt hatte. Die Hand, die die seine gepackt hielt – der Ellbogen lag genau links neben dem seinen auf –, war verhornt, schwielig und so unnachgiebig wie der Ziegel eines Hypokaustums. Finger wie Klauen umklammerten seine Hand mit einer Kraft, die imstande war, Knochen zu brechen, aber Valerius widerstand der Versuchung, dieser Herausforderung auf ebensolche Weise zu begegnen. Stattdessen setzte er seine ganze eigene Kraft dafür ein, Crespos Faust nach links zu drücken; jedes Nachgeben, selbst nur um Haaresbreite, würde ihm genügen. Doch bisher hatte Valerius noch nicht einmal so viel erreicht. Crespo allerdings auch nicht. Bei diesem Gedanken musste er grinsen, und angesichts dieses Anzeichens von Selbstvertrauen jubelte die Schar von Legionären, die sich um den Baumstumpf drängte, ihm ermutigend zu. In der Ersten Kohorte der Zwanzigsten Legion war Armdrücken ein beliebter Sport. Man brauchte nicht mehr als eine ebene Fläche und zwei Männer, die sich messen wollten. Manchmal maßen die Legionäre sich aus Spaß. Manchmal, um Wetten abzuschließen. Und manchmal, weil sie sich gegenseitig nicht ausstehen konnten.

Im Windschatten eines Hügels lag die Erste Kohorte seit sechs Tagen in Silurien im Marschlager. Als zwei Wochen zuvor die Reiterpatrouille nicht zurückgekehrt war, hatte der Legat sofort reagiert. Entschlossene Vergeltung. Dreitausend Mann – fünf Kohorten Legionäre und eine gemischte Einheit von *auxiliares*, Hilfstruppen, aus Fußsoldaten und Reiterei, bestehend aus Galliern und Thrakern – waren hinter ihren Standarten den Fluss Sabrina hinuntermarschiert und dann westwärts in das angrenzende raue Bergland vorgedrungen. Sie hatten die abgeschlagenen behelmten Häupter ihrer Kameraden gefunden, zwanzig an der Zahl, aufgestellt wie zur Markierung eines Wegs. Einige unterwegs aufgelesene, unglückselige Bauern waren verhört worden und hatten sie hergeführt. Sie hatten fünf oder sechs Tage gebraucht, um Graben und Erdwall um den Fuß des felsigen Festungshügels auszuheben, und damit waren die Bewohner der Feste nun vollständig von jeder Hilfe oder einem Fluchtweg abgeschnitten. Wenn die Legionäre nicht gruben, verbrachten sie ihre Zeit mit Wachdienst, Waffenübungen, Exerzieren oder Patrouillengängen, doch während der gelegentlichen Ruhezeiten konnten sie vor ihren ledernen Acht-Mann-Zelten sitzen und das tun, was Soldaten nun einmal machen: die Ausrüstung reparieren und pflegen, den Sold verspielen und über Offiziere meckern. Oder einfach dasitzen und auf den Himmel und den blaugrauen Dunst der fernen Berge schauen.

Valerius konzentrierte sich auf seinen rechten Arm und versuchte, ihn durch schiere Willenskraft stärker zu machen. Unterhalb des kurzen Ärmels seiner Tunika wölbte sich sein kräftiger Bizeps, als wollte er aus der gebräunten Haut herausplatzen, unter der sich ein Geschlängel dunkler Adern abzeichnete. Der Muskel war zur Größe einer kleinen Melone angeschwollen und stand dem von Crespo, der als der stärkste Mann der Kohorte galt, in nichts nach. Der Unterarm war mächtig und lief zum Handgelenk, dessen Sehnen herausstanden wie Baumwurzeln, schmaler zu. Die

Handgelenke der beiden Männer waren mit einem Streifen roten Tuchs fest aneinandergebunden. So konnte keiner von ihnen seinen Griff verrücken und durch einen Trick gewinnen. Aber Valerius wusste, dass Crespo es versuchen würde, denn Crespo war ein Betrüger, ein Lügner und ein Dieb. Außerdem war er allerdings ein hochrangiger Zenturio, was ihn unangreifbar machte. Beinahe.

Valerius hatte mitbekommen, wie Crespo einen der neuen Rekruten, den jungen Quintus aus Ravenna, mit dem knorrigen Rebstock schlug, den er als sein traditionelles Rangabzeichen bei sich trug. Jeder Zenturio züchtigte seine Männer, denn Disziplin war das, was eine Legion zur Legion machte. Doch Crespo verwechselte Disziplin mit Brutalität, oder vielleicht genoss er die Brutalität auch um ihrer selbst willen, denn er hatte Quintus halb totgeprügelt. Als Valerius ihm befahl, damit aufzuhören, hatte Crespo ihn mit seinen ausdruckslosen, eiskalten Augen von Kopf bis Fuß gemustert. Zwischen den beiden Männern gab es schon eine Art Vorgeschichte, doch die bestand eher aus einer instinktiven Wachsamkeit als aus körperlichen Feindseligkeiten. Ihre erste Begegnung hatte der von zwei Hunden geglichen, die auf einem schmalen Pfad aneinander vorbeimüssen: ein Sträuben der Nackenhaare, ein Einschätzen von Stärken und Schwächen, ein kurzes Schnüffeln und dann weiter; auseinander, aber keineswegs vergessen.

Jetzt starrte er aus zwei Fuß Abstand in Crespos Gesicht. Spürte er Unsicherheit? Bei den Göttern, er hoffte es. Das Feuer, das in seiner Ellenbeuge begonnen hatte, wanderte zu seiner Schulter hinauf und bis zu seinem Halsansatz. Einen solchen Schmerz hatte er noch nie erlebt. Crespos wasserhelle Augen starrten ihn aus einem langen, schmalen Gesicht entgegen, das irgendwie blass geblieben war, obgleich die Sonne die meisten Männer walnussbraun färbte. Valerius erkannte ein Muster einzelner Pockennarben auf der Stirn und am Kinn seines Gegners, die auf eine Krankheit in seiner Kindheit deuteten, welche er unglückseligerweise überlebt hatte. Seine Nase war lang und scharf gebogen wie die Klinge der Axt eines Soldaten der Pioniertruppe, und der schmale Mund darunter erinnerte Valerius an das Maul einer Viper. Oh, er war durchaus ein gut aussehender Mann, dieser Crespo. Aber gut aussehend oder nicht, er war die Länge eines Schwertgriffs größer als Valerius, und auch wenn dieser eine breitere Brust und mächtigere Schultern hatte, besaß der Zenturio die drahtige Kraft von fünfzehn Jahren in der Legion. Doch Valerius war auf dem Landgut seines Vaters aufgewachsen, und das hatte ihm seine eigene Kraft verliehen. Und er besaß das Selbstvertrauen, sie zu nutzen.

An Crespos Haaransatz sammelte sich jetzt der erste Schweiß: winzige, nahezu unsichtbare Perlen zwischen den ungepflegten, schwarzen Stoppeln, die der Barbier der Einheit ihm gelassen hatte. Valerius beobachtete fasziniert, wie sie langsam wuchsen, bis zwei oder drei sich zu einem Tropfen vereinigten, der sanft über die Stirn des Zenturios bis zur Nasenwurzel rann. Dort blieb er hängen. Valerius war frustriert. Der Tropfen war ihm wie ein Omen erschienen. Wäre er weitergelaufen, über die gebogene Nase bis zu ihrer Spitze, hätte das mit Sicherheit einen Sieg für ihn, Valerius, vorhergesagt. Jetzt war er sich nicht mehr so sicher. Doch immerhin war es ein Vorzeichen für irgendetwas. Hatten die Klauen ihren Griff gelockert, gab es einen Hinweis, dass die gegnerische Kraft, mochte sie sich auch noch so unerbittlich anfühlen, tatsächlich ihren Höhepunkt überschritten hatte? Oder lockte Crespo ihn in eine Falle? Wiegte er Valerius in dem Glauben, gewonnen zu haben, nur um ihn dann mit einem Energieschub zu überrumpeln, den er sich für den Moment aufgespart hatte, in dem sein Gegner minimal aus dem Gleichgewicht geriet? Nein. Abwarten. Geduld.

»Tribun?«

Valerius erkannte die Stimme, bemühte sich aber, sich durch sie nicht aus der Konzentration bringen zu lassen.

»Tribun Valerius?« Der Tonfall war ein wenig aufdringlicher, als es für einen Doppelsoldmann, der einen römischen Offizier ansprach, angemessen erschien, aber da dieser Doppelsoldmann der Schreiber des Kommandanten der Zwanzigsten war, erschien es Valerius vernünftig, die eventuelle Kränkung zu ignorieren.

»Hast schon genug, hübscher Junge?« Crespos Lippen bewegten sich kaum, als er die Worte zwischen zusammengepressten Zähnen hervorzischte. Der starke sizilianische Akzent war für Valerius' Ohren nicht weniger unangenehm als die Beleidigung.

»Was ist, Soldat?« Valerius wandte sich an den Mann hinter ihm, hielt den Blick aber auf Crespo gerichtet und sprach mit ruhiger Stimme. Die ineinandergeklammerten Fäuste verharrten so reglos, als wären sie aus Stein gemeißelt.

»Du sollst zum Legaten kommen, Herr.« Die Mitteilung löste bei dem Dutzend Legionäre, die sich um den Baumstumpf drängten, ein Stöhnen der Enttäuschung aus. Valerius hätte mit ihnen stöhnen können. Er spürte, dass der Wettkampf zu seinen Gunsten stand. Aber man ließ den Legaten nicht warten.

Das stellte ihn jedoch vor ein Problem: Wie sollte er sich von Crespo lösen, ohne diesem einen Triumph zu gönnen? Er wusste, im selben Moment, in dem er sich entspannte, würde der Zenturio seinen Arm nach unten zwingen und den Sieg für sich beanspruchen. Eine Kleinigkeit, eine winzige Niederlage, die ein Mann leicht ertragen konnte und die nicht mehr kosten würde als ein wenig verletzten Stolz. Aber er war nicht bereit, Crespo auch nur diese Befriedigung zu gewähren. Er dachte ein paar Sekunden nach, die Crespo gestatteten, sich der Vorfreude auf seinen Triumph hinzugeben. Dann stand er, ohne seinen Griff zu lösen, in einer gleitenden Bewegung auf und zog den verblüfften Zenturio mit sich hoch.

Crespo unterdrückte einen Fluch und starrte Valerius an, als der junge Tribun das Tuch um ihre Handgelenke mit der Linken löste. »Das nächste Mal kommst du mir nicht so leicht davon.«

Valerius lachte. »Du hattest deine Chance, Zenturio, und ich habe Besseres zu tun.« Während er sich im Gefolge des Boten durch die grinsende Menge dienstfreier Legionäre schob, hörte er, wie Crespo vor seinen Kumpanen prahlte, den höherrangigen Soldaten, die er sich gewogen machte, indem er ihnen leichte Pflichten zuschanzte: »Alles Schwächlinge. Diese reichen Jungs sind doch alle gleich. Sie sind nur kurze Zeit hier und spielen Soldaten.«

Valerius brauchte zwanzig Minuten, um sich den Schweiß abzuwaschen und seine Uniform über die Tunika und die *braccae* zu ziehen, die wadenlangen Hosen, die die Legionen sich nach dem ersten Winter in Britannien zugelegt hatten. Als Erstes die dunkelrote Übertunika, dann das *cingulum*, den Gürtel mit dem dekorativen Schurz aus metallbesetzten Lederstreifen, der die Lenden schützen sollte, aber in Wirklichkeit nicht einmal eine Gänsefeder aufhalten würde, geschweige denn einen Speer. Sein Bursche half ihm, die lorica segmentata über seine Tunika zu schnallen, den Plattenpanzer, der seine Schultern, seine Brust und seinen Rücken bedeckte und der tatsächlich einen Speer aufhalten würde, aber auch leicht genug war, um ihn bei seinen Bewegungen und im Kampf nicht zu behindern. Der *gladius*, sein Kurzschwert, den er anders als die einfachen Legionäre auf der linken Seite trug, bildete ein angenehmes Gewicht an seinem Oberschenkel. Es wurde mit der rechten Hand gezogen und erzeugte dabei ein melodisches Zischen, von dem sich ihm immer die Nackenhaare aufstellten. Zum Schluss kam der schwere, glänzende Helm mit dem Nackenschutz und den Wangenklappen, gekrönt von einem steifen, scharlachroten Kamm aus Pferdehaar. Er wusste, dass er die Geduld des Legaten auf die Probe stellte, aber Marcus Livius Drusus war ein General nach dem Vorbild des großen Gaius Marius und würde jede Schlamperei bemerken und in Erinnerung behalten.

Als Valerius zufrieden war, marschierte er die kurze Strecke von der Unterkunft, die er mit einem weiteren der sechs Militärtribunen teilte, zu dem Zeltpavillon, der gleichzeitig als Wohnquartier des Kommandanten und als *principia*, als Nervenzentrum der Legion diente. Die Umgebung war beruhigend vertraut: ordentliche, den Einheiten der Zenturien und Kohorten entsprechende Zeltreihen, zwischen denen sich die *via praetoria* bis zu dem Punkt erstreckte, wo sie unmittelbar vor der *principia* von der *via principalis* geschnitten wurde. Dahinter lagen die Vorratslager sowie die Zelte mit den Werkstätten, und dort waren auch die Pferde untergebracht. Glevum, das dauerhafte Hauptquartier der Zwanzigsten, lag vierzig Meilen nordöstlich, aber seit Valerius vor all diesen Monaten als unerfahrener und nervöser Frischling im Hafen des Flusses Tamesa in Britannien eingetroffen war, hatte er mehr Zeit auf Märschen oder unterwegs mit Pioniertrupps verbracht als in der Festung. Marschlager wie dieses, die immer gleich angeordnet waren, waren ihm inzwischen fast vertrauter als die Villa seines Vaters. Von Anfang an war ihm der Dienst im Militär zwar nicht unbedingt leichtgefallen, hatte aber doch einer natürlichen Neigung entsprochen. In jenen frühen Tagen hatte er oft abends nach einem langen Tag der Patrouillengänge erschöpft in seinen Mantel gehüllt dagelegen und über das Schicksal gestaunt, das ihn hierhergebracht hatte, wohin er gehörte. Er wusste instinktiv, dass seine Vorfahren an Romulus' Seite gekämpft hatten, mit Scipio marschiert waren und mit Caesar bei Pharsalus gestanden hatten. Es war da, *in ihm drin*, in jedem Nerv und jeder Faser.

Er erkannte die beiden Legionäre, die vor der *principia* als dauerhafte Angehörige der Leibgarde des Legaten Wache standen. Der Mann zu seiner Rechten zog die Augenbrauen hoch, eine Warnung vor dem Empfang, der ihm vermutlich blühte. Valerius lächelte dankbar und setzte vor dem Eintreten sein ausdrucksloses Soldatengesicht auf. Im hinteren Bereich des Zeltes stand der General zwischen zwei Ordonnanzoffizieren über einen Sandkasten gebeugt. Valerius nahm seinen Helm ab und stand ein paar Sekunden da, bevor er sich laut krachend mit der Faust gegen den Brustpanzer schlug.

»Tribun Gaius Valerius Verrens meldet sich zur Stelle.«

Livius drehte sich langsam zu ihm um. In der Nachmittagshitze war das Innere der *principia* stickig und schwül, dennoch trug er über der vollständigen Uniform noch den schweren, scharlachroten Umhang, der seinen Rang kenntlich machte. Sein von der Wärme aufgedunsenes Patriziergesicht und der fast kahle Schädel hatten inzwischen fast denselben Farbton angenommen.

»Ich hoffe, ich habe dich nicht bei deinen Spielen gestört, Tribun Valerius.« Die Stimme war übertrieben kultiviert, und der Tonfall klang nahezu besorgt. »Vielleicht sollten wir unsere Tribune jeden Morgen mit den gemeinen Soldaten im Schlamm ringen lassen? Es würde deren Moral erheblich heben, könnten sie ihren Offizieren ein paar Beulen beibringen. Vielleicht würden wir sogar einige der Letzteren verlieren, aber Tribune sind ohnehin für fast nichts zu gebrauchen. Ja, es wäre gut für die Moral. Aber ... nicht ... gut ... für ... die ... Disziplin!« Den letzten Satz blaffte er mit aller Giftigkeit heraus, deren Livius fähig war. Valerius fixierte eine abgenutzte Stelle an der Zeltwand hinter der rechten Schulter des Legaten und machte sich auf das unvermeidliche Gewitter gefasst, das ihm bevorstand.

Der Legionskommandant spie seine Worte heraus wie eine Salve von Ballistenbolzen. »Disziplin, Valerius. Nur sie hat es Rom ermöglicht, alle lohnenswerten Gegenden dieser Welt zu erobern und sich den Rest gefügig zu machen. Disziplin. Nicht Mut. Nicht Organisation. Nicht einmal die unermesslichen Reichtümer des Imperiums. Sondern Disziplin. Die Art von Disziplin, die einen Legionär dazu bringt, in seiner Reihe die Stellung zu halten, obwohl neben ihm einer seiner Kameraden nach dem anderen fällt. Die Disziplin, die ihn weiterkämpfen lässt, bis er keinen Tropfen Blut mehr zu geben hat. Genau die Art von Disziplin, die du, Gaius Valerius Verrens, durch dein kindisches Verlangen, Eindruck zu schinden, gefährlich zu schwächen drohst. Denkst du, indem du Crespo herausforderst, machst du dich beliebter? Möchtest du *gemocht* werden? Zeige mir eine Legion, deren Offiziere von ihren Soldaten *gemocht* werden, und ich zeige dir eine Legion, die reif für eine Niederlage ist. Dies ist die Zwanzigste Legion. Dies ist *meine* Legion. Und ich erwarte Disziplin. Das Einzige, was du erreicht hast, Tribun, war die Minderung der Autorität eines Zenturios.«

Dann wurde sein Tonfall übergangslos milder. »Du bist kein schlechter Soldat, Valerius, und eines Tages wirst du vielleicht ein sehr guter werden. Dein Vater hat mich gebeten, dich in meinen Stab aufzunehmen, damit ich dir die militärische Erfahrung vermittle, die du brauchst, um in der Politik Karriere zu machen. Ich bin dieser Verpflichtung nachgekommen, weil unsere Familien seit zehn Generationen auf dem Marsfeld Seite an Seite ihre Stimme abgeben. Aber wenn ich in unserer gemeinsamen Zeit etwas gelernt habe, dann, dass du kein Politiker bist. Schmeichelei und Verstellung liegen nicht in deiner Natur, und du hast auch kein natürliches Verlangen danach, dir jemandes Wohlwollen zu erwerben. Dir fehlt echter Ehrgeiz, der die Voraussetzung dafür wäre, und du bist ehrlich, was definitiv nicht hilfreich ist. Wenn du eine politische Laufbahn einschlägst, wirst du scheitern. Das habe ich deinem Vater bereits gesagt, aber vielleicht war ich dabei übertrieben vorsichtig, denn er sieht dich noch immer eines Tages im Senat. Wie alt bist du jetzt? Zweiundzwanzig? Dreiundzwanzig? In drei Jahren wirst du als *quaestor* auf irgendeinem Misthaufen in der Wüste landen. Zwölf Monate wirst du mit dem Bemühen verbringen, deinen habgierigen Statthalter oder Prokonsul daran zu hindern, die Provinz und ihre Bewohner wie eine Zitrone auszuquetschen.« Valerius war überrascht genug, um die Augen zu senken und dem Blick des Legaten zu begegnen. »Oh ja, Tribun, ich weiß, wovon ich rede. Ich habe jeden *sestertius* gezählt, fassungslos angesichts der Habgier dieses Mannes. Dann habe ich sie erneut gezählt, nur um mich zu vergewissern, dass er nicht schon wieder welche gestohlen hatte. Und danach? Noch einmal ein Jahr in Rom, vielleicht mit einem Amt, vielleicht auch nicht. Zu diesem Zeitpunkt wird sich deine Zukunft entscheiden, und dann liegt der Rest bei dir.«

Valerius sah, dass die beiden Ordonnanzoffiziere noch immer das Modell im Sandkasten betrachteten und sich bemühten, so auszusehen, als hörten sie nicht zu. Der Legat folgte seinem Blick.

»Lasst uns allein.« Die beiden Männer salutierten und begaben sich eilig zur Tür.

»Komm.« Valerius folgte seinem Kommandanten über den Boden aus gestampfter Erde zum Sandkasten. »Der Tag wird kommen, Valerius, an dem deine Soldaten für dich nicht mehr sein werden als Münzen, die du einsetzen kannst. Was wirst du tun, wenn du ihnen den Gang in den Abgrund befehlen musst? Die Wahrheit ist, dass sie nicht deine Freundschaft brauchen, sondern deine Führung. Hier.« Er deutete auf den Sandkasten, der ein genaues Modell des Bergs und der britischen Festung enthielt.

»Herr?«

»Es wird Zeit, das hier zu Ende zu bringen.«

II

Der silurische Stammesfürst blickte von seiner hölzernen Palisade zu den symmetrischen Reihen des römischen Lagers und kämpfte gegen eine ungewohnte Panik an. Er war verwirrt und, ja, auch von Angst erfüllt. Nicht um sich selbst fürchtete er oder um die ungestümen Krieger, die dies hier über ihn gebracht hatten, sondern um die Menschen, die auf der Suche nach einem Zufluchtsort hierhergekommen waren, aber stattdessen der Vernichtung entgegensahen. Innerhalb der Wälle der Festung standen vielleicht hundertfünfzig strohgedeckte Rundhäuser, teils zusammengedrängt im Windschatten der Befestigungen und teils rund um den kleinen Tempel im Zentrum, der dem Gott Teutates geweiht war. Die Bewohner bewirtschafteten die Felder des umliegenden Landes, jagten und fischten und benutzten die Überschüsse zum Handel mit den weniger begünstigten Dörfern in den zerklüfteten Bergen im Westen, deren Stammesfürst er ebenfalls war. Normalerweise bot die Festung weniger als fünfhundert Menschen Raum – heute aber drängten sich alle Krieger, die er hatte sammeln können, und zusätzlich tausend Flüchtlinge zwischen den Hütten und stritten sich um Wasser aus dem einzigen Brunnen.

Der Überfall auf die römische Reiterpatrouille war auf Befehl des Hochkönigs der Silurer ausgeführt worden, der seinerseits ›Anleitung‹ von seinem Druiden erhalten hatte. Dieser wiederum war zweifellos in ähnlicher Weise von den Führern seines Kultes im fernen Mona angeleitet worden. Der Stammesfürst selbst war dagegen gewesen, aber wie konnte er, ein geringes Stammesoberhaupt der Grenzregion, sich seinem König verweigern? So oder so waren seine jungen Männer darauf erpicht, ihren Mut an dem Feind zu erproben, der über ihre Hügel und in ihren Tälern einherzog, als wäre er hier Herr und Meister. Aber der Hochkönig war weit weg von den Belagerern, die jetzt die Festung des Stammesfürsten bedrohten. Ein Stamm würde die Wucht der römischen Rache zu spüren bekommen, und das war der seine.

Er hatte immer vorgehabt zu kämpfen; seine Ehre und seine Machterhaltung hingen davon ab. Aber ursprünglich hatte er beabsichtigt, nach dem Kampf die Flucht zu ergreifen. Es war nicht das erste Mal, dass er eine römische Legion bei den Vorbereitungen auf eine Schlacht beobachtete. Zehn Jahre zuvor hatte er in einem keine drei Tagesritte entfernten Tal neben dem catuvellaunischen Anführer Caratacus gestanden, als die lange Reihe der bunt bemalten Schilde den Fluss überquerte und das große Bündnis der britischen Stämme sich gegen die feindliche Armee warf wie eine Welle, die sich an einer Felsenküste bricht. Er wusste, wozu die Römer fähig waren. Seine Verwunderung hatte begonnen, als die Legionäre zu graben begannen, und als er endlich begriffen hatte, wozu sie das taten, war es für die Flucht zu spät. Jetzt befanden sich seine Leute in einer Festung innerhalb der Festung. Sie saßen in der Falle. Doch erst als die Boten, die er losschickte, um sich nach Bedingungen zu erkundigen und Geiseln anzubieten, nicht zurückkehrten, verwandelte seine Verwunderung sich in Furcht. In der Vergangenheit waren solche Angebote immer akzeptiert worden. Warum es diesmal nicht so war, wurde ihm klar, als die Anführer des Überfalls ihm das Schicksal der römischen Reiter erklärten, und noch klarer, als die Römer ihm die Köpfe seiner beiden Boten per Katapult zurückschickten.

»Vater?« Zunächst reagierte er nicht auf den melodiösen Ruf der hohen Stimme, weil er jedes Quäntchen seines Mutes brauchte und wusste, dass schon der Anblick seiner Tochter seine Entschlossenheit schwächen würde. »Bitte, Vater.« Nun drehte er sich doch um. Gilda stand neben ihrer Mutter: noch halb Kind und halb schon Frau, feuchte Rehaugen unter den zerzausten Fransen von rabenschwarzem Haar. Für einen Augenblick vertrieb die Schönheit der beiden den dunklen Schatten, der seine Stimmung verdüsterte. Aber nur für einen Augenblick. Der Gedanke an das, was ihnen in den nächsten Stunden zustoßen mochte, schnürte ihm die Kehle zusammen, und er erkannte seine eigene Stimme fast selbst nicht mehr.

»Ich habe dir doch gesagt, dass ihr zum Tempel gehen sollt«, wandte er sich an seine Frau, die aus Gründen, die nur eine Frau verstand, ausgerechnet heute ihr bestes graues

Kleid angezogen hatte. »Dort seid ihr in Sicherheit.« Er sah, dass sie ihm nicht glaubte, aber was hätte er ihr sonst sagen sollen? Ein anderer Mann hätte ihr einen Dolch gegeben und sie angewiesen, ihn zu benutzen. Aber diese Art von Mann war er nicht. Er hatte schärfer gesprochen als beabsichtigt, und Gilda warf ihm einen vorwurfsvollen Blick zu, als sie Hand in Hand mit ihrer Mutter wegging. Als er sich erneut der Palisade und den Vorbereitungen der Römer dort unten zuwandte, war sein Blick merkwürdig verschwommen.

Valerius starrte zu der Festung empor, die die flache Kuppe des Bergs krönte. Solche *oppida* der Einheimischen hatte er schon oft gesehen, doch diese hier war bei Weitem die größte und die am geschicktesten angelegte. Er studierte sie sorgfältig, beeindruckt von dem kunstvollen Festungsbau. Angreifer konnten sich den von Palisaden gekrönten Wällen nur von unten nähern, sodass sie den Schleudergeschossen und Speeren der Verteidiger ungeschützt ausgesetzt waren. Er konnte diese Verteidiger jetzt sehen, eine stumme Reihe von Köpfen, die sich als Silhouetten über dem äußeren von drei Befestigungswällen vor dem Himmel abzeichneten. Die ganze von den Wällen umschlossene Anlage nahm eine Fläche ein, die der Größe von zwei Legionslagern entsprach.

Der Legat rief seinen obersten Ingenieur, den er mit seiner Mannschaft von Spezialisten von Glevum hatte kommen lassen, als eine Belagerung unvermeidlich wurde. »Die Festung mag eindrucksvoll aussehen«, knurrte Livius. »Aber sie ist kein Alesia, und ich habe nicht die Geduld des vergöttlichten Julius Caesar. Wie lange dauert es, bis die schweren Waffen fertig sind?«

Der Mann kaute auf seiner Unterlippe herum, doch Livius kannte ihn gut genug, um sich sicher zu sein, dass er die Antwort parat hatte. »Eine Stunde für die Onager und Ballisten und vielleicht zwei weitere für die großen Katapulte. Bei der letzten Flussüberquerung hatten wir ein kleines Problem ...«

»Du hast zwei Stunden, um alles vorzubereiten.« Livius kannte den Ingenieur außerdem gut genug, um sich sicher zu sein, dass der Mann den nötigen Spielraum eingeplant hatte, um die Vorgaben seines Generals erfüllen zu können. »Zwei Onager, zwei Ballisten und ein Katapult zwischen jedem Wachturmpaar.«

Später rief ihn das schwere, hackende Geräusch, das sofort als Abschuss einer Balliste erkennbar war, vor sein Zelt. Er blickte zur Sonne auf, und ein besonders aufmerksamer Beobachter hätte die Andeutung eines Lächelns bemerken können, die über seine strengen Gesichtszüge huschte. Zwei Stunden oder vielleicht sogar etwas weniger. Gut.

»Ein Orientierungsschuss, Herr, und zwanzig Schritt zu kurz«, verkündete der Ingenieur. »Ein verschwendeter Bolzen, aber nächstes Mal liegen wir besser. Mehr Spannung auf das Seil, Männer!«

Valerius eilte zu ihnen und verfolgte, wie der Ballistenführer die Winde bediente und die beiden vorderen Arme der Konstruktion sich merklich zurückbogen, während die Ratsche sich klackend drehte. Im Grunde war die Balliste nichts anderes als ein großer Bogen, der mächtige, fünf Fuß lange Pfeile mit schweren, nadelspitzen Köpfen verschoss. Ein riesiger mechanischer Bogen, der in einen Holzrahmen eingebaut und auf einen Wagen montiert war, um transportabel zu sein. Man nannte die Pfeile ›Schildspalter‹, und er hatte das Zerstörungswerk gesehen, das sie in den feindlichen Schlachtreihen anrichteten. Genauso verheerend würden sie wirken, wenn sie jetzt unter den britischen Kriegern oder in der Schar der Flüchtlinge einschlugen, die die trügerische Sicherheit der Festungswälle aufgesucht hatten. Diese Wälle waren nun von zwanzig Ballisten und derselben Zahl von Onagern umringt, kleinen, Steine werfenden Katapulten. Die Erfahrung sagte ihm, dass die Onager Mühe haben würden, ihre zehn Pfund schweren Geschosse über den inneren Festungswall zu schleudern, aber sie würden auf jeden Fall das Chaos und die Panik noch vergrößern. Für die großen Katapulte würde es keine derartigen Probleme geben. Der fünfzehn Fuß lange Arm konnte einen Steinbrocken von der fünffachen Größe eines Männerkopfs von einer Seite dieses Hügels auf die andere schleudern.

»Waffe bestückt und abschussbereit, Herr.«

Der Ingenieur eilte zum hinteren Ende der Balliste und spähte über die Abschussrampe zur Festung. »Höheneinstellung justieren.«

Der Ballistenführer hob den zentralen Balken der Waffe um eine Raste an und trat zurück, damit der Ingenieur das Ziel erneut überprüfen konnte. Dessen gerunzelter Stirn sah man an, wie ihm die Berechnungen eine nach der anderen durch den Kopf schossen. Schließlich wandte er sich wieder Livius zu. »Auf deinen Befehl, General.«

Der Legat nickte. »Balliste ... Abschuss!«

Vom östlichen Tor seiner Festung vernahm der silurische Stammesfürst einen dumpfen Schlag am Fuß des Hügels und erspürte vor dem Hintergrund des grün-braun gefleckten Hangs eine heranzischende Bewegung. Beinahe gleichzeitig peitschte eine Kraft nahe seiner linken Schulter die Luft auf und rupfte am schweren Stoff seines Umhangs. Unmittelbar darauf hörte er einen Schrei aus dem Inneren der Festung hinter ihm. Er drehte sich um und wusste bereits, welcher Anblick ihn erwartete. Zunächst war er sich nicht sicher, ob es eine einzelne Person war, die sich gequält im Staub wand, oder deren zwei. Sie mussten einander gegenübergestanden haben, als sie getroffen wurden. Mutter und Sohn? Bruder und Schwester? Liebende? Das spielte jetzt keine Rolle mehr. Der Ballistenbolzen, bereits im sinkenden Teil seiner Flugbahn begriffen, war in den Rücken des Mannes eingeschlagen und hatte seine Wirbelsäule durchbohrt. Die Wucht des Schusses hatte den Getroffenen vorwärtsgeschleudert, und die Spitze des fünf Fuß langen Bolzens war in den Unterleib der Frau gedrungen. So wanden die beiden sich nun keuchend und zitternd in einer obszönen Parodie des Liebesakts.

Es hatte angefangen.

Livius bedeutete dem Ingenieur mit einem Nicken, weiterzumachen, und wandte sich Valerius zu. Er musterte den jungen Tribun von Kopf bis Fuß. Ja, der Junge war nicht übel – er machte seinem Vater Ehre, auch wenn der Vater ihm keine Ehre machte. Er war mittelgroß, aber kräftig gebaut. Das rabenschwarze Haar unter dem blank polierten Helm war kurz geschnitten, hinzu kamen eine kantige Kieferpartie und ein wie gemeißelt wirkendes Kinn, das von einem Anflug von Bartstoppeln verschattet war. Ernste Augen von einem tiefen, wasserklaren Grün erwiderten selbstbewusst seinen Blick. Wenn man genauer hinsah, entdeckte man allerdings etwas leicht Verstörendes in diesen Augen, einen Hang zur Gewalt, der einen bestimmten Frauentyp anzog, und in ihren Tiefen verbarg sich zudem eine unnachgiebige Härte, die Valerius zum richtigen Mann für diese Mission machte.

Valerius kannte seine Befehle bereits, aber es schadete nichts, sie ihm noch einmal nachdrücklich zu erläutern. »Rom bringt seine Tribune normalerweise nicht in Gefahr, aber ich habe beschlossen, in deinem Fall eine Ausnahme zu machen. Du greifst in zwei Tagen bei Einsetzen der Morgendämmerung an. Unsere gallischen Hilfstruppen werden am Westtor einen Ablenkungsangriff durchführen. Wenn unsere Feinde sich auf den Kampf eingelassen und auch ihre Reserve dorthin abgezogen haben, greifst du das östliche Tor mit drei Kohorten schwerer Infanterie an – mehr als fünfzehnhundert Mann. Ich habe mir das Osttor genau angesehen. Wenn die Katapulte ihr Werk verrichtet haben, wird es dir keinen großen Widerstand bieten. Vergiss nicht, schlage unerbittlich zu, und höre erst dann auf, wenn kein feindlicher Krieger mehr am Leben ist. Das ist der Preis, den sie für die Ermordung der römischen Soldaten bezahlen. Die Frauen und Kinder nehmen wir als Sklaven gefangen. Wer für einen Marsch zu alt oder zu krank ist … nun, du weißt, was zu tun ist. Für Rom!«

In den nächsten beiden Nächten sah Valerius zu, wie der Beschuss die Verteidigungsanlagen der Aufständischen zertrümmerte. Er hatte gesehen, wozu die Kriegsmaschinen imstande waren – die beiläufige, willkürliche Böswilligkeit, die eine Familie zu blutigen Fetzen zerriss, mit denen allenfalls die Hunde noch etwas anfangen konnten, während der nächsten Schuss ein Dutzend Krieger mit einem Feuerball umfing, der sie in verkohlte, rauchende Zerrbilder der menschlichen Gestalt verwandelte. Es waren natürlich die großen Katapulte, die mit ihren geschleuderten Steinbrocken einen Abschnitt eines Walls oder Tors und jeden dahinter Stehenden vernichteten, während die Brandgeschosse, die nach Pech und Schwefel stanken, Hütten genauso wie lebendige Menschen verzehrten. Der Angriff wurde in Schüben durch die ganze Nacht hindurch fortgesetzt, und dem Einschlag eines jeden Todbringers ging das unverkennbare Geräusch seines Flugs voran: das alles durchdringende, zischende Pfeifen der mächtigen Steinbrocken und das eigentümliche *hup-hup-hup*, mit dem die Feuerbälle durch die Luft wirbelten. Gegen die Furcht einflößende Gewalt der Katapulte wirkten die zahlreicheren Geschosse der kleineren Waffen nahezu kümmerlich, aber auch sie forderten in den dicht gedrängten Reihen der Flüchtlinge ihren Tribut. Vor allem aber rissen sie die todgeweihten Krieger nieder, die herausfordernd hinter den Schutzwällen standen, als könnten Fleisch und Blut allein den römischen Angriff aufhalten.

Valerius versuchte, die Bilder der nackten Knochen zerfetzter Kinder auszublenden, die ihm vors innere Auge traten, und verdrängte den Gedanken an die Schreie der Zerstückelten oder der aufgespießten oder durch Splitter geblendeten Menschen bei der Zertrümmerung der hölzernen Palisaden und der einst mächtigen Tore.

Am Morgen des dritten Tages nahmen die drei Kohorten der Angriffstruppe eine Stunde vor Tagesanbruch im flackernden Fackelschein auf dem Exerzierplatz Aufstellung. Valerius stand stumm in der Mitte des Platzes neben der Adlerstandarte und den Standarten der jeweiligen Einheiten. Sie wurden von den *signiferi* gehalten, den Feldzeichenträgern, deren Rang und Rolle durch ihre Wolfspelzumhänge unterstrichen wurde. Jeder Soldat hatte sich für fünfundzwanzig Jahre bei den Legionen verpflichtet. Als Militärtribun musste Valerius nur sechs Monate Dienst leisten, war aber jetzt bereits sechzehn Monate dabei, weil das soldatische Leben ihm zusagte. Spätestens in weiteren acht Monaten würde man ihn nach Hause schicken. Er blickte sich langsam auf dem Platz um und versuchte, die Stimmung einzuschätzen, aber in der Dunkelheit waren die vom Helm beschatteten Gesichter nicht zu erkennen. *Ich führe eine Armee von Toten.* Der Gedanke war in seinem Kopf, bevor er ihn unterdrücken konnte, und ihn schauderte. War er ein böses Omen? Er machte das Zeichen gegen das Böse und holte tief Luft.

»Ihr kennt mich alle.« Seine feste Stimme hallte über den Exerzierplatz. »Und ihr wisst, dass ich nur deshalb hier bin, weil euer Primus Pilus sich neulich den Fuß verstaucht hat.

Er bedauert seine Abwesenheit, aber nicht so sehr wie ich.« Einige wenige Soldaten lachten über den Scherz, aber nicht viele. Manche von ihnen freuten sich gewiss, dass der gefürchtete oberste Zenturio der Legion nicht da sein würde, um sie den Berg hinaufzuscheuchen, doch den Veteranen war klar, dass das Fehlen seiner Erfahrung manchen Soldaten das Leben kosten konnte. »Das, was wir vorhaben, habt ihr schon Hunderte Male zuvor getan, und auf diesem Hügel gibt es nichts, was ihr fürchten müsstet. Wenn wir vorrücken, marschieren wir schnell und halten vor nichts an. Wer unterwegs verwundet wird, wird zurückgelassen, und das schließt die Offiziere mit ein. Bleibt dicht zusammen, denn je geschlossener unsere Reihen sind, desto sicherer sind wir. Ich bin mit der Ersten Kohorte ganz vorn, und wo ich vorangehe, da werdet ihr folgen. Der Feind wird nicht damit rechnen, dass wir an seine Vordertür klopfen, daher sollte es einfach sein.« Diesmal lachten sie, weil sie wussten, dass es eine Lüge war. Die Berghänge waren zu steil für einen direkten Angriff auf die Befestigungswälle. Schwachstellen waren nur die beiden Tore im Osten und Westen, und der Feind würde sie hinter beiden erwarten. »Wenn wir erst mal durch das Tor sind, haben wir es geschafft«, endete er in entschlossenem Tonfall. »Diese Leute verstehen sich vielleicht aufs Kämpfen, aber nicht aufs Siegen. Wir aber wissen, wie man siegt.«

Sie jubelten ihm zu, und Stolz stieg in ihm auf wie Wasser aus einer Quelle. Er fühlte sich diesen Männern auf eine Weise verbunden, die stärker war als Familienbande; eine Kameradschaft des Geistes, gehärtet in der Hitze der

Schlacht. Sie waren zusammen marschiert und hatten zusammen gekämpft, und es bestand durchaus die Möglichkeit, dass sie bei Sonnenaufgang zusammen sterben würden und ihr Blut sich im Schlamm eines britischen Grabens vermischte. Sie alle wussten, dass einige der Männer, die diesen Hügel hinaufmarschierten, ihn nicht wieder hinuntersteigen würden. Doch dieses Wissen schwächte sie nicht, sondern verlieh ihnen Kraft. Genau das war es, was sie zu dem machte, was sie waren: Soldaten Roms.

Danach gab er jedem Kommandanten einer Einheit einzeln detaillierte Anweisungen und trat schließlich zu Crespo, der die Zweite Kohorte anführen würde. Er fand es schwierig, seine Abneigung gegen diesen Mann zu verbergen, doch die Stunde vor einem Angriff war nicht die Zeit für kleinliche Rivalitäten. Er sah seine blassen Augen im Dunkeln glitzern, doch er konnte nicht deuten, was in ihnen stand.

»Möge dein Gott dich beschützen, Crespo.« Der Zenturio war ein Anhänger des Mithras, und irgendwo im Lager befand sich ein verborgener Schrein, in dem er sicherlich ein Opfer für den Stiertöter gebracht hatte. Es war ein geheimniskrämerischer Kult, aber wer die Initiation überlebt hatte, verdiente Respekt – zumindest für seinen Mut. Soldaten taten gut daran, sich die Gunst der Götter nicht zu verscherzen, aber Valerius betete sie an wie die meisten Männer, indem er gerade genug tat, um sie bei Laune zu halten, und sie anrief, wenn er sie brauchte. »Bleib auf dem Weg nach drinnen dicht hinter uns. Wenn wir am Tor vorbei sind, bindet die Erste den Feind an Ort und Stelle, während du mit der

Zweiten eine Bresche in die Verteidigungsreihen schlägst. Wenn ihr hinter den Feinden seid, macht ihr kehrt, und wir reiben sie zwischen uns auf.« Es war ein guter Plan, doch sein Erfolg hing von vielen verschiedenen Faktoren ab. Valerius hatte bereits gegen die keltischen Krieger des westlichen Britannien gekämpft, und trotz seiner forschen Rede über ihre Schwächen kannte er sie als tapfere Kämpfer, die bereit waren, für die Verteidigung der Ihren zu sterben. Zudem würde ihnen heute gar keine andere Wahl bleiben, da es keine Fluchtmöglichkeit gab.

Er bemerkte, dass der Zenturio unter seinem markanten Helm mit dem gebogenen, querstehenden Kamm finster das Gesicht verzog. »Wir sollen also kämpfen und sterben«, knurrte Crespo, »während ihr euch hinter euren Schilden versteckt, hinterher aber den ganzen Ruhm kassiert?«

Valerius spürte, wie Zorn in ihm aufstieg, doch er schluckte die Worte herunter, die ihm auf der Zunge lagen. Es war sinnlos, sich auf einen Streit mit dem verbitterten Sizilianer einzulassen. »Fürs Sterben werden wir bezahlt, Zenturio«, sagte er und wandte sich ab, bevor Crespo etwas erwidern konnte.

III

Der Geschosshagel setzte aus, und für ein paar Augenblicke wurde das sanfte, trügerische Licht der grauen Morgendämmerung von einer überirdischen Ruhe begleitet, die nur vom Knistern der Brände auf der Hügelkuppe durchbrochen wurde. Valerius, der wartend in vorderster Reihe seiner Männer stand, schloss die Augen und versuchte, die Geräusche zu deuten. Anfangs war da gar nichts. Doch gleich darauf hörte er das gedämpfte Getöse, das den Angriff der Hilfstruppen begleitete. Er hielt die Augen noch ein klein wenig länger geschlossen, um einen letzten Moment der Ruhe zu genießen, und als er sie aufschlug, schoss ein brennender Pfeil im hohen Bogen wie eine Sternschnuppe über den Himmel.

Jetzt!

Er führte die Legionäre im Trab an, und sie folgten ihm in Achterreihen, nach Zenturien geordnet. Links und rechts der Angriffsspitze hatte der Legat eine Schutzmannschaft von Bogenschützen aufgestellt. Als die Sturmtruppe an ihnen vorbeieilte, ließen die Schützen eine Pfeilsalve los, die die Verteidiger vom vordersten der drei Festungswälle wegpflückte. Valerius hatte die letzten beiden Tage mit der Vorbereitung des Angriffs verbracht und jeden Fingerbreit des östlichen Hangs genau in Augenschein genommen. Dabei war ihm etwas aufgefallen, das wie eine Made in seinem Gehirn wühlte. Der scheinbar offensichtlichste Weg zum Tor wies einen offenkundigen Anfang auf, aber kein erkennbares Ende. Natürlich mochte der Weg in die Festung verdeckt liegen, vielleicht in einem Tunnel, doch selbst bei einer Anlage dieser Größe wäre das ein enormer Aufwand für einen sehr geringen Vorteil. Je länger er dies betrachtete, desto weniger gefiel es ihm. Die Anomalität mochte eine vollkommen harmlose Erklärung haben, aber nach Valerius' Erfahrung war im Krieg niemals etwas harmlos. Jetzt traf er seine Entscheidung und wusste dabei, dass der Einsatz bei dieser Wette das Leben seiner Soldaten war. Er führte seine Männer rasch an der Öffnung im ersten Wall vorbei auf eine leicht geneigte Rampe, die parallel zu den Festungswällen verlief. Auch als sie steil anzusteigen begann, folgte er ihr weiter. Dieser Weg brachte die ersten Legionäre in Reichweite der Speere, die von der Palisade des zweiten Walls nach ihnen geschleudert wurden.

»*Testudo* bilden!«

Auf diesen Befehl hin hob jeder Mann der Ersten Zenturie den Schild flach über den Kopf und vereinigte ihn mit dem seiner Nachbarn. Nur wer in der ersten und letzten Reihe und an den Seiten der Formation ging, hielt den Schild weiter vertikal. Das Ergebnis war ein solider Panzer, der die achtzig Männer im Inneren der *testudo* gegen Angriffe von oben nahezu unverwundbar machte. Valerius wusste, dass alle Zenturien der angreifenden Kohorten seinem Beispiel folgen würden. Jetzt verließ er sich ganz auf seinen Instinkt, folgte dem ausgetretenen Weg nach oben und hoffte, dass die Silurer nicht noch weitere falsche Ausgänge oder versteckte Fallen eingerichtet hatten. Ein Dutzend knietiefe Gruben konnten eine *testudo* schneller sprengen, als er brauchte, um sein Schwert zu ziehen. Nein. Eine Festung dieser Größe diente mit Sicherheit auch dem Handel und nicht nur der Zuflucht, und Handel bedeutete, dass der Zugang gangbar sein musste. Wer immer die Verteidigungsanlagen entworfen hatte, musste diesen Kompromiss eingegangen sein.

Seine Brust hob und senkte sich, sein Arm schmerzte vom Hochhalten des schweren Schildes, und der Atem rasselte in seiner Kehle. In dem Brutkasten seines Eisenhelms mit den großen Wangenklappen, die seine Sicht einschränkten, ihn aber nicht vor einem Hieb gegen den Hals schützen würden, lief ihm der Schweiß in die Augen und blendete ihn. Fast ununterbrochen prasselten Speere und Pfeile auf den Panzer der *testudo* nieder wie ein heftiger Regenschauer. Um ihn herum war der Tod, doch noch nie hatte er sich lebendiger gefühlt.

Er dachte an seinen Vater, der mehr oder weniger im Ruhestand in einem hübschen bewaldeten Tal nahe Fidenae auf seinem Landgut vor sich hin moderte und Pläne schmiedete, wie das politische Geschick der Familie wieder zu wenden wäre; Pläne, in deren Zentrum sein Sohn stand. Nächstes Jahr würde Valerius zurückkehren müssen, um seine juristische Tätigkeit wiederaufzunehmen und vor der Basilica

Julia auf Klientenfang zu gehen. Er würde nur kleine Fälle bekommen, die Krumen, die klügere Köpfe ihm ließen. Dabei schätzte er die Juristerei durchaus; einem der berühmten Anwälte dabei zuzuhören, wie dieser Logik und Rhetorik so geschickt handhabe wie ein sieggewohnter *retiarius* Netz und Dreizack, war eine großartige Sache. Doch wenn Valerius selbst vor einem Gericht plädierte, entzündete das keine Flamme in seinem Inneren, wie es bei einem Cicero oder einem Seneca der Fall sein musste. Das schaffte bei ihm nur der Kampf, und ... Das Tor! Sie waren vor dem Tor angelangt!

»Rammbock vor!«

Die Geschosse hatten das Tor in Trümmer zerlegt, doch die Briten hatten aus den geborstenen Brettern und Balken eine improvisierte Barrikade errichtet. Es würde nicht lange dauern, sie aus dem Weg zu räumen, doch es würde den Vormarsch verzögern, und er hatte gesehen, was geschehen konnte, wenn ein Angriff ins Stocken geriet. Der Rammbock befand sich bei der zweiten Zenturie, aber die Legionen übten regelmäßig, die *testudo* unter Beschuss neu zu bilden, und so fügten die Soldaten die großen, rechteckigen Schilde rasch zu einem Tunnel zusammen, der die Bedienungsmannschaft des Rammbocks auf dem Weg nach vorn schützte.

Die meisten Legionäre waren kleine Männer, hart wie Eisen, aber eher sehnig als muskulös. Im Vergleich zu ihnen waren die Soldaten, die den Rammbock der Legion bedienten, Riesen mit breiter Brust; das mussten sie auch sein, um den metallverstärkten Eichenstamm zu schwingen, der ihr

Handwerkszeug war. Trotzdem brauchten sie zu lange, und Valerius hörte das unvermeidliche Krachen und die Schreie. Offensichtlich setzten die Briten die Steinbrocken, die die Katapulte auf sie geschleudert hatten, nun ihrerseits gut ein. Sie warfen diese Steine, die teilweise so viel wie ein kleiner Ochse wogen, auf die *testudines*, die Valerius folgten. Die Schilde boten sicheren Schutz vor leichten Waffen, doch ein großer Steinbrocken riss zwangsläufig eine klaffende Lücke in den Schildwall, und dann fanden Speere und Pfeile die Soldaten, die sich darunter verbargen. Die *testudo* würde sich sehr schnell neu zusammenfügen, doch Valerius wusste, dass hinter ihm Männer starben.

Endlich! Er trat rasch beiseite, um dem Rammbock freie Bahn für sein Werk zu geben. Der schwere Kopf aus gemeißeltem Stein schwang, von der Kraft von zwanzig Männern geführt, vor, um die jämmerliche Blockade zu zerschmettern. Eins. Zwei. Drei. Ja, drei, das würde reichen.

»Erste Kohorte, mir nach. Für Rom!«

Als er sich in Bewegung setzte, um durch die Bresche in der Verteidigungsanlage voranzumarschieren, erhaschte er zwischen den Wangenklappen seines Helms hindurch einen Blick auf eine Reihe zähnefletschender, schnauzbärtiger Gesichter. Ein Regen von brennendem Fett, das links von ihm herabgegossen wurde, spritzte auf sein Bein, und er stieß einen Fluch aus. Jetzt befand er sich im Inneren der Festung, und seine Männer marschierten an ihm vorbei, um die Angriffsfront zu bilden. Er hörte auf zu denken und überließ sich ganz seinen antrainierten Reflexen.

»Vorwärts.«

Die Schilde der ersten und zweiten Zenturie der vordersten Kohorte vereinigten sich mit ihren abgerundeten Ecken zu einem einzigen, soliden Schutzwall, und die Wucht des Angriffs wurde durch die beiden nachrückenden Reihen noch verstärkt. Am äußeren rechten Rand der vordersten Reihe packte Valerius den Holzgriff hinter dem Schildbuckel fester, spannte die Muskeln im Armriemen an und drückte den Rand seines Schildes gegen den des Mannes zu seiner Linken. Er wusste, dass die Männer hinter ihm ihre Schilde flach nach oben ausstrecken würden, um die Frontreihe vor den Speeren und Pfeilen der Verteidiger zu schützen. Die Römer hatten ihren eigenen Speer, das *pilum*, einen vier Fuß langen, am Ende mit Blei beschwerten Eschenschaft mit einer armlangen Spitze aus gehärtetem Eisen. Aber heute führte kein Soldat einen mit sich, weil die Speere lang, schwer und unhandlich waren und den Angriff nur verlangsamt und damit mehr eigene als fremde Verluste zur Folge gehabt hätten. Dies war ein Tag für das Schwert.

Die Wucht des ersten Durchbruchs hatte die Verteidiger ein Dutzend Schritte zurückgetrieben, doch jetzt stürzten sie sich in einer einzigen, heulenden Schar von vier- oder fünfhundert Mann zum Gegenangriff vor. Valerius zuckte zusammen, als ein Pfeil seinen Helm einen Fingerbreit über seinem rechten Auge einkerbte. Während er sich auf die Wucht des keltischen Gegenschlags vorbereitete, suchte er mit dem Blick die Schar der Barbaren nach dem Mann ab, der ihn töten wollte. Es gab immer diesen einen: jene eine Person, die mehr als jeder andere nach deinem Blut lechzte und in deinem Gesicht alles sah, was sie auf der Welt am meisten hasste. Er brauchte einen Moment, weil sein Blick zunächst auf die britischen Recken fiel, auf jene hochgewachsenen Krieger, die noch größer wirkten, als sie ohnehin schon waren, weil sie das Haar mit Kalkwasser zu Stacheln und Hörnern geformt hatten. Sie waren die Elite ihres Stammes und mit langen Eisenschwertern oder Eschenspeeren mit breiter Klinge bewaffnet. Sie kämpften mit nacktem Oberkörper, um ihren Mut zu beweisen, und schmückten ihre Haut mit blauen Tätowierungen, die die Geschichte ihrer Abstammung und ihrer Heldentaten in der Schlacht erzählten.

Doch der Mann, der ihn töten wollte, war keiner dieser Recken. Klein und schmächtig, mit strähnigem, schmutzig blondem Haar, bekleidet mit einem zerlumpten Hemd, wirkte er im Gedränge der Krieger nahezu harmlos, denn er trug weder Schwert noch Speer, sondern nur einen geschwungenen Dolch, dessen Schneide vom vielen Wetzen blau glänzte. Doch seine Augen erzählten eine andere Geschichte. Sie brannten von einer Feindseligkeit, die mehr war als Hass: In ihnen stand das blindwütige Versprechen eines gewaltsamen, schmerzhaften Todes. Das alles erkannte Valerius in der Zeit, die sein Feind brauchte, um einen einzigen Schritt zu tun. Im Nahkampf konnte die geringe Größe des Mannes sich als Vorteil erweisen und machte ihn doppelt gefährlich. Denn die Schlacht wurde oberhalb der Gürtellinie ausgefochten, dieser Kerl aber würde von unten kommen und unter dem großen Schild hindurchschlüpfen. Seine schimmernde Klinge würde er gegen Valerius' ungeschützte Geschlechtsteile richten oder versuchen, ihm die Kniesehne zu durchschneiden. Ein Schauder zog Valerius den Magen zusammen. Ja, der Krieger würde sich auf seine Hoden stürzen. Die gequälten Augen erzählten von einem unerträglichen Verlust. Um ihn zu rächen, musste er denen, die ihn verursacht hatten, Grauenhaftes zufügen.

Ein mächtiges Krachen verkündete, dass die ersten Briten auf das Zentrum des römischen Schildwalls gestoßen waren. Valerius spürte, wie der Aufprall sich bebend entlang der Reihe fortpflanzte, begleitet vom lauten Donnern, mit dem Hunderte von Schwertern auf die bemalten Eichenschilde einschlugen. Es war, als könnten sie durch das Ausradieren des Wappenzeichens der Zwanzigsten, eines angreifenden Keilers, auch die Männer dahinter vernichten. Über den Schildrand hinweg beobachtete Valerius, wie sein besonderer Feind sich ihm auf der äußersten linken Seite der angreifenden Briten näherte. Zur Rechten des Mannes kämpften größere und besser bewaffnete Krieger, doch Valerius' Instinkt sagte ihm, dass die wahre Gefahr bei dem Näherkommenden lag. Als der Mann so dicht bei ihm war, dass Valerius' Schild seine brennenden Augen verdeckte, zählte der Römer seine Herzschläge: *Eins*, sein Gegner musste einen weiteren Schritt gelaufen sein. *Zwei*, der Feind kauerte sich nieder, um sich unter dem Schild hindurchzuwälzen, aufwärts zu stechen und mit der Klinge die große Arterie in der Leiste zu finden. Und *drei*. Mit der ganzen Kraft seiner Schulter stieß Valerius seinen Schild nach vorn und unten, sodass der eiserne Schildbuckel den angreifenden Briten gegen die Nasenwurzel traf. Der Hieb zermalmte das Fleisch zu Brei und trieb seinem Feind die Augäpfel aus den Höhlen und rammte ihm die splitternden Schädelknochen tief ins Gehirn. Nach diesem Schlag fühlte sich Valerius' linker Arm taub an, doch schon fuhr seine rechte Hand vor, und ein blitzartiger Streich des *gladius* riss dem Feind in einem scharlachroten Sprühregen die Kehle auf.

Valerius spürte, wie eine Flamme der Ekstase in ihm auflderte, wie immer, wenn er jemandem das Leben nahm, und er versuchte, dieses Gefühl zum Schweigen zu bringen, weil er sich durch die wilde, primitive Freude beschämt fühlte. Außerhalb der Bruderschaft der Kämpfenden würde er diese Empfindung niemals jemandem enthüllen oder zu erklären versuchen. Nur wer sie selbst erfahren hatte, konnte diese elementarste aller menschlichen Reaktionen auf die grundlegendste menschliche Erfahrung begreifen: Überleben und Töten. Das innere Feuer loderte auf und erlosch gleich darauf, von kalter Berechnung ersetzt. Ein Silurer links von ihm suchte mit seinem Speer die Schwachstelle unterhalb seines Panzers. Er fegte die Waffe mit der beschlagenen Kante des *scutum* beiseite und nahm mit einem Zähnefletschen erneut seinen Platz in der Frontreihe ein, Schild an Schild mit seinem Nachbarn.

Der Atem rasselte in seiner Brust, und er nahm sich einen Augenblick Zeit, auf den Kampflärm zu lauschen, um einzuschätzen, wie die Schlacht stand. Zum ersten Mal fiel ihm jetzt auch der erstickende Gestank auf, der von den brennenden Hütten und Kornspeichern aufstieg und den die Abfallgruben, der Tiermist und die überall verstreuten menschlichen Exkremente verströmten. Die Hauptwucht des britischen Angriffs hatte sich gegen das Zentrum der römischen Reihen entladen, und von dorther konzentrierten sich das ohnmächtige Zorngeheul und die Schreie der Verwundeten und Sterbenden. Vorläufig war Valerius damit zufrieden, dass die Legionäre den Feind in Schach halten konnten. Crespo war gewiss nicht mehr fern.

Valerius hörte den Ruf, auf den er gewartet hatte. »Cornicen!« Der Hornbläser, der sich hinter den Reihen bereitgehalten hatte, tauchte neben ihm auf. Valerius wandte sich an den Mann zu seiner Linken und schrie, um sicherzugehen, dass er im Schlachtlärm verstanden wurde. »Von mir, zehn nach rechts schwenken beim Signal!« Er ließ genug Zeit, damit der Befehl den Schildwall entlang weiterwandern konnte. »Signal geben!« Der Bläser spitzte die Lippen und ließ einen Augenblick verstreichen, bevor er in das gebogene Horn blies.

Das Manöver, das Valerius angeordnet hatte, war kompliziert und nicht ungefährlich, und diesen Befehl würde er nur Männern erteilen, denen er sein Leben anvertrauen konnte. Er sah vor, dass die gesamte römische Linie sich ein Stück um Valerius als Angelpunkt drehte, wie wenn eine Tür sich öffnet. Für den Legionär, der nur zwei oder drei Positionen von seinem Kommandanten entfernt stand, war das einfach, denn er brauchte nur einen halben Schritt vorzutreten. Für den armen Soldaten am äußersten linken Rand der Linie sah das jedoch anders aus, denn er würde, von den beiden Männern hinter ihm unterstützt, seinen Schild mit der Schulter vorschieben und sich zehn Schritte vorwärtsbewegen müssen, und das alles, ohne die Formation aufzubrechen. Zehn Schritte schienen nicht viel zu sein, aber sie konnten den Unterschied zwischen Sieg oder Niederlage ausmachen.

Denn wenn Valerius den Zeitpunkt richtig berechnet hatte, würde nun Crespo mit seinen Zenturien in Keilformation durch die entstandene Lücke vorstoßen. Die Zenturien würden sich wie ein aus Menschen gefügter Rammbock in Form einer Pfeilspitze einen Weg durch die feindlichen Reihen bahnen, die Formation der Verteidiger aufbrechen und sie von hinten in die Zange nehmen.

Als Valerius hörte, wie das Kampfgetümmel an Intensität noch zunahm, wusste er, dass er richtig gehandelt hatte. Er trat zurück und gestattete dem Mann hinter ihm, seinen Platz in der vordersten Reihe einzunehmen. Ein paar Schritte entfernt, boten ihm die Ruinen eines zerstörten Rundhauses einen Aussichtspunkt, von dem aus er die ganze Länge der britischen Festung überblicken konnte. Als er die in Rauch gehüllte Hügelkuppe musterte, sah Valerius, dass Crespo seinen Plan noch verfeinert oder vielleicht auch absichtlich gegen seinen Befehl gehandelt hatte. Zwei seiner achtzig Mann starken Keile waren bis zum Westtor vorgestoßen, und von dort strömten jetzt die Hilfstruppen herein, die den Ablenkungsangriff durchgeführt hatten, und töteten, was ihnen vor die Schwerter kam, ohne die Krieger von den Frauen und Kindern zu unterscheiden, welche laut Befehl des Legaten eigentlich gefangen genommen werden sollten.

Jetzt steckten die Briten, die Valerius gegenübergestanden hatten, in der Falle; Hunderte von Kriegern waren zwischen den beiden römischen Kräften und den Festungswällen eingekesselt. Einige versuchten über den Wall zu klettern, um zu entkommen, doch die Bogenschützen, die am Fuß des Hügels aufgestellt waren, warteten nur darauf. Laute Schreie ertönten aus der Mitte der verbliebenen Krieger, und Valerius wusste, dass sie um Gnade riefen. Doch Gnade würde es nicht geben. Nur den langen Schlaf des römischen Friedens.

Eine römische Legion war eine Tötungsmaschine, und jetzt beobachtete er diese Maschine bei der Arbeit. Kein noch so großer Mut der Silurer würde etwas an dem Ergebnis ändern. In der Enge hatten die Briten kaum Raum, ihre langen, gekrümmten Schwerter zu schwingen, wenn sie es aber taten, verausgabten sie ihre Kraft an den drei Lagen Hartholz, aus denen der Schild eines Legionärs bestand. Mit dem *gladius* sah es anders aus. Die kurzen Schwerter mit den rasiermesserscharfen Klingen schossen zwischen Lücken im Schildwall vor, gruben sich in Bäuche und Lenden, wurden wieder herausgerissen und hinterließen eine klaffende Wunde, die einen Mann den Tod erflehen ließ. Dann schwangen die großen Schilde mit einem Ruck ein Stück vor, und erneut zuckten die Schwerter. Die Legionäre der Ersten Kohorte verrichteten ihr Werk mit einer eingeübten Konzentration, die nicht zwischen Jung und Alt, Tapferen oder Ängstlichen unterschied. Die Kelten waren Bestien, die man abschlachten musste. Anfangs war Valerius fasziniert von diesem absolut disziplinierten Fehlen jeder Menschlichkeit, dem gnadenlosen Rhythmus des Tötens, der die Opfer mit staunendem Entsetzen erfüllte und ihnen den Willen raubte, sich auch nur zu verteidigen. Doch die Faszination verblasste, als die Einzelheiten des Gemetzels sich tiefer in sein Bewusstsein einbrannten. Sobald er spürte, dass eine fragile Barriere in seinem Inneren zu zerbröckeln drohte, drehte er sich um und ging durch das Chaos des Sieges davon.

Überlebende Frauen und Kinder kauerten zwischen den schützenden Überresten der lehmbestrichenen Flechtwerkhütten am Südwall. In ihrer Nähe türmten sich die Leichen der Ältesten, die gerade noch bei ihnen gestanden hatten, zu einem wirren Haufen, in dem noch Gliedmaßen zuckten. Valerius musterte die Gefangenen, aber keine begegnete seinem Blick. Sie erinnerten ihn an Rinder, die zur Schlachtung vorgesehen sind: Sie riechen den verstörenden Blutgeruch derer, die ihnen vorangegangen sind, bleiben aber trotzdem ihrem Schicksal hilflos ausgeliefert.

Unterdessen ging der Kampf um ihn her weiter. Es gab kleine Gefechte mit Gruppen von Kriegern, die das Westtor verteidigt hatten, und einzelnen Briten, die um ihr Leben rannten, verfolgt von Dutzenden von Legionären im Kampfrausch. Die Luft hallte von Schreien wider. Doch etwas stach aus dem Lärm heraus.

Es war der Schrei eines Kindes, ein Schrei schieren Entsetzens.

Er wusste, dass er weghören sollte: Was bedeutete schon das Leben eines weiteren Kindes in diesem Schlachthaus? Aber der Schrei ertönte erneut, und er erkannte, dass er aus einer der wenigen verbliebenen Hütten aufstieg, die weniger als zwanzig Schritte entfernt lag. Neben der zusammengekrümmten Leiche einer Frau in einem zerrissenen, grauen Kleid standen zwei Legionäre mit dem Rücken zu ihm in der Türöffnung. Er lehnte seinen Schild an den Zaun eines Tiergeheges in der Nähe, trat vor und setzte dem näher stehenden Mann die Spitze seines *gladius* an die weiche Stelle unter dem Ohr. Der Legionär erstarrte.

»Erste Kriegsregel, Soldat«, sagte Valerius ruhig. »Wer mit den Gedanken nicht bei der Sache ist, stirbt früh.«

Der zweite Legionär drehte sich mit einem nervösen Grinsen um. Er sah den ersten Soldaten fragend an, doch Valerius schüttelte den Kopf und hielt mit seinem Schwert gerade genug Druck aufrecht, dass der Mann sich nicht traute, etwas zu unternehmen.

»Da drin ist nichts, was du sehen möchtest, Herr.«

»Das sollte ich wohl selbst entscheiden, Soldat. Welcher Zenturie gehört ihr an?«

»Dritte Zenturie, Zweite Kohorte. Wir …«

Ein halb erstickter Schrei der Verzweiflung unterbrach ihn, und Valerius schob sich an dem Mann vorbei in die Hütte. Zunächst konnte er in der Dunkelheit nichts erkennen, doch als seine Augen sich an die Dunkelheit gewöhnt hatten, hörte er ein rhythmisches Stoßen und verfolgte es zu einem verschwommenen, hellen Fleck im hinteren Bereich der Hütte zurück. Bei näherer Besichtigung identifizierte er den Fleck als einen Männerhintern, der sich über etwas, was darunter lag, eifrig hob und senkte. Er versetzte dem Hintern einen kräftigen Tritt, und die Bewegung brach ab. Der Mann wandte den Kopf und starrte zu ihm hinauf. Die wasserhellen Augen hätten auch dem Briten gehören können, den Valerius vorhin getötet hatte. Der einzige Unterschied war, dass Crespo seine Mordlust besser unter Kontrolle hatte.

»Geh, und such dir deine eigene Hure.« Die Stimme des Zenturios war vor Lust verzerrt und enthielt eine deutliche Warnung. Er wandte sich verächtlich ab und begann wieder mit den Hüften zu stoßen, in einer absichtsvollen, brutalen, beinahe gewalttätigen Bewegung. Über seine Schulter hinweg entdeckte Valerius zwei von Entsetzen und Schmerz geweitete Augen. Er dachte an die Schreie von eben und fragte sich, warum das Mädchen – es konnte nicht älter als zwölf sein – jetzt still blieb. Dann bewegte Crespo sich erneut, und Valerius begriff. Während er sein Opfer mit der einen Hand festhielt, hatte der Zenturio dem Mädchen mit der anderen einen Dolch zwischen die Lippen gezwängt, dessen Spitze ihren Gaumen berührte. Er müsste nur sein Gewicht verlagern, und sie wäre tot. Valerius musste beinahe würgen, so heftig erfasste ihn Abscheu. Er drehte sich um, als wolle er weggehen, fuhr dann herum und versetzte Crespo mit aller Gewalt einen Tritt seitlich gegen den Kopf. Der Zenturio wurde von dem Mädchen heruntergeschleudert, während ihm der Dolch aus der Hand wirbelte.

Der Tritt hätte einem schwächeren Mann das Bewusstsein geraubt. Doch Crespo schüttelte nur den Kopf und machte einen Satz durch die Hütte. Es gelang Valerius, dem Angriff teilweise auszuweichen, doch Crespo erwischte ihn mit genügend Wucht, um ihn aus dem Gleichgewicht zu bringen und ihm das Schwert aus der Hand zu prellen. Mit der Faust versetzte er Valerius einen Schlag gegen den linken

Unterkiefer, und der Tribun spürte, wie Finger nach seinen Augen krallten. Er erwiderte den Angriff seinerseits mit einem Boxhieb, der den Zenturio mitten aufs Kinn traf und ihn nach hinten warf, sodass er stolperte und fast gefallen wäre. Als Crespo sich zu Boden krümmte, glaubte Valerius, er sei benommen und außer Gefecht gesetzt, doch dann richtete sich sein Gegner wieder auf, den funkelnden Dolch in der Rechten.

Der Sizilianer zögerte nicht. Er hielt das Messer mit der Spitze nach oben auf Unterleibshöhe und täuschte nach links und rechts an, doch Valerius wusste, dass er es auf den unteren Bauchbereich abgesehen hatte, die ungeschützte Zone unmittelbar unterhalb des Panzers. Er hatte keinen Zweifel, dass Crespo ihn töten wollte, doch der Anblick der Klinge versetzte ihn nicht in Panik. Das war es, was ihn zu einem Soldaten machte. Er wusste instinktiv, dass er schneller war als sein Gegner. Er ließ den Zenturio ganz nah herankommen und wich erst im letzten Moment mit einer Körperdrehung aus, sodass der Dolchstoß an seiner linken Seite abglitt. Die Klinge streifte seine Hüfte, und Valerius durchfuhr ein blitzartiger Schmerz, doch das Opfer hatte sich gelohnt. Mit einem Schwenk um die eigene Achse packte er Crespos Dolcharm mit beiden Händen und nutzte den Schwung des Mannes, um ihn gegen den Mittelpfosten der Hütte zu rammen. Von der Gewalt des Zusammenpralls erbebte das ganze Bauwerk. Das ungeschützte Gesicht des Zenturios bekam den größten Teil des Aufpralls ab, und er taumelte zurück und spuckte Blut. Ein Auge war bereits zugeschwollen, dennoch blieb ihm genug Kraft, um auf Valerius zuzutaumeln. Gab dieser Mann denn nie auf? Der Tribun ließ Crespo zwei wankende Schritte machen, dann trat er vor und rammte ihm den verstärkten Rand seines Helms gegen die Stirn. Der Zenturio ging wie ein mit der Axt gefällter Stier zu Boden.

Valerius hob sein Schwert auf und stellte sich über den dahingestreckten Körper. Er erinnerte sich an das Gefühl der Macht, als er den Briten getötet hatte, und er kämpfte gegen den Drang an, diese Erfahrung zu wiederholen. Es wäre die sauberere Lösung. Crespo war zu allem fähig. Er würde die Schande seiner Niederlage niemals vergeben oder vergessen. Doch der Augenblick ging schnell vorbei, und nun empfand Valerius nur noch eine seltsame Leere.

Ein Schluchzen erregte seine Aufmerksamkeit, und als er sich umdrehte, sah er das Mädchen nackt an der Rückwand der Hütte stehen, eine Hand vor den Mund gelegt, während sie mit der anderen ihr Geschlecht bedeckte. Frisches Blut rann an der Innenseite ihrer Oberschenkel entlang, und Valerius musste wegschauen.

»Ihr da!«, fuhr er die beiden Männer an, die von der Türöffnung aus mit aufgerissenen Augen nach innen starrten. »Bedeckt ihre Blöße, und bringt sie zu den anderen.« Er warf einen letzten, angeekelten Blick auf die Gestalt am Boden, die mit gebrochener Nase lauthals schnarchte. »Wenn er aufwacht, sagt ihm, er soll sich beim Legaten melden.«

IV

»Du bist ein Dummkopf, Valerius. Du hättest ihn töten sollen, dann wäre die Sache erledigt gewesen. Stattdessen belastest du mich mit Ärger, den ich nicht gebrauchen kann, und Schreibkram, für den ich keine Zeit habe.« Valerius stand in Habachtstellung vor dem Schreibtisch des Legaten, genau dort, wo eigentlich Crespo hätte stehen sollen. Der General schob die Lippen vor und machte ein finsteres Gesicht. »Hast du wirklich geglaubt, ich würde Crespo einsperren? Der Mann mag nur ein Zenturio sein, doch er hat mächtige Freunde. Als ich das Kommando über diese Legion übernommen habe, hat mir jeder meiner drei Vorgänger ein Belobigungsschreiben über ihn gegeben. Schau hier!« Er wedelte mit einem Dokument, in dem er gerade gelesen hatte. »Einer von ihnen ist jetzt Konsul, ein anderer Militärberater des Kaisers. Solche Feinde kann ich nicht gebrauchen.«

»Es war eine Vergewaltigung ...«

»Ich weiß, dass du das behauptest, aber wo sind deine Beweise? Die beiden Soldaten, die ihn nach deiner Aussage dabei beobachtet haben, erklären, sie hätten nichts gesehen.«

»Das Mädchen ...«

»Ist tot.«

Valerius erinnerte sich an die hilflos schluchzende Gestalt, die aus der Hütte geführt wurde. Natürlich. Der Legat hatte recht. Er war ein Dummkopf gewesen.

»Selbst wenn das, was du sagst, stimmt – und ich zweifle nicht daran –, möchte ich dich daran erinnern, dass dies eine Strafexpedition ist. Die Männer dieses Stammes haben zwanzig meiner Reiter getötet, und sie haben den Preis dafür bezahlt. Einige würden behaupten, dass der Preis zu gering war und dass Zenturio Crespo die Strafaktion nur auf seine eigene Weise durchgeführt hat. Er mag seine Befehle überschritten haben, aber ich habe zu wenige erfahrene Offiziere, als dass ich mir erlauben könnte, ihn zu verlieren. Tribune kommen und gehen, doch unsere Zenturionen sind das Rückgrat der Legion.«

»Aber das Gesetz!«, protestierte Valerius. »Wir sind hergekommen, um diese Menschen unter den Schutz des Imperiums zu stellen. Wollen wir ihnen diesen Schutz nun verwehren? Wenn wir Crespo gestatten, ungestraft zu tun, was er getan hat, macht uns das zu ebensolchen Barbaren, wie die Kelten es sind.«

Ein Funke von Zorn flammte in den Augen des Legaten auf. »Stelle meine Geduld nicht auf die Probe, Tribun. Du bist nicht nur ein Dummkopf, du bist auch noch naiv. Auf dem Schlachtfeld gilt kein Gesetz. Hebe dir deine edelmütigen Argumente für den Gerichtshof auf. Du redest von Zivilisation, aber ohne Ordnung ist Zivilisation nicht möglich. Wir sind auf diese Insel gekommen, um ihr Ordnung zu bringen, und Ordnung lässt sich nur durch Gewalt schaffen. Rom hat entschieden, dass die Stämme eine Kuh sind, die gemolken werden soll. Wenn wir ihren Königen um den Bart streichen müssen, um dieses Ziel zu erreichen, werden wir es tun. Wenn gute Worte nicht reichen, bin ich bereit, so viele von ihnen über die Klinge springen zu lassen, wie nötig ist, um sicherzustellen, dass die Botschaft gehört und verstanden wird. Wenn du nicht den Mumm dazu hast, dann spuck's aus, und ich schicke dich mit dem nächsten Schiff nach Hause. Es ist wichtig, den Silurern klarzumachen, wer hier das Sagen hat. Der Spähtrupp, den sie aus dem Hinterhalt überfallen haben, war keine normale Patrouille. Zu ihr gehörte ein Metallurge, der direkt aus Rom entsandt worden ist. Irgendwo dort draußen«, mit einer Handbewegung bedeutete er die Berge im Westen, »liegen die Hauptvorkommen des britischen Goldes. Er hatte die Aufgabe, sie zu finden. Stattdessen endete sein Kopf auf einem Pfahl.« Er hielt inne und sah aus dem Zelt zu den Gruppen von Legionären und Hilfstruppen, die damit beschäftigt waren, das Lager abzubauen. »Ich hatte vor, mit unserer Machtdemonstration fortzufahren, aber das kann ich nun nicht mehr. Ich habe den Befehl erhalten, mich nach Glevum zurückzuziehen und Vorbereitungen für einen größeren Feldzug im nächsten Jahr zu treffen. Wir werden auf Mona marschieren.«

Bei diesem Namen schauderte Valerius zusammen. Jeder Römer hatte von der blutgetränkten Insel der Druiden und von den schrecklichen Ritualen gehört, die dort vollzogen wurden.

»Die Druiden stehen im Zentrum jedes Widerstands, dem wir in Britannien begegnen«, fuhr der Legat fort. »Aber wenn die Ernte im nächsten Jahr reif ist, wird es keine Druiden mehr geben. Statthalter Paulinus hat die Absicht, den Rückzugsort der Druiden mit zwei Legionen anzugreifen, darunter die Zwanzigste. Wir werden die Insel von diesem Priester-Ungeziefer und allen Briten säubern, die ihnen nachlaufen, und wenn das abgeschlossen ist, wenden wir uns nach Süden und brechen ein für alle Mal die Macht der Ordovicer und Silurer.«

Er wandte sich Valerius zu und sah ihn an: »Du führst die Erste Kohorte zum Überwintern nach Colonia Claudia Victricensis. Reparaturarbeiten an verschneiten Straßen durchzuführen, ist genau das, was die Leute brauchen, um für die Schlacht bereit zu sein. Lass sie hart arbeiten, und wenn sie nicht arbeiten, trainiere sie hart. Sie sind meine besten Kampftruppen, und du bist mein bester kämpfender Offizier. Enttäusche mich nicht.«

Valerius machte den Mund auf, um Einspruch zu erheben. Colonia, Claudius' »Siegesstadt«, lag hundert Meilen weiter östlich und war der letzte Ort, an dem er postiert sein wollte, während sich die Legion auf einen wichtigen Feldzug vorbereitete. Als die Stadt noch Camulodunum hieß, war sie der Schauplatz der britischen Kapitulation vor dem Kaiser gewesen, und sie war die erste in Britannien gegründete römische Stadt. Allerdings wurde sie von dem neuen Hafen und Verwaltungszentrum in Londinium zunehmend überschattet.

Bevor Valerius ihn unterbrechen konnte, fuhr Livius fort: »In den nächsten Wochen wird Zenturio Crespo nur leichten Dienst tun können.« Bei der Erinnerung an das zerschlagene Gesicht und die wütenden Unschuldsbeteuerungen unterdrückte der Legat ein Lächeln. »Er wird die Haupteinheit nach Glevum begleiten, wo er Aufgaben übernehmen wird, die seiner Stellung und seinem Rang angemessen sind. Unter normalen Umständen würde er bei deiner Rückkehr nach Rom die Erste Kohorte übernehmen, aber das ist vielleicht nicht ideal. Ich denke noch darüber nach.«

Einen Augenblick lang meinte Valerius, sich verhört zu haben: Er war sich sicher gewesen, dass der Sommerfeldzug einen Aufschub für ihn bedeutete. Der Legat las seinen Gesichtsausdruck richtig.

»Oh ja, Valerius, deine Zeit läuft ab. Im Frühling wirst du die Erste nach Glevum zurückführen und dann auf ein Schiff warten, das dich nach Rom bringt. Ich werde es bedauern, dich zu verlieren, mein Junge. Ich habe versucht, dich hierzubehalten, aber es braucht mehr als einen Legaten und eine bevorstehende Schlacht, um etwas zu ändern, was in der Schriftrolle eines Bürokraten vermerkt ist.«

Vier Tage später führte Valerius seine Männer in voller Marschordnung an den hölzernen Befestigungen Londiniums vorbei und lächelte, als er das unterdrückte Murren hinter sich hörte. Die Stadt rief genauso laut nach ihm wie nach seinen Soldaten, doch während die Legionäre die Sirenenklänge der Kneipen und Bordelle entlang des Kais vernahmen, sehnte Valerius sich nur nach seinem ersten richtigen Bad seit drei Monaten.

»Sie sind unzufrieden.« Sein Stellvertreter Julius, ein Veteran mit zwanzig Jahren Erfahrung, der Crespo als obersten Zenturio der Einheit ersetzt hatte, ritt an seiner Seite. Vor der Truppe und an ihren Flanken waren Reiter der Hilfseinheiten als Kundschafter ausgeschwärmt, und hinter den beiden Kommandanten marschierte die Kohorte, nach Zenturien geordnet.

»Sie sind nicht die Einzigen«, stimmte Valerius ihm zu. Die Männer wussten, dass die in der Hügelfestung gefangen genommenen Sklaven jedem einen Monatslohn einbringen würden, und einem Soldaten brannte Geld schnell ein Loch in die Tasche. »Aber wir haben Befehl, auf direktem Wege nach Colonia zu marschieren, und das bedeutet weitere zwei Stunden auf der Straße und nochmals zwei mit der Schaufel, bis wir ausruhen können. Schade; ich hätte Londinium gern einmal wieder besucht. Es überrascht mich, wie schnell die Stadt in einem einzigen Jahr gewachsen ist.«

Julius folgte seinem Blick. Hinter dem hölzernen Palisadenzaun war der Himmel vom Rauch Hunderter Kochfeuer verhangen. Aber Londinium war bereits über die Grenzen hinausgewuchert, die durch die ursprüngliche Anlage des Hafens und der ihn schützenden Festung gesteckt worden waren. Stromaufwärts und stromabwärts säumten neue Gebäude aus Holz und Stein das Ufer des breiten Stroms, der Tamesa genannt wurde. Wo einst nur Weiden wuchsen, standen jetzt die Häuser von Handwerkern und Kaufleuten jeder Art, deren Besitzer von der Aussicht auf Gewinn in die Stadt gelockt worden waren. Vor jedem der drei Tore heftete sich eine Ansiedlung von Hütten und Geschäften an die Ränder der Straße, über die Tag für Tag die Güter eines Weltreichs transportiert wurden. Hier ganz in der Nähe musste Claudius die entscheidende Schlacht geschlagen haben, die die Macht der südlichen Stämme gebrochen hatte. Valerius hatte gehört, dass an jenem Tag fünfzigtausend Kelten gefallen sein sollten, aber er wusste, dass die Zahl übertrieben war. Soldaten blähten ihre Erfolge immer auf, und die Politiker gaben dann noch einmal das Ihre dazu. Aber so oder so war es ein großer Sieg gewesen, ein Triumph für Claudius, der ihn ein weiteres Dutzend Jahre sicher an der Macht gehalten hatte.

Inzwischen war Claudius tot, und der neue Kaiser war Nero, ein Mann, der sogar noch ein Jahr jünger war als Valerius. Neros Mutter Agrippina war erst vor wenigen Monaten gestorben. Valerius hatte Andeutungen gehört, sie sei ermordet worden, aber das war ein Thema, mit dem ein einfacher Tribun sich besser nicht befasste, wenn ihm etwas an seiner Karriere lag.

Die Kohorte war auf der Militärstraße von der silurischen Grenze durch das Gebirgstal bei der Stadt Corinium marschiert und hatte dann den weniger mühsamen Marsch über das sanft gewellte Hügelland angetreten, das von den Atrebaten bewohnt wurde, dem am stärksten latinisierten Stamm der Briten. Militärstraßen waren dazu bestimmt, die Legionen schnell von einem Ort zum anderen zu bringen. Sie bestanden aus einem erhöhten Bett aus Erde und verdichteten Steinen, flankiert von zwei tiefen Gräben. Wenn solche Straßen ihre Greifarme durch das Land schoben, wusste man, dass Rom gekommen war, um zu bleiben. Sie waren die Stricke, die eine besiegte Nation fesselten; Stricke, die zu einer Schlinge werden konnten, wenn die Umstände es erforderten. Auf einer solchen Straße konnte eine Legion im Eilmarsch zwanzig Meilen am Tag zurücklegen, doch Valerius hatte ein gelasseneres Tempo angeschlagen. Nach den Mühen der Einnahme der silurischen Festung hatten die Männer sich etwas Ruhe verdient.

»Du warst mit Claudius hier?«

Julius schüttelte den Kopf. »Nicht mit Claudius. Sondern mit Aulus Plautius. Claudius traf erst ein, als die Hauptschlacht schon geschlagen war. Die Zwanzigste und die Vierzehnte waren die Legionen, die den Zugang über die Brücken erzwangen, aber wenn ich ehrlich sein soll, hat die Zweite den Großteil der Kämpfe bestritten.«

»Ich dachte, die Neunte war auch dabei?«

Julius spuckte aus. »Du kennst doch die Neunte: als Letzte auf dem Schlachtfeld und als Erste wieder im Quartier.«

Valerius grinste. Die Rivalität zwischen der Neunten und der Zwanzigsten war legendär. Wenn sich dienstfreie Soldaten der beiden Legionen in der Taverne begegneten, endete das regelmäßig in einer großen Schlägerei.

Ein Decurio näherte sich und erstattete Meldung, einer der neuen Rekruten der vierten Zenturie habe Mühe, Schritt zu halten. Sein Zenturio bitte um eine kurze Pause, damit der Mann sich erholen könne. Valerius wollte schon einwilligen, da fiel ihm wieder ein, was der Legat vor einigen Tagen zu ihm gesagt hatte. Wollte er von seinen Leuten gemocht werden oder als ihr Anführer dastehen?

Er schüttelte den Kopf. »Ich lasse nicht die ganze Kohorte haltmachen, nur weil ein einzelner Mann nicht mithalten kann. Weise zwei seiner Kameraden an, ihm zu helfen. Sollte das nicht reichen, lassen wir ihn an der nächsten Wegstation zurück. Dort kann er sich ausruhen und uns in seinem eigenen Tempo nach Colonia folgen.«

»Aber ...«, mischte Julius sich ein.

»Ich weiß«, erwiderte Valerius scharf. Wenn sie den Mann ohne schriftliche Befehle zurückließen, würde er Mühe haben, einen Militärposten dazu zu bewegen, ihn zu verpflegen, und könnte sogar der Desertation beschuldigt werden. »Dies ist die Erste Kohorte der Zwanzigsten und keine Jungfrauenparade von Vestalinnen. Wenn er in Colonia ankommt, sorg dafür, dass er zusätzliches Marschtraining bekommt. Was wäre, wenn er auf dem Weg nach Mona irgendwo zurückbleiben würde?«

Julius nickte. Er hatte erlebt, wie Römer in die Hände der Briten gefallen waren. Er erinnerte sich an eine Nacht, als er an einem Flussufer Wache gestanden hatte: Schreie aus der Dunkelheit und eine schreckliche, von Flammen umloderte Gestalt. Und am Morgen hatten sie die schwarz verkohlten Klumpen gefunden, zu denen die Männer geworden waren, die er einmal Freunde genannt hatte.

Sie erreichten den Halt am späten Nachmittag. Die Kundschafter hatten bereits die Lage des Marschlagers der Kohorte markiert. Jeder Legionär übernahm seine Aufgabe, ohne nachzudenken, denn diese Aktion hatten sie schon Tausende Male zuvor durchgeführt. Die Männer hoben Latrinen aus, errichteten Palisaden oder schlugen Zelte auf. Einige Glückliche bildeten Jagdmannschaften, um Hasen oder Rotwild aufzustöbern, mit deren Fleisch sie die monotonen Rationen der Legionäre aufbessern könnten. Seit Tagesanbruch hatten sie nur ein Dutzend Meilen zurückgelegt, doch Valerius war zufrieden. Er wusste, dass sie Colonia in vier Tagen erreichen würden, und er hatte es nicht eilig. Das Einzige, was ihn dort erwartete, dachte er, waren feste Wände in einer Baracke und Langeweile.

Aber da täuschte er sich.

V

Sie näherten sich aus westlicher Richtung auf der von Londinium kommenden Straße und durchschritten dabei eine Lücke in einem der großen Erdwälle, die einmal Cunobelinus' Camulodunum geschützt hatten. Sobald Colonia selbst in den Blick kam, wurde der Ursprung der Stadt klar. Sie stand auf einer niedrigen, oben flachen Anhöhe oberhalb einer Brücke. Eine klassische, leicht zu verteidigende Lage, von der aus das ganze Land im Umkreis beherrschbar war. Früher war die Stadt von einem durchgehenden Befestigungsgraben umgeben gewesen, verstärkt durch einen von einer Palisade gekrönten Erdwall, aber viel davon war inzwischen neuen Gebäuden und Obstgärten gewichen. Im Norden auf der anderen Seite des Flusses stieg das Land zu einer schmalen Bergkette an, die sich über viele Meilen von Ost nach West erstreckte. Früher mussten diese Berge einmal Wildnis gewesen sein, Wald und Moor, doch sie waren durch Dutzende von Bauernhöfen und einige kleine Landhäuser gezähmt worden, die auf dem Berghang verstreut lagen. Am östlichen Ende der Bergkette konnte Valerius in der Ferne den unverkennbaren Umriss eines militärischen Signalturms erkennen.

Die Anlage der Bauernhöfe war nahezu vollständig römisch, weil sie von römischen Bürgern erbaut worden waren. Die Männer, die dieses Land gerodet hatten und bestellten, hatten dieses Recht von Kaiser Claudius erhalten, zu Ehren seines Sieges an der Tamesa. Sie waren Veteranen der vier Legionen, die Britannien erobert hatten. Als sie nach fünfundzwanzig Jahren das Ende ihrer Dienstzeit erreicht hatten, waren sie entweder mit zwanzig *iugera* erstklassigen Landes belohnt worden oder hatten einen Anteil an der Legionsfestung erhalten, die damit zur ersten römischen Kolonie Britanniens geworden war. Im Gegenzug versahen sie ihren Dienst als Miliz und gelobten, das zu verteidigen, was sie als Geschenk erhalten hatten. Das lag acht Jahre zurück, und aus der Ferne sah es so aus, als hätten sie die Zeit gut genutzt.

Hinter den zerfallenen Erdwällen lag das vertraute Straßengitter, das ursprünglich eine Legion beherbergt hatte. Früher einmal waren die Straßen von Zelten gesäumt gewesen, dann von dauerhaften Militärbaracken, doch jetzt drängten sich dort *insulae*, bis zu drei Stockwerke hohe Wohnblocks. Valerius wurde auf eine kleine Gruppe von Soldaten aufmerksam, die sich neben dem westlichen Eingang versammelt hatten. Sie sollten als Ehrenspalier die Kohorte in ihrem vorübergehenden Zuhause willkommen heißen, und er rückte instinktiv den Helm und den Plattenpanzer unter seinem Umhang zurecht. Hinter sich hörte er, wie die Zenturionen und Decurionen Befehl gaben, die Reihen zu schließen. Er lächelte. Natürlich wollten sie vor den Männern einer anderen Einheit Eindruck machen.

Doch als er sich den Legionären am Tor näherte, überkam ihn ein eigenartiges Gefühl. Die Ausrüstung der römischen Soldaten hatte sich in den letzten dreißig Jahren kaum verändert, doch Rüstung und Waffen der zu seiner Begrüßung angetretenen Männer wirkten seltsam veraltet. Und noch etwas stimmte hier nicht: Ein Legionär hatte eine gewisse Haltung, einen aufrechten Rücken und eine Straffheit, die Kraft und Durchhaltevermögen erkennen ließen. Beides schien diesen Männern abzugehen. Je zehn von ihnen standen auf den beiden Straßenseiten unter einem bescheidenen Triumphbogen, der noch nicht ganz fertiggestellt war, und als Valerius auf sie zuritt, trat ein Mann, der den Querkamm eines Zenturios auf dem Helm trug, vor ihm auf die Straße und salutierte.

Valerius zügelte sein Pferd, stieg ab und erwiderte den Gruß. »Tribun Gaius Valerius Verrens, Kommandant der Ersten Kohorte der Zwanzigsten Legion, für den Winter in Colonia stationiert«, verkündete er förmlich.

Der Mann nahm die Schultern zurück. »Marcus Quintus Falco, Primus Pilus der Miliz von Colonia, zu Diensten.«

Valerius bemühte sich, ihn nicht anzustarren. Der Milizionär, der ihm gegenüberstand, sah aus wie kein anderer Soldat, den er je zuvor gesehen hatte. Zunächst einmal war er ein alter Mann, vielleicht schon über fünfzig. Er trug einen gepflegten, grau melierten Bart und hatte einen unübersehbaren Bauch, der sich unter dem häufig geflickten, ärmellosen Kettenhemd über seinen Gürtel wölbte. Sein Helm war von einer Machart, die Valerius nur erkannte, weil er sie auf Altarsteinen gesehen hatte, die den Männern aus Julius Caesars Legionen gewidmet waren – Männern, die diese Helme zuletzt vor hundert Jahren getragen hatten. Der Umhang des Mannes war so oft gewaschen worden, dass das ursprüngliche leuchtende Rot zu einem matten Rosa verblasst war, und das Leder seiner Scheide war an der Spitze durchgescheuert. Jedes Mitglied des Empfangskomitees teilte mehr oder weniger die Unzulänglichkeiten des Kommandanten. Hängende Schultern unter der Last von veralteten, rostigen Panzern. Von Falten durchzogene Gesichter, die unter antiken Helmen hervorsahen. Die Hände, die die Speere hielten, waren geädert und runzlig.

»Deine Kundschafter haben mich heute Morgen informiert, dass ihr auf dem Weg hierher wäret.« Falco beachtete Valerius' verblüfften Blick nicht. »Kein Soldat ist hier willkommener als ein Angehöriger der Zwanzigsten. Wir haben auf dem ehemaligen Stellplatz der Pferde Raum für die Zelte deiner Männer geschaffen, aber wir hoffen, dass du persönlich die Einladung unserer Stadt annimmst und als Gast bei uns unterkommst.«

Valerius wollte schon den Mund öffnen, um abzulehnen, doch bevor er etwas sagen konnte, tauchte Julius neben ihm auf. »Zenturio Julius Crispinus entbietet seinen Gruß«, stieß er heraus, und in seiner Stimme lag eine Hochachtung, die Valerius erstaunte. Julius' Respekt erwarb man nicht so ohne Weiteres. »Wie geht es dir, Primus Pilus?«

Falco blinzelte, ganz auf das Gesicht des neu Hinzugekommenen konzentriert. »Julius? Zenturio? Nein, das kann nicht sein. Ich habe einmal einen Julius gekannt, der nur dazu zu gebrauchen war, die Latrinen zu säubern.« Valerius wartete auf den Zornesausbruch, der dieser Beleidigung unausweichlich folgen musste, doch Julius lachte nur.

»Und ich habe einmal einen Primus Pilus gekannt, der Schultern wie ein Stier hatte und nicht einen Bauch wie ein Ochse.«

Grinsend ergriff Falco den Zenturio am Handgelenk und zog ihn in eine Umarmung, die eher an Vater und Sohn erinnerte als an ein Treffen zweier gleichrangiger Soldaten. »Bei den Göttern, ich freue mich, dich wiederzusehen, Julius. Ein Zenturio, und dazu noch ein richtiger Zenturio!« Er streckte die Hand nach den Ehrenzeichen aus, die auf der Brust des Jüngeren prangten. »Wo hast du dir denn diese *phalerae* verdient?«

Julius murmelte etwas und errötete dabei wie ein Junge. Valerius beschloss, dass er seinen Zenturio besser retten sollte. »Ihr werdet später noch Gelegenheit haben, euer Wiedersehen zu feiern«, schlug er vor. »Ich möchte, dass die Kohorte das Lager aufschlägt und ihre Verpflegung erhält. Julius? Lass dir den Kornspeicher zeigen und organisiere das Wiederauffüllen unserer Vorräte.«

»Jawohl, Herr!«

»Ich kann dich hinführen, Julius. Wenn du nichts dagegen hast, Tribun?«, bot Falco an. »Meine Männer werden dich zum Lagerplatz geleiten. Heute Abend braucht die Zwanzigste nicht zu graben. Die Befestigungen sind vorbereitet und die Latrinen ausgehoben.«

Valerius nickte seinem Stellvertreter zu. »In diesem Fall

geben wir ihnen frei, sobald sie gegessen haben. Nach einer Woche Marsch haben sie so etwas verdient. Drei Stunden Stadtgang sollten reichen. Aber lass alle wissen, dass ich sie bei Einbruch der Dunkelheit zurückerwarte. Sonst ziehe ich ihnen die Haut ab.« Er hielt inne, da ihm frühere Nächte einfielen. »Und ich will, dass sie allein zurückkommen. Wer gegen die Regeln verstößt, muss Wache stehen.«

Falco schüttelte den Kopf. »Hier sind Wachen überflüssig. Meine Männer werden gern Dienst für euch tun. Das hier ist Colonia; in der ganzen Provinz werdet ihr keinen ruhigeren Ort finden.«

»Das mag sein, Zenturio«, antwortete Valerius milde. »Aber die Erste ist meine Kohorte, und keine Kohorte, die mir untersteht, legt sich nachts ohne Wachen schlafen. Auch nicht in Colonia. Und noch nicht einmal, wenn's auf dem Forum in Rom wäre.«

Falco nahm den Verweis mit einem Lächeln hin. »Du beschämst mich, Tribun. Wie du siehst, liegt meine Dienstzeit schon lange zurück. Vor zehn Jahren hätte meine Antwort wohl genauso geklungen. Komm, Julius, wir haben über vieles zu reden.«

Valerius folgte der Ehrengarde unter dem Triumphbogen hindurch und auf den *decumanus maximus*, Colonias Hauptstraße. Sobald sie in der Stadt angelangt waren, warf er einen Blick auf die Umgebung. Die *insulae* hatten weiß verputzte Wände, deren kleine Fenster mit Läden verschlossen waren. Viele der Räume im Erdgeschoss waren mit Geschäften belegt, die Waren anboten, wie man sie überall im Imperium finden konnte: feine Glaswaren und Schmuck, Tuch und Leinenstoffe jeder Farbe und Qualität, *garum*, die Fischsauce, ohne die keine Mahlzeit vollständig war, Obst, darunter sogar Feigen, die aus einer Provinz weit im Osten kommen mussten, und natürlich Amphoren voll Wein, ohne den eine römische Kolonie innerhalb eines einzigen Tages zum Stillstand käme. Verkäufer riefen um die Wette ihre Preise aus, und Kürschner und Töpfer boten ihre Waren feil. Seine Nase wurde vom scharfen Gestank eines Gebereihofs belästigt, und ein starker Uringeruch sagte ihm, dass ganz in der Nähe ein Färber bei der Arbeit war. Alles kündete von einer wohlhabenden, blühenden und gefestigten Gemeinde.

Früher war das Legionslager von einem Legaten geführt worden, aber inzwischen wurden in Colonia die Entscheidungen von einem gewählten Stadtrat getroffen. Eine Menschenmenge säumte die Straße, und Kinder stießen Hochrufe aus, als die Männer vorbeimarschierten. Hinter Valerius warfen sich die Legionäre mit Sicherheit stolz in die Brust, und der Zenturio würde jedem ein Ohr abreißen, der auch nur einen Fuß falsch aufsetzte. Auf seine Art war es ein kleiner Triumphzug, und man durfte ihn als einen solchen genießen. Im Allgemeinen stand die Zivilbevölkerung Soldaten eher skeptisch gegenüber. Man konnte an ihnen verdienen, aber Soldaten bedeuteten auch zusätzliche Mäuler, die gestopft werden mussten, und zusätzliche Steuern, und Zivilisten liebten keine Steuern. In Colonia war es anders. Dies war eine Armeestadt mit den Frauen und Kindern von Veteranen. Sie wussten, wie man mit Soldaten umging. Valerius' Männer mochten nach dem tagelangen Marsch erschöpft sein, aber er spürte ihre Erregung angesichts der Aussicht, die nächste Zeit im Schoß der Zivilisation zu verbringen.

Aber war das hier wirklich die Zivilisation? Sein Blick wanderte erneut zu den Gebäuden, die ihn umgaben, und er stellte fest, dass viele einfach umgewidmete Kasernen waren, die man in Wohnungen aufgeteilt hatte. Selbst die neu errichteten Gebäude ließen erkennen, dass sie in aller Eile hochgezogen worden waren. Er hatte Colonia für ein echtes Beispiel einer römischen Provinzstadt gehalten, aber als er jetzt genauer hinsah, erkannte er, dass es eher eine Karikatur einer solchen war. Hier fehlten die bequeme Gediegenheit und die tiefen Wurzeln, die sich selbst in Gallien oder Hispanien finden ließen. Dieses Gefühl wurde noch stärker, als sie links auf die ehemalige *via principalis* einbogen und am Forum und der *curia* vorbeimarschierten, die nichts anderes als das umgebaute und mit einem zusätzlichen Stockwerk versehene ehemalige Hauptquartier der Legion war. Hier hatten sich die mit Togen bekleideten Ältesten auf der Treppe versammelt, doch Valerius hielt den Kopf nach vorn gerichtet und warf im Vorbeimarschieren nur einen heimlichen Blick auf die Gruppe. Dem Protokoll musste Folge geleistet werden. Als Erstes würde er für die Unterbringung seiner Männer sorgen. Und dann auf die Einladung warten, die zur gegebenen Zeit mit Sicherheit kommen würde.

Falco hatte Wort gehalten. Die Zeltreihen waren mit symmetrischer Präzision angelegt, und es würde nur einige wenige Minuten dauern, die Zelte zu errichten. Heute brauchten sie keine Gräben auszuheben. Und hier war auch der Außenwall noch unangetastet, wahrscheinlich weil das

Gelände noch nicht zur Bebauung freigegeben worden war. Der alte Soldat hatte recht; sie waren hier ebenso sicher, wie sie es in der Festung von Glevum gewesen wären. Trotzdem würde er heute Nacht und in jeder folgenden Nacht Wachen aufstellen. Die Zivilisation konnte einen Soldaten weich machen, und das würde er nicht zulassen. Angesichts dessen, was sie im Frühjahr erwartete, mussten die Soldaten gut in Form sein. Und dafür würde er sorgen, das hatte er sich geschworen.

Hinter dem flachen, festgetretenen Boden des Lagerplatzes lag eine halbkreisförmige Anlage, die das Theater der Stadt sein musste. Und wiederum dahinter ragte etwas auf, das man nur bestaunen konnte.

Der Tempel des Claudius.

Natürlich hatte er gehört, wie großartig dieser Tempel sein sollte, aber nichts hatte ihn auf die Wirklichkeit vorbereitet. Er war gewiss das prächtigste Bauwerk Britanniens. Das aus weißem Marmor errichtete Gebäude, das zudem im blassen Licht des frühen Herbstnachmittags wie ein Leuchtturm erstrahlte, ließ alles um sich her zwergenhaft klein erscheinen. Breite kannelierte Säulen von fünf- oder sechsfacher Mannshöhe trugen einen riesigen dreieckigen Giebel, geschmückt mit einem Marmorfries, das einen Stier zeigte, der zum Opferplatz geführt wird, sowie Kaiser Claudius auf einem Streitwagen. An den vier Ecken des Satteldachs ragten Goldstatuen der geflügelten Victoria auf. Der Tempel stand im Zentrum eines ummauerten Hofs von vielleicht hundertfünfzig Schritt Länge, dessen Eingang sich in der Mitte der südlichen Umfassungsmauer öffnete, die ein

Stück von der Hauptstraße zurückgesetzt lag. Um den Tempelbezirk herum gab es nur Baugrundstücke und Gemüsegärten, doch der Mangel eines jeglichen Vergleichsmaßstabs betonte nur noch die gewaltige Größe des Gebäudes.

Fasziniert überließ es Valerius seinen Offizieren, das Stabszelt der Kohorte aufzuschlagen, und ging zur Schmalseite des Tempelbezirks, um sich alles genauer anzuschauen. Hier war die Mauer niedriger, und er konnte das riesige Gebäude als Ganzes betrachten. Man hatte ihn gelehrt, die ausgewogene Symmetrie und vollendete Form großer Architektur zu bewundern, und im Tempel des vergöttlichten Claudius fand er dergleichen an einem Ort vor, an dem er es niemals erwartet hätte.

»Ein Meisterwerk, nicht wahr?« Als er sich umdrehte, sah er sich einem hochgewachsenen Mann mit schütterem Haar in einer strahlend weißen Toga gegenüber. Dieser musterte ihn mit einer gewissen Selbstzufriedenheit. »Der Kaiser hat eigens einen Architekten aus Rom geschickt, um den Bau zu leiten, und jede Unze Marmor wurde aus den Steinbrüchen von Carrara hergeschafft. Der Bauplan ist ähnlich wie bei den Tempeln von Nemausus und Lugdunum in Gallien, er ist größer als der erstgenannte aber geringfügig kleiner als der zweite. – Tiberius Petronius Victor, *quaestor* und Berater des Stadtrats«, stellte er sich vor.

Valerius lächelte, um zu zeigen, dass er beeindruckt war, doch etwas in der Stimme des Mannes – eine gewisse unangebrachte Arroganz – irritierte ihn. Mit Stolz kannte er sich aus, aber es war so, als wollte Petronius ihm das Gefühl vermitteln, er hätte persönlich jeden einzelnen Stein gelegt.

»Tribun Gaius Valerius Verrens von der Zwanzigsten. Ich führe die Erste Kohorte. Wir werden im Winter hier stationiert sein.«

Petronius lächelte nun seinerseits und zeigte dabei einen Mund voll weißer Zähne, die so unnatürlich vollkommen waren, dass sie einem anderen, weit jüngeren Mann hätten gehören können. »Ich wusste natürlich von eurer Ankunft. Ich selbst habe beim Stab der Zweiten gedient.« Er sprach diese Worte mit einem gewissen Tonfall aus, der Valerius deutlich machen sollte, dass ihr Status als Angehörige des Ritterstandes ungefähr gleichrangig war. Gleichzeitig tauchte damit jedoch eine interessante Frage auf. Normalerweise diente ein *quaestor* zwei Jahre lang im Stab eines Prokurators, doch Petronius erweckte den Eindruck, ein dauerhaftes Mitglied der städtischen Bürokratie zu sein. »Wir haben hier viel zu tun, wie du siehst. Colonia sollte der Stolz Roms sein, doch wir haben gerade erst angefangen. Zunächst wurden wir ermutigt, ehrgeizig zu sein, vielleicht zu sehr. Projekte wurden begonnen, aber niemals richtig zu Ende geführt, öffentliche Gebäude in Auftrag gegeben, aber nie gebaut. Die Veteranen«, sein Tonfall machte deutlich, dass er nicht zu ihnen gerechnet werden wollte, »zogen es vor, ihr Geld und ihre Zeit für ihr Land aufzuwenden. Trotzdem hätten wir Erfolg haben können, wenn nicht der Tempel ...«

Als der Kaiser den Bau des Tempels befohlen hatte, der seinen Namen tragen würde, musste natürlich jeder verfügbare *sestertius*, *denarius* und *aureus* dafür aufgewendet werden. Solche Gelder konnten gewiss auch umgewidmet werden, doch Valerius las darin ein unausgesprochenes Eingeständnis, dass dafür ein mutigerer Mann als Petronius vonnöten gewesen wäre.

»Und doch ist er, wie du ja sagtest, ein Meisterwerk«, bemerkte er höflich.

Petronius lächelte angespannt. »Du bist eingeladen, uns morgen zur achten Stunde in der Banketthalle des Tempelbezirks Gesellschaft zu leisten.« Er deutete auf eine Tür in der Ostmauer.

Valerius nickte. »Ich komme gern.«

»Wann sind deine Männer so weit, dass sie hier mit der Arbeit anfangen können? Wie schon gesagt, gibt es hier viel zu tun, und bald setzt der Regen ein.«

Valerius begriff, dass Petronius erwartete, seine Legionäre würden Bauarbeiten in Colonia selbst ausführen, und hätte fast gelacht. »Tut mir leid, *quaestor*«, sagte er und ließ zu, dass seine Stimme leicht verärgert klang. »Meine Männer sind Soldaten, keine Maurer. Sie führen Militärprojekte aus. Wir haben den Auftrag, die Straßen und Brücken nördlich von hier zu reparieren.« Mit einem knappen Nicken und einem letzten Blick auf den Tempel wandte er sich um und ging zu seinen Männern zurück.

VI

Drei Stunden später wankte Julius ins Verwaltungszelt der Kohorte und traf dort Valerius an, der mit einer Schreibtafel vor sich und einem *stylus* in der Hand im Lampenschein an seinem klappbaren Schreibtisch saß.

»Ich bitte um Entschuldigung, Tribun. Ich meinte zu verstehen, dass du in der Stadt übernachtest. Hätte ich gewusst ...«

Valerius blickte auf. »Du brauchst dich nicht zu entschuldigen, Julius. Genau das hatte ich auch vor, aber ich wollte erst sehen, dass die Männer gut untergebracht sind. Dann bin ich zum Lager der Hilfstruppen im Südosten geritten, um dort die *ala* der Reiterei aufzusuchen. Es sind Thraker, die schon seit dem Einmarsch hier sind, und ihr Präfekt ist ein sehr gewissenhafter junger Mann – Bela, Sohn eines ihrer Stammesfürsten. Seine Leute haben mir einige haarsträubende Reiterkunststücke gezeigt. Morgen ist noch Zeit genug, meine Unterkunft aufzusuchen. Heute Nacht bin ich hier im Zelt gut aufgehoben.«

»Falco ...«

»Falco ist ein ungewöhnlicher Offizier.«

»Ein guter Offizier. Der beste.«

Valerius akzeptierte die unausgesprochene Zurechtweisung. »Man sagte mir, dass ihm dreitausend Mann unterstehen?«

Julius schüttelte den Kopf. »Vielleicht nominell, aber er nennt eine Zahl, die eher bei zweitausend liegt. Allerdings zweitausend Veteranen, die einmal zu den Besten der Legionen gehörten. Die Miliz von Colonia. Sie sehen nicht aus wie richtige Soldaten, das gebe ich zu. Aber das macht sie nicht zu schlechten Soldaten. Ich habe mit vielen von ihnen gedient. Solange sie gehen und ein Schwert halten können, können sie auch kämpfen.«

»Solange man nicht von ihnen verlangt, weit zu gehen.«

Julius lachte. »Ja, ich würde sie ungern viel weiter als eine Meile marschieren lassen. Aber ich behaupte, dass sie immer noch gut sind und dass sie eine Stellung halten können. Du wirst sehen.«

»Ich werde sehen?«

»Er – Falco – bittet dich um eine Inspektion. Er lässt seine Leute am Samstag auf dem alten Reitübungsplatz am Fluss eine Parade abhalten. Willigst du ein, Herr?« In Julius' Stimme schwang etwas Bittendes mit, und Valerius begriff, dass Falco eine Gelegenheit suchte, sich und seine Männer zu beweisen. Der Samstag lag noch fünf Tage entfernt: genug Zeit, die Panzer zu polieren und die Schwerter zu schleifen.

»Natürlich. Wie war er … als Offizier?«

»Ein totales Arschloch.« Julius lachte erneut. »Aber das

härteste, kampftüchtigste Arschloch in der ganzen römischen Armee. Du hättest ihn gemocht.«

»Ich denke, ich mag ihn auch jetzt.«

»Inzwischen ist er Weinhändler. Und reich. Er importiert Faustianum-Weine aus Falernia und verkauft sie an britische Aristokraten und Legionärsmessen im Süden. Es ist gut, ihn zu kennen.« Die Worte kamen ein wenig verwaschen heraus, und es war klar, dass Julius die Ware seines alten Freundes gekostet hatte, während sie in Erinnerungen an alte Zeiten schwelgten.

»Du solltest schlafen gehen, Julius. Ich möchte, dass die Männer bei Tagesanbruch wie üblich für eine vollständige Inspektion bereitstehen. Anschließend lassen wir sie exerzieren. Es gibt keinen Grund, dem guten Falco und seiner Miliz nicht in den nächsten Tagen etwas zum Nachdenken zu geben. Es wird ihnen guttun, echte Soldaten schwitzen zu sehen.«

Julius gähnte. »Du hast recht. Vielleicht habe ich es mit den erlesenen Tropfen ein bisschen übertrieben.« Er wandte sich zum Gehen. »Oh, fast hätte ich es vergessen. Du bist morgen zu einem Abendessen im Tempel eingeladen. Anscheinend möchte der Stadtrat dich unbedingt kennenlernen.«

»Ich weiß. Genau das, was ich brauche: vier Stunden langweiliger Provinzklatsch und am nächsten Morgen Kopfschmerzen. Lieber würde ich eine weitere Hügelfestung erstürmen.«

Der Zenturio lächelte. »Ausnahmsweise bin ich einmal

froh, nicht deine gesellschaftlichen Vorteile zu genießen. Gute Nacht.«

Valerius stand vor Tagesanbruch auf. Er bemerkte eine unvertraute Kälte in der Luft, die auf mehr als Herbst verwies, und fröstelte beim Waschen und Anziehen. Als er das Zelt verließ, hatten sich die Männer bereits in ihren Zeltgemeinschaften und Zenturien auf dem Exerzierplatz aufgestellt. Achthundert Legionäre, fünf Zenturien von doppelter Stärke statt der üblichen sechs einfachen, da dies die Erste Kohorte war. Hier bestanden alle Zenturien aus zwanzig achtköpfigen Zeltgemeinschaften und bildeten die Elite der Legion. Sie waren die Sturmtruppe, die dorthin ging, wo die Gefahr am größten war und der Kampf am heißesten tobte.

Er betrachtete die Männer lange. Marius' Maultiere nannten sie sich, nach dem legendären Feldherrn und Heeresreformer Gaius Marius. Sie waren hager und zäh: Die meisten waren nur von mittlerer Größe, jedoch stark und robust. Wenn nötig, konnten sie zwanzig Meilen am Tag marschieren, dabei ihre sechzig Pfund schwere Ausrüstung samt Essensrationen und Waffen tragen, und waren anschließend innerhalb einer Stunde kampfbereit.

Doch bei näherer Inspektion war die Erste nicht ganz die vollkommene Kampfmaschine, als die sie auf den ersten Blick erschien. Er schritt mit Julius an seiner Seite die Reihen ab, zog an Riemen, um sicherzugehen, dass der Panzer fest saß, und deutete gelegentlich auf einen Makel an einer Waffe oder einem Ausrüstungsgegenstand. Nicht, dass es dafür viel Gelegenheit gegeben hätte. Wie üblich war das

Äußere der Soldaten beispielhaft. Ihm war klar, wie schwierig es war, Waffen im feuchten britischen Klima glänzend zu halten, und er wusste, dass Leder hier ständiger Pflege bedurfte, damit es nicht verrottete. Nein, die Legionäre selbst waren nicht in Form. Die Augen, die durch ihn hindurchsahen, als er die Reihen abschritt, hatten rote Ränder und saßen tief in den Höhlen, wie Schleudermunition, die in einer schlammigen Böschung steckt. Der unangenehme Geruch abgestandenen Weins drang ihm in die Nase. In einer der hinteren Zenturien hörte er ein Geräusch, als ob sich jemand übergäbe, beschloss aber, es nicht zur Kenntnis zu nehmen.

»Name und Rang, Soldat?«, blaffte er einen dieser verschwiemelten Männer an, der hervorstach, weil er größer war als die anderen Soldaten in seiner Einheit.

»Decimus Lunaris, *duplicarius*, erste Reihe, zweite Zenturie.« Die Antwort war genauso knapp. Ein *duplicarius* war ein Doppelsoldmann, ein höherrangiger Legionär mit einem Amt.

»Also, Lunaris. Mein Befehl lautete, vor Sonnenuntergang ins Lager zurückzukehren. Wurde dieser Befehl befolgt?«

»Jawohl!«

»Das stimmt. Ich habe sie selbst gezählt«, setzte Julius hilfreich hinzu.

Valerius starrte ihn an, aber mehr Hilfreiches würde von Julius nicht kommen.

»Du siehst nicht aus wie ein Mann, der vor Einbruch der Dunkelheit ins Lager zurückgekehrt ist, Lunaris. Eher schon wie ein Mann, der die ganze Nacht durchgezecht hat. Wie erklärst du das?«

Lunaris machte den Mund auf, zögerte dann aber.

»Sprich freiheraus, Legionär. Du bist hier unter Freunden«, sagte Valerius geschmeidig und gestattete seiner Stimme einen Anklang von Mitgefühl. Lunaris grinste. Vor allem war er hier unter Offizieren, und er erkannte eine Einladung, in eine Falle zu tappen, wenn er sie hörte.

»Ich sehe so aus wie jemand, der tatsächlich genug für eine ganze Nacht getrunken hat.«

Valerius zog eine Augenbraue hoch.

»Du hast eine Zeit genannt, aber keine Menge. Die zweite Zenturie liebt Herausforderungen.«

Valerius unterdrückte ein Lachen. »Sechs Verdienstpunkte für die zweite Zenturie für Unternehmungsgeist, Zenturio.« Er beobachtete, wie Julius die Belohnung auf seiner Schreibtafel notierte. »Nun, Lunaris, die zweite Zenturie liebt also Herausforderungen?« Der Legionär beäugte ihn misstrauisch. »Ich möchte, dass die zweite Zenturie in fünf Minuten in voller Schlachtordnung bereitsteht, bewaffnet mit *scutum* und zwei *pila*; was meinst du, Julius? Dann wird die zweite Zenturie die Kohorte bei drei vollen Umrundungen des Außenwalls anführen ... in doppeltem Lauftempo.« Er blickte zum Himmel auf, der inzwischen ein tiefes, wolkenloses Blau aufwies. »Das sollte bis zur Mittagszeit genug Herausforderung bieten.«

Als Valerius ihn einholte, hatte Lunaris, der vor dem Rest der Einheit herlief, noch kaum eine halbe Umrundung geschafft, aber schon jetzt strömte dem *duplicarius* der Schweiß von der Stirn.

»Das muss nahezu reiner Wein sein. Du solltest ihn nicht verschwenden.«

Lunaris blickte überrascht zu ihm hinüber. Die meisten Tribune waren nicht bereit, mit ihren Männern zu leiden. Doch andererseits hatte er gehört, der hier sei nicht wie die meisten Tribune. Valerius trug seine volle Rüstung, hielt seinen Schild mit dem linken Arm und hatte zwei schwere *pila* in der rechten Hand. Normalerweise trug ein Legionär auf dem Marsch seinen Schild in einem Lederfutteral auf dem Rücken, und wenn keine unmittelbare Gefahr drohte, schleppte ein echtes Maultier die meisten Speere der Einheit. Der Schild war groß und schwer und musste ständig zurechtgerückt werden, damit er seinen Träger nicht behinderte, und die Speere hatten die Angewohnheit, sich zu kreuzen, sodass die beiden Bleigewichte, die ihnen ihre Treffsicherheit und Wucht verliehen, in entgegengesetzte Richtungen wanderten. Dazu kam auf dem holprigen Untergrund noch, dass der Kopf der Trabenden im Helm und der Oberkörper in der Rüstung wie in einem großen eisernen Kochtopf dampften. Das alles ergab eine interessante Übung.

»Kein Wein ... Essig.«

Valerius warf ihm einen verständnislosen Blick zu.

»Die Kneipen hier«, knurrte Lunarius. »Der Wein, den sie verkaufen, ist reiner Essig.« Er grinste und zog das Tempo allmählich an, doch sollte er geglaubt haben, er würde den Tribun hinter sich zurücklassen, fand er schnell heraus, dass er sich geirrt hatte. Valerius' lange, kräftige Beine fegten mit weit ausgreifenden Schritten, die nie zu stocken schienen, über den Boden. Sein Panzer war ihm von einem Rüstungsschmied angemessen worden. Er gestattete ihm mehr Bewegungsfreiheit und scheuerte weniger als die *segmentata*, die die einfachen Soldaten trugen. Außerdem war er leichter, aber genauso stark, weil der Schmied Eisen mit einem höheren Kohlenstoffgehalt verwendet hatte. Bei der zweiten Runde sog Lunaris die warme Luft in langen, bebenden Atemzügen ein, und Valerius hörte das Stöhnen der Reihen hinter ihm. Er verlangsamte seinen Schritt unmerklich, was dem dankbaren *duplicarius* gestattete, sein Tempo ebenfalls ein wenig zu drosseln. Im Laufen musterte Valerius die Wälle und den Befestigungsgraben Colonias.

»Was hältst du von den Befestigungen, Soldat?«

Lunarius spie aus. »Was für Befestigungen?«

»Genauso sehe ich es auch«, pflichtete Valerius ihm bei. »Ich denke, für alle Fälle stellen wir heute Nacht doppelte Wachen auf. Die zweite Zenturie übernimmt die erste Wache.«

Er nahm Abstand, um Lunarius' unterdrückte Flüche überhören zu können.

VII

Sie war schlank wie ein Reh – war das sein erster Eindruck? Nein, es waren ihre Augen, entschied er; er fühlte sich von ihren Augen angezogen, großen, neugierigen Augen zwischen langen Wimpern. In ihrer kastanienbraunen Iris lag eine Botschaft, die gleichzeitig herausfordernd und spöttisch war und ihm auf verstörende Weise das Gefühl gab, als wäre er nackt. Das glänzende, schulterlange Haar, vom gleichen Kastanienbraun wie die Augen, war aus der breiten Stirn zurückgestrichen, bis auf ein paar lockige Strähnchen, die das perfekte Oval ihres Gesichts umrahmten. Die Nase war vielleicht ein wenig zu zierlich und der Mund ein wenig zu breit für klassische Schönheit, doch diese Züge vereinigten sich bei ihr zu etwas, was mehr war. Sie trug ein langes, scharlachrotes Kleid von römischem Schnitt, aber etwas an der Art, wie sie es trug, war gänzlich unrömisch. All das nahm er in der winzigen Zeitspanne wahr, die ein Pfeil braucht, um den Bogen zu verlassen, oder ein Stein die Schleuder. Als er in diese Augen blickte, veränderten sie ihre Form und wurden ernst, und dann bemerkte er, dass der Milizkommandant Falco mit ihm sprach.

» ... und das ist Lucullus, unser wichtigster britischer Partner, ein Fürst des hiesigen Stammes, der Trinovanten, und ein langjähriger Freund Roms.«

Ein kleiner, rundlicher Mann verbeugte sich und lächelte einnehmend. Valerius wäre weitergegangen – die einheimischen Briten interessierten ihn allenfalls als potenzielle Feinde –, doch Lucullus hielt die Stellung und winkte das Mädchen nach vorn.

»Meine Tochter Maeve«, sagte er.

Maeve?

Valerius wandte sich ihr zu, um sie zu begrüßen, doch sie schritt bereits auf das Tor der Tempelanlage zu. Er konnte die Augen nicht von der schlanken Gestalt wenden und wurde durch einen giftigen Blick belohnt, den sie nach hinten warf. Zum Glück galt er ihrem Vater. Valerius empfand einen nahezu unwiderstehlichen Drang, ihr zu folgen, doch Falco ergriff seinen Arm und steuerte ihn mit einem irritierten Schnauben um den noch immer lächelnden Lucullus herum.

»Tiberius Petronius Victor. Wie ich hörte, habt ihr euch bereits kennengelernt.« Valerius' Gedanken verweilten immer noch bei dem Mädchen, doch der Anklang von Missbilligung in Falcos Stimme entging ihm nicht. »Er ist Colonias höchster römischer Beamter und hier der persönliche Stellvertreter des Prokurators. Außerdem ist er einer unserer führenden Bürger.« Der Milizkommandant lächelte angespannt. »Und er hat den Geldbeutel der Stadt fest im Griff.«

Petronius stieß ein ebenso freudloses Lachen aus. Zwischen den beiden Männern herrschte offensichtlich wenig

Zuneigung. »Jeder von uns hat seine Prioritäten, Quintus. Die meine ist es, gemeinsam mit euch ein Colonia zu schaffen, das des kaiserlichen Namens würdig ist, den es trägt. Wir haben echte Soldaten wie den Tribun hier, damit wir nachts sicher in unseren Betten liegen können. Warum sollten wir eine riesige Summe dafür ausgeben, dass deine kleine Armee wie Pfauen über die Straßen stolzieren kann?«

Valerius hatte erwartet, dass diese Kränkung Anlass zu einem heftigen Ausbruch geben würde, aber anscheinend war es ein so alter Streit, dass sich niemand mehr aufregte.

»Komm.« Falco führte ihn von dem *quaestor* weg. »Ich stelle dich dem Vorsitzenden der *ordo* vor, unseres Rats der hundert führenden Bürger.« Als sie außer Petronius' Hörweite waren, erklärte er: »Er hält Schilde, die beim ersten Hieb zersplittern, für kein Problem und findet, wir sollten uns nicht darüber beschweren, dass wir noch immer mit denselben rostigen Schwertern ausgerüstet sind, die wir vor langer Zeit am Rhenus ausgehändigt bekamen, als wir uns für den Einmarsch nach Britannien sammelten.«

»Jede Armee hat Nachschubprobleme … auch kleine Armeen«, sagte Valerius. Er verstand die Frustration des Älteren. Knappe Mittel gehörten zum Leben in der Legion. Ein Soldat, selbst ein römischer Soldat, musste um alles kämpfen, was er bekam.

Falco warf ihm einen scharfen Blick zu, in dem die Frage stand, ob der Tribun sich über ihn lustig machte.

Valerius lächelte. »Während unseres Aufenthalts hier werden bei uns vielleicht mal ein paar Schilde und ein paar Schwerter verloren gehen. Meine Männer sind manchmal achtlos.« Eine Einheit, die am Feldzug des Statthalters gegen Mona teilnahm, würde man nicht knapphalten, das war gewiss, und in jedem Fall wäre er selbst wieder zurück in Rom, bevor der Quartiermeister der Legion herausfand, was vorgefallen war.

Der Milizkommandant schlug ihm auf die Schulter. »Jetzt verstehe ich, warum Julius dich mag. Komm, wir trinken einen Becher Wein zusammen. Du hättest mit uns an der Tamesa sein sollen: sieben Fuß große catuvellaunische Krieger, die auch mit ein Dutzend Schwertwunden im Leib nicht fielen. Noch heute habe ich Albträume …«

Während er redete, führte er ihn in einen langen, schmalen Saal mit Mosaikfliesen, dessen Wände mit lebensechten Szenen eines Kaisers – offenbar Claudius – bemalt waren, der seinen kaiserlichen Pflichten nachkam, während kriecherische Höflinge um ihn herumscharwenzelten. Zwei der Gemälde fielen Valerius sofort ins Auge. Auf dem ersten saß der Kaiser hoch oben auf dem Rücken eines mit goldenen Schabracken zeremoniell geschmückten Elefanten, während ein Dutzend reich herausgeputzte Barbaren sich vor ihm verneigten. Diese Darstellung musste sich auf die Kapitulation Britanniens beziehen, die hier ganz in der Nähe stattgefunden hatte. Das zweite Bild zeigte Claudius, wie er stolz auf einem Hügel oberhalb eines breiten Flusses stand und die Flussüberquerung seiner Legionen verfolgte, während auf dem jenseitigen Ufer die Schlacht tobte.

»Die Tamesa«, flüsterte Falco. »Claudius war nicht einmal dabei. Er traf erst am Tag darauf ein. Er war ein

Schwindler, der gute, alte Claudius, aber deswegen liebten wir ihn kein bisschen weniger.«

Valerius blickte sich um, ob jemand zuhörte. Kritik an Kaisern, selbst an verstorbenen Kaisern, übte man nicht so ohne Weiteres. Aber Falco zwinkerte ihm zu.

»Wenn er mir das Maul stopfen wollte, hätte er das längst getan, Junge. Ich habe für ihn geschwitzt und geblutet, und jetzt ernte ich auf meine alten Tage den Lohn davon. Nichts für ungut, aber ein Schwindler war er trotzdem.«

Im Saal war für vierundzwanzig Personen gedeckt worden, mit Liegen entlang der Wände und einem vergoldeten Tisch in der Mitte. Valerius fand sich zwischen Falco und Petronius wieder, gegenüber dem Briten Lucullus, der nach Wein rief.

Nacheinander wurde er nun den Männern vorgestellt, die Colonia führten; sie hatten nichtssagende Kaufmannsgesichter, und Valerius konnte sich nur mit Mühe vorstellen, dass sie einmal erfahrene Soldaten der besten Legionen Roms gewesen waren. Ein paar Namen blieben ihm im Gedächtnis haften: Corvinus der Goldschmied, ein extrem gut aussehender Mann mit breiten Schultern und dunklem Gesicht, der sein Handwerk als Zeugmeister der Zwanzigsten in ein gewinnbringenderes Unternehmen verwandelt hatte; Didius, ein hochgewachsener, schmaler Mann mit einem verschlagenen Blick, der nur zu gut zu seinem Gewerbe als einer von Colonias wichtigsten Geldverleihern passte; und Bellator, der zwischen den anderen fremdartig wirkte, weil sein exotischer Name und seine relative Jugend ihn als Freigelassenen kennzeichneten, der sich nun eine goldene Nase an einem Anteil der Miete für die *insulae* verdiente, die er für seinen ehemaligen Herrn verwaltete. Alle hatten eines gemeinsam: Sie waren reich. Sie mussten es sein, weil die Mitgliedschaft im ordo nicht billig war, wie Falco trocken erklärte.

»Aber man bekommt etwas dafür: Prestige, was nur für einen bestimmen Typ von Mensch wichtig ist, und außerdem Zugang zu Entscheidungen und die Schirmherrschaft von Gönnern, was durchaus seinen Wert hat, insbesondere wenn diese Schirmherrschaft vom Senat ausgeht. Wir können dabei mitreden, wer welchen Auftrag bekommt oder welches Gebäude abgerissen werden muss und welches bleiben darf, und wir entscheiden bei Streitfragen um Land oder um die Wassernutzung. All das kann lukrativ sein und ermöglicht es einem, vielen Menschen Gefälligkeiten zu erweisen, die eines Tages erwidert werden. Aber die Kosten ...«

» ... sind weniger drückend als bei den Wahlen zu den *augustales*«, unterbrach ihn Petronius zu Valerius' Linken.

»Du hast leicht reden, denn ein *quaestor* steht über solchen niedrigen Ernennungen«, schnaubte Falco. »Von dir erwartet keiner, dass du in die Stadtkasse zahlst oder etwas für das Wohl der Allgemeinheit stiftest.«

»*Augustales*?«, erkundigte sich Valerius. Der Titel war ihm neu. Ein Sklave brachte Wein in einem Silberbecher, und Valerius nahm ihn entgegen, wobei er sich schwor, nur daran zu nippen, ob er nun mit Wasser versetzt war oder nicht. Der reife, fruchtige Duft drang ihm in die Nase. Von Essig konnte keine Rede sein. Dieser Wein war nicht schlechter als das, was am Tisch seines Vaters kredenzt wurde.

»Die Priester des Tempels, die bei den jährlichen Zeremonien im Rahmen der Verehrung des vergöttlichten Claudius die Rituale vollziehen«, erklärte Petronius und trank einen kräftigen Schluck aus seinem Becher. »Es ist eine große Ehre ... für einen bestimmten Typ von Mensch.« Valerius bemerkte, dass er dieselben spöttischen Worte wählte wie Falco eben. »Das Amt ist jedoch auch mit großer Verantwortung verbunden.«

Valerius wusste, dass es in Rom beträchtliche Macht mit sich brachte, wenn man in die Priesterschaft eines der großen Tempel – den des Jupiter Capitolinus oder Mars Ultor – gewählt wurde, und dass eine solche Ernennung nur Angehörigen des Ritterstandes offenstand. »Selbst wenn diese Würde einiges kostet, muss sie bei den Mitgliedern des Rates sehr begehrt sein«, sagte er.

Petronius lachte, doch Valerius spürte, wie Falco neben ihm peinlich berührt auf seiner Liege herumrutschte. »Kein römischer Bürger wäre töricht genug, eine solche Ernennung anzunehmen«, sagte Petronius. »Diese Ehre überlassen wir den Brittunculi.« Falco holte tief Luft, und das Gespräch im Raum verstummte. Valerius sah, wie Lucullus das Lächeln im Gesicht gefror, doch Petronius redete weiter, als wäre nichts geschehen. »Näher als so werden sie dem Römersein niemals kommen. Ah, endlich. Das Essen.«

Valerius sah zu, wie die Schüsseln auf den Tisch gestellt wurden. In Rom wäre ein solches Bankett eine Gelegenheit, einen Hang zur Exotik zu demonstrieren: Pfauen, die noch ihr Federkleid trugen, oder Schwäne, die so kunstvoll aufgebaut waren, dass sie beinahe lebendig wirkten. Dies hier aber war bekömmliche, ländliche Kost. Noch brutzelnde Stücke vom Rind, Wildbret und Spanferkel. Ente, Taube und Rebhuhn sowie kleinere Vögel, die aussahen wie ein ungewöhnlich fetter Spatz. Ein großer Fisch, wahrscheinlich aus dem nahen Fluss, sowie Austern und Krebse von der Küste, die nur einige Meilen flussabwärts lag. Valerius machte sich mit Eifer darüber her. Auch wenn die Armeerationen häufig mit allem Möglichen ergänzt wurden, blieben sie doch immer Armeerationen. Es war viele Monate her, seit er das letzte Mal an einem solchen Festessen teilgenommen hatte. Auch die anderen aßen gierig; alle mit Ausnahme von Lucullus, der sein Essen kaum antastete und noch immer sein starres Lächeln im Gesicht hatte.

Petronius hob seinen Becher theatralisch. »Auf deine Gesundheit«, sagte er zu Lucullus. »Ich wünschte, wir würden jeden Tag so speisen. Bei einem solchen Wein ist ein Trinkspruch überflüssig.«

Er bemerkte Valerius' überraschte Miene. »O ja.« Er senkte die Stimme, sodass der junge Tribun sich zu ihm hinüberbeugen musste, um die nächsten Worte zu verstehen. »Lucullus, unser britischer Freund, ist für alles verantwortlich, was du hier siehst. Essen und Trinken, die Couch, auf der du liegst, und selbst für den Unterhalt des Gebäudes. Er ist ein braver Kerl. Ein Freund Roms und ein *augustalis*. Ein Mitglied des *ordo* kann er allerdings nicht werden, denn auch wenn er sich für einen römischen Namen entschieden hat, ist er kein römischer Bürger und wird es auch niemals werden. Aber als einer der Priester des Tempels genießt er großes Ansehen unter gewissen Leuten seines Volkes und sogar Einfluss in der römischen Gemeinschaft.«

»Er muss ein wohlhabender Mann sein.« Valerius war wider Willen beeindruckt. Er betrachtete die Kelten als unzivilisierte Stammesleute. Eine kriegerische Rasse von Hüttenbewohnern. Und doch befand sich hier ein Brite, der die römische Lebensart angenommen hatte und bereits zu der neuen Gesellschaft beitrug, zu der das römische Britannien werden würde.

»Wohlhabend?« Petronius stieß einen kurzen Rülpser aus. »Auf seinem Landgut auf dem Berg dort drüben«, er schwenkte die Hand in die ungefähre Richtung des Flusses, »steht eine Villa, und er besitzt auch Gebäude in der Stadt. Also, ja, man könnte ihn wohl als reich bezeichnen.« Lächelnd wandte er sich seinem Nachbarn zur Linken zu, sodass Valerius den Mann ihm gegenüber betrachten konnte.

Das Eigenschaftswort »beleibt« traf auf Lucullus zu, als wäre es eigens für ihn geprägt worden, doch er trug seine Körperfülle auf eine Weise mit sich herum, die zeigte, dass sie in gewisser Weise ein Maßstab seines Erfolgs und seiner Stellung im Leben war. Er war klein und rundlich, und ein mausgrauer Haarkranz säumte seinen Hinterkopf wie ein zerzauster Lorbeerkranz. Valerius bemerkte, dass er sein Gesicht nach römischer Manier rasierte, doch ohne den Schnauzbart, den die Leute seines Volks gewöhnlich trugen, wirkte es irgendwie unvollständig. Lucullus begegnete seinem Blick und hob grüßend seinen Becher. Sein Lächeln nahm eine traurige, nahezu resignierte Färbung an. Diesen

Ausdruck hatte Valerius schon früher gesehen, bei Klienten, die er in kleineren Gerichtsfällen vertreten hatte – jenen Klienten, die unweigerlich verloren. In diesem Augenblick trat etwas wie Mitgefühl anstelle der reflexhaften Geringschätzung, die er für den Trinovanten hegte. Er hob seinerseits seinen Becher und fragte sich, was Lucullus wohl dachte. Er brauchte nicht lange zu warten, um es herauszufinden.

»Du musst kommen und mein Landgut besuchen«, lud der kleine Mann, der ein abgehacktes, unnatürliches Latein mit einem eigenartig singenden Akzent sprach, ihn stolz ein. »Es ist ein gutes Jagdgebiet. Nein? Dann bist du kein Jäger? Aber vielleicht ein Mann der Kultur. Ich habe viele schöne Kunstwerke – aus Rom selbst und sogar aus Ägypten. Der Mann, der die Wände hier bemalt hat, hat auch meine bemalt. Mein *atrium* ist mit einem Bild der Kapitulation geschmückt.«

Valerius wusste, dass er diese Einladung ausschlagen sollte, aber blitzartig tauchte ein wunderschönes Gesicht vor seinem inneren Auge auf. *Sie* würde dort sein, und diesmal würde sie nicht weglaufen können. »Wenn meine Pflichten es gestatten, werde ich die Einladung gern annehmen.« Er bemerkte eine Veränderung der Atmosphäre, als wäre ein Fensterladen geöffnet worden, um die Sonne hereinzulassen. Das starre Lächeln verschwand, und ein anderer Lucullus kam zum Vorschein; ein Lucullus, dessen Augen vor Überraschung und echter Freude leuchteten. »Dann wird mein Gutsverwalter alles Nähere mit dir regeln.«

Für den Rest des Mahls stand Valerius im Mittelpunkt der Aufmerksamkeit der Mitglieder des *ordo*. Ob es stimme, dass die Soldaten ihre Zeit mit dem Bau von Straßen verschwenden würden, wo doch in Colonia so viel fertigzustellen wäre? Wie die Stadt seiner Meinung nach im Vergleich zu Londinium dastehe? Wie die neuesten Nachrichten aus Rom lauteten? Es gebe das Gerücht, dass Burrus in Ungnade gefallen sei. Ob er, Valerius, gehört habe, dass die Druiden zurückkehrten? Corvinus habe es von einem Händler, der es von einem Kaufmann habe, der es von einem Kunden habe, der …

Er wehrte die Fragen mit höflichen, harmlosen Ausflüchten ab, bis Falco den Abend beendete. Die Männer verließen das Bankett paarweise oder in kleinen Gruppen, wobei manche sich wegen des Weingenusses gegenseitig stützen mussten. Valerius war überrascht zu sehen, dass Lucullus beim Hinausgehen in ein Gespräch mit Petronius vertieft war.

Falco bestand darauf, Valerius zum Lager zurückzubegleiten. »Anschließend führe ich dich zu dem Haus in der Stadt, in dem du wohnen wirst, solange du bei uns bist. Es gehört Lucullus und ist sehr komfortabel, aber der *ordo* wird die Sklaven stellen. Es ist besser, von einem Römer ausspioniert zu werden, oder?« Er lachte.

»Ich dachte, eure Satzung verwehrt den Kelten das Recht, ein Haus in der Stadt zu besitzen?«

Falco sah ihn von der Seite an. »Die Satzung ist in einer anderen Zeit erstellt worden. Seitdem hat sich viel verändert. Es stimmt, dass theoretisch kein Brite hier ein Haus haben sollte, aber wenn jemand Geld hat, gibt es Möglichkeiten, solche Formalitäten zu umgehen. Vereinbarungen mit Dritten zum Beispiel.«

»Und wer wäre in diesem Fall die dritte Partei?« Valerius wusste, dass seine Frage die Grenzen ihrer kurzen Bekanntschaft ausreizte, aber selbst die kleine Menge Wein, die er getrunken hatte, hatte seine Zunge gelöst.

Erneut ein Seitenblick, diesmal länger. »Sagen wir einfach nur, dass Lucullus gut daran täte, seinen Geschäftspartnern mit Vorsicht zu begegnen.« Der Milizkommandant lachte. »Ich gehöre natürlich zu ihnen. Lucullus transportiert meine Ware. Er besitzt das größte Fuhrunternehmen der Provinz.«

»Julius hat mir erzählt, du seist Weinhändler.«

Falco schürzte die Lippen, als wüsste er selbst nicht recht, was er war. »Vermutlich schon. Ich habe das Monopol, jede Legionärsmesse und jede Verwaltungsstelle von hier bis Isca und von Noviomagus bis Lindum mit Wein zu beliefern. Alle zwei Wochen kommt eine Schiffsladung *amphorae* von Ostia herein. Wie sonst sollte ein einfacher Soldat es sich leisten können, mit jemandem wie Petronius das Brot zu brechen?«

Valerius hatte das Gefühl, dass der alte Herr alles andere als ein einfacher Soldat war, aber dennoch riskierte er eine weitere Frage. »Als Petronius von den Brittunculi sprach, hatte ich den Eindruck, dass sich das auf Lucullus bezog.«

Falco nickte. »Es ist ein Ausdruck, der bei einem bestimmten Typ von Römern beliebt geworden ist; er dient dazu, die Kelten herabzusetzen. Ich persönlich glaube, dass wir mit ihnen leben und arbeiten müssen, und dass es nur zu künftigen Problemen führt, wenn wir sie beleidigen.« Er hielt inne, und Valerius war klug genug, den Mund zu halten. »Bei Colonias Gründung hat es Vorfälle gegeben, die keinem von uns zur Ehre gereichen. Landhunger, Habgier und Neid hatten ihren Anteil daran. Unsere Kolonisten sind anständige Leute. Sie haben fünfundzwanzig Jahre lang für Rom gekämpft und nichts als Härten gekannt. Wer könnte abstreiten, dass sie das Land verdient hatten, das der Kaiser ihnen gegeben hat? Doch wenn ein Legionär, der im Schweiße seines Angesichts Baumwurzeln aus staubtrockenem Boden grub, über seine Grundstücksgrenze blickte und dahinter einen Kelten sah, der bestes Gemüse pflückte, während sein Vieh süßes Wasser aus einem Regenwasserteich trank, was sollte der Veteran da denken? Er war der Sieger, und sie waren die Besiegten. Er nahm das, was ihm seiner Meinung nach von Rechts wegen zustehen sollte. Und wenn ein Kelte starb ...«, er zuckte mit den Schultern. »Das zählte nicht wirklich.

Jetzt blicken Leute wie Petronius auf Colonia und sehen den Glanz Roms«, fuhr er fort, »ein unbesiegbares Reich, das sich hier in Britannien auf vier komplette Legionen stützt. Und ganz unrecht hat er nicht. Seit Ostorius Scapula ein Hornissennest anstach, indem er versuchte, die Stämme zu entwaffnen, hatten wir acht Jahre Frieden. Unsere Farmen und Landgüter wachsen und gedeihen, und mit ihnen gedeiht und wächst die Stadt. Den hiesigen Briten, soweit sie wie Lucullus bereit waren, mit uns zusammenzuarbeiten und Handel zu treiben, ist es ähnlich gut ergangen, aber ...« Er zögerte, und sein Gesicht nahm einen beunruhigten Ausdruck an. »Aber ich fürchte, dass wir ihren guten Glauben ausnutzen.«

Das Problem war der Tempel.

»Als vor sechs Jahren die Arbeiten am Tempel begannen, war Colonia nicht die Stadt, die du heute siehst. Claudius war mit seinen Landbewilligungen im *territorium* rund um die Stadt großzügig gewesen, und jeder Soldat hatte seine Pension, doch in einen Bauernhof muss man investieren und in einer Stadt Geschäfte aufbauen, und so etwas würde selbst die Mittel eines reichen Mannes aufzehren. Doch als der Kaiser für göttlich erklärt wurde und wir wussten, dass unsere Stadt das Zentrum seines Kults in Britannien werden würde, waren wir stolz. Er war *unser* Kaiser. Aber wir hatten die Rechnung ohne die Priester gemacht. Die Priester, die Rom uns schickte, schufen eine römische Institution mit römischen Regeln und einer römischen Bürokratie, die nach römischen Vorgaben gelenkt wurde und Gewinn nach römischem Vorbild abwarf. Aber Britannien ist nicht Rom. Colonia ist nicht Rom. Hier gibt es kein altes Geld. Keine großen Vermögen, die in Hunderten von Jahren durch den Schweiß der Sklaven auf großen Familienlandgütern angesammelt wurden. Die Rolle eines *augustalis* zu akzeptieren, würde den Ruin bedeuten. Wusstest du, dass Claudius selbst achtzigtausend *aurei* bezahlt hat, als er in Gaius Caligulas Zeit in die Priesterschaft eintrat?« Er schüttelte den Kopf, als überstiege diese Summe seine wildesten Vorstellungen. »Nur eine einzige Klasse konnte überredet ... nein, dazu *verführt* werden, die Ernennung anzunehmen: die britischen Könige und Edelleute, die den Einmarsch unterstützt hatten und daher am meisten daraus zu gewinnen hatten, *magis Romanorum quam Romani* zu sein – römischer als die Römer selbst. König Cogidubnus, der über die Atrebaten und die Regnenser herrscht, war der Erste. Er hat bald wieder davon Abstand genommen, doch er hatte damit einen Präzedenzfall geschaffen. Andere sind ihm gefolgt, und hier war es Lucullus, ein Fürst der Trinovanten, denen dieses Land einmal gehörte.«

»Aber Lucullus konnte doch gewiss nicht ...«

»Nein, natürlich konnte Lucullus solche Summen nicht aufbringen. Aber es gibt Leute in Rom, die bereit sind, sie zu verleihen. Zu ihnen gehören sogar der Kaiser selbst und Mitglieder seines Hofstaats, zum Beispiel Seneca. Er hat Lucullus das Geld geliehen, um sich in den Priesterstand einzukaufen und für die Stadt das Theater erbauen zu lassen, das du dort siehst. Das hätte reichen sollen, aber Lucullus hält sich für einen Geschäftsmann. Wo ein anderer vielleicht die Fangzähne einer Falle sehen würde, sah er eine gute Gelegenheit. Er lieh sich noch mehr Geld, um seine Wagen zu kaufen, und das war eine gute Investition. Und noch mehr, um sechs *insulae* in Colonia zu erwerben, was vorteilhaft sein kann oder auch nicht. Er zahlt eine Kommission an einen römischen Partner, dem die Gebäude nominell gehören und der die Mieten eintreibt und weiterleitet. Wie Bellator, obwohl keiner von beiden mir für diesen Vergleich danken würde. Oberflächlich gesehen ist Lucullus einer der reichsten Männer Colonias. Doch in Wirklichkeit ist er nur reich an Schulden. Wir sind da.«

Das Haus stand in einer Straße in der Nähe des Forums

und war nicht weit vom Legionärslager entfernt, worauf Falco als ›einfacher Soldat‹ mit Sicherheit bestanden hatte. Fast wünschte Valerius, er hätte die Einladung abgelehnt, unter einem festen Dach und in einem weichen Bett zu schlafen, doch eine solche Weigerung hätte man als unhöflich empfunden. Er würde mit seinen Schuldgefühlen leben müssen. Für seine Männer würde der Aufenthalt dadurch jedenfalls nicht angenehmer werden.

Eine Flügeltür öffnete sich zu einem *atrium*, das seinerseits zu einem Hof führte, welcher von einem überdachten Gang umschlossen war. Von diesem gingen weitere Türen zu anderen Wohnungen ab, die sich zweifellos den Hof teilten. Über dem Ganzen lag eine Stille, die auf einen Mangel an Mietern schließen ließ. Das kam Valerius zupass, verhieß aber nichts Gutes für Lucullus' Einnahmen. Die Wohnung selbst erwies sich als eine durchaus bescheidene Unterkunft, angenehm hell mit unbemalten Wänden und bequemen, praktischen Möbeln. Sie war auf römische Art mit einigen Büsten bekannter Persönlichkeiten geschmückt, die vermutlich nicht mit dem Besitzer verwandt waren und die er wahrscheinlich als Restposten erworben hatte. Der Ehrenplatz gehörte – wie wohl überall in Colonia – einem schmeichelhaft bemalten Marmorbildnis des Claudius.

»Dein Schlafquartier befindet sich da drüben, und die Latrine liegt auf der anderen Seite des Hofs.« Falco entschuldigte sich für das Fehlen eines Badehauses, doch Valerius sagte, er habe kein Problem damit, die öffentliche Einrichtung zu benutzen. Seine Sachen waren bereits hergebracht worden, und so machte er es sich nach dem Weggang des

Milizkommandanten bequem und nahm seine Ausgabe von Thukydides' *Geschichte des Peloponnesischen Krieges* zur Hand, die er immer dabeihatte. Der griechische Autor hatte im Militär gedient, so viel war sicher, aber er war kein Soldat gewesen. Er war nicht gerade ein Homer, dessen Geschichten über Troja Valerius von Kind an kannte, aber besser als Herodot, der für Valerius' Geschmack viel zu viele Worte machte. Später schlief er ein, und in seinen Träumen verfolgte ihn ein Frauengesicht, das er nie richtig erkennen konnte, und eine süße, melodische Stimme, die er noch nie zuvor gehört hatte.

VIII

Es waren eher die Augen als die Worte, dachte der Stammesführer. Sie gaben einem das Gefühl, wichtig zu sein, selbst wenn man nur über ein paar Gehöfte herrschte, die vom eigenen Clan bewirtschaftet wurden, einem unbedeutenden westlichen Unterstamm des catuvellaunischen Stammesbundes, und der eigene Einfluss kaum weiter reichte als bis zu den äußersten Feldern des kleinen Gebiets. Die Augen des Priesters waren halb verschleiert wie die eines Falken und hatten die Farbe von altem Bernstein, wie er der Frau des Stammesführers auf dem Markt von Ratae so gut gefiel. Nicht dass der Stammesführer Ratae oft besucht hätte. Er zog den Geruch von Kuhdung dem Parfüm der Römerfreunde vor, die dort in ihren Palästen wohnten. Zum ersten Mal verspürte er wieder den Drang, ein Schwert in der Hand zu halten. Er war einst ein Krieger gewesen. Die bernsteingelben Augen machten, dass er sich wieder wie ein Krieger fühlte.

Gwlym musterte die um das Feuer versammelte Gruppe von Männern. Die meisten waren zu alt oder zu jung, um in einem Kampf wirklich nützlich zu sein. Aber nicht zu alt oder zu jung, um zu hassen, und nicht zu alt oder zu jung, um zu sterben. Die Alten erinnerten sich an die Zeiten, bevor die Römer kamen, als jeder Mann, der einen Schild und einen Speer besaß, sein eigener Herr gewesen war. Die Jungen kannten nichts, was außerhalb der Grenzen des Dorfes lag, doch sie waren offen für seine geschickte Argumentation und seine Überzeugungskraft. Er redete vom Leben vor der Zeit der Römer: vor den Straßen, Wachtürmen und Kavalleriepatrouillen und vor den Steuern, die dafür sorgten, dass ihre Bäuche auch bei guter Ernte vor dem Ende des Winters leer waren. Er berichtete von den Abertausenden, die in Ketten abgeführt worden waren, um sich in den römischen Bergwerken zu Tode zu schuften, von dem Land, das ihnen geraubt worden war, und, von knurrendem Beifall begleitet, von dem mächtigen Caratacus, der betrogen und gedemütigt worden war, bevor er zum Vergnügen eines Kaisers endgültig entwürdigt wurde. Am Ende der Rede loderten ihre Augen so hell wie die Flammen des Ratsfeuers, und die jungen Männer – jene wenigen, aus denen man Krieger schmieden konnte, die einer Legion gewachsen wären – verlangten lautstark nach den Waffen, die sie brauchten, um Rache zu nehmen.

Sie wollten sofort handeln, aber die Zeit war noch nicht reif. Dies war die Kunst, die man ihn auf Mona gelehrt hatte. Wie man das Feuer schürte und die Flamme am Brennen hielt, bis es gebraucht wurde. Erneut betrachtete er die Gesichter der um das Feuer Versammelten und suchte jenen einen Mann, der seine Arbeit fortsetzen würde, wenn er weitergezogen wäre. Nicht der Stammesführer; er hatte zu viele

Jahre hinter dem Pflug verbracht, und er war zu schnell bereit, sich selbst und seine Leute zu opfern. Nein, er brauchte einen geschickteren, gehorsameren Helfer. Der stille, dunkelhaarige Bauer in der dritten Reihe. Jung, aber nicht zu jung. Wachsame, intelligente Augen; entschlossen, aber nicht übereifrig. Ja. Er würde ihn nachher allein beiseitenehmen.

»Wartet«, befahl er. »Habt Geduld. Bereitet alles vor. Es wird ein Zeichen geben.«

Dann fragten die Leute immer: Was wird das Zeichen sein?

Und er antwortete jedes Mal: Der Zorn Andrastes.

In den wilden Bergen der Deceanglier wäre seine Mission beinahe gescheitert, bevor sie angefangen hatte; denn er konnte dort keinen Kontakt mit den Bewohnern riskieren, ohne dass die Nachricht von seinem Kommen zu den Römern durchgedrungen wäre. Kurz vor dem Verhungern hatte er sich nach Süden gewandt und war unmittelbar nördlich der römischen Festung Viroconium und jenseits der Biegung des großen Flusses ins Land der Cornovier übergewechselt. Dort hatte er sich gezwungen, noch so lange zu warten, bis er außer Reichweite der täglichen Reiterpatrouillen war, und hatte erst dann in einem einfachen Bauernhof um Essen und Obdach gebettelt. Unter dem strohgedeckten Dach und vor dem Hintergrund des leisen Muhens der Kühe hatte er dem Bauern, der sonst wohl eher mit seinen Tieren sprach, zugehört, wie er ihm die Nachrichten und Gerüchte aus dem Umkreis von einem Dutzend Meilen erzählte. Erst als Tonfall und Verhalten ihm gesagt hatten, was er wissen musste, hatte er zu reden begonnen.

Der erste Bauer hatte ihn an den nächsten weitergereicht und der an einen weiteren, und von dort aus war er an das örtliche Stammesoberhaupt herangetreten, das ihm von anderen Stammesführern erzählt hatte, die seine Überzeugungen, seine Klagen und seine Ambitionen teilten. Von da an traf er stets nach Einbruch der Dunkelheit in einem Bauernhof oder einem Dorf ein, versammelte die, denen er trauen konnte, um sich und redete mit ihnen, bis es Schlafenszeit war. Den folgenden Tag verbrachte er mit Pflügen oder dem Wetzen von Werkzeug oder als Erntehelfer. Er nutzte seine Fähigkeiten als Heiler, um das Vertrauen der Leute zu gewinnen und sie an sich zu binden, auch wenn dies sein Leben in Gefahr brachte. Geschichten von einem Heilkundigen würden die Runde machen, während man einen wandernden Taglöhner, der für Brot und Bier arbeitete, rasch vergessen würde. Er war immer in Gefahr, aber er wurde nie verraten.

Inzwischen bemerkte er, dass andere demselben Pfad folgten. Es kam häufiger vor, dass er einen Haushalt besuchte und dort entdeckte, dass andere Angehörige seines Kultes ihm vorangegangen waren. Zwar sagte es keiner laut, aber er erkannte es an den verwunderten Blicken und den Antworten, die sie auf seine Fragen gaben. Im ganzen südlichen Britannien verbreiteten Männer wie er eine Botschaft: die Glut eines nahezu erloschenen Feuers zu schüren.

IX

Valerius verbrachte die ersten Tage in Colonia damit, zusammen mit Julius Arbeitspläne zu erstellen und Legionärsmannschaften in das Straßennetzwerk um Colonia auszuschicken, um die Stellen zu ermitteln, die sofortiger Aufmerksamkeit bedurften, und diejenigen, die eine geringere Priorität hatten. Julius gab dem Besitzer eines Steinbruchs vor Ort den Auftrag, das notwendige Material zu liefern, und Valerius machte sich an die Aufgabe, die Wagen zu finden, die für den Transport erforderlich waren. Das führte ihn zu Lucullus zurück.

Der Trinovante hieß ihn überschwänglich in seinem Geschäftshaus im Stadtzentrum willkommen und entschuldigte sich gleichzeitig für die bescheidene Ausstattung. »Natürlich erledige ich den größten Teil meiner Geschäfte im Tempel oder im Badehaus, wie ein echter Römer«, sagte er.

Als Valerius ihm den Grund für seinen Besuch erklärte, war Lucullus entzückt, zu Diensten sein zu können. Er ließ sich informieren, welche Mengen an Material über welche Entfernungen zu transportieren waren, und berechnete rasch die Zahl der erforderlichen Wagen und der Ochsengespanne, die sie ziehen mussten. »Du brauchst natürlich noch zusätzliche Gespanne. Man sollte einen Wagen nicht nutzlos herumstehen lassen, nur weil die Ochsen sich ausruhen müssen.« Er nannte einen Preis sowie Zeitpunkt und Ort der Lieferung, und Valerius legte ihm seine Vollmacht vor. Ihm fiel auf, dass die Zahl, die Lucullus niederschrieb, in keiner Weise der entsprach, die er Valerius gerade mündlich genannt hatte.

»Nun«, sagte der Brite. »Denke nicht, dass ich meine Einladung vergessen habe. In einer Woche trifft sich bei mir eine kleine Gesellschaft. Nur ein paar Leute aus meinem Bekanntenkreis. Ich glaube, du würdest es interessant finden und vielleicht auch erhellend. Wäre die vierte Stunde nach Mittag für dich annehmbar?«

Valerius stimmte zu und stellte dann die Frage, die ihm seit seinem Eintreten auf der Seele lag. »Ist deine Familie wohlauf?«

Lucullus' Gesicht verdüsterte sich. »Familien sind wie Steuern, eine Plage, die man hinnehmen muss. Einen Sohn hätte ich vielleicht anleiten können. Der Erfolg seines Vaters wäre ihm ein Vorbild gewesen, dem er folgen könnte. Aber ich habe keinen Sohn. Nur eine Tochter.« Er schüttelte traurig den Kopf. »Natürlich, du hast selbst keine Kinder?«

Valerius lächelte über diesen abwegigen Gedanken. »Ich bin nicht verheiratet.«

»Dann bist du doppelt willkommen.«

Als Valerius zum Stabszelt der Kohorte zurückkehrte, rief Julius ihm in Erinnerung, dass er sich bereit erklärt hatte, am nächsten Tag, dem Samstag, das Exerzieren von

Falcos Miliz zu begutachten. Valerius verzog das Gesicht. Als die Bitte gestellt wurde, hatte er nichts dagegen einzuwenden gehabt, doch jetzt gab es so viele andere Dinge, die seine Aufmerksamkeit erforderten. Es war jedoch eine Pflicht, der er sich nicht entziehen konnte, schon aus Achtung vor Falco.

Sie versammelten sich auf der ebenen Fläche zwischen den Überresten des Stadtwalls und dem Fluss, um geschlossene Gefechtsaufstellungen zu exerzieren und Waffenübungen zu machen. Zweitausend Mann, einst die Elite der Legionen Roms, mit Kampferfahrung, die von Skythien bis zu den silurischen Bergen reichte.

»Jupiter steh uns bei, schau sie dir an«, schnaubte Lunaris, der Valerius als Teil einer zwölfköpfigen Eskorte begleitet hatte. »Keiner von ihnen ist unter fünfzig. Es wundert mich, dass sie ihre Waffen finden konnten, über den Rest wollen wir gar nicht reden.«

Tatsächlich schienen nur wenige der Veteranen über eine vollständige Rüstung zu verfügen. Die meisten hatten seit ihrem letzten Feldzug vor fast einem Jahrzehnt irgendeinen Teil ihrer Ausstattung verloren: einen Brustpanzer, den Helm oder die Beinschienen. In den seitdem verstrichenen Jahren hatten sie sich an ein Leben als Bauer, Händler oder Kleinstadtpolitiker gewöhnt, und nichts konnte das kaschieren. Die einen hatten dicke Bäuche, die anderen waren mickrig, viele waren weißhaarig und viele kahl. Manche waren mit der Körperfülle des Erfolgs beladen, andere von jahrelanger Arbeit gebeugt. Eines hatten alle gemeinsam: Sie waren alte Männer.

Doch als Valerius von einer erhöhten Stelle aus zusah, erkannte er, dass sein erster Eindruck falsch gewesen war. Es gab da etwas, das die Männer verband. Was sie an Rüstung und Waffen zur Verfügung hatten, war gut gepflegt, wie altertümlich es auch sein mochte. Und auch wenn diese Männer betagt waren, waren sie doch Legionäre: Die gebellten Kommandos waren nicht nur Valerius und seinen Männern so vertraut wie der Ruf zum Frühstück, und das sah man jedem Manöver an, das die Veteranen durchführten. Mit der Mühelosigkeit lebenslanger Erfahrung wechselten sie von Schlachtreihen zur Rechteck- und zur Keilformation und gingen von der Verteidigung zum Angriff über. Jeder Mann kannte seinen Platz, jeder Schild und jedes Schwert befand sich genau da, wo sie sein sollten, und Valerius fühlte Stolz in sich aufsteigen wie immer, wenn er Berufssoldaten bei der Arbeit sah.

Valerius sah, dass Falco, der vermutlich freiwillig – und nicht notgedrungen – dieselbe veraltete Uniform trug wie seine Männer, ihn beobachtete. Gleich darauf erteilte der Weinhändler dem Offizier an seiner Seite einen Befehl. Die Legionäre teilten sich ohne jedes Stocken in Zenturien auf, und in einer einzigen gleitenden Bewegung verwandelte sich jede der Achtzig-Mann-Formationen in den undurchdringlichen, nach der Schildkröte benannten Verband, der jedem römischen Soldaten vertraut war.

»Bei der *testudo* laufen die Dinge nicht schlecht, Lunaris.«

Der hochgewachsene Mann grinste. »Die Dinge laufen schon, aber diese Männer wollen bestimmt nicht laufen, Herr.«

Valerius erwiderte sein Grinsen, doch eine Warnung in den Augen des Legionärs sagte ihm, dass Falco sich näherte. Valerius drehte sich um und entbot dem Primus Pilus einen militärischen Gruß. »Ich gratuliere dir zu dieser großartigen Waffenschau. Deine Miliz macht dir alle Ehre.«

Falco lächelte dankbar. »Nur zwei Nachmittage pro Woche, doch wir trainieren hart – zumindest diejenigen unter uns, die regelmäßig kommen. Und es gibt einiges, was man nie vergisst. Es wird von Jahr zu Jahr schwieriger, und unsere Zahl schwindet, aber die meisten betrachten es als eine heilige Pflicht. Claudius gab uns ein Zuhause und einen Lebensunterhalt, und wir werden ihm bis zum Grab dienen.« Aus dem Mund eines anderen Mannes hätten diese Worte falsch und sentimental geklungen, aber Falco stellte damit einfach nur eine Tatsache fest. »Komm, schau sie dir genauer an.« Er senkte die Stimme, damit Lunaris und Valerius' andere Begleiter ihn nicht hörten. »Ich gestehe, dass wir uns deinetwegen besonders ins Zeug gelegt haben. Normalerweise funkeln wir nicht ganz so hell.«

Sie gingen zu der Stelle hinunter, wo die Miliz nun in stummen Reihen Aufstellung genommen hatte. Dahinter erstreckte sich der Exerzierplatz breit und flach bis zum Flussufer, wo die Nordstraße über die Hauptbrücke von Colonia zum langen Böschungshang auf der gegenüberliegenden Seite führte.

Ein einziger Ruf genügte, damit die Miliz Habachtstellung annahm, und Valerius nahm zusammen mit Falco die Parade ab. Die faltigen Gesichter unter den Helmen waren rot vor Anstrengung und schweißgebadet, und die Schultern hoben und senkten sich keuchend, doch die Veteranen machten den Rücken gerade, zogen hinter ihren Schilden den Bauch ein und erwiderten Valerius' Blick mit einem festen Selbstvertrauen, das er nicht erwartet hatte. Diese Männer mochten inzwischen Bauern oder Ladenbesitzer sein, doch sie würden niemals vergessen, was sie einst gewesen waren.

Sie brauchten eine Stunde, um die Inspektion abzuschließen. Valerius murmelte Komplimente, wo sie angebracht waren, und Falco folgte ihm und schnalzte wegen kleinerer Mängel, die nur er sehen konnte, missbilligend mit der Zunge. Als sie fertig waren, rief der Milizkommandant zu Valerius' Überraschung zwölf seiner Männer namentlich nach vorn.

»Möchtest du sie erproben?«, lud Falco ihn ein. »Ein Dutzend von deinen gegen ein Dutzend von meinen?«

Valerius wollte schon ablehnen, denn dies waren alte Männer, und seine Eskorte war die beste Auswahl der Zwanzigsten Legion, doch in Falcos Augen und in seiner Stimme lag eine Herausforderung, und Valerius war – auch wenn es ihn gelegentlich teuer zu stehen gekommen war – noch nie einer Herausforderung ausgewichen. Erst jetzt fiel ihm auf, dass die Männer, die Falco ausgewählt hatte, zu den größten und kampftauglichsten auf dem Exerzierplatz gehörten. Unter ihnen war auch Corvinus, der Goldschmied, der sich bemühte, ein Lächeln zu unterdrücken. Vielleicht war das Verhältnis doch nicht so ungleich, wie Valerius gedacht hatte.

»Was meinst du, Lunaris? Ein kleiner Übungskampf?«

»Ich möchte diesen alten Herren nicht wehtun«, antwortete der *duplicarius*.

»Wahrscheinlich ziehen sie den Schwanz ein.« Es war ein alter Soldatenkniff, mit unbewegten Lippen zu reden, doch Valerius hatte den Eindruck, dass die Bemerkung im Flüsterton wahrscheinlich von Corvinus kam.

Lunaris zog die Augenbrauen zusammen, grinste dann und ließ den Blick über die Reihe der älteren Männer gleiten. »Also gut, dann ein kleiner Übungskampf. Aber ich trage sie nicht den Hügel rauf, wenn wir fertig sind.« Er zog sein Schwert und prüfte es demonstrativ mit dem Daumen.

»Oh, keine Schwerter«, warf Falco hastig ein. »Wir wollen nicht, dass deine Leute verletzt werden. Eine einfache Übung Schild gegen Schild.« Valerius hörte Lunaris' verächtliches Schnauben. »Nun, dann vielleicht mit Übungsschwertern.« Ein Übungsschwert war eine aus Hartholz gefertigte Nachbildung eines *gladius*. Es hatte weder Schneide noch Spitze, jedoch das doppelte Gewicht des Vorbilds, und so konnte man damit durchaus Knochen brechen oder einen Schädel einschlagen.

Lunaris und die Männer der Eskorte ließen sich von der nächststehenden Zenturie Schilde reichen, und an jeden der zwölf Männer in den beiden Reihen, die einander unmittelbar gegenüberstanden, wurden Übungsschwerter ausgegeben. Die jüngeren Legionäre strotzten vor Selbstvertrauen und scherzten miteinander, während die Veteranen ruhig abwarteten und ihre Energie sparten. Ermutigende Rufe ertönten aus den hinteren Reihen der geschlossenen Formation der Miliz. Valerius warf Lunaris einen warnenden Blick zu. Er hatte das Gefühl, dass der Wettkampf keine so ausgemachte Sache war, wie es den Anschein hatte.

»Eine *amphora* meines besten Weins auf den Ausgang, Tribun?«, schlug Falco unschuldig vor. Nun war Valerius sich sicher, dass er in eine Falle gelockt worden war. Aber seine Eskorte bestand ebenfalls aus erfahrenen Veteranen; diese Pensionäre mussten sie doch gewiss nicht fürchten. Falco bemerkte sein Zögern. »Natürlich zum Einkaufspreis.«

Valerius nickte. »Natürlich.« Etwas sagte ihm, dass er Falcos Besten heute Abend wahrscheinlich nicht kosten würde.

Falco stellte sich ans Ende der Lücke zwischen den beiden Reihen. »Bereitmachen zum … Angriff.«

Es hätte so einfach sein sollen. Lunaris achtete darauf, dass sein Schild dicht an dicht mit dem seines Nachbarn blieb, und spürte den Druck, mit dem der Mann zu seiner Linken diesem Bemühen entgegenkam. Er hielt den Kopf gesenkt und drückte die linke Schulter kräftig gegen die Rückseite des Schildbuckels, das Schwert stoßbereit in der rechten Hand, um eine Lücke zwischen den Schilden auszunutzen, sobald sich die Gelegenheit ergab. Er wusste, dass es nicht sofort so weit sein würde, denn dies war kein Kampf gegen Barbaren, bei denen man sich darauf verlassen konnte, sie mit dem *gladius* zu erwischen. Er war sich jedoch sicher, dass die Gelegenheit früher oder später kommen würde. Die zwölf Legionäre waren jünger, stärker und besser in Übung als die Männer, die ihnen gegenüberstanden. Ein Geschiebe würden sie gewinnen. Und wenn sie gewannen, würde er sich an dem alten Drecksack rächen, der ihnen vorgeworfen hatte, den Schwanz einzuziehen. »Reihen geschlossen halten«, rief er, als die beiden Schildwälle kurz vor dem Zusammenstoß standen. »Jetzt.«

Die jüngeren Männer rammten ihre Schilde vorwärts, dem Gegner direkt entgegen, mit brutaler Kraft, um die Veteranen wie mit dem machtvollen Aufprall zweier zusammenstoßender Galeeren rückwärtszustoßen. Nur dass die Veteranen nicht zurückwichen. Ihre Schildmauer schwankte, als sie sich der Gewalt des Angriffs stellten, aber die Linie blieb standhaft, und wie kräftig Lunarius auch schob und stieß, er konnte den Mann vor sich nicht von der Stelle bewegen. Nach einer Zeitspanne intensiver Anstrengung gestattete er sich, nur einen Bruchteil zu entspannen.

»Mach es dir nicht zu bequem, Söhnchen. Wir wollen nicht den ganzen Tag hier sein.« Es war dieselbe Stimme, die ihn vorhin beleidigt hatte. Sie drang empörend ruhig und gelassen hinter dem Schild des Gegners hervor. Lunaris knurrte und schob und drängte wieder mit aller Kraft.

»Keine Sorge, Opa. Du bekommst bald die Ruhe, die du dir wünschst. Eine lange, lange Ruhe.«

Ähnliche Begegnungen fanden entlang der ganzen Schildreihe statt, und Lunaris spürte die Verwirrung seiner Kameraden. Er hörte Messor, der so dünn war, dass seine Zeltkameraden ihn ›Knochenfisch‹ nannten, aber von einer drahtigen Kraft, die seine schmale Gestalt nicht vermuten ließ, unterdrückt fluchen, und Paulus, der *signifer* der Ersten, erteilte überflüssige Ratschläge. Trotzdem würde bald alles vorbei sein. Sie waren so gut trainiert, dass sie den ganzen Tag so weitermachen könnten, aber diese alten Männer würden bald ermüden.

Doch etwas Eigenartiges geschah. Der Winkel, in dem ihm der Schild des anderen begegnete, veränderte sich ständig leicht, und es wurde schwierig, mit gleicher Kraft dagegenzuhalten. Mal verschob er sich nach links, dann nach rechts, nach oben und nach unten, aber ohne ein festes Muster und niemals lang genug, dass er einen Vorteil daraus schlagen konnte. Er versuchte dahinterzukommen, was genau geschah, aber Instinkt und Ausbildung veranlassten ihn, die Stellung zu halten und im Druck nicht nachzulassen.

»Los, Leute, wir haben sie gleich.« Sein Ruf wurde von einem Echo von Grunzlauten gefolgt, denn die frustrierten Legionäre spannten all ihre Kräfte an, um den Druck auf die Gegner zu erhöhen. Lunaris spürte eine leichte Veränderung und wusste, dass er gewonnen hatte. Doch weit gefehlt. Der Schild vor ihm wurde unvermittelt weggezogen, und plötzlich lag er auf dem Rücken, hatte ein Holzschwert an der Kehle und sah in ein grinsendes, dunkles Gesicht. »Wen habt ihr gleich, Söhnchen?«, fragte Corvinus im Plauderton.

Der Trick der Veteranen war von jedem zweiten Mann in der Reihe angewandt worden, und der Wettkampf löste sich in ein Chaos von Männern auf, die miteinander kämpften und rangen.

»Genug!«, rief Falco. Er wandte sich Valerius grinsend zu. »Ein ehrenhaftes Unentschieden, denke ich.«

Valerius nickte und sah zu, wie Corvinus Lunaris auf die Beine half.

»In einem richtigen Kampf wärest du damit nicht durchgekommen«, sagte der *duplicarius* ruhig. Er wusste, dass er reingelegt worden war, doch besser, auf dem Übungsplatz reingelegt zu werden als auf dem Schlachtfeld.

»Das stimmt. Damit wären wir nicht durchgekommen«, stimmte Corvinus zu. »Aber es war kein richtiger Kampf. Man passt die Taktik der Herausforderung an, mit der man konfrontiert ist.«

»Du bist gut«, räumte Lunaris ein. »Für dein Alter.« Er streckte ihm die Hand hin.

Corvinus musterte ihn misstrauisch und ergriff dann Lunaris' Unterarm. »Wenn wir nicht gut wären, wären wir nicht hier. Jeder Mann, den du siehst, hat fünfundzwanzig Jahre in der Legion überlebt. Fünfundzwanzig Jahre bedeutet ebenso viele Schlachten und nochmals doppelt so viele sinnlose Scharmützel, die einen mit noch größerer Wahrscheinlichkeit das Leben kosten. Fünfundzwanzig Jahre Blut und Schweiß, in denen du deinen Zeltkameraden unter Qualen sterben siehst, und fünfundzwanzig Jahre mit dämlichen Patriziern als Offiziere, die nicht wissen, was sie tun. Wie der da.«

Lunaris folgte seinem Blick, der auf Valerius geheftet war. »Oh, nein. Nicht wie der. Der ist anders.«

X

Zwei Tage vor dem Mahl in Lucullus' Villa besuchte Valerius den täglich stattfindenden Markt neben dem Forum von Colonia. Hier boten die einheimischen Bauern ihre überschüssigen Erträge feil, und die Handwerker, die ihrem Gewerbe in den Werkstätten auf dem Hügel westlich der Stadt nachgingen, kamen ebenfalls her, um ihre Waren zu verkaufen. Aus Neugier war er einmal den Hügel hinaufgestiegen und an einen Ort voll eifriger Betriebsamkeit geraten, an dem Funken stoben und Rauch aufstieg, eigenartige metallische Gerüche waberten und das Hämmern von Schmieden ertönte. Unter ihnen traf er auch Corvinus an, was ihn überraschte, denn dies war ein Ort der Handwerker, und der Goldschmied zählte nun zur Elite Colonias. Doch der ehemalige Zeugmeister der Zwanzigsten erklärte es ihm: »Ich habe meinen Laden in Colonia, doch unsere Statuten erlauben keine handwerkliche Tätigkeit innerhalb der Stadtmauern.« Er deutete auf die glühende Esse eines Schmiedes. »Dafür ist das Brandrisiko zu groß. Das, was ich verkaufe, muss irgendwo gefertigt werden, und so habe ich meine Werkstatt hier eingerichtet. Ich habe natürlich Sklaven, aber ich lege selbst mit Hand an, und die Sonderaufträge erledige ich persönlich.«

Die Erinnerung an diese Begegnung brachte Valerius auf einen Gedanken, doch er beschloss, das fürs Erste zurückzustellen. Jetzt ging er zwischen den Marktständen herum, mit ihrer Auslage an Gemüse, aufgehängten Fleischstücken, prall gefüllten Säcken mit Gerste und Dinkel, haufenweise Enten- und Hühnereiern, vielleicht frisch, vielleicht auch nicht, sowie silbrig blitzenden Fischen aus Fluss und Meer. Er genoss Anblick und Geruch heimischer Kräuter und importierter exotischer Gewürze und ignorierte die Schmeicheleien und Bitten der Verkäufer. Eine Zeit lang musterte er einen Korb voll magerer Hühner, die gackernd und flatternd auf dem Stroh hockten, aber keines gefiel ihm wirklich. Dann folgte er dem Geräusch von blökenden Schafen. Vielleicht hier? Als er beim Pferch des Bauern ankam, schalt er sich einen Dummkopf. Um diese Jahreszeit gab es natürlich keine Lämmer. Er stellte sich vor, ein Mutterschaf an einem Seil durch die Straßen zu führen. Nein, das ging nicht. Er kehrte zu den Hühnern zurück.

»Ich nehme das größte, das mit dem weißen Flecken am Flügel.«

Er trug den gackernden Vogel, der hilflos mit den Flügeln schlug, an den Beinen über die Hauptstraße bis zu den Tempeltoren. Heute stand vor den Tempelstufen eine Schlange an, und er reihte sich hinter einer runzligen älteren Frau ein, die eine weiße Schriftrolle in der Hand hielt und einen kleinen Lederbeutel fest an die Brust drückte. Es dauerte mehrere Minuten, bis sie an einem Steinaltar vor dem

Priester stand. Die Abwicklung des Geschäfts hätte unter vier Augen bleiben sollen, doch die Frau hatte eine laute Stimme, die Valerius an das Gackern der Hühner erinnerte, und er konnte nicht umhin, zu hören, was sie sagte.

»Ich wünsche, dass der Gott die Person verflucht, die meine Bettlaken beim Trocknen gestohlen hat. Wer auch immer es war. Es war meine Nachbarin Poppaea, da bin ich mir sicher, aber ich werde es mit Gewissheit erfahren, wenn ihr die Füße und Hände abfaulen, der diebischen Schlange. Zur Unterstützung meiner Bitte lasse ich diese Opfergabe hier.« Der Priester ergriff den Lederbeutel, öffnete ihn und betrachtete seinen Inhalt. Dann nahm er die Schriftrolle mit einem kurzen Nicken entgegen. Die Frau verneigte sich und ging schimpfend davon.

Valerius nahm seinen Platz am Altar ein, während der Priester etwas auf einer Wachstafel notierte. Trotz der Autorität, mit der er der Frau und den Bittstellern vor ihr begegnet war, war der Priester kaum mehr als ein Knabe. Er hatte schmale, verkniffene Gesichtszüge und eine Nase, die ihn als Römer auswies. Valerius war zunächst verwirrt, doch während er wartete – ein wenig länger als nötig –, begriff er, dass die Leute, die beim Kult des Claudius das Tagesgeschäft betrieben, vermutlich keine bedeutenden Stifter wie Lucullus waren. Jede Organisation brauchte ihre Arbeiter, und so jemanden hatte er jetzt vor sich.

Er hüstelte, und der Priester blickte auf, als hätte er seine Anwesenheit gerade erst bemerkt. Valerius trug eine schlichte Tunika über seinen *braccae*, weshalb der andere ihn wohl fälschlich für einen Legionär auf Freigang oder vielleicht auch für einen Bauern hielt, der für den Markt in die Stadt gekommen war.

»Ich möchte dem Gott ein Opfer darbringen«, sagte Valerius, die Hand um das Huhn gelegt.

»Das hier?«, fragte der Junge stirnrunzelnd.

»Ja, das«, stimmte Valerius zu, der merkte, wie die Wartenden hinter ihm unruhig wurden.

Der Junge betrachtete das Huhn, und Valerius fragte sich, ob er jemals ein Opfer dargebracht hatte. Wahrscheinlich wurde diese Aufgabe normalerweise von den erfahreneren Priestern durchgeführt.

»Brauchst du vielleicht Hilfe?«, erdreistete er sich zu sagen.

Der Junge sah ihn ernst an und betrachtete dann wieder das Huhn. »Oh nein.« Er hielt kurz inne. »Willst du eine Weissagung?«

Valerius dachte kurz nach. Glaubte er wirklich, dass dieses Kind die Gabe besaß? Mit ziemlicher Sicherheit verschwendete er sein Geld. Andererseits, warum war er hergekommen, wenn nicht, um herauszufinden, ob das Mädchen Teil seiner Zukunft werden würde?

»Wie viel?«, fragte er und bekam einen Betrag genannt, bei dem sein Geldbeutel protestierend aufschrie. Bei diesen Preisen musste der Tempel des Claudius das gewinnbringendste Unternehmen in ganz Britannien sein. Er reichte dem Jungen einen silbernen *denarius*, den dieser in einen Korb unter dem Altar legte. Dann übergab er ihm das Huhn. Der junge Priester hielt es fachmännisch mit einer Hand auf dem Altar fest, während er mit der anderen in den Korb griff und ein gefährlich aussehendes Küchenmesser herausholte. Mit einer raschen Bewegung aus dem Handgelenk schnitt er dem Vogel die Kehle durch. Ein Ruck durchfuhr das Huhn, und in einem unwillkürlichen Krampf schlug es mit den Flügeln. Der Junge studierte seine Todeszuckungen, bis es still dalag. Dann öffnete er mit einem weiteren raschen, fachmännischen Schnitt den Bauch des Vogels und ließ die inneren Organe auf die Marmorplatte herausquellen.

Valerius betrachtete die Überreste des Huhns, doch er sah nichts als einen Haufen Federn und ein Durcheinander von Eingeweiden und wässrigem Blut. Mit der Messerspitze schob der Priester eine Darmschlinge auf die Seite und stieß einen langen Seufzer aus, als er die Leber aufdeckte. Er seufzte erneut, als er die Gallenblase fand, die er aufmerksam studierte. Vorgebeugt lauschte Valerius, wie der Priester ihm die Zeichen erklärte. »Der Pfad, dem du folgst, ist nicht der, den du gehen möchtest«, sagte der Junge vorsichtig. »Doch es gibt viele Wege zu dem Ziel, zu dem du strebst. Nicht alle sind geradlinig, aber jeder wird dich auf seine Weise dorthin führen.« Er hielt inne, um die Eingeweide noch genauer zu untersuchen, während Valerius versuchte, die erhaltene Botschaft zu entschlüsseln. Redete der Junge von einer Werbung um das Mädchen oder von dem Pfad, der ihn gegen seinen Willen nach Rom zurückführen würde? Vielleicht von beidem? Oder weder noch? Er hob den Kopf und stellte fest, dass der Priester ihn mit einem neugierigen Blick in den dunklen Augen musterte. »Du wirst dich einer großen Herausforderung stellen oder vor ihr zurückweichen. Dein Schicksal ist an diese Entscheidung geknüpft. Es ist nicht klar, doch ich glaube, dass du viel zu gewinnen, aber noch mehr zu verlieren hast, wenn du dem Weg, den du gewählt hast, weiter folgst.« Er griff in den Korb, und seine Hand kam mit dem silbernen *denarius* heraus. »Hier, ich habe dir nichts gesagt, was du nicht schon weißt.«

Valerius schüttelte den Kopf. »Nein. Behalte ihn ... für dich selbst, wenn nicht für den Tempel.«

Als er tief in Gedanken davonging, schaute er sich noch einmal um und bemerkte, dass der Priester ihm nachsah, ohne die Schlange der Anstehenden zu beachten, die auf seine Dienste warteten.

Lucullus' Villa lag Colonia gegenüber hoch oben an einem Hang und etwa eine Meile westlich der Stadt. Die Villa befand sich im Zentrum seines ›Landguts‹, das, soweit Valerius es beurteilen konnte, einfach nur aus einem größeren Gebiet britischen Ackerlands bestand. Stellenweise war es mit kleinen Flecken Wald bewachsen, und hier und da standen die flohverseuchten, strohgedeckten Rundhäuser, in denen die Stammesangehörigen lebten.

Eine römische Villa wäre an einem weithin sichtbaren Torbogen und einem angelegten Garten zu erkennen gewesen, aber den Weg hierher hatte Valerius nur aufgrund der präzisen Beschreibung gefunden, die Falco ihm gegeben hatte und die ihn an einem Dutzend weiterer Bauernhöfe vorbeigeführt hatte. Auf den ersten Blick war die Villa eine Enttäuschung: ein schlichter, eingeschossiger Bau mit weißen Wänden, hölzernen Fensterläden und einem roten Ziegeldach – es hätte das Heim jedes kleinen Bauern am Rande des Mittelmeers sein können. Dennoch schlug sein Herz schneller, als er sich auf dem schmalen, von Hecken gesäumten Weg näherte. In Gedanken spielte er verschiedene mögliche Versionen seiner bevorstehenden Begegnung mit Maeve durch, und er stellte fest, dass er sich kaum an ihr Gesicht erinnern konnte. Das sorgte dafür, dass sich ein eiskalter Klumpen Angst in seinem Bauch einnistete, doch ihre Augen waren ihm so vertraut wie die seiner eigenen Mutter. Wie sie wohl gekleidet sein würde? Er erinnerte sich daran, wie er der schlanken Gestalt nachgesehen hatte, als sie vom Tempel weggegangen war. Nun, vielleicht war sie gar nicht so schlank. Die Taille war schmal, aber die Hüften und ... Plötzlich war sein Mund trocken, und er leckte sich die Lippen und verdrängte die verführerische Erinnerung aus seinen Gedanken. Warum war er jetzt nervöser als neulich, als er den Angriff auf die britische Bergfestung anführen sollte? War nervös überhaupt das richtige Wort? Nein, es war mehr als das. Er hatte Angst. Keine Angst zu sterben oder zu versagen, sondern Angst zu enttäuschen oder enttäuscht zu werden. Und doch war diese Angst jetzt genauso real. Es spielte keine Rolle, dass er dem britischen Mädchen erst ein einziges Mal begegnet war. Alles, was für ihn zählte, war, dass er sie wiedersehen würde.

Er war nicht unerfahren, was Frauen betraf, aber diese Erfahrung war auf einen bestimmten Typ beschränkt oder, besser gesagt, auf bestimmte Typen. Natürlich hatte es Dienstmädchen gegeben, vielleicht von seinem Vater angestiftet – oder gar von seiner Mutter –, die ihn den heiklen Weg zur Reife geleitet hatten. Und als er zum ersten Mal die *toga virilis* des erwachsenen Mannes angelegt hatte, hatte sein Vater ihn zum obligatorischen Besuch eines Bordells der besseren Klassen mitgenommen. Dort war er in Freuden eingeführt worden, die das ungeschickte Gefummel in der Küche im Nachhinein belanglos wirken ließen. Dann war die Armee gekommen und damit die Soldatenfrauen, von denen viele leicht zu haben waren. Doch das waren flüchtige erotische Erfahrungen ohne Leidenschaft oder Zärtlichkeit gewesen. Zum ersten Mal wurde ihm bewusst, dass er noch keine Liebe erlebt hatte.

Lucullus stand lächelnd vor der Villa im Hof, in Begleitung eines Stallburschen, der Valerius das Pferd abnahm und es zu den Stallungen führte. »Willkommen in meinem bescheidenen Heim«, sagte der kleine Kelte förmlich, doch Valerius konnte sehen, dass er geradezu vor Aufregung tänzelte. So ähnlich war sein Vater manchmal gewesen, wenn sich ein besonders vielverheißender Gast angekündigt hatte.

»Es war sehr freundlich von dir, mich zum Essen mit deiner Familie einzuladen«, antwortete er ebenso förmlich. »Du hast ein sehr schönes Anwesen, Lucullus.«

Lucullus wehrte mit einem Wink ab, doch sein Lächeln zeigte, dass er sich über das Kompliment freute. »Das hier? Das ist nichts. Das beste Land liegt hinter dem Berg, Land, das meine Vorfahren über Generationen bestellt haben – die Götter mögen es ihnen danken –, und nochmals dahinter liegt mein Jagdgebiet. Bist du dir sicher, dass du nicht jagst? Ich muss dich in Versuchung führen. Ein edler Hirsch? Oder ein Keiler? Ein Keiler wäre doch sicher ein würdiger Gegner für einen Soldaten?«

Valerius schüttelte den Kopf, und Lucullus führte ihn lachend zum Haus und plauderte dabei über die Tiere, die er gejagt und erlegt hatte. Sie traten durch einen Torbogen ein, der in eine Eingangshalle führte. Dort überraschte ein Sklave Valerius damit, dass er ihn zu einer Bank geleitete, wo er die Sandalen ausziehen und mit einem Paar weicher Hausschuhe vertauschen konnte. Das war etwas, was Valerius in Rom nur in den elegantesten Häusern erwartet hätte, sodass es ihm hier fernab in der rauen Provinz übertrieben vorkam. Aufblickend bemerkte er, dass Lucullus ihn um Anerkennung heischend beobachtete, und er lächelte ihn dankend an.

Nun mit dem passenden Schuhwerk bekleidet, folgte er seinem Gastgeber in einen luxuriös eingerichteten Raum, der von duftenden Öllampen erhellt wurde. Der Raum maß etwa dreißig mal zehn Schritt, und die verputzten Wände waren in einem dramatischen, tief ockerfarbenen Ton gestrichen, der durch den breiten, horizontalen Goldstreifen in der Mitte noch eindringlicher wirkte. Hinzu kamen farbenfrohe Wandgemälde, die beide Schmalseiten des Raums bedeckten. Der Boden bestand aus mit Teppichen bedecktem, einfachem *opus signinum*, abgesehen von einem Mosaik in der Mitte. Es war aus blauen, roten und weißen Steinchen zusammengesetzt und zeigte die vertraute Gestalt des von Wein umrankten Bacchus. Erneut war Valerius beeindruckt. Lucullus nahm die Kultur offensichtlich ernst genug, um beträchtliche Summen dafür aufzuwenden. Zwei Männer und eine Frau standen vor einer Marmorbüste und unterhielten sich. Mit einem Stich der Enttäuschung erkannte Valerius, dass die Frau nicht Maeve war.

Lucullus stellte sie vor: »Mein Vetter Cearan und seine Frau Aenid. Sie gehören zu unseren nördlichen Nachbarn, den Icenern.« Valerius verbeugte sich höflich. Cearan und Aenid waren eines der bestaussehenden Paare, die er je gesehen hatte, und sahen sich dabei so ähnlich, dass sie hätten Geschwister sein können. Cearans Gesichtszüge waren so ebenmäßig, wie Valerius es von den Statuen griechischer Götter in Erinnerung hatte, nur etwas kantiger. Sein goldenes Haar fiel ihm auf die Schultern, und seine Augen waren von einem verblüffenden zarten Blau. Aenid war mit ebenso hohen Wangenknochen und vollen Lippen gesegnet wie ihr Mann, trug das Haar aber lang. Es fiel ihr wie ein Wasserfall bis zur Mitte des Rückens hinunter. Die Kleidung der beiden schaffte es, den kulturellen Abgrund zwischen dem römischen und dem britischen Stil zu überwinden, ohne eine der beiden Richtungen zu beleidigen. Cearan war mit einer einfachen, cremeweißen Tunika und *braccae* bekleidet und trug einen schmalen, goldenen Torques um den Hals, während Aenid ein langes, hellblaues Kleid trug, das ihren Hals und ihre Arme bedeckte. Erst auf den zweiten Blick erkannte Valerius, dass die beiden älter waren, als sie aussahen, vermutlich nur um wenige Jahre jünger als ihr Gastgeber.

Valerius betrachtete sie immer noch, als Lucullus ihm den zweiten Mann vorstellte. »Marcus Numidius Secundus«, sagte er. »Numidius hat den Tempel des Claudius erbaut.« Seine Augen funkelten, als wollte er sagen: *Siehst du, ich habe dein Interesse erkannt, und das ist mein Geschenk für dich.* Anscheinend hatte bei Lucullus alles gewissermaßen einen Preis.

Numidius nickte, und Valerius bemerkte, dass er zwar neben Cearan und Aenid stand, jedoch nicht wirklich *bei* ihnen. Er hielt mit beiden Händen einen Silberbecher umfangen und hatte die Arme dicht an den Leib gelegt, als wollte er jeden versehentlichen Kontakt mit den beiden Briten vermeiden. Dunkle, wachsame Augen spähten kurzsichtig aus einem schmalen, nahezu unterernährt wirkenden Gesicht, doch sie leuchteten auf und fingen nahezu Feuer, als der Baumeister erkannte, dass er einen römischen Mitbürger vor sich hatte. Er hielt quer durch den Raum auf Valerius zu und ergriff seinen rechten Arm wie ein Ertrinkender, der sich an ein Stück Treibholz klammert. »Komm, Lucullus sagte mir, dass wir eine gemeinsame Leidenschaft teilen. Du musst dich zu mir setzen.« Er lenkte Valerius zu einem niedrigen Tisch am hinteren Ende des Raums, der von bequem gepolsterten Liegebänken umgeben war.

Lucullus' Gesicht nahm dasselbe starre Lächeln an wie kürzlich, als Petronius das Wort ›Brittunculi‹ verwendet hatte. »Ja, es ist Zeit zu speisen. Cearan, Aenid?« Er zeigte dem Icener-Paar die Bänke, sechs an der Zahl, wie Valerius mit einem Flattern in der Magengrube bemerkte. Lucullus platzierte Valerius und Numidius auf die eine Seite des Tisches und Cearan und Aenid ihnen gegenüber. Er selbst nahm den Platz neben den beiden Icenern ein und ließ die Liege neben Valerius frei.

Als alle ihre Plätze eingenommen hatten, rief er etwas in seiner eigenen Sprache, und Valerius meinte, in dem Gewirr unverständlicher Silben das Wort Maeve aufzuschnappen. Er blickte in der Hoffnung auf, das britische Mädchen zu sehen, doch Numidius zupfte am Ärmel seiner Tunika.

»Lucullus sagte mir, du interessierst dich für den Tempel?«

»Ich interessiere mich grundsätzlich für Architektur«, räumte Valerius ein. »Und der Tempel des Claudius ist ein schönes Beispiel. Die Handwerkskunst, wenn auch nicht die Größe, kann sich mit allem messen, was man in Rom findet.«

»Mit allem, was man im ganzen Imperium findet«, bemerkte der Baumeister selbstgefällig. »Ich habe nach den Anweisungen des Architekten Peregrinus gearbeitet, der von Claudius selbst aus Rom geschickt wurde, um die Bauarbeiten zu beaufsichtigen. Vorher hatten wir schon gemeinsam den Tempel von Nemausus fertiggestellt, aber das hier war eine ganz andere Aufgabe.«

Valerius nickte höflich, hin- und hergerissen zwischen echtem Interesse und der Hoffnung, dass Maeve den Raum betreten und den Platz neben ihm einnehmen würde.

»Das Problem war das Fundament, verstehst du«, erklärte Numidius mit einer Stimme, die so trocken war wie eine leere *amphora*. »Der ausgewählte Bauplatz war vollkommen ungeeignet, aber man hat darauf bestanden, weil dort einmal ein Schrein eines der keltischen Götter gestanden hatte. Peregrinus hielt es für unmöglich, ich jedoch habe die Lösung entdeckt. Ein so starkes Fundament, dass es sogar den Kapitolinischen Hügel tragen könnte. Zweihundert Sklaven waren nötig, um die Schächte auszuheben, und wir mussten sie mit Balken abstützen, sonst wären die Wände über den Arbeitern zusammengestürzt. Als sie fertig waren, haben wir tonnenweise Mörtel hineingegossen, und dann weiteren Mörtel darüber, womit wir die Zwischenräume überwölbten. Als das Material ausgehärtet war, hatten wir vier riesige, mit Erde gefüllte Tonnengewölbe von erstaunlicher Tragkraft. Selbst da hatte Peregrinus noch Zweifel, bis die Priester dem Jupiter einen schönen Stier opferten und wahrsagten, dass der Tempel tausend Jahre überdauern würde.«

Endlich.

Heute trug sie Weiß, und vom kastanienbraunen Haar, das sich zu einer modischen Hochsteck-Frisur türmte, bis zu den Riemensandalen, die ihre zierlichen, gepflegten Füße umfingen, sah sie mit jedem Fingerbreit wie eine Römerin aus. Das Kleid war lang, und sein durchscheinendes Material schmiegte sich an ihren Körper, mit Falten, die voller Schatten und Verheißungen waren. Es ließ jedoch die Schultern frei, und ihre helle Haut schimmerte im gelben Licht der Lampen. Valerius bemerkte, dass sie Puder aufgetragen hatte, um die gesunde Röte, die ihre Wangen färbte, in einen zarten rosigen Hauch zu verwandeln, und heute hatten ihre Lippen die Farbe reifer Erdbeeren. Er fragte sich, wie alt sie wohl sein mochte, und eine Stimme in seinem Kopf gab die Antwort. Achtzehn.

XI

Maeve betrat den Raum an der Spitze einer Reihe von Dienerinnen, und erst als diese die Schüsseln, mit denen sie beladen waren, zu ihrer Zufriedenheit abgestellt hatten, ließ sie sich gegenüber ihrem Vater zu Valerius' Linken nieder. Natürlich nahm er bei dieser Mahlzeit das eine oder andere von den Speisen zu sich, aber er hätte anschließend geschworen, dass er nichts von dem gesehen oder geschmeckt hatte, was ihm aufgetischt wurde. Die leisen Unterhaltungen gingen weiter, aber sollte jemand das Wort an ihn gerichtet haben, hörte er es nicht. Maeve lag so nah bei ihm, dass ihm der Duft der parfümierten Öle, die sie aufgelegt hatte, zu Kopfe stieg, doch zu seiner Enttäuschung blieb ihr Gesicht vor ihm verborgen. Wenn er die Augen nach links wandte, um zu sehen, wie sie sich einen Happen vom Tisch nahm, erhaschte er einen Blick auf die flaumigen goldenen Härchen, die ihren Unterarm bedeckten. Es dauerte lange, bis er merkte, dass sie ihn nicht weniger beachtete als die Büsten an den Wänden. Ihretwegen hätte er ruhig aus dem gleichen kalten Stein gefertigt sein können, obwohl er selbst ihre Anwesenheit wie die Hitze eines Winterfeuers spürte.

Sie konzentrierte sich ganz auf Cearan und unterhielt sich leise mit ihm in ihrer gemeinsamen Sprache, von der Valerius kein Wort verstand. Er spürte eine starke Empfindung in sich aufsteigen, und obwohl sie ihm unvertraut war, erkannte er sie als Eifersucht. Es war unvernünftig und sogar verrückt – er hatte noch kein einziges Wort mit diesem Mädchen, dieser Frau gesprochen –, und doch stellte er fest, dass er das Gefühl nicht bezähmen konnte. Mit dieser Erkenntnis kam die Wut; Wut auf sich selbst, weil er Lucullus' Einladung angenommen, und Wut auf den Briten, weil er sie ausgesprochen hatte. Diese Verärgerung bewirkte, dass sich seine Aufmerksamkeit wieder auf den Raum richtete, und er hörte, dass Numidius immer noch vom Tempel schwadronierte.

»... die Dimensionen sind natürlich perfekt und richten sich nach den Prinzipien des Vitruvius: Die Länge entspricht genau eineinviertel Mal der Breite ...«

Valerius blickte auf und stellte fest, dass Lucullus ihn musterte. »Maeve, unsere Gäste«, sagte der Trinovante scharf.

»Fürst Cearan und ich haben uns über Pferde unterhalten.« Die Stimme erklang hinter seinem Kopf, in einem Latein, das eine sanfte, fast musikalische Qualität besaß. Valerius wusste, dass die Worte an ihn gerichtet waren, doch aus irgendeinem Grund widerstrebte es ihm, sich ihrer Quelle zuzuwenden. »Unsere britische Rasse ist ausdauernd, hat aber einen kurzen Körper und kurze Beine. Sie würde von der Beimischung einiger eurer römischen Blutlinien profitieren.«

Jetzt blieb ihm keine andere Wahl, als sich umzuwenden und ihr in die Augen zu sehen, die auf ihre Weise an einen toskanischen Gebirgsbach erinnerten: tief, dunkel und voller faszinierender Geheimnisse. »Das wäre bestimmt machbar«, sagte er, obwohl er wusste, dass das Gegenteil zutraf, und fragte sich dabei, warum seine Stimme wie die eines alten Mannes klang.

»Dann suche ich dich morgen auf, und wir lassen uns gemeinsam enttäuschen.« Cearan lachte. »Seit zehn Monaten versuche ich, den Kommandanten eurer Reiterei in dem befestigten Lager südlich von Colonia zu überreden, mir nur einen einzigen Zuchthengst zur Verfügung zu stellen. Nur eine Woche lang. Oder sogar nur für einen Tag. Aber er versucht nur, mir seine ausgemusterten Pack-Maultiere anzudrehen, und will mir weismachen, sie wären ein Schnäppchen.«

Valerius sah sich ehrenhalber genötigt, Bela, seinen Amtskollegen bei den Hilfstruppen, zu verteidigen. »Er hat zweifellos seine Gründe. Ein Präfekt der Reiterei hütet seine Pferde wie einen Augapfel, und für ihn als Thraker gilt das nur umso mehr. Vielleicht kannst du ja mit der Zeit sein Vertrauen gewinnen? Schließlich habt ihr gemeinsame Interessen.«

Er hörte ein scharfes Schnalzen zu seiner Linken, das ihm sagte, dass Maeve anderer Meinung war. Doch Cearan schlug mit der Hand auf den Tisch. »Gut gesagt! Und du hast recht. Wenn es nur um ihn und um mich ginge, würden wir uns zusammen betrinken, mit den Hengsten prahlen, die wir bereits unter unserer Obhut hatten, und mit den Stuten, die wir zugeritten haben. Am Morgen würde er mir dann sagen: ›Cearan, nimm dieses schöne Tier und bringe es zurück, wenn es seine Pflicht getan hat.‹ Ich würde ihm das erste Fohlen aus dieser Zucht schenken, und er wäre zufrieden. Aber es geht nicht nur um ihn und mich. Er habe seine Befehle, sagt er, und sein Leben würde nicht reichen, um eine Zuwiderhandlung zu sühnen. Vertrauen ...« Die fröhliche Stimme wurde ernst, und die blassen Augen bohrten sich in die von Valerius. »Genau das ist der Punkt. Seit fünf Jahren treibe ich mit den Bauern im territorium Handel, und jeder hat davon profitiert. Sie vertrauen darauf, dass ich ihnen die versprochenen Ponys liefere, und ich vertraue ihnen, dass sie mich bezahlen, sobald sie ihre Ernte verkauft haben und über Geld verfügen. Lucullus hat täglich mit diesen Leuten zu tun. Er ist ein Priester des Tempels und hat ihre Achtung gewonnen.« Valerius sah plötzlich Petronius' vom Wein aufgedunsenes Gesicht vor sich und hatte seine verächtliche Bemerkung über die ›kleinen Briten‹ im Ohr. Er fragte sich, ob Cearans Worte wirklich die Wahrheit widerspiegelten. »Aber es gibt immer noch Römer, die auf uns herabschauen und uns als ihre Feinde betrachten.«

»Das stimmt«, unterbrach Maeve ihn leidenschaftlich. Jetzt hatte er einen Anlass, sich ihr wieder zuzuwenden, und ihm blieb der Atem wie ein Angelhaken in der Kehle stecken, weil sie sich ihm zugeneigt hatte und ihr Gesicht nur wenige Fingerbreit von dem seinen entfernt war. Sie hatte die wilde Miene einer Mutter, die ihren Nachwuchs verteidigt, und der Stolz brannte durch die Puderschicht auf ihren Wangen. »Es ist sechzehn Jahre her, seit ihr gekommen seid.

Wir haben die römischen Gesetze übernommen und tragen römische Kleidung. Wir essen von römischen Tellern und trinken römischen Wein. Eure Götter sind nicht unsere Götter, doch wir haben sie akzeptiert, obwohl …«, sie hielt inne, und Valerius spürte einen warnenden Blick, der entweder von ihrem Vater oder von Cearan kam, »obwohl einige von ihnen uns sehr fremd sind. Was braucht ihr denn noch, bis ihr uns euer Vertrauen schenkt?«

Valerius erinnerte sich an die keltischen Stämme in den dunklen Bergen westlich von Glevum und an die tätowierten Krieger, die sich gegen die Schwerter der Legionäre geworfen hatten. Er musterte Lucullus, der rundlich und zufrieden auf seiner gepolsterten Couch lag, die Augen im Schatten verborgen, und Cearan, der sich in seiner nahezu römischen Tunica, die eindeutig einen so eindrucksvollen Körperbau verhüllte, wie Valerius ihn nur je auf dem Schlachtfeld der Silurer gesehen hatte, nicht wirklich wohlfühlte. Rom hatte in der Vergangenheit Barbaren vertraut. Der Cherusker Arminius war einmal Offizier in den Legionen gewesen und hatte das, was er dort gelernt hatte, dazu verwendet, im Teutoburger Wald drei dieser Legionen zu vernichten. Caesar selbst hatte mit den gallischen Stämmen gemeinsame Sache gemacht, doch das hatten sie nur dazu zu nutzen versucht, ihm einen Dolchstoß in den Rücken zu versetzen. Das Vertrauen Roms gewann man nicht so ohne Weiteres. Die Icener würden niemals die Blutlinien römischer Kavalleriepferde einkreuzen können, weil kein römischer Kommandant das Risiko eingehen würde, britischer Reiterei auf Pferden zu begegnen, die den seinen auf dem Schlachtfeld an Kraft und Ausdauer gleichkamen, und sei es auch erst in zehn Jahren.

»Du besitzt das Vertrauen dieses Römers hier, junge Dame«, antwortete er. Aber wenn er gehofft hatte, sie durch Schmeichelei zu besänftigen, hatte er sich geirrt.

»Du vertraust uns, und doch kommst du an der Spitze von beinahe tausend Soldaten nach Colonia. Bedeuten tausend Speere in Rom Vertrauen?«

»Es sind achthundert, und ich bringe Straßenbauarbeiter und keine Soldaten«, antwortete er, ohne die Stimme zu heben. »Bald beginnen wir mit der Arbeit an den Straßen und Brücken zwischen Colonia und dem Norden. Eine gut ausgebesserte Straße ist gut für den Handel. Dein Vater«, er neigte den Kopf vor Lucullus, »wird weniger Achsen und Räder verschleißen, und seine Wagen werden schneller und weiter fahren können. Das bedeutet wiederum mehr Gewinn, den er für seine großartige Villa ausgeben kann.«

Er wusste, dass er einen Fehler gemacht hatte, als er sah, dass sie die Augenbrauen zusammenzog. Zum Glück ging Cearan dazwischen und rettete ihn vor ihrem Gegenangriff.

»Aber der Hauptzweck der Straßen ist doch sicherlich militärischer Natur? Eine Legion, die auf befestigten Straßen unterwegs ist, kommt doppelt so schnell voran wie im offenen Land. War es nicht Aulus Plautius, der erste Statthalter dieser Provinz, der gesagt hat, seine Straßen seien die Ketten, die die Barbaren für immer binden würden?«

»Dazu kann ich nichts sagen. Ich habe Aulus Plautius nie selbst kennengelernt, aber gehört, dass er ein guter Kommandant war.«

»Aber Cearan ist ihm begegnet, nicht wahr, Cearan?« Lucullus' Stimme klang leicht lallend, und Valerius bemerkte, dass Maeves Augen sich minimal weiteten. Cearan selbst nickte jedoch nur nachdenklich.

»Einmal war genug. Caratacus glaubte, er würde ihn an der Tamesa vernichten, aber tatsächlich war es Caratacus, der vernichtet wurde, und wir anderen mit ihm.« Er lächelte traurig. »Ich bin mit achttausend Mann in die Schlacht geritten und mit weniger als sechstausend nach Venta zurückgekehrt. Damit konnte ich mich noch glücklich schätzen.«

Lucullus kam taumelnd auf die Beine, und Maeve erhob sich von ihrer Liege und eilte an Valerius vorbei, um ihn aus dem Raum zu führen, wobei sie ihm etwas ins Ohr flüsterte. Numidius lag mit geschlossenen Augen auf dem Rücken und schnarchte leise. Valerius nutzte die Gelegenheit, Lucullus' Gemälde von der Kapitulation näher in Augenschein zu nehmen. Es war ein bemerkenswertes Kunstwerk. Der Maler hatte die Reihen der rundum aufgestellten Legionen geschickt so arrangiert, dass die Aufmerksamkeit auf die Gruppe in der Mitte gelenkt wurde. Claudius trug einen purpurroten Umhang und thronte auf dem Rücken eines von goldenen Panzerplatten geschützten Elefanten. Vor ihm knieten elf Gestalten, zehn Männer und eine Frau. Irgendwie hatte der Künstler es mit nur minimalen Ausschmückungen geschafft, ihre königliche Abstammung kenntlich zu machen. Ihr Mienenspiel reichte von leichter Besorgnis bis zu echter Angst.

Cearan trat neben ihn. »Prasutagus, mein König.« Er deutete auf eine Gestalt in der Mitte der Reihe der Knienden. »Seine Frau Boudicca stand damals an seiner Seite, um seine Bürde zu teilen, aber der Künstler hat sie übersehen.«

»Und sie würde ihm dafür danken!« Die Stimme gehörte Aenid, die sich zum Sitzen aufgerichtet hatte und mit Honig glasierte Nüsse aus einer Schale vor ihr naschte. »Boudicca braucht keine Erinnerung an die Entehrung ihres Volkes.«

»Vergib meiner Frau. Sie ist eine bemerkenswerte Person, aber manchmal vergisst sie ihre Stellung«, sagte Cearan mit einem Lächeln.

»Glaube ihm nicht, Tribun«, fiel Aenid ihm ins Wort. »Sie kennt ihre Stellung sehr gut. Aber im Gegensatz zu euren römischen Ehefrauen darf sie eine eigene Meinung haben und hat das Recht, sie zu äußern.«

»Und das«, Cearan deutete erneut auf das Bild, »ist König Cogidubnus, dessen Herrschaft sich inzwischen über die Atrebaten, die Regnenser und die Cantiaker erstreckt. Ich habe mich einmal mit dem Gedanken getragen, ihn zu töten.« Den letzten Satz äußerte er so nüchtern, dass Valerius zunächst meinte, sich verhört zu haben. Cearan lächelte traurig. »Er hat uns verraten, hat Caratacus verraten. Wenn die Atrebaten die Stellung gehalten und an der Seite der anderen gekämpft hätten, wer weiß, vielleicht ...« Er zuckte mit den Schultern. »Aber das ist die Vergangenheit. Wir müssen uns mit dem Leben befassen, wie es ist, und nicht, wie wir es uns wünschen würden.«

Valerius' Blick wanderte zu der Frauengestalt im fließenden blauen Gewand. Der Künstler hatte sie mit einer Schönheit dargestellt, wie keine echte Frau sie besaß. »Und wer ist das?«

Cearan zögerte, und Valerius hatte den Eindruck, dass sein Blick zu seiner Frau hinüberzuckte. »Das ist Cartimandua, die Königin der Briganten«, antwortete der Brite. Valerius hörte Aenid hinter ihnen verächtlich schnauben. »Sie kam als Letzte zur Übergabe, war aber unter den Ersten, die die Vorteile der römischen Herrschaft erkannten.«

»Sie ist eine Verräterin.« Maeves Stimme ertönte vom Eingang her und klang zwischen den hallenden Wänden unnatürlich laut.

»Meine Frau ist nicht die einzige Dame, die ihre Stellung nicht kennt«, sagte Cearan milde. »Du solltest dich um deinen Vater kümmern, Kind.« Valerius sah, dass Maeve bei dem Wort Kind die Nasenflügel aufblähte, doch Cearans Autorität war stärker als ihr Zorn. Mit einem letzten wilden Aufblitzen ihrer Augen drehte sie sich um und fegte erneut aus dem Raum, dicht gefolgt von Aenid. Valerius fühlte sich um etwas betrogen.

»Jetzt bitte ich dich ernsthaft um Vergebung und um Nachsicht.« Cearan warf einen stirnrunzelnden Blick auf Numidius, doch der Baumeister schlief immer noch und bekam nichts mit. »Es würde Lucullus übel ergehen, wenn in Colonia bekannt würde, dass seine Tochter dieses Wort in Verbindung mit Cartimandua verwendet hat. Bei den Römern genießt keine Frau größeres Ansehen als sie, doch da ich dich als Freund und einen sehr besonderen Römer betrachte, will ich einräumen, dass sie unter ihren Landsleuten weniger hoch in Ehren steht. Maeve ist jung, und zumindest in unserem Volk lassen die jungen Leute ihre Stimmen gern ertönen, selbst wenn das, was sie sagen, gelegentlich töricht oder schädlich ist.«

Er wandte sich wieder dem Gemälde zu. »An jenem Tag hat unsere Welt sich verändert, doch einige von uns wollen dies immer noch nicht wahrhaben. Ich habe mich oft gefragt, warum mein Vetter sich ausgerechnet eine Abbildung der größten Schande seines Volkes an die Wand hat malen lassen. Er sagt, es sei ein großartiges Gemälde eines wunderbaren Künstlers, und damit hat er nicht unrecht. Aber die Wahrheit lautet wohl, dass er sich jeden Tag in Erinnerung rufen muss, dass es das Leben, das wir einmal führten, nicht mehr gibt. Also muss er seine römische Kleidung anlegen und in seine römischen Schuhe schlüpfen und seinen Platz in Colonia als Römer einnehmen, weil ihm kein anderer Weg offensteht.«

Mit einem Nicken folgte Cearan seiner Frau aus dem Raum. Valerius trat widerstrebend in die Nacht hinaus und wartete darauf, dass man ihm sein Pferd aus dem Stall brachte. Er blieb noch kurz neben dem Tier stehen und genoss die kühle Nachtluft. Das Licht des Vollmondes tauchte die Landschaft in Silber, und in der Ferne hörte er den klagenden Schrei einer jagenden Eule.

»Wir glauben, dass die Eule eine Botin der Göttin ist.« Sie stand halb im Schatten der Eingangstür verborgen, wo sie gewartet haben musste, bis der Diener gegangen war. »Einer Eule zu begegnen, kann ein gutes Omen sein – oder ein schlechtes.« Ihre Stimme klang honigsüß; es war, als hätte es den wütenden Ausbruch von vorhin nie gegeben.

»Genauso ist es mit den Botschaften unserer Götter«,

antwortete er und dachte dabei an die Weissagung auf den Tempelstufen. »Die Vorzeichen können gut oder schlecht sein, klar sind sie jedoch nie. Manchmal muss man selbst entscheiden.«

Er spürte, dass sie lächelte. Er wünschte, sie würde ins Licht treten.

»Ich habe Anweisung erhalten, mich für mein Benehmen zu entschuldigen.« Jetzt klang ihre Stimme wie die Parodie eines kleinen Mädchens, und in ihren Worten lag ein leichtes Beben. Es hatte eine seltsam verstörende Wirkung auf ihn. »Du bist der Gast meines Vaters, und er hat das Gefühl, ich hätte dich auf irgendeine Weise gekränkt. Das war nicht meine Absicht. Mein Onkel sagt mir, ich müsse lernen, meine Zunge im Zaum zu halten.«

»Dein Onkel ist ein kluger Mann.«

Ein leichtes Zögern. »Ja, aber manchmal ist er zu ehrlich.«

Jetzt war es an Valerius zu lächeln. »Kann ein Mann zu ehrlich sein?«

»O ja. Denn jede Ehrlichkeit hat ihren Preis.« Die Mädchenstimme war verschwunden, und jetzt sprach sie mit der Sicherheit einer Frau. »Eines Tages könnte Cearan ihn als zu hoch empfinden.«

»Darf ich dich wiedersehen?« Er war sich nicht sicher, ob er diese Worte wirklich ausgesprochen hatte; mit Gewissheit hatte er sie sich nicht im Kopf zurechtgelegt. Doch sie mussten gesagt worden sein, denn sie schnappte hörbar überrascht nach Luft. Als er zum Eingang schaute, sah er niemanden, aber er spürte, dass sie noch immer dort stand, im Schatten. Er wartete ab, und eine beträchtliche Zeit verstrich.

»Das würde ... Komplikationen verursachen.« Das Flüstern ertönte aus der Dunkelheit. »Aber ...«

»Aber?«

Eine weitere Pause, so lange, dass er schon glaubte, sie sei wieder fortgegangen.

»Aber wenn du es wirklich wünschst, wirst du einen Weg finden.«

Der Rückritt nach Colonia kam ihm viel kürzer vor als der Hinweg. Einmal strich einige Hundert Schritte weiter vorn ein geisterhafter Schatten über den Weg. Er entschied, dass es keine Eule war.

XII

Die letzten Strahlen der untergehenden Sonne fielen auf das Dach des baufälligen Tempels der Juno Moneta, der sich eine halbe Meile vom Forum entfernt die Kuppe des Kapitolinischen Hügels mit dem viel großartigeren Haus des Jupiter Capitolinus teilte. Ausnahmsweise einmal stimmte Lucius Annaeus Seneca mit der Ansicht seines Kaisers über den maroden Zustand großer Teile des Zentrums von Rom überein. Doch jetzt war nicht die Zeit, dieses Thema zur Sprache zu bringen.

»Und Britannien?«, fragte er.

»Britannien?« Die blassen Augen waren ein schattiger Vorhang für das, was auch immer hinter ihnen vor sich gehen mochte. Das knabenhaft liebliche Gesicht neigte sich leicht zur Seite, um Verwirrung auszudrücken. Die Andeutung eines Lächelns legte sich auf Lippen, die geschwungen waren wie der Bogen Amors, aber eine ganz schwach wahrnehmbare Gereiztheit enthielt eine Warnung. Seneca erwiderte das Lächeln.

»Unsere Inselprovinz ist das letzte Thema des Tages, Caesar, das hast du doch gewiss nicht vergessen?« Das Lächeln blieb an seinem Platz, doch Seneca bemerkte, dass die Augen nun härter wirkten. Er hatte dieses Spiel oft genug gespielt, aber der Junge – eigenartig, dass er ihn immer noch als Jungen betrachtete, obgleich er beinahe zweiundzwanzig war – war jetzt Kaiser, und Spiele mit einem Kaiser, mochte er einem auch noch so vertraut sein, konnten sich so auswirken, als spielte man Fangen mit einer Viper. Agrippina, die Mutter des Jungen, hatte diese einfache Regel vergessen, und er hatte sie nach einem der lächerlichsten, verpfuschtesten Attentatsversuche, die es je gegeben hatte, den Preis dafür zahlen lassen. Als sie das Sinken des entsprechend präparierten Schiffs überlebt hatte, hatten die vom Kaiser gedungenen Mörder zu dem weit einfacheren und wirksameren Mittel gegriffen, sie zu erstechen.

»Was ist mit Britannien?« Nero Claudius Caesar Drusus Germanicus, vor seiner Adoption durch seinen Stiefvater, den vergöttlichten Claudius, unter dem Namen Lucius Domitius Ahenobarbus bekannt, bedeutete Seneca mit einem Nicken fortzufahren. Er hatte keinen Anstoß genommen.

»Du weißt, dass es von deinem hochgeachteten Stiefvater erobert wurde, eine Großtat, für die Rom ihm in Anerkennung seiner militärischen Glanzleistung einen Triumphzug zugestand.« Der Vorhang hob sich für einen Augenblick, und Seneca sah, wie Nero versuchte, sein Bild des willensschwachen, tattrigen alten Claudius, den er gekannt hatte, mit dem siegreichen General zu versöhnen, der zweiundzwanzig Mal als *imperator* gefeiert worden war und dessen mit dem Triumphbogen auf der Via flaminia gedacht wurde. »Deine Herrschaft wird dort durch vier Legionen aufrechterhalten: die Zwanzigste und die Zweite im Westen, zu denen sich bald die Vierzehnte gesellen wird, und die Neunte im Norden, wohin sie Roms Segnungen erst noch bringen muss.«

»Und der Osten?«

Seneca hielt inne. Das war ein gefährlicher Boden. »Ist befriedet. Die eroberten Stämme akzeptieren deine Herrschaft ohne Frage. Die Stadt Colonia, die Kaiser Claudius auf den Mauern der Festung der Trinovanten gegründet hat, gedeiht, und ihre Bevölkerung lebt in Wohlstand. Die Stadt ist ein Vorbild für ganz Britannien. Der dem Kult deines vergöttlichten Stiefvaters geweihte Tempel ist ein Meisterwerk, das Roms selbst würdig wäre, aber ...«, er zögerte aus Respekt vor der heiklen Entscheidung, die er dem Jungen vorlegte, »es stellt sich natürlich die Frage, ob er umgewidmet und neu geweiht werden sollte.«

»Ich denke darüber nach. Fahre fort.«

»Dein neuer Hafen Londinium wächst weiter ...« Seneca ließ seine Stimme zu einer leiseren Tonlage abfallen, während er die Vorzüge der Provinz aufzählte. Auch das gehörte zum Spiel. Er hatte festgestellt, dass er den Jungen mit der richtigen Mischung aus Tempo und Stimmlage in seinen Bann ziehen konnte, und er selbst konnte seine Gedanken zu anderen Themen abschweifen lassen, während seine Zunge die Fakten und Zahlen abspulte, die er heute in einigen wenigen Stunden auswendig gelernt hatte. Es war, dachte er, ein einzigartiges Talent, aber eines, mit dem er niemals prahlen würde, ganz im Gegensatz zu seinen anderen Talenten, für die er selbst – und die Welt – für immer dankbar sein mussten: seine geniale Rednerkunst, das Geschick seiner Argumentation, die Art, wie er ein einfaches Thema drehen und wenden und von allen Seiten beleuchten konnte, bis er eine befriedigende Schlussfolgerung fand, die jedem anderen Mann entgangen wäre.

Heute wandten sich seine Gedanken Claudius zu. Auch er hatte ein besonderes Talent besessen. Das Talent zu überleben. Und doch hatte er zum Schluss seinen Tod so demütig hingenommen wie ein Opferlamm im Tempel der Fortuna. Und er hatte ihn nicht nur hingenommen, sondern willkommen geheißen. Claudius hatte Agrippinas Absicht gekannt. Dessen war Seneca sich sicher. Warum sonst hatte er die tödliche Mahlzeit mit solcher Begeisterung eingenommen, während es doch so einfach gewesen wäre, sich mit Müdigkeit herauszureden oder darauf zu bestehen, dass ein anderer den ersten Bissen aß? War dies der Fall eines Mannes, der sein Leben so erfolgreich geführt hatte, dass er zum Schluss seine Zeit erkannt hatte? Gewiss nicht. Die Nähe zu Claudius und seinem Schlangennest von Beratern war fast genauso gefährlich gewesen wie die Nähe zu Caligula, der alle in Schrecken und Angst versetzt hatte. Gemeinsam hatten die beiden Seneca neun Jahre seines Lebens gekostet; neun lange Jahre Hitze, Wind und Staub während des Exils auf Korsika.

Ein kurzer Anflug von Schuldgefühlen und Verärgerung rief ihm seine eigene Komplizenschaft in Erinnerung, und er bemühte sich, das Gefühl zu unterdrücken. Er hatte es im Laufe der Jahre häufiger empfunden. Wie konnte ein so ... scharfsinniger? Ja, scharfsinnig, man musste es mit den

Worten genau nehmen ... wie konnte ein solcher Mann einer vorübergehenden – oder vielleicht auch nicht so vorübergehenden – Torheit erliegen, die nicht nur seine Karriere in Gefahr brachte, sondern auch sein Leben? Aber wie das Selbstmitleid konnte die Selbstanalyse zersetzend wirken, und er zwang sich, sich zu konzentrieren. Zu spät.

»Wir wissen also immer noch nicht, woher das Gold der Insel stammt?« Die scharfe Stimme unterbrach seine Gedanken. Er begriff, dass seine Stimme zögernd geklungen haben musste, sodass der Bann gebrochen war.

»Das ist richtig, Caesar«, räumte er ruhig ein. »Aber wir haben noch kaum an der Oberfläche des silurischen Kernlandes gekratzt. Auch jetzt, während wir hier reden, sind deine Metallurgen immer noch auf der Suche nach dem Ursprungsort.« Die Wahrheit lautete, dass die Erwartungen des Imperiums schon vor Jahren hätten erfüllt werden sollen und auch erfüllt worden wären, wäre da nicht die Hartnäckigkeit des Rebellen Caratacus gewesen, der vor seiner Gefangennahme fast ein Jahrzehnt lang in den silurischen Bergen ausgeharrt hatte.

Ausbeutung. Man konnte die Gründe für einen Feldzug mit jeder beliebigen Hülle verkleiden – über die wahren Motive hinter Claudius' Einmarsch in Britannien wurde noch immer gemunkelt –, aber der Hauptgrund war immer die Ausbeutung. Ausbeutung von Bodenschätzen. Ausbeutung von Land. Ausbeutung der Menschen. Und der verstorbene und vielgeschmähte Claudius hatte sich als ein Meister der Ausbeutung erwiesen. Und die Ausgebeuteten waren sich ihres Schicksals nicht bewusst, bis der Haken im Maul steckte oder die Falle zuschnappte. Zuerst Subventionen – oder Darlehen: das eine so gut wie das andere, da man beides leicht verwechseln konnte, und wer konnte sich schon so genau erinnern, wenn irgendwann später die Schulden eingefordert wurden? Geschenke hatten die Kriegerkönige Britanniens an Rom gefesselt. Geschenke, die Verpflichtungen mit sich brachten. Und mit den Verpflichtungen kamen die Steuern, was noch mehr Subventionen, mehr Darlehen bedeutete. Und mehr Schulden.

»Und doch werden die Kosten für den Unterhalt unserer Legionen kaum von den Steuereinnahmen gedeckt.« Es war, als hätte der Kaiser seine Gedanken gelesen. Seneca hätte inzwischen lernen sollen, die Intelligenz hinter der kindlichen Maske niemals zu unterschätzen. »Der Gewinn unseres Unternehmens ist mager oder nicht vorhanden. Die Vorleistungen waren riesig, wurden aber nicht wieder hereingeholt. Ich sehe in Britannien wenig zu holen. Vielleicht ist es Zeit für den Rückzug?«

Seneca nahm die Bemerkung mit einem Nicken zur Kenntnis und gestattete sich ein mildes Lächeln, doch in Wirklichkeit gefror ihm das Blut in den Adern. Nero war nicht der Einzige im Raum, dem die Schauspielerei zur zweiten Natur geworden war. »Aber lehrt die Geschichte uns nicht, dass Geduld bei jeder Investition die größte Tugend ist? Und dass Eile ein teurer Geschäftspartner sein kann?«

Der junge Mann runzelte die Stirn und beugte sich auf seinem vergoldeten Thron vor. Mit einer Hand – der rechten – strich er sich über das fast kindlich glatte Kinn. Die Denkerpose. Ein Herrscher, der über bedeutende Angelegenheiten nachsinnt. Schließlich ergriff er das Wort. »Vielleicht, aber Geduld füllt keine Bäuche. Hast du mich nicht ebenfalls gelehrt, dass ein voller Bauch und eine volle Arena dafür sorgen, dass der Pöbel nicht auf die Straße geht?«

»Natürlich, Caesar.« Tatsächlich war Claudius derjenige gewesen, der diese ziemlich brutale Weisheit von sich gegeben hatte. Seneca erlaubte sich einen winzigen Anklang von Verärgerung in der Stimme. »Ich rate nur von einer überstürzten Entscheidung ab. Über große Strategien sollte man nicht auf die Art entscheiden, in der zwei Bettler sich auf der Straße zanken. Du hast auch noch andere Berater. Vielleicht ist der Prätorianerpräfekt eher befähigt, dir in militärischen Angelegenheiten einen Ratschlag zu erteilen.«

Nero zog die Augenbrauen zusammen. »Dein Busenfreund Afranius Burrus?«

»Dann eben der Statthalter der Provinz. Gaius Suetonius Paulinus. Gewiss sollte man keine Entscheidung treffen, ohne zunächst mit dem Mann zu sprechen, der sich am besten auskennt. Lass Paulinus herkommen und befrage ihn so, wie du mich befragt hast. Vielleicht werden seine Antworten dir eher munden als meine bescheidene Meinung.«

Nero lachte; es war ein Kinderlachen, hell und unbefangen. »Habe ich dich gekränkt, mein teuerster Seneca? Bereitet die Unverständigkeit des Schülers dem Lehrer Kummer? Dann hast du meine Entschuldigung. Manchmal verdrängen die Mühen des Regierens deine Lehren aus meinem Kopf. Lass uns das Thema Britannien eine Zeit lang beiseiteschieben. Komm, erkläre mir noch einmal, warum ein Kaiser vor allem Mitgefühl und Gnade benötigt. Würde nicht Weisheit in allen Dingen ausreichen?«

Seneca schüttelte den Kopf. »Zunächst einmal kann ein Caesar niemandem eine Kränkung zufügen. Er kann nur Sorge bereiten – und Britannien sollte zu Recht ein Anlass zur Sorge sein. Aber nun zur Gnade. Dein Stiefvater, der vergöttlichte Claudius, hat Gnade gezeigt, als er den britischen Kriegsführer Caratacus begnadigte und vor dem Tod durch den Strang bewahrte. Gleichzeitig zeigte er aber auch Weisheit und Staatskunst. Denn indem er einem mächtigen Krieger das Leben schenkte – einem Besiegten, der vor ihm auf die Knie gefallen war –, schuf er ein lebendiges Denkmal seiner eigenen Größe und erhöhte dadurch sowohl seine persönliche Sicherheit als auch die Sicherheit Roms. Da Sicherheit mit Stabilität einhergeht, haben alle davon profitiert, oder? Vom geringsten Sklaven bis zum höchsten Senator.«

»Aber ...«

Eine Stunde später verließ Seneca den Raum und bog hinter den zwei wachhabenden Angehörigen der Prätorianergarde in den Korridor ein. Als er sich sicher war, allein zu sein, stützte er sich mit der Hand an der bemalten Wand ab und würgte die Galle herunter, die seine Kehle füllte. Schweiß verklebte sein Haar, und der Angstgeruch seines eigenen Körpers stieg ihm in die Nase. Nero wusste Bescheid. Natürlich wusste er Bescheid. Es war Zeit zu handeln. Er musste sofort seine in Britannien investierten Gelder einfordern. Wenn die Legionen sich zurückzögen, wären sie für ihn verloren. Und zwar in ihrer Gesamtheit. Wie konnte er sein Vermögen in Sicherheit bringen? Eine Idee formte sich in seinem Kopf, und vor seinem inneren Auge sah er ein Gesicht, ein schmales, hakennasiges, jämmerliches Gesicht. Konnte er ihm vertrauen? Konnte er es sich leisten, ihm nicht zu vertrauen? Ja, es würde reichen müssen.

Die Panik des Eigeninteresses wich, und er bedachte die allgemeinen erschreckenden Folgen, sollte Nero seine Drohung wahr machen. Unsummen von *sestertii* für sechzehn Jahre der Torheit verschwendet. Ein Dutzend potenzielle Verbündete von einem Moment zum anderen in sichere Feinde verwandelt. Er listete im Kopf die Stammeskönigreiche der Provinz auf und versuchte, die Kosten eines Rückzugs zu berechnen. Die Legionen würden dem Land jeden Rest von Wohlstand rauben, jeden Scheffel Getreide und jede Kuh, und Zehntausende Sklaven und Geiseln mitnehmen, um die künftige Gefügigkeit der Provinz sicherzustellen. Gefügigkeit! Die Menschen auf der Insel würden verhungern, und das Vermächtnis dieser Hungersnot wäre eine Feindschaft auf tausend Jahre. Dabei waren sie so kurz vor dem Ziel. Die Goldminen Siluriens und die Bleilagerstätten Brigantiens würden alles verändern. Nein, es durfte nicht geschehen. Er durfte es nicht zulassen. Aber erst einmal musste er sein Vermögen sichern.

Er schloss die Augen und versuchte, sich zu beruhigen. Marmorbüsten der vergöttlichten Caesaren, von Claudius über Caligula, Tiberius und Augustus bis zu Julius Caesar selbst, das Pantheon der Großen Roms, blickten aus ihren Nischen auf ihn herunter, als er rasch an ihnen vorbeischritt. Sie alle Imperatoren, darunter mindestens drei Tyrannen, und jeder von ihnen, dachte er, hatte Rom in einem schlechteren Zustand hinterlassen, als er es vorgefunden hatte. Ob Nero anders sein könnte? War er, Lucius Annaeus Seneca, imstande gewesen, ihn anders zu *machen*? Hier im Herzen des Palastes war es kühl, und er spürte den Schweiß kalt auf der Kopfhaut. In Gedanken kehrte er zu dem Gespräch von eben zurück.

Ja, Nero wusste Bescheid.

XIII

Gwlym konnte im Lichtschein des Feuers nur einige wenige Gesichter sehen, aber er wusste, dass dahinter hundert weitere Menschen auf dem feuchten Waldboden saßen und seinen Worten lauschten. Sie waren die Ältesten der nördlichen Catuvellaunen oder zumindest jene unter ihnen, denen er meinte vertrauen zu können, und er hatte sie auf dieser Waldlichtung versammelt, damit sie begriffen, dass sie nicht allein waren. Dies war die gefährlichste Zeit, die Zeit, in der er die Zweifler und die Ängstlichen überzeugen musste. Jetzt konnten sie sehen, dass sie viele waren und stark, dass sie Teil einer großen Bewegung waren.

Aber dass ein Mann nachts auf einer Waldlichtung einer Versammlung beiwohnte, bedeutete nicht, dass er nach seinem Speer greifen und gegen seine Unterdrücker aufstehen würde. Diese Männer hatten natürlich Mut, und sie waren voll Hass, aber manchmal war mehr als das nötig, und wenn er weiterzog, musste er wissen, dass sie, nach Hause zurückgekehrt, heimlich Schmelzöfen und Werkstätten aufbauen würden, um auf diese Weise ihre Stämme wieder zu bewaffnen.

»Dies hier war einmal ein heiliger Hain«, sagte er. Seine Stimme war leise, aber doch kräftig genug, dass jeder der Anwesenden ihn deutlich hören konnte. »Die Römer haben die Eichen gefällt, die hier seit Hunderten von Jahren wuchsen, und ihre Wächter niedergemetzelt, sodass ihr Blut den Boden tränkte, auf dem wir sitzen. Aber das Blut ist nicht umsonst geflossen.« Er deutete auf einen Ring kleiner Setzlinge, kaum ein Jahr alt. »Der Hain ist neu gepflanzt worden, und eines Tages werden hier wieder Riten stattfinden. Eines Tages werden die Götter in ihr rechtmäßiges Zuhause zurückkehren.«

Er hielt inne, um ihnen Zeit zu geben, über seine Worte nachzudenken. Er wusste, dass manche der Riten, von denen er sprach, nicht von allen geliebt wurden. Manchmal war es nötig, einen Boten zu den Göttern zu schicken, um sicherzustellen, dass eine Anrufung gehört und verstanden wurde. Normalerweise war der Überbringer der Botschaft ein Gefangener oder ein Sklave, doch in Zeiten echter Not akzeptierten die Götter nur einen wertvolleren Gesandten: den Erstgeborenen eines Stammesführers oder die Lieblingstochter eines Fürsten.

»Aber die Götter werden zurückkehren, wenn sie wissen, dass ihr sie nicht verlassen habt. Was habt ihr getan, als die Römer mit ihren Schwertern kamen?« Er ließ seinen Raubvogelblick über die Männer im inneren Kreis wandern und dann in die Dunkelheit dahinter, damit jeder das Gefühl bekam, dass seine Worte auf ihn persönlich zielten, und die Scham spürte, die sie hervorriefen. »Habt ihr gekämpft oder eure Söhne in den Kampf geschickt? Seid ihr aufgestanden und habt ihr gesagt: Dies ist der heilige Boden des Taranis und Teutates, des Esus und der Epona? Nein, das habt ihr nicht, denn ihr lebt noch. Doch obwohl ihr sie enttäuscht habt, haben die Götter euch nicht verlassen. Dies ist die Botschaft, die ich euch bringe: Haltet euch bereit, denn der Tag der Befreiung ist nahe. Bewaffnet euch, denn Stärke ist die einzige Botschaft, die die Römer verstehen. Und wartet, denn erst wenn die Götter ihr Zeichen senden, ist die richtige Zeit gekommen.«

Sie fragten: »Was wird das Zeichen sein?«

Und er antwortete: »Der Zorn Andrastes.«

XIV

Fünf Tage vor dem Armilustrium, der jährlichen Zeremonie, bei der die Soldaten die Reinigung ihrer Waffen durchführten, wurde Valerius überraschend zum Lagerpräfekten der Garnison Londiniums gerufen. Theoretisch verblieb er unter dem Kommando der Zwanzigsten Legion, und der *praefectus castrorum* besaß keine Autorität über ihn selbst oder seine Truppen. Tatsächlich wusste er jedoch, dass dieser Mann de facto den Oberbefehl über den gesamten Südosten Britanniens hatte, solange der Statthalter mit den Vorbereitungen auf den Frühjahrsfeldzug beschäftigt war. Einen Moment lang überkam ihn die Angst, man werde ihn jetzt sofort nach Hause schicken, doch dann sagte er sich, dass ein solcher Befehl ihm einfach als schriftliche Nachricht überbracht worden wäre.

Er bereitete sich auf einen sofortigen Aufbruch vor, änderte seine Meinung aber noch einmal. Er hatte mehr als einen Grund für diese Reise. Er machte sich auf den kurzen Weg zu Lucullus' Geschäftsräumen.

»Ich bedaure, dass du am Ende unseres Essens unpässlich warst.«

Lucullus hob den Blick von der Schriftrolle, die er studiert hatte, und sah den jungen Tribun an. Für einen Moment war sein Gesicht ausdruckslos, dann aber legte sich das automatische Lächeln über seine Züge, das er wie einen Teil einer Uniform trug.

»Keine große Sache«, sagte er fröhlich. »Ich muss mich meinerseits entschuldigen, dass ich ein so schlechter Gastgeber war. Du hattest Glück, dass du nicht die Austern gegessen hast. Sie lagerten schon einen Tag länger, als gut für sie war – oder für mich. Der Rücken meines Verwalters trägt jetzt Narben, um sicherzustellen, dass so etwas nicht noch einmal passiert. Danke, dass du gekommen bist, um dich nach meiner Gesundheit zu erkundigen.« Im letzten Satz schwang die Andeutung einer Frage mit.

»Du warst sehr freundlich zu mir«, antwortete Valerius ausweichend. »Aber das ist nicht der einzige Grund für meinen Besuch. Ich muss morgen nach Londinium aufbrechen und möchte dich um einen Gefallen bitten. Ein Teil meiner Bestellungen – Schaufeln für die Straßenbauarbeiten – ist nicht eingetroffen. Ich könnte einen Brief schicken, aber das würde nur Anlass zu ausuferndem Papierkrieg geben. Könnte ich vielleicht noch einmal einen deiner Wagen mieten? Ich weiß, dass es sehr kurzfristig kommt, aber ich wäre gern bereit, einen Aufpreis zu bezahlen.«

»Oh nein! Sage nichts von einem Aufpreis«, fuhr der kleine Trinovante auf. »Für meinen Freund Valerius gibt es nur Rabatte. Ich überlasse dir den Wagen zum halben Preis, allerdings musst du mir den vollständigen Betrag quittieren. Eure römischen Buchprüfer ...« Er schüttelte ernst den Kopf, als wäre der Besuch eines römischen Buchprüfers wie das Erscheinen einer ersten Pestbeule.

Valerius stimmte dem Verfahren – das im Grunde Bilanzfälschung war, wenn auch zu Lucullus' Ungunsten – widerstrebend zu und vereinbarte, dass Lunaris den Wagen abholen würde. Dann erst lenkte er das Gespräch zum wahren Grund seines Besuchs. »Du hattest mich äußerst großzügig eingeladen, auf deinem Land zu jagen. Damals hatte ich viel zu tun, aber es wäre mir eine Ehre, dein Angebot anzunehmen, wann immer es dir recht ist.«

Lucullus' Lächeln verlor seine Maskenhaftigkeit und wurde aufrichtig. Er kam um den Tisch herum und klopfte Valerius auf die Schulter. »Wunderbar! Schicke mir eine Nachricht, wenn du dein Zeug geholt hast. Ich habe dir ein großartiges Erlebnis versprochen, und du sollst es bekommen. Im etwas weiter entfernten Wald gibt es einen Keiler, der meine Felder verwüstet. Mein Verwalter sagt, er sei so groß wie ein Pony. Wenn er wirklich so groß ist, werden fünfzig Leute von ihm satt. Wir werden ihn rechtzeitig vor Samhain auf einen Spieß stecken und feiern, bis die Sonne aufgeht. Ich erinnere mich ...«

Als Valerius eine Weile später ging, prahlte er immer noch mit den Tieren, die er alle erlegt hatte. Der junge Römer konnte jedoch nur an eines denken. Er würde Maeve wiedersehen.

Auf dem Rückweg zum Lager merkte er, dass jemand sich ihm anschloss, und als er sich umdrehte, fand er Petronius an seiner Seite.

»Falco erzählte mir, dass du mit unserem zahmen Briten

Geschäfte abschließt. Hoffentlich zieht er dich nicht über den Tisch?« Die Worte wurden von einem Lächeln begleitet, mit dem er andeutete, dass er nur scherzte, doch Valerius fühlte sich wie eine dicke Forelle, die von einem Wurm in Versuchung geführt wird. Irgendwo in diesem Satz steckte ein spitzer Haken.

»Der *quaestor* würde so etwas doch gewiss nicht erlauben?«, antwortete er vorsichtig. »Auf jeden Fall hat Falco mir erzählt, dass du ebenfalls Geschäfte mit Lucullus machst.« Falco hatte nur eine Andeutung gemacht, doch Petronius war nicht der Einzige, der einen Köder auswerfen konnte.

»Wir haben eine Abmachung«, räumte der Jurist leichthin ein. »Der Kelte hat seinen Nutzen, und man soll immerhin sehen, dass wir mit den Eingeborenen zusammenarbeiten. Und wenn ich auch davon profitieren mag, so profitiert Colonia doch weit mehr, oder nicht?« Die Aussage verwirrte Valerius, und das war ihm anzusehen. Petronius lachte. »Der arme Lucullus. Er ist so darauf erpicht, gut Kind mit den Römern zu sein, dass er viel mehr redet, als gut für ihn ist. Woher sollte ich sonst wissen, was die Kelten von hier bis zum Abus denken und planen, wer mit seinem Los zufrieden ist und wer nicht?«

Valerius ging schneller. Colonia war offensichtlich Teil des großen militärischen und zivilen Spionagenetzwerks, das das südliche Britannien überzog. Einer der Gründe, aus denen Paulinus sich sicher genug fühlte, einen Angriff auf die Druiden von Mona durchzuführen, lag darin, dass seine Spione ihm versichert hatten, dass in seinem Rücken im Osten keine Gefahr bestehe. Davon einmal abgesehen: Wie sollte das Imperium entscheiden, wer wie zu besteuern wäre, wenn die Beamten nicht bis zum letzten Ei und dem letzten Scheffel Korn wüssten, worüber die britischen Stammesoberhäupter verfügten? Valerius bezweifelte sehr, dass Petronius das Spionagegenie war, als das er sich anscheinend hinstellen wollte, aber es war nicht einfach, den *quaestor* abzuschütteln.

»Du hast seine Tochter kennengelernt?«

Valerius wäre beinahe stehen geblieben, doch das hätte sein Interesse verraten. Maeve ging nur ihn etwas an und sonst niemanden. »Seine Tochter?«

Petronius war belustigt. »Die magere Dunkelhaarige. Sie stand mit ihrem Vater vor dem Tempel.«

Mager? Valerius versuchte schulterzuckend den Eindruck zu vermitteln, dass für einen Soldaten eine Frau wie die andere sei. Aus dem Augenwinkel bemerkte er, dass Petronius ihm einen verschlagenen Blick zuwarf.

»Aber du musst dich doch an sie erinnern? Irgendjemand – vielleicht der Baumeister Numidius; ja, genau, der war es – hat erwähnt, dass du erst vor zwei Tagen mit dem Briten und seinen Freunden gespeist hast. Da wird sie doch gewiss zugegen gewesen sein? Ich bin überrascht, dass er noch nicht versucht hat, sie mit dir zu verkuppeln.«

Diesmal blieb Valerius tatsächlich stehen. Er warf dem *quaestor* einen Blick zu, der jeden seiner Zenturionen zum Verstummen gebracht hätte, doch Petronius lachte nur.

»Mach kein so schockiertes Gesicht, junger Mann. Du bist unverheiratet und begütert und somit eine gute Partie. Außerdem bist du ein römischer Bürger, was dich doppelt begehrenswert macht. Wärest du der Kaiser selbst, könntest du für einen Briten, dessen Ehrgeiz über seinen Stand hinausreicht, kaum einen besseren Fang abgeben. Du bist gewiss viel besser als alle anderen, mit denen er bisher seine Tochter zu verkuppeln versucht hat. Es ist kaum verwunderlich, dass sie nichts für die Aufmerksamkeiten irgendwelcher Stammeshäuptlinge übrighatte, die nicht mehr sind als Bauern mit den Manieren von Hinterwäldlern. Aber ein junger Mann deiner Herkunft ...«

»Ich bin hier, weil ich Aufgaben zu erfüllen habe«, antwortete Valerius steif. »Und nicht, um mir eine Frau zu suchen.«

»Natürlich nicht«, gab Petronius mitfühlend zurück. »Ich wollte dich nur warnen, Tribun. Briten sind schlaue Füchse, und Lucullus ist gerissener als die meisten. Lass dich nicht von seinem albernen Lächeln foppen. Dahinter steckt ein Verstand, der beinahe römisch sein könnte, wäre es nicht so, dass man Verschlagenheit niemals mit Intelligenz verwechseln darf und die Neigung, den Dummen zu spielen, nicht mit Gewitztheit. Doch jetzt kennst du die Falle ja, und ich bezweifle, dass du hineintappen wirst. Ich wünsche dir einen schönen Tag.« Er verbeugte sich und ging in Richtung des Claudiustempels davon.

Die Straße zwischen Colonia und Londinium war die wichtigste der Provinz, und Valerius kam gut voran, zumal er einen militärischen Befehl vorweisen konnte, der es ihm ermöglichte, in den von der Provinz betriebenen Wegstationen dreimal das Pferd zu wechseln. Als er am Osttor der

Stadt eintraf, beschrieben ihm die Wächter den Weg zu einer *mansio* für Offiziere, wo er sich ausruhen und den Staub und Schweiß der Reise abwaschen konnte.

Londinium war sogar noch stärker als Colonia eine Stadt nackter Holzbalken, noch feuchten Verputzes, halb gedeckter Dächer und von Stapeln von Backsteinen. Die Straßen hallten vom Gepolter der Hämmer wider, geschwungen von Zimmerleuten, die auf den skelettartigen Fachwerkgerüsten von öffentlichen Gebäuden, Häusern und Wohnblocks herumwimmelten. Ein Gebäude ragte unter den übrigen Häusern hervor, ein massives, gedrungenes Bauwerk mit von Säulen gerahmtem Eingang und zwei abgesetzten Flügeln. Es war noch weit von der Fertigstellung entfernt, doch die Wächter, die das Gebäude umstanden, ließen erkennen, dass der Statthalter Gaius Suetonius Paulinus seinen neuen Palast bereits bezogen hatte.

Wie Colonia hatte die Stadt einmal als Festung begonnen, die zum Schutz eines Überwegs über den Fluss erbaut worden war. Als dann die Beschränkungen Colonias deutlich wurden, was den Zugang zu Wasserwegen betraf, diente die Festung zum Schutz des Hafens, der die treibende Kraft hinter Londiniums wirtschaftlicher Aktivität war. Die Festung stand noch immer, auf der Anhöhe direkt an der Stadtmauer im Nordwesten, aber das Herz der Stadt schlug im geordneten Gitternetz der Straßen am Fluss und ganz besonders auf der Hauptstraße zwischen dem Forum und der Holzbrücke, welche die Stadt mit den Siedlungen verband, die sich bereits am Südufer ausgebreitet hatten.

Valerius überquerte den Bach, der die westliche Begrenzung des Stadtzentrums bildete, und ging nordwärts in Richtung der Festung, die das Stabsgebäude des Lagerpräfekten beherbergte. Nachdem er am Tor seine Befehle vorgelegt hatte, erwartete er ein förmliches Gespräch und war überrascht, in einen kleinen Raum am Rand der *principia* geführt zu werden, wo man ihm Wein anbot. Zwei Minuten später eilte der Präfekt herein, wobei er noch immer einen Strom von Befehlen über die Schulter rief. Als sich der Vorhang hinter ihm schloss, setzte er sich mit einem Seufzer hin, schenkte sich großzügig Wein ein und prostete Valerius mit erhobenem Becher zu.

»Auf deine Gesundheit«, knurrte er. »Aber in deinem Alter besitzt du die natürlich noch. Ich dagegen habe nach sechzehn Jahren in diesem Sumpfland Schmerzen, die mir niemals Ruhe lassen, und meine Gelenke knirschen wie ein Belagerungsturm.«

Der Tribun nahm die Übertreibung mit Vorbehalt zur Kenntnis. Decimus Castus war schon vor Valerius' Geburt Soldat gewesen, war aus den Mannschaftsrängen aufgestiegen und hatte in der Neunten Legion jeden hochrangigen Zenturionenposten bekleidet, bevor er in seine gegenwärtige Stellung befördert worden war. Nun übertraf sein Rang sogar den von hochgestellten Tribunen, deren Abstammung aus Senatorenfamilien bis in die Zeit der römischen Republik zurückreichte. Er war nur noch seinem Legaten und dem Statthalter untergeordnet. Normalerweise wäre er noch immer mit der Neunten in Lindum stationiert, doch es bewies Londiniums wachsende Bedeutung, dass die Festung unter den Befehl eines schlachterprobten Veteranen gestellt worden war, statt des jungen Präfekten einer Auxiliareinheit, der normalerweise mit einer solchen Aufgabe betraut worden wäre.

»Du fragst dich, warum ich dich von deinen Schlaglöchern und Brücken wegbeordert habe, hm?« Castus winkte Valerius zu einer Karte, die an einem Holzrahmen festgesteckt war. »Du bist in Colonia stationiert, hier«, er legte den Zeigefinger auf die Stelle. »Zusammen mit einer vollständigen Kohorte und einer Zusatztruppe aus berittenen Kundschaftern. Ich nehme an, du hast bereits Bekanntschaft mit Bela gemacht, dem der Reiterverband untersteht? Ja. Gut. Du wirst eng mit ihm zusammenarbeiten müssen. Jetzt schau, siehst du hier, hier und hier?« Er deutete auf drei auf der Karte markierte Punkte. »Unmittelbar östlich von Pennocrucium, im Süden von Ratae und etwa zwanzig Meilen von Durobrivae entfernt. Wir haben Informationen über ungewöhnliche Aktivitäten in all diesen Gebieten erhalten. Nichts Handfestes. Nichts, worauf man den Finger legen könnte, aber, sagen wir mal, eine Veränderung in der Haltung der Eingeborenen. Siehst du die Daten?« Valerius sah genauer hin und bemerkte, dass jeder Ortspunkt mit einem Datum beschriftet war. Die Daten lagen jeweils etwa eine Woche auseinander, und das letzte Datum lag drei Wochen zurück. »Nun, Statthalter Paulinus ist nicht gewillt, diese Berichte ernst zu nehmen, und vielleicht hat er ja recht. Aber ich bin alt genug, um mich zu erinnern, was geschehen ist, als wir damals zu Scapulas Zeiten die Stämme entwaffnet haben. Gerade waren sie noch so ruhig wie Schlafmäuse, und im nächsten Moment stürmten sie wie Wölfe über die

Befestigungen. Unterschätze niemals einen Briten, junger Mann. Er kann gebändigt werden, doch er wird niemals gezähmt sein. Diese Veränderungen weisen ein Muster auf, bei dem meine alten Wunden zu jucken beginnen.« Er wies mit der Hand auf den östlichen Bereich der Landkarte, der bisher noch nicht mit Punkten markiert war. »Wenn dieses Muster sich fortsetzt, erhalten wir bald Nachricht aus dem Umland von Lindum, wo ich bereits die Neunte gebeten habe, in aller Stille die Augen offen zu halten, und dann aus der Gegend weiter südöstlich, und das bringt mich zu meinem Auftrag. Ich möchte, dass du in Verbindung mit dem Kommandanten deiner Reitereinheit Patrouillen im Norden und Nordwesten Colonias durchführst, mit besonderem Nachdruck auf der Region, in der die Stammesgebiete der Trinovanten, Catuvellaunen und Icener zusammentreffen.«

»Der *quaestor* ist der Meinung, dass dort alles ruhig ist«, bemerkte Valerius vorsichtig.

Castus schnaubte. »Das habe ich gehört. Als Nächstes erzählst du mir dann, die Kelten lassen sich gern besteuern und halten den Preis, den wir für ihr Getreide bezahlen, für gerecht.«

Valerius nahm lächelnd das Studium der Karte wieder auf. Ihm kam es so vor, als würde der Präfekt sich wegen einer Kleinigkeit übertrieben große Sorgen machen. Doch Castus' Erfahrung war nicht zu unterschätzen. »Spione können sich irren«, stimmte er zu. »Ich werde den Befehl gleich nach meiner Rückkehr erteilen. Bela ist ein fähiger Mann, und er hat eine gute Truppe.«

»Den Icenern solltest du ganz besondere Aufmerksamkeit schenken«, fuhr Castus fort. »Sie sind unsere Verbündeten, und der alte Prasutagus ist mit unserem Statthalter befreundet. Das macht sie jedoch nicht vertrauenswürdiger, denn es bedeutet, dass wir weniger über sie wissen als über andere Stämme. Es ist schwieriger, seine Freunde auszuspionieren als seine Feinde. Alles, was du entdecken kannst, wäre hilfreich, aber du musst geschickt vorgehen.«

Nach Abschluss des Gesprächs ging Valerius die kurze Strecke zum Lager des Quartiermeisters am Nordtor. Dort sah es so aus, als ob seine Angelegenheit einige Zeit in Anspruch nehmen würde, da ein Schreiber darauf bestand, dass ein Fehler erst dann ein Fehler sei, wenn er schriftlich festgehalten und durch drei Siegel bestätigt sei. Davon könne er unmöglich absehen, und wenn der Statthalter selbst auf der anderen Seite des Schreibtischs stünde. Zum Glück war der Vorgesetzte des Schreibers ein Decurio, der bei der Zwanzigsten gedient hatte und Valerius erkannte.

»Wenn der Tribun sagt, dass die Schaufeln nicht aufgetaucht sind, sind sie nicht aufgetaucht, und wenn die Zwanzigste Schaufeln braucht, bekommt sie Schaufeln. Benötigst du sonst noch etwas, Tribun?«, fragte er augenzwinkernd.

Valerius ging mit der zusätzlichen Versicherung, dass sein Wagen nach dem Eintreffen mit einem Dutzend Schilde und Schwerter und fünfzig *pila* beladen werden würde, zum Ersatz für jene, die im Laufe des Sommers ›verloren‹ gegangen seien. Damit würde er sich ein Stück weit bei Falco revanchieren können.

Lunaris würde Londinium voraussichtlich erst am nächsten Tag mit dem Wagen erreichen, sodass Valerius nun eine Nacht herumbringen musste. Er wollte nicht allein sein, aber er hatte auch keine Lust auf den Typ Frau, der in einer solchen Stadt für einen Soldaten zur Verfügung stand. Tatsächlich war die einzige Frau, mit der er zusammen sein wollte, Maeve. Schließlich entschied er sich für eine Nacht in der *mansio*, wo er Wein mit ein paar Offizierskollegen trank, die entweder auf dem Weg zu einer Legion durch Londinium kamen oder auf der Rückreise nach Rom waren. Belustigt lauschte er den haarsträubenden Geschichten der Veteranen über die Wildheit der keltischen Krieger von den westlichen Stämmen, denen er selbst vor einiger Zeit gegenübergestanden hatte. Er beobachtete, wie einer der jüngeren Neulinge immer blasser wurde, bis er sich des Mannes schließlich erbarmte.

»Ich glaube nicht, dass sie tatsächlich sieben Fuß groß waren«, flüsterte er. »Und sie bluten genauso schnell wie jeder andere. Du hast nichts zu befürchten, solange du darauf achtest, den Schild hoch und dein Schwert scharf zu halten.«

»Aber verbrennen sie wirklich ihre Gefangenen bei lebendigem Leibe und essen ihre noch schlagenden Herzen?«

Er lächelte. »Nur im Norden, und ich glaube, deine Einheit ist im Westen stationiert.«

»Im Westen verbrennen sie ihre Gefangenen ebenfalls.« Der geknurrte Einwand kam von einem grobschlächtigen Zenturio, der in einer Ecke des Raums am Feuer saß. »Zumindest die Druiden machen das. Aber nicht mehr lange. Ich war im Stab der Vierzehnten, und wir werden ihnen endgültig das Handwerk legen. Sie glauben, dass sie auf ihrer Insel sicher sind, aber sie werden nur auf eine einzige Weise lebendig von dort wegkommen, nämlich schwimmend. Wir werden sie auf dem Strand in Empfang nehmen, und dann werden wir ja sehen, wer verbrennt. Wenn der Sommer kommt, wird in Britannien kein einziger Druide mehr übrig sein, und dann sind wir sie los.«

Valerius schaute sich um, ob jemand lauschte. Solches Gerede war unter Soldaten allgegenwärtig, aber zu hören, wie der Mann Einzelheiten eines bevorstehenden Feldzugs ausposaunte, stellte ihm die Nackenhaare auf. Die Bedienung in der *mansio* bestand ausnahmslos aus britischen Sklaven, und er bezweifelte, dass man ihnen vertrauen konnte. Er hatte viele Geschichten über die gnadenlose Grausamkeit der Druiden gehört, aber darin war auch ein gewaltiges Maß an Achtung zu spüren gewesen. Diese Männer, diese Priester, waren der Mörtel, der die britischen Stämme zusammengehalten hatte, bis Claudius ihre Einigkeit mit einer Mischung aus militärischer Stärke, List und Verlockungen zerstört hatte. Es mochte gelungen sein, die Druiden auf ihre heilige Insel zurückzutreiben, aber sie verfügten immer noch über eine große Anhängerschaft. Nicht nur Rom besaß Spione. Er warf dem Zenturio einen warnenden Blick zu, doch der Mann ließ sich nicht zum Schweigen bringen.

»Jeder weiß Bescheid, und warum auch nicht?«, verteidigte er sich. »Wenn die Briten kämpfen, umso besser. Je mehr von ihnen versuchen, uns aufzuhalten, desto mehr von diesem Ungeziefer werden wir töten.«

Plötzlich sah Valerius ein Bild vor sich: zwei lodernde Augen und ein blitzendes Messer. Sie hatten einem Mann gehört, für den die Lust am Töten größer gewesen war als die Lust am eigenen Leben.

»Was, wenn es zu viele sind, um sie zu töten?«

XV

Am nächsten Tag wachte er vor dem Morgengrauen auf und schloss sich den Legionären der Garnison Londiniums auf dem Exerzierplatz der Festung an. Eine Stunde Schwitzen mit dem Übungsschwert war so sehr zu einem Teil seines Lebens geworden wie Essen und Trinken, und er genoss die Quälerei, die damit verbunden war, seinen Körper bis an die Grenze seiner Leistungsfähigkeit zu bringen. Er wusste, dass Lunaris vermutlich nicht vor dem späten Nachmittag eintreffen würde, und während er sich am Schild seines Gegners abarbeitete, beschloss er, den Vormittag im öffentlichen Badehaus unten am Hafen zu verbringen, ganz in der Nähe des Gasthauses, wo er sich mit dem *duplicarius* treffen wollte.

Im Badehaus verbrachte er ein paar angenehme Stunden, lauschte mit halbem Ohr Bruchstücken von zweifellos niederträchtigem Klatsch und freute sich über das günstige Schicksal, das ihm nach so langem Verzicht zweimal in ebenso vielen Wochen das Vergnügen des *caldariums* und des *tepidariums* gestattet hatte. Später ölte ein Sklave ihn ein, bevor er die Haut mit der scharfen Kante einer *strigilis* sauber schabte, und als Valerius aus dem Badehaus kam, fühlte er sich so entspannt wie seit Monaten nicht mehr.

Noch immer von einem angenehmen Wohlgefühl erfüllt, traf er in der Taverne ein, froh, dass sie nicht einem der vielen Bauprojekte zum Opfer gefallen war, die rundum durchgeführt wurden. Sie nahm das Erdgeschoss einer dreigeschossigen *insula* ein und war an einer *amphora* zu erkennen, die mittels zweier Ketten über dem Eingang aufgehängt war. Eine Hinweistafel neben der geöffneten Tür warb für beste importierte Weine, aber Valerius wusste, dass jeder, der sie an einem Ort wie diesem zu finden hoffte, eine Enttäuschung erleben würde. Drinnen flackerten Öllampen an den Wänden, schienen aber mehr Qualm als Licht zu erzeugen. Wie erwartet, war selbst um diese Tageszeit in dem Lokal viel los. Londinium war eine Hafenstadt, und zwischen ihren Fahrten kannten Seeleute nur zwei Interessen. Nach dem Gelächter und dem grellen Kreischen von Frauen zu schließen, war hier beides zu haben. Er holte ein letztes Mal vor der Tür, wo die Luft relativ sauber war, tief Atem und begab sich ins Innere.

Lunaris hatte diese Wahl getroffen, und Valerius verstand warum, aber es war kein Lokal, das er selbst ausgewählt hätte. Der Raum, den er betrat, hatte eine niedrige Decke, maß etwa dreißig auf fünfzehn Schritt und verfügte über fünf oder sechs mit Tischen und Stühlen bestückte Nischen, in denen man halbwegs ungestört Geschäfte durchführen konnte. In einem anderen Lokal hätte der Anblick einer Offiziersuniform alle Gespräche sofort verstummen lassen, doch hier beachteten die anderen Gäste ihn gar nicht.

Einige im schummrigen Licht hier und da hervorstechende rote Tuniken sagten ihm, dass er nicht der einzige Armeeangehörige zwischen diesen Matrosen war. Durch das Gedränge der Männer, die um die Aufmerksamkeiten einiger stark geschminkter und nur teilweise bekleideter Damen buhlten, schob er sich zur Theke.

»Was nimmst du?«

Lunaris hatte ihm gesagt, das Gasthaus befinde sich im Besitz eines aus dem Dienst geschiedenen Veteranen, der seinen Besitz in Colonia verkauft hatte und nach Londinium gezogen war. »Ich bin bei der Zwanzigsten«, sagte er, wie Lunaris es ihm aufgetragen hatte.

»Darauf scheiße ich, und wenn du bei den Kamelfickern bist«, gab der Barmann lachend zurück. »Was nimmst du?«

Tja, es sah so aus, als hätte die Taverne einen neuen Besitzer. »Das, was du empfiehlst.«

»Das ist ein Wort. Letzte Woche ist eine Lieferung aus Sardinien eingetroffen. Der Wein kostet dich ein paar *sestertii* mehr pro Krug, aber du wirst es nicht bereuen.« Er wandte sich zum Gehen, doch Valerius packte ihn am Ärmel.

»Falls doch, werde ich nicht der Einzige sein.«

Der Mann lachte, ohne sich um die Drohung zu scheren. »Wie du willst. Da drüben findest du einen Platz.« Er deutete auf eine dunkle Ecke. »Ich lass dir den Wein vom Sklaven bringen.«

Valerius drängte sich zu der Ecke durch und setzte sich mit dem Rücken zu einer Tür, die, dem Geruch nach zu urteilen, entweder zur Küche oder zur Latrine führte – oder zu beidem. Ein junger Mann, der auf einem Auge schielte, brachte ihm einen Krug, der bis zum Rand mit einer dunklen Flüssigkeit gefüllt war, und stellte einen abgeplatzten Becher daneben. Der Sklave wollte ihm den Wein einschenken, doch Valerius winkte ab. Er musterte seine Umgebung und bedauerte bereits den Impuls, der ihn hereingeführt hatte. Nach den im Bad verbrachten Stunden wurde ihm von dem Lärm und Qualm leicht schwindelig. Er hatte gerade beschlossen, wieder zu gehen, wenn er den Krug geleert hätte, als es hinter ihm zu Unruhe kam, weil zwei angetrunkene Gäste leise fluchend in der Tür zusammengestoßen waren.

Der Klang der einen Stimme ließ ein Alarmsignal in seinem Kopf schrillen, und er war schon halb auf den Beinen und griff nach dem Dolch in seinem Gürtel. Zu spät! Ein Arm legte sich um seine Kehle, und er spürte eine schwielige Hand am Hinterkopf. Es war ein klassischer Ringergriff, mit dem man jemandem, wie Valerius wusste, den Hals brechen konnte wie einen trockenen Zweig. Er riss mit beiden Händen an dem Arm und versuchte, den eisenharten Griff aufzubrechen, der ihn bereits halb erstickte, aber der Druck an seinem Hinterkopf nahm zu, und ihm wurde allmählich schwarz vor Augen. Ich bin tot, dachte er. Im gleichen Augenblick löste sich der Griff, und als er nach Atem schnappte, beleidigte brüllendes Gelächter seine Ohren. Eine hochgewachsene Gestalt in einer roten Tunika taumelte auf den Platz ihm gegenüber und starrte ihn mit geröteten Augen über den Tisch hinweg an.

»Hast du was zu trinken für einen alten Kameraden, hübscher Junge? Mir ist das Geld ausgegangen. SKLAVE!

Sklave! Einen zweiten Becher, und bring auch noch einen weiteren Krug, wenn du schon dabei bist.«

Crespo.

»Tja, ich hatte dich, oder? Nur mal kurz drehen und – knacks – du wärest hinüber gewesen.« Der Sizilianer lachte leise. »So hab ich mal jemanden umgebracht. Er sah aus, als säße sein Kopf verkehrt herum. SKLAVE! Wird allmählich auch Zeit.« Der Junge kam mit einem zweiten Becher und einem weiteren randvollen Krug. Dann zog er sich mit einem furchtsamen Blick auf Crespo zurück, während der Römer den Wein sorgfältig in die beiden Becher schüttete.

»*Ave!*« Er prostete Valerius mit erhobenem Becher zu. »Auf die Zwanzigste und den Sieg.«

Widerstrebend griff Valerius nach seinem eigenen Trinkgefäß und prostete zurück. »Auf die Zwanzigste.«

»Und Verdammnis über die Briten und ihre verseuchten Huren.«

Valerius starrte ihn an, doch das bewirkte keine Veränderung in Crespos Gesicht.

»Vielleicht hätte ich dich töten sollen. Nichts als Ärger hast du dem alten Crespo gemacht, nicht wahr, hübscher Junge. Einen ganzen Monat lang hat mir der Legat im Nacken gesessen. Vielleicht wäre ich noch rausgeschmissen worden. Aber Crespo ist zu schlau für sie.« Er tippte sich an die Nase. Valerius bemerkte, dass sie nicht gut verheilt war. Die Axtklinge hatte jetzt eine deutliche Kerbe. »Zu schlau. Ich hab mich versetzen lassen.« Ganz kurz wurde der Blick des Zenturios glasig, und er wiegte sich in der Hüfte vor und zurück, während sein Kopf leicht auf dem langen Hals pendelte. Crespo war eindeutig schon eine ganze Weile in der Taverne, nach seiner zerknitterten Kleidung und den Bartstoppeln zu urteilen, vielleicht bereits die ganze Nacht. Valerius dachte an die Szene in der silurischen Hütte zurück. Valerius konnte sich glücklich schätzen, sagte er sich, dass Crespo bei ihrer Begegnung bereits einen in der Krone hatte und es zudem heller Tag war.

Derselbe Gedanke war offensichtlich auch seinem ungebetenen Trinkgenossen gekommen.

»Vielleicht *sollte* ich dich töten«, knurrte er, zog einen Dolch unter seiner Tunika hervor und haute ihn in die ohnehin von Kerben übersäte Tischplatte. Der Knall ließ sämtliche Gäste aufschrecken, und Valerius sah, wie der Barmann unter die Theke griff, wo er zweifellos eigens für solche Situationen eine große Keule aufbewahrte. Valerius fing den Blick des Mannes auf und schüttelte leicht den Kopf. Zurück kam eine unausgesprochene Frage: *Bist du dir sicher?* Valerius reagierte darauf, indem er Crespo mit dem freundlichsten Grinsen bedachte, dessen er fähig war.

»Warum solltest du mich töten wollen? Wir hatten ein kleines Missverständnis, das ist alles. In der Hitze der Schlacht passiert so was ständig.« Valerius dachte an die Augen des Mädchens, die ihn über Crespos Schulter hinweg entsetzt angestarrt hatten. Er könnte den Dolch mit einer einzigen Bewegung beim Griff packen und die Klinge in Crespos rechtes Auge stoßen. Der Zenturio wäre tot, bevor er auch nur blinzeln könnte. Jeder in der Taverne hatte gesehen, dass Crespo den Dolch gezogen hatte. Es könnte ein paar unangenehme Fragen geben, doch darüber würde er sich hinterher Sorgen machen.

Crespo runzelte die Stirn. Er hatte beide Hände auf die Tischplatte gelegt, und Valerius sagte sich, dass er den Mann töten würde, wenn die rechte Hand sich auf das Messer zubewegen sollte.

»Missverständnis? Sicher. Hitze der Schlacht.« Crespos Hand bewegte sich. Aber nur bis zum Becher. Er trank einen tüchtigen Schluck und wischte sich mit dem Handrücken über die Lippen.

»Erzähl mir von deiner Versetzung«, schlug Valerius vor, der hoffte, dass der Ort möglichst weit weg und sehr gefährlich sein würde. Germanien – oder besser noch Armenien – wäre ideal. Ein paar Jahreszeiten lang mit den Alamannen Fangen spielen war genau das, was Crespo brauchte.

»Geheim«, antwortete Crespo und tippte sich erneut an die Nase.

»Alte Zeltkameraden haben keine Geheimnisse voreinander, Crespo. Das weißt du. Wir haben in derselben Schildreihe gekämpft und ein und denselben Latrinenbalken geteilt. Wie könnten wir Geheimnisse voreinander haben?«

»Ich bin im Dienst des Prokurators. In seinem Stab. Er ist ein elender kleiner Scheißer, dieser Catus Decianus, aber er hat die richtige Einstellung. Quetsch sie aus, bis sie bluten.« Er hielt inne, und Valerius beobachtete, wie sein Gehirn gegen den Wein in seinem Blut ankämpfte. »Du erzählst niemandem, dass ich das gesagt habe?«

Valerius bemühte sich, sich seine Enttäuschung nicht anmerken zu lassen. Im Dienst des Prokurators bedeutete

Londinium. Viel zu nah. »Was? Dass er ein elender kleiner Scheißer ist?«

»Nicht das, das andere. Sie ausquetschen. Das ist ein Geheimnis.«

»Wen ausquetschen?«

»Die Kelten«, sagte Crespo, als läge die Antwort auf der Hand. »Sie haben jahrelang an Roms Tropf gehangen. Subventionen und Steuergeschenke. Während du und ich geschwitzt und geblutet haben, haben sie nur kassiert. Jetzt wollen die ihr Geld zurück.«

»Wer ist ›die‹?«

»Wichtige Leute.« Der Zenturio zwinkerte ihm zu. »Mächtige Leute. Subventionen und Steuergeschenke. Nur gelten beide inzwischen als Kredite.«

Wichtige Leute? Mächtige Leute? Es sah Crespo ähnlich, seine neue Position aufzubauschen. Er wusste ebenso viel über Subventionen und Steuergeschenke wie Valerius, also so gut wie nichts. Es klang so, als wäre Crespo gerade noch rechtzeitig aus der Zwanzigsten herausgekommen, und er schien maßlos stolz auf seine Ernennung zu sein. Aber was war er schon? Nur ein weiterer blutsaugender Schuldeneintreiber. Ein paar Briten waren also mit ihren Steuerzahlungen im Verzug? Vielleicht würde ihnen jemand ihren Hof wegnehmen lassen. Nun, für so etwas war Crespo genau der richtige Mann. Was im Moment aber wirklich zählte, das war, dass er betrunken genug war, um ungefährlich zu sein, und Valerius beschloss, dass es besser so bleiben sollte, zumindest bis Lunaris eintraf. Er schenkte den Wein aus dem

Krug in die beiden Becher und achtete darauf, dass der von Crespo randvoll war.

»Erzähle mir von Glevum …«

Der Abend dämmerte bereits, als Valerius die Taverne verließ, gefolgt von einem taumelnden Crespo, der von einer Seite des Eingangs zur anderen schwankte und dabei etwas von Rache murmelte. Er hatte immer noch seinen Dolch, und Valerius erwog, ihn zum Fluss zu führen und auszuprobieren, ob er mit einem Bauch voll Wein schwimmen konnte, doch eigentlich wollte er nur eines: von diesem Mann wegkommen. Die Nähe zu Crespo hatte ihm das Gefühl gegeben, beschmutzt zu sein. Jeder Soldat hatte im Inneren dunkle Stellen, aber die von Crespo führten mitten in den Hades. Die Vergewaltigung des silurischen Mädchens war offensichtlich nicht die erste gewesen. Bei Weitem nicht. Und es gab Andeutungen von noch schlimmeren Verbrechen.

»Wer ist der Besoffene?« Als Valerius aufblickte, entdeckte er Lunaris im Eingang eines Miethauses gegenüber der Taverne.

»Ein alter Freund. Erkennst du Zenturio Crespo nicht? Und solltest du nicht vor einem Offizier salutieren?«

»Tribun!« Lunaris schlug mit ausgesuchter Förmlichkeit die Hand an den Brustpanzer.

»Ich dachte, wir treffen uns drinnen?«

Crespo war an der Wand der Taverne zusammengesunken, und Valerius nahm ihm das Messer aus der Hand und warf es in eine Gasse.

»Die Gesellschaft hat mir nicht gefallen.«

»Meine oder seine?«

»Bin mir nicht sicher. Was sollen wir mit ihm machen?«

Der Tonfall des Legionärs klang eher wie ein Vorschlag als wie eine Frage. Vielleicht war der Fluss ja gar keine so schlechte Idee. Valerius blickte sich um. Nein. Es gab zu viele Zeugen, und wenn Crespo wirklich zum Stab des Prokurators gehörte, würde es zu einer Untersuchung kommen. Valerius hatte eine bessere Idee. »Wir bereiten ihm ein schönes, weiches Bett für die Nacht«, schlug er vor und deutete auf einen großen Misthaufen, der neben einem Stall an der Straße seine üblen Dämpfe ausdünstete.

Sie stemmten Crespo zu zweit hoch und trugen ihn hin.

»Fertig?«, fragte Lunaris.

»Auf drei. Eins, zwei, drei.«

Crespo landete bäuchlings auf dem Haufen aus Pferde- und Maultiermist, unter den, wenn Valerius es recht beurteilte, auch der Inhalt der Latrine des Eigentümers gemischt war.

»So ist es gut. Er ist unter Freunden«, lachte Lunaris.

»Moment noch.« Valerius nahm einen Stock zur Hand, der an der Stalltür lehnte, und schob den Mist von Crespos Gesicht weg, bis er Platz zum Atmen hatte. »Wir wollen ihn ja nicht umbringen.«

Lunaris schnaubte. »Wenn du meinst.«

XVI

Valerius, teuerster Sohn und Stolz eines Vaters. Ich grüße dich. Livius schickte mir Nachricht, dass du bei guter Gesundheit bist und deine Pflicht tust. Sorge dich nicht um deinen Vater; seine Gelenke mögen dieser Tage knirschen, doch er hält stand wie die Olivenbäume am Südhang hinter dem Fluss. Jedes Jahr ein wenig knorriger, aber auf seine Weise immer noch produktiv. Granta und Cronus lassen dich ebenfalls grüßen.

Der Brief war ihm aus Glevum nachgesandt worden und musste zwei Monate zuvor geschrieben worden sein. Lächelnd las Valerius die Eröffnung ein zweites Mal. Ein typisches Schreiben eines Vaters an seinen Sohn; voller vertraulicher Scherze, aber zwischen den Zeilen voller Tadel. Die Erwähnung, dass der Vater über Livius erfahren hatte, wie es Valerius ging, sollte ihn daran erinnern, dass er selbst ihm nicht geschrieben hatte. Die knirschenden Gelenke waren ein Hinweis, dass der Vater sich verlassen fühlte. Granta und Cronus waren die beiden freigelassenen Sklaven, die das Landgut verwalteten. Valerius war sich nicht sicher, welche Botschaft sich hinter ihrer Erwähnung versteckte, aber er hatte keinen Zweifel, dass es eine gab. Er las weiter.

Ich warte noch immer auf die Antwort des Kaisers auf meine Bitte um eine Ernennung. Meine Anfrage liegt inzwischen mehrere Monate zurück, gewiss, aber dennoch bewahre ich eine gewisse Hoffnung auf ein Wiederaufleben des Geschicks unserer Familie. Der Kaiser ist ein großartiger junger Mann mit vielen Verantwortlichkeiten, doch ich habe Schritte unternommen, um sicherzustellen, dass meine Bewerbung zu ihm gelangt.

Beim Lesen des letzten Satzes wurde es Valerius mulmig zumute. Selbst im fernen Britannien war klar, dass politisches Herumstümpern in Rom unter Kaiser Nero so gefährlich sein konnte wie eine nächtliche Patrouille in einem silurischen Sumpf. Dank einer Förderung durch Kaiser Tiberius war es seinem Vater gut ergangen, aber das war lange her. Caligula hatte er nur überlebt, weil er sich auf sein Landgut zurückgezogen und die Einflüsterungen der miteinander ringenden Fraktionen unbeirrt ignoriert hatte. Unter Claudius hatte er noch einmal kurze Zeit die Gunst des Kaisers genossen, doch das hatte mit irgendeiner Indiskretion geendet, über die sein Vater sich ausschwieg und von der ihm ein dauerhafter Hass auf den Berater des Kaisers zurückgeblieben war, einen freigelassenen Sklaven namens Narcissus. Jetzt war nicht die Zeit für einen politischen Neubeginn. Das Problem war, dass Lucius glaubte, am Hof Freunde zu haben.

Vor Kurzem hatte ich eine sehr angenehme Begegnung mit deinem ehemaligen Tutor Lucius Annaeus Seneca, und er hat mich über die Vorgänge in Rom und im Senat auf den neuesten Stand gebracht.

Valerius stöhnte. In seiner Jugend war der große Mann sein Lehrer gewesen, und inzwischen besaß der Philosoph ein Landgut im Nachbartal des Gutes seines Vaters. Seneca, Anfang sechzig, konnte bei einem Essen eine wunderbare Gesellschaft sein. Er war unterhaltsam und gelehrt und drechselte seine Argumente so geschickt, dass es einem den Kopf verdrehte und man schließlich gegen sich selbst argumentierte. Außerdem war er leichtsinnig und eine gefährliche Bekanntschaft. Eine schlaue Bemerkung zu viel hatte ihn Caligulas Gunst gekostet und hätte ihn ohne Weiteres auch das Leben kosten können. Doch gerade als sein Stern wieder im Steigen begriffen war, hatte eine offene Affäre mit Julia Livilla, der Schwester des inzwischen verstorbenen Kaisers, dafür gesorgt, dass ihr Onkel, Caligulas Nachfolger Claudius, ihn ins Exil geschickt hatte. Claudius' Frau Agrippina hatte ihn aus der Versenkung in Korsika gerettet, damit er ihren Sohn unterrichten sollte, und nun regierte ebendieser Sohn das Imperium, und Seneca saß an seiner Seite.

Seneca rät dir, Britannien sofort zu verlassen – diese Dinge lassen sich arrangieren, sagt er – und deinen Juristenberuf wieder aufzunehmen. Anscheinend erfüllt deine Inselprovinz die Erwartungen des Kaisers nicht. Er sieht nur riesige Ausgaben ohne greifbares Ergebnis, und nur seine Achtung vor der militärischen Leistung seines verstorbenen Stiefvaters hält sein Interesse aufrecht. Mein Freund fürchtet, dass dieses Interesse nicht ewig anhalten wird. Er deutete an, sollte ich etwas in Britannien investiert haben, könnte es klug sein, mein Geld dort abzuziehen und es anderweitig anzulegen. Doch meine einzige Investition bist du, mein Sohn (Valerius vermeinte, einen Fleck auf dem Brief zu sehen, wo eine verirrte Träne hingefallen war), *und der Gedanke, diese Investition könnte ihre Tage auf der Speerspitze eines Wilden beenden, verkürzt zweifellos die mir verbliebene Zeit, die durch die unvermeidbaren Bürden des Lebens ohnehin schon vermindert wurde ...*

Es folgte noch mehr emotionale Erpressung derselben Art, bevor der Brief in einen Katalog von Klagen ausartete: über das Wetter, die Sklaven, über Granta und Cronus – die in Wirklichkeit der einzige Grund waren, aus dem das Landgut profitabel blieb – oder über den Preis des Olivenöls, der zu niedrig, und den Preis des Viehfutters, der zu hoch sei.

Valerius legte den Brief beiseite, bevor er ihn zu Ende gelesen hatte, denn er wusste, dass er zweifellos mit einer weiteren Bitte um seine Rückkehr nach Rom enden würde. Aber seine Gedanken kreisten trotzdem um den Inhalt. Der Ehrgeiz des alten Mannes war besorgniserregend genug, doch was war mit seinen Andeutungen über die hohe Politik? Sollte Nero tatsächlich erwägen, Britannien aufzugeben? Es erschien Valerius ausgeschlossen, dass eine so große Investition an Gold und Blut so leichthin in den Wind geschrieben werden könnte. Nein, das war nicht möglich. Er befand sich hier, in Colonia Claudia Victricensis, dem eindrucksvollen Beweis dafür, dass Britannien tatsächlich römisch *war*. Dies hier war eine Stadt, die den Namen eines Kaisers führte und in ihrem Herzen den Tempel eines vergöttlichten Kaisers barg. Und Senecas Vorschlag, Lucius solle seine nicht existenten Investitionen aus Britannien abziehen: Wie passte das zu allem, was er über die beträchtlichen Gelder gehört hatte, die der Philosoph selbst in der Provinz investiert hatte? Nein, sein Vater musste den Mann missverstanden haben.

Später schickte Valerius Lunaris los, um die Schwerter und Schilde in der Waffenkammer der Miliz abzuliefern. »Im Anschluss kannst du die Schaufeln zur zweiten Zenturie an der Straße nach Venta bringen. Du solltest bei Einbruch der Dunkelheit zurück sein. Schlaf dich heute aus. Morgen gehen wir auf die Jagd.«

Lunaris warf ihm den Blick eines erfahrenen Soldaten zu. »Auf die Jagd?«

»Du sagtest doch, du langweilst dich beim Reparieren von Straßen.«

»Das hängt davon ab, was wir jagen.«

»Einen Keiler, glaube ich.«

Die Miene des Legionärs hellte sich auf. »Und wir dürfen unsere Beute essen? Wo denn?«

»Auf dem Landgut des Lucullus – des Briten, der *augustalis* des Claudiustempels ist.«

Lunaris runzelte die Stirn. »Bist du dir sicher, dass du nur hinter einem Keiler her bist?«

Jetzt war es an Valerius, besorgt dreinzublicken. »Wieso? Was hast du gehört?«

Der hochgewachsene Mann zuckte mit den Schultern. »Einfach nur Zeltgerede. Du warst neulich draußen unterwegs, und unterdessen schnüffelte der *quaestor* Petronius hier herum und stellte Fragen.«

»Du hättest den Drecksack aufspießen sollen. Was für Fragen?«

»Die Art von Fragen, für die feine Leute sich interessieren. Wer dein Vater ist. Ob du Freunde in hohen Positionen hast. Frag Julius, ich weiß es nur von seinem Schreiber.«

»Der bald einen Rücken ohne Haut haben wird, wenn ich etwas dazu zu sagen habe.«

Lunaris unterdrückte ein Lächeln. Valerius war nicht der Typ von Offizier, der Soldaten auspeitschen ließ. Es war einfach, den jungen Tribun zu mögen, und auf der langsamen Rückreise von Londinium waren sie einander so nahegekommen, wie das bei Angehörigen sehr unterschiedlicher gesellschaftlicher Klassen möglich war. Valerius hatte sein Pferd an den Ochsenkarren gebunden, und sie waren den größten Teil der Strecke gemeinsam marschiert. Trotz seiner weit zurückreichenden Abstammung und seiner hohen Bildung war der Tribun im Herzen ein Junge vom Land. Er hatte ihn auf Tiere und Spuren von Tieren aufmerksam gemacht, die Lunaris, der in den brodelnden Gassen der Täler zwischen den sieben Hügeln Roms aufgewachsen war, ohne seine Hilfe niemals entdeckt hätte. Ein gewandter Otter, der durch die Tiefen eines Flussbeckens glitt, während silbrige Bläschen von seinen Flanken strömten, und scheues Damwild, das aus den Schatten eines Wäldchens am Wegesrand spähte. Ein alter Fuchsrüde, der mit einem seiner Welpen im Fang unmittelbar vor ihnen die Straße überquerte. Lunaris hatte seinerseits erzählt, wie er unter den Kinderbanden des Vicus Bellonae in der Subura durch List und Geschick überlebt hatte. Mit flinken Fingern hatte er Äpfel gestohlen oder einen Bäcker abgelenkt, während ein laufstarker Komplize den Laib Brot klaute, der dann später geteilt wurde. Als sie vor Colonias Toren eintrafen, waren sie Freunde geworden, was Lunaris gewisse Freiheiten gestattete, wenn sie allein waren. Aber er war Legionär und Valerius war Offizier, und es gab Grenzen, die beiden klar waren.

»Ich gehe jetzt besser, wenn ich bei Einbruch der Dunkelheit zurück sein soll«, schlug Lunaris vor.

Valerius winkte ihn fort und machte sich in Richtung des Westtors auf den Weg. Der Laden des Goldschmieds lag in einer Villa an der Hauptstraße, nicht weit von Lucullus' Stadthaus entfernt. Von der Straße aus wirkte das Gebäude nicht sehr imposant, aber der Anschein konnte trügen. Eine solche Villa konnte einen ganzen Straßenzug einnehmen, mit einem Labyrinth von Dutzenden verschachtelten Räumen und Höfen hinter einer ganz unscheinbaren Fassade. Vermutlich war dieses Gebäude jedoch nicht ganz so prachtvoll – Corvinus kam ihm nicht wie ein Mann vor, der seinen Reichtum zur Schau stellen musste –, aber groß genug, um zu zeigen, dass der frühere Zeugmeister seine Pension und sein Talent gut investiert hatte. Dieser Gedanke brachte ihm Lucullus in den Sinn, und von Lucullus kam er auf Petronius. Der Mann hatte zweifellos seine Gründe, Fragen über einen unbedeutenden Tribun zu stellen, doch das Interesse des *quaestors* hatte einen Keim der Besorgnis in ihm geweckt.

Wie ausgemacht, erwartete Corvinus ihn im Laden. »Du konntest deine Geschäfte in Londinium hoffentlich erfolgreich abschließen«, sagte er höflich.

Valerius erzählte ihm von den nagelneuen Schwertern und Schilden, die er dem Quartiermeister in der Stadt abgeluchst hatte, und das Gesicht des Goldschmieds leuchtete auf. »Zu meiner Zeit wärest du damit nicht durchgekommen, aber beim Barte des Mars, ich danke dir dafür. Das heißt, dass ich einem Dutzend rostiger Stacheln, die sich *gladii* nennen, nie wieder eine Schneide verpassen muss, und dass ich ein Dutzend Schilde ausmustern kann, die nur noch für den Übungsplatz taugen.«

Valerius lächelte. »Ist die Arbeit fertig?«, wechselte er das Thema.

»Ja«, antwortete Corvinus. »Ich habe sie hier.« Er wandte sich um und holte aus der obersten Reihe eines Schubladenschranks einen Lederbeutel heraus, den er vor Valerius auf die Theke legte. »Ich hoffe, sie entspricht deinen Vorstellungen.« Er schnürte den Beutel auf und kippte sich den Inhalt in die Hand. »Ich hätte etwas Feineres anfertigen und vielleicht eine Kette hinzufügen können, aber die Zeit ...«, sagte er entschuldigend.

»Nein. Es ist genau das, was mir vorschwebte.«

Das Schmuckstück war vollkommen. An einem dünnen Band aus weichem Leder hing die winzige, in Gold gearbeitete Figur eines angreifenden Keilers, eine Kopie des Signums, das die Schilde der Zwanzigsten schmückte. Es war eine erstaunlich feine, kunstvolle Arbeit, und Valerius konnte kaum glauben, dass sie von den kräftigen Schmiedehänden geschaffen worden war, die sie hielten. Der Anhänger schimmerte mit einem Glanz, der seine geringe Größe Lügen strafte, und war ein Objekt von unglaublicher Schönheit. Er hatte Valerius einen Monatslohn gekostet und war jeden *sestertius* wert, weil er selbst am Hals einer Königin nicht fehl am Platz gewirkt hätte. Morgen Abend würde er hoffentlich Maeves Hals zieren.

»Ich gratuliere dir«, sagte Valerius. »Die Arbeit ist so kunstvoll, wie man sie sich nur denken kann. Aber wie ...«

Corvinus hätte sich gekränkt fühlen können, doch er lachte nur. »Manchmal verbringt jemand sein Leben damit, Schwerter auf einem Amboss zurechtzuhämmern, obwohl er tief in seinem Inneren weiß, dass er die Fähigkeit besitzt, feinere Dinge zu schaffen.«

Valerius bezahlte die vereinbarte Summe, und Corvinus legte den Halsschmuck sorgfältig in den Lederbeutel zurück. »Deine Dame hat Glück. Sag ihr, sie soll den Anhänger noch einmal herbringen, dann fertige ich ihr noch eine Kette dazu. Kostenlos. Ich habe deine schönen neuen Schwerter nicht vergessen. Aber sie lebt bestimmt in Rom?«

Valerius griff nach dem Beutel und verabschiedete sich lächelnd. »Nein«, antwortete er. »Sie lebt nicht in Rom.«

Als er gegangen war, dachte Corvinus über die letzten Worte des Tribuns nach und biss sich auf die Unterlippe. Hätte er etwas sagen sollen? Nein, es ging ihn nichts an.

Das Pferd mochte Lunaris nicht. Und Lunaris mochte das

Pferd nicht. Es war Valerius' Ersatzpferd; eine gallische Stute guter Abstammung und von verspieltem Temperament, die heute noch verspielter war als sonst, weil sie seit über einer Woche nicht geritten worden war.

»Zerr nicht ständig am Zügel. Sie hat ein empfindliches Maul«, ermahnte Valerius ihn und wünschte, er hätte den *duplicarius* stattdessen auf ein Maultier gesetzt.

»Ich habe einen empfindlichen Hintern. Wenn ich nicht immer wieder am Zügel ziehe, ist sie bald im Land der Briganten, und du gehst ohne mich auf die Jagd.«

»Ich dachte, du hättest gesagt, du könntest reiten?«

»Ich habe gesagt, ich wäre schon geritten«, antwortete Lunaris würdevoll. »Ich hatte nicht behauptet, schon einmal ein so großes Pferd geritten zu haben.«

Valerius versuchte, sich den Legionär auf einem kleineren Tier vorzustellen. »Wann war das?«

»Als ich sechs oder sieben war. Aber manche Dinge vergisst man nie.«

Valerius musterte ihn erneut, wie er zusammengekauert auf der Stute hockte und sich tief über ihre Ohren vorbeugte, als ob er sie mit reiner Willenskraft kontrollieren könnte. »Ja, es gibt Dinge, die man niemals vergisst«, stimmte er zu.

»Wir werden doch nicht zu Pferd jagen?«, fragte Lunaris besorgt.

»Ich hoffe nicht.«

Sie trafen in dem feinen Nieselregen vor Lucullus' Villa ein, der Britanniens üblicher Morgengruß war. Lunaris knurrte erleichtert, als er die Jagdgesellschaft zu Fuß warten sah. Valerius unterdrückte jedoch einen Fluch, da er bemerkte, wie die Männer gekleidet waren. Die Würde eines römischen Offiziers gestattete es ihm nicht, anders als in voller Uniform vor seinen barbarischen Gastgebern zu erscheinen, und dazu gehörte auch sein scharlachroter Mantel. Das Dutzend Männer, das sie erwartete – ausnahmslos Briten, wie er bemerkte –, steckte in brauner oder grüner Kleidung: Hemden aus schwerem Stoff und Hosen, die auch Dornsträuchern gewachsen sein würden. Genau richtig als Tarnung und dick mit Wollwachs eingefettet, um den Regen abzuhalten.

»Wenigstens werden wir einander jederzeit finden«, murmelte Lunaris neben ihm.

»Willkommen, meine Freunde.« Lucullus kam lächelnd aus dem Haus, und zu seiner Freude sah Valerius, dass er von Cearan begleitet wurde, dem adligen Icener. Valerius hielt hinter den beiden Männern suchend nach Maeve Ausschau, doch sie war nicht zu sehen. Der Trinovante fuhr fort: »Du hast doch hoffentlich gefrühstückt? Gut. Wir werden erst zur achten Stunde erneut essen, aber ich habe dafür gesorgt, dass man uns unterwegs einen Imbiss bringt. Wir sind zivilisierte Menschen, wie du siehst.«

Valerius bemerkte, dass Cearan ihn mit einem mitfühlenden Lächeln betrachtete. Er näherte sich dem Pferd und tätschelte seine Flanke. »Ein schönes Tier. Aus Gallien? Gut für ein Rennen – und für den Kampf –, aber nicht für die Jagd.« Er senkte die Stimme. »Wie eure Kleidung. Wenn du mir mit deinem Kameraden nach drinnen folgst, finde ich bestimmt etwas, das besser geeignet ist.«

Die beiden Römer sahen einander an, und der gut aussehende Kelte bemerkte den Blick, den sie wechselten.

»Macht euch keine Sorgen. Eure schönen Waffen und Rüstungen sind unter Lucullus' Dach sicher. Wir sind keine Diebe, trotz allem, was euer Volk zu glauben scheint.«

Valerius spürte, dass er vor Verlegenheit rot wurde. »Entschuldigung. Diesen Eindruck wollten wir nicht erwecken. Aber wir sind Soldaten, und diese Dinge sind uns teuer.«

»Genau wie uns«, erwiderte der Icener liebenswürdig. »Ich lege dein Schwert neben meines, und deinen Helm zu meinen Arm- und Halsreifen.«

Er führte sie in einen Raum, in dem sie sich umziehen konnten, und zeigte ihnen, wo sie ihre Rüstung und Waffen ablegen konnten. Lunaris wurde zuerst mit dem Anziehen fertig, nachdem er sich mühsam in eine karierte Wollhose gezwängt hatte, die kaum über seinen kräftigen Hintern passte.

»Ich setze dich einen Monat lang auf halbe Ration«, scherzte Valerius. »Raus mit dir, und schau, was dort läuft. Ich komme gleich nach.«

Das Hemd und die Hose waren aus schwererem Stoff gefertigt als die entsprechende römische Kleidung, die Tunika und die *braccae*, doch er konnte sich darin viel freier bewegen als in Brustpanzer und Helm. Er ließ sein *gladius* bei seiner Rüstung liegen, legte aber seinen Gürtel an, in dem ein kurzer Dolch steckte. Außerdem hing eine kleine Tasche daran, und er schob den Lederbeutel mit dem Keileramulett sorgfältig hinein und stellte sicher, dass er nicht herausfallen konnte. In der unvertrauten keltischen Kleidung fühlte er sich sonderbar und wünschte, er hätte einen Spiegel, um sich darin zu betrachten. Doch diesen Gedanken verbot er sich gleich wieder. *Du Dummkopf! Du siehst genauso aus wie alle anderen, nur mit kürzerem Haar und ohne schmuddeligen Schnauzbart.*

Er eilte in den Korridor und stieß mit jemandem zusammen, der in die entgegengesetzte Richtung hastete. Sein erster Eindruck war Weichheit, der zweite Kraft: Wärme gefolgt von Schreck. Bei der Berührung seines Körpers schnappte Maeve nach Luft, und ihre Augen weiteten sich vor Überraschung, als sie den gut aussehenden jungen Mann in der vertrauten keltischen Kleidung sah. Sie brauchte einen Augenblick, um Valerius zu erkennen. Ihr Gesichtsausdruck wich rasch einem anderen, der schon wieder verschwunden war, bevor er sich darüber klar werden konnte, was er bedeutete. Valerius wollte sich wieder in Bewegung setzen, doch aus irgendeinem Grund gehorchten seine Beine ihm nicht. Seine Brust schnürte sich zusammen, und ihm lief ein solcher Schauder über den Rücken, wie er es zuvor erst ein einziges Mal erlebt hatte: Damals war er draußen in ein heftiges Gewitter geraten. Sie trug das Haar heute offen, und ihr langes Kleid aus dunkelblauer Wolle war so um die Taille gegürtet, dass das Gewicht ihrer Brüste und die Rundung ihrer Hüften betont wurden.

Er trat einen Schritt zurück und verbeugte sich. »Maeve.«

Sie runzelte leicht die Stirn und senkte den Kopf. »Tribun.«

Er hätte gern ihr Kinn mit der Hand angehoben, damit sie ihm in die Augen sah, und ihr gesagt, dass er Valerius hieß. Tatsächlich fragte er jedoch nur: »Kommst du heute mit auf die Jagd?«

In die milchweiße Haut ihrer Stirn traten ein paar Fältchen, und er wusste, dass sie lächelte. »Nicht alle britischen Frauen sind wie die mächtigen Amazonen eurer geheimnisvollen Geschichten, Herr. Wir kochen und weben, aber wir jagen nicht – und kämpfen auch nicht.«

»Dann entschuldige ich mich.« Es war, als müssten sie sich ständig beieinander entschuldigen. »Du musst mich für unkultiviert halten.«

Sie hob den Kopf und sah ihn an. »Nein, in keiner Weise.«

Er griff nach dem Beutel, der an seinem Gürtel hing, doch sie spürte seine Absicht und legte die Hand auf seine. Die Hitze ihrer Berührung fühlte sich an wie ein Brandzeichen. »Du musst dich beeilen. Sie warten.«

»Werde ich ...«

»Wenn die Götter es wünschen. Denk an die Eule.«

Durch die Tür hörte er nach sich rufen. Er sah sie an und nickte. Dann ging er.

Sie sah ihm nach und versuchte, die widersprüchlichen Gefühle zu deuten, die in ihr tobten; sie wusste, dass es sich bei ihnen um die gefährlichsten aller menschlichen Emotionen handelte, aber nicht, welche den Kampf gewinnen würde.

XVII

Lucullus ging über die schlammigen, von dornigen Ranken gesäumten Pfade voran, die die Felder seines Anwesens durchschnitten. Die meisten Gehege dienten der Aufzucht von Schafen oder Schweinen, doch in einigen weideten auch magere, graubraune Rinder. Kleine Bauernhöfe lagen in der Landschaft verstreut, jeder mit einem Rundhaus und einem Pferch für das Vieh. Darum herum breiteten sich die derzeit kahlen Felder aus, die im Frühjahr bestellt werden würden.

Valerius und Lunaris folgten ihm Seite an Seite, und Valerius wünschte sich, Cearan würde sich zu ihnen gesellen. Eine römische Jagd wurde von Traditionen regiert, die Hunderte von Jahren zurückreichten, und er hatte wenig Zweifel, dass es bei einer britischen genauso war. Doch der Icener ging mit ihrem Gastgeber voran, und es schien unwahrscheinlich, dass einer der anderen Angehörigen der Jagdgesellschaft sie aufklären würde. Abgesehen von einem gelegentlichen neugierigen Blick schenkten die Briten den beiden Römern wenig Aufmerksamkeit und unterhielten sich lebhaft in ihrer eigenen Sprache. Hinter den Jägern kamen die Diener und Sklaven, jeder mit einem langen Speer in der Hand.

»Was ist passiert, während ich in der Villa war?«, fragte Valerius Lunaris.

»Hauptsächlich haben sie darüber gerätselt, was dich aufhält«, antwortete der *duplicarius*. »Was hat dich denn aufgehalten?«

Valerius ließ seine Ungeduld durchscheinen. »Irgendwas muss doch gewesen sein.«

Lunaris zuckte mit den Schultern. »Der kleine Fürst, der Dicke, hat alle paarweise eingeteilt. Du gehst mit ihm und ich mit dem großen, freundlichen Kerl. Danach hat er eine Rede in ihrer Brabbelsprache gehalten, und sie haben ihm zugejubelt.« Er schaute sich um. »Sie sind ein sonderbarer Haufen. Gerade noch sind sie so gefügig wie Schafe, und im nächsten Moment heulen sie wie Wölfe. Ich wünschte, ich hätte mein Schwert dabei.«

Valerius lächelte, da er sich an eine ganz ähnliche Bemerkung von Castus erinnerte. »Hier bei Lucullus sollten wir sicher sein. Immerhin habe ich früher auf dem Anwesen meines Vaters Wölfe gejagt.«

»Nein, nicht diese Wölfe! Sei vorsichtig, wenn du durchs hohe Gras gehst. Wir werden ziemlich dumm aussehen, wenn zum Schluss ein Druide an unserer Leber herumfummelt, um sich ein Bild zu machen, ob es morgen regnet.«

Inzwischen näherten sie sich einem Waldstück, dessen Saum von kleinen Gruppen bewacht wurde, die jeweils ein Paar zähnefletschender Hunde an der Leine hielten. Valerius hörte, dass Lucullus ihn beim Namen rief, und ein Führer brachte sie nach vorn.

Valerius musterte die Tiere und erinnerte sich dabei an Berichte von britischen Kampfhunden, die dazu ausgebildet wurden, einem Mann die Kehle zu zerfleischen. Lucullus bemerkte sein Interesse. »Meine Sauhunde«, erklärte der kleine Mann stolz. »Ich züchte sie selbst. Sie sind seit dem Morgengrauen draußen unterwegs, um unsere Beute aufzuspüren. Ich habe meinen Jagdaufsehern Anweisung gegeben, dass nur die größten Tiere von Interesse sind – zu deinen Ehren natürlich.«

Valerius verbeugte sich dankend, doch es gab andere Ehren, die er lieber erhalten hätte.

»Es sieht so aus, als hätten sie in diesem Waldstück einen Keiler gestellt. Ein paar Hunde sind verloren gegangen, und er wird sicher schon etwas abbekommen haben, aber er stellt trotzdem eine Herausforderung für uns dar. Ich vermute, es ist der Keiler, den ich schon früher gejagt habe und der mir immer wieder ein Schnippchen geschlagen hat. Im Frühjahr hat er die grünen Triebe ausgewühlt und im Sommer das reife Korn zertreten. Er war ein teurer Gast.«

»Wir warten also ab, bis die Hunde ihn in die Enge getrieben haben, und kreisen ihn dann ein?«

»Oh, nein«, antwortete Lucullus ernst. »Wir sind hier nicht in einer von euren Arenen. Das wäre viel zu einfach und brächte wenig Ehre ein. Der Keiler muss eine Chance bekommen, so wie wir auch. Wir sind anders als ihr, verstehst du; wir schätzen die Vögel und Tiere, die wir jagen, hoch ein, denn jedes von ihnen hat eine Seele, genau wie jeder Mensch eine Seele hat, und die Götter wachen genauso über sie wie über uns.« Er lächelte traurig. »Lass uns hoffen, dass die Götter – deine und meine – heute mit uns sind.«

Die Männer teilten sich paarweise auf, und Lucullus nahm einem der Hundeführer ein Paar Sauhunde ab. Plötzlich stand Cearan neben Valerius. »Als Ehrengast wirst du den ersten Stoß haben«, sagte er leise. Er trat zur Seite, als ein Diener Valerius einen Speer reichte. Der war sieben Fuß lang, stabil und schwer, hatte eine breite, blattförmige Spitze und ein Querholz auf einem Drittel der Länge des Schafts. »Das Querholz soll verhindern, dass der Keiler dich mit seinen Hauern erreichen kann«, erklärte er. »Lucullus wird die Hunde bis zum letzten Augenblick an der Leine halten. Der Keiler wird sich tief in ein Dickicht zurückgezogen haben, um seine Wunden zu lecken, und der Jagdaufseher wird dich dort hinstellen, wo er mit größter Wahrscheinlichkeit herausbrechen wird. Wenn die Hunde das Tier finden, wird es losrennen. Sie werden ihm auf den Fersen bleiben, aber sobald der Keiler dich sieht, wird er sich auf dich stürzen. Er erkennt seinen Feind, verstehst du. Wenn er kommt, wird er den Kopf gesenkt halten. Das bedeutet, dass du ebenfalls nach unten gehen musst, denn der Speer muss ihn in die Brust treffen, um ihn zu töten. Triffst du den Kopf, gleitet die Spitze vom Schädel ab, denn der ist eisenhart. Und ein Stich in die Flanken würde ihn nur zusätzlich reizen. Denk daran, unbedingt in die Brust.«

»Wir sind so weit«, verkündete Lucullus. Valerius hob den Speer hoch und wog ihn in den Händen. Instinktiv fand er den besten Griff zum Zupacken, sodass er die Spitze im gegebenen Moment ohne Zögern oder Nachdenken in die richtige Stelle platzieren konnte. Er empfand keine Angst, sondern nur die unterdrückte Erregung der Jagd. Sein Herz schlug schneller in der Brust und hämmerte gegen die Rippen. Er zwang sich, es zu kontrollieren, weil er wusste, dass er seine Gefühle im Zaum halten und alle Sinne auf seine Beute richten musste. Langsam folgte er Lucullus zu der braun und golden gefleckten Böschung, während die beiden Hunde an der Leine zerrten und mit Knurren und Bellen auf die Witterung ihrer Beute reagierten, die vom leichten Wind herangetragen wurde.

Als sie den Schutz der Bäume erreichten, sah Valerius, dass der Wald längst nicht so dicht war, wie es von außen den Anschein gehabt hatte, und als sie tiefer eindrangen, erkannte er, dass das, was er für wilden Wald gehalten hatte, in Wirklichkeit seit Generationen bewirtschaftet wurde. Lücken zwischen den Bäumen zeigten, wo die unterschiedlichen Holzarten geschlagen worden waren. Eiche für den Hausbau und zum Herstellen von Schilden; Esche, aus deren gekappten Zweigen die Speere gefertigt wurden, die die Briten so wirkungsvoll führten; Hainbuche, Eibe und Rosskastanie. Alle hatten ihre Verwendung. Jede Lichtung füllte sich rasch mit Gestrüpp und Dornenranken, was die perfekte Deckung für Rebhühner und Waldschnepfen, Damwild und Auerochsen bot. Und für den riesigen Keiler, der Lucullus' Felder verwüstete.

Inzwischen hatten die Hunde Witterung aufgenommen und zerrten so heftig an ihren Leinen, dass sie sich in dem Eifer, an ihre Beute zu gelangen, fast selbst erwürgten. Lucullus musste stärker sein, als er wirkte, sonst hätte er sie nicht halten können. Es waren riesige Tiere, schwarz mit lohfarbenen Flanken. Sie waren hüfthoch, hatten einen tiefen, mächtigen Brustkorb, große Köpfe und Kiefer mit Furcht einflößenden Zähnen. Der Blick des Briten begegnete dem von Valerius, und er grinste, von einer ebenso heftigen Erregung erfüllt wie der Römer.

Der Waldaufseher ging vor ihnen her, und sie erstarrten, als er vor einem großen Dornendickicht stehen blieb, das sich in einem Halbmond vor ihnen ausbreitete. Valerius hätte schwören können, dass der Mann in der Luft witterte und das Wild wie einer seiner Hunde anzeigte. Dann winkte er sie herbei und redete in seiner eigenen Sprache rasch auf Valerius ein.

»Er sagt, du solltest dort drüben hingehen«, übersetzte Lucullus und deutete auf eine Stelle zur Rechten, etwa fünfzehn Schritte vom Gebüsch entfernt. »Er rät dir, den Speer möglichst tief zu halten. Du wirst nur eine einzige Chance haben und musst den Keiler erwischen, bevor es zu spät ist. Möge Taranis dir beistehen und Mercurius dir eine flinke Hand verleihen.«

Valerius nickte, als Lucullus und der Aufseher mit den Hunden weggingen und ihn allein ließen. Er spürte ein Flattern in der Brust. Keine Angst, dachte er, nur eine gewisse Anspannung, aber Anspannung konnte hilfreich sein, wenn man wusste, wie man sie beherrschte. Dies war bei jeder Jagd der entscheidende Moment. Der Augenblick, in dem alles klar wurde und das Einzige, was noch existierte, der Jäger und die Beute waren und nichts dazwischen. Er ging in die

Hocke und hielt den Speer vor sich ausgestreckt, die linke Hand vorn am Eschenschaft und die rechte nah am Körper, um einen festen, direkten Stoß zu gewährleisten. Beim Warten sah er auf das Gebüsch vor sich, eine undurchdringliche Wand aus gefährlichem Grün. Woher würde das Tier kommen? Inzwischen sollte Lucullus längst die Hunde von der Leine gelassen haben. Er verfluchte seine eigene Ungeduld. Warte. Halte dich bereit. Der Nieselregen hatte aufgehört, doch seine Hände waren feucht, und er hoffte, dass sie nicht im entscheidenden Augenblick abrutschen würden.

Wo waren die Hunde? Er warf einen Blick nach links, und im selben Moment zerbrach die Stille in einer wilden Kakofonie aus Bellen, Knurren und grässlichem Quieken. Etwas Wuchtiges brach durchs Gestrüpp und ließ die grüne Wand vor ihm aufbersten. Valerius' Herz setzte einen Schlag aus. Das Tier war riesig – er hatte schon kleinere Ochsen gesehen –, ein schwarzes Ungetüm mit glühend roten Augen und drohend gebogenen, handlangen Hauern, die vom Kampf mit den nach seinen Flanken schnappenden Hunden bereits blutverschmiert waren. Valerius beobachtete, wie der Keiler den Kopf nahezu beiläufig wendete und einen der Hunde durch die Luft schleuderte, mit aufgeschlitztem Bauch, aus dem die Eingeweide quollen. Der Tribun erkannte den Augenblick, in dem der Keiler seiner gewahr wurde; die fast unmerkliche Richtungsänderung. Das Tier wurde unglaublich schnell, mit wirbelnden kurzen Beinen kam es auf ihn zugeschossen. Niedrig halten. Er ließ sich auf ein Knie fallen, trieb das Speerende hinter sich in den Boden und hielt die Spitze auf das Brustbein des Tieres gerichtet. Aber war er tief genug nach unten gegangen? Die mächtige Schnauze des Keilers lag fast auf seiner Brust, und er war dem Tier nah genug, um den Kamm aufrecht stehender, stachelähnlicher schwarzer Borsten zu sehen, der das Rückgrat entlanglief. Und da waren die Narben auf den massigen Schultern, die von früheren Begegnungen mit Hunden zeugten. Ihm blieb keine Zeit, die Neigung des Speers noch einmal zu verändern. Er konnte ihn nur festhalten und beten. Dem Keiler wurde seine eigene Größe zum Verderben. Die Spitze des Speers drang direkt unterhalb des Kinns ein, und das riesige Tier stürmte mit solcher Rasanz auf ihn zu, dass sein eigener Schwung ihm den Speer tief in die Brusthöhle rammte, Knochen und Muskeln durchbohrte und dem großen Herzen eine tödliche Wunde versetzte.

Valerius hatte sich dem Aufprall entgegengestemmt, aber dennoch wurde er von seiner Wucht überrascht. Ein gewaltiger Stoß erschütterte den Schaft, sodass der Jäger fast den Halt verloren hätte. Er wurde durchgeschüttelt wie ein Blatt im Sturm und in alle Richtungen geschleudert, bis er fürchtete, sich den Hals zu brechen. Der Instinkt sagte ihm, dass der Stoß an der richtigen Stelle getroffen hatte, doch der Keiler weigerte sich zu sterben. Mit noch immer glühenden, roten Augen kämpfte er sich Fingerbreit um Fingerbreit den Eschenschaft hinauf und trieb sich damit die Spitze immer tiefer in den Leib, bis er von dem Querholz aufgehalten wurde. Selbst da kämpfte er noch weiter und warf sich so heftig nach links und rechts, dass Valerius fürchtete, der Speer werde ihm entgleiten. Endlich aber schoss helles

Herzblut aus der aufgerissenen Schnauze, ein furchtbares Beben durchlief das Tier, und dann war es still.

Valerius sackte keuchend über dem Speer zusammen. Er schickte ein lautloses Gebet zu Jupiter und Minerva und versuchte, sein Zittern zu unterdrücken. Die Freude über die erfolgreiche Jagd würde später kommen, jetzt aber spürte er nur mit trockenem Mund die Nachwehen des Kampfs ums Überleben.

Der verbliebene Sauhund rettete ihn. Er brach plötzlich sein Geschnüffel an dem riesigen Kadaver ab und stieß ein warnendes Knurren aus.

Ein zweites Wildschwein, beinahe ebenso groß wie das erste, brach aus dem Gestrüpp zu seiner Linken, wo es stumm gelegen haben musste, während sein Gefährte die Hunde ablenkte. Jetzt war es gekommen, um ihn zu rächen. Die Zeit reichte nicht, um den Speer zu bergen, der zwei Fuß tief in der Brust des Keilers steckte. Valerius wälzte sich nach rechts, sodass die Masse des toten Tieres zwischen ihm und dem Angreifer lag. Gerade noch rechtzeitig. Als er sich im Schutz des Keilers zusammenkauerte und versuchte, mit der Erde zu verschmelzen, tauchte ein riesiger Kopf über der Flanke des Kadavers auf: ein Monstrum mit klaffendem rosa Maul, schnappenden Kiefern und spitzen, gelblichen Hauern, die nur um Haaresbreite davon entfernt waren, ihm den Bauch aufzuschlitzen.

Er tastete verzweifelt nach seinem Dolch, obgleich er wusste, dass dieser die dicke Haut des Wildschweins kaum ritzen würde, doch der war unter seinem eigenen Körper eingeklemmt. Wie lange würde das Tier brauchen, um dahinterzukommen, dass es von der Seite besser an ihn herankäme? Könnte er weglaufen? Nein. Er hatte ja gesehen, mit welchem Tempo das Wildschwein über die Lichtung geschossen war. Er suchte verzweifelt eine Waffe, derer er habhaft werden könnte, doch es gab keine. Er verdrehte den Arm, um seinen Gürtel zu packen, doch die Bewegung machte den Keiler auf ihn aufmerksam, und der schwenkte ihm die Hauer ins Gesicht und stieß ihm mit aufgerissenem Maul und schnappenden Zähnen den stinkenden Atem entgegen. Noch zwei Fingerbreit, und er wäre tot. Valerius überging einen schmerzhaften Stich in der Schulter und konzentrierte sich auf seinen Gürtel. Endlich fanden seine tastenden Finger den Lederriemen, und er konnte ihn langsam um seinen Körper herumziehen, bis der Dolchgriff in seiner Hand lag. Er hatte eine einzige Chance, nur diese eine. Er lag mit der linken Seite unter dem noch warmen Bauch des getöteten Keilers und hatte den Kopf gegen die rauen Borsten seines Brustkorbs gepresst. Sein rechter Arm war nach hinten verdreht, aber wenigstens hielt er den Dolch in der Hand. Er stieß einen sinnlosen Schlachtruf aus und stieß das Messer mit aller Kraft, die er aufbieten konnte, nach dem glühenden Auge des Tieres.

Sein Stoßgebet, dass er treffen möge, galt jedem Gott, der zuhörte. Das Wildschwein quiekte vor Schmerz und Zorn, doch Valerius war klar, dass er gescheitert war. Der Dolch hatte sein Ziel um einen guten Fingerbreit verfehlt und eine rote Furche in die breite Stirn des Schweins geschnitten. Das Toben über Valerius wurde noch wilder und wütender, und der Tribun wusste, dass es kein Entkommen gab. Gaius Valerius Verrens, Abkömmling eines Stammes, der seit der Gründung Roms dort verwurzelt war, würde nicht glorreich auf dem Schlachtfeld fallen. Er würde vergessen in diesem nassen britischen Wald sterben, den Moschusgestank eines Keilers in der Nase. Er dachte an das goldene Amulett in seinem Beutel, und das ließ ihn wiederum an Maeve denken. Ihr Gesicht trat ihm vor Augen, und er hörte den Klang einer vertrauten Stimme.

»Ein einziger Keiler hat dir wohl nicht genügt?«

Valerius blickte verwundert auf und entdeckte Cearan, der ihn über die Schulter des zweiten Keilers hinweg betrachtete, aus der jetzt der Schaft eines Wurfspeers ragte. Der große Körper erbebte krampfartig, und dunkles Blut troff aus dem offenen Maul des Tiers auf die Flanken seines Gefährten.

»Bitte.« Der Brite streckte die Hand aus. Valerius ließ sich von Cearan auf die zitternden Beine helfen.

»Ich danke dir. Du hast mir das Leben gerettet.« Seine Stimme klang sogar in seinen eigenen Ohren heiser. Er starrte auf die beiden Keiler. Gemeinsam würden sie so viel wiegen wie ein voll beladener Ochsenwagen. Wäre das zweite Tier nicht durch den Kadaver des ersten behindert worden, hätte es ihn mit Sicherheit zerfetzt. Er wandte sich wieder Cearan zu. »Falls ich jemals ...«

Der Icener winkte ab. »Wir sind Freunde. Du hättest dasselbe für mich getan. Jedenfalls war es mein Vorschlag, dass Lucullus dich zur Jagd einladen sollte. Als die Hunde von der Leine waren, hat er im Wald die Orientierung verloren, daher war ich für dich verantwortlich. Es wäre unhöflich gewesen, um nicht zu sagen unzeitig, wenn du gestorben wärest.« Das Wort ›unzeitig‹ fiel Valerius auf. Cearan beugte sich über den ersten Keiler und musterte die Stelle, an der die Speerspitze in die Brust eingedrungen war. »Ein gut gezielter Stoß. Er ist dein erster?«

Valerius nickte.

Der Brite lächelte, und als er aufstand, streckte er die Finger aus, die vom Blut des Keilers gerötet waren, und schmierte es mit schnellen, geübten Bewegungen auf Stirn und Wangen des Tribuns. »Das ist unsere Sitte«, erklärte er. »Es macht einen Mann als Mann kenntlich, denn nur ein Mann kann sich einem solchen Riesen entgegenstellen, ohne vor Schreck zurückzuzucken.«

Eine hinter ihnen entstehende Unruhe verkündete das Eintreffen der restlichen Jagdgesellschaft, angeführt von Lucullus und Lunaris, der unvermittelt stehen blieb, als er die Größe der Beute sah.

»Beim mächtigen Arsch des Mars. So etwas habe ich noch nie gesehen. Schon einer der beiden würde reichen, um die Kohorte für einen ganzen Monat mit Schinken fürs Frühstück zu versorgen. Du könntest sie vor einen Wagen spannen, und sie würden dich bis Rom ziehen. Du …«

»Hilfst du uns beim Aufbrechen?«, schlug Cearan vor.

»Du schickst ihn doch bestimmt nicht an die Arbeit, bevor er Gelegenheit hatte, seinen Vorgesetzten zu übertreffen«, tadelte Lucullus seinen Vetter. »In einem Waldstück nördlich von hier wurde eine weitere Spur gefunden.« Er schlug vor, dass die restliche Jagdgesellschaft weiterziehen sollte, während Valerius sich ausruhte und die Sklaven die

Keiler aufbrachen. »Du hast deinen Spaß gehabt, Cearan. Ich überlasse dir die Sorge für unseren Gast.«

Lunaris verzog misstrauisch das Gesicht, doch Valerius nickte ihm zu, und der große Legionär ließ sich von Lucullus zusammen mit den anderen wegführen. Während die Sklaven sich mit Jagdmessern und Handbeilen an die Arbeit machten, griff Cearan in sein Bündel, das er fallen gelassen hatte, und holte einen gefüllten Lederschlauch heraus. »Hier«, bot er ihn Valerius an. »Du musst Durst haben.«

Valerius setzte den Trinkschlauch an die Lippen und erwartete, nun Wasser zu schmecken, doch die lauwarme Flüssigkeit war eine Art süßes, fruchtiges Bier, dass ihm sofort zu Kopf stieg und ihn belebte. Er tat noch einen Zug.

Cearan lachte. »Nicht zu viel, sonst müssen die Sklaven dich zusammen mit dem Keiler nach Hause tragen. Es ist mit Honig gesüßtes Bier, mit Kräutern versetzt, die nur mein eigener Stamm verwendet.«

Die Wirkung war bemerkenswert. »Das muss das Getränk sein, das eure Krieger vor der Schlacht trinken.«

»Vielleicht die Catuvellaunen«, antwortete Cearan ernsthaft, »oder die Stämme im Westen, aber die Icener brauchen weder Bier noch Met, um mutig zu sein.« Er ging zum Rand der Lichtung, außer Hörweite der Sklaven, und Valerius verstand instinktiv, dass er ihm folgen sollte. »Als ich neben Caratacus an der Tamesa gegen die Römer kämpfte, erkannte ich eine Tatsache, die ihm entgangen ist. Oder vielleicht tue ich ihm Unrecht und er erkannte sie zwar, weigerte sich aber, sie zu akzeptieren. Das macht ihn zu einem mutigeren Mann, als ich es bin, aber wohl nicht zu einem klügeren.«

Valerius sah ihn an. Worauf wollte der Mann hinaus?

Bedächtig fuhr Cearan fort: »Caratacus hätte uns kämpfen lassen, bis das Blut des letzten Briten die Erde getränkt hätte. Mir aber ist klar geworden, dass wir einen Weg finden müssen, mit den Römern zu leben, weil sonst alles, was uns zu dem macht, wer und was wir sind, endet. Unsere Kinder und Kindeskinder werden entweder als Römer heranwachsen oder als Sklaven. Unsere Könige werden Rom dienen, oder es wird keine mehr geben. Ihr werdet uns selbst unsere Götter nehmen und zu euren eigenen machen.«

»Dann ist dein Wunsch bereits in Erfüllung gegangen«, bemerkte Valerius. »Der Name des Prasutagus, des Königs der Icener, wird im Palast des Statthalters in Ehren gehalten. Prasutagus behält seine Autorität im Namen des Kaisers, und ihr behaltet eure britischen Gepflogenheiten bei. Es geht euch so gut, wie kein anderer Stamm außer den Atrebaten gedeiht, ihr betet an, wen ihr wollt, und kein Römer mischt sich ein.«

Ein Moment des Triumphs blitzte in den blassen Augen auf. »Aber Prasutagus ist ein alter Mann. Was geschieht, wenn er nicht mehr König ist?«

Valerius dachte über die Frage nach. Es gab darauf zwei Antworten oder vielleicht auch drei. Zunächst einmal würde Prasutagus seinen Nachfolger benannt haben, und wenn dieser Nachfolger für Rom akzeptabel war, würde er die Unterstützung des Kaisers genießen. Sollte der Statthalter der Meinung sein, dass der als Nachfolger Ausgewählte zu schwach oder, schlimmer, zu stark sei, könnte er aus den Reihen der icenischen Edelleute einen eigenen König ernennen. Das würde jedoch nur mit dem Einverständnis der Edlen geschehen. Die dritte Antwort war so unwahrscheinlich und für Cearan so wenig hinnehmbar, dass Valerius sie lieber nicht aussprach. Schließlich formulierte er die Worte, die der Brite, wie er wusste, hören wollte: »Dann brauchen die Icener einen neuen König.«

Cearan nickte nachdrücklich. »Einen König, der unsere gegenwärtige Beziehung zu Rom aufrechterhalten würde. Doch es gibt in meinem Stamm einige, die glauben, Prasutagus habe einen Irrweg eingeschlagen, und die einen neuen Caratacus begrüßen würden. Die sich vielleicht sogar wünschen, selbst der neue Caratacus zu sein. In dieser Torheit werden sie von Männern bestärkt, die bei Einbruch der Nacht auf ihre Bauernhöfe kommen und vor Tagesanbruch wieder gehen. Männer, die eine Botschaft des Hasses gegen dein Volk predigen.«

Valerius starrte ihn an, denn ihm fiel das Gespräch mit Castus in Londinium ein. War es das, was die Stämme in der Mitte Britanniens aufgestachelt hatte? »Wer sind diese Männer?«

»Druiden.«

Valerius erstarrte. »Der Statthalter Gaius Suetonius Paulinus geht davon aus, dass die Druiden sich auf ihre heilige Insel oder in die Berge des Westens zurückgezogen haben. Die Icener sind ein Klientelstamm Roms, und wenn sie einen Druiden an ihren Feuern willkommen heißen, bringen sie diesen Status in Gefahr. Falls König Prasutagus von diesen Besuchen weiß, sollte er den Druiden festhalten und eine Botschaft nach Colonia schicken.«

»Prasutagus ist ein guter König und ein guter Mann, doch sein Schwertarm ist im Alter schwach geworden, und dasselbe gilt auch für seinen Geist. Stärke findet man jetzt nicht mehr auf dem Thron, sondern daneben, nämlich bei seiner Frau Boudicca.« Valerius erinnerte sich, dass dieser Name bei dem Essen in Lucullus' Villa gefallen war, als sie das Gemälde von der Kapitulation der Briten betrachtet hatten. »Königin Boudicca steht der alten Religion nicht ohne Sympathie gegenüber. Selbst wenn Prasutagus nach den Druiden suchte, ist es unwahrscheinlich, dass er sie finden würde.«

Der Römer schüttelte den Kopf. Dies war der Stoff, aus dem Paulinus' Albträume gemacht waren. Keltische Priester, die in einem unterworfenen Stamm die Glut des Aufstands schürten. Ein schwacher König mit einer Königin an seiner Seite, die ihm Verrat ins Ohr flüsterte. Wenn die Cornovier und die Catuvellaunen sich tatsächlich wiederbewaffneten, wie Castus es anzudeuten schien, würde ein Funke genügen, um das ganze Land in Brand zu stecken.

»Es gibt einen Weg«, sagte Cearan, und sein Blick wurde hart. »Wenn Prasutagus stirbt, müsst ihr dafür sorgen, dass der *richtige* König ihm nachfolgt.«

Jetzt verstand Valerius, worum es ging. Er hätte beinahe gelacht. Glaubte dieser gut aussehende Barbar wirklich, ein einfacher Tribun könne ihm helfen, sich die Krone der Icener zu sichern?

Doch Cearan hatte seine Gedanken gelesen. »Schwerter und Gold. Beides zusammen ergibt Macht. Mit Gold kann ich Schwerter kaufen und die Arme, um sie zu führen. Ich bringe dir den Druiden, und du überzeugst den Statthalter, dass Cearan die Icener nicht nur als ein Klient, sondern als ein wahrer Verbündeter Roms regieren würde.« Er näherte sein Gesicht dem von Valerius. »Du musst mir glauben. Ich möchte nicht, dass noch mehr Söhne der Icener ihr Leben für einen unmöglichen Traum an irgendeinem Flussufer aushauchen.«

Valerius trat einen Schritt zurück, als würde der Abstand die Größe seines Dilemmas vermindern. War der Brite einfach nur ein weiterer machthungriger barbarischer Fürst? Er wäre nicht der Erste, der versucht hätte, seinen Stammeskönig mit einer raffinierten Verleumdung zu Fall zu bringen. Etwas sagte Valerius jedoch, dass an Cearan mehr war. Von Anfang an hatte er bei dem Icener eine große Ehrlichkeit gespürt, die ihn zu jemand Besonderem machte. Er trug seine Ehre wie eine Fahne, und Valerius hatte keinen Zweifel, dass er sterben würde, um sie zu verteidigen. Aber was könnte er selbst in dieser Sache tun?

»Du bittest mich um etwas Unmögliches. Ich habe keinen Zugang zum Statthalter, doch selbst wenn ich ihn hätte, würde er deine Anschuldigung als Intrige gegen Prasutagus abtun, der Rom gut gedient hat. Du redest von einer Verschwörung, aber wo sind deine Beweise? Die Berichte von ein paar Kuhhirten, die von nachts auftauchenden Fremden erzählen? Paulinus würde mich aus seinem Amtszimmer werfen lassen.«

Valerius erwartete, dass Cearan Einspruch erheben würde, doch der Icener nickte nur nachdenklich. »Du hast sicher recht. Ich habe mir zu große Sorgen um das Wohlergehen meines Volkes gemacht und verstehe nicht wirklich, wie es bei euch Römern zugeht. Wir haben noch Zeit. Ich glaube, dass Prasutagus den Winter überlebt, doch auch anderenfalls wird vor Beltane keine Entscheidung über seinen Nachfolger fallen. Dieser Beweis, den du haben willst, wie würde der aussehen?«

»Bring mir den Druiden. Dann finde ich Gold und Schwerter für dich.«

XVIII

Hinterher war Valerius sich nicht sicher, ob Cearan nicht alles von vornherein geplant hatte.

Der Brite schien mit dem Abschluss ihres Gesprächs zufrieden zu sein und ließ sich nieder, um das Aufbrechen und Zerlegen der beiden Wildschweine zu überwachen. Gleich darauf blickte er jedoch zum Himmel auf, der noch immer ein blasses, wässriges Grau aufwies. »Mein Magen sagt mir, dass die achte Stunde naht, selbst wenn die Sonne nichts davon verrät«, sagte er. »Sie werden das Festmahl zum Waldrand bringen. Wir sind hier beinahe fertig; geh doch schon einmal voraus und stelle sicher, dass die Wölfe nicht vor uns zum Festessen kommen.«

»Wenn es um Essen geht, ist Lunaris gefährlicher als jeder Wolf.«

»Dann geh und halte ihn in Schach«, nötigte Cearan ihn fröhlich. »Oder ich werde eines dieser Wildschweine roh verschlingen müssen.«

Valerius verließ die Lichtung und machte sich durch den Wald auf den Weg zum Treffpunkt. Er war sich der Richtung nicht vollkommen sicher, und sein Kopf drehte sich noch von der Wirkung des Biers. Bilder gefährlicher Hauer und eines weit aufgerissenen, mit Zähnen gespickten Rachens wirbelten ihm vor den Augen herum. Er versuchte, sich auf das zu konzentrieren, was Cearan gesagt hatte; dazu die angedeuteten Nuancen in seiner Stimme und die Botschaft in seinen Augen, die seine Worte begleitet hatten. So römisch sich sein Gastgeber Lucullus auch geben mochte, Valerius hatte es hier nicht mit Römern zu tun. Vor weniger als zwanzig Jahren waren diese Briten geschworene Feinde all dessen gewesen, woran er glaubte. Wie könnte er ihnen nach nur wenigen Monaten der Bekanntschaft vertrauen?

Maeve trat ihm aus dem Schatten einer alten Eiche direkt in den Weg, und als sie ihn sah, fuhr ihre Hand zum Mund, und ihre dunklen Augen weiteten sich erschreckt. Der junge Römer, der ihr Herz in der Villa in Aufruhr versetzt hatte, war einem zerzausten, schlammverkrusteten Vagabunden mit zerrissenem Hemd gewichen, der sie bestürzt anstarrte. Und noch etwas fiel ihr auf.

»Du blutest!«

Zum ersten Mal vernahm Valerius mehr als höfliche Sorge in ihrer Stimme. Sie ließ ihr in Stoff eingeschlagenes Bündel fallen und eilte zu ihm. Er ließ sie kommen. Dass es nur das Blut des Keilers war, das zu erklären, war immer noch Zeit.

Sie blieb in zwei Schritten Abstand vor ihm stehen, wollte auch den nächsten Schritt noch gehen, wusste aber nicht recht wie, und so starrten sie einander ein paar endlose Herzschläge lang einfach nur an. Der lange, braune Umhang, den sie über ihrem blauen Kleid trug, verbarg ihre

Kurven, konnte aber nicht kaschieren, wie sich ihre Brüste mit jedem Atemzug heftig hoben und senkten. Sie hatte ihr weiches, kastanienbraunes Haar zu einem langen Zopf geflochten, der ihr über die linke Schulter fiel. Valerius sah die Verwirrung in ihren Augen und wusste, dass sie ein Spiegelbild seiner eigenen Verwirrung war, aber er fürchtete, dass jede Entscheidung, die er traf, den Bann brechen würde. Der Claudiustempel trat ihm vor Augen, und er rief sich die Botschaft des Priesters in Erinnerung. Von dem Gedanken wurde ihm schwindelig, und er schwankte leicht, eine Bewegung, die sie instinktiv vortreten ließ, um ihn zu stützen. Dann lagen sie einander in den Armen.

Einen Augenblick lang waren sie beide überrascht von der Kraft des anderen. Er hielt sie eng an sich gedrückt, sodass ihr weicher Körper sich an seinen harten schmiegte und ihr Kopf leicht an seiner Schulter ruhte. Zunächst war das genug, doch die Wärme verwandelte sich in Hitze, und er spürte, wie sie erstarrte. Sie hob den Kopf und blickte überrascht zu ihm auf, sodass er die geheimnisvollen goldenen Schatten in der Tiefe ihrer Augen sehen konnte. Ihre Lippen waren ihm so nah, dass eine winzige Bewegung gereicht hätte, um ihnen mit den seinen zu begegnen.

Maeve spürte diesen Moment ebenfalls, aber die unvertraute Hitze tief im Inneren verwirrte sie. Sie beschwor Gefühle herauf, von deren Existenz sie nichts geahnt hatte, und ein angedeutetes Aufflammen von etwas, das keine Erinnerung sein konnte, aber dennoch etwas Erinnertes war. Ihr Hals wurde trocken, und ihr Herz hämmerte wie der Schlag einer Samhain-Trommel. Nur noch ein Augenblick, und die Hitze würde sie verzehren. Sie trat zurück.

»Du blutest«, wiederholte sie, doch ihre Stimme war jetzt ein heiseres Krächzen.

»Es ist Wildschweinblut«, tat Valerius ihr kund.

»Dein Gesicht meine ich nicht«, erwiderte sie stirnrunzelnd. »Sondern deine Schulter.«

Valerius blickte an sich hinunter und bemerkte erst jetzt den Riss in seiner Tunika und einen großen Fleck, wo die Wolle merklich dunkler war. »Nur ein Kratzer«, sagte er, während er die Stelle behutsam abtastete.

»Wie willst du das wissen, wenn du es dir noch gar nicht angeschaut hast?« Ihre Stimme hatte ihre Autorität zurückgewonnen und troff jetzt von der genervten Resignation, die Frauen für Männer übrighaben, wenn sie sie für Idioten halten. »Zieh dein Hemd aus.«

Valerius zögerte. Dies lief nicht so, wie er es sich vorgestellt hatte.

»Ich bin eine Keltin, Valerius. Ich habe auch schon früher Männer ohne Hemd gesehen.«

»Aber *mich* hast du noch nicht ohne Hemd gesehen«, widersprach er. »Es wäre ungehörig.«

Sie stieß ein warmes Lachen aus, das jeden Gedanken an brave römische Mädchen aus seinem Kopf vertrieb. »Was du eben für mich im Sinn zu haben schienst, war wohl auch ziemlich ungehörig.«

Valerius spürte, wie ihm die Hitze ins Gesicht schoss. Er war ein zweiundzwanzig Jahre alter römischer Offizier, und er errötete!

»Oder sind Römer anders als keltische Männer? Wenn ja, dann wäre es an der Zeit für mich, das herauszufinden ... vor allem, wenn wir uns wiedersehen wollten.«

Sie machte weiter eine ernste Miene, doch ihre Augen funkelten belustigt. Er fing ihre Stimmung auf und lächelte, zog die wollene Tunika über den Kopf und legte sie neben sich auf den Boden.

Der Atem verfing sich in ihrer Kehle. Ja, sie hatte vorher schon andere Männer gesehen, in all ihren Gestalten und Größen, aber das hier war anders. Der Oberkörper des jungen Römers war in einem dunklen Honigton gebräunt, und durch das regelmäßige Üben mit Schwert und Schild waren seine Schultern und Oberarme mit Muskeln bepackt. Wie hatten sich so starke Hände vorhin, als sie sie umfangen hielten, so sanft anfühlen können? Seine mächtige, wie gemeißelte Brust lief zur Taille hin schmal zu, und vom Bauchnabel führte eine Linie dunklen Haars seinen flachen Bauch hinunter und verschwand an einem Ort, über den sie lieber nicht nachdenken wollte. Sie bemerkte eine frische Narbe auf seinem Brustkorb und musste sich zusammenreißen, um sie nicht zu berühren. Näheres Hinsehen zeigte ihr weitere, kleinere Narben: Dellen und kaum wahrnehmbare, blasse Linien, die von nur knapp entronnenen Gefahren zeugten. Verstörenderweise kehrte die Hitze, die sie vorhin empfunden hatte, zurück, begleitet von dem Gefühl, dass ihr Unterleib dahinschmolz.

»Willst du mir helfen oder mich auf dem Markt von Colonia verkaufen?«, scherzte Valerius, der sich ihrer Musterung bewusst, darüber aber nicht unglücklich war. Er wusste, welche Figur er machte, und war stolz darauf, aber deswegen doch nicht überheblich. Alle Muskeln der Welt konnten einen gut gezielten Pfeil oder die Schneide eines Schwerts nicht aufhalten.

Sie warf den Kopf hoch, sodass ihr geflochtener Pferdeschwanz von links nach rechts schwang, was ihn an ein Fohlen erinnerte, das munter auf einer Wiese herumtollt. »Du hattest recht«, sagte sie abschätzig. »Es ist nur ein Kratzer, aber es war dumm von dir, einen Keiler so nah an dich herankommen zu lassen.«

»Zwei Keiler«, verkündete er, nur um ihre Reaktion zu sehen. Er wurde nicht enttäuscht.

»Zwei?«

»Riesige. Monster.«

»Wie groß?«, fragte sie, und die Wunde war vergessen, als er ihr die Jagd beschrieb und schilderte, wie dicht der zweite Keiler davorgestanden hatte, seinen Bruder zu rächen. An genau den richtigen Stellen stieß sie besorgte Laute aus, und während er redete, näherte sich ihr Gesicht dem seinen immer mehr. Schließlich war sie ihm so nah, dass es unmöglich war, etwas anderes zu tun, als sie zu küssen. Als ihre Lippen sich trafen, spürte er keinen Widerstand, sondern nur ein weiches und vollkommen natürliches Aneinanderschmiegen. Er schmeckte ihre Süße und die saubere Würze frisch gepflückter Minze, was ihm die Frage eingab, ob sie sich vielleicht auf diesen Moment vorbereitet hatte. Anfangs blieben ihre Lippen geschlossen, doch als die Sekunden vergingen und das Dröhnen in seinem Kopf immer lauter wurde, öffnete sie den Mund, um ihn tiefer einzulassen. Er fühlte sich, als würde er von einem angeschwollenen Wildbach davongerissen. Es kam ihm ganz natürlich vor, die Hände unter ihren Umhang zu schieben und von dort aufwärts ...

»Halt!« Sie trat einen Schritt zurück. »Das geht nicht. Es ist nicht ... richtig.«

»Wie kann es nicht richtig sein?« Er hörte die Enttäuschung in seiner Stimme und wusste, dass er mit wenigen Worten alles zerstören könnte, was er bisher gewonnen hatte. Aber das Dröhnen in seinem Kopf hielt an, und seine Zunge schien zu jemand anderem zu gehören. »Wir ...«

Sie legte ihm sanft den Zeigefinger ihrer Rechten auf die Lippen und ergriff mit der linken Hand die seine.

»Komm«, sagte sie und zog ihn unter die Äste einer Eiche, wo über den Wurzeln dichtes Gras wuchs und es trotz des Regens trocken war. Sie drückte ihn zu Boden und holte das in Stoff eingeschlagene Bündel. Es enthielt unter anderem eine mit einem Stopfen verschlossene Feldflasche, von deren Inhalt sie einen kleinen Teil verwendete, um die Wunde an seiner Schulter zu säubern. Mit dem Zipfel eines Tuchs tupfte sie sanft das getrocknete Blut weg.

»Du verschwendest den guten Wein«, protestierte er und griff nach der Flasche.

Sie hielt sie von ihm weg. »Ein Mann, eine Frau und Wein sind keine gute Kombination«, sagte sie und sprach dabei offensichtlich aus Erfahrung. »Später.«

»Später?«

»Wenn mein Vater oder Cearan hier sind. Wenn es weniger ... ungehörig ist.«

Er lehnte sich lächelnd an die Eiche und spürte die raue Rinde an seinem nackten Rücken. Mit feinfühligen Händen versorgte sie seine Wunde, und er merkte, dass er sich wohler fühlte denn je seit seiner Landung an Britanniens Küste. Es war, als wären sie immer zusammen gewesen. Oder als gehörten sie zusammen.

»Dein Vater ist ein großartiger Mann.« Er sagte es nur, um das Vergnügen ihrer Stimme zu genießen, doch ihre Antwort überraschte ihn.

»Mein Vater hat vergessen, wer er wirklich ist. Er umarmt jede neue römische Mode und wendet sich von unserer alten Lebensweise ab. Wir opfern römischen Göttern, schlafen unter einem römischen Dach und in römischen Betten. Der Wein, den er trinkt, wird von Gallien aus verschifft, ist aber römischer Wein. Der Ausdruck seiner Augen, wenn er von seinen ehrgeizigen Zielen spricht, macht mir Angst. Er wird niemals zufrieden sein.«

»Du redest so, als würdest du Rom hassen, und doch bist du hier ... mit einem Römer.«

Sie sah ihn an, und er verlor sich in den Tiefen ihrer Augen. »Ich bin hier mit Valerius, einem jungen Mann, dessen Gesellschaft ich genieße und dessen Herkunft ich zu vergessen versuche. Mir scheint, die Römer glauben, Stärke sei alles.« Sie streckte geistesabwesend die Hand aus und streichelte seinen rechten Oberarmmuskel. Es war eine Geste reiner, spontaner Zuneigung, die ihren Worten sofort den Stachel nahm. »Als ich klein war, hatte ich einen Freund, den Sohn eines der Pächter meines Vaters. Wir sind zusammen aufgewachsen, haben im Wald gespielt und sind im

Fluss geschwommen; meinen ersten Kuss habe ich mit Dywel getauscht.« Valerius nahm Dywel die Zeit, die er mit Maeve verbracht hatte, sofort übel. »Er hat das Vieh seines Vaters gehütet, es im Frühjahr auf die Weide geführt und es während des Winters gefüttert. Dann kamen die Römer. Mein Vater war zu Hause geblieben, als die jungen Männer davonritten, um sich Caratacus im Westen anzuschließen, daher wurde sein Anwesen im Wesentlichen verschont. Aber vor acht Jahren haben sie das Land um uns herum aufgeteilt. Sie sagten, die Weide gehöre nicht mehr meinem Vater. Er könne sein Vieh dort nicht mehr grasen lassen und es nicht mehr im Teich tränken. Mein Vater hatte andere Weiden und andere Teiche, doch Dywels Hof lag am Rand unseres Anwesens, und sein Vater war arm. Dywel hat sich den Römern widersetzt.«

»Was ist mit ihm geschehen?«, fragte Valerius, obgleich er die Antwort schon kannte. Er erinnerte sich an Falcos Worte: *Bei Colonias Gründung hat es Vorfälle gegeben, die keinem von uns Ehre machen.*

»Sie haben Dywel mit einem Messer die Kehle durchgeschnitten.«

»Das tut mir leid. Dein Vater hätte seinen Fall vor den Richter bringen sollen.«

Maeve stieß ein bitteres Lachen aus. »So etwas kann nur ein Römer sagen. Dywel war ein Kelte. Die römische Rechtsprechung ist nur für Römer bestimmt.«

Er hätte einwenden können, dass sie sich irrte. Dass die römische Rechtsprechung die beste der Welt sei: das Ergebnis einer tausendjährigen Geschichte juristischer Debatten,

Diskussionen und Gelehrsamkeit. Doch er ließ es sein. Weil ihm klar war, dass sie recht hatte.

Ein Ruf ertönte aus dem Wald zu ihrer Linken, und Maeves Kopf fuhr herum wie der eines erschreckten Rehs. »Hier«, drängte sie ihn und schob ihm das Hemd in die Hände. Als er aufstand, um es sich über die Schultern zu streifen, schüttete sie einen Großteil des Weins weg, nahm einen Laib Brot aus dem Beutel, den sie getragen hatte, zerriss ihn in zwei Teile und warf den einen Teil ins Gebüsch. Dasselbe tat sie mit einem großen Stück Fleisch. »Beiß hinein«, sagte sie und schob ihm die Portion, die sie zurückbehalten hatte, in den Mund. Er tat wie geheißen und versuchte, beim Kauen zu reden.

»Mmwarum?«

»Weil ich über dich gestolpert bin, als du dich verirrt hattest. Du warst hungrig und schwach vom Blutverlust, und wir sind hiergeblieben, bis du etwas gegessen hattest und dich stark genug zum Weitergehen fühltest. Schnell!«

Sie hob den Stoffbeutel auf und steckte das verbliebene Essen hinein. Als sie fertig war, musterte sie ihn kritisch, klopfte ein paar Blätter und Grashalme von seinem Rücken und wandte sich zum Gehen.

»Maeve?«

Sie drehte sich mit einem verärgerten Ausdruck zu ihm um, doch dann sah sie den Lederbeutel, den er vom Gürtel abgenommen hatte. Er streckte ihn ihr hin, und sie zögerte einen Augenblick, bevor sie ihn annahm. Als sie es dann tat, lächelte sie, hob den Kopf und küsste ihn leicht auf den Mund.

Er stand da und lächelte noch lange, nachdem sie zwischen den Bäumen verschwunden war.

XIX

Im Verlauf des Herbstes ließ Bela, der dunkelhaarige junge thrakische Kommandant der Hilfstruppe, seine Männer fortgesetzt in den Waldgebieten nördlich von Colonia Patrouille reiten. Er berichtete zwar von Spuren auf dem Boden, auf die er gelegentlich stieß, und Anzeichen von Versammlungen auf Waldlichtungen, fand aber keine handfesten Beweise für einen geplanten Aufstand, die Valerius' Verdacht und Castus' Befürchtung bestätigen könnten. Bela gab die Informationen kommentarlos weiter und trieb seine Reiter nur umso härter an.

Der Winter in diesem Jahr kam schnell und heftig. Der Frost machte den Boden steinhart, und das Vieh auf den Weiden dampfte, als stiege Rauch von einem Feuer auf, bis die Hütejungen die Rinder in die Hütten trieben, wo die Tiere und ihre Besitzer sich in den kommenden Monaten gegenseitig Wärme spenden würden. Der Aquädukt der Stadt fror sofort zu, und Valerius teilte eine Truppe Legionäre für den Dienst am Fluss unterhalb von Colonia ein, damit sie das Eis aufbrachen, sobald es sich bildete, sodass die Bürger Zugang zu frischem Wasser hatten. Die Natur war unbarmherzig, und die Zenturionen waren gezwungen, die zitternden, erschöpften Männer regelmäßig abzulösen. Der Frost setzte den Bauarbeiten fürs Erste ein Ende, und Valerius und Julius überlegten sich eine stete Folge von Arbeitsdiensten und Übungen, um dafür zu sorgen, dass die Soldaten in Form blieben. Gemeinsames Exerzieren mit der Miliz wurde eine regelmäßige Einrichtung, und Valerius' Achtung vor Falco und seinen Veteranen wuchs mit jeder Woche. Sie nahmen sogar an gemeinsamen Marschübungen teil, doch dies war ein Gebiet, auf dem die Soldaten der Ersten Kohorte die Männer der Miliz verständlicherweise sowohl an Tempo als auch an Durchhaltevermögen weit übertrafen.

»Ich bete zu Mars und Mithras, dass der Statthalter uns im Frühjahr nicht befiehlt, uns ihm anzuschließen«, sagte Falco kleinlaut, als seine Männer im bleichen Licht der Wintersonne an ihnen vorbeiwankten, mit Gesichtern so rot wie das Banner eines Legaten und mit dampfenden Atemwolken vor dem Mund.

Valerius lächelte und zog seinen Umhang enger um die Schultern. »Er hat meinen Bericht bereits empfangen. Für die Männer Colonias gibt es nur Garnisonsdienst.« Doch die Erwähnung des Frühjahrsfeldzugs von Suetonius Paulinus erfüllte ihn mit Unbehagen. Gab es in Britannien überhaupt noch Leute, die nicht wussten, was geplant war?

Lucullus gehörte mit Sicherheit nicht dazu.

In diesem Winter entwickelte Valerius Zuneigung zu und eine eigenartige Achtung vor dem kleinen Trinovanten. Als der Frost von einem Schneefall gefolgt wurde, wie der junge Römer ihn noch nie erlebt hatte, hörte auch das Exerzieren auf, und die Legionäre verkrochen sich in ihren Zelten oder kauerten sich um glühende Kohlebecken, um Erfrierungen zu vermeiden, von denen Zehen und Finger erst schwarz wurden und dann abfielen. Sie beteten für das Kommen des Frühjahrs oder die Verlegung in ein Paradies, in dem die Sonne länger als vier Stunden am Tag schien. Am besten beides.

Da es nur noch wenig von militärischem Wert gab, womit Valerius sich beschäftigen konnte, arbeitete er daran, die Gastfreundschaft zu erwidern, die er im Verlauf der vergangenen Monate von Colonias führenden Bürgern erfahren hatte. Es war erstaunlich, was ein Koch der Legionen mit genug Zeit und den richtigen Zutaten leisten konnte, und eine Folge von Würdenträgern und ihren Ehefrauen machten ihm Komplimente zu seiner Tafel und den Aufwartungen der Legionäre, zu denen mit an vorderster Stelle Lunaris gehörte, der zu allem bereit war, um etwas Wärme zu finden.

Falco und seine kleine, dicke Gattin waren häufig unter den Gästen, genauso wie Corvinus in Begleitung seiner bildschönen und hochschwangeren Ehefrau. Valerius fand sogar Zeit, Petronius einzuladen, auch wenn es ihm niemals gelang, den *quaestor* zu mögen, der von Familienstammbäumen besessen zu sein schien und ein besorgniserregend umfassendes Wissen über die verschiedenen, gut vernetzten Zweige von Valerius' Familie besaß.

Da Colonias einflussreichster Brite gelegentlich zu Valerius' Gästen zählte, konnte es nichts Natürlicheres geben, als dass auch er den Tribun in sein Heim am Hang über dem Fluss einlud. Zunächst hatte Valerius Lucullus als eine Witzfigur betrachtet, weil er sich die römische Lebensweise mit einem solch hartnäckigen Eifer aneignete. Als er ihn jedoch besser kennenlernte, entdeckte er hinter dem einschmeichelnden Lächeln eine gewiefte Intelligenz und eine nie erlahmende Großzügigkeit. Doch Maeve machte sich zu Recht Sorgen über die Geschäfte ihres Vaters. Wären die Zeiten anders gewesen, wäre er jetzt ein reicher, erfolgreicher und geachteter Mann; aber die Zeiten waren nicht so, und in Verbindung mit seinem Ehrgeiz hatten die Umstände ihn trotz seines äußeren Erfolgs in einen tiefen Sumpf aus Schulden geführt. Ein Römer hätte das als geheime Schande für sich behalten, verborgen in den Papieren seines *tablinum*, doch wie römisch er sich auch gab, Lucullus war kein Römer. Er war ein redseliger, unbedachter Kelte, der über seine missliche Lage lachte und sein Gegenüber mitlachen ließ. Valerius genoss seine Gesellschaft sehr.

Lucullus besuchte Colonia normalerweise allein, aber wenn Valerius zur Villa des Trinovanten hinausritt, erwartete Maeve den Gast ihres Vaters jedes Mal unter dem Säulenvorbau, um ihn zu begrüßen. Als es das erste Mal geschah, war ihr Willkommen ungemein förmlich, und in der nervösen Art eines Verliebten machte er sich Sorgen, ihre Beziehung könne bereits etwas von ihrem Glanz verloren haben.

Bei Tisch quälte er sich immer noch mit dieser Sorge herum, als Lucullus ihn mit der Frage aufschreckte, wie es den Voraustruppen des Statthalters wohl in den Bergen der Deceanglier ergehen würde, wo ihnen der Schnee bis zum Hals reichen und ihre Zehen sich schwarz färben würden.

Das alles schwand Valerius jedoch aus dem Sinn, als er Maeve hinter ihrem Vater bemerkte. Der Blick, den sie ihm zuwarf, ließ seinen Körper vor Verlangen erschauern, und mit der rechten Hand berührte sie das goldene Keileramulett an ihrem Hals.

»Bist du wohlauf?«, fragte Lucullus und runzelte besorgt die Stirn. »Du bist plötzlich bleich geworden.« Er nahm einen Teller hoch und schnüffelte daran. »Dieser Gutsverwalter! Gereth! Wieder diese verdammten Austern.«

Es hätte unmöglich sein müssen, doch sie schafften es, wenn auch nur unter Schwierigkeiten. Kurze Gespräche in Fluren und Durchgängen. Heimliche Berührungen, wenn sie beim Betreten oder Verlassen eines Zimmers aneinander vorbeikamen. Jede Begegnung diente nur dazu, die Flamme zwischen ihnen zu schüren, doch damit war ein Gefühl der Entbehrung verbunden, das in gleichem Maße wuchs. Sie überredete ihn, dem Schnee und den Gutsaufsehern ihres Vaters zu trotzen und sich ›zufällig‹ mit ihr bei einem Ausritt durch den Wald zu treffen. Endlich konnten sie sich ungehindert unterhalten, und er stellte fest, dass sie eine rasche Auffassungsgabe und ein noch rascher aufflammendes Temperament besaß. Sie war anders als alle römischen Frauen, die er je kennengelernt hatte. Sie hatte eine Ansicht zu allem – selbst zu Militärtaktiken, ein Thema, das jedes andere ihm bekannte Mädchen gelangweilt hätte –, und sie hatte keine Scheu, ihre Meinung zu äußern. Letztlich aber kam sie immer auf das eine Thema zurück: ihr Volk.

Außerdem war sie praktisch veranlagt.

Sie wiederholten das Treffen eine Woche später. Erneuter Schneefall hatte die glitzernde Decke verstärkt, die das Land von Norden bis Süden umhüllte und es in eine Welt wunderlich geformter Höcker und Mulden verwandelte. Noch immer fielen große Flocken vom Himmel, der die Farbe eines alten Blutergusses hatte, und verwandelten die Luft um sie her in eine wirbelnde Kaskade wie von weißen Blütenblättern. Valerius machte sich Sorgen, dass sie sich verirren könnten, doch Maeve lachte nur.

»Der Schnee hilft, unsere Spuren zu verwischen. Komm mit.«

Valerius zügelte sein großes Militärpferd, damit das gescheckte Pony, das sie im Damensattel ritt, Schritt halten konnte. Es fiel ihm schwer, die Augen von ihr zu lassen, und als sie weiter in den Wald vordrangen, wich seine natürliche Vorsicht einer tieferen, instinktiven Vorahnung, die sein Verstand nicht wahrhaben wollte.

»Hier«, sagte sie schließlich und lachte, als sie seinen Gesichtsausdruck bemerkte. Er blickte auf eine Wand aus grauen Felsen. »Hilf mir runter.«

Er stieg ab, umfasste ihre Taille und hob sie vom Pferd, beglückt von der Wärme ihres Körpers. Dann band er die beiden Tiere an den nächsten Baum. Als er fertig war, stand sie am Fuß der Felswand, an einer Stelle, wo ein großer, immergrüner Busch mit dichtem Schnee beladen war.

Etwas an der Art, wie sie dort stand, gab ihm einen ersten Hinweis auf das, was unvermeidlich geworden war. Dann blickte er in ihr Gesicht, sah die Botschaft darin, und es fühlte sich an, als wäre in seinem Inneren ein Feuer entzündet worden. Die unergründlichen braunen Augen waren todernst, doch es lag auch eine unverkennbare Herausforderung darin, und ihre Wangen brannten so rot wie ihre sinnlichen, prallen, einladenden Lippen. Während er auf sie zuging, ließ sie ihn keinen Moment aus den Augen, und als er bei ihr ankam, zog sie die Zweige des Buschs mit einer schwungvollen Geste beiseite, die nur ein wenig vom Schnee verdorben wurde, der ihr von den Ästen auf den Kopf fiel.

»Willkommen in meinem Geheimversteck«, sagte sie lachend.

Es war eine Höhle.

Ein im Felsen klaffender schmaler Spalt bildete den Eingang, und dahinter weitete sich der Raum alsbald zur Größe eines römischen Achtmannzeltes. Die Höhle musste einmal bewohnt gewesen sein, denn in die Höhlenwand waren Nischen und Borde gehauen. Dort hatte sie Öllampen aufgestellt, die den Raum in eine diamantenbesetzte Grotte verwandelten. Winzige Einsprengsel im Stein glitzerten im Lampenlicht wie unauslöschliche Funken von Blau, Grün, Rot und einem Dutzend weiteren Farben, für die er keine Namen hatte. Die beinahe religiöse Atmosphäre erfüllte ihn mit einem Gefühl des Staunens, das durch ihre Anwesenheit noch hundertfach vervielfältigt wurde. Der Rauch der Öllampen verschwand über ihnen in der Dunkelheit, was ihm den Eindruck eines riesigen, nicht endenden Hohlraums vermittelte. Doch sein Blick wurde von der hinteren Wand der Höhle angezogen, wo zwei große Pelze auf dem Lehmboden lagen.

»Ich wollte, dass wir es warm haben«, flüsterte sie. »Gefällt es dir?«

Ja.

Ihre dunklen Augen erwiderten seinen Blick unverwandt, und sie wischte sich eine Träne von der Wange und hob ihm die Lippen entgegen. Der Kuss schien eine Ewigkeit zu währen; mit jeder Sekunde wurde er noch leidenschaftlicher und intensiver, sodass beide atemlos waren, als sie sich endlich trennten. Jetzt füllten sich Maeves Augen mit etwas, das vielleicht sogar Angst sein mochte, aber rasch der Bestürzung über die neuen Gefühle wich, die tief in ihrem Körper wie ein Buschfeuer entbrannt waren.

»Komm«, sagte sie und führte ihn an der Hand zu den Pelzen.

Bisher hatte Maeve über den Tag geboten. Jetzt aber übernahm in einer unausgesprochenen Übereinkunft der erfahrenere Valerius die Führung. Ein Schauder durchlief ihren Körper, als er das Band ihres Umhangs aufnestelte, und sobald er mit dieser Aufgabe fertig war, legte sie sich vollkommen reglos zurück, unsicher, was sie tun oder nicht tun sollte. Sie sehnte sich nach dem, was kommen würde, aber gleichzeitig fürchtete sie sich auch ein wenig davor.

Valerius spürte ihr Zögern. Sehr sanft führte er die Hand nach unten, zog den Saum ihres Kleides hoch und entblößte ihre elfenbeinweißen Beine. Sie verstand sofort, was er von ihr wollte, und hob den Körper vom Boden an, damit er den zerknitterten Wollstoff darunter hervorziehen konnte. Dann setzte sie sich aufrecht hin und hob die Arme, damit er ihr das Kleid vollständig abstreifen konnte.

Als sie nackt war, sah er mit einer Art Staunen auf sie hinunter. Ihre Brüste waren voll und rund, und die winzigen, harten Nippel zeigten ein zartes Rosa. Zwischen ihnen hing das goldene Keileramulett, was die Erotik des Augenblicks irgendwie noch verstärkte. Sie hatte eine schmale Taille, die sich zu verführerisch breiten Hüften rundete, doch die Beine waren wieder lang und schlank. Er streckte die Hand aus, um sie zu berühren, und zuckte zurück, als hätte er sich verbrannt. Ihre glatte Haut vibrierte vor Lebendigkeit und Hitze. Ungeduldig ergriff Maeve seine Hand und legte sie auf ihre Brust. Dann zog sie seine Finger mit einer quälenden Langsamkeit, die sie scharf den Atem einziehen ließ, über ihren Körper und nach unten.

»Bitte, Valerius.« Sie zerrte an seiner Tunika, und als das Kleidungsstück weg war, presste sie sich ungeduldig an ihn. Doch Valerius ließ sich nicht hetzen. Er wehrte sich gegen ihre Umklammerung, denn er wusste, wie viel besser es für sie sein würde, wenn sie ihm gestattete, geduldig zu bleiben.

Viel später, als er ihr das gab, was sie ersehnt und zugleich gefürchtet hatte, zerriss ihr Lustschrei die Luft.

Es gab später noch andere Gelegenheiten, aber wenn er an die Höhle dachte, war es immer das erste Mal, an das er sich erinnerte.

Hinterher hielten sie einander schläfrig in der seidigen Wärme der Pelze umfangen, befriedigt von dem, was geschehen war, doch voll Erwartung auf das, was noch kommen würde.

»Mein Vater würde dich töten, wenn er Bescheid wüsste«, flüsterte sie schläfrig. Valerius öffnete ein Auge und sah sie an. Sie zog die Nase auf eine Weise kraus, die ihn zum Lächeln brachte. »Na ja, mein Vater würde *versuchen*, dich zu töten, wenn er Bescheid wüsste. Und du könntest dich nicht wehren. Ich könnte niemals einen Mann lieben, der meinen Vater getötet hätte.«

Sie erzählte von ihrer Welt und der Art, wie diese sich verändert hatte. Camulodunum war die Hauptstadt der Trinovanten gewesen und Lucullus' Familie von königlichem Geblüt. Doch dann hatte Cunobelinus, der Vater des Caratacus und König der Catuvellaunen, die Macht über die Trinovanten an sich gerissen und sich selbst zum König ausgerufen. Lucullus' Vater war verschont und mit dem weit abgelegenen Landgut auf dem Hügel abgespeist worden, während Cunobelinus seinen Palast übernahm.

»Als die Römer kamen, hoffte mein Vater, das Familienerbe zurückzugewinnen«, sagte sie traurig. »Aber tatsächlich hat sich nichts verändert.«

Er fragte sie, wie Frauen wie Boudicca und Cartimandua über bedeutende Krieger herrschen konnten, und sie schüttelte den Kopf über seine Einfältigkeit. »Gerade *weil* sie Frauen sind«, gab sie zur Antwort. »Und auch wenn Cartimandua eine Verräterin ist, sind solche Herrscherinnen weise und tapfer und haben den Beistand Andrastes.«

»Andraste? Den Namen kenne ich nicht.«

»Die Göttin«, erklärte sie, wie man mit einem Kind spricht. »Die Dunkle, die Macht über alle Männer und Frauen besitzt und die im Zorn eine brennende Lohe ausatmet, die die Luft mit Schwefel tränkt.«

Er erzählte ihr von Rom, und es gefiel ihm, wie sich ihre

Augen staunend weiteten, als er ihr die Paläste und Basiliken, die großen Tempel und die vielen mit goldenen Statuen gekrönten Säulen schilderte oder ihr beschrieb, wie die ganze Stadt in Flammen zu stehen schien, wenn die Sonne in einem ganz bestimmten Winkel einfiel. »Ich würde Rom gern eines Tages besuchen«, sagte sie leise, und er antwortete darauf. »Das wirst du.«

Sie fragte ihn, was die römischen Legionen so mächtig machte, und er erzählte ihr von den Belagerungswaffen, die er im Einsatz gegen die keltischen Festungen gesehen hatte: Katapulte und Ballisten, Belagerungstürme und sogar etwas so Einfaches wie Leitern, die die Stämme im Krieg nie benutzt hatten. Sie hörte ihm aufmerksam zu, stirnrunzelnd, wenn sie etwas nicht begriff, und er liebte sie nur umso mehr, weil sie sich so offensichtlich Mühe gab, ihn zu verstehen.

Mitunter, wenn Lucullus Valerius einlud, die Villa auf dem Hügel zu besuchen, angeblich um über Geschäftsangelegenheiten oder die Provinzpolitik zu sprechen, war Maeve unterwegs, um einen bedürftigen Pächter oder die schwangere Frau eines Landarbeiters zu besuchen. Doch solche Tage arteten unweigerlich zu einem endlosen Trinkgelage aus, das der alte Mann als eine Herausforderung an die Tiefe seines Weinkellers und den Umfang von Falcos Beständen betrachtete.

Während eines dieser weinseligen Nachmittage ließ Lucullus die Clownsmaske fallen.

Die *principia*, die erweitert und renoviert worden und nicht mehr als das alte Stabsgebäude der Legion zu erkennen war, war vor Kurzem dem Gott Claudius geweiht worden, mit einer aufwendigen Zeremonie, die der kleine Trinovante finanziert hatte. Doch als sie nun bei ihrer zweiten Flasche seines besten calenischen Weins saßen, entlockte nicht diese Tatsache dem angetrunkenen Lucullus die schärfsten Pfeile der Erbitterung, sondern die Funktion des Gebäudes an sich. Denn die *principia* stand im Zentrum eines großen bürokratischen Netzes von Beamten, die jede Facette des britischen Lebens regulierten und alles wogen, maßen und bewerteten, was unter ihren allsehenden Augen angebaut, gefertigt oder gezüchtet wurde.

»Ihr Römer ...« Ihr Römer! Das von einem Mann, der sich täglich darum bemühte und jede mögliche Täuschung verwendete, um selbst wie einer zu wirken. »Ihr Römer glaubt, ihr könntet alles auf der Welt beherrschen, Wald und Wiesen, die Vögel des Himmels und die Tiere des Feldes, Männer und Frauen. Überall muss Ordnung sein. Alles muss seinen Ort und seinen Preis haben. Alles muss auf einer Liste stehen. So etwas ist nicht unsere Art. Nicht die Art meines Volkes.« Er schüttelte den Kopf, um seinen Worten Nachdruck zu verleihen. »Bevor ihr kamt, besaßen wir keine solchen Dinge«, er deutete mit einer wegwerfenden Geste auf den Raum, »aber wir brauchten sie auch nicht. Wir lebten in Hütten mit schlammigem Boden, tranken Bier aus Tonkrügen und aßen grob geschroteten Haferbrei von Holztellern, aber dennoch waren wir reicher, als wir es heute sind. Wir hatten unsere Ehre.«

Er hielt inne, als erwartete er eine Antwort.

»Es überrascht dich, dass ich, ein Kelte, von Ehre rede?

Ja, Valerius, ich weiß, dass selbst du, den ich als meinen Freund betrachte, auf mich als Kelten herabschaust. Was habe ich gesagt? Ehre? Jawohl, Ehre. Du wärest überrascht, wie viel an gar nicht so fernen Orten von Ehre die Rede ist. Wir haben viel davon verloren, aber einige« – er sprach dieses Wort mit jener bestimmen Betonung aus, die bedeutete, dass diese ›einige‹ eine beträchtliche Anzahl ausmachten – »einige glauben, dass es nicht zu spät ist, sie zurückzuerlangen.«

Inzwischen wünschte Valerius, der Trinovante würde seinen Vortrag abbrechen und einen seiner Sklaven rufen, um mehr von dem ausgezeichneten Wein aus seinem Keller zu holen. Aber Lucullus war jetzt in Fahrt geraten und wäre nur noch durch einen Blitzschlag aufzuhalten gewesen.

»Eure Straßen und eure Festungen sind wie ein Stiefel in unserem Nacken, und eure Tempel saugen uns aus. Wusstest du, dass der Preis dafür, ein Mitglied des Tempels des Claudius zu sein, für einen Kelten zehn Mal höher ist als für einen römischen Bürger? Zehn Mal! Wenn ich dir sagen würde, wie viel ich mir leihen musste, um mir die Priesterschaft zu sichern, würden dir die Ohren klingeln. Wir Kelten sind es, die die Kredite zurückzahlen müssen, die für den Bau des Tempels aufgenommen wurden. Wir bezahlen für die Opfer und den Unterhalt und für die großen, goldenen Siegeshuren, die ihr auf das Dach gesetzt habt. Während wir hier in diesem Haus sitzen«, wieder machte er eine achtlose Geste, »gibt es Männer, Valerius, große Männer, stolze Krieger, die in den Ruinen ihrer ausgebrannten Häuser leben und ihren Kindern beim Verhungern zusehen, weil sie einmal die Kühnheit besessen haben, für ihr Volk einzustehen. Und es gibt andere Männer, die einmal Bauern waren und einfach nur behalten wollten, was sie hatten. Doch jetzt haben sie gar nichts mehr, weil ihr«, er deutete Valerius mit einem anklagenden Zeigefinger direkt ins Gesicht, »ihnen alles geraubt habt, was sie besaßen: ihr Land, ihr Vieh und ihre Frauen. Alles.«

Valerius schüttelte den Kopf. »Nein. Ich nicht.« Hatte er diese Worte laut ausgesprochen oder nur gedacht? So oder so, Lucullus beachtete ihn nicht.

»Habt ihr wirklich geglaubt, ihr könntet mit einem einzigen Schlag ein Volk in den Staub zwingen, das seit tausend Jahren besteht? Habt ihr geglaubt, dass Männer, denen Mut und Geschick mit Schwert und Speer alles bedeuteten, einfach nach einer einzigen Niederlage spurlos verschwinden würden? Dabei wäre das alles nicht nötig gewesen. Ihr hättet ihr Talent nutzen und sie in euren Dienst nehmen können; sie hätten sogar für euch gekämpft. Es wäre vielleicht sogar besser gewesen, ihr hättet sie getötet oder in die Sklaverei verkauft, aber nein, all das habt ihr nicht getan. Stattdessen habt ihr das Schlimmstmögliche gemacht. Ihr habt euch einfach nicht um sie geschert. Euretwegen konnten sie in ihren Hütten hocken und zusehen, wie die Knochen in den Gesichtern ihrer Kinder von Tag zu Tag deutlicher hervortraten, die Milch in den Brüsten ihrer Frauen versiegte ... und euch hassen. Sie sind jetzt da draußen«, fuhr er fort, und die Botschaft in seiner Stimme war gleichlautend mit der in seinen Augen. Er hatte sie gesehen, diese Römerhasser, und sie machten ihm Angst.

XX

Die Saturnalien gingen vorüber, und der Schnee taute, bevor die Kelten bei ihrem Fest Imbolc in geheimen Zeremonien die Wiedergeburt des Lebens feierten. Valerius hatte die Sorgen von Castus, dem Lagerpräfekten Londiniums, nicht vergessen. Inzwischen nahm er regelmäßig, wenn auch widerstrebend, an den Treffen von Colonias *ordo* teil, und eingedenk Lucullus' Worten und Cearans Warnung im vergangenen Herbst fragte er laut in die Runde, ob man vielleicht überprüfen sollte, wer an den Feierlichkeiten teilnahm.

»Es spielt keine Rolle, wer hingeht, sie werden alle betrunken sein«, sagte *quaestor* Petronius wegwerfend. »Und wenn sie betrunken sind, spielen sie ihre kindischen Feuerspiele. Du bist jung, Tribun, und solltest solche Sorgen denen überlassen, die mehr Ahnung davon haben.«

Das Gespräch war bald vergessen. Valerius hatte andere Dinge im Kopf.

Bald, wahrscheinlich schon in den nächsten Wochen, würde ihn der Befehl erreichen, die Erste Kohorte nach Glevum zurückzuführen. Wenn er seine Pflichten im Stabsgebäude der Legion erledigt hätte, würde der Legat ihn mit Sicherheit direkt nach Londinium schicken – und von dort auf ein Schiff nach Rom. Bei diesem Gedanken ergriff ihn ein unvertrauter Schauder der Panik. Maeves Gesicht ließ ihn nicht los, und nachts quälte ihn das Bedürfnis, mit ihr zusammen zu sein. Ihm wurde klar, dass er sie, was auch geschehen würde, nicht zurücklassen konnte.

Ein paar Wochen nach Imbolc ritt er auf der Straße nach Venta Richtung Norden, um die Arbeiten zu inspizieren, die seine Legionäre ausgeführt hatten, und um nach Schäden zu schauen, die durch den winterlichen Frost oder das Hochwasser nach dem Tauwetter angerichtet worden sein mochten. Er nahm eine Patrouille von zwanzig Mann mit, angeführt von Lunaris, und an einem Tag, als der Wind von der Küste heranpeitschte und weiße Wolkenbäusche wie Invasionsflotten unter einem bleigrauen Himmel dahinjagten, ritten sie beim Morgengrauen durch das Nordtor von Colonia los. Lunaris, der sich auf einem Pferd, das so gefügig war, dass es sich selbst von ihm gut lenken ließ, einigermaßen wohlfühlte, kauerte sich im Sattel zusammen, schlang seinen Umhang eng um sich und verfluchte lautstark das britische Wetter.

»Ich habe den ganzen Winter gefroren, und jetzt dringt mir die Feuchtigkeit in die Knochen, lässt alle Riemen verrotten und meine Rüstung rosten: Warum sind wir nur jemals hergekommen? Die Leute hassen uns, und selbst die Veteranen in Colonia haben uns gründlich satt, denn wir essen ihre Rationen, trinken ihren Wein, jagen ihren Frauen nach und beschlagnahmen alles, was wir haben wollen, während jedermann weiß, dass der Prokurator erst in einem halben Jahr dafür bezahlen wird.«

Valerius lächelte über das typische Gemecker eines lang gedienten Soldaten. Wären sie in Kappadokien oder Syrien gewesen, hätte er sich beschwert, dass es zu heiß und der Wein sauer sei und dass die Frauen ihm keine Ruhe ließen.

»Wir sind hier, weil wir Soldaten sind, und wir gehen dahin, wohin wir geschickt werden. Hier will der Kaiser uns jetzt haben. Genieße es, so lange es währt. Nächsten Sommer, wenn die Schwarzen Kelten dich durchs Gebirge hetzen, wird dir schon warm werden. Wie weit ist es bis zur nächsten Brücke?«

Lunaris sah auf seine Karte. »Ungefähr noch sechs Meilen. Da habe ich aber was ganz anderes gehört.«

»Was meinst du damit?«

»Dass der Kaiser uns nicht mehr in Britannien haben will. Es heißt, wir verlassen die Insel bald.«

Valerius wandte sich ihm zu und starrte ihn an. »Woher kommt das?«

»Du weißt doch, wie so was geht. Der Schreiber des Prokurators sagt dem Quartiermeister, dass wir vielleicht nicht so viel Ausrüstung auf Vorrat halten müssen. Der Quartiermeister sagt dem Zeugmeister, er solle das Eisen aufbrauchen, das er noch hat. Der Zeugmeister sagt dem Schmied, wir bräuchten nicht so viele pilum-Spitzen, und schon weiß es jeder in der Provinz. Plötzlich heißt es, wir ziehen ab. Wahrscheinlich ist es Unsinn.«

Valerius nickte, doch er dachte an den Brief, der noch immer im Stadthaus in seiner Truhe lag.

»Warum hast du mich mitgenommen?«, fragte der *duplicarius* und rutschte unbehaglich auf seinem Sattel herum.

»Weil du einen Riecher für Probleme und ein gutes Auge für alles andere hast. Die letzte große Reparaturbaustelle liegt kurz vor Venta, und ich dachte, wir statten unserem Freund Fürst Cearan einen Besuch ab.«

»Du glaubst, dass es Ärger gibt?« Lunaris' Hand wanderte instinktiv zum Schwertgriff.

Valerius schüttelte den Kopf. »Nicht unmittelbar. Aber ich habe das Gefühl, dass Dinge vor sich gehen, über die wir Bescheid wissen sollten. Jedenfalls hat Petronius mir mehr oder weniger deutlich gesagt, ich solle mich um meinen eigenen Kram scheren, was ein guter Grund ist, es nicht zu tun.«

Sie brauchten vier Tage, um Venta Icenorum zu erreichen. Valerius nahm sich ausreichend Zeit, um sich zu vergewissern, dass alle Reparaturen ordnungsgemäß ausgeführt worden waren, und dafür zu sorgen, dass alle Winterschäden gemeldet wurden. Außerdem überprüfte er die Einheit aus Hilfssoldaten, die die Signalstation an der Straße zwischen Colonia und der icenischen Grenze bemannte. Der Holzturm, auf dem ein mit Pech getränkter Holzhaufen für ein Leuchtfeuer bereitlag, ragte zwanzig Fuß über die flache, sumpfige Landschaft hinaus. Er war von einem kreisrunden Verteidigungswall umgeben, der von einer Palisade gekrönt und außen von einem sechs Fuß tiefen Graben gesäumt war. Die Besatzung bestand aus acht mürrischen, unrasierten Tungriern, die so wachsam waren, wie man es von Männern erwarten konnte, die drei Monate lang mitten im Winter unausgesetzt dasselbe Stück Straße im Auge behalten hatten. Ihr Kommandant, ein Decurio mit bedrückter Miene, machte deutlich, dass er geglaubt hatte, man habe sie im Stich gelassen, und bat, ihnen Nahrungsmittelvorräte und angemessene Winterkleidung zu schicken.

»Für den armen Chrutius hier kommt das allerdings zu spät.« Er deutete auf einen Mann mit verbundenen Füßen und zwei selbst gefertigten Krücken. »Er hat die ganze Nacht in einem Schneesturm Wache gestanden und durch den Frost sechs Zehen verloren.«

Valerius fragte, ob dem Decurio in den vergangenen Monaten etwas Ungewöhnliches vor die Augen gekommen sei.

Der lächelte bitter. »Nur du.«

Valerius zügelte sein Pferd, als er am nördlichen Horizont den Rauch von Ventas Kochfeuern entdeckte, und Lunaris machte neben ihm halt. »Warum interessieren wir uns so für diese Leute?«, fragte der *duplicarius*. »Fünfzig Meilen entfernt vom nächsten Standort. Dabei sieht ein Haufen zahmer Kelten in meinen Augen so aus wie der andere.«

Valerius zuckte mit den Schultern. »Wir sind ohnehin schon hier in der Gegend. Da ist es nur angemessen, dass wir Cearan unsere Aufwartung machen. Jedenfalls weiß er vermutlich schon, dass wir kommen.« Er deutete auf eine kleine Reitergruppe neben einem etwa eine Meile entfernten Wäldchen. »Ich würde die Icener nicht zahm nennen, aber sie haben Glück gehabt. Sie haben mit Caratacus gegen Claudius gekämpft und hätten wie die Trinovanten und die

Catuvellaunen enden können: die jungen Männer zu Sklaven gemacht und die Ländereien beschlagnahmt. Aber hier kam ihr Glück ins Spiel. Ihr König Antedios ist in der Schlacht gefallen, und als die Icener sich ergaben, war Prasutagus bereits als sein Nachfolger eingesetzt, der Antedios sehr rasch als Rebell verurteilte und die Römer um Gnade bat.«

»Schlau.«

»Wir hatten nicht genug Truppen, um so weit im Norden Garnisonen zu stationieren und auch noch im Westen zu kämpfen. Daher war Claudius, der ebenfalls schlau war, bereit, die Icener zu Klienten Roms zu machen. Vor zehn Jahren, als Scapula versuchte, die Stämme dauerhaft zu entwaffnen, rebellierten sie erneut oder zumindest einige unter ihnen. Aber der alte Prasutagus gab einer Minderheit unter den Icenern die Schuld, und die Legionen hatten mit den Dobunnern und den Durotrigen genug zu tun. Daher wurden die Icener erneut in Ruhe gelassen.«

»Dann sind sie also der Glückspilz unter den Stämmen?«

Valerius lächelte. »Oder ihre Göttin ist ihnen gewogen.«

Als Valerius seinem Pferd die Fersen gab, runzelte Lunaris die Stirn und berührte das silberne Phallus-Amulett an seinem Hals. »Welche Göttin sollte das sein?«

»Andraste.«

Die Straße nach Venta Icenorum führte am Westufer eines windungsreichen Flusses entlang, der von Weiden mit tief hängenden Zweigen und hohen Pappeln gesäumt war. Die Stadt selbst begann vierzig Schritt hinter dem gegenüberliegenden Ufer und stellte eine eigenartige Mischung aus alt und neu dar. Eine übliche keltische Siedlung bestand aus vereinzelten Rundhäusern, die von Feldern umgeben und durch Pfade oder fahrbare Wege miteinander verbunden waren. Auf den ersten Blick hätte Venta dagegen eine römische Provinzstadt sein können. Die Häuser lagen halb verborgen hinter einer hölzernen Palisade, und die Straßen schienen dem vertrauten Rastermuster zu folgen. Eine Lücke in der Dachlandschaft ließ ein zentrales Forum vermuten. Erst bei näherem Hinsehen fiel Valerius auf, dass die Häuser mit ihren Schrägdächern aus lehmbestrichenem Flechtwerk errichtet und mit Stroh statt mit Ziegeln gedeckt waren. Lunaris blickte unbehaglich auf den Fluss, der wütend schäumte und mit seinen rotbraunen Wassermassen fast schon die Baumwurzeln umspülte, doch Valerius deutete auf eine Holzbrücke ein Stück weit stromaufwärts. Dort erwartete sie Cearan.

»Es ist mir eine Ehre, euch in meinem Heim willkommen zu heißen.« Der Icener saß bequem auf dem Rücken eines Pferdes, das beträchtlich größer war als die britischen Ponys, die Valerius bisher kennengelernt hatte. Er bewältigte die nicht unerhebliche Leistung, sich anmutig aus der Hüfte zu verbeugen, während er gleichzeitig ein etwa dreijähriges, lockenköpfiges Kind festhielt, das in der Ellenbeuge seines rechten Arms zappelte. »Mein Enkel Tor«, erklärte er und setzte den Jungen auf dem Boden ab, wo er davonstürmte, um ein zwischen den Büschen beim Tor pickendes Huhn zu jagen. »Es ist zudem ein unerwarteter Besuch.« Das Lächeln schwand nicht, aber in Cearans blasse, blaue Augen trat unübersehbar eine Frage.

»Wir haben südlich von hier die Straße inspiziert«, erklärte Valerius. »Du hast mich eingeladen, mir deine Pferde anzuschauen, aber wenn es ungelegen kommt ...?«

Bei der Erwähnung seiner Pferde wurde Cearans Lächeln breiter, und er klopfte seinem Pferd auf die Schulter. Er saß auf dem Tier, als ob er ein Teil davon wäre; seine langen Beine umfingen dessen Rippen, und seine Hände lagen leicht am Zügel. Valerius war noch nie einem König begegnet, doch wenn irgendjemand wie ein König aussah und sich wie ein solcher verhielt, dann Cearan. Sein goldenes Haar war im Nacken mit einem Band zusammengefasst, dessen tiefer Rotton zu seinem Hemd aus weicher Wolle passte, und sein langer, blonder Schnauzbart hing ihm bis unters Kinn.

»Natürlich. Reite mit mir. Vielleicht würden deine Soldaten gern ihre Pferde tränken«, schlug er diplomatisch vor. Als sie außer Hörweite waren, wurde sein Gesicht ernst, und er erklärte: »Du musst mir vergeben, Valerius, mein Freund, aber du hättest zu keinem schlechteren Zeitpunkt kommen können. König Prasutagus hat den Winter überlebt, aber um seine Gesundheit steht es nicht zum Besten. Er ist dem Tode nahe, nur der Zeitpunkt ist ungewiss. Doch der Gestank des Sterbens lockt bereits die Aasvögel herbei. Sie sind alle hier: Beluko, der Ländereien im Westen hält, Mab, dessen Territorium du gerade durchquert hast, und Volisios, der an der Grenze zu den Corieltauvern herrscht. Jeder denkt, er hätte einen größeren Anspruch darauf, Prasutagus nachzufolgen, als die anderen, und alle haben gute Gründe, die Römer zu hassen.«

»Und Cearan? Wie war das mit Gold und Schwertern?«

»Ich fürchte, dafür ist es zu spät, es sei denn, du führst sie mit dir, und ich bezweifle, dass zwanzig Kavalleristen ausreichen würden. Jedenfalls habe ich dir nie deinen Druiden gebracht, und meine Ehre würde es auch nicht zulassen.« Der Brite lächelte traurig.

Sie ritten unter der Nordmauer Ventas vorbei, und als Valerius aufblickte, sah er, dass ein gutes Dutzend Gesichter sie von den Befestigungen aus beobachteten.

»Siehst du«, sagte Cearan laut. »Hier ist meine Herde. Wenn sich dein Thraker jetzt nur für zwei Tage von seinem Hengst trennen könnte …?«

Es waren gute Pferde, die besten, die Valerius bisher auf der Insel gesehen hatte, und jedes von ihnen war mit der Stute vergleichbar, die Cearan ritt. Die Herde weidete dicht gedrängt in der Mitte einer großen, leicht abschüssigen Wiese am Fluss, der dort in einer weiten Biegung ostwärts in Richtung Meer strömte.

»Wenn nicht du, Cearan, wer wird dann die Icener regieren?«

»Boudicca«, erklärte der Brite mit Nachdruck.

»Boudicca? Aber du sagtest …«

»Ich habe mich geirrt«, räumte Cearan ein. »Ich habe mit ihr gesprochen. Sie versteht ihre Situation und sieht die neue Wirklichkeit genauso wie ich. Du kannst mir glauben: Sie verabscheut alles, wofür Rom steht, doch sie begreift, dass sie ihrem Volk das bewahren muss, was es noch hat, wenn sie ihm gut dienen will. Besser, Kaiser Nero nimmt die Hälfte der Einnahmen des Königreichs, als dass eine römische Legion vor unseren Toren lagert und der *quaestor* von Colonia sich in unsere Politik einmischt.«

Valerius wandte sich den Beobachtern auf der Mauer zu. Irgendwie war ihm bewusst, dass die Königin unter ihnen sein würde. So groß wie jeder der Männer um sie herum, stand sie in der Mitte, gekleidet in ein smaragdgrünes Gewand, während ihr flammend rotes Haar im Wind wehte. Er konnte ihr Gesicht nicht sehen, das sich als Silhouette vor der niedrig stehenden Sonne abzeichnete, doch er hatte den Eindruck großer Stärke, und obgleich ihre Augen nicht erkennbar waren, wusste er, dass sie so wild und durchdringend wie die eines Adlers blickten.

Cearans Stimme war angespannt. »Wenn die Zeit kommt, musst du dem Statthalter nahelegen, dass er ihrem Gesuch zustimmen soll. Ihre Töchter werden gemeinsam Prasutagus' Erbe antreten, aber sie sind noch zu jung, und sie wird an ihrer statt herrschen. Sie wird als Königin ihre Sache besser machen als Prasutagus als König. Der Statthalter wird es nicht bereuen.«

Valerius nickte. Er würde es versuchen. »Und du?«

Cearan öffnete den Mund zu einer Antwort, doch in diesem Augenblick ertönte hinter ihnen ein Ruf, und als Valerius sich umblickte, entdeckte er zwei junge Mädchen, die sie schüchtern von der Ecke der Stadtmauer aus beobachteten. Cearan rief sie her und stellte sie vor.

»Rosmerta.« Er deutete auf die Größere der beiden, einen hübschen Rotschopf mit Sommersprossen und einem unbefangenen Lächeln. »Und dies ist Banna.« Das zweite Mädchen musste etwa ein Jahr jünger sein, so um die zwölf, doch Valerius konnte bereits erkennen, dass sie sich zu einer wahren Schönheit entwickeln würde. Sie hatte eine blonde Haarmähne und feine Gesichtszüge, verbunden mit bestürzend grünen Augen. Beide Mädchen waren in leichte Leinenkittel gekleidet und gingen barfuß. Banna wandte sich in ihrer eigenen Sprache an Cearan und hatte dabei einen Blick, bei dem Valerius sich fragte, ob sie gleich mit dem Fuß aufstampfen würde.

»Ich muss mich entschuldigen.« Der Icener verbeugte sich vor dem Mädchen, das ihn bestürmte. »Sie ruft mir in Erinnerung, dass sie Prinzessin Banna ist, und sie möchte sich dein Pferd genauer anschauen, neben dem meines, sagt sie, wie ein Maultier aussieht.«

Valerius lächelte. »In diesem Fall wäre ich den beiden Mädchen dankbar, wenn sie die Stute herumführen würden, damit sie nach dem langen Ritt abkühlt, und vielleicht könnten sie sie auch mit etwas Hafer füttern«, sagte er zuvorkommend.

Banna übernahm die Zügel, noch bevor Cearan die Übersetzung beendet hatte, und die Mädchen führten das große Pferd davon und unterhielten sich dabei angeregt.

»Boudiccas Töchter?«, fragte Valerius. Cearan nickte. »Sie sind sehr jung.«

»Das ist der Grund, warum sie euren Schutz brauchen.« Er warf einen Blick zur Mauer, und Valerius wurde sich klar darüber, dass mindestens einer der Männer, die er namentlich erwähnt hatte, dort oben stehen musste. »Dein Kommen hat mich in große Gefahr gebracht, doch ich besitze immer noch die Gunst des Königs – und die Unterstützung der Königin. Du brauchst keine Angst um Cearan von den Icenern zu haben, mein Freund.«

Valerius streckte die Hand aus, und Cearan umfing sein Handgelenk nach römischer Sitte.

»Meinen Eid darauf.«

Die beiden Männer nahmen sich die Zeit, die einzelnen Pferde von Cearans Herde für alle sichtbar angelegentlich in Augenschein zu nehmen, bevor Valerius den widerstrebenden Mädchen sein Reittier abnahm und sich bei ihnen bedankte. Als sie zurückritten, trafen sie Lunaris und die anderen Reiter dabei an, wie sie ihre Pferde unter den feindseligen Blicken einer kleinen Gruppe von unbewaffneten icenischen Kriegern in einem geschützten Becken am Rande des angeschwollenen Flusses tränkten. Ein kleines Stück flussaufwärts neckte Cearans Enkel, inzwischen ein bis über beide Ohren schlammverschmierter Bengel, der nur noch an seinem goldenen Haarschopf zu erkennen war, am Flussufer eine Entenfamilie mit einem Stock.

»Gibt es Ärger?«, fragte Valerius und musterte die Krieger am Tor.

Lunaris grinste. »Es ist noch nie jemand an einem finsteren Blick gestorben, aber man hat mich schon herzlicher willkommen geheißen.«

»Wir brechen nach Hause auf, sobald die Pferde sich ausgeruht haben.«

Der große Mann nickte, doch sein Gesicht zeigte seine Enttäuschung. Valerius wusste, dass seine Leute eine warme Mahlzeit erwartet hatten, vielleicht sogar ein Festessen, und

Bier und ein warmes Bett, nachdem sie vier Nächte in ihren Mänteln geschlafen hatten.

Cearan verschwand durch das Tor und kehrte mit einem prallen Sack zurück, den er dem *duplicarius* übergab. »Vielleicht wird euch das den Weg verkürzen.«

Lunaris blickte hinein und lächelte dankbar.

Cearan wandte sich Valerius zu. »Gute Rei...«

Er wurde von einem lauten, enttäuschten Quietschen unterbrochen, das flussaufwärts ertönte, und als die beiden Männer sich umdrehten, sahen sie Cearans Enkel am Flussufer stehen, weit vorgebeugt, um an das Entennest heranzukommen. Gleich darauf ertönte ein lauter Schrei. Der kleine Junge verschwand in einem Aufspritzen von schmutzigem Flusswasser, und der einzige Hinweis darauf, dass er eben noch da gewesen war, war ein blonder Lockenschopf, der in der Strömung gerade noch sichtbar war und zeigte, wie das Kind mit unglaublichem Tempo zu ihnen hingetrieben wurde.

»Tor!«

Cearans entsetzter Schrei ließ Valerius handeln, und er trieb sein Pferd in Richtung Fluss. Sobald er die Uferböschung erreicht hatte, sprang er vom Sattel ins Wasser, dankbar dafür, dass es an dieser Stelle nur knietief war. Die Zügel als Stütze und Verankerung festhaltend, zerrte er sein widerstrebendes Reittier in die reißende Flut. Sofort spürte er, wie die Strömung an seinen Beinen sog und die Füße unter ihm wegzuziehen drohte. Der Fluss war hier schmaler, aber auch schneller, und Valerius wusste, sollte er in seiner Rüstung untergehen, würde er vermutlich nicht wieder auftauchen. Er spähte stromaufwärts. Der Junge war nirgends zu sehen. Alles, was sich seinen Blicken bot, war ein sprudelnder, schaumgepeitschter brauner Wildbach. Dann entdeckte er den Gesuchten weniger als fünfzehn Schritt entfernt, wie er sich ihm so schnell wie ein galoppierendes Pferd näherte. Eine Andeutung von Gold unmittelbar unter der Wasseroberfläche. Mit einem Anflug von Panik erkannte er, dass er den Jungen mit ausgestreckter Hand nicht erreichen würde, und er zerrte verzweifelt an den Zügeln, um weiter ins Wasser hinausgreifen zu können. Er schickte ein stummes Gebet zu Mars, und obgleich er die Hoffnung schon aufgegeben hatte, warf er sich mit einem Aufplatschen vorwärts, packte mit der rechten Hand zu und erwischte eine Handvoll blonder Locken, gefolgt von einem zappelnden Bündel, das einem halb ertrunkenen Hasen ähnelte.

Cearan warf sich vom Pferd und rannte im selben Moment zum Fluss, in dem Valerius tropfnass mit dem kleinen Jungen auftauchte, der sich an seine Brust klammerte. Der Kleine hatte die Augen fest zusammengekniffen und spuckte Flusswasser aus wie ein Springbrunnen. Der Brite nahm seinen Enkel zärtlich aus den Armen des Römers und nickte dankbar. »Jetzt stehe ich wirklich in deiner Schuld.«

XXI

Gwlym wusste, dass jemand ihm folgte. Er hatte den Winter in einem catuvellaunischen Rundhaus überstanden, nahe der Stadt, die die Römer Durobrivae nannten, mal hungernd, mal frierend und von seinen Gastgebern mit zunehmendem Unmut betrachtet. Die Langeweile zerfraß ihm das Gehirn, und er bekämpfte sie, indem er sich flüsternd die epische Geschichte seines Volkes aus der Zeit der Riesen und der großen Flut vorsagte. Eine Generation nach der anderen hatte gekämpft und gelitten und war immer weiter nach Westen abgedrängt worden. Die Namensliste von Königen und mächtigen Kriegern war endlos, ebenso die Berichte von Naturkatastrophen und Verrat durch Völker, deren Krieger minderwertiger, aber zahlreicher waren. Gwlyms außerordentliches Gedächtnis war von den Druiden erkannt worden, als er im Alter von neun Jahren dazu ausgewählt wurde, bei ihnen zu lernen und in ihren Riten ausgebildet zu werden. Er erinnerte sich an die langen Tage der Wiederholungen und Erprobungen, während er sich auf die Prüfungen des Taranis, des Esus und des Teutates vorbereitete. Jetzt stützte er sich auf dieselbe Kraft, die ihn damals durch diese Schrecken getragen hatte. Manchmal war er so müde, dass er den Verdacht hatte, sein Körper sterbe aus Mangel an Willenskraft. Nur seine Mission und das auf Mona geschürte innere Feuer hielten ihn am Leben.

Während er im Verlauf der vergangenen Woche weiter ostwärts gereist war, hatte er bemerkt, wie der Wald sich allmählich lichtete, und er wusste, er musste wachsam bleiben, sonst würde er einer der römischen Reiterpatrouillen in die Hände fallen, die hier zahlreicher zu sein schienen. Es waren eigenartige Römer. Sie hatten dunkle Augen und massige Brauen und schienen halb Mensch, halb Pferd zu sein, denn sie verließen den Sattel nie. Dieser Gedanke hatte ihm ein anderes Bild vor Augen gerufen, das eines Mannes mit Pferdegesicht – einem langen, schmalen Schädel mit weiten Nasenlöchern und vorstehenden Zähnen. Ein einprägsames Gesicht, doch erst in diesem Augenblick fiel ihm auf, dass er es zweimal gesehen hatte, bei verschiedenen, meilenweit voneinander entfernten Versammlungen und im Abstand von mehreren Wochen. Der Gedanke ließ ihn frösteln. Er wusste, dass er ohne das Schweigen jener, die ihn in ihr Zuhause aufnahmen, keine Woche überleben würde.

Er kam in ein Gebiet mit buschartigen Bäumen, niedrig mit schmalen Stämmen, aber breiten Kronen. Die Bäume sagten ihm, dass er sich in der Nähe eines Flusses oder Stroms befand, und da die Sonne fast ihren höchsten Stand erreicht hatte, beschloss er, haltzumachen, um seine kümmerliche Ration zu verzehren, sich auszuruhen und vor allem nachzudenken. Zu spät wurde ihm klar, dass er in den vergangenen Tagen zu sorglos gewesen war, indem er sein nächstes Ziel auf kürzestem Weg ansteuerte. Es war ein Zeichen seiner Erschöpfung, aber auch noch etwas anderes. Er hatte immer gewusst, dass er wahrscheinlich sterben würde, bevor er seine Aufgabe erfüllt hätte. Jetzt schien ihm, dass sein Geist dieses Ende als unvermeidlich akzeptiert hatte und die Hand danach ausstreckte. Er musste erneut stark werden und das Eisen, das in den Flammen von Monas Feuerhalle gehärtet worden war, wieder zum Tragen bringen. Sorgfältig darauf bedacht, im Gebüsch keine Spuren zu hinterlassen, entfernte er sich fünfzig Schritte vom Pfad und verschwand tiefer zwischen den Büschen und Bäumen.

Er wartete eine Stunde im Schatten eines Weißdornstrauchs ab, mit nichts in den Ohren als dem Summen fliegender Insekten und dem Knirschen des grobkörnigen Getreidefladens zwischen den Zähnen, den man ihm auf dem letzten Bauernhof mitgegeben hatte. Irrte er sich vielleicht? Nein, er wusste mit Sicherheit, dass jemand seiner Spur folgte. Wer war es? Römische Spione? Das war denkbar. Jeder Kelte wusste, dass Rom seine Augen und Ohren im ganzen Land hatte. Deshalb war er ja zu Beginn so vorsichtig gewesen und verfluchte sich jetzt für seine Dummheit. Mit größerer Wahrscheinlichkeit waren sie aber Briten im Dienst eines unbedeutenden hiesigen Stammesführers, der sich bei den Römern beliebt machen wollte. Wenn sie ihnen einen Druiden übergaben, würden die Römer ihre Steuerforderungen für ein Jahr und länger aussetzen. Einen Vorteil hatte er immerhin noch. Die Verfolger hatten offenbar niemandem Bericht von seiner Anwesenheit erstattet, denn sonst würde es hier von Patrouillen wimmeln.

Das scharfe Knacken eines brechenden Zweigs ließ ihm das Blut in den Adern gefrieren. Das Geräusch kam von hinten. Mit unendlicher Vorsicht drehte er den Kopf und erkannte weniger als einen Speerwurf entfernt Pferdegesicht, den Kelten, der auf zwei Versammlungen gewesen war. Zum Glück sah der Mann nach links, weg von Gwlyms Versteck. Ohne nachzudenken, zog Gwlym das lange, gebogene Messer aus dem Gürtel, war mit drei raschen Schritten bei seinem Häscher, legte ihm die Hand auf den Mund und stieß ihm die Klinge tief in den Rücken.

Er hatte noch nie jemanden getötet, und es erwies sich als schwieriger, als er erwartet hätte. Pferdegesicht war hochgewachsen und stark, und der Schmerz, den ihm der Stich zufügte, stachelte seine Kraft noch an. Er kämpfte, wand sich in Gwlyms Griff und stieß mit dem zugehaltenen Mund tierhafte Grunzlaute aus. Endlich fand Gwlym die Lücke zwischen den Rippen und trieb das Messer hinein. Gleichzeitig ergoss sich ein Strom warmer Flüssigkeit über seine Hand. Pferdegesicht erschauerte, aber noch immer zappelte er und quiekte wie ein Ferkel, das für ein Festessen geschlachtet wird. Irgendwie fand der Sterbende die Kraft, sich umzudrehen, Gwlym den Griff des Dolchs zu entreißen und seinen Mund zu befreien. Mit lautem Schmerzgebrüll griff er nach der Klinge, die tief in seinem Rücken steckte.

Im ersten Augenblick erstarrte Gwlym, doch ein aufgeschreckter Ruf rechts von ihm brach den Bann. Er wandte sich nach links und rannte zwischen den Bäumen hindurch davon. Zu spät. Er hörte, dass er verfolgt wurde, und als er einen Blick nach hinten riskierte, sah er, dass sein Häscher bis auf zehn Schritte an ihn herangekommen war und ein langes Schwert trug. Gwlym wusste, dass er nach den Strapazen der vergangenen Monate zu schwach war, um dem Mann davonzulaufen, aber was konnte er sonst tun? Er rannte blindlings zwischen den Bäumen hindurch, ohne die Zweige und Blätter zu beachten, die ihm ins Gesicht peitschten. Sein linker Fuß trat in die Luft. Er stürzte. Mit einem Schreck, als hätte der Tod selbst ihn gepackt, fuhr aller Atem aus seiner Lunge, als er in das eiskalte Wasser des Flusses platschte und versank.

Verzweifelt um Luft ringend, kämpfte er sich an die Oberfläche hoch, doch dort stand bereits der Spion über ihm, das Schwert zum Hieb erhoben. Ein Grinsen breitete sich in seinem Gesicht aus, als Gwlym versuchte, sich in der Uferböschung festzukrallen. Plötzlich – der Mann grinste noch immer – barst sein Bauch in einem Sprühregen von Blut und Eingeweiden auf. Über den Kopf des Druiden hinweg wurde er in den Fluss geschleudert, mitsamt dem Speerschaft, der seinen Leib durchbohrte.

Im Sichtschutz der hohen Uferböschung ließ Gwlym sich von der Strömung flussabwärts in den Schatten eines übers Wasser hängenden Baumes tragen. Er hielt sich gerade lange genug an einem tief hängenden Ast fest, um zu sehen, wie ein römischer Reitersoldat seinen Speer aus der Leiche zog und ihr den Kopf abschnitt. Dann rutschten seine kältetauben Finger ab, und er merkte, dass ihm Wille und Kraft fehlten, um gegen den Sog des Flusses anzukämpfen.

XXII

Zum ersten Mal, seit Maeve sich erinnern konnte, hatte sie Angst. Seit dem Tod ihrer Mutter, als Maeve sechs war, war ihr Vater das Fundament ihres Lebens. Ihrer kindlichen Wutanfälle und Zeiten jugendlicher Verbissenheit hatte er sich mit derselben guten Laune angenommen, mit der er die Höhen und Tiefen seines stets wechselnden Geschicks weglachte. Selbst das Eintreffen ihres ersten roten Monds hatte er nur mit einem Zungenschnalzen kommentiert und dann Catia gerufen, ihre persönliche Sklavin, damit sie ihr die Komplikationen und Bürden der weiblichen Existenz erklärte. Um ihretwillen, das wusste sie, war er auf seinem Landgut geblieben und hatte das Schwert seines Vaters an der Wand hängen lassen, als die jungen Männer Caratacus in den Tod gefolgt waren. Als sie älter wurde, hatte sie den Schmerz gesehen, den die Entscheidung ihn gekostet hatte, und den Schaden für seine Ehre begriffen, der so deutlich in den verächtlichen Blicken von Camulodunums Frauen zu erkennen war. Doch er war bereit gewesen, all das zu ertragen. Um ihretwillen.

Als Claudius Camulodunum zur römischen Kolonie erklärte und in Colonia umbenannte, hatte Lucullus verzweifelt darum gekämpft, sein Eigentum zu behalten. Es war ihm nicht immer gelungen – er hatte nicht weniger heftig um Dywel getrauert als sie –, und einige der Bündnisse, die er eingegangen war, hatten ihn mehr gekostet, als er jemals zugeben würde. Aber er hatte Maeve beschützt. Als er den römischen Namen Lucullus annahm, hatte sie sich geschämt, aber sie hatte es sich nie anmerken lassen. Er war ihr Vater, und sie liebte ihn.

Doch jetzt war er wie eine leere Hülle, und sie erkannte ihn kaum wieder. Ein Mann mit hohlem, starrem Blick; ein fetter Herr, der plötzlich mager geworden war.

»Ich bin ruiniert.« Diese Worte sprach er im Flüsterton. »Sie werden mir alles nehmen, und wenn sie es haben, werde ich ihnen immer noch mehr schulden, als ich jemals zurückzahlen kann. Ich bin ruiniert.«

Es hatte angefangen, als der *quaestor* Petronius kurz vor Mittag in der Villa eingetroffen war. Zunächst hatte Lucullus sich ehrlich gefreut, seinen Geschäftspartner zu sehen, da er annahm, er bringe ihm die ausstehenden Mieten für die *insulae* in Colonia. Doch Petronius brauchte nur kurz, um den wahren Grund für seinen Besuch zu enthüllen.

»Ich habe Nachricht aus Londinium erhalten«, sagte der Jurist feierlich und reichte ihm eine Schriftrolle mit erbrochenem Siegel. Einige Minuten später brach der *quaestor* auf, und ihr Vater zog sich in das Zimmer zurück, das er *tablinum* nannte und von dem aus er seinen Geschäften nachging. Vier Stunden später fand sie ihn dort zwischen den unschuldigen Rechnungen und Bilanzen, die das Labyrinth seiner

Finanzen und, wie sie schließlich erfuhr, den bodenlosen Abgrund seiner Schulden verbargen, die nun den keltischen Handelsherrn bei lebendigem Leib zu verschlingen drohten.

Sie saßen zusammen in dem kleinen Zimmer, bis die Sonne am Horizont versunken war und sie im Dunkeln zurückgelassen hatte. Inzwischen hatte Maeve ihre Beschwichtigungsversuche längst aufgegeben, und die einzigen Worte, die im Verlauf der Stunden zwischen ihnen fielen, waren das erschreckte Flüstern des kleinen Mannes: »Ich bin ruiniert.« Jeder Versuch, ihn zum Handeln zu bewegen, war vergebliche Liebesmühe. Er war nur noch ein menschliches Wrack, in dessen Rumpf sich die zerklüfteten Felsen des Scheiterns gebohrt hatten, während jede Welle ihn tiefer dem Untergang entgegenzog.

Ihre Unfähigkeit, ihm zu helfen, erfüllte sie mit einem wachsenden Gefühl der Lähmung. Sie musste etwas tun. Was auch immer. Lucullus hatte darauf bestanden, dass sie Latein nicht nur sprechen, sondern auch lesen lernte, damit sie ihn bei seinen Geschäften unterstützen konnte, und so verließ sie schließlich das *tablinum*, um sich den Brief anzuschauen. Er trug das Datum von vor einer Woche, und als sie ihn Zeile für Zeile las, wurde sie erst von Angst, dann von Zorn und schließlich von Entsetzen überwältigt. Der Inhalt war beinahe unfassbar. Der Brief enthielt eine Warnung des neuen Prokurators in Londinium, Catus Decianus, an seinen Freund Petronius, dass in der Art, wie die Provinz verwaltet und finanziert wurde, entscheidende Veränderungen bevorstünden.

Maeve hatte Lucullus das Lob Senecas als des großen

Wohltäters singen hören, der ihn auf den Weg zum Wohlstand gebracht hatte. Nun hatte eben derselbe Seneca beschlossen, alle Kredite, die er in der Provinz vergeben hatte, mit sofortiger Wirkung einzufordern. Catus Decianus hatte den Befehl, den Ertrag aus den Investitionen zu maximieren, alles in Münzen zu tauschen und diese nach Rom zu schicken. Und damit nicht genug. Auch öffentliche Subventionen, Kredite und Investitionen wurden zurückgezogen. Sie brauchte eine Weile, um das grauenhafte Ausmaß dessen zu begreifen, was sie las.

Nun würde *alles* dem kaiserlichen Schatzamt gehören, und die einheimischen Herrscher des südlichen Britanniens wurden der Armut preisgegeben. Und mit ihnen ihr Volk, jeder Möglichkeit beraubt, die Kredite mit den Früchten des von ihnen bestellten Landes abzubezahlen.

Als reichte das noch nicht, wurde Maeves Empörung noch größer, als sie begriff, warum Petronius ihrem Vater den Brief gezeigt hatte. Der *quaestor* hatte seine Habgier nie vor seinem trinovantischen Geschäftspartner kaschiert; genau darum hatte er ja so perfekt als Gegenstück zu Lucullus gepasst. Jetzt sah Petronius die Gelegenheit gekommen, Lucullus' *insulae* in Colonia in die Hände zu bekommen, und ebenso Lucullus' ganzes Anwesen, die Villa, in der sie lebten, die Bauernhöfe und die Jagdgebiete. Sie schnappte nach Luft, als sie seine Unverfrorenheit begriff. Petronius würde sie zu einem günstigen Preis von seinem ›Freund‹ Decianus erwerben. Schlimmer noch, als sie den Brief erneut las, erkannte sie, dass er eine weitere, noch finsterere Botschaft enthielt. Nämlich eine nur schwach verhüllte Aufforderung an Lucullus, Selbstmord zu begehen. War es nicht die römische Art, sich der Schande zu entziehen, indem man sich das Leben nahm? Und wie viel einfacher würde sich die Übernahme durch Petronius gestalten, wenn der frühere Besitzer tot war.

Am liebsten wäre sie nach Colonia geritten und hätte diesen diebischen, Ränke schmiedenden – nein! Sie konnte sich seinen eiskalten Blick vorstellen, wenn eine Frau, und noch dazu eine britische Frau, es wagte, den *quaestor* herauszufordern. Vielleicht würde er sie sogar auspeitschen lassen. Es gab nur eine einzige Person, die ihr helfen konnte. Sie rief nach einem der Sklaven.

»Reite nach Colonia und suche Tribun Valerius auf. Bitte ihn, den Händler Lucullus aufzusuchen, sobald es sich einrichten lässt. Beeil dich!«

Sie schlief in Gedanken an den jungen Römer ein, und als sie die Augen aufschlug, lag sie in dem Raum, der mit dem Gemälde des Claudius geschmückt war, auf einer Couch. Das Licht strömte durch die Lücken in den Fensterläden und bildete komplizierte Flecken und Muster auf Wänden und Boden. Die vertraute Umgebung beruhigte sie, und zum ersten Mal empfand sie Hoffnung. Valerius würde sie beschützen. Normalerweise wäre ihr Vater um diese Tageszeit bereits nach Colonia aufgebrochen, doch als sie in seinem Bett nachsah, lag er noch immer darin, die Decke bis zum Kinn hochgezogen und die Augen fest geschlossen. Sie nahm an, dass er nicht schlief, beschloss aber, ihn in Ruhe zu lassen. Sie würden später noch genug Zeit haben, der harten neuen Wirklichkeit ihres Lebens ins Auge zu sehen.

Sie wusch sich und kleidete sich an, sorgfältig auf ihr Äußeres bedacht. Heute das blaue Kleid, weil Valerius es am liebsten mochte. Würde er sie jetzt, da sie arm war, immer noch lieben? Mit einer plötzlichen Klarheit erkannte sie, dass es keine Rolle spielte. Sie begriff, dass ihre Beziehung, die vom ersten Glimmen zu einer weißglühenden Intensität aufgelodert war, wie sie sie nie zuvor gekannt hatte, etwas Flüchtiges war und wie der winterliche Schnee zu ihrer Zeit vergehen musste. Valerius redete nie darüber, aber sie wusste, dass er schon bald zu seiner Legion zurückkehren würde, und von ihrem Vater hatte sie sogar erfahren, dass man ihn bald nach Rom zurückrufen würde. In der ersten Glut ihrer Liebe hatte sie davon geträumt, mit ihm dorthin zu reisen und die Herrin eines römischen Haushalts zu werden, doch im Verlauf der Monate begriff sie, dass es so nicht kommen würde. Ihre Welterfahrung war auf Colonia und das Landgut am Fluss beschränkt, aber sie hatte in der Stadt gesehen, wie Petronius und die anderen Angehörigen der Reiterklasse ihren Vater ansahen, mit spöttischen Blicken und herablassendem Lächeln. Lucullus nahm ihre Verachtung hin, weil er keine andere Wahl hatte; er kaschierte seinen Groll und seine Verärgerung hinter der Maske seines Lächelns. Aber um wie viel schlimmer wäre es in Rom? Valerius' Familie würde sie vielleicht als seine Frau tolerieren, aber sie würden sie niemals wirklich akzeptieren. Und trotz all des Wundervollen, das Valerius ihr über Rom schilderte, war die Stadt ihr vollkommen fremd. Britannien dagegen war ihr Land. Und die Briten waren ihr Volk.

Zwei Stunden später hörte sie den Hufschlag von Pferden, die sich auf dem Weg von Colonia näherten, und sie eilte hinaus, um Valerius zu begrüßen. Beim Anblick der unverkennbaren Silhouette eines berittenen römischen Soldaten vor der tief stehenden Sonne fasste sie neuen Mut.

»Ist dies das Haus von Lucullus, *augustalis* des Claudiustempels?« Die Stimme klang gleichgültig, doch es gelang dem Sprecher, die einfache Frage so bedrohlich wirken zu lassen, dass Maeve ein Schauder überlief. Es war nicht Valerius, aber wer dann? Und warum? Erst jetzt bemerkte sie die anderen Reiter, die den Soldaten begleiteten, zusammen mit vier offenen Ochsenwagen, die hinterherrumpelten.

»Antworte. Ich habe nicht den ganzen Tag Zeit.«

Sie sah zu dem Reiter hoch. Sie mochte Angst haben, aber sie würde sich nicht einschüchtern lassen. Sie war eine Trinovantin und Herrin dieses Hauses. »Dies ist das Haus von Lucullus«, bestätigte sie, bemüht, ihre Stimme nicht ängstlich klingen zu lassen. »Und ich bin seine Tochter.«

Der Legionär ließ sich mit einem Ächzen vom Pferd gleiten, was ihr zum ersten Mal gestattete, sein Gesicht zu sehen. Die Augen, die sie anstarrten, lagen dicht beieinander und wirkten kalt. Er ließ seinen Blick angelegentlich über ihren Körper wandern und bei Brüsten und Hüften verweilen. Sie fühlte sich dadurch irgendwie besudelt, als wären seine Augen seine Hände – große, raue Pranken mit langen, schmutzverklebten Fingernägeln. Er hatte grobe, eckige Gesichtszüge, und seine Hakennase war irgendwann einmal gebrochen und schlecht gerichtet worden. Pockennarben verunstalteten seine gelbliche Haut. Dieser Mann war bereits wütend geboren worden, dachte sie.

»Gut.« Er schob sich grob an ihr vorbei. »Hol deinen Vater her. Vettius? Mach dich an die Arbeit. Denk dran, alles, was von Wert ist.«

Maeve verfolgte verblüfft, wie die Männer an ihr vorbei ins Haus marschierten, jeder mit einem großen Korb bewaffnet. Es waren teils Soldaten, teils Sklaven, und noch nie hatte sie eine Gruppe von Männern gesehen, die brutaler wirkten.

»Halt! Was tut ihr?«, protestierte sie. »In wessen Namen seid ihr hier?«

Der Soldat drehte sich langsam um und setzte seinen Helm ab. Er blickte sie mit einem leicht gequälten Gesichtsausdruck an, als sei er sich unsicher, wer sie sei. Gleich darauf drehte sich alles um sie, und sie lag plötzlich auf dem Rücken, den Blick zum Himmel gerichtet. Jeder Nerv in ihrem Körper schrillte, und vor ihren Augen zuckten Blitze. Sie brauchte einen Augenblick, um zu begreifen, dass sie geschlagen worden war. Unter dem rechten Auge war ihr Gesicht eine einzige schmerzende Masse, und sie spürte bereits, wie ihre Wange anschwoll. Mit von Tränen verschwommenen Augen versuchte sie, sich aufzusetzen.

Der pockennarbige Soldat stand über ihr, und sie fragte sich unwillkürlich, ob er sie gleich treten würde. »Noch ein Wort«, warnte er, »und ich lasse dich fesseln und auspeitschen. Kapiert?«

Mit dem verwirrten Aussehen eines Mannes, der mitten in einem Albtraum erwacht ist, kam Lucullus steifbeinig aus der Villa. Er trug die schöne Toga, die man ihm geschenkt hatte, als er in die Priesterschaft aufgenommen wurde, und schien nicht zu bemerken, dass die Männer darüber lachten. Diese liefen zügig zwischen der Villa und den Wagen hin und her und beluden sie mit all den Schätzen, die er gesammelt hatte, um sich römischer zu machen. Jetzt nahmen ihm die Römer alles weg.

Maeve kam auf die Beine und eilte zu ihrem Vater, während der Anführer eine Schriftrolle aus einem Beutel an seinem Schwertgürtel zog und sie mit gleichgültiger, schleppender Stimme vorlas.

»Im Namen des Procurators ist dieses Landgut nun kaiserliches Eigentum und dient als Sicherheit für die Rückzahlung von einer Million zweihundertdreiundzwanzigtausend *sestertii*, die dem Kaufmann Lucullus von Senator Annaeus Seneca geliehen wurden. Die Schulden oder der ihm mögliche Teil der Schulden sind innerhalb von zweiundsiebzig Stunden zu begleichen. Andernfalls droht ihm eine Strafe, die von der Verwaltung für angemessen gehalten wird. Gezeichnet Catus Decianus, Prokurator.«

Maeve erstarrte angesichts der Riesenhaftigkeit dieser Schuld, und Lucullus erwachte aus seiner Benommenheit. »Aber das kann ich nicht«, flüsterte er. »Kein Mensch könnte eine solche Summe innerhalb von drei Tagen zusammenbringen.«

Der Römer kam so dicht heran, dass Maeve seinen fauligen Atem roch. Er lächelte, was sie an eine eiternde Wunde erinnerte.

»Drei Tage, alter Mann. Ich sehe kein Gold in diesen Körben, also musst du es anderswo versteckt haben. Mir ist noch nie ein Kelte begegnet, dem das Glitzern von Gold nicht gefiel. Grabe also deinen Schatz aus, verkaufe alles, was du hast, und bringe den Erlös in das Amtszimmer des Prokurators in Londinium. Vielleicht könntest du sogar dich selbst verkaufen.« Er lachte. »Sind wir schon fertig, Vettius?«, rief er.

»Es sei denn, du willst die Möbel.«

»Alles.«

»Und die Sklaven?«

»Treib sie zusammen. Wenn wir sie hierlassen, hauen sie nur ab. Sie können alle was tragen. Und du kommst auch mit.« Maeves Kopfhaut brannte wie Feuer, als der Soldat die Hand in ihr Haar schob und sie grob zu einem der Wagen zerrte. Sie trat nach ihm und schrie vor Zorn, aber gegen seine Stärke war sie machtlos. Ihr Vater erhob protestierend die Stimme, brach aber gleich darauf ab. Einen Augenblick lang dachte sie voll Panik, er könnte verletzt worden sein. »Bleib, wo du bist, alter Narr«, warnte ihn der Legionär. »Vettius würde dir liebend gern den Bauch aufschlitzen, doch du kannst nicht bezahlen, wenn du tot bist. Du wirst nicht versuchen wegzulaufen, wenn du weißt, dass sie uns Gesellschaft leistet. In drei Tagen kriegst du sie zurück, und vielleicht ist sie dann sogar noch in derselben Verfassung.« Eine Hand schob sich unter Maeves Kleid und umfing ihre Brust, sodass sie empört nach Luft schnappte. »Oder vielleicht auch nicht«, sagte er.

Sie fesselten ihre Hände hinten an einen der Wagen, und als die Soldaten und Sklaven mit ihrer Aufgabe fertig waren, setzte sich dieser rumpelnd in Richtung der Straße nach Londinium in Bewegung. Sie fühlte ein schmerzhaftes Zerren an den Handgelenken und stolperte hilflos hinterher. Ihr blieb nur Zeit für einen einzigen Blick zurück, wo ihr Vater tränenüberströmt im Schlamm kniete.

Ihr war noch immer schwindelig von dem Schlag, den sie erhalten hatte, doch sie zwang sich, einen klaren Kopf zu bewahren. Flucht war ausgeschlossen; dafür war sie zu sicher gefesselt. Und wohin hätte sie auch rennen sollen? Sie diente als Geisel dafür, dass ihr Vater mit dem Geld auftauchen würde. Aber er könnte den vollen Betrag niemals begleichen, und was, wenn es stimmte, dass kein Geld da war? Wie würde ihr Schicksal in den Händen dieser üblen Kerle aussehen? Sie erinnerte sich an die Berührung des Offiziers und bekam eine Gänsehaut. Sie schloss die Augen, und ein Stöhnen entrang sich ihren Lippen. Valerius, warum bist du nicht gekommen?

Mit geröteten Augen und fast im Sattel schlafend, führte Valerius seine Männer zwei Stunden nach Tagesanbruch zwischen die Zeltreihen des Legionslagers von Colonia. Sie waren im Licht des Vollmonds, der die Straße zwischen den beiden Gräben wie einen silbernen Pfad glänzen ließ, die ganze Nacht durchgeritten. Beim Reiten hatte er sich den Bericht überlegt, den er dem Statthalter schicken würde. Ceran hatte ihn überzeugt, dass die Römer Boudicca unterstützen mussten, um dauerhaften Frieden mit den Icenern zu erhalten, doch Suetonius Paulinus wäre vielleicht nicht so leicht für diesen Gedanken zu gewinnen. Paulinus hatte den Ruf, ein Sturkopf zu sein. Es war unwahrscheinlich, dass er sich durch den Klatsch eines unzufriedenen icenischen

Fürsten – so würde er das sehen – von seinem Feldzug gegen Mona ablenken lassen würde.

Dennoch musste der Brief geschrieben werden, und als Valerius abgesessen war, humpelte er ins Stabszelt der Kohorte und ließ sich einen Griffel und eine Wachstafel bringen. Damit setzte er sich an den Klapptisch, der als Feldschreibtisch diente. Erst als er fertig war, bemerkte er, wie erschöpft er war. Wenn er die Augen nur für ein paar Sekunden schließen könnte, würde das schon helfen. Der letzte Gedanke, an den er sich erinnern konnte, war das Bild von dem goldenen Keileramulett auf Maeves marmorglatter, makelloser Haut.

Eine Stunde später fand der Schreiber ihn mit dem Kopf auf dem Tisch liegend vor und rief nach seinem Zenturio. Julius sah voll Zuneigung auf den Schlafenden hinunter.

»Sollten wir ihn wecken?«, fragte der Schreiber.

Julius schüttelte den Kopf. »Lass ihn schlafen. Er hat etwas Ruhe verdient. Nach Lunaris' Schätzung haben sie gestern Nacht vierzig Meilen im Sattel zurückgelegt.«

»Da war aber doch diese Botschaft.«

Ja, da war die Botschaft. Julius streckte die Hand nach Valerius' Schulter aus, zögerte dann aber. Nein. In der Botschaft wurde der Tribun gebeten, Lucullus aufzusuchen, sobald es sich einrichten ließe. Es würde sich einrichten lassen, wenn er aufwachte.

»Lass ihn schlafen«, sagte er. »Schaden kann daraus nicht entstehen.«

XXIII

Als Valerius schließlich bei Lucullus' Villa eintraf, war die Mittagszeit schon vorbei. Die Nachricht des Trinovanten hatte ihn überrascht, doch die Gelegenheit, Maeve zu sehen, verbannte jeden Gedanken an Müdigkeit. Es gab auch noch einen weiteren dringenden Grund, aus dem er mit ihr reden wollte. Auf dem langen Heimritt von Venta hatte er seine Entscheidung getroffen: Er liebte Maeve zu sehr, um sie zurückzulassen. Sie würden heiraten, und er würde sie mit nach Rom nehmen. Er hatte lang und gründlich über die Auswirkungen dieser Ehe auf seine Karriere und die Beziehung zu seinem Vater nachgedacht. Vielleicht würde der alte Mann ihn sogar enterben. Aber jemand, der nur durch einen Schildwall geschützt dem Tod ins Auge geblickt hatte, war alt genug, seine Entscheidungen selbst zu treffen. Sollte er mit seiner Arbeit als Jurist nicht genug zum Leben verdienen, könnte er eine Stelle beim Militär annehmen. Nur eines zählte: dass sie zusammen waren.

Das weiße Gebäude war aus der Ferne deutlich zu sehen, und zunächst war es nur ein Gefühl, aber als Soldat hatte er gelernt, solche Gefühle ernst zu nehmen. Auf den Feldern, wo Arbeiter jetzt eigentlich pflügen oder pflanzen sollten, war niemand zu sehen. Aus der Küche der Villa sollte Rauch aufsteigen, doch da war keiner. Jetzt fiel ihm auch die offen stehende Tür auf, die normalerweise geschlossen war. Er ließ sein Pferd sein Tempo selbst wählen und ritt mit der Hand am Schwertgriff weiter. Vor dem Haus ließ er sich aus dem Sattel gleiten und blieb einen Moment reglos stehen, um die atemlose Stille in sich aufzunehmen, die ihm fast selbst den Atem verschlug.

»Maeve?« Seine Stimme hallte von den Wänden wider. Der dunkle Eingang kam ihm plötzlich gefährlich vor. Er zog sein Schwert und trat vorsichtig näher. Ein lautes Knacken ließ ihn zusammenzucken, und er blickte nach unten zu den Scherben eines zerbrochenen Gefäßes, die zu seinen Füßen lagen. Er erkannte darin Lucullus' Lieblingsschale aus Gallien, eine rote Tonschale mit kämpfenden Gladiatoren als Randverzierung. Er erinnerte sich, dass er mit Lucullus über die Abbildungen gesprochen hatte; der Eifer des Briten, ein Römer zu sein, war durch sein Unvermögen gedämpft worden, eine Gesellschaft zu verstehen, die sich damit vergnügte, zwei Männer auf Leben und Tod miteinander kämpfen zu lassen.

Die innere Tür stand nur einige Zentimeter offen, und Valerius stieß sie behutsam mit der Schwertspitze auf, um in den nächsten Raum zu spähen. Dort befand sich niemand. Nein, es befand sich dort nicht nur niemand, sondern der Raum war leer, war vollkommen ausgeräumt worden. Lucullus' schöne Büsten und Statuen waren verschwunden. Nur die stummen Gemälde an den nackten Wänden mit ihren

Abbildungen vom Triumph des Claudius erinnerten noch an die alte Pracht.

»Maeve?« Er hörte, wie aufgeregt seine Stimme klang. Bitte. Nicht das. »Lucullus?« Er ging durch die Villa, suchte jedes Zimmer methodisch ab und stieß immer wieder auf dieselbe Geschichte. Bis er in Lucullus' Badehaus kam.

Lucullus war immer ein sehr ordentlicher Mann gewesen. Sogar die zweite Ausfertigung seiner Bilanzen, die er vor den Steuereintreibern versteckt hielt, war in seiner akribischen, tadellosen lateinischen Handschrift verfasst, auf die er so stolz war und in der jede Zahlenkolonne gerader ausgerichtet war als eine Tempelsäule. Offensichtlich hatte er sich gewünscht, der Person, die ihn fand, so wenig Arbeit wie möglich zu machen, denn er hatte sich die Pulsadern aufgeschnitten, während er bequem im warmen Wasser seines Bades saß. Jetzt trieb sein unglaublich bleicher Körper zurückgelehnt in einem obszönen Meer aus Weinrot. Tot. Eigenartigerweise wies sein Gesicht einen verträumten Ausdruck auf, was darauf hinzuweisen schien, dass er sein Dahinscheiden nach den vorangegangenen Härten nicht allzu unangenehm fand.

Valerius schüttelte müde den Kopf. Er war mit dem Tod mehr als vertraut, aber dennoch fiel es ihm schwer, diese leblose, milchweiße Leiche mit dem fröhlichen kleinen Mann in Einklang zu bringen, dessen rastloser Geist mit der Lebhaftigkeit eines Gewimmels von Grashüpfern von einem hoffnungslosen Geldmachplan zum nächsten gesprungen war. Was hatte ihn dazu getrieben, Hand an sich zu legen?

Und wo war Maeve?

Ein lautes Knacken im Hof, mit dem wieder jemand auf eine der Tonscherben getreten war, machte Valerius auf eine neue Gefahr aufmerksam. Er eilte durchs Haus zurück und hatte gerade die innere Tür erreicht, als eine vermummte Gestalt den Raum betrat. Im ersten Augenblick glaubte er, es müsse Maeve sein. Doch dann erkannte er, dass die Person zu klein war. Er drückte dem Eindringling die Schwertspitze in den Rücken und wurde mit einem Schreckensschrei von Maeves persönlicher Sklavin Catia belohnt.

»Was ist hier passiert?«, fragte er. »Wo ist deine Herrin?«

»Sie ist weg«, rief die grauhaarige Frau. »Sie haben sie mitgenommen. Sie haben alles mitgenommen. Ich habe mich in der Apfelhürde versteckt, sonst wäre ich jetzt auch dabei. Ich ...«

»Wer hat sie mitgenommen? Wann?«, unterbrach er sie. Das *Wann* war wichtiger als das *Wer*, aber er brauchte alle Informationen, die er bekommen konnte.

»Die Soldaten. Der Anführer war ein groß gewachsener Mann, und sie hatten Wagen dabei. Vier Wagen. Sie haben alles mitgenommen. Auch Docca.« Sie brach unkontrollierbar schluchzend zusammen. Docca musste ihr Mann sein, aber Valerius hatte keine Zeit für Mitgefühl. Er packte sie bei den Schultern und schüttelte sie grob.

»Wann war das, und welche Richtung haben sie eingeschlagen?«

»Vor drei Stunden. Sie haben die Straße nach Londinium genommen.«

Valerius ließ sie los, und sie sackte auf dem Boden zusammen. Drei Stunden seit dem Aufbruch, und dazu käme eine weitere Stunde, um sie einzuholen, wenn er zügig ritt. Er hatte noch eine Chance. Wer immer Maeve mitgenommen hatte, konnte nicht schneller vorwärtskommen als die Wagen mit der Beute. Das bedeutete maximal zwei Meilen in der Stunde, also acht Meilen. Er versuchte, sich die Straße vor Augen zu rufen, um eine Stelle zu finden, wo er den Wagenzug abfangen könnte. Aber er würde Hilfe brauchen.

Er zog die Frau auf die Beine. »Hör mir zu, Catia. Du musst so schnell wie möglich ins Soldatenlager von Colonia laufen. Frage nach Zenturio Julius. Und Folgendes sollst du ihm sagen ...«

Er wählte eine Stelle etwa zehn Meilen westlich von Colonia, an der die Straße nach Londinium einen schmalen Fluss überquerte, und legte sich in einem nahe gelegenen Buchenhain auf die Lauer. Er hatte die Straße gemieden und war übers offene Land geritten, bis er sich sicher war, dass er die Gesuchten überholt hatte. Jetzt konnte er nur noch warten. Und hoffen.

Tatsächlich hatte er kaum eine Vorstellung davon, was als Nächstes geschehen würde. Es schien auf der Hand zu liegen, dass der Überfall auf Lucullus' Villa etwas mit den Geschäften des Trinovanten zu tun hatte, doch was diesen drastischen Schritt und Lucullus' noch drastischere Reaktion ausgelöst hatte, war ihm ein Rätsel. Alles, was er mit Sicherheit wusste, war, dass er Maeve zurückholen musste. Wenn das Überfallkommando aus Soldaten bestanden hatte, wie Catia sagte, bedeutete das, dass Valerius fast mit

Sicherheit ranghöher war als deren Anführer. In diesem Fall würde er seine Autorität ins Spiel bringen, um Maeve und die anderen Gefangenen freisetzen zu lassen. Es würde vielleicht einiger Argumente bedürfen, aber es sollte machbar sein. Andererseits könnte die Expedition auch auf die private Initiative eines von Lucullus' geschäftlichen Rivalen zurückgehen oder von einem Geschäftspartner veranlasst sein, den er betrogen hatte und der die Soldaten als Vollstrecker angeheuert hatte, um sein Geld zurückzubekommen. Während Valerius die Frage im Kopf hin und her wälzte, kam ihm das jedoch weniger wahrscheinlich vor. Vielleicht könnten die Soldaten belegen, dass sie ein legales Anrecht auf Lucullus' Sklaven hatten, aber gewiss nicht auf seine Tochter. Und Entführung war ein Kapitalverbrechen, über das der Statthalter oder sein Stellvertreter zu Gericht saß.

Notfalls würde Valerius um Maeve kämpfen. Aber er konnte diesen Kampf nicht allein ausfechten.

Während die Zeit lähmend langsam verstrich, schien die tiefe Stille ihn zu verspotten. Nichts als das Rauschen der Bäume, die ihm zuflüsterten, die Gejagten müssten einen anderen Weg eingeschlagen haben. Nach einer halben Stunde wurde sein Pferd unter ihm unruhig, und Valerius spürte, wie dringend es weiterwollte, aber gleich darauf vernahm er das Quietschen eines ungefederten Ochsenwagens, und das war die Warnung, auf die er gelauscht hatte. Er empfand einen überwältigenden Drang, auf das Geräusch zuzustürmen, zwang sich jedoch, reglos zu verharren. Erst als er Stimmen hörte, trieb er seine Stute der Gruppe entgegen.

Beim Anblick des unerwartet Auftauchenden, der ihm

den Weg versperrte, riss der Anführer scharf am Zügel. Er war gerade mit vier Reitern bei der Furt eingetroffen, und hinter diesen marschierten Lucullus' Sklaven niedergeschlagen zwischen den Ochsenwagen. Weitere sechs Legionäre, die die Nachhut gebildet hatten, erkannten die Bedrohung und eilten an dem Wagenzug vorbei zur Verstärkung nach vorn. Nur zwei von ihnen blieben zurück, um die Sklaven am Weglaufen zu hindern.

Valerius suchte die Wagen mit den Augen nach Maeve ab und wurde vom Aufblitzen eines kastanienbraunen Haarschopfs hinter dem zweiten Wagen belohnt. Sie hielt den Kopf gesenkt, und die Sicht war ihm teilweise durch den Reiter vor ihm versperrt. Er wollte nach ihr rufen, um sie wissen zu lassen, dass er zu ihrer Rettung gekommen war, begriff aber, dass es sie in noch größere Gefahr bringen könnte, wenn er die Aufmerksamkeit auf sie lenkte. Daher biss er sich auf die Lippen und wartete ab, sodass seine Tribunenuniform und seine Körperhaltung ihre Wirkung tun und seiner Autorität Nachdruck verleihen konnten. Bisher hatte er den Anführer der Soldaten nicht beachtet.

»Du?« Die Stimme hallte von ungläubigem Staunen wider, und Valerius' Herz sank, als er sie erkannte.

Crespo.

Doch er konnte nichts anderes tun, als die Rolle zu spielen, die er sich zurechtgelegt hatte – und Zeit zu gewinnen. Bei dieser Konfrontation ging es um Macht und Rang und die natürliche Neigung eines Legionärs, einem Befehl zu gehorchen. Er gab seinen Worten fast die Schärfe eines Exerzierplatz-Befehls. »Zenturio Crespo, du hast deine Befehle überschritten. Lass die Gefangenen frei, damit ich sie nach Colonia zurückgeleiten kann. Jeder etwaige Streit über das Besitzrecht an den Sklaven wird vor Gericht geklärt.«

Crespo starrte ihn an, und seine stechenden Augen funkelten. Er erinnerte sich an den furchtbaren Gestank, der ihn empfangen hatte, als er in Londinium auf dem Misthaufen erwacht war, und an die Demütigung, die er in der Hütte der silurischen Hügelfestung erlitten hatte. Dieser Mann war für beides verantwortlich. Unglückseligerweise war er außerdem auch ein römischer Tribun, was bedeutete, dass Crespo seinen natürlichen Hang zu gewalttätiger Rache zügeln musste. Doch etwas war hier faul.

»Du scheinst ganz allein hier zu sein, hübscher Junge. Ich frage mich, auf wessen Befehl du handelst ... falls du überhaupt einen Befehl hast«, sagte er bedächtig.

Valerius überging die Beleidigung. »Ich brauche keine Befehle, Crespo. Hinter dieser Uniform steht die Autorität des Statthalters, und wenn du dich ihr widersetzt, wirst du am Kreuz hängen.«

Crespo trieb sein Pferd vorwärts und führte die Hand zum Gürtel. Valerius vollführte mit seiner Rechten die gegengleiche Bewegung und ließ die Hand über dem Schwertknauf schweben. Der Sizilianer lachte und zog sorgsam die Schriftrolle mit seiner Vollmacht hervor.

»Meine Anweisungen, Tribun. Zenturio Crespo hat den Befehl, im Namen des Prokurators Catus Decianus Teile oder die Gesamtheit des Eigentums von Lucullus, *augustalis* von Colonia, sicherzustellen. Du wirst mir wohl zustimmen, dass dazu auch seine Sklaven gehören. Falls du nichts Offizielles in Händen hältst, das meine Befehle aufhebt, fordere ich dich auf, zur Seite zu treten und mich meinen Weg fortsetzen zu lassen.« Die schmalen Lippen zuckten in einem humorlosen Lächeln, und seine Stimme senkte sich zum Flüsterton. »Wir rechnen ein anderes Mal miteinander ab. Denn glaub mir, hübscher Junge, eine Abrechnung wird es geben.«

»Lucullus' Tochter gehört nicht zu seinem Eigentum.« Valerius sagte es absichtlich so laut, dass die Männer hinter Crespo es hören konnten. Falls er in ihnen den Samen des Zweifels säen könnte, hätte er eine Chance. Crespos Führungsstil hatte ihn gewiss nicht beliebt gemacht, und wenn Valerius die Soldaten, die ihm folgten, umstimmen könnte ... Doch Crespo war ein Raubtier mit einem raubtierhaften Instinkt für jede Schwäche. Etwas in der Art, wie Valerius sprach, weckte den Wolf in ihm. Er hörte ihn heulen, und sein Lächeln verwandelte sich in ein Grinsen der Vorfreude.

»Seine Tochter. Das ist es also. Du bist uns nicht die ganze Strecke nachgeritten, um ein paar schmutzige alte Sklaven zusammenzutreiben, nicht wahr, hübscher Junge? Du bist hinter der Tochter des Priesters her. Du steckst voller Überraschungen. Und ich hatte schon geglaubt, du magst nur Knaben. Vettius, bring die keltische Schlampe her.«

Einer der Reiter machte kehrt, ritt zum zweiten Wagen, löste das Seil ab, mit dem Maeve daran gefesselt war, und zerrte die Stolpernde hinter sich her zu Crespos Pferd. Valerius sah fast rot vor Zorn, als er die Prellung auf ihrer Wange und das halb zugeschwollene Auge bemerkte. Er griff nach dem Seil, doch Crespo riss es ihm weg.

»Nicht so schnell, hübscher Junge.« Er beugte sich vor und schwang Maeve mühelos vor sich auf den Sattel. »Was ist sie dir wert?«

Valerius erstarrte. Ihm war klar, dass Crespo ihn zu einem Kampf zu provozieren versuchte. Die anderen Soldaten rückten näher und ließen ihn mit ihren harten Blicken nicht aus den Augen. Wenn er allein gegen eine zwölffache Übermacht auf die Herausforderung eingänge, würde er vielleicht einige von ihnen töten können, aber wahrscheinlich nicht Crespo. Sollte er sterben, könnte Crespo es sich nicht leisten, eine Zeugin seines Mords an einem römischen Tribun am Leben zu lassen. Und so würde Maeve ebenfalls sterben.

»Was ist sie wert?«, wiederholte der Zenturio. Er strich mit den Händen über Schultern, Brüste und Beine der Gefangenen, die sich vergeblich wehrte. »Nicht schlecht. Ich glaube, ich nehme sie heute Abend für mich selbst. Und im Anschluss können Vettius und seine Leute sie ebenfalls haben. Danach taugt sie nur noch für die Hunde, also vielleicht geben wir sie dir dann auch zurück.«

Valerius erbleichte. Es war kein Zorn, der ihn erfüllte; er war innerlich an jenen eisigen Ort jenseits des Zorns gelangt, an dem nur noch Crespos Blut für die Demütigungen bezahlen konnte, die Maeve erlitt. Ihre Augen flehten ihn an zu handeln. Aus tiefstem Herzen wollte er sich auf Crespo stürzen, ihm die Schwertspitze unters Kinn setzen und sie ihm ins Gehirn rammen. Doch sein Kopf mahnte ihn abzuwarten.

Es dröhnte in seinen Ohren, und er fragte sich, ob das das Donnern war, das die britischen Krieger hörten, wenn sie sich gegen die römischen Schilde warfen. Vielleicht war es der Donner des Taranis, der sie dem Kriegertod entgegensandte und dem sie ohne Angst folgten, was auch immer sie erwarten mochte.

Es war jedoch nur das Donnern der Hufe von zwanzig galoppierenden Pferden.

Valerius blickte sich nicht um. Er hörte das heftige Schnauben von Tieren, die hart angetrieben worden waren, und wusste, dass nun ein Trupp von Belas thrakischer Kavallerieeinheit hinter ihm bereitstand. Crespos Gesichtsausdruck veränderte sich nicht, doch die Männer um ihn herum wichen vor den langen Kavalleriespeeren zurück.

»Fünfhundert *denarii*.«

Crespo runzelte die Stirn.

»Ich gebe dir fünfhundert *denarii*«, wiederholte Valerius. »Nimm sie, oder wir nehmen das Mädchen trotzdem mit, und du bekommst nichts.«

An Crespos Augen sah Valerius, dass dieser die Speere hinter ihm zählte. Maeve saß ganz still mit gesenktem Kopf da, und er konnte ihren Gesichtsausdruck nicht sehen. Schließlich stieß der Zenturio ein scharfes Lachen aus. Er begriff, dass er ausmanövriert worden war, sah aber keinen Sinn darin, deswegen zu weinen. Es würde eine andere Gelegenheit geben. Er ließ Maeve auf den Boden gleiten. »Ihr habt ihn gehört, fünfhundert *denarii* für die britische Schlampe«, rief er. »Wenn er nicht bezahlt, ist seine Ehre mein, und ich werde sie in meiner Latrine begraben. Da gehört sie auch hin. Los, Abmarsch, ihr faulen Drecksäcke. Wir haben hier genug Zeit verschwendet.«

Als der kleine Wagenzug außer Sicht war, stieg Valerius vom Pferd und half Maeve auf. Sie stand bewegungslos da, als er das Seil um ihre Handgelenke aufschnitt, wo es sich blutig eingegraben hatte. Ihr Blick hatte jenen leeren Ausdruck, wie Valerius ihn von Legionären kannte, die eine Schlacht zu viel durchgestanden hatten.

Auf dem Rückritt nach Colonia saß sie im Sattel vor ihm, und nach einer Weile begann ihr Körper unkontrolliert zu zittern. Sie zitterte noch immer, als sie in dem Stadthaus ankamen, das einmal ihrem Vater gehört hatte. Valerius wusste, dass er ihr von Lucullus' Tod berichten sollte, befürchtete aber, dass diese Nachricht ihren ohnehin fragilen Bezug zur Realität zerstören würde. Falcos Frau erwartete sie, und sie säuberte und verband Maeves Wunden, bevor sie sie in Valerius' Bett legte.

Während Maeve schlief, schickte Valerius eine Nachricht an Cearan – und wartete.

XXIV

Als Maeve zwei Tage später endlich aufwachte, spürte Valerius eine tiefe Veränderung in ihr, die er nicht verstand, und er wusste auch nicht, wie er sie darauf ansprechen sollte. Sie kam blass und erschöpft aus dem Schlafzimmer, noch immer in ihrem zerrissenen blauen Kleid und mit dunklen Ringen unter den Augen. Mit jedem Löffel voll der dünnen Suppe, die die Frau des Milizkommandanten empfohlen hatte, kehrte ihre Kraft sichtlich zurück, aber sie mied Valerius' Blick und verbrachte Stunden damit, ins Leere zu starren, als suchte sie dort etwas.

Valerius quälte sich mit seiner Unfähigkeit, an sie heranzukommen, und am Abend ertrug er es nicht länger. Er nahm sie in die Arme und hielt sie umfangen, weil er sich sagte, dass jetzt die Zeit gekommen sei, ihr vom Tod ihres Vaters zu erzählen. Doch als er den süßen Jasminduft ihres Haars einsog, versteifte sie sich und begann, sich in seinem Griff zu wehren. Sie zappelte und kratzte, bis er sie losließ. Als sie frei war, zog sie sich mit einem Ausdruck des Ekels zurück, der ihre Schönheit zu einer Parodie ihrer selbst verzerrte.

»Maeve«, bat er.

Sie schüttelte wortlos den Kopf, und ein schrilles Wehklagen drang aus ihrer Kehle. Mit einer einzigen Bewegung packte sie das Vorderteil ihres Kleides mit beiden Händen und riss es bis zur Taille auf. »Das hier willst du doch«, zischte sie und fand nun endlich eine Stimme, doch die war so kaputt wie eine der Schalen, die die Plünderer im *atrium* ihres Vaters hatten fallen lassen. »Das ist es doch, was du willst.« Sie nahm ihre beiden vollen Brüste in die Hände und bot sie ihm an. »Du hast dafür *bezahlt*. Du hast für mich *bezahlt*.«

»Nein«, sagte er.

»Doch«, spie sie heraus. »Du hast mich zur Sklavin gemacht. Du hast mich von dieser Bestie gekauft ... und ... jetzt ... besitzt ... du ... mich.« Bei den letzten fünf Worten zerriss sie das Kleid noch weiter und stand nackt da. Ihr schöner Körper war noch immer von ihrer Tortur gezeichnet, von den Abschürfungen und Prellungen sowie der unsichtbaren Befleckung durch Crespos Übergriff. »Dann nimm mich doch. Ist es nicht das, was Römer mit ihren Sklavinnen machen? Sie nehmen sie, wann immer es ihnen passt. Sie fallen über sie her, wo immer die Lust sie überkommt.«

Sie schluchzte jetzt, doch es waren Schluchzer eines lebensvernichtenden Zorns.

»Dein Vater ...«, versuchte er zu sagen.

»Ist tot, sonst wäre er mich holen gekommen. Er hätte mich gerettet oder wäre bei dem Versuch gestorben. Er hätte nicht zugesehen, wie ein aus dem Mund stinkendes Schwein mich vergewaltigt und zugrunde richtet.« Sie schüttelte den Kopf, und er wusste, dass sie sich jedes Moments ihrer Schande erinnerte. »Als ich dich auf der Straße sah, *wusste* ich, dass ich in Sicherheit war. Ich wusste, dass du für mich kämpfen würdest und dass ich an deiner Seite sterben würde, solltest du im Kampf fallen. Ich wäre froh gewesen. Doch stattdessen hast du zugesehen, wie mir meine Ehre genommen wurde. *Feigling*«, fauchte sie, warf sich auf ihn und versuchte, ihm die Augen auszukratzen. »Feigling. Feigling. Feigling.«

Valerius hielt sie von sich ab, packte ihre wütend um sich schlagenden Arme und wich den Zähnen aus, die nach seinem Gesicht schnappten. Ihr Kopf peitschte vor und zurück, als wäre sie besessen, doch sie war noch immer schwach, und die Wildheit ihres Zorns brannte wie ein Strohfeuer aus. Sie erschlaffte in seinen Armen. Er hob ihren leichten Körper hoch und trug sie zu seinem Bett, wo er im Dunkeln saß und auf das Geräusch ihres unregelmäßigen Atems lauschte.

Irgendwann im Verlauf der Nacht sagte sie leise: »Du kannst mich weiterverkaufen, wenn du möchtest, denn ich möchte dir nicht zur Last fallen. Aber du musst mir einen anderen Namen geben. Ich bin nicht mehr die Trinovantin Maeve. Ich bin eine Sklavin.«

»Es tut mir leid«, sagte er, denn ihm fiel nichts anderes ein.

»Du kannst das nicht verstehen«, antwortete sie. »Du bist ein Römer.«

Am nächsten Tag stand Valerius neben Falco in der nebligen Stille der Morgendämmerung, als die Leiche des kleinen Kaufmanns von der Villa zu der Begräbnisstätte hinter Colonia getragen wurde, wo eine quadratische Grube von zehn mal zehn Schritt ausgehoben worden war. Maeve war noch immer zu schwach, um an der Beerdigung teilzunehmen, und hörte nicht, wie der Barde Lucullus' Lob sang oder wie die Dinge, die er geliebt hatte, von den Menschen, die er geliebt hatte, mit ihm ins Grab gelegt wurden. Immerhin einige Schätze hatten die Plünderung überstanden. Cearan war der Erste, er trug eine *amphora* des calenischen Weins, den Lucullus so oft mit Valerius geteilt hatte; dann kam Cearans Frau Aenid mit einem fein gearbeiteten Gold-Torques, der hinter einem losen Backstein in Lucullus' Lagerraum entdeckt worden war; ein extrem schlankes, dunkelhaariges Mädchen, das Valerius nicht kannte, legte sorgfältig ein Spielbrett und Spielsteine neben seinen Leichnam; dazu kamen seine schönsten Kleider, sein Lieblingshocker und zu guter Letzt das Schwert seines Vaters, das er siebzehn Jahre lang verborgen gehalten hatte.

Früher einmal hätte ein Priester die heiligen Worte gesprochen und die Opfer dargebracht, doch die Druiden waren schon seit vielen Jahren aus dem Osten vertrieben worden. Stattdessen vollzog ein Ältester aus der Siedlung bei Cunobelinus' Landgut die Riten, und unterdessen ließ Valerius seinen Blick über die Schar der Trauernden wandern.

Von Falco abgesehen, der gekommen war, um den Stadtrat von Colonia zu vertreten, hatten die römischen Kaufleute und Händler, die von Lucullus profitiert hatten, heute dringendere Geschäfte zu erledigen. Doch die trinovantischen Verwandten des Kelten hatten sich zu Ehren seines Übergangs in die Anderswelt versammelt. Sie standen dicht gedrängt beieinander, Cearan an ihrer Spitze – hochgewachsene, düstere Gestalten, stolze Männer mit breiter Brust. Ihre dunklen Augen sandten Valerius, der ein wenig abseits neben Falco stand, eine unmissverständliche Botschaft. Ihre Blicke sagten, dass sie noch immer zu hassen verstanden, mochten sie auch schon lange besiegt sein. Valerius dachte an Lucullus' Worte in jener Nacht zurück, in der sie sich gemeinsam betrunken hatten: *Es gibt Männer, große Männer, stolze Krieger, die in den Ruinen ihrer ausgebrannten Häuser leben und ihren Kindern beim Verhungern zusehen, weil sie einmal die Kühnheit besessen haben, für ihr Volk einzustehen.* Jetzt sah er diese Männer mit eigenen Augen. Die Erben des Caratacus. Im Gegensatz zu den fügsamen Kelten, die Colonia sonst aufsuchten, trugen sie lange, gegürtete Tuniken über engen Hosen und hatten dicke, karierte Wollumhänge über die Schultern drapiert. Valerius konnte sehen, wie es sie in den Fingern juckte, nach ihren Waffen und ihren Kriegsschilden zu greifen. Alles, was es brauchte, um aus diesen Männern eine Armee zu machen, waren Speere und ein Anführer.

»Wird es Ärger geben?«, fragte er den Milizkommandanten.

Falco schüttelte den Kopf. »Ich glaube nicht. Cearan ist kein Narr, und er hat nicht nur unter den Icenern Einfluss, sondern auch unter den Trinovanten. Sie sind zornig, was verständlich ist, aber sie sind nicht organisiert.«

Valerius fragte sich, ob das stimmte, aber Falco wusste gewöhnlich, wovon er redete.

»Wann brichst du nach Glevum auf?«, fragte der Weinhändler.

»Meine Befehle sind heute Morgen eingetroffen. Die Erste Kohorte wird in einer Woche abmarschieren, und ich werde sie begleiten.«

»Und wann geht es nach Rom?«

»Ich werde meine Zeit noch einen Monat in Londinium totschlagen müssen. Jetzt scheint es keine so große Rolle mehr zu spielen.«

»Dann komm doch bitte Mittwoch und iss mit uns zu Abend. Nur die alten Soldaten, Corvinus und so weiter. Kein Petronius, bei meiner Ehre. – Wie geht es ihr?«

Er dachte kurz nach. Wie sollte er das Unbeschreibliche beschreiben? »Sie ist verändert.«

Falco schüttelte den Kopf. »Dieser Mann ist ein Ungeheuer.«

»Ich habe noch eine Rechnung mit ihm offen, und ich habe mir gelobt, sie zu erfüllen.«

Er sagte nicht, welche Art von Rechnung es war, doch Falco konnte den Worten nur eine einzige Deutung geben. »Verschwende deine Zeit nicht damit, Crespo zu verfolgen. Kehre nach Rom zurück und fange ein neues Leben an. Vergiss ihn.«

Valerius sah zu, wie die letzten Bretter über Lucullus' Grab gelegt wurden. Crespo war nicht die Art von Mann, den man einfach vergessen konnte. Falls man das tat, landete man wahrscheinlich mit durchgeschnittener Kehle in einem Fluss. Aber vielleicht hatte Falco recht. Alles hatte sich geändert. Alle Gewissheiten in seinem Leben waren zusammen mit Maeves Liebe verschwunden. Ihre Reaktion hatte ihn schockiert und ihn irgendwie innerlich aus dem Gleichgewicht gebracht. Seitdem schwankte er zwischen den Polen von Schmerz und Wut, Scham und Bedauern. Wie konnte sie ihn für einen Feigling halten? Er war ein römischer Tribun und hatte ihr das Leben gerettet. Wäre er ein Brite gewesen, wären sie jetzt beide tot, und Crespo wäre trotzdem mit den Schätzen ihres Vaters in Londinium. Am Ende sah er sich mit der Gewissheit konfrontiert, dass er sie verloren hatte. Also, ja, er würde nach Rom zurückkehren und den Prokurator und Crespo nicht daran hindern, auch künftig das Leben anderer Menschen zu zerstören. Er schüttelte den Kopf. Es war Zeit, nach Hause zu gehen.

Bevor er die Begräbnisstätte verließ, ging er noch auf die Suche nach Cearan. Er wusste, dass der Icener nicht mit ihm würde reden wollen, aber zu höflich war, um ihn abblitzen zu lassen. Er entdeckte den hochgewachsenen Adligen, wie er sich ernst mit einer Gruppe von trinovantischen Ältesten unterhielt, und erneut dachte Valerius, wie königlich er aussah. Cearan brauchte keinen Goldreif, um seine Abstammung zu beweisen; sie war in sein Gesicht eingeschrieben und zeigte sich in der ruhigen Art, in der er Macht ausübte. Wären die Götter wohlgesinnter gewesen, stünde hier der wahre Führer der Icener.

Cearan fing seinen Blick auf und runzelte die Stirn, doch kurz darauf trat er zu Valerius hin.

»Du warst Lucullus' Freund, aber ich wünschte, du wärest nicht gekommen.« Die Stimme des Iceners war angespannt. »Es ist schon schwer genug, die Leidenschaften, die deine Leute entfesselt haben, zu dämpfen. Da braucht es nicht auch noch den Anblick eines roten Umhangs, der sie weiter entflammt.« Er schüttelte den Kopf. »Manchmal frage ich mich, ob euer Kaiser wirklich Frieden wünscht. Während ich versuche, die Flammen zu löschen, gießt euer Prokurator noch Öl ins Feuer, indem er verlangt, dass wir die Subventionen zurückzahlen, die wir guten Glaubens angenommen haben, die aber jetzt angeblich nur Kredite gewesen sein sollen. Lucullus war der Erste und, ja, vielleicht auch der Törichteste, aber er wird nicht der Letzte sein. Diese Leute«, er deutete mit einem Nicken auf die Trinovanten, »brauchen nicht noch einen weiteren Grund, über Rom zu klagen. Wenn sie den Hang dort drüben betrachten, sehen sie, dass das Land, das sie einst bestellt haben, inzwischen von britischen Sklaven unter römischen Herren beackert wird. Jetzt sollen ihre Anführer, Männer, die sich erniedrigt haben, damit ihr Stamm nicht verhungerte, und die die römische Art akzeptiert haben, weil es für sie die einzige Möglichkeit war, ihre Würde zu bewahren, in den Ruin getrieben werden. Sie sind mit ihrer Geduld am Ende, sage das deinem Statthalter.«

Valerius musterte seinen Gesprächspartner. »Und was ist mit deiner Geduld, Cearan? Wirst du dein Volk wegen eines einzigen Rückschlags seinem Schicksal überlassen?«

Der Icener erstarrte. »Es geht um mehr. Während ich den Frieden predige, treffen sich nachts Männer im Wald und kehren mit Gerede über ein Wiederaufleben der alten

Lebensweise und den Zorn der Göttin zurück. Die Priester sind wieder unter uns. Kannst du den Statthalter davon überzeugen, Königin Boudicca als Regentin zu bestätigen und ihre Töchter als König Prasutagus' gemeinsame Erbinnen zu akzeptieren?«

Valerius dachte an den Bericht, den er verfasst hatte und der noch immer beim Schreiber lag. Er würde ihn persönlich abliefern und Paulinus' Verärgerung riskieren. »Ich kann es versuchen.«

»Du musst.«

»Was wird mit ihr geschehen?«

Einen Augenblick lang war Cearan von dem plötzlichen Themenwechsel verwirrt. Dann sagte er: »Ich werde Maeve mit nach Norden nehmen, zu uns nach Hause. Sie wird dort nicht das Leben führen, das sie kannte, aber sie wird leben.«

XXV

Für Gwlym war der erste Hinweis darauf, dass er nicht tot war, der Geruch von zerstampften Ringelblumen, begleitet von einer bitteren Flüssigkeit, die in seiner Kehle brannte und seinen Körper mit einer warmen, belebenden Glut erfüllte. Wärme. Das war das wahre Rätsel. Er hatte geglaubt, er würde nie wieder Wärme empfinden. Das Letzte, woran er sich erinnerte, war die kalte Umarmung des Flusses gewesen, der seinen Körper und seinen Geist überwältigte, und das Gefühl, sich einer alles verzehrenden, aber nicht unangenehmen Benommenheit zu überlassen.

»Ist er unversehrt?« Die Stimme schien aus weiter Ferne zu kommen, und die gemurmelte Antwort war unverständlich. Gwlym überprüfte im Geist seine Gliedmaßen und fand seine eigene Antwort.

»Ja.«

Obwohl es ihm unwahrscheinlich erschien, musste er laut gesprochen haben, denn jemand beugte sich über ihn, und als er die Augen öffnete, erkannte er einen vornehm wirkenden, silberhaarigen Mann in den frühen mittleren Jahren, der ihn mit wachsamer, aber respektvoller Miene aufmerksam betrachtete. »Ich bin Volisios, Fürst der Icener, Hüter der nördlichen Marken, und ich habe dein Kommen erwartet.«

Gwlym ließ den Kopf zurücksinken und schloss die Augen. Er befand sich in Sicherheit.

Tatsächlich stellte sich aber heraus, dass er seine Antwort voreilig gegeben hatte. Es dauerte noch einen Tag, bis seine Beine die Kraft zurückgewannen, und dann noch einen weiteren, bis er es sich zutraute, sich aus der Tür des Rundhauses zu wagen. Dessen Besitzer hatte ihn beim Steinesuchen am Fluss halb erfroren am Ufer gefunden. Volisios ritt schon vor, um den Weg vorzubereiten, aber vor seinem Aufbruch versorgte er Gwlym mit einem Pony und einer Begleitmannschaft von sechs Mann. Das Rundhaus lag in einer umstrittenen Grenzregion zwischen den Icenern und den Catuvellaunen, und auch wenn eine Begegnung mit einer römischen Patrouille unwahrscheinlich war, konnte sie nicht ausgeschlossen werden.

Erst als Gwlym nach dem Überqueren eines schmalen, schlammigen Flusses sah, wie seine Begleiter sich entspannten, tat er es ihnen nach. Aber sein in den Monaten heimlicher Umtriebe geschärfter Selbsterhaltungstrieb war zurückgekehrt, und mit den Augen suchte er unausgesetzt die Umgebung ab. Er empfand die Landschaft als deprimierend und fremdartig. Ein tief hängender, bedrohlicher Himmel drückte auf eine flache Landschaft, die mehr aus Sumpf als aus guter, fester Erde zu bestehen schien. Mit beruhigendem Selbstvertrauen platschten die Ponys über durchweichte Pfade und durchquerten die Schilfstreifen, die zwischen den Flecken trockenen Bodens wuchsen, aber Gwlym spürte, dass er seine Beschützer beunruhigte. Während der wenigen Ruhepausen überließ man ihn mit ein wenig Essen sich selbst und seinen Gedanken.

Das Land der Icener war immer sein Endziel gewesen, aber seine Erleichterung darüber, es tatsächlich lebend erreicht zu haben, wurde durch eine neue Sorge gedämpft. Zunächst einmal deutete Volisios' Kenntnis von seinem Kommen bestenfalls auf einen Übereifer derer hin, denen er es überlassen hatte, die schwelende Glut der Freiheit zu schüren. In einem der Dörfer, die Gwlym bereist hatte, hatte ein catuvellaunischer Stammesführer die Frage gestellt: *Wer wird den Aufstand im Osten anführen?*, und gleich darauf selbst als Antwort Volisios' Namen genannt. Von da aus war es nicht schwer sich vorzustellen, dass ein Bote losgeschickt worden war, um den Icener aufzufordern, ein angemessenes Willkommen für den wandernden Druiden vorzubereiten. Eine gefährliche Entscheidung, die Gwlym Sorgen bereitete, aber nicht die Katastrophe, die es hätte werden können.

Nein, was ihn wirklich beunruhigte, war die besitzergreifende Art, die sich sofort in Volisios' Worten und Gesten gezeigt hatte. Anscheinend sollte Gwlym ausschließlich der Druide der Icener sein, und seine sechs Beschützer dienten nicht nur seiner Sicherheit, sondern waren auch seine Wächter. Dieser Situation war Gwlym natürlich bereits vorher begegnet; schon so mancher Fürst oder Stammesführer hatte bei seinem Anblick den eigenen Vorteil bedacht. Selbst nach den Jahren des großen Schweigens flößte ein Druide immer noch Ehrfurcht ein. Manche sahen in ihm eine

Zierde, um ihre eigene Stellung zu unterstreichen, und andere begehrten ihn als Waffe, um Angst zu verbreiten. Er war mit ihnen allen fertiggeworden – doch hier und jetzt besaß diese Anmaßung das Potenzial, alles zu zerstören, dem er sich verschrieben hatte. Während er im Sattel hin und her schwankte, dachte er über das Dilemma nach, wie er den Fuchs in die Falle locken sollte, ohne den Hasen zu verlieren, der ihm bereits ins Netz gegangen war.

Die Abenddämmerung brach an, und sie brachte einen dichten, atembeklemmenden Meeresnebel mit sich. Gleichzeitig verengte sich das Land zu einer Zunge, die kaum breiter war als der Pfad, auf dem sie ritten. Gwlym spähte in ein geisterhaftes Ödland gefährlicher, schiefergrauer Tümpel, stinkender Moraste und verkrüppelter, mit Moos bewachsener Bäume. Gerade als der Erdboden endgültig unter den Hufen seines Ponys zu verschwinden drohte, tauchte wie aus dem Nichts eine schweigende Gestalt auf und ergriff seine Zügel. Mit hämmerndem Herzen drehte er sich nach seinen Begleitern um, doch die Männer ritten bereits auf dem Weg zurück, den sie gekommen waren, bis auf einen, der ihm ein Zeichen machte abzusteigen. Als er das getan hatte, führte der Mann das Pony in die Dunkelheit davon.

Ein Druide kennt keine Angst, hatte man ihn gelehrt. Wo ein Druide geht, geht ein Gott neben ihm. Nun, wenn das, was er empfand, keine Angst war, dann doch etwas, was ihr gefährlich nahe kam. Der Mann, der jetzt sein einziger menschlicher Kontakt in dieser nasskalten Wildnis war, war einer der hässlichsten, die er je gesehen hatte. Er war klein, aber sehr breit und trug ein primitives Kleidungsstück aus nur halb gegerbten Tierhäuten. Sein flaches, rundes Gesicht hatte eine große Himmelfahrtsnase, deren Nasenlöcher auf eine Weise nach vorn gerichtet waren, die ihn an einen Schweinerüssel erinnerten. Die schräg stehenden Augen waren von einem unnatürlichen, durchscheinenden Blau. Wenn er sprach, klangen seine Worte wie ein Grunzen, doch Gwlym begriff, dass der Mann ihn aufforderte, ihm zu folgen.

Ohne darauf zu achten, ob sein Schützling Schwäche oder Zögern zeigte, ging die gedrungene Gestalt schnell und lautlos voran. Als der Mann das dunklere Gebiet erreichte, das der wahre Beginn des Sumpflandes sein musste, erwartete Gwlym, dass er stehen bleiben würde, doch er marschierte ohne Zögern weiter, und zu Gwlyms Überraschung platschten seine Schritte auch nicht im Wasser. Vor Gwlyms Füßen, vom Sumpfgras verborgen, aber oberhalb der Wasseroberfläche, lag jetzt ein schmaler Steg, der aus kurzen, armdicken Ästen gefertigt war. Die Äste waren mittels geflochtener Binsenstränge verbunden, die stärker sein mussten, als es den Anschein hatte, denn der Pfad trug die Spuren häufiger Benutzung und war offensichtlich nicht neu.

Soweit Gwlym es beurteilen konnte, führte der Knüppeldamm ostwärts zum Meer, doch hier und da machte er scharfe Wendungen, um tieferen Tümpeln oder Gruppen von skelettähnlichen Bäumen auszuweichen. Gelegentlich ging auch ein Seitenweg nach links oder rechts ab. Sie marschierten schweigend, der untersetzte Mann, weil er es so wollte, und Gwlym, weil er sich auf dem gefährlich schmalen Pfad vollkommen auf seine Schritte konzentrieren musste, um nicht in den Morast zu fallen. Trotz der kalten Nacht war er inzwischen schweißbedeckt. Die Luft war unnatürlich reglos, und der Schlamm roch faulig. Wer nicht aufpasste und hier den Halt verlor, würde innerhalb weniger Minuten ertrinken. Seine Leiche würde niemals gefunden werden, und seine Seele würde für alle Zeit diesen sumpfigen Ort der Verzweiflung durchstreifen.

Nach Gwlyms Schätzung mochten sie etwa eine Stunde so gegangen sein, als der Führer stehen blieb. Er lauschte aufmerksam, legte dann die Hände trichterförmig an den Mund und stieß einen Ruf aus, der wie der Schrei einer Rohrweihe klang. Nachdem er auf fünf gezählt hatte, wiederholte er den Ruf, ein hartes Kreischen, gefolgt von einem weniger schrillen »Jick, jick, jick«. Diesmal kam sofort ein Echo aus der Dunkelheit.

Als sie weitergingen, bemerkte Gwlym vor sich im Nebel ein geheimnisvolles, gedämpftes Leuchten und hörte das unverkennbare Klirren von Metall. Das Leuchten schien in der Luft zu schweben, und er nahm an, dass es von einer erhöhten Plattform kam. Doch als sie weitergingen, sah er, dass sie sich mitten in einem Meer aus Nebel einer niedrigen Insel näherten und dass das Licht hinter einem geflochtenen Binsenschirm hervordrang, der ihr Ufer einfasste. Dort, wo der Steg die Insel erreichte, erwartete sie Volisios mit einer Fackel in der Linken und einem breiten Lächeln im Gesicht.

»Willkommen«, sagte er. »Und entschuldige bitte die Unannehmlichkeiten. Wie du siehst, haben wir uns auf deine Ankunft vorbereitet.«

»Und das mit einigem Aufwand«, räumte Gwlym ein.

Volisios schickte den Führer weg und führte Gwlym durch eine Lücke im Binsenschirm zu einer Stelle, wo ein Dutzend Schmiedefeuer loderten. An jedem hämmerte ein Schmied begeistert auf ein Werkstück ein, entweder ein langes, plumpes Schwert oder eine Speerspitze mit Sockel. In einem anderen Bereich sammelte eine Gruppe von Männern die fertigen Klingen ein und tauchte sie in einen Wasserbehälter, wo sie zischend und fauchend abkühlten. Andere wiederum befestigten die Speerspitzen an Holzschäften oder banden Holzstücke an Griffzungen, um ein primitives Heft zu schaffen.

»Hier befinden wir uns in Sicherheit, aber die Römer patrouillieren die Küste, und wir müssen darauf achten, sie nicht auf uns aufmerksam zu machen. Bei diesem Wetter«, Volisios deutete mit einem Wink in den Nebel, »sieht man gerade einmal hundert Schritt weit. Wenn wir allerdings bei Tageslicht arbeiten wollen, müssen wir die Essen noch vor der Morgendämmerung in Gang setzen. Wenn die Feuer richtig heiß brennen, geben sie keinen Rauch mehr ab, aber bis dahin würden sie uns bis in zehn Meilen Entfernung verraten. Schau hier.« Er führte Gwlym zu einer der Hütten. Hunderte von Schwertern waren in Bündeln von zwanzig oder dreißig an den Wänden gestapelt. »Ich kann fünftausend Männer mit Schwertern bewaffnen und weitere zehntausend mit Speeren. Mit dir an meiner Seite und der Unterstützung der Götter werde ich die Icener gegen Colonia führen, den Tempel des Claudius Stein für Stein niederreißen und jeden Römer dort abschlachten.«

Das blühende Rot von Volisios' Gesicht färbte sich mit jedem Wort noch tiefer, und im orangefarbenen Licht der Essen wirkte seine Haut beinahe schwarz. Gwlym konnte die Schweißperlen auf seiner Stirn sehen. Er begriff, dass Volisios sich seit Monaten in Stellung brachte, um Prasutagus zu ersetzen, und dass er seinem Anspruch auf den Thron Nachdruck verleihen wollte, indem er sich mit den Kräften des Aufstands vereinigte. Aber reichte das aus?

»Du hast deine Sache gut gemacht, Volisios. Besser als ich mir jemals hätte erhoffen können«, sagte er aufrichtig. »Und wenn du Colonia niedergebrannt hast, was dann? Londinium?«

Der Icener zögerte. Offensichtlich hatte er nicht über die Zerstörung der römischen Kolonie hinausgedacht. »Ja«, sagte er langsam. »Londinium.«

»Mit fünfzehntausend Mann willst du diese Stadt erobern? Londinium ist nicht Colonia. Die Mauern dort sind hoch und intakt. Die Streitkräfte der Römer sind überwiegend im Westen stationiert, doch die Garnison der Stadt ist groß. Und was ist mit der Legion in Lindum? Werden sich deine Männer einer kompletten Legion entgegenstellen?«

»Die Stämme des Südens werden sich unter meinem Banner versammeln.«

Gwlym blinzelte. Glaubte dieser Mann tatsächlich, dass die stolzen Stammesführer Britanniens dem Fürsten eines pfadlosen Sumpflandes folgen würden? Doch im Moment war Volisios alles, was er hatte. Und so gestattete er sich, Begeisterung zu zeigen. »Du kannst sie anführen? Die Trinovanten und die Catuvellaunen, die Parisier und die Cornovier? Ich muss mir sicher sein.« Er nahm den Kopf des Iceners zwischen die Hände, schloss gleichzeitig die Augen und ließ einen tiefen Basston aus seiner Brust aufsteigen. »Ja, ich sehe es. Du hast den Ehrgeiz, Fürst Volisios, aber hast du auch das Feuer? Nur jemand, der das Feuer hat, kann den Zorn Andrastes entfesseln.«

Er nahm die Hände weg und sah dem Adligen in die erschreckt aufgerissenen Augen. Doch ohne einen inneren Quell von Mut und Entschlossenheit hätte der Icener nicht seit zwanzig Jahren das nördliche Grenzgebiet beherrscht.

»Ja, ich habe das Feuer«, erklärte er, jetzt wieder fast so prahlerisch wie zuvor. »Ich habe das Feuer, den Zorn Andrastes zu entfachen.«

Gwlym nickte ernst, als hätte er keinen Zweifel, dass Volisios die Wahrheit sprach. »Wenn die Zeit kommt«, sagte er, »wirst du und nur du es wissen. Bis dahin wird Gwlym, der Druide von Mona, dir zur Seite stehen und dich beraten.«

Volisios' Augen leuchteten. Es war klar, dass der Icener nicht nur Colonia und Londinium, sondern das ganze südliche Britannien unter seiner Herrschaft sah. Ein neuer Caratacus.

Gwlym hatte wie beabsichtigt die Saat des Zweifels gesät, und er würde diesen Samen hegen und pflegen, wenn sich die Gelegenheit bot. Aber wie sollte er den Fuchs in die Falle locken?

XXVI

April 60 n. Chr.

Der Marsch von Colonia westwärts kam ihnen viel kürzer vor als der Hinweg sieben Monate zuvor unter dem feuchtkalten, grauen Herbsthimmel. Die unübersehbaren Frühlingsboten ließen alle ein wenig federnder ausschreiten. Nicht einmal das sechzig Pfund schwere Marschgepäck konnte ihrer guten Stimmung etwas anhaben. Wo sie auch hinschauten, färbten frisch gesprossene Blätter die Hecken smaragdgrün, und die Wiesen waren von Butterblumen, Löwenzahn und Schlüsselblumen goldgelb getüpfelt. Auf den Wiesen kabbelten sich neugeborene Lämmer um den besten Platz, bewacht von einem Hütejungen, der bereit war, jeden unternehmungslustigen Fuchs oder Bussard abzuwehren, und der sich auch von dem hungrigen Blick eines Legionärs nicht einschüchtern ließ.

Als sie durch die Berge auf Glevum zumarschierten, hörte Valerius, wie eine vertraute Bassstimme den schlichten Rhythmus des ersten Verses des ›Legionärsmarschs‹ anstimmte.

Ein Legionär, der hat's oft schwer,

in jeder Festung eine Braut,
in jedem Hafen nackte Haut.
In Allifae tat's ihr nicht weh ...

Als sie den Stützpunkt der Zwanzigsten oberhalb der Sabrina erreichten, hatte der besungene Legionär sehr viel Fantasie und Erfindungsreichtum bewiesen und vom einen Rand des Imperiums bis zum anderen eine Spur erschöpfter junger Bräute hinter sich zurückgelassen. Lunaris' Stimme war unermüdlich, und trotzdem schritt er kräftig aus. Valerius sang wie die anderen mit.

Nur mit Mühe erkannte er in der Festung den Ort wieder, den er im vorangegangenen Jahr verlassen hatte. Ganze Wagenzüge führten einen nie abreißenden Strom von Ausrüstungsgegenständen und Vorräten vom Fluss heran. Das alles wurde in einem separaten behelfsmäßigen Vorratslager gesammelt, in dem der Berg an Waren und Gütern gut gesichert auf den bevorstehenden Feldzug wartete. Bautrupps hatten eine Reihe von Nebengebäuden mit doppeltem Graben errichtet, in denen die Hilfseinheiten untergebracht wurden, die die Zwanzigste und die Vierzehnte beim Angriff auf Mona unterstützen würden: altgediente Fußtruppen aus Frisien, Batavien und Tungrien, eine fünfhundert Mann starke *ala* leichter sarmatischer Reiterei als Kundschaftertruppen und eine weitere Einheit raetischer Bogenschützen.

Staubbedeckt von der Reise und mit müden Beinen versammelten sich die Männer der Ersten Kohorte auf dem Exerzierplatz, um sich von ihrem Tribun zu verabschieden. Valerius hatte noch nie eine kampfbereitere oder kampffreudigere Truppe gesehen. Unter den glänzenden Helmen grinsten ihm backsteinrote, verschmierte Gesichter entgegen, dunkle Schweißflecken überzogen die Tuniken, aber die Männer waren drahtig und zäh wie Sattelleder. Sie machten sich keine Illusionen über den Krieg, hatten es aber satt, Straßen zu reparieren und sich Scheingefechte zu liefern. Das Wissen, dass er nicht mit ihnen nach Mona gehen würde, peinigte ihn mit Schuldgefühlen, die noch schlimmer wurden, als die Männer ihm beim Abtreten zujubelten.

»Viel Glück, Julius. Pass auf sie auf«, sagte er zu Julius, dem Zenturio. »Ich melde unsere Ankunft in der *principia*, und vielleicht muss ich dann ja gleich weiter.«

»In einem Bordell beim Tor an der Porta flaminia kenne ich eine hübsche Hure namens Thalia. Grüße sie von mir und gib ihr einen dicken Kuss oder sonst etwas.« Julius ergriff ihn lachend beim Arm und blickte in das junge Gesicht mit den wachsamen Kämpferaugen. »Ich kann mir nicht recht vorstellen, wie du vor Gericht auftrittst, Valerius, aber du wirst deinen Gegnern eine Wahnsinnsangst einjagen.«

Danach erstattete Valerius dem Legaten Bericht über die Verfassung und Form der Männer. Die Reaktion des Generals war erfreulich.

»Ich weiß, ich habe sie einmarschieren sehen. Sie machen dir und ihren Offizieren Ehre. Sie werden genug Zeit zum Ausruhen haben. Die Vierzehnte bricht in einer Woche von ihrem Stützpunkt bei Viroconium auf. Sie wird einen Monat brauchen, um sich einen Weg durchs Gebirge zu bahnen. Dann sind wir dran, und da brauchen wir die Erste Kohorte. Wenn wir Mona erreichen.«

Valerius bedankte sich mit einem Nicken und sprach die Bitte aus, die ihm während der letzten fünf Meilen des Heimmarschs nicht aus dem Kopf gegangen war. »Ich möchte um ein Treffen mit dem Statthalter ersuchen.«

Livius spitzte die Lippen und stieß ein missbilligendes Schnalzen aus. »Du wirst ihn nicht dazu bringen, seine Meinung zu ändern, Valerius. Er wird dich nicht in Britannien behalten.«

»Das erwarte ich auch gar nicht. Es geht um etwas anderes.« Natürlich könnte er den Legaten bitten, die von Cearan erhaltenen Informationen weiterzuleiten, aber dann wäre nicht sicher, dass sie den Statthalter wirklich erreichten. Er war es dem Icener schuldig, dessen Sache selbst zu vertreten.

»Nun schön, ich werde sehen, was sich machen lässt. Aber ich warne dich, er ist in einer gefährlichen Stimmung. Heute Morgen hat er gehört, dass Corbulo in Armenien Erfolg um Erfolg verbucht. Die Zukunft des Statthalters hängt von diesem Feldzug ab, und der Kaiser wartet ungeduldig auf einen Sieg. Falls Paulinus gewinnt, bedeutet das für ihn einen Triumphzug und ein Amt als Konsul, aber... Ich hoffe, du bringst ihm gute Nachrichten.«

Im Hauptquartier des Statthalters eilten Stabsoffiziere und Boten ein und aus wie in einem Bienenstock. Eine gehetzte Hilfskraft führte Valerius ins Innere, wo Paulinus an einem einfachen Holzschreibtisch saß und in aller Ruhe auf einem Stück Pergament ein Schreiben verfasste. Es handelte sich zweifellos um einen wichtigen Bericht; normale Befehle wurden in die Wachstafel geritzt, die rechts des Statthalters lag, und einem Schreiber zum Übertragen übergeben. Valerius verspürte zum ersten Mal Unruhe. Dieser Mann hatte Gewalt über Leben und Tod jedes Soldaten und jedes Zivilisten der Provinz, und er war eine Person, die man fürchten musste.

Solange Schweigen herrschte, überlegte Valerius, was er über den Statthalter wusste. Paulinus hatte seinen ersten britannischen Feldzug im Südwesten geführt, wo er die zerklüftete Halbinsel, auf der die Dumnonier und ihre durotrigischen Verbündeten Zuflucht vor den Schwertern der Zweiten Legion suchten, von den letzten Widerstandsnestern der Kelten säuberte. Dieser Erfolg brachte gleich zwei Vorteile mit sich: Für Rom war damit der Nachschub an Zinn gesichert, und gleichzeitig verbreitete sich die Kunde von dem neuen totalen Krieg, mit dem der Statthalter die britischen Küsten überzog. Jeder König, Fürst oder Krieger, der Widerstand leistete, wurde niedergemetzelt. Nur Witwen und Waisen blieben am Leben, um bei der Bestattung die Klagelieder anzustimmen und die Nachricht von Paulinus' Kommen zu verbreiten.

Paulinus hatte Ränke geschmiedet und intrigiert, um sein Amt als Statthalter zu ergattern, aber er hasste die Insel und verachtete ihr Volk. Er verband einen harten, unnachgiebigen und vollkommen skrupellosen Charakter mit einem ausgeprägten Spürsinn. Außerdem war er ein glänzender Stratege und der erste römische General, der sich über das Atlasgebirge gekämpft hatte.

Ein scharfes Kratzen seiner Feder verkündete, dass er

seine Korrespondenz beendet hatte. Valerius richtete sich zu seiner vollen Größe auf. Der rasierte Kopf hob sich, und Valerius fühlte sich von zwei ausdruckslosen, kalten Augen gemustert, die ihn unter dichten Augenbrauen betrachteten. Paulinus behielt diesen Blick eine beträchtliche Weile bei, als versuchte er herauszubekommen, welche niedere Lebensform es gewagt hatte, ihn zu stören. Valerius fühlte das erste Prickeln von Schweiß auf der Kopfhaut.

»Wie ich hörte, hast du eine wichtige Nachricht für mich?« Die Stimme klang so hart wie das Gesicht, zu dem sie gehörte. Der Akzent verwies auf eine Gegend südlich Roms.

Valerius gab wieder, was Cearan ihm über die Zeit nach Prasutagus' Tod vorhergesagt hatte: dass dann wahrscheinlich unter den Icenern politische Unruhen ausbrechen würden. Er erwähnte auch die heimlichen Versammlungen im Wald und Cearans Gewissheit, dass die Druiden unter seinem Volk eine giftige Saat ausbrachten.

Als er geendet hatte, schnaubte der Statthalter ungeduldig. »Ich soll also, kurz gesagt, auf einen Barbaren hören, der gewiss auf seinen Vorteil bedacht ist? Und seinetwegen den Anspruch dieser Frau, dieser Boudicca, unterstützen und sie anderen vielversprechenden Kandidaten vorziehen.«

Valerius holte tief Luft. »Ich bin der Meinung, Herr, dass man Fürst Cearan trauen kann. Wenn er sich Sorgen macht, sollten wir uns ebenfalls Sorgen machen.«

Aus den eiskalten Augen kam ein finsterer Blick der Überraschung.

»Du möchtest mir tatsächlich Ratschläge geben? Junger

Mann, ich bekomme so viele Ratschläge, dass ich zwölf Stunden täglich hier an diesem Tisch sitzen und sie bedenken muss. Der Kaiser gibt mir Ratschläge, wie ich mehr Profit aus dieser rückständigen Insel quetschen kann. Meine Offiziere raten mir zu bedenken, dass ihre Kräfte noch nicht stark genug sind, um die Druideninsel einzunehmen. Meine Priester beraten mich zum Wetter – als ob ich das nicht selbst sehen könnte. Und mein Doktor warnt mich, dass mir die Hämorrhoiden platzen werden, wenn ich mich nicht beruhige.«

Paulinus schlug so heftig mit der Hand auf den Tisch, dass Stilus und Schriftrolle tanzten.

»Nach allem, was du sagst, müsste man davon ausgehen, dass die Icener den Krieg suchen. Aber so töricht wären sie nicht. Ich würde das Land so gründlich von jedem aufständischen Ungeziefer reinigen, dass weder ihre Kinder noch ihre Kindeskinder je wieder eine Bedrohung für Rom darstellen würden.«

Valerius unterdrückte den Instinkt des Soldaten, den Mund zu halten, und nutzte seine Erfahrung als Jurist, um dort Zweifel zu säen, wo es den meisten Nutzen brachte. »Vielleicht unterschätzen wir sie, Herr«, sagte er in Erinnerung an die hasserfüllten Augen der Trauergäste bei Lucullus' Bestattung.

Paulinus starrte ihn an. Ein einfacher Tribun widersprach seinem Oberkommandanten nicht, aber vielleicht hatte dieser Tribun ja einen höheren Rang. Er kramte in seiner Erinnerung, welchen politischen Hebel Valerius besitzen mochte, um sich dieses Auftreten leisten zu können.

Ihm kam gar nicht der Gedanke, dass jemand von sich aus tapfer sein könnte. Die Familie der Valerier war auf dem Palatin einmal einflussreich gewesen, und vielleicht würde sie es wieder werden. Eines Tages könnte ihm dieser Einfluss dann nützlich sein. Nun gut, er würde den Jungen bei Laune halten.

»Ich unterschätze niemanden. Die östlichen Stämme sind ein zahnloses Gesindel ohne Anführer. Ihre Könige haben unser Gold genommen und essen von unseren Tellern. Die Krieger sitzen den ganzen Tag im Schatten und schauen ihren Frauen beim Säen zu. Und anschließend trinken sie die ganze Nacht Bier. Ihre Schwerter sind so verrostet, dass die Klingen noch nicht einmal Gras schneiden würden, ihre Streitwagen werden von Ochsen gezogen, und aus ihren Schilden säuft das Vieh. Diese Leute soll ich fürchten? Fürchtet Colonia sie?« Er dachte kurz nach. »König Prasutagus lebt noch. Ich werde über den Anspruch seiner Königin nachdenken, wenn und falls er stirbt, aber das muss bis nach meiner Rückkehr warten.«

»Und die Druiden?«

»Wenn die Behauptung dieses Cearan stimmte, hätte es bereits Überfälle gegeben. So ist es immer. Wir alten Männer raten zur Geduld, doch die jungen Hitzköpfe schaffen es nicht, ihre Schwerter in der Scheide zu lassen. Nein. Selbst wenn ein paar Druiden Gift verbreiten, sind sie damit noch nicht weit gekommen. Sie stellen noch keine Gefahr dar.«

»Aber sie könnten später eine darstellen?«, hakte Valerius nach.

Paulinus unterdrückte seine Verärgerung. »Das ist möglich, aber nur wegen einer Möglichkeit bringe ich diese Mission nicht in Gefahr. Sollten die Stämme sich zusammenschließen, um Colonia zu bedrohen, wüsste ich darüber Bescheid. In dieser Provinz könnte sich keine Truppe, ob groß oder klein, zusammenrotten, ohne dass ich es erführe. Die Neunte befindet sich nur ein paar Tagesmärsche von Colonia entfernt; sie wäre da, bevor die Aufständischen vor den Toren stünden.«

»Und falls nicht?«

»Dann müssen die Einwohner Colonias die Stadt verteidigen.«

»Und wenn sie das nicht schaffen?«

»Dann verdienen sie es nicht, sie zu behalten.«

Paulinus griff nach seinem Stilus. Valerius war entlassen. Er war gescheitert.

Er erwartete, sofort nach Londinium geschickt zu werden, doch die Zwanzigste lag mit ihren Vorbereitungen hinter dem Zeitplan zurück, und ein zusätzliches Händepaar war hochwillkommen. An diesem und jedem der darauf folgenden Tage musste der Legat immer neue logistische Krisen lösen: Mal gab es einen Stau in den Nachschublieferungen, mal musste er einen Streit schlichten. Der Zeugmeister wurde krank, und sein Stellvertreter erwies sich als unfähig. Also musste ein neuer Zeugmeister gefunden werden. Valerius dachte an Corvinus drüben in Colonia, doch die Entfernung war zu groß, und die Zeit drängte. Schließlich bestach er den Kommandanten der friesischen Hilfstruppen, ihm einen blonden Riesen mit einem manischen Grinsen zu überlassen, dessen Latein so klang wie das Gurgeln im Abflussrohr eines Badehauses. Und so ging es immer weiter.

An den Iden des Aprilis verfolgte er zusammen mit Lunaris, wie der Statthalter Paulinus und seine persönliche Leibwache in Begleitung der Hilfstruppen abmarschierten, um sich der Vierzehnten Legion anzuschließen. Dabei bliesen die zusammengerufenen *cornicines* eine schmetternde Fanfare, und die Adlerstandarte schimmerte im morgendlichen Sonnenschein. Valerius ging das Herz auf, als die Truppen Reihe um Reihe vorbeizogen, die Schilde über den Rücken gehängt, während Speere und Ausrüstung und eine Wochenration Verpflegung bereits auf ihren Schultern scheuerten. Die Briefe an ihre Lieben hatten sie abgeschickt, ihre Bäuche waren gefüllt und sie selbst voll Kampfeslust. Das sah er an ihrem energischen Schritt und der Entschlossenheit in ihren Gesichtern.

Hinter ihnen folgten Tausende von Maultieren des Versorgungszuges. Bei dieser Kampagne wurden keine Ochsenwagen verwendet, weil es dort, wohin sie marschierten, keine Straßen gab, sondern nur steile Bergpässe und Talsohlen voller Felsbrocken, an denen eine Achse wie ein Zahnstocher zerbrechen würde. Den Maultieren folgten mehr Hilfstruppen, als Valerius je an einem Ort versammelt gesehen hatte. Den Friesen und Tungriern hatten sich Vangionen und Nervianen aus den Sümpfen Germaniens angeschlossen, Gallier aus jedem Teil des riesigen Landes und geschmeidige, braun gebrannte Bergbewohner aus Pannonien, Moetien und Dalmatien.

»Besser sie als ich«, knurrte Lunaris. »Sie werden die

Berge von Feinden säubern und den Durchmarsch über die Pässe erzwingen müssen. Ein Schwarzer Kelte auf jedem Kamm, und von jeder Felsspitze fliegen Steinbrocken auf deinen Helm. Wenn wir aufbrechen, wird diese Arbeit wenigstens erledigt sein.«

»Du glaubst, dass sie kämpfen werden?«, fragte Valerius. »Der Legat der Vierzehnten hat jedem, der es hören wollte, erklärt, dass die Druiden ihre Leute auf die Insel zurückziehen werden.«

»Natürlich werden sie kämpfen«, antwortete der große Mann düster. »Wenn die Barbaren kämen, um den Tempel des Jupiter niederzubrennen, würdest du dann einfach am Fuß des kapitolinischen Hügels hocken und warten? Nein, du würdest die Straßen blockieren, einen Bogenschützen in jedes Fenster stellen und einen Speerkämpfer an jeder Straßenecke postieren. Wenn die Feinde sich schließlich bis zum Tempel durchgekämpft hätten, wären nicht mehr genug von ihnen übrig, um ihn einzunehmen. Deshalb nimmt der Statthalter ja so viele dieser Jungs vom Land mit. Sie werden das Sterben übernehmen, und dann bringen die Vierzehnte und die Zwanzigste die Sache zu Ende und ernten den Ruhm.«

»Falls es Ruhm gibt, werden sie ihn verdient haben«, sagte Valerius, der die Gefahren eines Truppenangriffs auf eine von Verteidigern gehaltene Insel bedachte. Für jeden Brückenkopf würden sie einen teuren Preis an gefallenen Soldaten entrichten müssen. »Würdest du lieber bei mir zurückbleiben?«

Lunaris schüttelte den Kopf. »Nein«, antwortete er

ernst. »Ich betreibe das Geschäft jetzt schon seit einem Dutzend Jahren. Meistens hieß es graben, marschieren und warten – viel warten. Kämpfen ist der beste Teil des Ganzen, trotz der Bauchwunden und der Zeltkameraden, die nicht zurückkehren. Kämpfen ist schließlich das, wofür wir bezahlt und ausgebildet werden. Und außerdem gewinnen wir immer. Weil wir die Besten sind.«

Am nächsten Tag erfuhren sie, dass Prasutagus, der König der Icener, tot war.

Valerius erwog, Paulinus hinterherzureiten und mit aller Dringlichkeit eine Entscheidung über die Nachfolge des Iceners von ihm zu erbitten, doch als er noch einmal über sein Gespräch mit dem Statthalter nachdachte, war er überzeugt, dass er damit mehr Schaden anrichten als Nutzen stiften würde. Er dachte an Cearans ernstes, gut aussehendes Gesicht, und ihn überkam das bittere Gefühl des Versagens, weil er einen Freund im Stich gelassen hatte. Doch es bestand immerhin die Möglichkeit, dass Königin Boudicca sich auch ohne die Unterstützung des Statthalters durchsetzen würde. Paulinus hatte sie abgetan, weil sie ja nur eine Frau sei, doch als Valerius sie in Venta sah, hatte er eine bemerkenswerte Persönlichkeit wahrgenommen. Jedenfalls hatte er alles getan, was in seiner Macht stand.

Eine weitere Woche verging, doch obwohl der Legat ihn auf Trab hielt, überkam Valerius allmählich das seltsam entrückte Gefühl, nicht mehr dazuzugehören. Jeder Mann der Legion hatte ein festes Ziel und seinen Platz in den Kampfreihen, Valerius dagegen nicht. Was die Männer taten, diente einem Zweck: Sie sorgten dafür, dass sie mit der benötigten Ausrüstung auf Mona eintreffen würden, und zwar in einer Verfassung, die es ihnen gestatten würde, diese bestmöglich einzusetzen. Er dagegen war nur noch ein Lückenfüller. Gerade überlegte er, den Legaten um die Erlaubnis zum Aufbruch zu bitten, als er zum Legionskommandanten gerufen wurde.

In der *principia* empfing ihn Livius mit dem gehetzten Blick eines Mannes, der zu viele Probleme auf einmal und nicht genug Zeit hatte. »So ein Schwachsinn«, schimpfte er und warf eine Schriftrolle vor sich auf den Feldschreibtisch. »Wir sind nicht fertig, doch ich habe Befehl, innerhalb von achtundvierzig Stunden aufzubrechen. Also müssen wir marschieren.« Er machte ein finsteres Gesicht. »Du hast hier gute Arbeit geleistet, Valerius, und ich danke dir dafür. Ginge es nach mir, würdest du uns begleiten, aber ...«, er warf einen Blick auf die Schriftrolle vor sich und lächelte bitter, »Befehl ist Befehl. Du kannst mir jedoch noch einen letzten Gefallen tun. Der Mann, der dich ersetzen soll, wird in einer Woche aus Rom in Londinium erwartet. Er kommt mit demselben Schiff, das dich zurückbringen wird. Mars stehe mir bei, aber wir brauchen ihn. Er wird noch grün hinter den Ohren sein, und ich kann ihn nicht allein in diesen Bergen herumwandern lassen, sonst frisst irgendein Silurer ihn auf und nimmt seinen Schädel als Öllampe. Suche dir ein Dutzend erfahrene Männer der Ersten Kohorte als Begleiter, und nimm sie mit. Wenn sie deinen Ersatzmann abgeliefert haben, sollen sie uns nach besten Kräften folgen. Nach den Botschaften des Statthalters zu urteilen, werden wir bis dahin noch nicht allzu weit gekommen sein. Anscheinend haben wir die Hartnäckigkeit der Kelten bei der Verteidigung der Pässe unterschätzt.«

»Natürlich, Herr. Es wird mir ein Vergnügen sein.« Und das stimmte. Er konnte sich keine bessere Reisegesellschaft wünschen als Lunaris und seine Kameraden von der zweiten Zenturie. Wahrscheinlich würden Sie sich nicht über den Auftrag freuen, doch wenn sie nicht nach Osten marschierten, ginge der Marsch nach Westen und in die Arme der Druiden. Bei ihm wären sie immerhin sicherer.

XXVII

Crespo sah auf die strohgedeckten Dächer der von einem Wall umschlossenen Stadt auf der anderen Flussseite hinüber. Er hatte keinen Versuch gemacht, ihre Ankunft zu verbergen, und er hatte keinen Zweifel, dass man drüben bereits Bescheid wusste, denn er spürte die Angst, die dort herrschte.

Er hörte jemanden hinter sich schniefen und empfand einen Anflug von Verärgerung.

»Bist du dir sicher, dass uns unter diesen Wilden kein Unheil droht?«, fragte Catus Decianus mit seiner näselnden, schleppenden Stimme.

»Wir sind hier so sicher, als befänden wir uns in Rom, Herr.« Hätte er nur über die Hälfte der Truppe verfügt, hätte das ebenfalls gegolten. Die größere Zahl machte ihnen die Aufgabe nur umso einfacher. Den Kern der Einheit bildeten die Männer, auf die er sich immer verlassen konnte: Vettius und seine Bande von Dieben und Raufbolden sowie ein paar Sklavenhändler, die sich raschen Gewinn erhofften. Doch dies war eine große Operation, und er hatte sich auf Decianus' Autorität gestützt, um die Garnison von Londinium von ihrer Besatzung zu entblößen und eine Truppe von tausend Mann zusammenzustellen. Fronttauglich waren diese Männer allerdings nicht. Es handelte sich überwiegend um Legionäre, die kurz vor der Entlassung standen, sowie die Überreste zerriebener Auxiliareinheiten. Die Leute waren eigentlich nur noch für Hilfsdienste zu gebrauchen, aber die Truppe sah dennoch eindrucksvoll aus. Und darum ging es.

»Nun gut. Du hast deine Befehle.«

Crespo rief seine Zenturionen zu sich. »Die ersten fünf Zenturien gehen mit mir rein. Der Rest schwärmt wie besprochen aus und umzingelt den Ort. Falls jemand wegzulaufen versucht, haltet ihr ihn fest oder tötet ihn; wie, ist mir egal. Sobald wir den Kelten klargemacht haben, wie die Dinge stehen, marschiert ihr mit den Sklaven und Wagen eurer Einheit zu den euch zugewiesenen Abschnitten und plündert jeden Bauernhof und jedes Haus. Solltet ihr kein Gold finden, kitzelt ihr den Besitzer mit einem Speer, bis er euch verrät, wo es sich befindet. Denn es gibt dort welches, darauf könnt ihr euch verlassen. Aber bringt nicht zu viele Kelten um.« Bei der letzten Anweisung ging es nicht um Mitgefühl, sondern nur ums Geschäft. Dies war jetzt das Land des Kaisers Nero, und der Kaiser würde Menschen benötigen, die es bestellten. Der pragmatische König Prasutagus hatte die eine Hälfte seines Königreichs Nero vermacht und seine Töchter zu Erbinnen der anderen Hälfte ernannt. Bis zu ihrer Volljährigkeit sollte ihre Mutter Boudicca die Regentschaft ausüben. Aber Nero wollte nicht die Hälfte. Er wollte alles. Und Crespo würde es ihm besorgen.

Daher würde man Königin Boudicca nun eine Lektion erteilen.

Cearan stand neben seiner Königin auf dem Hauptplatz von Venta und wartete darauf, dass die Römer durch das Stadttor einmarschierten. Boudicca trug ein langes, kariertes Kleid, das in der Taille mit einer goldenen Kette gegürtet war. Sie hielt den edlen Kopf hoch erhoben, und ihr langes, rötliches Haar, auf Hochglanz gekämmt, fiel ihr in feurigen Wellen über die Schultern. Ein Goldreif umgab ihre Stirn, und an ihrem Hals glänzte ein Torques aus demselben kostbaren Metall. Er fand, dass sie eindrucksvoll aussah, doch er hätte es sich anders gewünscht. Dies war kein Tag für die Zurschaustellung königlichen Glanzes. Er wusste selbst nicht, wozu dieser Tag taugte, aber er hatte sein Möglichstes getan, damit er friedlich enden konnte.

Schon vor mehreren Stunden hatte ihn die Nachricht vom Anmarsch der Römer erreicht, und er hatte gerätselt, was das zu bedeuten hatte. Eine Truppe dieser Stärke konnte nur die Eskorte des Statthalters oder eines hochrangigen römischen Würdenträgers sein. War es vielleicht Suetonius Paulinus, der kam, um das Ansinnen der Königin zu unterstützen und ihre Töchter als Prasutagus' Erben zu bestätigen? Das erschien ihm unwahrscheinlich. Die Icener waren ein römischer Klientelstamm, aber nicht Roms Untertanen. Sie gehörten nicht zur Provinz Britannien. Die Bestätigung Roms war für die Thronfolge erforderlich, ja, doch ein einfacher Bote hätte dafür ausgereicht. Eine Machtdemonstration wie die gegenwärtige sandte eine Botschaft, die beunruhigend, wenn nicht beängstigend war. Schlimmer noch, dies war die bestmögliche Einschätzung der Situation, zu der er gelangte. Als er Boudicca über das Kommen der Römer informiert hatte, war ihr die Röte in die Wangen gestiegen.

»Sie versuchen uns einzuschüchtern.« Ihre Stimme bebte. »Aber ich lasse mich nicht einschüchtern. Solange ich Königin der Icener bin, werde ich als Königin regieren. Kein Römer wird Boudicca diktieren, was sie tun oder lassen soll, aber ...« Sie wandte sich ihm zu, und zum ersten Mal sah er ein Flackern von Unsicherheit in ihren Augen. »Ich darf mein Volk nicht in Gefahr bringen.«

»Es sind tausend Römer«, antwortete er. »Hätte ich zwei Tage, könnte ich fünftausend Krieger unter deinem Befehl zusammenrufen.« Die Fürsten und Stammesführer der Icener waren von ihren Anwesen nach Venta gereist, um die Frage der Thronfolge zu erörtern, und es wäre eine Kleinigkeit für sie, nach Hause zurückzukehren und ihre kampffähigen Männer aufzurütteln, jedoch ... »Diese zwei Tage haben wir leider nicht. Und ohnehin würden auch fünftausend Krieger nicht ausreichen. Welche Waffen könnten wir gegen die Schwerter und Speere der Römer einsetzen? Wir haben nur Messer, Sensen und ein paar Jagdbögen. Wir können es auf keine Konfrontation ankommen lassen.«

»Es gibt Schwerter«, brachte eine Stimme vor, die mit beifälligem Knurren belohnt wurde.

Volisios. Cearans Verdacht bezüglich des Fürsten der nördlichen Marken erwies sich also als richtig.

»Nicht genügend und nicht hier, Fürst Volisios.« Er sah

die Königin fragend an. Sie blickte starr geradeaus, und sein Herz sank, doch dann wandte sie sich ihm zu und nickte. Er seufzte erleichtert auf. »Ihr müsst die jungen Männer an die geheimen Orte führen und sie dort verbergen. Wenn ihr Schwerter habt«, er nickte Volisios zu, »ist jetzt die Zeit gekommen, sie zu schärfen. Und dann müsst ihr warten.«

Ein Murmeln der Missbilligung empfing seine Worte, und er bat mit erhobener Hand um Ruhe.

»Wir können hier und jetzt nicht gegen die Römer kämpfen. Es sind zu viele, und sie sind zu gut bewaffnet. Sie werden kommen, herumstolzieren und ihre Forderungen stellen – und dann werden sie wieder gehen. Wenn sie weg sind, nehmen wir dieses Gespräch wieder auf. Es gibt eine Zeit für Schwerter und eine Zeit für Worte. Ich glaube nicht, dass die Zeit für Schwerter bereits gekommen ist.«

Warum also wünschte er sich beim Einritt des arroganten, pockennarbigen Mannes an der Spitze seiner Legionäre mehr als alles auf der Welt, dass er ein Schwert in der Hand hätte?

Eine Bewegung hinter ihm lenkte seine Aufmerksamkeit auf sich, und er sah aus dem Augenwinkel etwas Goldblondes aufblitzen. Sein Enkelsohn Tor war aus der Menge herausgesprungen und bettelte darum, auf den Arm genommen zu werden. Cearan hob den kleinen Jungen hoch und küsste ihn zärtlich auf den Kopf. Dabei erinnerte er sich an die letzten Römer, die Venta besucht hatten, und er wünschte, Valerius wäre unter diesen Männern. Beim Gedanken an Valerius musste er auch an Maeve denken, die sich in einer der Hütten in Sicherheit befand, und er hoffte, dass sie jetzt nicht auftauchen würde, um den Kleinen in Sicherheit zu bringen. Doch es war ein hübsches Mädchen mit dem roten Haar seiner Mutter und dem Selbstbewusstsein eines langbeinigen Fohlens, die ihm das Kind aus den Armen nahm: Boudiccas Tochter Rosmerta. Er lächelte sie dankbar an, wandte sich wieder den Römern zu – und erstarrte. Der Offizier stierte an ihm vorbei auf den Rücken des davongehenden Mädchens, und die nackte, unverhüllte Begierde in seinem Gesicht jagte Cearan einen eiskalten Schauer über den Rücken. Er spürte, wie sich Boudicca neben ihm versteifte.

Crespo musterte seine Umgebung. Für wen hielten sich diese Leute eigentlich? Die Stadt hätte römisch sein können, wäre sie nicht aus Stroh und Schlamm errichtet worden. Rechteckige Gebäude mit schmalen Fronten säumten die Straßen. Läden und Werkstätten. Ein Marktplatz, der ein Forum nachäffte. Und ein großes Gebäude an der hinteren Seite des Platzes, das wahrscheinlich Prasutagus' Palast darstellte. Der gut aussehende, aristokratische Brite, der neben der rothaarigen Frau in der Mitte des Platzes stand, war ihm aufgefallen, doch dann hatte das Mädchen ihn abgelenkt. Vielleicht würde der heutige Tag doch nicht nur aus unangenehmen Pflichten bestehen.

Decianus, der natürlich gewartet hatte, bis er sicher war, dass keine Gefahr bestand, ritt mit seiner Begleitmannschaft ein. Endlich ging es weiter. Crespo wandte sich seinen Offizieren zu. »Erste Zenturie, trennt die Männer von den Frauen und Kindern und führt sie aus der Stadt. Sorgt dafür, dass sie verstehen, was passiert, wenn sie sich nicht benehmen. Dritte und Vierte Zenturie, durchsucht die Häuser nach allem Wertvollen, aber überlasst das große Haus am Ende der Straße dem Prokurator und seiner Mannschaft.« Dort würden sich die Aufzeichnungen befinden, falls die Leute hier Aufzeichnungen machten, sowie die wertvollsten Besitztümer. »Ihr anderen haltet die Stellung. Sollten sie anfangen, Ärger zu machen, wisst ihr, was zu tun ist.«

Ein paar Frauen schrien auf, als die Legionäre in die Menge vordrangen, die Männer herauszerrten und sie zum Tor drängten. Ihm fiel auf, dass Männer im kampffähigen Alter fehlten. Jemand hatte sie weggeschickt, und er meinte zu wissen, wer. Er musterte den icenischen Adligen an der Seite der Königin. Umso besser.

Decianus ließ sich vorsichtig aus dem Sattel gleiten, und Crespo stieg gleichfalls ab. Gemeinsam marschierten sie zu der kleinen Gruppe und blieben drei oder vier Schritte vor ihr stehen. Der Prokurator zog eine dünne Bronzetafel aus dem Ärmel seiner Toga und las ohne irgendeine Einleitung vor. Crespo sah, dass die Frau die Stirn runzelte. Decianus war wirklich ein Dummkopf. Er hätte sich zumindest vergewissern müssen, dass sie Latein verstand.

Der hochgewachsene Mann begann, der Frau eindringlich ins Ohr zu flüstern. Er übersetzte, während der Prokurator weiterlas.

» ... Testament des Prasutagus, vormals König des Klientelstamms der Icener, wird für nichtig erklärt ... zum alleinigen Erben bestimmt, und alle anderen werden hiermit enterbt ... alle Gelder, Ländereien, Besitztümer, Bodenschätze, Feldfrüchte und alles Vieh ... fallen an Kaiser Nero Claudius Drusus Germanicus ... alle künftigen Gewinne aus dem Verkauf besagter Feldfrüchte, des Viehs und der Bodenschätze ... fallen an den oben erwähnten Kaiser Nero Claudius Drusus Germanicus ...«

Cearan war entsetzt. Er konnte kaum glauben, was er hörte, die Wörter schienen sich in seinem Kopf zu überschlagen, doch irgendwie gelang es ihm, den Sinn dessen, was der langnasige Bürokrat verkündete, zu erfassen. Boudiccas Brüste hoben und senkten sich zunehmend heftig, und er spürte, wie ihr Zorn wuchs, je mehr sie verstand, was das kleine Bronzetäfelchen bedeutete. Nero stahl ihr ihr Königreich.

»Nein!«, schrie sie und spie einen Schwall keltischer Beschimpfungen aus, vor dessen Wut und Heftigkeit Decianus ein paar Schritte zurückwich. Cearan versuchte zu übersetzen, was sie verlangte: ein Treffen mit dem Statthalter, Gerechtigkeit vor einem römischen Gericht und die Rechte einer Königin.

Crespo lachte über die Angst des Prokurators und ließ Boudicca nur zum Spaß noch eine Weile toben. Dann erst schlug er zu. Der brutale Hieb traf die Königin der Icener an der Schläfe und katapultierte ihren goldenen Haarreif in die Luft. Boudicca brach benommen am Boden zusammen, und als sie versuchte, sich wieder zu erheben, stellte Crespo ihr den Fuß auf den Rücken und zwang sie in den Staub zurück.

»Vettius«, rief er seinem Stellvertreter zu, »hol mir meine Peitsche. Diese Schlampe muss Manieren lernen.«

»Nein!« Cearan, der seine Königin instinktiv verteidigte, stürzte vor.

Crespo zog sein *gladius*, fuhr in einer einzigen Bewegung herum und riss die rasiermesserscharfe Klinge des Schwerts in einem wüsten Hieb schräg über Cearans Gesicht. Der Icener schrie auf und taumelte mit vor die Augen geschlagenen Händen zurück, während ihm das Blut scharlachrot zwischen den Fingern hindurchquoll. Aenid, die in der Schar der Frauen gestanden hatte, schrie auf und wollte ihrem Mann zu Hilfe eilen, doch einer von Crespos Legionären trat ihr die Beine unter dem Leib weg und stach ihr das Schwert in die Brust.

Ein Aufschrei ging durch die Menge. Crespo wandte sich ungerührt wieder Boudicca zu. »Vettius, wo ist meine verdammte Peitsche?«

Angesichts der Gewalt, die sich vor seinen Augen abspielte, trat Decianus unbehaglich von einem Bein aufs andere. Der Prokurator hatte die üblichen sechs Monate in einer Legion gedient, doch unter Männern, die jederzeit dem Instinkt zum Zuschlagen gehorchten, hatte er sich nie wohlgefühlt. Er mochte Crespo nicht, verabscheute ihn sogar, doch er hatte eine abstoßende Mission auszuführen, und ein Mann wie der Zenturio war ein nützliches Instrument für diesen Zweck. Er blickte auf die Königin der Icener hinunter, die unter der Sandale des Soldaten im Staub zappelte, und drängte den Impuls zurück, zu ihren Gunsten einzugreifen. Nein. Sie hatte Rom getrotzt, und wenn man sie nicht lehrte, Rom zu fürchten, bestand die Gefahr, dass sie ihm erneut trotzen würde.

Er wandte sich ab und ging an der blutüberströmten, am Boden knienden Gestalt des goldblonden Kelten vorbei, ohne der toten Frau neben ihm Beachtung zu schenken, denn ihn trieb die weit dringlichere Frage an, welche Reichtümer König Prasutagus hinterlassen hatte.

Crespos stupider Stellvertreter reichte ihm eine Peitsche, doch der Zenturio schlug sie weg. »Nicht die. Bring mir mein *flagellum*.« Das *flagellum* war die aus Ochsenleder gefertigte schwerere Peitsche. Boudicca würde nicht nur die Schmerzen der Bestrafung erdulden, sondern auch bis zu ihrem Tod die Narben tragen. Er spürte, dass die Königin sich jetzt stärker wehrte, und begriff, dass sie sich von dem Fausthieb erholte. Sie war eine große, starke Frau, was sich als misslich erweisen mochte. Er blickte sich auf dem Platz um, und sein Blick fiel auf einen Pfosten, an dem an Markttagen Vieh angebunden wurde.

»Bindet sie dort fest«, befahl Crespo und zerrte Boudicca auf die Beine. Zwei Männer schleiften sie zu dem Pfosten. Ihr rotes Haar und ihre Kleidung waren inzwischen verdreckt, und ihre Wangen waren schmutzig und von Tränen verschmiert. Sie wehrte und wand sich zwischen den beiden, doch ihre grünen Augen, die vom Feuer ihres Hasses loderten, ließen Crespo niemals los. Sie stieß eine Folge von Flüchen aus, doch Crespo lachte nur.

»Jetzt werden wir sehen, was in einer Königin steckt.« Boudicca war mit den Händen über dem Kopf und dem Gesicht gegen das zersplitterte Holz an den Pfosten gefesselt worden. Crespo packte ihr Kleid hinten am Kragen und riss es mit aller Kraft auf, bis ihr Rücken frei lag. Noch immer nicht zufrieden, drehte er sie halb um und riss ihr das Kleidungsstück auch vorn weg, sodass sie für alle sichtbar bis zur Hüfte nackt war.

Er hielt einen Moment inne, um sein Werk zu bewundern. Der Anblick ihrer Brüste, schwer, milchweiß und mit dunklen Brustwarzen, setzte etwas in ihm in Brand; flüssiges Feuer strömte durch seine Lenden, und er hatte ein Tosen in den Ohren. Er hob die Peitsche und ließ sie auf die Blässe ihres Rückens klatschen. Boudicca schrie zum ersten Mal.

Rosmerta und Banna hatten die Peinigung ihrer Mutter mit wachsendem Entsetzen beobachtet. Jetzt stürzten sie sich aus der Menge der laut weinenden Frauen und Kinder zu ihr und flehten Crespo um Gnade an. Als sie auf ihn zueilten, sah Crespo, welche Möglichkeiten sich ihm da boten. Oho. Nicht nur ein saftiger kleiner Pfirsich, sondern gleich zwei. Er warf Vettius, der grinsend neben ihm stand, die Peitsche zu. »Sorge dafür, dass sie ordentlich was zu spüren bekommt, und wenn du genug hast, komm zu mir, dann bist du an der Reihe.« Er ergriff beide Mädchen am Arm, zerrte sie zur erstbesten Hütte, trat die Tür ein und schleuderte sie ins Innere. An die Wand gekauert, starrten sie ihn voll Angst an; ihre geweiteten Augen glänzten ihm weiß aus dem dunklen Raum entgegen. Das Wissen um ihre Furcht vergrößerte seine Begierde nur noch. Er zögerte den Moment mit einem langen, lüsternen Blick hinaus und genoss schon im Voraus die Freuden, die er unter den schlichten Kittelkleidern entdecken würde.

»Nun«, sagte er und ließ den Blick genüsslich zwischen ihnen hin- und hergleiten. »Wer will als Erste?«

Selbst durch ihre Schmerzen hindurch hörte Boudicca die Schreie ihrer Töchter.

XXVIII

Valerius trat aus dem niedrigen Gebäude, das als Büro des Hafenkommandanten diente, und schüttelte den Kopf. »Jedes Schiff, das diese Woche hier angelegt hat, hatte mindestens drei Tage Verspätung. Anscheinend stehen die Winde ungünstig. Die Galeere, die unseren Mann bringt, wird frühestens Ende der Woche erwartet.«

Lunaris nickte. Seine Kenntnis über Schiffe beschränkte sich auf das Transportfahrzeug, das ihn nach Britannien gebracht hatte, aber er begriff genug von den Launen des Windes, um angesichts der Verspätung nicht zu meckern. »Und was machen wir nun?« Er deutete mit dem Daumen auf die Männer, die auf dem Tamesa-Kai zwischen Frachtstücken Rast machten. »Wenn wir sie nicht auf Trab halten, werden sie Unheil stiften.«

»Ich erstatte dem Lagerpräfekten Bericht und lasse euch mit der verbliebenen Besatzung einteilen. Drei Tage ist nicht lang, aber ich sorge dafür, dass ihr in dieser Zeit leichten Dienst macht.«

»Pass auf dich auf. Crespo könnte immer noch in der Gegend sein«, warnte ihn der *duplicarius*.

»Falls Crespo sich hier aufhält, sollte vielmehr er auf sich aufpassen.«

Zwei Stunden später trafen sie sich auf dem Kai wieder, und Valerius versammelte die Legionäre um sich. »Ihr bekommt für den Rest des Tages dienstfrei.« Die Nachricht wurde mit großem Jubel aufgenommen. »Aber ich habe die Verantwortung für euer Benehmen, und morgen vor Tagesanbruch tretet ihr zur Inspektion an.« Das Jubeln verstummte, da ihnen klar wurde, dass es keine zügellose Nacht in Londiniums Kneipen und Bordellen geben würde.

Als die Männer sich zerstreut hatten, näherte Lunaris sich Valerius mit finsterer Miene. »Ich habe den Legionären aufgetragen, sich nach Crespo zu erkundigen. Kenne deinen Feind, so heißt es doch?« Valerius nickte. »Sie haben erfahren, dass er vor acht oder neun Tagen aufgebrochen ist, um die Drecksarbeit des Prokurators zu erledigen, und die halbe Garnison mitgenommen hat.«

Valerius pfiff zwischen den Zähnen. »Das ist sehr viel Drecksarbeit.«

»Das stimmt, aber sein Auftrag ist anscheinend erledigt, weil die meisten von ihnen inzwischen zurück sind. Sonst müssten wir jetzt da oben auf den Mauern patrouillieren.«

»Hat jemand gesagt, worum es ging?«

Lunaris zögerte. »Nur, dass sie irgendwo im Gebiet der Icener zu tun hatten.«

Valerius erstarrte. Er dachte an Maeve und Cearan in der kleinen Stadt Venta.

Sollte Crespo ihr etwas angetan haben …

In der Hütte stank es nach Fisch.

Maeve hatte Cearans zerfetztes Gesicht so gut sie konnte verbunden, doch sie war kaum imstande gewesen, die klaffende Wunde aus Fleisch und zersplitterten Knochen anzuschauen, die Crespos Schwert geschlagen hatte. Jetzt saß sie mit dem Rücken zur Strohwand und hielt seinen Kopf im Schoß, während sein Körper unkontrollierbar zitterte. Sie hatte kaum medizinische Kenntnisse, wusste aber genug, um zu sehen, dass er bald sterben würde, wenn er keine Hilfe bekam.

Die kleine Banna lag zusammengesunken an der gegenüberliegenden Wand. Sie hielt die Augen geschlossen, doch Maeve bezweifelte, dass sie schlief. Neben ihr redete eine dunkelhaarige Frau beruhigend auf die an ihrer Brust schluchzende Rosmerta ein. Maeve schauderte bei dem Gedanken an die Tortur zusammen, die die beiden Mädchen durchlitten hatten. Die Römer waren ihrer schließlich überdrüssig geworden, aber es waren so viele gewesen ... Sie wusste, dass die beiden nie wieder so wie früher sein würden.

Sie war sich sicher gewesen, dass man sie töten würde, und mit ihr jeden Mann, jede Frau und jedes Kind in Venta. Der römische Kommandant war der große, pockennarbige Offizier, der sie damals entführt hatte – der Mann, den Valerius Crespo genannt hatte –, und ihr war klar gewesen, dass sie von ihm keine Gnade erwarten durfte. Sie wischte sich eine Träne weg. Was sie erlitten hatte, war nichts im Vergleich zu den Leiden der Icener. Als Crespo und der größte Teil seiner Truppe schließlich den Platz verlassen hatten, war sie von ihrem Zufluchtsort zu Cearan geeilt. Aenids leblose Augen hatten nur noch ins Leere gestarrt, doch Cearan atmete noch, und irgendwie war es ihr gelungen, ihm auf die Beine zu helfen. Die römischen Wächter wandten die Blicke ab, als sie ihn, unter seiner Last wankend, davonführte, und Maeve spürte, dass einige der Soldaten und auch der Prokurator sich dessen schämten, woran sie unter Crespos Befehl teilgehabt hatten. Das erfüllte sie mit Hoffnung, vielleicht doch zu überleben, dämpfte die Glut ihres Zorns jedoch in keiner Weise.

Später war sie mit einer kleinen Gruppe von Frauen zum Platz zurückgekehrt, hatte Boudicca vom Pfosten losgeschnitten und die Mädchen geholt. Anschließend hatten sie Venta verlassen und waren ostwärts gezogen. Die dunkelhaarige Frau hatte sie über geheime Pfade zu dieser isolierten Gemeinschaft in der endlosen Sumpf- und Schilflandschaft der Küste geführt.

Jetzt saß die Königin allein da, eine Decke über Rücken und Brüste gebreitet, die von Wunden überzogen waren, und starrte durch die geöffnete Tür in Richtung Süden. Ihre Augen waren von einer beängstigenden Wildheit erfüllt.

Als die Stunden vergingen, wurde die Hitze immer drückender, und in der salzigen Luft lag das nicht endende Summen von Insekten. Fliegenschwärme ließen sich als dunkle Trauben auf Cearans blutdurchtränkten Verbänden nieder, und Maeve hatte alle Hände voll damit zu tun, sie wegzuwedeln. Irgendwann musste sie eingeschlafen sein. Als sie aufwachte, hatte die Königin sich nicht vom Fleck gerührt. Von Zeit zu Zeit hörte sie sie vor sich hin flüstern, Fetzen einer Litanei des Zorns. Maeve konnte nur ein einziges Wort verstehen: »Andraste.«

Am späten Nachmittag ließen Stimmen von draußen sie aufschrecken. Maeve griff nach Cearans Dolch, der einzigen Waffe, die sie hatten. Doch der Besucher, der hereinkam, war der icenische Fürst Volisios, begleitet von einer gebeugten Gestalt in dunkler Kleidung, einem jungen Mann mit blasser, beinahe durchscheinender Haut, die über seinen Gesichtsknochen spannte. Er hatte Augen, die einen mit einem einzigen Blick durchschauten. Er trug keine Waffe, dafür aber einen Gürtel mit Schlaufen, an denen kleine Behälter aus Horn hingen. Jeder war etwa drei Fingerbreit tief und hatte einen Stopfen aus Birkenrinde. Er erfasste alle, die sich in der Hütte aufhielten, mit einem einzigen Blick, und trat sofort zu Maeve, wo sie mit Cearan saß.

»Man sagt, dass ich über gewisse Heilerfähigkeiten verfüge«, erklärte er. »Vielleicht gestattest du mir, mir seine Wunden anzusehen.« Geschickt öffnete er den Verband und musterte den Icener ohne Gefühlsregung. »Er wird wohl das Auge verlieren, aber ein Auge wird reichen.« Er hörte Maeves entsetztes Luftholen und sagte, ohne sich ihr zuzuwenden: »Das Aussehen eines Mannes ist nur eine äußere Zierde. Es ist das Innere, das ihn zu dem macht, der er ist. Unsere erste Aufgabe ist es, die Geister abzuwehren, damit sie nicht in ihn eindringen und die Wunde entzünden.« Er griff in einen der Behälter an seinem Gürtel. »Koche Wasser und gib das hier hinein. Wenn es ausreichend abgekühlt ist, soll er es bis auf den letzten Tropfen austrinken.« Er verließ die Hütte und kehrte eine Zeit lang später mit einem Stoffbeutel zurück. »Dies ist ein Breiumschlag, den du auf die Wunde legen musst. Das Getränk wird seine Schmerzen lindern, und die Breipackung wird den Heilungsprozess in Gang setzen. Schau, so legst du sie auf.« Er platzierte den feuchten Beutel, der einen stark erdigen Geruch verströmte, unmittelbar auf Cearans verunstaltetes Gesicht und achtete dabei darauf, dass der Mund frei blieb. Als er zufrieden war, entzündete er ein kleines Feuer in der Mitte der Hütte. Dann öffnete er den Verschluss eines weiteren Hornbehälters an seinem Gürtel, schüttete eine Handvoll von etwas heraus, das wie Staub aussah, und streute es in die Flammen, wo es zischend und knisternd Funken aufstieben ließ. Sofort füllte sich der Raum mit einem erstickenden, stinkenden Qualm, der Maeves Sinne vernebelte und von dem ihr schwindelig wurde. Der dünne Mann senkte den Kopf über das Feuer und stimmte eine rhythmische, volltönende Beschwörung an. Maeve fühlte, wie die Hütte sich um sie drehte. Einmal war sie sich sicher, dass jemand sie bei der Hand ergriff und in den Himmel hinaufzog, von wo sie auf das Land Britannien und alle seine Bewohner hinabsah. Eigenartigerweise dachte sie dabei nicht an ihren Vater oder Cearan, sondern an den Römer Valerius.

Als sie zum zweiten Mal aufwachte, fühlte sie sich so erfrischt, als hätte sie eine lange Nacht in ihrem eigenen, weichen Bett verbracht und nicht nur eine kurze Zeit auf einem harten Erdboden. Der Heiler saß bei Cearan, doch genau wie Maeve konnte er die hitzige Diskussion zwischen Volisios und Boudicca nicht überhören.

»Ich habe Schwerter, Schilde und Speere sowie die Krieger, um diese Waffen zu führen«, erklärte der Adlige energisch.

»Und ich bin Boudicca, Königin der Icener.« Maeve hörte, mit welcher Selbstbeherrschung die Königin ihre Stimme kontrollierte, aber sie spürte auch die fast körperliche Gewalt von Boudiccas unterdrücktem Zorn.

»Boudicca, die Königin der Icener, wurde von den Römern enteignet«, beharrte Volisios.

Boudicca lachte freudlos. »Und du, Volisios, wenn du mutig genug wärest, zu deinem Landgut zurückzukehren, würdest zweifellos einen Römer in deinem Bett vorfinden. Ich bin Boudicca, die Königin der Icener, und wenn ich das nicht wäre, wärest du nicht hier und würdest nicht über Krieger und Speere reden.«

»Ich bin hergekommen, um mich zu überzeugen, dass du dich in Sicherheit befindest.«

»Du bist hergekommen, um meine Macht zu erlangen. Du willst dich über die anderen erheben.«

Volisios zuckte bei dieser unbestreitbaren Wahrheit zusammen, hielt ihrem Blick jedoch stand. »Und überträgst du sie mir?«

»Nein!«

»Wer bekommt sie dann?«

»Ich bin Boudicca, die Königin der Icener«, wiederholte sie, und ihre Worte hallten in der kleinen Hütte wider, als spräche eine Stimme aus einer anderen Welt. »Niemand unter den Icenern hat größeres Unrecht erlitten als ich. Ich werde mit Schwert und Speer den Kampf gegen die Römer anführen. Ich werde meine Rache bekommen! Geh jetzt und rufe die Kriegstruppen zusammen. Jeder Mann, sei er Krieger, Jugendlicher oder Greis, muss seinen Anteil leisten. Ich werde die Römer und alle, die ihnen zur Seite stehen, von diesem Land tilgen oder bei dem Versuch sterben.«

Volisios sah sie an, überwältigt von ihrer Persönlichkeit und ihrem Zorn. Er warf Gwlym einen bestürzten Blick zu. Jetzt verstand er. Der Zorn Andrastes. Der Druide erhob sich, und Boudicca sah ihn wütend an.

»Du bist nicht mehr Boudicca von den Icenern«, erklärte der Priester, ohne den wilden Blick zu beachten, der ihn wie mit Adlerklauen durchbohrte. »Der Geist Andrastes lebt in dir. Der Geist des Hasen und des Pferdes ... und jetzt des Wolfs.«

»Und wer bist du, dass du es wagst, einer Königin zu widersprechen?«

Der junge Mann richtete sich auf, und seine Blässe nahm ein fast mystisches Leuchten an, so hell schimmerte seine Haut im Dunkeln.

»Ich bin Gwlym, Druide von Mona, und ich bin hier, um dich zu leiten.«

Er hatte eine wie gemeißelte Muskulatur und langes, braunes Haar, das im Nacken von einem roten Band zusammengehalten wurde.

Gwlym beobachtete von seinem Platz hinter der Königin, wie der Hüter des heiligen Teichs den jungen Mann vorwärtsführte. Mit großer Sorgfalt hatte man ihn aufgrund seines reinen Charakters ausgewählt; kein Makel befleckte ihn oder seine Vergangenheit. Er war ein Prinz seines Stammes und freiwillig an diesen Ort gekommen, um hier zu sterben. Die Druiden Britanniens wussten, dass sie eine einzige letzte Gelegenheit hatten, die Römer aus ihrem Land zu vertreiben, und sie hatten sich selbst und ihr Heiligtum auf Mona geopfert, um ihr Ziel zu erreichen. Doch es musste auch noch andere Opfer geben. Nichts durfte dem Zufall überlassen bleiben. Gwlym hatte schnelle Reiter mit der Nachricht nach Norden, Westen und Süden entsandt. Jetzt. Die Zeit war reif. Und während die Kräfte des freien Britanniens sich versammelten, würde von jedem Ort ein Bote losgeschickt werden, ein Bote von so hohem Rang, dass er selbst Gottheiten überzeugen musste, die des Blutes überdrüssig waren.

Und so hatten sie sich hier am Waldteich versammelt, an einem Ort, der den Icenern und ihren Vorfahren seit undenklichen Zeiten heilig war.

Gwlyms mächtige Stimme schallte über die Lichtung, als er den Sprechgesang anführte. Dann griffen die Ältesten des Stammes das Lied einer nach dem anderen auf. Früher waren diese Männer Helfer der Druiden gewesen und hatten die heiligen Lichtungen gehütet, doch als die Druiden in den Westen getrieben wurden, hatten diese Menschen den Weg verloren. Sie erinnerten sich jedoch noch. Mit einer dünnen Schnur war das Opfer mit dem Hüter verbunden, einem in eine rote Tunika und karierte Hosen gekleideten Krieger. Die anderen nahmen in einem losen Kreis um den Teich herum Aufstellung.

Beim Singen beobachtete Gwlym den Mond, der unbeirrbar seine Bahn über den Nachthimmel zog. Als die schimmernde Scheibe genau über der kreisförmigen Lichtung stand, hob er die Arme. Auf dieses Zeichen hin warf das Opfer seinen Umhang ab und stand nun nackt im Feuerschein. Dabei wiegte es sich im Rhythmus des Sprechgesangs hin und her.

Gwlym verbarg seine Erleichterung. Die Droge war in der richtigen Dosierung verabreicht worden. Er schob die Hand in die Falten seines Gewandes. Nun war seine Zeit gekommen. Hierzu hatten all die Jahre der harten Prüfungen auf der heiligen Insel gedient. Er überließ es den anderen, den Sprechgesang fortzusetzen, trat vor und redete beruhigend auf den jungen Mann ein, wie er es mit einem aufgeregten Fohlen tun würde, und immer weiterredend umrundete er ihn, bis er hinter ihm stand.

Als er in der richtigen Position war, holte Gwlym mit der kurzstieligen Metallaxt aus und ließ sie mit solcher Wucht auf den Schädel des Jungen krachen, dass jeder der um den Teich Versammelten das scharfe Knacken hörte, mit dem die Klinge sich in den Knochen fraß. Der Hieb hätte einen Ochsen niedergeworfen, doch so unglaublich es war, das Opfer blieb heftig schwankend stehen, bis ein zweiter Axthieb es in die Knie zwang.

Nun trat der junge Druide zurück, um dem Krieger mit der roten Tunika Platz zu machen. Der Mann ergriff die Schlinge, mit der er den Gefangenen geführt hatte, mit beiden Händen, schlang sie um den Hals des hilflosen Jungen und zog sie zu, bis sie tief ins Fleisch einschnitt. Doch noch immer starb er nicht. Ohne seinen Griff zu lockern, warf der Krieger sich mit einem Knie auf den Rücken des Opfers, und zwar mit solcher Gewalt, dass man deutlich eine Rippe brechen hörte. Dann nutzte er den zusätzlichen Hebel, um die Enden der Schlinge zu verdrehen, bis das Genick des Jungen brach und sein Kopf plötzlich nach vorn sackte.

Der Krieger stand auf, nachdem seine Arbeit getan war, doch der zweifache Tod war nicht genug. Drei Götter mussten besänftigt werden. Mit wild entschlossener Miene hob Volisios den herabbaumelnden Kopf des Prinzen an seinem von geronnenem Blut verklebten Haar hoch und schnitt ihm in einem letzten Akt der Verstümmelung mit dem Dolch die Kehle durch.

Während der Wächter die Leiche sorgfältig mit Gewichten beschwerte und sie in dem heiligen Teich versenkte, ging Gwlym schwer atmend zu der Stelle, wo Boudicca in ihrem Kapuzenumhang stand. Die drei Tode waren dem Opfer auf genau die Weise zugefügt worden, wie Aymer es angeordnet hatte, und entsprachen allen kultischen Bestimmungen. Die Götter würden das Opfer annehmen.

»Es ist vollbracht«, sagte er. »Entfaltet das Wolfsbanner. Entfesselt den Zorn Andrastes.«

XXIX

Crespo ließ die Würfel rollen. »Sieben«, verkündete er. »Na schön, Vettius, die mit den großen Titten gehört dir. Aber nimm sie mit ins Nachbarzimmer. Ich habe es satt, deinem Riesenarsch beim Bumsen zuzusehen.«

Vettius trat grinsend zu einer Gruppe junger Icenerinnen hinüber, die ängstlich an der hinteren Wand des Hauptsaals von Prasutagus' Palast kauerten. Ein molliges Mädchen von vielleicht vierzehn Jahren kreischte auf, als er sie am Haar packte und grob durch eine Tür zerrte. Ihr schluchzendes Flehen, er solle ihr nicht wehtun, war deutlich durch die dünne Wand zu hören, bis ein klatschender Schlag sie zum Verstummen brachte. Doch diese Art von Geräuschen war hier etwas so Gewöhnliches geworden, dass Crespo sie kaum noch wahrnahm.

Sie waren inzwischen seit beinahe zwei Wochen da und überwachten tagsüber das Einsammeln der Güter der Icener und das Verzeichnen ihres Landbesitzes. Nachts tranken sie und würfelten darum, wer die gefangenen Frauen missbrauchen durfte. Crespo sann darüber nach, dass er seine Sache gut gemacht hatte. Der Prokurator, der inzwischen schon wieder in Londinium war, hatte ihm versprochen, ihm in seinem Bericht an den Kaiser eine Empfehlung auszusprechen. Crespo nahm normalerweise jeden Tag so, wie er kam, und darauf war er stolz. Aber solch eine Anerkennung öffnete Türen. Er hatte gewiss nicht vor, zur Legion zurückzukehren. Das war unnötig, wenn der junge Schönling von Tribun sein Versprechen hielt und zahlte. Crespo hatte nicht den geringsten Zweifel, dass Valerius das tun würde. Warum mussten die Ehrlichen auch immer so tugendhaft sein? Der Dummkopf. Dann war da noch als Dreingabe der goldene Torques, den die Königin um den Hals getragen hatte. Er hatte ihn heimlich beiseiteschaffen können, und sein Verkauf würde seine Zeit im Ruhestand wesentlich angenehmer gestalten. Um das Mädel war es allerdings schade. Er hätte gern mit ihr gerammelt, nur um den Gesichtsausdruck von diesem Drecksack Valerius zu sehen.

Ja, das alles war sehr befriedigend. Er lehnte sich mit geschlossenen Augen zurück und dachte daran, wie die Peitsche leuchtend rote Striemen auf Boudiccas blasse Haut gezeichnet hatte und wie straff und jugendlich ihre Töchter sich angefühlt hatten. Er spürte, dass er einen Steifen bekam. Vielleicht war er doch nicht zu betrunken.

»Rauch!«

Bei diesem Ruf war er sofort hellwach. Vettius kam aus dem Nachbarraum und deutete auf das Dach. Crespo blickte hoch und sah, dass die ersten dünnen Rauchfahnen auflodernden Flammen wichen. Ein Teil des Strohs hatte Feuer gefangen, und schon umzüngelte die Lohe einen Balken. Vettius und einige andere reagierten rasch, griffen nach

Schwert und Rüstung und eilten zur Tür, doch die meisten Männer starrten Crespo einfach nur verwirrt an.

»Raus!«, brüllte er sie an. »Nehmt eure Sachen und lasst die Frauen da.« Er wusste, wie schnell ein strohgedecktes Haus sich in ein flammendes Inferno verwandeln konnte. Er hatte früher genug von diesen Hütten niedergebrannt. Möglicherweise blieben ihnen nur noch wenige Augenblicke.

»Scheiße.« Vettius war als Erster an der Tür und taumelte schreiend zurück. Ungläubig hielt er die Hand auf den tiefen Schnitt in seinem Bauch gepresst. In verzweifeltem Flehen streckte er eine Hand nach seinem Anführer aus und brach dann auf dem schmutzigen Stroh zusammen.

Crespo starrte den Sterbenden an; all seine Gedanken waren in Aufruhr. Wenn sie genug Zeit hätten, könnten sie eine Wand durchbrechen, aber sie hatten keine Zeit. Die Flammen hatten sich bereits über das gesamte Dach ausgebreitet, und der Saal hatte sich inzwischen mit erstickendem weißem Qualm gefüllt. Zum ersten Mal überkam ihn Panik. Allein die Götter wussten, was sie draußen erwartete, aber besser im Kampf sterben als verbrennen. Er traf seine Entscheidung. »Raus«, wiederholte er. »Wenn wir bleiben, sind wir alle tot.«

Die britischen Frauen heulten wie aus einer einzigen Kehle auf und stürzten sich zur Tür. Ein Legionär stach mit dem Schwert nach einer der Vorbeirennenden, und sie stürzte schreiend zu Boden.

»Lass sie«, befahl Crespo. »Schwerter und Schilde. Wir gehen gemeinsam, und wenn wir die Tür hinter uns haben, bilden wir eine *testudo*. Das ist unsere einzige Chance.« Er nahm einen Schild zur Hand und packte seinen *gladius* mit der Rechten. Er wusste nicht, wo die Sache schiefgelaufen war, doch das war offensichtlich der Fall, und nun gab es nur noch eine einzige Option. »Auf meinen Befehl. Jetzt.«

Im gleichen Augenblick, als das Dach zusammenbrach, stürmte die kleine Gruppe aus der Tür, doch sobald Crespo sah, was ihn erwartete, taumelte er benommen zurück. Hinter einem Ring aus Speerspitzen glänzte eine ununterbrochene Reihe schweigender, rachsüchtiger Gesichter im tanzenden Licht der Flammen.

»Scheiße«, sagte er, und gänzlich mutlos geworden, sank er in die Knie. Er versuchte, den *gladius* so zu drehen, dass er es sich unter die Rippen treiben konnte, doch seine Hände wollten ihm nicht gehorchen. Ein Speerschaft hieb ihm das Schwert aus den Händen, und mit einem weiteren Hieb wurde er bewusstlos geschlagen.

»Das Schiff sollte morgen ankommen«, sagte Valerius zu Lunaris. »Sorge also dafür, dass alle beim Appell antreten und Waffen und Ausrüstung vollständig und gut in Schuss sind. Wir wollen nicht, dass ihr bei eurem neuen Tribun gleich einen schlechten Eindruck macht.«

Lunaris lachte. »Höchstwahrscheinlich kann er die Spitze eines Schwerts nicht von seinem Knauf unterscheiden. Wie lange liegt das Schiff im Hafen, bevor es wieder lossegelt?«

»Einige Tage, vielleicht drei.«

Lunaris nickte. »Schade, dass du uns nicht nach Mona begleitest.«

Valerius blickte über den Fluss zur Siedlung am Südufer. »Eines habe ich gelernt, Lunaris, nämlich dass man gegen das Schicksal nicht ankämpfen kann. Als ich nach Britannien kam, konnte ich selbst kaum die Spitze eines Schwerts von seinem Knauf unterscheiden. Aber ich glaube, dass ich ein guter Soldat geworden bin, und vielleicht sogar ein guter Offizier. Doch ein guter Soldat kann nur sein, wer seinen Befehlen gehorcht. Ich habe einen Rückkehrbefehl erhalten, und so befolge ich ihn. Dennoch hätte ich gern an eurer Seite gekämpft.«

Er wandte sich dem großen Mann zu und bot ihm seine Hand. Doch bevor Lunaris sie ergreifen konnte, hörten sie einen Ruf vom Kai aus, und ein Legionär eilte auf sie zu.

»Du sollst dich sofort zum Prokurator begeben«, sagte er und dachte erst mit Verspätung daran, ordnungsgemäß zu salutieren.

Valerius runzelte die Stirn. »Was will er von mir?«

»Die Icener sind im Aufstand.«

Maeve wurde Zeugin von Boudiccas furchtbarer Rache.

In einer höhnischen Nachahmung der römischen Kreuzigung nagelten ihre Krieger die Männer von Crespos Kommando mit gebrochenen Armen und Beinen an die Türpfosten entlang Ventas Hauptstraße. Crespo selbst war der Letzte, der ans Holz geschlagen wurde. Sie zogen ihn nackt aus und trugen den sich Wehrenden zum Haupttor, während er um Gnade flehte, die er selbst niemals gewährt hätte. Sie reckten seine Arme brutal nach rechts und links, und als der Zimmermann den ersten der großen Eisennägel durch sein rechtes Handgelenk ins Holztor trieb, schrie er vor Schmerz schrill auf und rief Mithras um Hilfe an. Als sie seine Füße auf ähnliche Weise angenagelt hatten, war er verrückt vor Schmerz, jedoch immer noch so weit bei Sinnen, dass er verstand, was mit ihm geschah.

Boudicca stand vor dem ans Tor Geschlagenen, der mit jeder Faser seines Körpers die grauenhafte Qual durchlitt. Als ihre Leute mit Keulen kamen, um ihm die Knochen zu zertrümmern, gebot sie ihnen mit erhobener Hand Einhalt. Für den Mann, der für die Vergewaltigung Bannas und Rosmertas verantwortlich war, hatte sie eine angemessenere Strafe im Sinn.

»Er war sehr stolz, als er meinen Töchtern ihre Unschuld geraubt hat. Raubt ihm seinen Stolz«, befahl sie.

Crespo war noch bei Bewusstsein, als der Scharfrichter mit dem Kastrationsmesser kam. Seine Schreie hallten in die Nacht.

Und noch immer genügte es nicht.

»Dieser Ort ist ein Schmutzfleck auf meiner Ehre und auf der Ehre der Icener. Brennt ihn nieder und lasst die Flammen, die Venta vernichten, den Beginn eines Brandes sein, der ganz Britannien reinigt.«

Als die Stadt in Flammen auflöderte, die auch Crespos Männer verzehrten, hängten sie Crespos geschundenen Körper ab und spießten ihn vor den Toren auf der Straße fest. Er lebte noch, als die mit Eisen beschlagenen Räder von Boudiccas Wagen ihn überfuhren, doch als der letzte Krieger ihrer rächenden Armee über ihn hinwegmarschiert war,

war der einzige Hinweis auf seine Existenz ein verschmierter Brei von Blut und Knochen im Straßenstaub.

Catus Decianus war kein Vertrauen einflößender Mann. Seine lange Nase zuckte beim Studium der Schriftrolle, die er vor sich auf dem Schreibtisch festgesteckt hatte, und ein Schweißfilm glänzte auf seiner sorgenvoll gefurchten Stirn. In jede Falte seines teigig bleichen, unterernährt wirkenden Gesichts war die Verachtung der Welt um ihn herum eingegraben. Er blickte auf, als Valerius eintrat, nahm aber gleich darauf die Lektüre des Dokuments wieder auf.

Kurz darauf seufzte er. »Das kommt sehr ungelegen«, sagte er.

»Wie bitte?«

»Ich sagte, das kommt schrecklich ungelegen. Du bist Valerius, ist das richtig? Tribun Gaius Valerius Verrens?«

»Jawohl. Bislang Angehöriger der Zwanzigsten Legion und jetzt auf dem Weg nach Rom.«

Der Prokurator stieß ein vernehmbares Schnauben aus, und sein gequälter Gesichtsausdruck wurde noch gequälter. »Ja, auf dem Schiff, das außerdem meinen Bericht über die erfolgreiche Eingliederung des Territoriums der Icener in die Provinz Britannien hätte überbringen sollen. Aber diesen Bericht kann ich vorerst nicht absenden.« Er machte eine Pause. »Das ist erst möglich, wenn dieses bedauerliche Missverständnis aufgeklärt wurde.«

Valerius war sich nicht sicher, ob er richtig gehört hatte. »Missverständnis?«

Decianus sah ihn mit einem stechenden Blick seiner

glänzenden Augen an. »Natürlich. Ich habe hier eine Bitte aus Colonia um Verstärkung für die örtliche Miliz. Der *quaestor* ist der Meinung, ein Teil der Icener habe sich zu einem bewaffneten Aufstand gegen das Imperium erhoben. Diese Meinung beruht nach meiner Überzeugung ausschließlich auf wilden Gerüchten. Du warst bis vor Kurzem in Colonia stationiert, wie man mir sagte?«

»Sechs Monate während des Winters«, bejahte Valerius. »Ich habe den *quaestor* als äußerst fähigen Mann kennengelernt, der nicht dazu neigt, sich von ... wilden Gerüchten aus der Ruhe bringen zu lassen.« Das stimmte nicht ganz. Er hatte Petronius als einen arroganten, Zwietracht säenden und korrupten Beamten erlebt, doch der Mann unterhielt ein Netzwerk von Spionen, das weit die Ostküste hinaufreichte. Wenn diese Spione von Problemen berichteten, durfte Valerius nicht zulassen, dass Decianus das einfach abtat, wie es seine Absicht zu sein schien. »Außerdem habe ich selbst Informationen über Unruhestifter erhalten, die unter den Icenern am Werk sind, und diese an den *quaestor* weitergegeben«, fügte er hinzu, um seiner Aussage Nachdruck zu verleihen.

Der Prokurator verzog den Mund zu einem schmallippigen Lächeln. »Und doch habe ich mich vor nicht einmal zwei Wochen in der Hauptstadt der Icener aufgehalten, wo Ruhe und Frieden herrschten. So oder so gesteht unser Vertrag mit den Icenern ihnen nur so viele Waffen zu, wie sie brauchen, um ihre Grenzen zu verteidigen. Nur einer von zehn besitzt überhaupt ein Schwert«, schloss er triumphierend.

Valerius wusste, dass das stimmte, aber Verträge konnten gebrochen werden. Ihm war inzwischen klar, wo das Gespräch sich hinbewegte. Er würde an einem Einsatz gegen die Icener teilnehmen. Es war kein Kampf, den er sich ausgesucht hätte, doch er würde ihn führen ... falls es tatsächlich einen Aufstand gab.

»Dennoch«, fuhr Decianus fort, »habe ich die Absicht, unter dem ranghöchsten verfügbaren Kommandanten eine Truppe loszuschicken, die ich der Bedrohung für angemessen halte. Dies sind deine Befehle.« Er reichte Valerius die Schriftrolle, in der er gelesen hatte.

Valerius zögerte. Sein einziges unabhängiges Kommando war das über die Erste Kohorte als Straßenreparaturtrupp gewesen. Doch er konnte sich wohl kaum weigern. Er las den Befehl, der ihn anwies, im Eiltempo nach Colonia zu marschieren und die Situation nach eigenem Ermessen zu klären. Wenn er die Armee richtig kannte, war das eine so eindeutige Einladung, den Kopf in eine Schlinge zu stecken, wie er nur je eine erlebt hatte. Der Befehl bedeutete, dass jede Entscheidung ihm und nur ihm oblag. Jeden Fehler würde er selbst zu verantworten haben.

Er wies auf das grundlegende Versäumnis hin. »Hier steht nicht, wie viele Kohorten ich unter mir haben werde.«

»Kohorten? Ich glaube nicht, dass wir in der Größenordnung von Kohorten denken müssen«, erwiderte Decianus von oben herab. »Du bekommst hundertfünfzig Mann der Londoner Garnison und darüber hinaus alle Soldaten, die sich auf Urlaub oder auf der Durchreise in der Stadt befinden. Das genügt, um der Miliz den Rücken zu stärken und die Panik im Herzen des *quaestors* einzudämmen, bis der

Statthalter es für richtig hält, eine Abteilung der Neunten Legion nach Colonia zu verlegen.« Er lächelte verächtlich. »Siehst du, Verrens, ich gehe kein Risiko ein. Der Statthalter ist informiert, eine Lösung vorgeschlagen und die Verstärkung nun bald auf dem Weg. Was mehr könnte ich tun?«

»Mit Verlaub, zweihundert Mann sind …«

»Der Bedrohung angemessen, und mehr Leute wirst du nicht bekommen. Soll ich etwa davon ausgehen, dass du das Kommando über diese Truppe ablehnst?«

Valerius schüttelte den Kopf. Er könnte einwenden, dass eine Truppe von zweihundert Mann bei der Verteidigung einer Stadt wie Colonia so nützlich wäre wie zweihundert Schafe, aber der Prokurator hatte seine Entscheidung getroffen. Wenn die Icener kämen, würde Valerius sich auf Falco und seine Veteranen verlassen müssen.

»Nein, ich werde den Befehl ausführen. Aber ich bitte darum, dass die Männer der Zwanzigsten, die meine Eskorte hierher waren, mich begleiten.« Decianus schaute ablehnend, doch Valerius fuhr rasch fort: »Sie kennen die Gegend um Colonia gut und haben mit der dortigen Miliz zusammengearbeitet.«

Der Prokurator nickte widerstrebend. »Nun gut. Das Gespräch ist beendet.«

»Wir marschieren also nicht nach Mona?«

Valerius schüttelte den Kopf. »Nein, wir kehren nach Colonia zurück.«

Lunaris lutschte an seinen Zähnen und schaute sehnsüchtig über den Befestigungswall Londiniums nach Westen. »Mona könnte viel verändern. Diese Druiden machen eine Menge Ärger.«

»Das stimmt, aber falls die Icener sich wirklich erhoben haben, werden wir in Colonia gebraucht.«

»Zweihundert Mann?«, fragte Lunaris verächtlich. »Falls gar nichts passiert ist, haben wir nur das Leder unserer Stiefel umsonst abgenutzt. Aber falls die Icener wirklich den Entschluss gefasst haben, uns zu verjagen ...«

»Falco wird sich jedenfalls freuen, uns zu sehen.«

Der *duplicarius* zuckte mit den Schultern. »Befehl ist wohl Befehl. Aber die Kameraden in Mona werden uns vermissen.«

»Wir marschieren bei Tagesanbruch los. Sorg dafür, dass die Männer dann bereit sind.«

»Mit diesen Schlappschwänzen?« Lunaris deutete düster mit dem Kopf auf zwei Garnisonsoldaten, die an der Brustwehr eines nahe gelegenen Wachturms lehnten. »Wenn wir dort ankommen, werde ich sie tragen müssen.«

XXX

Drei Tage später, nach einem Eilmarsch von sechzig Meilen, erspähte Valerius den vertrauten Umriss von Camulodunums Erdwällen am Horizont. Sie waren mindestens so beeindruckend wie nur irgendeine Befestigungsanlage, die er auf der Insel gesehen hatte, und doch waren sie kampflos aufgegeben worden, als Claudius' Invasionstruppe eintraf. Valerius glaubte zu verstehen, warum. Befestigungen dieses Ausmaßes zu verteidigen, hätte, selbst wenn der Wille zum Kampf vorhanden war, eine Besatzung erfordert, die weit größer hätte sein müssen als die trinovantischen Kräfte, die Camulodunum damals gehalten hatten. Während des Marschs von Londinium hatte er viel über die Probleme der Verteidigung nachgedacht und war zu einer vernichtenden Erkenntnis gelangt. Die Stadt Colonia konnte von den Veteranen, deren Pflicht es war, sie zu beschützen, nicht gegen eine größere Schar von Feinden gehalten werden.

Diese Erkenntnis verfestigte sich noch, als er an der Spitze der zweihundert erschöpften Männer seiner winzigen Truppe den Hügel zum vertrauten Bogen des Westtors hinaufritt. Erneut bemerkte er die riesigen Lücken in den Wällen und das Labyrinth von Straßen dahinter, in dem ein Feind die Verteidiger umgehen oder aus dem Hinterhalt angreifen könnte. Er sah nur eine einzige Möglichkeit, einen Teil der Stadt zu verteidigen, und die konnte nur als letztes Mittel in Betracht gezogen werden.

Auf Falco würde er sich wohl verlassen können. Mit Petronius und seinem Stadtrat sah es vermutlich anders aus.

Der *quaestor* stand in Begleitung der halben Stadt im Schatten des Torbogens, und die Leute begannen schon zu jubeln, als die Legionäre noch hundert Schritte entfernt waren. Valerius biss sich auf die Lippen. Ein triumphaler Empfang durch die Bürgerschaft war das Letzte, was er brauchte. Hörner schallten, und jemand hatte eine Trommel mitgebracht, mit der er den Marschrhythmus schlug. Als Valerius bei Petronius und Falco ankam, die ihn ein Dutzend Schritte vor der Menge Seite an Seite erwarteten, konnte er ihre Begrüßungsworte nur mit Mühe verstehen. In ihren Gesichtern war Erleichterung zu lesen.

»Endlich bist du da.« In Petronius' schmalem Gesicht stand ein breites Lächeln, doch es war angespannt, und seit Valerius ihn zum letzten Mal gesehen hatte, wirkte er gealtert. »Der Rat hat entschieden, zu deinen Ehren einen schönen Stier zu opfern, um dem vergöttlichten Claudius für unsere Rettung zu danken.«

Valerius wechselte einen Blick mit Falco, der angestrengt in die Ferne spähte. Der Tribun schüttelte kaum merklich den Kopf, und die Augen des älteren Mannes weiteten sich.

»Ich fürchte, dein Dank könnte voreilig sein«, sagte Valerius leise zu dem *quaestor*. »Wir sind alles, was der Prokurator für angebracht hielt, euch zu schicken.«

Petronius sah aus, als würde er gleich in Ohnmacht fallen, und Falco ergriff Valerius am Arm und flüsterte wütend: »Das ist alles? Aber wir haben um mindestens vier Kohorten und Kavallerie gebeten. Um fünfzehnhundert Mann. Was sollen uns zweihundert Mann gegen die vereinigte Macht der Icener helfen?«

Die Jubelrufe verstummten allmählich und wichen einem verwirrten Gemurmel, als die Menge begriff, dass Valerius' jämmerlich kleiner Schar keine Legion folgte. Eine Männerstimme verlangte Auskunft, was los sei, und Petronius warf einen Blick über die Schulter. Valerius sah, dass der *quaestor* Angst hatte. Bei Petronius erstaunte ihn das nicht, aber zu seiner Bestürzung entdeckte er einen vergleichbaren Gesichtsausdruck bei Falco, obwohl der bei der Schlacht um die Überquerung der Tamesa dabei gewesen war und den Angriff geleitet hatte, der zu Caratacus' endgültiger Niederlage geführt hatte. »Ich muss alles wissen«, sagte er.

Fünf Minuten später trafen sie sich in einem Vorraum der *basilica*, die am Rande des Forums stand. Durch das geöffnete Fenster sah Valerius Gruppen von Veteranen bei Schwertübungen, umstanden von Zuschauern, die ihnen Ratschläge zuriefen und über die Bemühungen der Kämpfer lachten. Kinder ahmten ihre Väter und Großväter mit kurzen Stöcken nach.

Petronius unterhielt sich angeregt mit einem kleinen, stämmigen Kelten, dessen borstiger grauer Schnurrbart ihm das Aussehen eines mürrischen Otters gab. »Dies ist Celle«, stellte Petronius den Neuankömmling vor. »Er lebt so gut es geht von Jagd und Fischfang in den Küstensümpfen. Er ist einer meiner Informanten und konnte sich dem Lager der Icener nähern, wo deren Königin den Geist des Wolfs, des Hasen und des Pferdes anruft, um einen schmerzhaften Tod für alle Römer zu erbitten. Er ist nicht nahe genug herangekommen, um die Gedanken und Strategien von Königin Boudicca vollständig zu erkunden – er hat den Verdacht eines Kundschafters der Icener geweckt und war gezwungen, ihn zu töten –, aber es ist ihm dennoch gelungen, wichtige Informationen über die Stärke der Icener zu sammeln.«

Valerius musterte den Mann, der in seinem von der Reise schmutzigen Umhang und der zerlumpten Hose einen eigenartigen Kontrast zur strahlenden Sauberkeit der weißen Wände bildete. »Kann man ihm trauen?«

Petronius verzog finster das Gesicht, als hätte man seine eigene Loyalität infrage gestellt. »Celle hat keinen Grund, die Icener zu lieben«, sagte er. »Als sie sein Lager vor fünf Jahren wegen eines Streits um Fischfangrechte überfielen, wurden seine Kinder als Sklaven genommen und seine Frau getötet. Er hat mich nie enttäuscht.« Er gab Celle ein Zeichen, und der spie in einem Dialekt, den Valerius nicht verstand, einen Schwall von Sätzen aus.

Falco übersetzte, und seine Worte fielen in das Schweigen wie Steine in ein Grab. »Er lässt dir sagen, dass die Armee Boudiccas auf eine Stärke von fünfzigtausend geschätzt wird – fünfzigtausend Krieger.«

Valerius spürte, wie ihm das Blut aus dem Gesicht wich.

Das war ausgeschlossen. Der gesamte Stamm der Icener zählte weniger als vierzigtausend Mitglieder. Selbst wenn man jeden Mann und jeden Jungen aufstellte und sie mit Sensen und Hacken bewaffnete, konnten es nicht mehr als fünfundzwanzigtausend sein.

Falco sah seine ungläubige Miene. »Folgende Nachricht haben wir dem Prokurator geschickt: Die Catuvellaunen und die Trinovanten haben sich Boudicca angeschlossen, Könige und Fürsten, Stammesführer, Adlige, Krieger und selbst die Feldarbeiter. Und jeden Tag kommen weitere Kämpfer, darunter auch Männer von den Briganten im Norden. Dahinter steckt weniger Freundschaft als die Verlockung durch Beute. Verstehst du jetzt, wieso wir Angst haben? Wir haben Catus Decianus gebeten, uns genug Soldaten zu senden, um die Icener aufzuhalten, bis der Statthalter umkehren und der Bedrohung entgegentreten kann. Stattdessen hat er dich geschickt.« Der grauhaarige Veteran lächelte bitter. »Ich freue mich, dich wiederzusehen, Valerius, aber ich hätte eine schlagkräftigere Truppe vorgezogen.«

»Der Statthalter wird nicht kommen. Decianus wird ihn nicht behelligen.«

Falco verzog das Gesicht, und Petronius wurde sogar noch bleicher, falls das überhaupt möglich war.

»Aber warum?«, fragte Petronius. »Meine Botschaft war doch eindeutig.«

»Er glaubt dir nicht.«

Während Petronius eine vollzählige Versammlung des *ordo* und der diensthohen Milizoffiziere einberief, ging Valerius zusammen mit Lunaris die verbliebenen Stadtwälle ab. Er hatte erfahren, dass der Rat wenige Tage zuvor beschlossen hatte, dass die Verteidigungsanlagen der Stadt wichtiger waren als die Gefühle der Bauherren, die die Wälle niedergerissen hatten, um Platz für ihre Villen und Gärten zu schaffen. Der *duplicarius* schüttelte den Kopf: »Zu spät. Tausend Mann würden Monate brauchen, um diese Anlage wieder so weit instand zu setzen, dass man sie verteidigen kann. Wir müssten Häuser niederreißen, neue Wälle errichten und jede Hütte im Umkreis von zweihundert Schritten schleifen, um ein offenes Schussfeld zu haben. Und selbst dann hätten wir wohl nicht genug Leute, um eine Anlage von dieser Größe zu verteidigen.«

Valerius knurrte zustimmend. »Falco geht davon aus, dass er zweitausend Veteranen zusammentrommeln kann. Dazu kommen noch ein paar Hundert körperlich fähige Zivilisten, die wahrscheinlich mehr Ärger als Nutzen bringen. Bela hat seine Kavallerie entlang der Nordstraße patrouillieren lassen, aber ich habe ihm gesagt, er solle sich zurückziehen und zehn Meilen nördlich von hier einen Schutzschirm bilden. Bei einem Angriff dürften seine Leute uns ein vernünftiges Maß an Vorwarnzeit verschaffen, und wenn sie sich zurückziehen, haben wir fünfhundert Soldaten mehr. Aber ich denke, auf dem Pferderücken werden sie nützlicher sein als auf dem Wall.«

»Was ist mit der Signalstation an der Straße nach Venta?«

»Die Männer bleiben, wo sie sind, und kämpfen sich

beim ersten Anzeichen von Gefahr den Weg frei«, sagte Valerius entschlossen.

»Wir wissen beide, was das bedeutet.«

Valerius nickte. Er hatte gerade acht Männer zum Tode verurteilt. Die Icener würden sie im Handumdrehen überwältigen, aber die Warnung, die sie gaben, konnte entscheidend sein. Er versuchte, sich die Erinnerung an den missmutigen tungrischen Kommandanten aus dem Kopf zu schlagen, doch die Worte, die der Legat vor einigen Monaten zu ihm gesagt hatte, ließen ihn nicht los: *Der Tag wird kommen, Valerius, an dem deine Soldaten für dich nicht mehr als Münzen sein werden, die du einsetzen kannst.* Nun, dieser Tag war früher gekommen, als er es für möglich gehalten hätte. »In welcher Verfassung sind die Männer?«

»Unsere eigenen Leute – Gracilis, Luca, Paulus, Messor und die anderen – sind gut, und die Männer aus Londinium sind erstklassige Soldaten, aber ... du hast die Geschichten gehört?«

»Diesen Unsinn, dass das Meer sich rot gefärbt hat?«

»Und dass eine Statue oben auf dem Tempel umgefallen ist.«

»Eher schon wurde sie umgestoßen«, erwiderte Valerius wegwerfend. »Die meisten hiesigen Trinovanten haben sich zwar versteckt oder sind abgehauen, um sich dem Aufstand anzuschließen, aber es sind noch genug übrig, um Ärger zu machen. Mehr als zwei Männer mit Seilen wären für eine solche Operation nicht nötig.«

Lunaris grinste. »Das stimmt, aber du weißt ja, wie Soldaten sind. Abergläubisch.« Er hob die Hand und berührte das Amulett an seinem Hals.

»Gib den Leuten weiter, was ich gesagt habe, und wer ihnen das nächste Mal etwas ins Ohr flüstert, wird wegen des Streuens von Gerüchten und Säens von Zwietracht unter Anklage gestellt.«

»Es wird Zeit«, rief Lunaris ihm in Erinnerung.

»Ja, es wird Zeit.«

Selbst für die curia waren sie zu viele, und so drängten sich Colonias hundert führende Bürger sowie hundert weitere im Hauptversammlungsraum des Tempelbezirks. Corvinus war da, mit dunklen, sorgenvollen Augen schaute er auf Valerius; Didius, der Geldverleiher, geschmeidig und berechnend, aber ausnahmsweise einmal nervös; außerdem ein Dutzend weitere Bürger, die Valerius kannte. Die Männer, die seit Claudius' Zustimmung zur Gründung der Stadt deren Entwicklung vorangetrieben und seitdem davon profitiert hatten. Vielleicht ein Drittel von ihnen trug die Milizuniform und der Rest die Amts-Toga mit dem Purpurstreifen. Valerius wusste, dass seine Mitteilung keinem von ihnen gefallen würde.

»Ich werde die Stadt aufgeben.«

Die Ankündigung löste einen Aufruhr aus. Verschiedene Männer baten lauthals ums Wort und verlangten von Petronius, der mit verstörter Miene auf seinem Stuhl zusammengesackt war, als Erster sprechen zu dürfen. Selbst die Veteranen, die zeit ihres Lebens an Gehorsam gewöhnt waren, schienen der Meuterei nahe zu sein, und Falco, der zwischen ihnen stand, machte ein genauso grimmiges Gesicht wie alle anderen.

Valerius erhob die Stimme über das Getöse. »Es gibt keine andere Wahl«, sagte er. »Wir können diese Stadt nicht gegen fünfzigtausend Krieger oder auch nur die Hälfte davon verteidigen. Selbst wenn die Wälle intakt wären, würde ich das mit den uns zur Verfügung stehenden Kräften nicht versuchen. Ihr müsst die Alten, die Kranken und die Frauen und Kinder darauf vorbereiten, morgen bei Tagesanbruch in Richtung Londinium aufzubrechen. Gebt ihnen genug Essen und Wasser für vier Tage mit. Beschlagnahmt jeden Karren und Wagen in der Stadt, aber beschränkt das Gepäck auf ein Minimum. Menschenleben sind wichtiger als Schätze.«

»Sind wir Feiglinge, dass wir vor dem keltischen Pöbel weglaufen, dem wir vor zwanzig Jahren in den Arsch getreten haben?« Die Stimme ertönte im hinteren Bereich des Saals, und Valerius musste den Hals recken, um zu sehen, wer gesprochen hatte: ein knorriger Bauer mit grauem Bart, der in der Legion Offizier gewesen war und jetzt als Zenturio der zweiten Miliz-Kohorte diente.

»Nein, das sind wir nicht, Marcus Saecularis, und ich jedenfalls werde nicht fliehen. Wenn wir fortlaufen, sitzen sie uns wie ein Rudel Schakale im Nacken. Und wenn wir versuchen, die Stadt zu verteidigen, hauen sie unsere kleine Armee in Stücke und jagen uns wie Ratten durch die Straßen.«

»Was dann?« Die Frage kam von Falco.

Valerius nickte dankbar. Er brauchte die Hilfe dieses Mannes mehr als die jedes anderen. Wenn Falco ihn nicht unterstützte, war Colonias Verhängnis sicher.

»Es besteht die Möglichkeit, dass wir sie davon überzeugen können, Colonia zu umgehen. Wenn wir uns an der richtigen Stelle stark zeigen und so tun, als hätten wir ausreichende Kräfte zur Verfügung, werden sie vorsichtig sein. Der Aufstand hat gerade erst begonnen, und seine Anführer brauchen einen schnellen Sieg, um sich der Loyalität ihrer Gefolgsleute zu versichern. Sie werden keine Truppe angreifen wollen, die sie für eine vollständige Legion halten.«

»Und wenn das nicht funktioniert?«

Valerius ließ den Blick über die Gesichter der Versammelten wandern, damit jeder Einzelne glaubte, er spreche zu ihm ganz persönlich.

»Wir werden das tun, was eine Legion am besten kann«, sagte er und sah, dass in Falcos Augen Verstehen aufleuchtete. »Wir werden auf unserem Boden und zu unseren Bedingungen mit ihnen kämpfen. Wenn wir die Nachricht vom Kommen der Barbaren erhalten, marschieren wir ihnen entgegen. Ich beabsichtige, statt der Wälle, die wir nicht haben, den Fluss zu nutzen. Unsere größte Stärke ist unsere Einigkeit und unsere Disziplin. Wir werden ihnen den Preis in Erinnerung rufen, den der Trotz gegen Rom jeden kostet.«

»Sind wir denn genug?«, fragte der Milizkommandant. »Weniger als dreitausend gegen fünfzigtausend?«

Valerius zögerte, da er selbst nicht wusste, was er als Nächstes sagen würde. Dann hatte er eine vertraute harte Stimme im Ohr, die vor einigen wenigen Wochen zu ihm gesprochen hatte, und sie lieferte ihm die Antwort: »Falls die Miliz Colonia nicht verteidigen kann, verdienen die Einwohner nicht, die Stadt zu behalten.«

Die Worte wurden mit ungläubigem Schweigen aufgenommen. Valerius sah die Bestürzung in Falcos Gesicht, und gleich darauf erfüllte wütendes Geschrei den Saal. Ein Zenturio der Miliz wollte sich auf ihn werfen und musste von zwei seiner Kameraden von einem körperlichen Angriff zurückgehalten werden. Jetzt hasste man ihn. Doch das war gut so. Wenn Valerius diesen Hass gegen die Icener lenken konnte, hatten sie vielleicht eine Chance.

Petronius rief die Versammelten zur Ordnung. Es gefiel ihnen nicht, doch keiner wollte einen Streit. Valerius war mit der Autorität des Prokurators ausgestattet, und Ungehorsam wäre einer Meuterei gleichgekommen.

Noch immer argumentierten einige gegen eine Evakuierung, nämlich die, die an der Seite ihrer Frau und ihrer Kinder bleiben und ihren Besitz verteidigen wollten, doch sie befanden sich in der Minderzahl. Jeder im Saal kannte Kelten, die jetzt nicht mehr in Colonia, sondern im Norden waren und ihre Schwerter schärften. Sie erinnerten sich an die Demütigungen, die ihren keltischen Nachbarn zugefügt worden waren; die Angst vor deren Rückkehr und Valerius' ruhige Autorität taten ein Übriges. Als die Frage geklärt war, erläuterte Valerius, wie man die Evakuierung organisieren würde, wer den Zug anführen, wer die Begleittruppe befehligen und wie viel Gepäck erlaubt sein würde. Als er die Zustimmung der Versammelten hatte, erteilte Petronius seine Befehle, und alle verließen schweigend den Saal. Jeder überlegte, wie er die Nachricht seiner Frau beibringen sollte, wie viel sie und der Rest der Familie würden tragen können und wo er den Rest vergraben sollte.

Als sie gingen, zog Valerius Falco zur Seite. »Du hattest recht«, entschuldigte er sich. »Wir haben nicht genug Leute. Aber es bringt den Männern nichts, das zu hören.«

Falco musterte ihn mit nachdenklicher Miene. »Ich habe schon oft gehört, dass Männer zu den Waffen gerufen wurden, aber nie mit solchen Worten. Caligula hätte viel von dir lernen können.«

Valerius lächelte. Ein zweischneidiges Kompliment, falls es überhaupt ein Kompliment war. Aber er spürte, dass er keinen bleibenden Schaden angerichtet hatte.

»Eines solltest du wissen, Primus Pilus«, sagte er förmlich. »Wenn wir eine Angriffswelle nach der anderen abgewehrt haben, wenn ihre Leichen sich vor unseren Schwertern türmen und sie uns trotzdem noch angreifen, werde ich mich zum letzten Gefecht hierher in den Tempelbezirk zurückziehen. Wir werden so viele Vorräte und Wasser im Tempel lagern wie möglich. Wenn du oder einer deiner Männer beim Kampf von den anderen getrennt werdet, zieht euch zum Tempel zurück. Dort seid ihr unter Freunden. Und jetzt an die Arbeit.«

Was folgte, war eine Nacht des Chaos, wie die Provinz sie noch nie erlebt hatte.

Zu Tausenden strömten sie nach Colonia herein. Verstörte Familien, die aus der Sicherheit ihres Zuhauses gerissen worden waren und entsetzliche Angst vor dem hatten, was vielleicht kommen würde. Ob reich oder arm, sie gehörten jetzt alle derselben Klasse an. Sie waren heimatlose Vertriebene auf der Flucht vor einem Racheheer, das keine Gnade kennen würde.

Natürlich gab es nicht genug Wagen für alle. Valerius ordnete an, dass die verfügbaren Fahrzeuge für die kleinsten Kinder, die Kranken und die Alten reserviert wurden, die kaum einen Fuß vor den anderen setzen konnten. Doch welche Mutter würde sich freiwillig von ihrem Kind trennen lassen? Welche Tochter von ihrem betagten Vater? Mitten in diesem Tumult stieß er auf Lunaris, der bei einem Wagen stand und versuchte, zwei Frauen zu trennen, die kreischend und schimpfend um einen Platz für ihre Kinder kämpften. Bei einer anderen Gelegenheit hätte Valerius über den bestürzten Gesichtsausdruck des Legionärs gelacht.

»Was soll ich mit ihnen machen?«, fragte der *duplicarius*, der die beiden, die sich gegenseitig an den Haaren rissen und sich die Kleidung von Brust und Schultern zerrten, mit ausgestreckten Armen von sich abhielt.

»Wirf sie in den Fluss«, schlug Valerius vor. Er sagte es so laut, dass die Streitenden hörten, dass es ihm damit ernst war. Der Kampf brach daraufhin sofort ab. Lunaris grinste, und die beiden Frauen trennten sich, obwohl sie einander noch anspuckten, und verzogen sich zu entgegengesetzten Enden des Wagenzugs. Valerius half einem Blinden, der zum ersten Mal seit zehn Jahren von seiner Pflegerin getrennt war und nun mit vorgereckten Armen an der Marschreihe entlangtaperte und höflich fragte, ob jemand Julia gesehen habe. Ein wenig später beobachtete er, wie zwei von Colonias abgebrühten Huren ihren Platz, den sie mit Gold bezahlt hatten, an eine verzweifelte Mutter abtraten, die ein schreiendes Baby auf dem Arm trug und an deren Rockzipfeln sich zwei rotznäsige Kleinkinder mit aufgerissenen Augen festklammerten.

Aber er konnte nicht überall sein. Beim ersten von vielen Unfällen stürzte eine verstörte Fünfjährige, die auf dem Rand eines bereits doppelt überladenen offenen Wagens saß, vor ein eisenbereiftes Rad, das der laut Schreienden die Beine zermalmte. Man tat, was man konnte, um ihr ihr Los zu erleichtern, aber sie starb innerhalb weniger Minuten mit immer noch vom Schock geweiteten Augen.

Drei Stunden nach Mitternacht rief Luca, einer der jungen Legionäre, die Valerius' Begleitmannschaft bildeten, den Tribun nach vorn zu einer Stelle, wo eine aufgebrachte Menschenmenge sich um einen Wagen versammelt hatte.

»Was ist hier los?«, fragte er. Der Wagen war mit einer gewachsten Plane bespannt, sodass man die Fracht nicht sehen konnte, doch daran, wie tief er auf den Achsen auflag, erkannte man, dass er schwer beladen war. Eine massige Frau, deren Gesicht unter einer Kapuze verborgen war, saß auf dem Bock und hielt die Zügel.

Luca deutete achselzuckend auf die Menschen, die ihn mit misstrauischen Gesichtern umstanden. »Sie behaupten, dass mit diesem Wagen etwas nicht stimmt. Sie haben die Frau gebeten, eines ihrer Kinder mitzunehmen, aber sie lässt niemanden in ihre Nähe. Sie schüttelt nur immer den Kopf. Ist sie vielleicht stumm?«

Valerius betrachtete die Wagenlenkerin und bemerkte, dass die Hände, die die ledernen Zügel hielten, zitterten. Und noch etwas fiel ihm auf. Bei Mars' heiligem Bart, hatte er nicht genug zu tun? Er streckte die Hand aus und zog die Kapuze zurück. Darunter kam Bassus Atilius zum Vorschein, einer von Colonias erfolgreichsten Kaufleuten. Fett, unrasiert und mit einem grauen Frauengewand bekleidet, starrte er ihm wütend entgegen. Von Abscheu erfüllt, packte Valerius den entsetzen Händler beim Nacken und schleuderte ihn zu Boden.

»Tötet ihn.« Der Ruf drang aus den hinteren Reihen der Menschenmenge.

»Halte sie zurück«, befahl Valerius, band die Riemen, die die Plane hielten, auf und brachte Bassus' Frau zum Vorschein, die zwischen mehreren großen Kisten kauerte. Er half der Frau beim Aussteigen, packte eine der Kisten und kippte sie aus dem Wagen. Sie brach auf, und Dutzende Stücke feiner Kupferwaren purzelten heraus. Weitere Kisten folgten, und alle waren mit ähnlichen Gegenständen gefüllt, darunter auch Geschirr und Ornamente aus Silber. Dazwischen winselte Bassus um Gnade, während seine Frau ihr Gesicht verhüllte.

»Bitte, das ist alles, was ich besitze. Ich muss es retten.«

Valerius hob einen Beutel hoch, wie Bauern ihn benutzten, um ihr Mittagessen mit aufs Feld zu nehmen, und staunte, wie schwer er war. Ein Blick hinein zeigte ihm Hunderte von goldenen *aurei*, die ihm entgegenfunkelten. Jede Münze glänzte, als hätte ihr Besitzer sie stundenlang poliert. Als Bassus den Beutel sah, schrie er auf.

»Tötet ihn«, wiederholte die Stimme.

Valerius zog das Schwert und schaute in Richtung der Stimme. Jetzt kauerte Bassus zu seinen Füßen und flehte um Gnade. »Wenn du seinen Tod wünschst, töte ihn selbst.«

In der Menge erhob sich ein Grollen, aber keiner trat vor.

»Dann nimm ihm wenigstens das Gold weg.«

»Nein, wir sind keine Diebe. Wollt ihr so tief sinken wie dieser Mann, der euch und eure Kinder für ein paar Töpfe und Pfannen geopfert hätte?« Er sah sie an, überwiegend Frauen und Kinder, doch es waren auch einige ältere Milizangehörige darunter. Die meisten wichen seinem Blick aus. »Er ist von genau derselben Habgier erfüllt, die nun die Icener zu euren Türen führt. Eine Habgier, die die Bedeutung des Wortes *genug* nicht kennt.« Er warf das Gold zu Bassus hinunter, wo es mit einem gewichtigen Klirren landete. Der Händler hob den Beutel auf und presste ihn an sich. »Luca, such dieser Frau einen Platz in einem Wagen. Und dann bring diesen Mann zur Brücke und schaffe ihn hinüber. Wir werden sehen, wie viele Goldstücke es braucht, um Boudiccas Gnade zu erkaufen.«

Den Rest der Nacht hatten die Legionäre alle Hände voll zu tun, die Leute zu beruhigen oder ihnen mit Zwang oder Bitten und manchmal auch mit Tritten und Hieben zuzusetzen, bis der erste purpurfarbene Hauch der Morgenröte den pechschwarzen Himmel über der Stadt blutig färbte und sich das Chaos zu einem Anschein von Ordnung fügte.

Bela, der thrakische Kavalleriekommandant, kam mit dreißig Reitern, die auf ihren großen Pferden den Flüchtlingstreck flankierten. Für die Männer, die sich an das Tempo des langsamsten Ochsenwagens halten mussten, würde es ein zermürbender Ritt werden, aber wenigstens würden ihre Pferde so für zukünftige Herausforderungen frisch bleiben.

Mit seiner Erschöpfung kämpfend, ging Valerius an dem langen Wagenzug entlang und vergewisserte sich, dass alles seinen Platz gefunden hatte und dass er sich mit all den kleinen, störenden oder gefährlichen Problemen befasst hatte, die im Laufe der Nacht aufgekommen waren. Eine gut gekleidete Dame, die Petronius' Frau sein mochte, starrte ihn wütend an, als trüge er die Schuld an ihrer misslichen Lage, aber viele dankten ihm, und nicht nur jene, von denen er es erwartet hätte. Andere wollten noch immer etwas Beruhigendes von ihm hören. Sie wünschten sich die Versicherung, dass sie zurückkehren und alles wieder so sein würde wie zuvor. Er nickte lächelnd, doch es war eine Lüge. Diese Menschen ließen nicht nur ihre Männer, sondern ihr ganzes bisheriges Leben hinter sich zurück, und nichts würde jemals wieder wie vorher sein.

Er sah Hunderte Abschiede. Sehnsüchtige Küsse und hemmungslos fließende Tränen. Er hörte das herzerweichende Flehen von Frauen, die zurückblieben und das, was sie erwartete, gemeinsam mit ihrem Mann bestehen wollten. Ein Vater drückte sein Neugeborenes an die Brust, bis seine Frau es ihm aus den Armen nahm, damit er es nicht zerquetsche. Als die Sonne aufging und Valerius zum Anfang des Trecks kam, wo Bela ihn erwartete, wusste er, dass er das Weinen und Schreien der Kinder zeit seines Lebens nicht mehr vergessen würde.

Der junge Thraker stand am Hals seines Pferdes, den brünierten Helm sorglos in der Hand, das schieferschwarze Haar unordentlich zerzaust. Bela sah aus wie ein junger Alexander und hatte das dazu passende Selbstbewusstsein, doch sein Blick war ernst, und er hob witternd die Nase, als Valerius sich näherte. Der Römer warf ihm einen fragenden Blick zu.

»Rauch«, erklärte Bela. »Aber nur der Rauch von euren Kochfeuern. Wenn die Kelten kommen, wird der Rauch anders riechen, weil sie alles verbrennen werden.«

Valerius nickte. »Deine Befehle sind dir klar?«

Der Reiterführer nickte. »Natürlich. Ich liefere meine kostbare Fracht ab und kehre dann zurück. Vorher statte ich aber dem Prokurator noch einen Besuch ab.«

»Wo du meinen Sorgen energisch Ausdruck verleihst.«

»Wo ich deinen Sorgen energisch Ausdruck verleihe und meine Karriere riskiere.«

»Und die anderen Botschaften, die deine Leute übermitteln sollen?«

»Janos wird deinen persönlichen Brief direkt zum Statthalter bringen, doch das wird einige Tage dauern und wird euch hier kaum helfen können. Petur sollte das Lager der Neunten heute Abend erreichen, falls man dort nicht schon aufgebrochen ist.«

»Lass uns hoffen, dass es so ist. Dann reite also los, und möge Mars dich beschützen.«

Bela ergriff seine Hand, und sein Blick wanderte zu dem eine Meile langen Wagenzug zurück. »Gestern haben wir Heros, dem obersten unserer eigenen Götter, ein Fohlen geopfert. Es war ein gutes Opfer – aber ich werde jede Hilfe annehmen, die ich kriegen kann.«

XXXI

Valerius sah dem Wagenzug nach, wie er schwerfällig das Gefälle zur Lücke in dem alten trinovantischen Wall hinunterrollte und die lange Reise nach Londinium in Angriff nahm. Als die Straße endlich leer war, wartete er noch eine kleine Weile, drehte sich dann um und kehrte langsam durch den Torbogen nach Colonia zurück.

»Inspizierst du meine Männer, Tribun?«

Falco stand neben Corvinus auf der Hauptstraße vor dem Laden des Goldschmieds. Normalerweise wären selbst um diese frühe Stunde um die hundert Menschen auf diesem Straßenabschnitt unterwegs, um zu kaufen, zu verkaufen oder einfach nur die Auslagen zu betrachten. Jetzt aber war es unheimlich still. Vor einem der anderen Läden lag ein umgekippter, aus Weidenruten geflochtener leerer Vogelkäfig, und in einer offenen Tür flatterte ein Vorhang.

»Es wäre mir eine Ehre, Primus Pilus.« Valerius verbeugte sich. »Und vielleicht würdest du mir die Ehre erweisen, die meinen zu inspizieren.«

Der Milizkommandant wirkte erfreut über das Kompliment. Sonderbar, dass in dieser langen, quälenden Nacht die Jahre von ihm abgefallen zu sein schienen, während der Goldschmied enorm gealtert wirkte.

Sie gingen an Lucullus' Stadthaus vorbei zum Forum, und Valerius dachte an den Tag zurück, an dem er den Brief mit der Bitte des Vaters gelesen hatte, nach Rom zurückzukehren. Ein Schauder überlief ihn, und er blickte zur Sonne auf, die hell und leuchtend über dem Dach des großen Tempels aufging. Sie brachte ihm die Erinnerung an andere Sonnentage zurück: an die stechende toskanische Sonne und die Sonne, die bei Neapolis auf dem azurblauen Meer gefunkelt hatte; an den Sonnenschein auf seinem Rücken, als er zum ersten Mal mit einer Frau geschlafen hatte; und an die Sonne, die eine Woche vor dem Tod seiner Mutter tiefe Schatten in ihr Gesicht gezeichnet hatte. Er hatte so oft die Sonne gesehen. Würde dies das letzte Mal sein?

»Meine Sklaven haben die *amphorae* mit meinem besten Wein in einer Grube draußen vor dem Osttor vergraben. Ich habe es nicht über mich gebracht, sie zu zerbrechen und zuzusehen, wie die Mühen vieler Jahre im Staub versickern. Schade, dass du nicht ein paar Tage früher gekommen bist – dann hätten wir ihnen den Abschied geben können, den sie verdient hätten.«

»Alles ist besser, als sie den Kelten zu überlassen«, sagte Corvinus bitter, und Valerius fragte sich, was er wohl mit den gesammelten Schätzen und Gewinnen von neun Jahren gemacht hatte. Wahrscheinlich hatte er sie an einem sicheren Ort vergraben, wo er sie sich zurückholen könnte, falls ... Er stellte fest, dass er die Frau des Goldschmieds nicht unter den Frauen auf den Wagen gesehen hatte. Aber es waren ja auch so viele gewesen ...

Sie gelangten zum Tempelbezirk, wo Lunaris und die Soldaten aus der Garnison Londiniums bereits daran arbeiteten, das Haupttor zu verstärken.

»Ich möchte, dass alle überschüssigen Waffen hierhergebracht werden. Speere, Schwerter, Pfeile und Bögen und sogar Steine, alles, was einen Mann aufhalten kann.«

»Den Schlüssel zur Waffenkammer hat Petronius«, bemerkte Falco.

Valerius rief nach seinem Schreiber. Er schrieb rasch etwas auf eine Wachstafel und reichte es dem Weinhändler. »Dies ist mein Befehl, die Waffenkammer zu öffnen, damit sie leer geräumt werden kann. Sollte er sich weigern oder die Übergabe zu verzögern suchen, brecht ihr die Tür auf. Lunaris!«, brüllte er.

Der große Mann legte einen Stapel Bretter zu Boden, die er gerade zum Tor trug, und eilte zu ihnen hinüber. »Herr«, meldete er sich. Sein breites Gesicht glänzte vor Schweiß.

»Was ist mit Wasser?«

Lunaris runzelte die Stirn. »Es gibt einen Brunnen in der hinteren Hofecke und ein Wasserbecken in einem der Gebäude an der Nordseite, das mittels einer Eimerkette vom Fluss aus gefüllt wird. Nur Mithras weiß, wie lange beides reichen wird.«

»Nicht lange. Nimm dir einige Männer und sammele jede *amphora* ein, die sich auftreiben lässt. Sie müssen gefüllt, versiegelt und gut bewacht im Tempel gelagert werden. Das Gleiche gilt für Nahrungsmittel. Lass jedes Haus durch-

suchen und alles Essbare herbringen, das sich finden lässt.«
Erneut schaute er nach der Sonne. Bereits jetzt flimmerte
das rote Ziegeldach der Tempelanlage vor Hitze. »Und sorge
dafür, dass jeder Mann seinen Wasserschlauch gefüllt hat.
Es ist mir egal, wenn sie sterben, aber ich will nicht, dass sie
verdursten.« Er sah, dass Lunaris zögerte. »Was ist?«

»Der Tempel. Wir hatten Probleme mit den Priestern. Sie
wollen uns nicht in die Nähe lassen, und unsere Legionäre
haben Angst, die Götter zu kränken. Wir kommen nicht einmal in die Schreibstuben und Vorratslager hinein.« Er deutete mit einem Nicken zu den Gebäuden auf der Ostseite, wo
zwei Männer in weißen Gewändern vor der Tür standen und
die Soldaten misstrauisch beobachteten. Noch etwas, woran
Valerius hätte denken sollen. Er hätte darauf bestehen müssen, dass die Auguren und ihre Herren mit dem Wagenzug
fortgeschickt wurden.

»Überlass die Priester mir«, sagte er und ging zu den beiden hinüber.

Lunaris grinste. Plötzlich taten ihm die blutsaugenden
Hühnermörder, die ihm den ganzen Vormittag lang das Leben schwer gemacht hatten, ein wenig leid.

Valerius erkannte in dem jüngeren Priester den Augur,
der vor einigen Monaten den Lohn für seine Vorhersage abgelehnt hatte. Was hatte der Mann noch einmal gesagt? *Du
hast viel zu gewinnen, doch noch mehr zu verlieren, wenn du dem
Weg, den du gewählt hast, weiter folgst.* Nun, er hatte Maeve gewonnen und sie wieder verloren. Und er war seinem Weg bis
hierher gefolgt. Wo es noch mehr zu verlieren gab. Er kannte
die Gefahr, die ein Konflikt mit dem Kaiserkult heraufbe-

schwor. Die Vergeltung würde eher irdisch als göttlich sein und die Strafen sehr schmerzhaft und sehr dauerhaft. Aber jetzt hatte er andere Sorgen. Er hatte den Befehl erhalten, Colonia zu verteidigen, und er würde es verteidigen. Zumindest diesen kleinen Teil der Stadt. Um jeden Preis.

»Du bist der Leiter des Tempels?«, fragte er den älteren der beiden Priester, einen stämmigen Mann mit schütterem blondem Haar und einem verängstigten Blick, der unruhig hin und her huschte.

»Marcus Agrippa«, sagte der Priester, als sollte Valerius dieser Name bekannt sein. »Mir obliegt die Verantwortung für den Tempel des vergöttlichten Claudius, und ich muss gegen die Rücksichtslosigkeit protestieren, mit der deine Soldaten diesen heiligen Boden entweihen. Ich habe die Absicht, nach Rom zu schreiben«, drohte er, »und ich werde deinen Namen erwähnen.«

Valerius lächelte kühl und blickte zu der Stelle, wo Lunaris gerade mit einer *amphora* unter jedem Arm die Tempelstufen hinaufeilte. Der jüngere Priester erkannte die gefährliche Veränderung in Valerius' Stimmung und trat von seinem Kollegen weg.

»Auf Befehl des Statthalters fallen dieser Tempel und alles und jeder, der sich darin befindet, unter das Kommando des Militärs.« Valerius hatte keinen Befehl des Statthalters erhalten, doch verglichen mit dem Vergehen des Sakrilegs war es eine kleinere Übertretung. »Ich bin mir sicher, dass der vergöttlichte Claudius als militärisch denkender Mann Verständnis haben wird. Ihr behindert eine wichtige militärische Operation, und unter Militärrecht können wir kurzen

Prozess mit euch machen. Was befindet sich dort drinnen?« Er schob sich zwischen den beiden Männern hindurch und rüttelte an der Tür. Diese war stabil und offensichtlich abgeschlossen.

»Das ist ein privater Bereich«, schrie der ältere Priester. »Darin befindet sich nichts von militärischem Wert.«

»Das werde ich selbst beurteilen.« Valerius trat kräftig gegen das Holz, und das Schloss zerbrach und ließ die Tür aufschwingen. Er warf einen Blick hinein. »Ihr nehmt jedes Möbelstück und jeden Teppich, jede Statue und jeden Wandteppich und tragt alles in den Tempel. Sagt dem großen Soldaten, dass ich im Bereich des *pronaos* die Zwischenräume der Säulen befestigt haben möchte.«

»Aber dies ist ...«, protestierte der Priester.

Valerius zog mit viel Nachdruck sein Schwert aus der Scheide. Das *gladius* glitt mit einem unheilverkündenden Flüstern heraus, und die Schneide blinkte hell im Licht der Morgensonne. »Vielleicht hast du die Bedeutung der Wörter *kurzen Prozess machen* nicht verstanden.«

Dem Priester blieb der Mund offen stehen, und er eilte durch die Tür nach drinnen, von wo dann das befriedigende Geräusch von Möbelrücken auf dem Mosaikboden herausdrang.

»Worauf wartest du noch?«, fuhr Valerius den jungen Seher an.

»Ich fragte mich, wo ich ein Schwert finden könnte, Herr«, sagte der Junge mit einem nervösen Blick auf das *gladius*.

Valerius hätte beinahe gelacht, doch er wusste, dass das

den jungen Mann beschämt hätte. Mut konnte man an den unwahrscheinlichsten Orten finden, und er brauchte allen Mut, den er bekommen konnte. Hier hatte er einen weiteren Kämpfer. »Nun ...«

»Fabius, Herr«, sagte der Junge.

»Nun, Fabius, wenn du hier fertig bist, sprich mit Lunaris im Tempel. Sag ihm von mir, er soll dich im *pronaos* stationieren.«

Valerius ging die siebzig Schritte zum Tempel zurück, musterte seine Umgebung, registrierte alles, was den Verteidigern einen Vorteil bieten, und musterte jeden Schwachpunkt, der dem Feind seinerseits einen geben könnte. Die vordere Mauer mit dem Tor in der Mitte war die offensichtlichste Schwachstelle und daher der Ort, an dem die Briten mit größter Wahrscheinlichkeit angreifen würden. Wenn es so weit war und er dann noch lebte, war dies die Stelle, an der er seine Kräfte konzentrieren würde. Mithilfe der Mauer würde er den Feind zermürben. Gleichzeitig würde er eine starke Reserve in der Hinterhand behalten – er schüttelte den Kopf. Wie konnte er in einer solchen Lage das Wort *stark* verwenden? Die Reserve würde so stark sein, wie er es sich leisten konnte, und sich bei den Tempelstufen bereithalten für den Fall, dass die Barbaren irgendwo durchbrächen. Ja, er war überzeugt, dass es ihm gelingen würde, sie für die vordere Mauer teuer bezahlen zu lassen.

Aber es gab vier Außenmauern. Was war mit denen im Osten, im Westen und im Norden? Als Erstes musterte er den Ostabschluss. Stabile einstöckige Schreibstuben und Lagerräume unter einem ziegelgedeckten Schrägdach, das steil zur Mauer hinaufführte. Die Mauer selbst reichte auf der glatten Außenseite weiter als zwei Mannshöhen hinauf. Und im Norden? Er begriff, dass er da eine Wissenslücke hatte, wandte sich unvermittelt um und trat aus dem Eingangstor, um die Außenmauern zu umschreiten.

Auf der Innenseite der Nordmauer verlief der Wehrgang, der alle Seiten des Tempelbezirks einfasste, doch draußen grenzte die Nordmauer zu seiner Befriedigung direkt an den Hang, der zu den flachen Uferwiesen hin abfiel. Ein Feind ohne Belagerungsgeräte würde sehr entschlossen sein müssen, um erst den Hang und dann die Mauer zu erklimmen, die weder Hand noch Fuß den geringsten Halt bot. Er blickte zu der Wiese hinunter, wo das dichte, süße Gras unvermittelt beim silbernen Band des Wassers endete. Das war der Schlüssel. Er hatte es mit einem Feind ohne Leitern und Belagerungstürme zu tun, der auch nicht wusste, wie man so etwas fertigen sollte. Mit einem Feind, der den direkten Angriff allem anderen vorzog.

Ja, die Nordwand war ausreichend befestigt. Doch als er um die Ecke bog, entdeckte er etwas, was absolut nicht ausreichend befestigt war. Entlang der westlichen Außenmauer war eine nahezu durchgehende Reihe grob gezimmerter Verschläge errichtet worden, die, wie er feststellte, als Lagerraum für Baumaterialien verwendet wurden. Jeder dieser Verschläge würde eine Plattform für einen feindlichen Angriff darstellen.

Auf dem Rückweg zum Tempel blieb er beim Tor stehen, wo Gracilis, der versierte Wolfsjäger der Zwanzigsten, ein

Mann aus den campanischen Bergen, die Verstärkung der Befestigungen überwachte.

»Nimm dir ein paar Männer, und reiß die Hütten an der Westwand ab. Anschließend säuberst du das Gelände vor dem Tor bis in Speerwurfweite. Ich möchte von hier bis ungefähr dort drüben ein freies Schussfeld haben.«

Gracilis salutierte grinsend. Wie für alle Legionäre gab es für ihn nur eines, was er lieber machte als zu kämpfen oder zu saufen: jemandes Besitz zerstören. »Sollen wir sie niederbrennen, Herr?«, fragte er hoffnungsvoll.

Valerius schüttelte den Kopf. Besser, sie erzeugten keinen Rauch, der die Feinde warnen würde. »Brecht sie einfach ab, und verstärkt damit die Befestigungen.«

Eine Kette von Legionären reichte Wasserkrüge ins Innere des Tempels weiter, während Lunaris die Arbeiten überwachte, mit denen die letzten Teile der Barrikade um den *pronaos* zwischen den dicken Säulen eingefügt wurden. Der *pronaos* bildete den Vorhof des Tempels, und dahinter lag die *cella*, das innere Heiligtum des Claudiuskultes. »Vielen Dank auch für die Verstärkung«, sagte der große Mann. Valerius war verwirrt, bis Lunaris auf eine Stelle zeigte, wo Fabius hinter einer gepolsterten Couch hervorspähte, die an einer der Säulen lehnte. Jemand hatte ihm einen Helm gegeben, der ihm einige Nummern zu groß war und wie ein Kochtopf auf seinem Kopf saß.

»Vielleicht bist du mir später noch für ihn dankbar.«

Lunaris machte ein nachdenkliches Gesicht. »Vielleicht kommen sie ja nicht.«

Valerius trat zurück, als einer seiner Männer achtlos eine

Büste des Kaisers Augustus auf die Barrikade packte. »In dem Fall kannst du mir Gesellschaft in dem Sack leisten, in dem man mich in den Tiber werfen wird.« Er blickte zum Tempel über ihnen auf. »Haben wir irgendwelche Bogenschützen?«

»Keiner in unserer Truppe, von dem ich wüsste. Einige der Veteranen könnten aber Jäger sein, und ich habe manchmal einige Männer der Hilfstruppen mit Pfeil und Bogen üben sehen. Warum?«

Valerius deutete aufs Tempeldach. »Wenn wir ein Dutzend Männer dort oben postieren, könnten sie den ganzen Umkreis abdecken. Gelegenheit für einen direkten Angriff der Briten sehe ich nur auf der Südseite, aber ...«

Er wurde von einem Ruf aus der Richtung des Tors unterbrochen, und als er sich umwandte, sah er Falco an der Spitze einer Gruppe von Milizsoldaten, von denen jeder ein Bündel *pila* im Arm trug. Das Gesicht des Weinhändlers war vor Empörung rot angelaufen.

»Genug, um eine ganze Armee auszurüsten«, schimpfte er. »Dieser verdammte Kerl. Genug Speere, um jeden Soldaten damit zu bewaffnen, und das hier ist noch übrig. Außerdem Schilde und Schwerter, glänzend wie am Tag, an dem sie geschmiedet wurden. Und über Jahre hinweg mussten wir uns mit allem Möglichen behelfen ...«

»Wie geht es unserem guten *quaestor* denn?«, fragte Valerius milde. »Wird er seinen Platz in der Reihe einnehmen?«

»Er ist verschwunden. Seit der Besprechung ward er nicht mehr gesehen. Vielleicht ganz gut so. Wenn ich ihn in die Hände bekäme, würde er sich wünschen, bei den Aufständischen zu sein.«

»Ich bezweifle, dass wir ihn vermissen werden. Komm. Wir brauchen einen Vorrat an Speeren dreißig Schritte hinter der Südmauer und einen weiteren bei den Stufen.«

Falco betrachtete das Gewimmel der mit Vorbereitungsarbeiten beschäftigten Männer. »Du hast also vor, den Tempel zu verteidigen. Ich dachte …«

»Nein, zunächst bekämpfen wir sie außerhalb der Mauern. Tut mir leid«, entschuldigte sich Valerius. »Ich hätte dich besser informieren sollen.«

Der Weinhändler schüttelte den Kopf. »Die letzten Milizen werden erst in einigen Stunden aus den umliegenden Bauernhöfen eintreffen. Wir haben also genug Zeit. Wir hätten von den berittenen Posten Bescheid bekommen, wenn es bereits eine unmittelbare Gefahr gäbe.«

»Wir stellen alle Zivilisten, die bereit sind zu kämpfen, hier im Tempel auf und geben ihnen zur Verstärkung ein paar von meinen Leuten mit. In unserer Schlachtformation möchte ich nur kampferprobte Männer haben.« Valerius stellte sich die verängstigten Kaufleute, Handwerker und Diener im Angesicht kampfestrunkener britischer Krieger vor und sah das blutige Chaos eines gesprengten Schildwalls vor sich. »Ich bezweifle, dass sie lange standhalten würden, und wer könnte es ihnen verübeln. Wenn die Briten bei unserem Anblick nicht zurückschrecken …«

Falco lachte. »Das war ein schönes Wunschbild, das du dem Rat vorgegaukelt hast. Ich hätte es beinahe selbst geglaubt.«

Sie gingen vom Tempelbezirk zurück zu der Stelle, wo das Gelände zum Fluss hin abfiel. Vor ihnen lag die Wiese, auf der Valerius während seiner ersten Woche in Colonia Falcos Miliz inspiziert hatte. Das schien jetzt eine Ewigkeit her zu sein. Der Fluss bildete dort eine weite Schleife. Dank der jüngsten Regenfälle war er breit und tief genug, um eine wirksame Barriere gegen einen vorrückenden Feind zu bilden, der schnell vorankommen musste.

»Ich werde alle Brücken bis auf eine niederbrennen.« Er deutete auf die Straße von Colonia nach Venta, die über den Fluss führte. »Das wird unser Köder sein. Diese Briten sind Kämpfer, aber keine Soldaten. Die Brücke wird sie anlocken, denn hinter ihr werden wir unsere Verteidigungsreihen aufstellen, und der erste Impuls unserer Feinde wird sein, uns vernichten zu wollen. Bis auf den letzten Mann.«

»Aber was, wenn ...«

Valerius war der Schwachpunkt seines Planes klar. »Die Reiterei wird auf dem diesseitigen Ufer patrouillieren, damit uns eine eventuelle Flussüberquerung der Feinde nicht entgeht, aber ich glaube nicht, dass es dazu kommen wird. Wenn sie Colonia einnehmen wollen, müssen sie uns ausradieren, Falco. Indem wir uns Boudicca als Köder anbieten, können wir genug Zeit erkaufen, damit Paulinus seine Legionen von Mona umlenken kann. Falls er das nicht tut, ist die Neunte in Lindum nur fünf Tage entfernt; möglicherweise ist sie bereits jetzt auf dem Weg, um uns zu ersetzen. Sollten wir Colonia nicht retten können, dürften wir wenigstens Zeit für Londinium gewinnen.«

Der Ruf eines der Legionäre, die an der Befestigung des

Tempels arbeiteten, unterbrach sie. Valerius wandte sich instinktiv nach Nordosten und sah das Leuchtfeuer, das im Signalturm auf dem Bergkamm aufleuchtete. Er wusste, dass die Männer im Turm ebenfalls angestrengt nach Norden spähen und dort zwanzig Meilen entfernt am Horizont ein winziges Echo der Flamme erblicken würden, die sie gerade entzündet hatten. Das Feuer würde nur Sekunden brennen, bevor es gelöscht wurde, da war er sich sicher, doch es hatte seine Aufgabe erfüllt. Er schloss die Augen und sprach ein stummes Gebet für die tungrischen Hilfssoldaten in der Station an der Straße nach Venta, die bis zum Schluss auf ihrem Posten ausgeharrt hatten.

Sie würden nicht die Letzten sein.

»Dann kommt Boudicca also«, sagte Falco ernst.

»Hast du es je bezweifelt?«

Der ältere Mann schüttelte den Kopf. »Wenigstens sind die Frauen und Kinder in Sicherheit.«

Eine Stunde später ritt Bela ein. Er war über dem Hals seines erschöpften Pferdes zusammengesunken, das durch einen blutigen Schwerthieb an der Hinterbacke fast verkrüppelt war. Er selbst stöhnte vor Schmerz, da eine eiserne Speerspitze zwischen seinen Rippen steckte. Zwei der Thraker hielten ihren Kommandanten lange genug im Sattel aufrecht, dass er Valerius Bericht erstatten konnte.

»Feiglinge. Sie haben uns in einem Wald aus dem Hinterhalt angegriffen.« Belas Gesicht glänzte vor Schweiß, und bei jedem Wort wand er sich vor Schmerzen. »Sie haben die Straße mit einem gefällten Baum blockiert und zu beiden Seiten gelauert. Speere, Pfeile und geschleuderte Steine aus dem Verborgenen, und wir konnten nichts erwidern. Zunächst blieben unsere Frauen bei den Wagen, aber was konnten sie tun, als sie zusehen mussten, wie ihre Kinder eines nach dem anderen von Pfeilen oder Speeren getroffen wurden? Von Entsetzen ergriffen, suchten sie einen Ausweg aus der Falle, egal welchen. Aber es gab keinen. Wir ...« Bei der Erinnerung schauderte er. »Wir hörten ihr Geschrei zwischen den Bäumen.« Er hob den Kopf und sah Valerius in die Augen. »Die Feinde werden niemanden verschont haben.«

Valerius dachte an die Flüchtlinge, denen er vor weniger als zwölf Stunden in die Wagen geholfen hatte. Das traurige, dankbare Lächeln im Gesicht von Müttern, die hin- und hergerissen waren zwischen dem Schmerz, von ihren Männern getrennt zu werden, und der Dankbarkeit, dass wenigstens ihre Kinder in Sicherheit sein würden. Wie wohl das Schicksal des blinden alten Mannes und das der beiden Huren aussah, die ihren Platz im Wagen aufgegeben hatten? Waren sie von einem gesichtslosen Feind erschossen worden? Waren sie in den Wald gestürzt und dort niedergemetzelt worden? Es spielte keine Rolle mehr. Er, Valerius, hatte sie im Stich gelassen. Dies war sein Fehler; aus Arroganz und Stolz hatte er versagt. Doch er musste noch einiges wissen, bevor er Zeit hatte, die Toten zu betrauern.

»Bela, wer waren die Angreifer, und wie viele waren es?« War es denkbar, dass Boudicca Colonia bereits umgangen hatte und auf dem Weg nach Londinium war? Der Thraker brach fast vor Schwäche zusammen, doch jetzt war keine Zeit für Mitgefühl. Valerius musste Bescheid wissen. Er legte

Bela die Hand auf die Schulter und spürte, wie die beiden Männer ihn stützend fester packten. »Sag es mir«, verlangte er.

»Einige Hundert, mehr nicht.« Der Kavallerist hustete, und ein schmales Blutrinnsal tropfte aus seinem Mundwinkel auf sein Kinn. »Einheimische, denke ich. Abschaum, der das Chaos ausgenutzt hat, um seinen Blutdurst zu stillen und sich zu bereichern.« Sein Kopf sackte nach unten, und Valerius ließ ihn los.

Mit ausdrucksloser Stimme sagte der Soldat zu Belas Linken: »Wir haben sie sechsmal angegriffen, und sechsmal haben sie uns zurückgeschlagen. Wir sind als Einzige noch übrig. Er wäre dort geblieben und an der Seite der anderen gestorben, hätten wir ihn nicht weggetragen.«

»Ich weiß«, sagte Valerius und tätschelte sanft seinen Arm. »Bringt ihn in die Krankenstube, und ruht euch aus. Sagt niemandem etwas von dem, was vorgefallen ist.«

Er schickte nach Falco, der beim Eintreten Valerius' Gesichtsausdruck deutete und erbleichte.

»Alle?«, fragte er leise.

Valerius nickte. »Die Thraker haben getan, was sie konnten, aber sie waren zu wenige.«

Falco schloss die Augen, und Valerius wusste, dass er an seine rundliche Frau dachte, die so mutig wie nur irgendein Soldat kerzengerade aufgerichtet mit ihrer beider neunjährigem Sohn im ersten Wagen gesessen hatte. Doch er durfte den Milizkommandanten nicht zu lange diesen Gedanken überlassen.

»Kämpfen deine Männer besser, wenn sie es wissen, oder sollten sie es lieber nicht erfahren?«

Der Weinhändler riss die Augen wieder auf, und seine Nasenflügel blähten sich. »Du vergisst dich, Tribun«, fuhr er ihn rau an, und Valerius erhaschte einen Blick auf den alten Falco, der die Zwanzigste Legion zwei Jahrzehnte lang in Furcht und Schrecken gehalten hatte. »Die Miliz Colonias wird kämpfen, und mehr brauchst du nicht zu wissen.«

»Ich brauche Männer, die mit Feuer im Bauch kämpfen und nicht mit Tränen in den Augen.« Valerius' Stimme war hart. Dieser Mann war sein Freund, doch er konnte es sich nicht leisten, Schwäche zu zeigen.

»Wenn ich in dem Wissen kämpfen kann, können sie es auch«, antwortete Falco heftig. »Ein Leben lang habe ich an der Seite dieser Männer Dienst getan. Sie sind meine Kameraden und haben es verdient, die Wahrheit zu erfahren. Die Veteranen der Miliz Colonias werden standhalten, sie werden kämpfen, und sie werden sterben, Tribun. Und vor dem Ende wirst du mich auf Knien um Verzeihung bitten.« Er drehte sich um und ging steifbeinig davon, ein alter Mann, dem von einem Moment zum anderen alle Bürden eines Soldatenlebens auf die Schultern geladen worden waren.

XXXII

Spät am Nachmittag versammelte Valerius seine Offiziere in dem langen Saal im Ostflügel des Tempels. Es war der Raum mit dem Gemälde, welches Claudius dabei zeigte, wie er die Kapitulation Britanniens annahm. Valerius bezweifelte, dass die hier Zusammengekommenen die Ironie des Bildes erkannten. Was würde er jetzt für eine einzige der vier Legionen geben, die dort an der Wand mit schimmernden Rüstungen und glänzenden Speerspitzen dargestellt waren! Mit einer vollen Legion im Rücken wäre er Boudicca nach Norden entgegenmarschiert, und ihr Aufstand wäre eine Totgeburt geworden. Er hätte ihre Armee zerschlagen oder zumindest so weit dezimiert, dass ihr keine andere Wahl geblieben wäre, als sich zurückzuziehen, um ihre Wunden zu lecken. Aber er hatte keine Legion zur Verfügung. Er hatte zweitausend von Falcos Veteranen, die zweihundert Männer, die er aus Londinium mitgebracht hatte, und ein paar Hundert Männer von Belas Reiterei.

Der junge Thraker lag auf einer gepolsterten Liege, die man aus den Tempelbarrikaden zurückgeschafft hatte. Seine Brust war dick verbunden, und seine Augen glänzten vom

Fieber und der Medizin, die er erhalten hatte, um den Schmerz zu lindern. Er hatte darauf bestanden, an der abschließenden Besprechung teilzunehmen, obgleich er kaum stehen konnte. Falco stand mit grimmig entschlossener Miene zwischen seinen Kohortenführern und weigerte sich, dem Blick des Tribuns zu begegnen. Die Männer um ihn herum waren ähnlich gestimmt wie ihr Anführer, doch es gab auch einige, die die Anzeichen ihrer Trauer oder ihrer Sorgen nicht verbergen konnten. Valerius suchte nach weiteren Hinweisen auf Schwäche, konnte aber keine finden. Diese Männer hatten noch immer ihren Stolz, obgleich sie genauso von der Zeit gezeichnet waren wie ihre abgenutzten Uniformen. Er wusste, dass einige ihm seine Jugend verübelten, aber mit Falcos Unterstützung würden sie seine Autorität ohne Frage anerkennen. Lunaris lehnte an der Seitenwand. Seine hochgewachsene Gestalt war entspannt und sein Gesicht ausdruckslos.

»Ich habe Nachricht von unseren Kundschaftern erhalten.« Valerius' Stimme brachte das unterdrückte Gemurmel zum Schweigen. »Wenn die Briten schnell marschieren, trifft ihre Vorhut weit vor Tagesanbruch hier ein. Der Reiter, der die Nachricht brachte, ist der Meinung, dass Petronius' Spion die Zahl unserer Feinde nicht übertrieben hat, auch wenn ein einzelner Mann das schwer einschätzen kann.« Er hielt inne, um zu sehen, ob einer der Versammelten auf diese schreckliche Tatsache reagierte. Es gab nun keinen Zweifel mehr. Sie würden enorm in der Unterzahl sein. »Doch jeder, der sich mit Geschichte befasst hat, weiß, dass die Zahlen allein den Ausgang einer Schlacht nicht garantieren müssen. Alexander hatte nur halb so viele Soldaten wie der Perser Darius, als er bei Issos siegte. Caesar selbst hat Pompeius den Großen bei Pharsalos geschlagen, obgleich die Armee seines Gegners mehr als doppelt so groß war.«

»Doch das Verhältnis war nicht zwanzig zu eins.«

Dieser Einwurf von Corvinus überraschte Valerius, da er mit der Unterstützung des Goldschmieds gerechnet hatte. »Nein«, räumte er ein. »Nicht zwanzig zu eins. Aber damals haben Soldaten gegen Soldaten gekämpft. Wir dagegen sind Soldaten, die gegen barbarische Krieger kämpfen. Hegt hier irgendjemand Zweifel, dass zehn Legionäre es mit hundert dieser Briten aufnehmen können?«

»Nein!« Mindestens die Hälfte der Versammelten knurrte diese Antwort, und Valerius lächelte.

»Dann steht es also zwei zu eins.« Alle lachten, sogar Falco. Valerius ließ das Gelächter verklingen und fuhr dann ernst fort: »Ich habe nicht die Absicht, mich auf eine Schlacht mit fünfzigtausend oder auch nur zehntausend von ihnen einzulassen. Wir werden alle Brücken bis auf eine niederbrennen, und die letzte verbliebene Möglichkeit, den Fluss zu überqueren, wird die Aufständischen anziehen wie ein fauler Pfirsich die Wespen. Nur einige wenige Tausende werden gleichzeitig hinübergelangen können, und diese Tausende werden durch unsere Schwerter sterben.« Er ließ nicht zu, dass sich Arroganz in seine Stimme schlich. Diese Männer waren keine Dummköpfe. »Nein, ich erwarte nicht zu siegen«, beantwortete er ihre unausgesprochene Frage. »Ich bin weder Caesar noch Alexander, und es sind einfach zu viele. Selbst der Arm eines Veteranen wird irgendwann müde. Wir werden bluten, genau wie sie. Deshalb habe ich den Tempel befestigen lassen. Am Ende werden wir uns hierher zurückziehen.« Und hier würden sie sterben. Das wussten sie alle. Keiner brauchte es auszusprechen.

»Warum kämpfen wir nicht von Anfang an vom Tempel aus?«, fragte Corvinus und wurde mit einem grollenden Gemurmel der Zustimmung belohnt. »Mit beinahe dreitausend Mann und genug Nahrung und Wasser könnten wir das Gelände einen Monat lang halten.«

Valerius schüttelte den Kopf. »Wollt ihr zusehen, wie Boudicca eure Stadt bis auf die Grundfesten niederbrennt?«

»Sie wird sie so oder so niederbrennen.«

»Ja, aber wenn wir uns hier verrammeln, wird sie nur ein paar Tausend Krieger zurücklassen, um uns auszuhungern, und mit intaktem Heer gegen Londinium weiterziehen. Wenn sie jetzt über fünfzigtausend Krieger verfügt, wie viele werden erst ihrem Ruf folgen, wenn sie das Beste zerstört hat, was das römische Britannien zu bieten hat? Hunderttausend, vielleicht auch mehr. Sogar genug, um Paulinus und seine Truppen zu schlagen. Es wäre das Ende der Provinz. Das dürfen wir nicht zulassen. Indem wir sie zur Schlacht zwingen, haben wir die Gelegenheit, der Rebellenarmee hier in Colonia das Herz herauszureißen.«

»Wozu sind wir da, wenn nicht zum Kämpfen, Corvinus?«, pflichtete Falco ihm bei. Seine Stimme bebte vor Emotionen. »Waren all die Tage auf dem Exerzierplatz nur fürs Schwitzen gut? Nein. Ich habe heute alles verloren, was ich liebe, und werde nicht untätig zusehen, wie die dafür verantwortliche Frau hier vorbeimarschiert, um Tausenden von weiteren Menschen den Schmerz zuzufügen, den ich empfinde.«

Valerius wusste, dass Falcos Stimme ausschlaggebend war. Die Zeit wurde knapp. Weitere Debatten konnten sie sich nicht leisten. »Schickt Bautrupps los, damit sie die Brücken niederbrennen. Macht eure Kohorten bereit. Wir werden vor Einbruch der Dunkelheit in Stellung gehen.« Er hatte lang und angestrengt darüber nachgedacht, ob er die Veteranen einer Nacht im Freien aussetzen sollte, obgleich die Gliedmaßen der alten Männer steif werden würden. Sollte er lieber die Verwirrung riskieren, die entstehen würde, wenn er sie ein oder zwei Stunden vor Tagesanbruch aufstellte? Nein, das wäre noch schlechter. »Bela?« Der Reiterführer hob mit schmerzverzerrtem Gesicht den Kopf. »Zieh deine berittenen Soldaten zurück. Sie können nichts mehr ausrichten.«

Als die Offiziere sich nach draußen begaben, rief Valerius Lunaris zu sich. »Du wirst im Tempel Aufstellung nehmen und bist zum Decurio befördert.« Der große Legionär öffnete den Mund zum Widerspruch, doch Valerius hob die Hand. »Keine Widerrede. Ich brauche einen Mann, dem ich das Kommando über den Ort anvertrauen kann, an den wir uns zum letzten Gefecht zurückziehen wollen. Wir wissen nicht, wie es steht, wenn wir uns hierher zurückkämpfen.« Er lächelte traurig. »Mit dir als Kommandant weiß ich wenigstens, dass es einen Ort gibt, zu dem ich mich flüchten kann.«

Als der Abend hereinbrach, stand er am Nordtor von Colonia, lauschte auf die abendlichen Geräusche und schaute nach Norden. Nach einem Tag, in dem er unausgesetzt hatte Entscheidungen fällen müssen, war es ein Segen, Zeit zum Innehalten und Nachdenken zu haben. Es war eine warme, windstille Nacht, und zwischen den Gebäuden und den Bäumen unten am Fluss jagten Fledermäuse nicht zu sehende Insekten. Er hörte den unverwechselbaren Schrei einer Eule und empfand eine plötzliche tiefe Melancholie. Wo mochte Maeve jetzt sein? Er erinnerte sich an den süßen Duft ihres seidigen Haars, an ihren weichen Körper, an die Zärtlichkeit ihrer Lippen, die er nie oft genug hatte küssen können, und an die dunklen Augen, die wie ein Waldbrand loderten. Auf eine wundervolle Weise hatte er sie gekannt wie keine andere. Sie würde den Aufstand vermutlich unterstützen; der Tod ihres Vaters hatte ihr genug Anlass zum Hass gegeben. Aber würde sie sich ihm auch anschließen? Nein. Cearan würde für ihre Sicherheit sorgen; der ehrliche, verlässliche Cearan, der nun hin- und hergerissen sein würde zwischen seiner Gefolgschaftstreue gegenüber der Königin und seiner Entschlossenheit, sein Volk vor Leid zu bewahren. Wie anders alles gekommen wäre, hätte Cearan den Thron bestiegen!

Mit einer bewussten Anstrengung verbannte er den icenischen Adeligen aus seinen Gedanken. Jetzt war nicht die Zeit für Mitgefühl mit einem Krieger, dem er vielleicht in wenigen Stunden auf dem Schlachtfeld gegenüberstehen würde. Hatte er selbst genug getan? Das war die Frage, die er sich stellen musste. Gab es irgendein Detail, wie klein auch immer, das er nicht bedacht hatte und das einem Legionär das Leben retten oder einem von Boudiccas Kriegern das seine kosten könnte? Er spürte einen bohrenden Zweifel, der sich in seine linke Schläfe vorarbeitete. Zweifel? Natürlich hatte er Zweifel. Selbst Caesar musste in der Nacht vor einer Entscheidungsschlacht Zweifel gehegt haben, aber wie Caesar musste er, Valerius, seine Zweifel vor allen verbergen. Er hätte die Veteranen mit dem Treck der Frauen und Kinder nach Londinium ziehen lassen und damit Tausenden von Unschuldigen das Leben retten können. Es hätte ihn seine Karriere und seine Ehre gekostet, doch das wäre ein geringer Preis gewesen. War das der Grund, aus dem er anders gehandelt hatte? Um seine Ehre zu retten? Er schüttelte den Kopf. Nein. Boudicca musste aufgehalten werden. Falls er sie wenigstens einen Tag hier festnageln konnte, wäre dies vielleicht die Rettung für Londinium und damit für die gesamte Provinz. Es war richtig von ihm, den Kampf gegen sie aufzunehmen. Und es war richtig, die Stadt und den Tempel zunächst zu verlassen und sie dazu zu bringen, ihn auf seinem eigenen Terrain zu seinen eigenen Bedingungen anzugreifen.

Er blickte zum Himmel auf: Das letzte Tageslicht war am Erlöschen. *Bald.*

Der Klang von Marschtritten auf der befestigten Straße hinter ihm hallte von den Häusern wider. Die genagelten Sohlen knirschten auf der harten Oberfläche. Er drehte sich um, um sie vorbeiziehen zu sehen: die Veteranen Colonias, jeder ein Sohn des Imperiums. Als Erster Falco an der Spitze seiner Truppe. Seine robuste Gestalt war unter dem roten Umhang verborgen, und im Schatten seines Helmrands waren die Augen nicht zu sehen. Im letzten Augenblick wandte er den stolzen Kopf und hob das Kinn. Der alte Soldat nickte Valerius auf eine Weise zu, die mehr sagte als alle Worte. Valerius beantwortete die Geste mit einem Salut, bei dem seine Faust gegen die Rüstung krachte, und er sah, dass Falco lächelte. Hinter den Standartenträgern folgten ihm fünf Milizkohorten. Sie paradierten den Hang mit ihren *pila* auf den Schultern in so exakter Marschordnung hinunter, dass es eine Zierde für den Triumphzug eines Kaisers gewesen wäre. Jeder von ihnen hatte heute geliebte Menschen verloren, und Valerius war beschämt, weil er geglaubt hatte, das würde sie entmutigen. Alles an der Art, wie sie marschierten, ließ sich mit einem einzigen Wort zusammenfassen: Entschlossenheit.

Hinter den Veteranen kam der größte Teil der Truppe, die Valerius aus Londinium mitgebracht hatte. Es fehlten nur die fünfzig Mann, die mit Lunaris im Tempelbezirk zurückblieben, um den Verband der freiwilligen Zivilisten zu verstärken. Die Soldaten aus Londinium mussten sich fragen, welche Götter sie an diesen Ort und zu diesem Schicksal geführt hatten, denn eigentlich sollten sie jetzt noch in ihrer Kaserne hocken. Und was war mit ihm selbst? Hatte Neptun gelacht, als er den Sturm heraufbeschwor, der das Schiff mit seinem Nachfolger aufhielt? Wären die Dinge anders gelaufen, wäre Valerius jetzt schon fast zu Hause. Von Maeve einmal abgesehen: Hätte er dann je wieder an die Insel zurückgedacht?

Er folgte der Kolonne, bis Falco seine Männer verteilt hatte, wickelte sich dann in seinen Umhang und legte sich zu der Abteilung aus Londinium ins feuchte Gras. Neben ihm lag Gracilis, der zu dem Trupp gehörte, der ihn seit dem Abmarsch aus Glevum begleitete. Er hatte nicht wirklich damit gerechnet, dass er Schlaf finden würde, doch die Wahl seines Nachbarn erwies sich als Garantie für eine durchwachte Nacht. Der Kampanier murmelte mit zusammengebissenen Zähnen Unverständliches vor sich hin und schrie von Zeit zu Zeit auf, als kämpfte er bereits in der Schlacht, die ihm am Morgen bevorstand. Schließlich hielt Valerius es nicht mehr aus und begab sich im Dunkeln zur Brücke.

Als er dort ankam, ritten gerade die letzten erschöpften Angehörigen von Belas Kavallerietruppe vom Nordufer herüber, geführt von zwei von Falcos Veteranen, die ihnen mit Fackeln den Weg leuchteten. Der Anführer der Einheit ritt mit gesenktem Kopf und schien beinahe im Sattel zu schlafen.

»Was gibt es für letzte Nachrichten über die Aufständischen?« Umströmt von dem strengen Geruch eines hart gerittenen Pferdes, griff Valerius nach oben und schüttelte den Reiter am Arm. Der Mann riss die Augen auf und starrte zu ihm hinunter. Er hatte zu dem Trupp gehört, der Valerius bei der Befreiung Maeves aus Crespos Hand geholfen hatte, doch für mehrere Augenblicke lag kein Erkennen in seinen Augen. »Die Aufständischen?«, wiederholte Valerius. »Was ist mit ihnen?«

»Als wir sie verließen, befanden sie sich sechs Meilen entfernt hinter dem Bergkamm dort drüben. Ich glaube, dass wir rechts von ihrer Armee ritten, doch es war unmöglich mit Sicherheit zu sagen. Sie sind wie ein Schwarm Bienen: Gerade wenn man glaubt, ihren Weg und ihre Absichten verstanden zu haben, trennt sich eine Gruppe aus unersichtlichem Grund vom Rest ab und marschiert in eine vollkommen andere Richtung davon. Auf diese Weise haben wir zwei gute Männer verloren, die ihnen zu nah gekommen waren und in die Falle geraten sind.«

»Wie viele sind es?«

Der Reiter schüttelte den Kopf. »Ich kann dir keine Zahl nennen. Alles, was ich sagen kann, ist, dass es zu viele sind.«

Valerius runzelte die Stirn. War das Befehlsverweigerung oder einfach nur die Wahrheit? Das Pferd schüttelte den Kopf so heftig, dass es ihn mit Schweiß besprühte, und er ergriff es am Zügel, um es zu beruhigen. Der Anführer des Trupps beugte sich herunter, um die Zügel zurückzunehmen, und so war es unmöglich, die geflüsterten Worte misszuverstehen. »Zieh deine kleine Armee zurück, Tribun. Wenn du dich gegen sie stellst, werden sie dich in den Staub treten und es nicht einmal bemerken.«

Valerius blickte sich um, um zu sehen, ob sonst noch jemand die Worte gehört hatte. »Jemand könnte für eine solche Rede ausgepeitscht werden«, sagte er.

Der Thraker lächelte müde. »Ein Mann braucht die Peitsche nicht zu fürchten, wenn er weiß, dass er am nächsten Tag tot ist.«

»Wirst du kämpfen?«

»Dafür werden wir von euch Römern bezahlt.«

»Dann nimm deine Truppe, führe sie nach Osten und verteile sie am Flussufer. Ruhe dich aus, so gut es geht, aber ich muss wissen, ob der Feind vorhat, den Fluss an anderer Stelle zu überqueren. Bleibt bis eine Stunde nach Tagesanbruch dort und kehrt dann hierher zurück. Dann wird Bela weitere Befehle für euch haben.«

Der Reiter streckte die Hand aus. »Matykas, Decurio der ersten Schwadron. Mein Rat war gut, Tribun; aber wenigstens bist du ein Römer, der es wert ist, dass man an seiner Seite stirbt.«

Ein paar Minuten nachdem der Thraker davongeritten war, bemerkte Valerius einen Schimmer, der jenseits des Bergkamms zum Himmel aufstieg. Während er noch darüber rätselte, kam Falco zur Brücke.

»Die Aufständischen?«, fragte der Milizkommandant.

»Vielleicht haben sie ihr Lager für die Nacht aufgeschlagen.«

»Ein kleines Kochfeuer für ein großes Heer.«

Valerius brummte unverbindlich. Er dachte an die beiden in die Falle geratenen thrakischen Reiter und die Geschichten, die er über die Weidenmänner gehört hatte. Auch Caesar hatte über die großen Körbe in Menschenform geschrieben, in die die Kelten ihre Opfer für die Götter steckten, um sie bei lebendigem Leib zu verbrennen. Er hoffte, dass die beiden Reiter bereits tot waren.

Sie warteten ab, und Valerius wusste, ohne sich umzublicken, dass auf der Wiese beim Fluss jeder den Blick zum Bergkamm im Norden gerichtet hatte.

»Da«, rief jemand.

Im Osten ging es los, eine kleine Flamme, nur ein Punkt, der unter ihren Augen zu etwas viel Größerem aufloderte. Gleich darauf folgte eine zweite Flamme, diesmal weiter im Westen, dann eine dritte weiter hangabwärts. Innerhalb von

Minuten war die dunkle Flanke des Berges von Flammen übersät, als wären es Glühwürmchen in einer neapolitanischen Nacht.

»Sie brennen die Bauernhöfe nieder«, sagte Falco überflüssigerweise.

Valerius antwortete nichts, hielt aber den Blick auf einen ganz bestimmten Glutpunkt links oben auf dem Bergkamm gerichtet. Dort ging Lucullus' Anwesen – Maeves Zuhause – in Flammen auf. Die Tatsache, dass es inzwischen Petronius gehörte und dass alles geplündert worden war, was einmal Maeve gehört hatte, war nur ein geringer Trost.

»Danke«, sagte Falco plötzlich.

Valerius sah ihn überrascht an und schüttelte den Kopf. »Es gibt nichts, wofür du mir danken müsstest. Hätte ich anders entschieden, vielleicht ...« Erneut dachte er an die verängstigten Gesichter und die weinenden Kinder.

»Was geschehen ist, ist geschehen«, antwortete der Milizkommandant. »Wären sie hiergeblieben, würden sie ebenfalls sterben. Du bist uns zu Hilfe gekommen, als sonst keiner uns unterstützen wollte. Catus Decianus«, er spuckte aus, »hat eine Flamme an ein zundertrockenes Gestrüpp gehalten und sein Volk den Flammen preisgegeben. Dasselbe gilt für Paulinus. Wo ist unser Statthalter, wenn wir ihn brauchen? Oder wo ist die Neunte Legion, die inzwischen hier sein könnte, wenn man unserer Warnung Beachtung geschenkt hätte? Sie dachten, wir wären einfach nur alte Männer, die in Panik geraten sind. Aber du bist gekommen, Valerius, und selbst als du gesehen hast, dass dein Auftrag unmöglich zu erfüllen war, bist du geblieben. Dafür sind wir dir dankbar. Ich muss einen Deserteur melden«, fuhr er fort, ehe Valerius etwas erwidern konnte. »Corvinus, der Zeugmeister.« Er schüttelte traurig den Kopf. »Einer von unseren Tapfersten und Besten. Das hätte ich nie von ihm erwartet.«

Valerius dachte daran zurück, wie nervös der Goldschmied früher am Tag gewesen war. Oder war es inzwischen schon der Vortag? So oder so brachte er nicht den Zorn oder die Empörung auf, die einem verratenen Kommandanten angestanden hätte. Welchen Unterschied würde ein einzelner Mann machen?

»Kann man es ihm verübeln?«

Falco sah ihn ernst an. »Wir sind Soldaten, Tribun. Wir haben zusammen in den Legionen gekämpft und miteinander in der Miliz geschwitzt. Als die Einwohner Colonias uns auslachten, weil wir mit unseren rostigen Schwertern exerzierten, haben wir ihnen keine Beachtung geschenkt, weil es unsere Pflicht war. Wir mögen alte Männer sein, aber wir glauben immer noch an Pflichterfüllung. Und an Kameradschaft. Und an Opfer. Also, ja, ich nehme es Corvinus übel, obgleich er mein Freund ist. Und sollte er gefasst werden, nagele ich ihn ans Kreuz, obgleich er mein Freund ist. Wenn ich am Ende nichts anderes tun kann, als mit diesen Männern hier zusammen zu sterben, werde ich es als ein Privileg betrachten.«

Er wandte sich ab, doch Valerius rief ihn zurück und streckte ihm die Hand hin. »Auch ich werde es als ein Privileg betrachten.«

Als Falco zu den Veteranen zurückkehrte, wanderte Valerius' Blick wieder zum Berg, wo Lucullus' Anwesen noch immer brannte und Boudiccas Horde sich im Dunkeln versammelte.

XXXIII

Ein matter, ockergelber Hauch fern am Horizont war der erste Hinweis auf den neuen Tag. Dazu erklang ein gedämpftes Grummeln, das zitternd in der Luft lag und Valerius verwirrte, bis ihm die Worte des thrakischen Reiters auf der Brücke wieder einfielen. Bienen, hatte der gesagt. *Sie sind wie ein Schwarm Bienen.* Und so war es. Das Geräusch, das von Minute zu Minute lauter wurde, erinnerte an einen riesigen Bienenstock: Nicht zu sehen, jedoch allgegenwärtig, eine drohende, aber noch nicht unmittelbare Gefahr.

Dann wurde ganz allmählich von Osten her Stück für Stück der dunkle Berghang von der Sonne erhellt, die sich in der Längsachse des Flusstals aus dem Morgennebel schälte. Und auf dem Berghang sahen die Verteidiger ihren Tod.

Jeder von ihnen hatte die Zahl fünfzigtausend gehört, aber es war eben nur eine Zahl gewesen. Jetzt sahen sie die Wirklichkeit, und ihr Verstand rebellierte gegen das Zeugnis ihrer Augen. Boudiccas Heer bedeckte die Anhöhe wie eine riesige, lebende Decke aus bunten Karos, und noch immer kamen sie in Massen: Stämme, deren Unterstämme und Clans, jeder an seiner leuchtend bunten Fahne erkennbar und angeführt von einem berittenen Stammesführer oder einem Kriegsherrn in einem der kleinen zweirädrigen Streitwagen der Briten.

Valerius studierte sie und versuchte, irgendein Muster oder eine Planung zu erkennen, doch in dem sich ständig verschiebenden Gewimmel konnte er die Stämme nicht auseinanderhalten. Die Icener bildeten das Zentrum dieser Heerscharen, angeführt von ihrer entehrten Königin; die Trinovanten waren gekommen, um ihr Zuhause und ihr Land zurückzuerobern, und die Catuvellaunen, um die Beleidigungen eines Jahrzehnts zu rächen. Auch Männer der Briganten und der anderen nördlichen Stämme, denen Cartimanduas Verrat an Caratacus übel aufgestoßen war, mussten zu diesen Horden gehören, und angesichts der riesigen Zahl waren wohl selbst Angehörige von Roms Verbündeten dabei, den Atrebaten und den Cantiakern. Wie ein frischer Kadaver aasfressende Vögel hatte der Geruch von Blut und Beute sie angelockt.

Zwischen ihnen drängten sich Hunderte weitere Streitwagen hindurch, besetzt mit den halb nackten Recken, die ihren Platz ganz vorne in den Kampfreihen einnehmen würden, wo es am gefährlichsten war. Die meisten Krieger gingen jedoch zu Fuß. Mit ihren Schilden auf den Schultern stapften sie durch die Wiesen und über die Felder, nun müde von ihrem langen Anmarsch von Venta, aber noch immer auf den Kampf erpicht. Viele würden gut ausgebildete Kämpfer sein, die mit den besten Waffen ausgerüstet waren, die ihr Volk zu bieten hatte, aber die Mehrzahl würde doch aus Bauern, Händlern und Dienern bestehen, die nach allem gegriffen hatte, was eine Schneide besaß oder schwer genug war, um einen der verhassten Feinde zu töten. Alle hatten sich seit siebzehn langen Jahren nach der Gelegenheit verzehrt, die Römer aus ihrem Land zu vertreiben; der Rest konnte warten. Sie würden sich fürchten, weil es kein Zurück mehr gab, aber das würde ihren Kampfeswillen nur noch anstacheln. Zwischen ihnen liefen die riesigen Kampfhunde herum, die dazu ausgebildet waren, dem Feind mit einem einzigen Biss die Gurgel herauszureißen. Hinter dem Heerwurm, jeweils an einer Rauchfahne erkennbar, lagen die Stationen ihres Anmarschs, die Villen und Bauernhöfe, für deren Errichtung die Veteranen und die ihnen folgenden Siedler Jahre gebraucht hatten und die jetzt nur noch rauchende Trümmerhaufen waren. Die Milizangehörigen sahen ungläubig zu, wie sich ein beständiger dunkler Menschenstrom von der Küste her stromaufwärts wälzte oder aus den Wäldern über den Bergkamm ergoss, wo er die Zahl ihrer Feinde noch vergrößerte. Dies war keine Armee; es war eine Völkerwanderung.

Valerius bemühte sich, den Feind mit dem distanzierten Interesse eines Soldaten zu beobachten, doch bald begann er innerlich zu vibrieren, und in seinen Ohren hämmerte es: die ersten Anzeichen von Panik. Trotz der kühlen Morgenstunde lief ihm ein Schweißrinnsal den Rücken hinunter. Ein Stück weiter in den Reihen hörte er, wie ein Mann sich erbrach und ein anderer ein leises Gebet an einen Gott richtete, der ihn nicht erhörte. Nichts in seiner Vorstellung hatte Valerius auf das hier vorbereitet. All seine Pläne und Kriegslisten erwiesen sich als das, was sie waren: sinnlose Ablenkungsmanöver, die diesem Feind keinen größeren Schaden zufügen würden als der Stich eines Flohs einem Elefanten.

Er holte tief Luft und musterte den Berghang erneut, konnte aber immer noch kein Anzeichen von Organisation oder Führung erkennen. Die vordersten Briten verharrten eine Viertelmeile nördlich des Flusses, nicht aus Angst, sondern verwirrt und von Misstrauen erfüllt. Er wusste, was sie sahen, und verstand ihre Reaktion. Sie mussten erwartet haben, dass die Veteranen entweder die Stadt verteidigen würden oder sich mit ihren Angehörigen und ihrem Hab und Gut auf die Flucht nach Londinium gemacht hatten. Stattdessen sahen sie sich dieser winzigen Armee gegenüber, die dort wartete wie ein schwächliches Lamm, das einen wildernden Wolf in die Falle locken soll, und sie fragten sich, wo sich die Grube befand.

»Primus Pilus!«

Falco trabte von seiner Position in der Mitte der Reihe nach links, wo Valerius stand. »Tribun.« Er salutierte. Das Gesicht des Milizkommandanten hatte die Farbe von alter Asche, doch in seinen Augen lag ein eiserner Glanz, und seine Miene war entschlossen.

»Marschiere mit der ersten Kohorte auf vierzig Schritte an die Brücke heran und lass die anderen in Gefechtsstellung folgen.«

Valerius hatte seine Armee in drei verstärkte Kohorten zu je sechshundert Mann aufgeteilt. Jetzt marschierten diese Kohorten in hundert Mann breiten und drei Mann tief gestaffelten Reihen eine hinter der anderen her zur Brücke, und er schritt neben ihnen her. Der Abstand zwischen den

Kohorten betrug zehn Schritt. Das war die übliche gestaffelte Verteidigungsformation der Legion, wenn auch im kleineren Maßstab. Sie hatte Vorteile und Nachteile, passte aber zu seiner Wahl des Schlachtfelds, solange sich die Bedingungen nicht änderten.

Das kurze Vorrücken entlockte der Menschenmasse auf der anderen Seite des Flusses ein vielstimmiges Knurren, doch eine Bewegung entstand noch immer nicht.

Die Brücke war der Schlüssel. Und der Fluss.

Die Brücke lag jetzt weniger als eine Speerwurflänge von der römischen Front entfernt. Die Straße von Colonia nach Venta führte in einem Bogen von links über die Uferwiese darauf zu, überquerte den Fluss und verschwand zwischen den Kriegerscharen am Nordufer. Die Brücke war ein solides, aus Eichenholz errichtetes, sieben bis acht Schritt breites Bauwerk mit einer Fahrbahn aus dicken Bohlen. Auf Hüfthöhe war auf beiden Seiten ein Holzgeländer hinzugefügt worden, damit niemand aus Unachtsamkeit in das zehn Fuß darunter fließende Wasser fiel.

Er ging weiter, bis er den Fluss studieren konnte, wobei er ein wachsames Auge auf eventuelle Speerwerfer der Gegenseite hielt, die nahe genug waren, um ihn zu treffen. Der Fluss war nicht breit – er könnte ohne große Mühe einen Stein darüber werfen –, aber er war tief, und so weit er blicken konnte, waren die Ufer steil und mit Bäumen und Dornensträuchern bewachsen. Das machte sie zu einem Hindernis, selbst wenn es gelänge, das Wasser zu überwinden. Die sichtbare Treibgutlinie sagte ihm, dass das Hochwasser der vergangenen zwei Tage fiel, aber der Fluss war noch immer zu tief und die Strömung zu reißend, um hier mit Aussicht auf Erfolg hinüberzuwaten. Möglich war es natürlich, insbesondere im Westen, wo der Fluss schmaler wurde, aber es würde Zeit kosten. Darum hatte er Boudicca die Brücke gelassen.

»Schau!« Falco deutete auf den Hügelkamm, von wo sich eine Reihe von Streitwagen, von Reitern flankiert, diagonal einen Weg durch die Menge bahnte. Sie näherten sich in stetem Trab, ohne die Menschen zu beachten, die im Weg standen, und allmählich verbreitete sich die Nachricht von ihrem Vorrücken, und die Jubelrufe setzten ein. Aus fünfzigtausend Kehlen stieg Beifall auf. Schwerter, Speere und Fäuste krachten mit einem Donnern, das einem Gewitter gleichkam, gegen Holzschilde, und Hunderte mit Tierköpfen verzierte Hörner der Briten stimmten in den Lärm ein. Sie war da.

Der vorderste Streitwagen löste sich aus der Masse der Krieger und kam Valerius gegenüber zum Stehen, rasch von den anderen gefolgt. Die Entfernung war zu groß, um sicher zu sein, doch der Römer meinte, Haar in der Farbe brünierten Kupfers und ein langes, azurblaues Kleid zu erkennen. Die Königin wartete ab, ließ den Jubel sich aufbauen, und Valerius, der vor den dürftigen Reihen der führenden Kohorte stand, spürte, wie sie die Lage musterte. Er erinnerte sich an den Tag, an dem er unterhalb von Ventas Mauern gestanden, und an den Eindruck von Kraft und Macht, den er damals gewonnen hatte. Er spürte ihren prüfenden Blick, und aus irgendeinem Grund spannte er sich an, als wollte er sie daran hindern, ihm seine Seele zu stehlen. Minuten vergingen, und das Gefühl, im Inneren seziert zu werden, wurde beinahe unerträglich. Seine Beine wollten sich in Bewegung setzen, von ihr weg, und er drehte sich um und sah sich Falco gegenüber.

»Ich glaube nicht, dass sie reden wollen.« Der Weinhändler musste schreien, um sich im Lärm Gehör zu verschaffen.

Valerius hätte beinahe gelacht. Vor einer Schlacht neigten die keltischen Recken dazu, den gegnerischen Anführer zum Kampf herauszufordern, aber er hielt das heute ebenfalls für unwahrscheinlich. »Schade«, sagte er. »Ich hätte die Übung gebrauchen können, und es hätte noch etwas Zeit geschunden. Wie geht es den Männern?«

»Sie sind nervös, haben aber keine Angst. Sie wünschen sich, dass es endlich losgeht.«

Valerius blickte über den Fluss zu der Stelle, an der die britischen Anführer eine Art Besprechung abhielten. »Es dauert nicht mehr lang.«

Noch während er die Worte aussprach, sah er, wie im vordersten Streitwagen ein Speer hochgehoben wurde, und eine Bewegung ging durch die feindlichen Reihen, wie wenn der Wind durch ein Kornfeld streicht. Gleich darauf tauchten die ersten Recken auf, große Männer in der Blüte ihres Lebens, nackt bis zur Hüfte und mit stolzer Haltung, das Haar mit Kalk zu Stacheln aufgetürmt, um größer zu wirken. Sie trugen lange Schwerter oder Speere mit Eisenspitzen, und ihre ovalen Schilde waren leuchtend bunt mit dem Kennzeichen ihres Stammes oder ihres Clans bemalt. Sie waren die Elite ihres Volkes, für den Krieg ausgebildet und begierig auf den Kampf. Jahrelang waren sie gezwungen gewesen, den bitteren Geschmack der Unterwerfung und einen Platz hinter dem Pflug zu akzeptieren, doch ihre Ältesten, Männer, die an der Tamesa gegen die Römer gekämpft hatten, hatten die alten Traditionen lebendig erhalten. Insgeheim an den einsamen Orten ausgebildet, die die Eroberer niemals besuchten, hatten diese Krieger ihre Kampftechnik verfeinert und ihre Muskeln trainiert. In Erwartung des Tages, der da kommen würde. Und dieser Tag war jetzt gekommen.

Valerius und Falco schlossen sich der Miliz wieder an. Der Weinhändler nahm seinen Platz hinter der vordersten Reihe der führenden Kohorte ein, und Valerius ging nach hinten weiter, von wo er die Schlacht leiten würde. Auf seinem Weg durch die Reihen hatte er ein Wort der Ermutigung für jeden Mann, den er kannte, und für viele, die er nicht kannte, und sie alle lächelten kurz, bevor ihr Gesicht erneut zu jener Maske grimmiger Konzentration erstarrte, die einen zur Schlacht bereiten Legionär kennzeichnet.

Er erinnerte sich an den ersten Anblick dieser Männer, an dem Tag, an dem er ihre Truppe auf eben dieser Wiese inspiziert hatte. Lunaris und er hatten über die alten Waffen und abgetragenen Uniformen dieser Männer gelacht, über die Bierbäuche und die mickrigen Arme, die so aussahen, als könnten sie kaum einen Speer tragen, geschweige denn ihn werfen. Die Gesichter gingen ihm durch den Kopf: Der alte Marcus Saecularis, Schafzüchter, stand in der Mitte der vordersten Reihe – sein Helmkamm aus Pferdehaar verkündete dem Feind seinen Rang; da war Didius, der sich an der Spitze seiner Zenturie gerade geistesabwesend die Nase kratzte – er war bereit, jedermann Geld zu leihen, vorausgesetzt die Zinsen waren hoch genug, doch sein letzter Akt vor dem Anlegen der Rüstung hatte darin bestanden, alle Schulden bis zum letzten *sestertius* zu streichen; oder da war der nach einem Kaiser benannte bärtige Octavian, der damals mit seinen Kameraden gegen Lunaris und seine Legionäre angetreten war und sie eine Lektion in Demut gelehrt hatte. Vor Valerius' innerem Auge erschien auch Corvinus, den er nie für einen Feigling gehalten hatte, dessen Platz in der vierten Zenturie der Zweiten Kohorte aber leer blieb. Wo befand er sich jetzt, da seine Kameraden gleich …

»Sie kommen!«

Sonderbar, dass das pulsierende Krachen der gegen die Schilde geschlagenen Schwerter Valerius in einem Maße mit Ruhe erfüllt hatte, dass er emotionslos zusehen konnte, wie die britischen Recken in einer großen, wogenden Masse auf die Brücke zurannten. Tausende von ihnen näherten sich in einer beinahe einer Meile breiten Front. Jeder von ihnen wollte der Erste sein, der die Römer auf der anderen Seite des schmalen Hindernisses erreichte. Als die Masse der Krieger beim Vorrücken zunehmend individuelle Züge annahm, spürte Valerius, wie sein Herzschlag sich beschleunigte und sein Atem tiefer wurde.

»Speere«, brüllte er. Jeder Mann hatte zwei der mit Eisenspitzen bewehrten *pila* neben sich im weichen Gras liegen, und ein weiteres Paar lag in dem Zwischenraum zwischen den Kohorten in Reserve. Jetzt wählten die Veteranen je einen Speer aus und wogen ihn zum Wurf bereit in der rechten Faust.

Die ersten keltischen Recken waren noch immer hundert Schritte von der Brücke entfernt. Gut. Sie würden die schnellsten, die stärksten und die tapfersten Krieger sein. Er sah, dass viele von ihnen vor Eifer ihre Schilde weggeworfen hatten, und nun trug ihr Schwung sie vor ihren Rivalen her. Valerius zählte im Kopf. Noch höchstens zehn Sekunden, bis sie bei der Brücke ankamen, dann noch einmal zwei Herzschläge, und …

»Bereit!«

Nackte Füße donnerten über die Holzbohlen. Zwei, eins. Jetzt!

»Werft!«

Vierhundert Speere zischten durch die stille Luft. Die Hände, die die Speere hielten, mochten runzlig sein und die Arme die eindrucksvolle Kraft verloren haben, die sie ein Vierteljahrhundert zuvor besessen hatten, doch die Männer konnten noch immer werfen, und auf vierzig Schritte war das Ziel nicht zu verfehlen. Mehr als zweihundert Krieger hatten sich auf die Brücke gedrängt, um die Ersten zu sein, die zum Hieb gegen die Römer ausholten. Stattdessen waren sie nun die Ersten, die starben. Schwere Speere, die eine leichte Rüstung durchschlagen konnten, trieben die in Brust, Bauch oder Kehle getroffenen Anführer des Angriffs gegen jene zurück, die hinter ihnen kamen. Valerius hatte gewusst, dass einige der kostbaren Waffen verschwendet werden würden, aber er hatte auf Nummer sicher gehen müssen. Bei diesem ersten Wurf musste die gesamte Brücke abgedeckt werden. Falco hatte mit einem verächtlichen Schnauben sein Vermögen darauf verwettet, dass das gelingen würde, und der Weinhändler hatte sich nicht geirrt. Nur eine Handvoll der Männer auf den Holzbohlen überlebte den Speerhagel, und von diesen waren die meisten verwundet oder außer Gefecht gesetzt. Die anderen waren von einem, zwei oder sogar drei schweren pila durchbohrt worden. Bereits jetzt übersäten die Körper von zweihundert Männern die schmale Brücke, wanden sich stöhnend und befleckten die Bohlen mit ihrem Blut. Hinter ihnen kamen jedoch noch Tausende weitere.

»Bereit!« Valerius war sehr zufrieden mit dem Ergebnis des ersten Wurfs. Jeder Krieger, der die Brücke nun zu überqueren versuchte, würde von den Körpern der Verwundeten und den Leichen der Gefallenen behindert werden. Er wartete ab, bis die ersten Krieger der zweiten Welle den Fuß auf das Südufer setzten.

»Werft!«

Mit jedem Wurf kamen weitere Hunderte Leichen zu den auf der Brücke hingestreckten hinzu, bis buchstäblich ein Wall von Toten den Angriff behinderte. In ihrem Zorn stemmten die, die von hinten kamen, die Leichen von Brüdern, Freunden, Kameraden und Rivalen übers Geländer und stießen sie in den Fluss, um den Weg frei zu machen. Knurrend wie Kampfhunde arbeiteten sie sich mit Händen und Klauen vorwärts, nur um dann selbst zu sterben.

»Zweite Kohorte, nach vorn.« In einer sorgfältig choreografierten Bewegung löste die weiter hinten aufgestellte

Kohorte die Soldaten ab, die ihren Vorrat an Speeren verbraucht hatten.

»Bereit!«

»Werft!«

»Bereit!«

»Werft!«

»Dritte Kohorte nach vorn.«

»Bereit!«

»Werft!«

Ihr Glück konnte nicht andauern. Er wusste, dass es nicht andauern konnte.

Schritt um Schritt bahnten sich die Briten ihren Weg über die Barriere der Gefallenen. Sie waren unbesiegbar, aber selbst Unbesiegbare griffen zu einem Schild, wenn es die einzige Möglichkeit war, dieses Gemetzel zu überleben. Als die Arme der Veteranen ermüdeten, wies die Salve der Speere zunehmend Lücken auf, sodass mehr und mehr Gegner den Fuß aufs diesseitige Ufer setzen konnten. Aus einem Dutzend wurden hundert und aus hundert zweihundert. Bald, das wusste Valerius, würden aus Hunderten Tausende werden, wenn er sie nicht aufhielt.

»Schilde hoch. Zieht eure *gladii*. Kampffreihe bilden. Vorwärts!«

Die Ausführung des Befehls nahm etwas Zeit in Anspruch, zu viel Zeit. Die Wurfpause der Speere hatte weiteren vier- oder fünfhundert Kriegern Gelegenheit gegeben, den Fluss zu überqueren, und hinter ihnen drängten sich noch viel mehr, die von den Toten und Sterbenden zwar behindert, jedoch nicht aufgehalten wurden.

Jetzt stellten sich die Kohorten jeweils in einer einzigen Kampfreihe auf, jede sechshundert Mann stark, und als sie auf die Brücke zumarschierten, sah Valerius mit Erleichterung, dass sie den britischen Brückenkopf noch immer einhegen konnten, aber nur knapp. Wo blieben Belas Reiter?

Valerius passte seinen Schritt an den am Rand der zweiten Kohorte marschierenden Mann an und wandte sich ihm mit einem ermutigenden Lächeln zu. Es war einer der jüngeren Soldaten aus der Garnison Londiniums. Valerius versuchte, sich seinen Namen in Erinnerung zu rufen, doch es gelang ihm nicht. Er wusste nur noch, dass er in seiner Kaserne hätte sein sollen, um Brot für seine Zenturie zu backen. Der Junge erwiderte das Lächeln, doch im selben Augenblick zerbarst sein rechtes Auge wie eine überreife Pflaume, und er fiel wie ein Sack Sand zu Boden.

Verdammt! Valerius blickte auf, um zu sehen, wo das Geschoss hergekommen war, doch ein Geheul verkündete, dass die Briten, die die Überquerung der Brücke überlebt hatten, über die Wiese vorgedrungen waren und nun kurz davor standen, über die vordere Schlachtreihe der Römer herzufallen. Bisher hatten die Veteranen nur wenige Verluste zu beklagen.

Nun galt es nicht nur zu töten, sondern auch zu sterben.

XXXIV

Und es wurde gestorben.

Die *gladii* hieben die erste Welle des britischen Angriffs nieder, und die zweite ebenfalls, doch für jeden Kelten, der fiel, stürzten zehn vor, um seinen Platz einzunehmen. Inzwischen begrenzten nur noch die Leichenberge und die Enge der Brücke die Zahl der Feinde, die das Ufer der Römer erreichten. Ein Krachen wie der Hieb einer Riesenaxt signalisierte, dass das Geländer der Brücke nachgab, wodurch Dutzende in dem angeschwollenen Fluss zu Tode kamen. Trotzdem waren bereits Tausende hinübergelangt, und die Veteranen hielten ihnen nur mit Mühe stand. Etwas schwirrte an Valerius' Kopf vorbei und rief ihm das Schicksal des jungen Legionärs in Erinnerung. Die Briten hatten keine Bogenschützeneinheiten, aber zur Masse der Feinde gehörten viele geschickte Jäger, und jetzt säumten sie das Gebüsch am gegenüberliegenden Ufer und nahmen mit Pfeil und Bogen oder mit der Steinschleuder ihre Feinde aufs Korn.

Während mehr und mehr Veteranen fielen, ertönte immer regelmäßiger der Ruf der Zenturionen: »Reihen schließen.« Drei kräftige Kelten zerrten Octavian mit körperlicher

Gewalt aus der römischen Formation und hackten ihn in Stücke. Didius wurde von einem Speer in die Kehle getroffen und ging ohne ein Wort der Klage zu seinen Göttern. Vorerst ließen sich die Gefallenen der ersten Kohorte durch die Männer in der zweiten Reihe ersetzen, doch die alten Soldaten begannen zu ermüden, und der Druck war so groß, dass Valerius nicht das Risiko eingehen konnte, nur einen einzigen Mann ausruhen zu lassen. Er trat auf eine Leiche, blickte hinunter und sah, dass der Bäcker aus Londinium mit seinem verbliebenen Auge zu ihm hinaufstarrte. Das war der erste Hinweis, dass die römischen Reihen zurückwichen.

Wo blieb Bela?

Der Ruf eines Horns gab ihm die Antwort, und erleichtert trat Valerius aus der Reihe und eilte zu der Anhöhe hinauf, wo die Kavallerie sich formiert hatte. Der Anführer war nicht Bela, sondern Matykas, der Reiter von der Brücke, der ihm geraten hatte, seine kleine Armee zurückzuziehen. Der Mann musste schon seit mehr als achtundvierzig Stunden im Sattel sitzen und brachte nur die Hälfte der Reiter mit, die Valerius erwartet hatte.

»Euer Befehlshaber?«

Der Thraker hob den Kopf, und Valerius sah, dass er sich nur unter Anspannung seiner inneren Kräfte aufrecht halten konnte. »Tot.«

»Und die anderen?« In diesen Worten musste eine unbeabsichtigte Andeutung von Vorwurf mitgeschwungen haben, denn die Augen des Mannes flammten einen Moment lang auf.

»Ebenfalls tot. Keiner ist geflohen, Tribun. Alle sind gefallen. Du hast zu viel Vertrauen in den Fluss gesetzt.«

Valerius kämpfte eine Woge der Verzweiflung nieder. Noch ein Fehler. »Wie viele sind über den Fluss gekommen?«, fragte er.

Matykas zuckte mit den Schultern. Das spielte jetzt keine Rolle mehr. Nichts spielte mehr eine Rolle. Er richtete sich stöhnend auf. »Deine Befehle?«

Jeder Thraker blutete aus mindestens einer Wunde. Ihre Speere waren gesplittert oder nicht mehr vorhanden, und das Fell ihrer erschöpften Pferde war von Schaum bedeckt. Wie konnte er von diesen Männern noch mehr verlangen? »Ihr müsst den Druck von den Flanken nehmen.«

Der Reiterführer runzelte die Stirn und blickte auf die brodelnde Masse vor der Brücke, als hätte er die Schlacht für einige Sekunden vergessen. Schließlich nickte er und erteilte den Befehl in seiner eigenen Sprache.

Valerius sah das Widerstreben in den Gesichtern der Männer, und der Decurio stieß einen weiteren Wortschwall aus. Dann blickte er zu dem Römer hinunter. »Ich habe ihnen gesagt, dass wir heute mit den Sternen reiten.«

»Ich hoffe, es ist wahr.«

Der Reiter setzte seinen Helm wieder auf und zog den Kinnriemen an. »Das hoffe ich ebenfalls.«

Als sie fort waren, nahm Valerius sich einen Augenblick Zeit, um sich von seiner leicht erhöhten Position einen Überblick über die Schlacht zu verschaffen. Er befand sich in der Nähe des Nordtors, und die Brücke lag zweihundert

Schritte entfernt vor seiner rechten Front. Inzwischen war es nicht mehr möglich, die Zahl der Briten zu bestimmen, die sie überquert hatten. Mehrere Tausend bedrängten den dünner werdenden Schildwall von Falcos Veteranen, und Tausende weitere strömten östlich und westlich daran vorbei. Sie wollten lieber unter den Ersten sein, die in Colonia Beute machten, als auf der Spitze eines *gladius* zu sterben. Die römische Front verlief inzwischen geschwungen wie ein Jagdbogen und schob sich unvermeidlich zu Valerius zurück. Die Flügelränder waren bedroht, da drei, vier, fünf Kelten auf jeden römischen Schild einhieben. Valerius beobachtete, wie die beiden dezimierten Schwadronen der thrakischen Reitereinheit sich teilten und in zwei großen Halbkreisen gegen die britischen Flanken ritten, wo sie gleichzeitig eintrafen. Einen Moment lang blitzte Metall auf, als die langen Reiterschwerter auf die ungeschützten britischen Schädel krachten, doch so konnte es nicht lange bleiben, und als Valerius das nächste Mal hinschaute, waren die Reiter verschwunden; hundert Menschenleben ausgelöscht wie die Flamme einer Öllampe.

Doch dieses Opfer war nicht vergebens gewesen. Eine kurzfristige Verwirrung im Getümmel der Kelten gestattete es Falco, seine Reihen wieder zu ordnen, und verschaffte Valerius Zeit, an die Seite des Milizkommandanten zu eilen.

»Es sind zu viele.« Er schrie es, damit er beim Klirren der Schwerter zu hören war. »Wir müssen eine *testudo* bilden und uns zum Tempel zurückziehen.«

Falco wandte sich ihm zu, und obgleich er keuchte wie ein erschöpfter Ochse, war sein rechter Arm bis zum Ellbogen in Blut getränkt, und seine Augen leuchteten vom Elixier der Schlacht, das einen Mann glauben ließ, er sei unsterblich. In seinem faltigen Gesicht waren die Zähne raubtierartig gefletscht, und er schüttelte Valerius' Hand ab, als gehörte sie einem Fremden, und machte Anstalten, in die Reihe zurückzutreten.

»*Testudo*«, rief Valerius erneut. »Wir müssen eine *testudo* bilden.«

Ganz kurz leuchtete in den erschöpften Gesichtern Verstehen auf, und Falco blickte sich nach den geschrumpften Reihen seiner Veteranen um. Valerius erkannte den Moment der Entscheidung. Der kleine Weinhändler zog den Bauch unter dem zerbeulten Kettenpanzer ein und nahm Haltung an.

»Bei dem Befehl muss ich den Gehorsam verweigern, Tribun«, sagte er. »Wir Alten sind heute so weit gelaufen, wie wir können. Wir bleiben, wo wir sind, und verschaffen dir damit so viel Zeit, wie wir mit unserem Leben erkaufen können. Sammle deine bartlosen Kinder um dich und bring sie dorthin, wo sie mehr bewirken.«

»Nein«, rief Valerius verzweifelt, als sein Freund sich abwandte.

Falco blickte über die Schulter und sagte eindringlich: »Bring sie raus, Valerius. Beeil dich. Euch bleibt nur noch wenig Zeit. Mehr kann ich euch nicht verschaffen.«

Valerius wäre gern bei den Veteranen geblieben und Seite an Seite mit ihnen gestorben, doch noch war eine weitere Schlacht zu schlagen, und Lunaris würde seine Hilfe brauchen. »Londinium-Abteilung! *Testudo* bilden! Zu mir!«

Die Reaktion war automatisch und erfolgte sofort. Die Soldaten vereinigten ihre Schilde wie zum Panzer einer Schildkröte. Es waren vielleicht noch hundertdreißig Mann übrig. Sie alle keuchten heftig, und viele bluteten oder hinkten.

Bevor Valerius sich in die vorderste Reihe der Formation einfügte, sah er sich ein letztes Mal um. Die Veteranen konnten inzwischen kaum mehr ihre Schilde halten, und nach einer Stunde heftigen Kampfs wäre der Schwertarm eines jeden Mannes müde gewesen, doch Falcos Miliz focht weiter. Die Briten hatten die Flanken zurückgedrängt, bis das, was einmal eine Linie gewesen war, nur noch eine kleine Tasche von um sich hauenden, stöhnenden, blutdurchtränkten Überlebenden war. Auf der Südseite der Tasche verblieb noch eine Öffnung wie der Hals einer Amphore, doch sie wurde rasch enger. Zwanzig Fuß von Valerius entfernt zog Falco vorn in dieser Öffnung einen kleinen Trupp von einem Dutzend verwundeten und erschöpften Veteranen zusammen. Valerius hörte, wie er von seinen Männern eine letzte Anstrengung verlangte, und als der Tribun seinen Platz in der ersten Reihe der *testudo* einnahm, fing der alte Weinhändler seinen Blick auf und führte mit einem letzten Salut seine Männer in einen verzweifelten Angriff, der die Öffnung ein paar kostbare Fuß zurückdrängte.

»Jetzt!«, schrie Valerius. »Im Trab zum Nordtor! Nicht stehen bleiben, ohne Rücksicht auf Verluste!«

Als gehörten sie einem einzigen Mann, marschierten hundertdreißig Beinpaare mit aller verbliebenen Kraft los, und der Panzer aus Schilden rammte sich gegen die Kampfreihen der Krieger einen Weg nach Colonia frei. Nach dem unablässigen Getöse der Schlacht in einer *testudo* zu sein, war, als beträte man eine Schattenwelt, in der das Gemetzel außerhalb des Schildkrötenpanzers für die davon Umschlossenen nur von geringem Interesse war. Der Lärm des Kämpfens und Sterbens war zu einem leisen Dröhnen gedämpft. Es war, als teilte man eine stark besuchte Sauna mit wild blickenden, blutverschmierten Verrückten, die nach Angst und dem Inhalt ihrer dreckigen Unterwäsche stanken und hustend und würgend die Götter und sich selbst verfluchten. Obgleich sie über ihre gefallenen Freunde stolperten, war es hier möglich, an ein Überleben zu glauben, während das gerade eben noch lächerlich gewirkt hätte.

»Schaffen sie es da raus?«

Valerius warf einen Blick über die Schulter und sah, dass der Mann hinter ihm in der *testudo* Gracilis war, der wackere Kampanier. Ein Schwerthieb hatte seinen Helm verbeult, und über die eine Wange zog sich eine gezackte Wunde, wahrscheinlich von einem Speer, der auf sein Auge gezielt gewesen war. Sie blutete noch immer heftig, doch Gracilis achtete nicht darauf.

»Nein«, knurrte Valerius, während etwas von außen gegen seinen Schild krachte. Er hörte Gracilis etwas flüstern, das vielleicht ein Gebet war, doch er hatte keine Zeit für Gebete. Das Gras unter seinen Füßen wich der befestigten Straße, und er stellte eine kurze Berechnung an. »Halb links schwenkt«, rief er, und die Formation änderte die Richtung um fünfundvierzig Grad. »Schilde oben halten! Und weiter!«

Bewegung war alles. Sie marschierten die sanfte Steigung zum Tor von Colonia hinauf. Wenn er recht hatte und die Briten nicht an den Kämpfenden vorbei zum Tor vorgedrungen waren, sollten er und seine Leute die Hügelkuppe erreichen können, von wo es nur noch zweihundert Schritte zum Tempelkomplex wären. Aber jeder Schritt war inzwischen eine Qual. In seinen Waden und Oberschenkeln brannte Feuer, und sein Rücken fühlte sich so an, als wäre er gebrochen. Der Schild, der ohnehin nicht leicht war, kam ihm jetzt so vor, als säßen ein Dutzend Männer darauf, und im linken Arm und der Schulter hatte er jedes Gefühl verloren. Um ihn her stöhnten und schrien Männer, die ihrem Körper eine Anstrengung abverlangten, die das Menschenmögliche zu übersteigen schien.

Flach. Beinahe hätte er einen erleichterten Ruf ausgestoßen. Die Straße verlief jetzt flach. »Zwanzig Schritte und halb links schwenkt.« Seine Stimme war nur noch ein raues Keuchen. »Es ist nicht mehr weit, Kameraden. Nur noch ein kleines Stück.«

Er riskierte einen Blick zwischen den Schilden hindurch nach vorn, und das Schreckliche, das er sah, hätte seinen Beinen fast den letzten Rest von Kraft geraubt. Hunderte von aufständischen Kriegern strömten aus der Richtung des Westtors auf die Tempelanlage zu. Seine Männer und er selbst saßen in der Falle. Er unterdrückte seine Panik, während er in rasender Eile über einen Ausweg nachdachte, doch es gab keinen. Sie konnten nicht umkehren. Wenn sie stehen blieben und kämpften, würden sie ausgelöscht. Es gab nur eine einzige Antwort. Es war unmöglich, doch sie mussten es versuchen oder sterben.

»Sie sind vor uns, und wenn sie uns aufhalten, sind wir tot«, rief er. »Schneller, Jungs. Haut jeden Drecksack nieder, der sich uns in den Weg stellt. Jetzt.«

Die Briten auf dem *decumanus maximus* waren nicht die Elitekrieger, mit denen die Veteranen es auf der Brücke zu tun gehabt hatten; es waren vielmehr die Bauern und Radmacher, Schreiner, Töpfer und Schmiede, die den Hauptteil von Boudiccas Heer bildeten. Gewöhnliche Menschen, keine Krieger, aber zum Kampf bereit. Es handelte sich nicht um die risikoscheuen Meuchelmörder, die erst aus den Löchern krochen, wenn das Sterben vorbei war. Tausende von ihnen hatten den Fluss überquert und die Schlacht auf der Wiese umgangen, und jetzt wollten sie sich an Colonia für die Jahre der Demütigungen rächen, die sie unter den Römern erlitten hatten. Sie zerstörten alles, das sich zerstören ließ, ohne sich um seinen Nutzen oder Wert zu scheren. In ihrer Raserei schlugen sie auf etwas Harmloses wie eine alte Couch oder ein zurückgebliebenes Bett ein, als könnten sie durch Zerstörung des unbelebten Objekts die Hände vernichten, die es geschaffen hatten, und den Körper, der darauf gelegen hatte. Obwohl viele von ihnen Fackeln trugen und beißender Qualm in der Luft lag, brannten noch kaum irgendwelche Gebäude der Stadt. Die Ziegeldächer und gekalkten Wände der Kasernengebäude und Häuser waren nicht so leicht in Brand zu stecken. Um Colonia in ein Inferno zu verwandeln, war mehr nötig als eine achtlos in ein Haus geworfene Fackel.

Doch nichts zog diese Horde stärker an als der Tempel des Claudius, Symbol jener römischen Macht und Herrschaft, die den heiligen Boden entweiht und die wahren Götter verdrängt, Könige vernichtet und Hoffnungen zerstört hatte.

Die testudo krachte von hinten in die erste verstreut stehende Gruppe, und die Soldaten in der vordersten Reihe hieben mit ihren Schwertern jeden Mann nieder, der ihnen im Weg stand, oder schmetterten ihn einfach zu Boden und traten die ungläubigen Gesichter der gestürzten Feinde mit ihren eisenbeschlagenen Sandalen in den Staub. Die Formation der Römer hieß Schildkröte, doch den Menschen, die verblüfft aus Türen und Fenstern zusahen, kam sie eher wie eine gepanzerte Galeere vor, die durch ein Meer aus Menschen schnitt und in ihrem Kielwasser ein Treibgut von Sterbenden und Leichen zurückließ. Begleitet wurde sie von einem unheimlichen Klappern und Krachen, als würden hundert Schilde gleichzeitig gegen hundert Bäume geschlagen.

Näher am verhassten Tempel wurde das Gedränge auf der Straße dichter, und der Logik zufolge hätte die schiere Masse der britischen Stammesleute die testudo aufhalten sollen, doch die auf Hunderten von Meilen gestählten Beine der von einem unstillbaren Überlebenswillen getriebenen Legionäre schafften es, in Bewegung zu bleiben. Hinter seinem Schild spürte Valerius im ofenartig heißen Inneren der Schildkröte, wie sein Geist leer wurde und sein erschöpfter Körper sich im Einklang mit den anderen bewegte. Ein brüllendes, unrasiertes Gesicht tauchte auf und verschwand in einer Flut von Blut. Ein Speerstoß prallte an einem ungebrochenen Wall von Schilden ab. Ein Sterbender, der sich zu seinen Füßen wand, bekam mit einem raschen Stoß in die Kehle den Rest. Die Welt verlangsamte ihren Gang, doch seine eigenen Reaktionen wurden schneller, und es war, als marschierten die Götter jetzt an seiner Seite, denn er hatte alle körperlichen Schmerzen hinter sich gelassen und befand sich an einem Ort, an dem kein Mensch ihm etwas anhaben konnte. Sein Körper war eine Kriegswaffe, doch in deren Mitte gab es nichts als Frieden. Es war das wunderbarste Gefühl der Welt, und es schien ein ganzes Leben lang zu währen, doch nur Augenblicke später hörte er eine Stimme, die er nicht hören wollte, in sein Ohr rufen: »Der Tempel.«

Widerwillig kehrte er in die reale Welt zurück, in die Welt des Schmerzes, und bemerkte, dass alle Hindernisse vor ihnen beseitigt waren. Zu seiner Linken erklang das wundervolle, gequälte Kreischen eines sich öffnenden Tors wie das Geschenk des Lebens. Und so führte er die Überlebenden der Schlacht bei der Brücke in voller Formation und mit erhobenen Schilden hinter die Mauern des Claudiustempels.

XXXV

Hinter dem Tor löste sich die *testudo* zu einem Durcheinander erschöpfter Männer auf. Valerius lehnte sich mit geschlossenen Augen an eine Wand. Er hörte die Beifallsrufe, doch sie berührten ihn nicht. Er lebte. Für den Augenblick genügte das.

Er zog den Helm aus und fuhr sich mit den Fingern durch das dichte, nasse Haar, froh über den kühlen Luftzug an Kopf und Hals. Der Schweiß rann ihm in Strömen den Rücken hinunter, und seine Tunika fühlte sich so an, als wäre er darin geschwommen. Jemand schob ihm einen Wasserschlauch in die Hand, und plötzlich merkte er, wie durstig er war. Wann hatte er zum letzten Mal etwas getrunken oder gegessen? Er war zu benommen, um es zu wissen, doch als er den Schlauch an die Lippen setzte, schien sein Gehirn die lauwarme, muffige Flüssigkeit direkt aufzusaugen, und der Schlauch war leer, bevor sein staubtrockener Mund ebenfalls etwas davon hatte. Er öffnete ein Auge. Lunaris hatte sich über ihn gebeugt, von der Sonne umrissen, die noch immer tief im Osten stand. Valerius staunte, dass seit dem Sonnenaufgang noch keine zwei Stunden vergangen waren.

»Brot?« Aus der blendenden Helle tauchte eine Hand auf, groß wie die Schaufel eines Bausoldaten, und reichte ihm einen dicken Kanten *panis castrensis*, das grobe Bauernbrot der Mannschaftsränge. Valerius nahm es entgegen und biss hinein, ohne darauf zu achten, dass seine Zähne an den Weizenkörnern, hart wie Straßenkies, zu zerbrechen drohten.

»Mehr Wasser«, nuschelte er und hob der Silhouette, die sich über ihn beugte, den Wasserschlauch entgegen.

Er wusste, dass sie nur das Unvermeidliche hinauszögerten, doch er wollte nichts anderes, als an diese Wand gelehnt auszuruhen, das Gesicht in Sonne getaucht. Sollte doch jemand anders die Männer anführen. Lunaris reichte ihm einen zweiten Schlauch, und der Tribun trank gierig. Diesmal genoss er das Gefühl des Wassers im Mund und ließ es langsam seine Kehle hinunterrinnen.

Er schaute sich nach den Männern um, die er in der *testudo* von der Brücke zurückgeführt hatte. Falco hatte sie mit seinem selbstmörderischen Angriff auf die Kelten gerettet. Dieser dicke Kaufmann, der kaum noch in seinen Panzer passte, hatte nie aufgehört, ein Soldat zu sein. Und das galt für alle Veteranen. Was hatte Falco noch einmal gesagt – *vor dem Ende wirst du mich auf Knien um Verzeihung bitten* –, nun, das war jetzt nicht mehr möglich, leider. Er hätte es bereitwillig getan, und sei es nur, um noch einmal einen Becher Wein mit dem alten Mann zu trinken.

Erneut schloss er die Augen, und sein Kopf füllte sich mit blitzartig auftauchenden Bildern des Kampfgeschehens,

Vorfälle, die er nur vage vor Augen hatte. Der Brite mit dem Schwert im Leib, der wie ein Hund knurrend die Zähne in den Mann schlagen wollte, der ihn niedergestochen hatte. Der unbewaffnete, namenlose Veteran, der in eine Lücke in der Reihe vorgestoßen war und sie als Sterbender mit seinem Körper gehalten hatte, bis er in Stücke gehauen wurde. Matykas, der Thraker, der, statt die Flucht zu ergreifen, in den Tod geritten war, weil Rom ihn dafür *bezahlte*. Tot, alle tot; er selbst jedoch lebte. Warum? Er hatte nie geplant, die Aufständischen endgültig aufzuhalten, sondern es war ihm darum gegangen, sie zu schwächen. Und doch empfand er ein schreckliches Gefühl des Versagens. Und er fühlte sich schuldig. Niemand würde ihm Vorwürfe machen, das war ihm klar. Paulinus und der Legat hätten sein Handeln gutgeheißen. Er war ein Kommandant, der die Truppen, die ihm zur Verfügung standen, eingesetzt hatte, um dem Feind den größtmöglichen Schaden zuzufügen. Als die Zeit gekommen war, war er stark genug gewesen, seine Männer in den Abgrund zu stürzen. Am liebsten hätte er geweint.

Doch jetzt war keine Zeit für Selbstmitleid. »Willst du den ganzen Tag da stehen, oder bekomme ich jetzt deinen Bericht?« Er stieß sich von der Wand ab und stellte sich aufrecht hin. Sein Panzer schien das Dreifache des üblichen Gewichts zu haben, und sein Körper fühlte sich so an, als wäre jeder Fingerbreit zerschlagen worden.

»Ich dachte, du schläfst, Tribun.« Der frisch ernannte Decurio grinste, doch seine Erleichterung war unübersehbar. Die Bürde des Kommandos war von ihm genommen. »Unsere Kampfstärke beläuft sich auf dreihundertfünfzig

Mann, wenn man die Zivilisten, die behinderten Veteranen und die Essensdiebe aus der Waffenkammer mitzählt. Allerdings ohne die Frauen und Kinder im Tempel.« Das überraschte Valerius. Er hatte angenommen, dass alle sich dem Wagenzug angeschlossen hatten. Noch so ein Problem, das er eigentlich nicht brauchte. Lunaris fuhr fort: »Genug Essen und Wasser für eine Woche, wenn wir sparsam sind. Die Verteidigungsanlagen sind gemäß deinen Anweisungen errichtet und bemannt worden, aber uns bleiben nur noch zweihundert Speere.«

Die Zahl ließ Valerius zusammenzucken, auch wenn er darauf achtete, dass sein Gesicht unbewegt blieb. Bei der Brücke hatte er gesehen, wie wirkungsvoll die Speere waren. Ein ausreichender Vorrat hätte bedeuten können, dass man der Belagerung nicht nur stunden-, sondern tagelang standhalten würde.

Lunaris sprach weiter: »Ich habe versucht, den Hühnerschreck loszuwerden, der den Tempel leitet, aber er wollte nicht gehen. Du hättest ihn bis Glevum jammern hören können, als die Jungs sein hübsches Heiligtum mit Vorräten gefüllt und die Vorhänge abgerissen haben, um Verbände draus zu machen. Man sollte meinen, er müsste dankbar sein, dass wir hier sind und ihn vor den barbarischen Horden schützen, aber er hat mich praktisch des Verrats bezichtigt. Diese Gottesmänner sind schlimmer als Politiker.«

Valerius brachte ein erschöpftes Lächeln zustande. »Du hast deine Sache gut gemacht, Lunaris.« Er dachte darüber nach, wie bescheiden die Truppe war, die ihm zur Verfügung stand. Im Herzen hatte er immer gewusst, dass es so kommen würde. Ihm blieb keine andere Wahl, als alles zu verteidigen, was sich verteidigen ließ, und im Übrigen vorsichtig zu sein. »Wir stellen zweihundertfünfzig Mann in zwei Reihen hier auf.« Er deutete auf einen Bereich ein Dutzend Schritte hinter dem Tor. »Organisiere vier Zehnertrupps und positioniere sie so, dass sie sich um eventuelle Durchbrüche kümmern können. Sie sind meine strategische Reserve. Ich weiß, es ist nicht viel, aber es wird reichen müssen.« Er blickte zu der Stelle, wo der junge Priester Fabius und andere Zivilisten neben einigen ruhenden Legionären standen, voll Unbehagen wie Schafe in einem Rudel Wölfe. »Die restlichen Leute lassen wir im befestigten *pronaos*, der Tempelvorhalle, und wenn wir schließlich zurückgedrängt werden, können sie uns Deckung geben, bis wir uns gemeinsam in den Tempel zurückziehen.« Er sagte es ganz nüchtern, als unterhielte er sich über den Getreidepreis im Forum, doch die Worte ließen Lunaris erschauern. Denn sie bedeuteten, dass es keine Rolle spielte, wie lange die Verteidiger ihre Stellung halten oder wie viele Feinde sie töten würden; eine Niederlage war so unausweichlich wie der nächste Sonnenaufgang.

Valerius setzte seinen Helm wieder auf, und die beiden Männer begaben sich zur Südmauer des Tempelkomplexes und dem Tor in deren Mitte. Sie gingen ohne Eile, da ihnen bewusst war, dass alle Verteidiger den Blick auf sie gerichtet hatten.

Zwei Legionäre bauten die letzten Holzbalken in die Barrikade vor dem Torbogen ein. Zu beiden Seiten des Tors war die Mauer nur schulterhoch. Valerius schaute über sie hinweg dorthin, wo die Kelten in einer mürrischen, kompakten Menschenmasse auf dem Gelände aus Gärten und Gemüsefeldern warteten, dessen Fläche sie zur Hälfte füllten. Höhnische oder herausfordernde Rufe ertönten hier keine, da war nur ein brütendes, hasserfülltes Schweigen, in dem die Luft um ihn herum vor Energie zu summen schien. Hinter dieser Menge hörte man das Johlen und Schreien der Plünderer, die die Stadt heimsuchten, und der Tausende zusätzlicher Krieger, die versuchten, durch die verstopften Straßen zum Tempel zu gelangen.

»Als sie anfangs auftauchten, waren wir uns sicher, dass ihr aufgerieben worden wart«, sagte Lunaris leise, und Valerius begriff, wie schwer es für die Verteidiger des Tempels gewesen sein musste, dem Kampflärm zu lauschen, ohne eingreifen zu können. »Es waren nur einige Hundert, aber sie haben das Tor angegriffen, und wir mussten die Hälfte der verfügbaren Speere aufbrauchen, um sie davonzujagen. Seitdem sind sie vorsichtiger. Vielleicht haben wir ihren Anführer getötet. Sie scheinen sich mit Abwarten zufriedenzugeben.«

»Sie werden erst angreifen, wenn Boudicca hier ist, um Zeugin zu werden«, erklärte Valerius bestimmt. »Sie wird ihre Rache nicht nur sehen, sondern auch fühlen und schmecken wollen. Uns bleibt noch Zeit.«

Zeit zu warten. Und während sie warteten und die Legionäre sich leise unterhielten oder den Schreibkundigeren unter ihnen letzte Botschaften diktierten, sah Valerius zu, wie Colonia starb. Es war keine Zerstörung aufs Geratewohl. Sie war organisiert und dazu bestimmt, die Stadt vom Angesicht der Erde zu tilgen. Die Aufständischen hatten bereits festgestellt, dass ein solide gebautes römisches Haus nicht so leicht niederzubrennen war. Wenn man eine Fackel auf ein Ziegeldach warf, brannte diese einfach aus und hinterließ nur einen schwarzen Rußfleck auf der Fläche. Doch sie lernten rasch dazu.

Zunächst befreiten sie die Hänge des Bergs auf der gegenüberliegenden Flussseite von den zundertrockenen, ölhaltigen Ginsterbüschen, die zwischen den bestellten Äckern der Bauernhöfe wuchsen, und schleppten große Bündel davon in die Stadt. Unterdessen machten sich andere auf den Dächern zu schaffen, deckten die Ziegel von den *insulae* sowie den ehemaligen Kasernengebäuden, der Basilika und den Villen mit ihren schönen Gärten ab und legten das geteerte Dachgebälk frei. Jetzt konnten die Fackeln ihr Werk verrichten, denn sie füllten die Häuser mit dem Ginster, der so heftig wie ein Griechisches Feuer brannte.

Aus dem Tempelbezirk betrachtet, wirkte das Ganze zunächst harmlos, nur ein paar Rauchkräusel über den Dächern. Doch innerhalb von Minuten verwandelte sich dieses Gekräusel in große, sich windende Säulen, die mit den rot und golden leuchtenden Flammen in ihrer Mitte hoch in den Himmel hinaufstiegen, gesprenkelt von Tausenden winzigen, tanzenden Funken, die von einem Augenblick zum anderen aufstoben und vergingen. Haus um Haus und Straße für Straße wurde die Stadt von den Flammen der Rache Boudiccas verzehrt. Der Zorn Andrastes war nach Colonia gekommen.

Doch Valerius wusste, dass das der Königin nicht genügen würde.

Sie kam, als die Sonne ihren Höhepunkt erreichte, mit einem langen Speer in der Hand. Sie kam zu Fuß, denn kein Streitwagen konnte die überfüllte Hauptstraße passieren – eine der wenigen, die noch nicht brannte. Valerius beobachtete, wie die Schar der Krieger sich teilte, damit die Gestalt mit dem flammend roten Haar aus ihrer Mitte treten konnte.

Zum ersten Mal sah er sie nah genug, um ihr Gesicht wirklich zu mustern. Sie wirkte älter, als er sie sich vorgestellt hatte, vielleicht Ende dreißig, und ihre Gesichtszüge waren eher auffallend als schön, was er eigenartig enttäuschend fand: eine breite Stirn und eine Nase, auf die jeder Römer stolz wäre. Ein karierter Umhang bedeckte ihre Schultern, an der Brust wurde er von einer großen, goldenen Brosche zusammengehalten, die von einem dicken Reif aus demselben Material, der ihren Hals zierte, noch übertroffen wurde. Doch ihre Augen erst machten sie zu der, die sie war. Wie durchscheinende Smaragde glitzerten sie von dem lodernden Feuer der Rache, das in ihren Tiefen brannte.

Er erinnerte sich an sein früheres Gefühl, nackt vor ihr zu stehen, und erlebte es erneut. Die Intensität ihres Hasses war dazu angetan, die Verteidiger zu entkräften und zu entmutigen. Boudicca stand finster und aufrecht da, umgeben von ihren Ratgebern und den britischen Adligen, die alles riskiert hatten, um sich ihr anzuschließen. Valerius fühlte sich zu einem von ihnen hingezogen, einem Krieger, dessen Kopf mit einem Verband umwunden war. Vielleicht war er ein Überlebender der Schlacht bei der Brücke. Er wurde von einem schmalen Mann in einem grauen Umhang gestützt, der im Sonnenlicht schimmerte.

Valerius sah, wie Boudicca den Speer hob.

»Macht euch bereit«, rief er und rannte zur Doppelreihe der Legionäre zurück.

Sie kamen in zwanzig Mann tief gestaffelten Wellen, und hätte Valerius mehr Speere gehabt, wären sie in Wellen gestorben. Doch so wurden nur die ersten zweihundert Krieger beim Überklettern der Mauer zurückgeworfen. Die scharfen Spitzen durchbohrten das nackte Fleisch, Muskeln und Knochen. Doch dieses Gemetzel machte den Angreifern nicht mehr Eindruck, als hätten die Legionäre mit Rosenblüten nach ihnen geworfen.

»Vorwärts.« Valerius nahm einen Schild entgegen und stellte sich in die Mitte der vorderen römischen Reihe. Diesen Kampf würde er nicht von hinten leiten.

Von ihren schulterhohen Schilden geschützt, rückten die schweißnassen Legionäre in zwei dichten Reihen zehn Schritte vor und rammten die eisernen Schildbuckel in die Gesichter der ersten Männer, die über die Mauer kletterten. Valerius spürte den Aufprall an seinem linken Arm und stieß seinen *gladius* durch eine Lücke zwischen den Schilden in einen vorbeihuschenden Fleck gebräunter Haut. Entlang der ganzen Schlachtreihe hörte er das vertraute, fast animalische Grunzen, mit dem die Legionäre die Kurzschwerter in weiches Fleisch stießen, und die Schreie der getroffenen Gegner.

Anfangs konnten nicht genug Krieger den Tempelbezirk

erstürmen, um die Verteidiger zurückzudrängen, und die Soldaten hielten sie direkt hinter der Mauer auf, was dazu führte, dass jeder, der diese übersteigen wollte, den Fuß auf die Köpfe der Vorangegangenen hätte setzen müssen. Die Männer auf der Mauer tänzelten voll Zorn herum, da sie vom Hass beflügelt nach einer Möglichkeit suchten, an ihren Feind heranzukommen, doch das machte sie zur Zielscheibe für die Handvoll Bogenschützen, die Lunaris auf dem Tempeldach hatte aufstellen können. Einen nach dem anderen pflückten die wohlgezielten Pfeile sie von der Mauer herunter.

Vorläufig hielten Valerius' Legionäre glanzvoll die Stellung, doch ein Speerhagel von jenseits der Mauer ging nieder, ohne zwischen Freund und Feind zu unterscheiden, und forderte seinen Zoll unter den Verteidigern. Ein Legionär verließ taumelnd seinen Platz in der zweiten Reihe, als eine der breiten Speerspitzen seinen Oberschenkel durchbohrte. Beinahe gleichzeitig wurde der Mann neben Valerius von einem Speer geblendet, den einer der auf der Mauer festsitzenden Krieger nach ihm gestoßen hatte. Mit vors Gesicht geschlagenen Händen, zwischen deren Fingern das Blut hervorquoll, stolperte er zurück. Valerius sah sich plötzlich drei mit Tätowierungen bedeckten Aufständischen gegenüber.

Das erste Langschwert, geführt von einem zähnefletschenden, grauhaarigen Greis, der zum Kämpfen zu alt hätte sein sollen, kam in einem geschwungenen Bogen auf Valerius zu. Mit einer verzweifelten Parade konnte er den Hieb, der ihm den Kopf von den Schultern trennen sollte, abfangen, zwang die Klinge nach oben und setzte dadurch den ungeschützten Bauch des Mannes einem Schwertstoß aus, der aus der zweiten römischen Reihe kam. Der Brite sank mit einem ungläubigen Heulen zu Boden, doch da schlug schon der nächste Krieger Valerius' Schild mit dem seinen beiseite. Ein Hieb hätte den Tribun nun niedergestreckt, doch bedrängt von den schreienden, schwitzenden Kämpfenden zu beiden Seiten, konnte sein Gegner nur zu einem unbeholfenen Schlag von oben ausholen. Dies verschaffte Valerius den benötigten Augenblick Zeit, um dem Briten den *gladius* von unten ins Kinn und von dort bis ins Gehirn zu stoßen.

Doch es gab keine Atempause. Der Tod seines Gegners setzte Valerius dem Angriff einer heulenden Gestalt mit blutunterlaufenen Augen aus, die von links hervorbrach und mit beiden Händen eine schwere Holzfälleraxt schwang. Valerius fluchte, weil ihm klar war, dass er sich der Gefahr nicht schnell genug zuwenden konnte. Hier hätte sein Nachbar ihn decken sollen, doch der war geblendet und hustete sich am Boden zwischen den Füßen der Kämpfenden das Leben aus dem Leib. Die Axt zielte auf die linke Schulter des Tribuns, und er wusste, dass sein Panzer ihm gegen eine solch fürchterliche Waffe keinen Schutz bieten würde. Die mächtige Klinge würde sein Schlüsselbein, seine Brust und seine Rippen durchschneiden. Er schrie verzweifelt auf, und in diesem Augenblick schob sich eine wuchtige Gestalt in die Lücke zu seiner Linken und vereinigte krachend ihren Schild mit dem seinen. Gleich darauf schlug die Axt durch die drei Lagen Eichenholz von Lunaris' *scutum*. Der große

Mann grinste, zerrte den Schild mit einem Ruck zur Seite und stach mit seinem Kurzschwert zu. Er wurde durch ein Stöhnen belohnt. Valerius nickte ihm dankbar zu und wandte sich wieder der Aufgabe zu, am Leben zu bleiben.

Von dem Kampfeslärm platzte ihm fast das Trommelfell; Schmerzensschreie, Triumphgeheul und das schreckliche rhythmische Grunzen – das alles unterstrichen vom Klirren der Eisenklingen gegen Holz und dem Zischen der Pfeile, die nur wenige Fingerbreit über ihn hinwegstrichen. Seine Bewegungen wurden automatisch, und das verschaffte ihm Gelegenheit, seine Aufmerksamkeit dem Schlachtfeld als Ganzem zuzuwenden und mit einem tief in seinem Inneren vergrabenen Sinn die Gerüche, Geräusche und Bewegungen um ihn her wahrzunehmen.

»Die rechte Seite!« Er schrie es, damit Lunaris ihn hören konnte, und dieser grunzte zustimmend, zuckte aber die Schultern, als wollte er sagen: *Was soll ich da machen?* Gleichzeitig wehrte er eine Folge von Hieben ab, die von vorn auf ihn niedergingen. »Wir müssen die rechte Seite verstärken.«

»Soll ich es selbst machen?«, fragte der Decurio so ruhig, als wäre es ein ganz normales Gespräch.

»Was ist mit der Reserve?« Valerius duckte sich, als ein Speer klappernd seinen Helm streifte und in die hintere Legionärsreihe schlitterte. Sein Instinkt sagte ihm, dass der Druck auf die rechte Flanke zunahm.

»Gracilis hat die Verantwortung. Er weiß, was zu tun ist.«

»Das hoffe ich ...«

Das Triumphgeheul, das hinter ihm ertönte, konnte aus

keiner römischen Kehle kommen, und plötzlich spielte die rechte Flanke keine Rolle mehr. Die Briten hatten das getan, wozu sie nicht hätten imstande sein sollen, und hatten die Ostmauer in ausreichender Stärke überklettert, um Valerius' kleiner werdende Legionärstruppe von hinten anzugreifen.

Er warf einen Blick über die Schulter, gerade rechtzeitig, um zu sehen, wie Gracilis' Reserveabteilung mit einer Kriegerschar zusammenkrachte, die von der Nordostecke des Tempelkomplexes herannrannte.

»Zurück!«, schrie Valerius. »Zurück zum Tempel!«

Mit nur drei Fuß Freiraum hätte er jetzt das Kommando zum Bilden einer *testudo* gegeben, aber sie hatten keinen Fingerbreit Platz. Jeder Mann wurde Schild an Schild und Schwert an Schwert von zwei oder sogar drei Gegnern bedrängt. Die einzige Chance bestand darin, die Formation aufrechtzuerhalten und sich Schritt für Schritt zu den Tempelstufen zurückzuziehen. Die Pfeile der Bogenschützen auf dem Tempeldach sorgten dafür, dass die Bedrängnis an der rechten Flanke nicht in eine wilde Flucht umschlug, doch er bezweifelte, dass Gracilis dem Angriff von hinten länger als einige Augenblicke würde standhalten können. Wenn er und seine Leute überwältigt wurden, wären alle Römer außerhalb des Tempels dem Tod geweiht.

Einen quälenden Schritt nach dem anderen ließ Valerius zu, dass die römische Linie zurückgedrängt wurde. Der Druck gegen seinen Schild wurde unerträglich, und die wie mit der Sense fallenden Hiebe der britischen Schwerter drohten selbst die stabilen römischen Schilde in Stücke zu hauen. Neben ihm verfluchte Lunaris knurrend und schwitzend seine Unfähigkeit zurückzuschlagen.

Jeder Schritt des Rückzugs verschaffte weiteren Kriegern Boudiccas Raum, um über die Mauer zu strömen. Die Soldaten jeder anderen Armee wären zusammengebrochen. Doch dies waren Römer. Römische Legionäre. Sie verstanden sich aufs Kämpfen wie niemand sonst. Und sie verstanden sich aufs Sterben.

Inzwischen verblieb nur noch eine einzige, unregelmäßige Reihe. Die zurückgebliebenen Toten und Verwundeten wurden unter den Füßen der Kelten zertreten, deren Kampfeswut mit jedem Schritt weiter anschwoll, den sie sich dem Tempel näherten, der all das symbolisierte, was sie in den langen Jahren, seit Claudius den Fuß auf die Insel gesetzt hatte, hassen gelernt hatten.

Als Valerius den kühlen Schatten des Tempeldachs spürte, waren weniger als hundert Mann übrig. Die erschöpften Soldaten bluteten aus vielen Wunden und waren kaum mehr in der Lage, die schweren Schilde hochzuhalten, denen allein sie ihr Überleben zu verdanken hatten. Dann sagte ihm ein Gebrüll zu seiner Linken, dass das Unvermeidliche geschehen und Gracilis und seine Leute vernichtet waren.

Im selben Moment brach die Schildreihe auseinander.

Sie zerbrach nicht so sehr, als dass sie sich auflöste. Wo es gerade noch eine zermürbte, aber disziplinierte Verteidigungslinie gegeben hatte, kämpften jetzt hundert Legionäre einzeln um ihr Leben. Verzweifelt wehrten sie den Tod ab, während sie sich rückwärts über die Stufen zum Tempel zurückzogen, der ihre einzige Hoffnung war. Im Strudel niedergehender Schwerthiebe und fallender Soldaten kämpfte Valerius, der inzwischen keinen Schild mehr hatte, zusammen mit den anderen. Lunaris war noch immer in seiner Nähe, zusammen mit Paulus, Luca und Messor. Der große Legionär hatte seinen Helm verloren und blutete aus einer Kopfwunde, doch die in einem Dutzend Dienstjahren erworbene Disziplin verließ ihn nie. Seine Schwerthiebe und -stöße waren weiterhin so routiniert, als trainierte er auf dem Exerzierplatz; nie setzte er mehr Energie als nötig ein, und mit jedem Streich tötete oder verwundete er einen Gegner. Die Männer ihm gegenüber hatten längst Achtung vor seiner Klinge gelernt, und diese Achtung gestattete es ihm, sich Schritt für Schritt zum Tempel und dem Heiligtum zurückzuziehen.

Valerius zerhieb das Gesicht eines Barbaren und wollte dichter an seinen Freund heranrücken. Doch bevor er einen Schritt gegangen war, entstand eine Bewegung in der Schar seiner Gegner, und aus ihrer Mitte brach der größte Kelte hervor, den er je gesehen hatte. Er war einer ihrer Recken und über sechs Fuß groß. Sein Körper war mit blauen Tätowierungen bedeckt, die raffiniert zu Wirbeln und angedeuteten Tiergestalten verschlungen waren. Er befand sich im Blutrausch und raste vor Kampfeswut. Er war voller Wunden, doch die Lust am Töten war stärker als jeder Schmerz und trieb ihn die Stufen hinauf, den Speer mit beiden Händen vor sich ausgestreckt.

Valerius sah ihn kommen und legte sich automatisch zurecht, wie er ihn töten könnte. Der Speer übertraf die Reichweite seines Kurzschwerts um mehrere Fuß, doch er wusste: Wenn er an der Spitze vorbeikäme, könnte er das Leben dieses riesigen Kriegers so mühelos beenden, wie man eine Rose pflückt. Eine einfache Parade, um den Speer an seiner linken Schulter vorbeizulenken, und ein Rückhandhieb mit dem Schwert, der dem zähnefletschenden Krieger den Kiefer zerschmettern würde. Hier ging es um Geschwindigkeit und den richtigen Augenblick, und er hatte diese Bewegung schon tausendmal geübt. Doch er hatte bereits den ganzen Tag gekämpft, und vielleicht war er sorglos geworden, oder sein Glück war aufgebraucht. Als der Moment da war, rutschte er mit der genagelten Sohle auf dem vom Blut glitschigen Marmor aus und fiel hilflos auf die Stufen. Schon stieß der tätowierte Brite seinen Siegesruf aus und holte mit der blattförmigen Klinge nach seiner Kehle aus.

Paulus rettete Valerius das Leben. Der *signifer* sprang über die Stufen und lenkte den Stoß mit einer Parade seines *gladius* ab. Dann stellte er sich schützend über Valerius und forderte den Briten mit Beleidigungen heraus, es noch einmal zu versuchen. Mit einem Brüllen nahm der große Krieger die Herausforderung an, machte einen Satz nach vorn und stieß mit dem langen Speer nach dem Auge des Römers. Valerius tastete verzweifelt nach seinem Schwert, während ein zweiter Brite von links angriff und Paulus zwang, seinen Schild halb zur Seite zu kehren, um die Gefahr abzuwehren. Er war dadurch nur ganz kurz abgelenkt, aber in der Schlacht entscheiden Augenblicke über Leben und Tod. Der Stoß nach Paulus' Augen war eine Finte, und Valerius sah entsetzt zu, wie die Speerspitze sich senkte und

Paulus' Abwehr unterlief, bevor er den Stoß parieren konnte. Vielleicht hätte sein Panzer ihn retten können, doch der Angriff kam in einem solchen Winkel, dass die Eisenspitze eine Lücke zwischen den Panzerplatten fand und sich unter die Rippen bohrte. Dann nutzte der riesige Krieger seine enorme Kraft, um die Spitze tiefer ins Fleisch zu bohren, während dem entsetzt ächzenden Römer vor Schreck die Augen aus dem Kopf quollen.

Der Barbar stand so dicht bei Valerius, dass der Tribun den Schweißgestank seines ungewaschenen Körpers riechen konnte. Die Muskeln am mächtigen Hals des Kriegers wölbten sich, während er den Speer mit tierhaftem Knurren tiefer in Paulus' Körper rammte. Erst jetzt wurde Valerius klar, dass seine Hand das Schwert gepackt hielt. Mit aller Kraft stieß er es aufwärts in die nackte Kehle seines Feindes, bis die Spitze auf den Knochen stieß, wo Schädel und Wirbelsäule aufeinandertrafen. Tiefrotes Blut sprühte aus der klaffenden Wunde und quoll in Stößen aus dem geöffneten Mund des Kriegers, bis dieser endlich den im Todeskampf umklammerten Speer losließ.

Paulus lag am Boden, lebte aber noch und wimmerte leise, da der lange Schaft tief in seinen Eingeweiden steckte. Valerius kam taumelnd auf die Beine und stellte sich schützend über seinen sterbenden Kameraden. Doch bevor die Briten erneut vorstürmen konnten, zog jemand den Tribun nach hinten, und Lunaris und Messor stürzten sich brüllend in einem wilden Angriff die Treppe hinunter. Die kurze Atempause verschaffte zwei weiteren Legionären die Gelegenheit, ihren verwundeten Kameraden aufzuheben und an den Statuen und den äußeren Säulen vorbei in den Tempel zu tragen.

Sie hatten noch eine einzige Chance, doch die wurde mit jedem Augenblick kleiner. Vom Blut berauschte Kriegermassen versammelten sich dort, wo Valerius' Legionäre bis zum letzten Blutstropfen gekämpft hatten, und zerhackten die Gefallenen, bis sie nicht mehr als menschliche Leichen zu erkennen waren. Ein Brite hob triumphierend ein noch zuckendes Herz und ließ daraus Blut auf sein Gesicht tropfen, bevor er mit den Zähnen ein Stück herausriss. Die ersten Verfolger dicht auf den Fersen, taumelte Valerius zu der kupferbeschlagenen Tempeltür und warf sich mit einem letzten Blick auf den edlen Kopf des Claudius, der das Herzstück der Türverkleidung bildete, ins Innere. Lunaris und Messor waren die Letzten, die es schafften. Seite an Seite zogen sie sich rückwärts zurück und parierten dabei die Schwerthiebe und Speerstöße, die auf sie gezielt waren. Es war ein so knappes Entkommen, dass es drei Barbaren gelang, sich in den Tempel zu drängen, bevor die Männer an den Türen die Riegel vorlegen konnten. Die Kelten starben schreiend unter einem Dutzend Schwerthieben.

Hier im Tempel des vergöttlichten Claudius waren sie endlich in Sicherheit. Doch sie saßen in der Falle.

XXXVI

Paulus lag im Sterben. Grausame Qualen verzerrten das Gesicht des *signifers*, und seine Haut hatte die wachsartige gelbe Blässe angenommen, die nur eine einzige Geschichte erzählte. Der Speer des Briten steckte noch immer tief in seinen Eingeweiden, doch Valerius wusste, dass jeder Versuch, ihn herauszuziehen, das Leiden seines Freundes nur vergrößern würde. Er kniete sich neben Paulus nieder und ergriff seine Hand. Die große Kraft des Legionärs schwand dahin, doch Valerius spürte, dass der Soldat seine Finger drückte, und sah nach unten. Paulus' Augen waren fest zusammengepresst gewesen, doch jetzt schlug er sie auf, und eine Träne rann aus einem Augenwinkel seine schmutzverschmierte Wange hinunter. Er versuchte, etwas zu sagen, und Valerius musste sich tiefer über ihn beugen, um die Worte zu verstehen.

»Tut mir leid, dass ich dich enttäuscht habe.« Die Stimme war nur ein Flüstern. »Ich hätte ... ich hätte den Drecksack erwischen müssen.«

»Du hast mich nicht enttäuscht. Du hast mir das Leben

gerettet. Es tut mir leid, dass ich euch hierhergebracht habe. Es war ein Fehler. Ich habe viele Fehler begangen.«

Es kam keine Antwort, und einen Moment lang glaubte Valerius, der *signifer* sei gestorben. Doch nun packte Paulus seine Hand noch fester und schrie auf, ein lang gezogenes Stöhnen.

Als der Legionär schließlich erneut sprach, war das Flüstern sogar noch schwächer, und Valerius konnte die Worte kaum verstehen.

»Das kann ich nicht«, sagte er, als ihm klar wurde, worum der Sterbende ihn gebeten hatte.

»Einen Soldatentod, Herr«, keuchte der Standartenträger. »Einen guten Tod. So ... will ich ... nicht ... verrecken. Bitte.«

Valerius zögerte. Dann beugte er sich noch weiter vor und sprach dem jungen Soldaten ins Ohr, damit seine Worte auf jeden Fall verstanden wurden. »Erwarte mich auf der anderen Seite.« Gleichzeitig setzte er die Schwertspitze unter Paulus' Kinn an und stieß zu. Er spürte, wie der Legionär erschauerte, und vielleicht war es nur Einbildung, doch einen Moment lang meinte er, den mächtigen Geist aus dem Körper austreten und oben im Dunkeln verschwinden zu sehen.

»Für Rom«, flüsterte er.

Er verharrte zusammengekauert über der Leiche, während das alles ihn zu überwältigen drohte. Er hatte zu viel Blut und zu viel Tod gesehen, und mit jedem Freund, der starb, fühlte er seine Entschlossenheit schwächer werden. Doch er wusste, dass er das nicht zulassen konnte. Er musste diesen Tempel bis zum letzten Mann verteidigen.

Nicht für Catus Decianus, der Colonia auf dem Gewissen, und auch nicht für den Statthalter, der die Stadt ihrem Schicksal überlassen hatte. Doch für Falco, Bela und Paulus, die gestorben waren, um ihm diese Möglichkeit zu verschaffen. Jeder Tag, an dem er Boudicca hier aufhielt, bedeutete einen Tag Aufschub für Londinium.

Endlich hob er den Kopf und musterte seine Umgebung. Dies hier war der Ort der Geheimnisse, das innere Heiligtum des Kultes des vergöttlichten Claudius. Der Raum war vielleicht zwanzig Schritt lang und fünfzehn breit, der Boden mit Marmor gefliest. Er besaß einen einzigen Eingang, durch den sie gerade eingetreten waren, und keinen weiteren. Eine riesige Bronzestatue des Kaisers in seiner Gestalt als Jupiter beherrschte die hintere Wand, während in Nischen entlang der Seitenwände andere, kleinere Statuen seiner Familienmitglieder standen.

Lunaris und die erschöpften Soldaten ließen sich zu Boden sinken, nahe dem Eingang, wo man sie bald brauchen würde. Auf dem Boden und an den Wänden kauerten oder lagen Flüchtlinge in kleinen Gruppen. Eine einzige, flackernde Öllampe erhellte ihre blassen, verängstigten Gesichter. Zunächst war Valerius von ihrer Zahl verblüfft. Es mussten hundert oder mehr sein. Sie waren entweder hier, weil sie zu spät gekommen waren, um sich dem unglückseligen Flüchtlingszug anzuschließen, oder aber aus Gründen, die Valerius klarer wurden, als er einzelne unter ihnen erkannte.

Petronius, der der Miliz die Waffen verweigert hatte, die sie brauchte, um sich zu verteidigen, trug sein Schwert, hatte aber beschlossen, dass sein Leben zu wertvoll war, um es auf dem Schlachtfeld zu verschwenden. Er saß mit leerer, fast gleichgültiger Miene unter der Statue des Claudius, um sich her vier oder fünf Truhen, die seine Akten enthalten mussten. Der wahre Grund für seinen Treuebruch war jedoch zweifellos das hübsche Mädchen, jung genug, um seine Tochter zu sein, das sich Schutz suchend in seine Arme schmiegte.

Numidius, der Baumeister, hatte Zuflucht in dem von ihm errichteten Tempel gesucht, den er nicht im Stich lassen wollte, doch sein verängstigter Blick ließ die blutige Leiche des Paulus im Eingang nicht los, und es war klar, dass er seine Entscheidung inzwischen bereute.

Valerius freute sich zu sehen, dass der junge Augur Fabius überlebt hatte und nun mit einem Ausdruck benommenen Erstaunens im Gesicht ganz unschuldig sein Schwert zur Schau stellte. Lunaris hatte es ihm gegeben, und es war inzwischen blutig bis zum Griff.

Der Anblick Agrippas, des Tempelobersten, war dem Tribun weniger willkommen. Er konnte sich bereits die Liste der Beschwerden vorstellen, die er später würde abwehren müssen. Zwei der Frauen schienen ihre Kleider zu vergleichen, und ein paar Briten, die für die römische Verwaltung gearbeitet hatten, saßen in einer kleinen Gruppe abseits, als wären sie sich nicht sicher, ob sie nun Teil dieser Tragödie waren oder nicht. Und da waren noch andere, Männer, die aus Habgier, Notwendigkeit oder Dummheit mit ihren Familien zusammengeblieben waren. Dann fiel sein Blick auf Corvinus.

Der Goldschmied saß mit dem Rücken an die Ostwand gelehnt da, das Gesicht in Schatten getaucht, doch Valerius sah, dass er unter seinem Umhang die Miliziuniform trug, und nach seiner Körperhaltung zu schließen, ruhte seine rechte Hand auf dem Schwertgriff. Er hatte den linken Arm um seine schöne, dunkelhaarige Frau gelegt, die ihrerseits ihren eine Woche alten Sohn hielt. Hätte Falco überlebt, hätte er den ehemaligen Zeugmeister der Legion augenblicklich getötet, doch Valerius hatte an diesem Tag mehr als genug Blut und Tod gesehen. Corvinus war ein Problem, mit dem er sich würde befassen müssen, doch es konnte warten.

»Lunaris, ich will eine Bestandsaufnahme aller Vorräte an Nahrungsmitteln, Wasser und der vorhandenen Ausrüstung. Numidius!«, rief er den Baumeister zu sich. Das Gesicht eine Mischung aus Sorge und offener Angst, eilte dieser zum Tribun. »Du hast dieses Gebäude errichtet. Ich muss alles darüber wissen. Wie stabil sind die Wände?« Er sah nach oben. »Und die Dachkonstruktion? Gibt es von dieser Tür abgesehen eine Möglichkeit für unsere Feinde, hier hereinzukommen, oder für uns, nach draußen zu gelangen?«

Numidius zerstörte rasch die etwaige Hoffnung auf einen Fluchtweg. »Die Wände sind aus quaderförmigen Steinblöcken aufgesetzt und mit Marmor verkleidet. Der hölzerne Dachstuhl ist mit Marmorziegeln gedeckt. Mit dem geeigneten Werkzeug und genug Zeit könnte man das Dach wohl aufbrechen, aber wie du siehst, liegt es dreißig Fuß über uns und wäre nur mit Leitern und Gerüsten zugänglich.«

Valerius bemühte sich, sich seine Enttäuschung nicht

anmerken zu lassen. »Nun, wenn wir nicht hinausgelangen können, bedeutet das im Gegenzug wenigstens auch, dass sie nicht reinkommen.« Er sog die abgestandene, stinkende Luft ein. »Wir brauchen dort drüben eine Latrinenecke.« Er deutete auf den hinteren Bereich des Tempels. »Wenn wir schon kein Loch graben können, können wir den Frauen wenigstens eine gewisse Privatsphäre verschaffen. Bring zwischen den Statuen eine Art Vorhang an.«

Lunaris brachte Valerius die Liste, um die dieser ihn gebeten hatte, und er studierte sie sorgfältig. Unter den Ausrüstungsgegenständen befand sich nichts, von dem er nicht bereits gewusst hätte. Mit genug Seil hätten sie vielleicht zum Dach gelangen können, aber vor den Augen von fünfzigtausend Briten bestand kaum Hoffnung auf ein Entkommen, und ohnehin war kein Seil da. Die Nahrungsmittel, die Lunaris eingelagert hatte, bestanden aus einfachen Legionsrationen: steinharte Scheiben *buccellatum*–Zwieback, Pökelfleisch, Olivenöl, *garum* und ein paar Brotlaibe. Das alles würde etwas über eine Woche reichen. Das Problem war das Trinkwasser. Nur dreißig *amphorae* für hundertzwanzig Menschen, ein Vorrat für höchstens vier Tage.

Erneut behielt er seine Gedanken für sich, ordnete aber an, dass beim Wasser ein Wächter aufgestellt wurde.

»Was soll das alles, wenn wir ohnehin sterben?« Die streitsüchtige Stimme ertönte aus einer Gruppe, die in der Mitte der *cella* saß, und Valerius erkannte Gallus, einen jungen Ladenbesitzer mit schütterem Haar, Seite an Seite mit seiner unscheinbaren kleinen Frau, die nichts von der Geliebten wusste, die er in einer von Lucullus' Wohnungen beherbergt hatte. »Da können wir uns ebenso gut satt essen und trinken.«

Valerius legte die Hand ans Schwert. »Jeder, der versucht, sich Essen oder Wasser zu nehmen, auf das er kein Anrecht hat, wird mit Sicherheit rasch sterben, doch wir anderen haben immer noch eine Überlebenschance. Wenn wir es sorgfältig rationieren, haben wir genug Wasser für mindestens vier Tage, und die Neunte Legion könnte in zwei Tagen hier sein.« Die Ankündigung wurde mit einem überraschten Gemurmel quittiert. »Boudicca wird wohl kaum ihre gesamte Truppe hierbehalten, um sich mit weniger als zweihundert Römern zu befassen. Wenn wir lange genug durchhalten, wird die Neunte sie verjagen. Einer vollständigen Legion werden sie sich nicht zum Kampf stellen.« Er sah den Mann an, der eben gesprochen hatte, und wurde mit einem grimmigen Nicken belohnt. »Ich ...«

Ein ohrenbetäubendes Krachen erschütterte die schwere Eichenholztür und hallte im Raum wider, und dann brach dort das Chaos aus. Frauen kreischten vor Entsetzen, und Männer schrien erschreckt auf. Valerius eilte zu seinen Männern bei der Tür. Das Krachen ertönte erneut, und der Riegel hüpfte in seiner Verankerung, hielt aber stand.

»Ein Rammbock«, rief Valerius. »Stemmt euch mit den Schultern gegen die Tür.«

Die vier Legionäre, die der Tür am nächsten standen, reagierten auf seinen Befehl. Schon folgte das nächste Krachen, und sofort sprangen die Männer von der Tür zurück und hielten sich die Oberarme. Valerius rief sie ab, da er begriff, dass er einen Fehler begangen hatte. Der Aufprall des

Rammbocks hatte eine solche Wucht, dass er Knochen zerschmettern konnte, doch weitere Verletzte konnte Valerius sich nicht leisten.

Er merkte plötzlich, dass Numidius zu ihm getreten war. »Wir dürften noch Zeit haben«, sagte der ältere Mann. »Die Tür ist aus massivem Eichenholz, zwei Handbreit dick, und außen ist sie mit Kupferblech beschlagen. Mir ist inzwischen ein Gedanke gekommen.« Die letzten Worte flüsterte er, als könnten die draußen versammelten Briten ihn hören. Valerius zog ihn in eine Ecke.

»Die Latrine hat mich auf die Idee gebracht«, erklärte Numidius. »Du sagtest, wir könnten kein Loch graben.«

Valerius sah auf die quadratischen Bodenfliesen aus Marmor hinunter, deren Seitenlänge gut eine Elle betrug. »Dort können wir nicht graben«, bemerkte er. »Aber selbst wenn, du sagtest doch, das Fundament des Tempels bestehe aus massivem Stein. Es wäre unmöglich hindurchzukommen.«

»Ja«, antwortete Numidius stirnrunzelnd. »Das Fundament ist aus Stein, aber bei der Errichtung der *cella* haben wir für den britischen Winter vorgesorgt.«

»Vorgesorgt?«

Numidius nickte, und offensichtlich war es ihm peinlich, über seine Neuerung zu reden. »Obwohl es unüblich ist, haben wir ein Hypokaustum integriert. Das war möglich, weil die Säulen das Gewicht des Architravs und des Giebeldreiecks unmittelbar auf das Fundament leiten. Peregrinus war zunächst gar nicht dafür, bis er seinen ersten Winter hier erlebt hat. Danach war er ganz begeistert.«

Valerius spürte, wie seine Erregung wuchs. Ein Hypokaustum war ein System unterirdischer Heißluftkanäle, die dazu dienten, ein Gebäude zu beheizen. Je nachdem, wie viel Platz es unter dem Marmorboden einnahm, könnte es eventuell einen Fluchtweg bieten. »Und wie gelangen wir in das Hypokaustum?«

»Die einzige Möglichkeit ist das Entfernen einer Fliese.« Sie beugten sich über die Fliese zwischen ihren Füßen und musterten sie. Sie war fest einzementiert, und als Valerius seinen Dolch nahm und am Mörtel kratzte, hinterließ er kaum eine Spur.

Er warf einen Blick auf Numidius. »Wie dick sind sie?«

»Genau zwei Fingerbreit.«

»Und du bist dir sicher, dass wir auf diese Weise eine Öffnung bekommen?«

Der Baumeister machte eine überlegene Miene. »Ich habe diesen Tempel erbaut, Herr. Du kannst dich darauf verlassen, dass ich ihn kenne. Ich habe an Messungen durchgeführt, was möglich war.«

Das rhythmische Krachen des Rammbocks unterbrach das Gespräch. Begleitet wurde es von den gedämpften Rufen und Flüchen der Männer, die ihn schwangen. Valerius beachtete den Lärm nicht und schaute erneut auf die Fliese. Er wandte sich den Zivilisten zu. »Ich brauche ein paar Freiwillige, die helfen, diese Fliese zu lösen. Es wird eine Weile dauern, aber es könnte einigen von uns zumindest eine Chance verschaffen.« Außerdem wären die Leute dann beschäftigt, und das würde sie von den Gedanken an das Schicksal ablenken, das sie erwartete, sollte die Chance ihnen versagt bleiben. Vier oder fünf Männer standen auf, und einer, der behauptete, Erfahrung mit Bauarbeiten zu besitzen, übernahm die Leitung.

Valerius fiel auf, dass Corvinus sich nicht von seinem Platz an der Wand wegrührte. Noch ein Problem, das gelöst werden muss, sagte er sich. Und zwar gleich. Aufschieben führt zu nichts.

»Zeugmeister, komm her.« Corvinus blickte mit wunden Augen auf, in denen Funken von Glut zu glimmen schienen. Er wechselte einen Blick mit seiner Frau, und Valerius bemerkte, dass sie nickte, bevor er sich vom Boden erhob. So also lief der Hase. Aber das änderte nichts.

In der wimmelvollen *cella* gab es keine Rückzugsmöglichkeit, doch Valerius nahm den Goldschmied so weit wie möglich beiseite. Er führte ihn neben die Tür, weg von den Soldaten, die an der Westwand saßen und ihre Kräfte sammelten. »Betrachte dich als festgenommen, wegen Desertion und Feigheit vor dem Feind«, sagte er. »Wenn wir in den Bereich der kaiserlichen Rechtsprechung zurückkehren, werde ich dafür sorgen, dass du vor Gericht gestellt wirst, weil du deine Kameraden im Stich gelassen hast.«

Corvinus wand sich, als wäre er geschlagen worden, doch sein Erschrecken wich rasch einem bitteren, wissenden Lächeln. »Das Einzige, was in den Bereich der kaiserlichen Rechtsprechung zurückkehren wird, sind unsere Gebeine, Tribun, und auch nur, falls die Icener uns wenigstens die lassen. Für jemanden, der bereits ein toter Mann ist, bedeutet deine Drohung nichts.« Er wollte weggehen, doch Valerius packte ihn am Arm. Dabei spürte er, wie der Goldschmied unter seinem Umhang halb das Schwert zog.

»Du würdest gegen mich kämpfen, aber nicht gegen die Briten?«, fragte er mit ungläubigem Kopfschütteln. »Es gibt den Tod, und es gibt den Tod in Ehren, Corvinus. Du hättest unter den ehrenvollen Toten am Fluss sein können, doch du hast dich entschlossen, deine Kameraden zu verraten und dich bei den Frauen und Kindern zu verstecken. Was wirst du deinen Freunden sagen, wenn du auf die andere Seite gelangst? Welche Entschuldigung wirst du dafür vorbringen, Männer im Stich gelassen zu haben, an deren Seite du fünfundzwanzig Jahre lang gekämpft hast?«

Corvinus erbleichte, und als er wieder sprach, bebte seine Stimme. »Manchmal gibt es Wichtigeres, als Soldat zu spielen.« Sein Blick wanderte zu seiner Frau, die die beiden Männer unruhig beobachtete, das Baby an ihrer Schulter. »Pflicht ist nicht immer gleichbedeutend mit Pflicht gegenüber dem Kaiser.«

Valerius brachte Corvinus sein Gesicht so nah, dass dieser seine Verachtung spüren konnte. »Sprich mir nicht von Pflicht, Legionär. Ich habe einen alten Mann im Namen der Pflicht gegen einen Wall von Schwertern marschieren sehen. Dieser alte Mann hat mir das Leben gerettet, ebenso wie jedem echten Soldaten hier drinnen. Zweitausend Männer – deine Zeltkameraden – sind im Namen der Pflicht gestorben, während du dein Gold gezählt hast. Sprich noch einmal das Wort Pflicht in meinem Beisein aus, und ich ramme dir dieses Schwert die Kehle hinunter. Und jetzt zurück mit dir zu den Frauen, wo du hingehörst.«

Corvinus wandte sich mit einem hasserfüllten Blick ab, doch das war Valerius gleichgültig. Falco hatte recht gehabt. Er hätte ihn töten sollen.

Erst dann fiel ihm auf, dass das Krachen des Rammbocks aufgehört hatte. Die Stille war bedrohlicher als alles, was ihr vorangegangen war.

XXXVII

»Feuer!«

Lunaris deutete auf den schmalen Spalt unter der Tür. Ein Blick zeigte Valerius, dass dieser in seiner ganzen Länge glühend rot leuchtete, und gleichzeitig füllte sich der Raum mit erstickendem schwarzem Qualm. Natürlich, damit hätte er rechnen sollen, als klar wurde, dass der dicken Tempeltür mit dem Rammbock nicht beizukommen war. Die Feinde mussten den Kupferbeschlag zusammen mit der Maske des Claudius entfernt haben, damit die Flammen ihr Werk am Eichenholz verrichten konnten. Wie dick das Holz war, spielte keine Rolle. Erst würde es angesengt werden, und dann würde sich Glut bilden. Schließlich würde es brennen.

Es war nur eine Frage der Zeit.

Beim ersten Anblick der Flammen stieß Corvinus' Frau einen entsetzten Schrei aus und drückte ihren Sohn fester an die Brust. Wie eine Welle, die über die Oberfläche eines Teiches läuft, löste der Schrei unter den anderen Frauen Panik aus, sodass sich der Raum in einen von Rauch erfüllten Tartarus verwandelte, in dem heulende Furien hausten. Valerius rief nach Ruhe, doch in dem hallenden Lärm ging seine Stimme unter. Von Angst verblendet, stürzte Gallus von seinem Platz auf dem Boden los, hämmerte gegen die Tür und zerrte verzweifelt an dem Riegel, um aus dieser Hölle zu entkommen. Lunaris reagierte als Erster. Er wusste, sollte Gallus Erfolg haben, wären sie alle tot. Er trat hinter den Ladenbesitzer und schlug ihm den Schwertgriff so kräftig gegen den Schädel, dass der Mann zu Boden ging.

»Sollte noch jemand versuchen, die Tür zu öffnen, töte ich ihn«, sagte er, und keiner zweifelte an seinen Worten.

Allmählich legte sich das Geschrei. Gallus' Frau kroch über den Boden zu ihrem Mann und stimmte ein Gejammer an, bis Numidius und ein weiterer Mann den Bewusstlosen zu seinem Platz zurückschleiften. In der Ecke redete Corvinus leise auf seine Frau ein und streichelte dabei abwechselnd ihr Haar und den Kopf seines Sohnes.

Valerius legte die Hand von innen gegen die Tür, um die Hitzeentwicklung zu beurteilen. Bisher war das Holz nur warm, doch das würde sich ändern. Im Verlauf der nächsten Stunden wiederholte er den Versuch von Zeit zu Zeit. Schließlich wurde die Tür so heiß, dass er sie nicht mehr anfassen konnte, und er befahl, eine *amphora* kostbares Wasser über das Holz und in den Spalt am Boden zu gießen, wo es zischend verdampfte.

Petronius, der von niemandem beachtet an der Wand saß, rührte sich und versuchte, ein Mitspracherecht geltend zu machen, indem er gegen die Verschwendung ihres kostbaren Vorrats protestierte, doch Valerius blaffte ihn bar aller Höflichkeit an: »Idiot. Wenn diese Tür nicht hält, wird keiner von uns lange genug leben, um zu verdursten.«

Von Zeit zu Zeit prüften die Belagerer, ob die Flammen die Tür ausreichend geschwächt hatten, und setzten erneut den Rammbock ein, doch sie waren jedes Mal gezwungen, wieder das Feuer zu Hilfe zu nehmen. Anfangs hatte es den Anschein, die Eingesperrten müssten im Qualm ersticken oder nachgeben und sich dem Feind in die Arme treiben lassen. Doch zum Glück war das Tempeldach so hoch, dass der Rauch sich dort oben in der Dunkelheit verlor, und vom anfänglichen Schrecken und leichten Beschwerden einmal abgesehen, richtete der Qualm keinen bleibenden Schaden an.

Im Verlauf der Stunden wurde die Hitze in dieser überfüllten Grabkammer jedoch allmählich erstickend, und die Luft war inzwischen so dick, dass alle wie Fische in einem ausgetrockneten Tümpel nach Luft schnappten und um jeden Atemzug kämpften. Selbst Valerius ließ sich erschöpft und vollkommen ausgelaugt gegen die Wand bei der Tür sacken.

Er hatte nur wenige Augenblicke dort gesessen, oder zumindest kam es ihm so vor, als ihn ein lauter Ruf aus seiner Benommenheit weckte. Seine Hand fuhr sofort zum Schwert, doch es war Numidius, und die Augen des Baumeisters leuchteten triumphierend. »Wir haben es geschafft«, frohlockte er. »Wir können die Fliese jetzt herausnehmen.«

Die Erschöpfung fiel von Valerius ab, und er fühlte neue Hoffnung in sich aufkeimen. Er folgte Numidius zu der Stelle, wo eine kleine Gruppe um die gelöste Fliese herumstand, allen voran der ehemalige Bauarbeiter. »Wir dachten, das letzte Handanlegen überlassen wir dir, Herr.« Dicke

Staubwülste umgaben den Marmor, wo der Mörtel weggemeißelt worden war. Valerius hatte jetzt einen offenen Spalt vor sich, der breit genug war, um die Klinge eines Messers oder Schwertes aufzunehmen. Valerius nahm den Dolch des Sprechers entgegen, kniete sich hin und manövrierte die Spitze des Messers tief in den Spalt, um eine gute Hebelwirkung zu erzielen. Als er unten war, belastete er den Griff mit seinem ganzen Gewicht. Der Stein hob sich um eine Haaresbreite ... und die Messerklinge brach am Griff ab. Ein Stöhnen aus vielen Kehlen quittierte den gescheiterten Versuch, und als Valerius aufblickte, sah er, dass sich zwanzig oder dreißig Menschen mit ängstlichen Gesichtern um ihn versammelt hatten. »Bringt mir zwei Schwerter«, sagte er energisch. »Wir brauchen stärkere Klingen, eine auf jeder Seite.« Diesmal führten Luca und Messor den Hebeversuch gemeinsam durch, und langsam kam die Marmorfliese hoch, sodass Valerius sie zur Seite schieben und die Öffnung darunter freilegen konnte.

Auf diesen Erfolg folgte ungläubiges Schweigen.

Die Öffnung, die sie geschaffen hatten, maß dort, wo die Fliese gesessen hatte, eine Elle im Quadrat, doch darunter verengte sich der rußgeschwärzte Heißluftkanal um drei oder vier Fingerbreit. Ein Kind mochte sich hindurchquetschen können, doch kein Kind würde sich jemals überwinden, in diese stygische Finsternis hinabzusteigen, und wo sollte es auch hingehen, falls es ihm gelänge? Ein Erwachsener würde mit Sicherheit nicht hindurchpassen. Valerius blickte in die Dunkelheit hinunter, die sich als Verzweiflung in seinem Herzen spiegelte.

»Ich versuche es.«

Er blickte in Messors junges, entschlossenes Gesicht. War es möglich? Der junge Legionär zog rasch seine Uniform aus, und darunter kam sein magerer, stahlharter Körper zum Vorschein. Seine überaus schlanke Gestalt hatte seine Kameraden dazu veranlasst, ihm den Spitznamen ›Knochenfisch‹ zu verpassen, nach den silbrigen Fischen, die sie in den Häfen von Ostia, Neapolis und Paestum fingen. Falls es ihm gelänge, die Schultern in den Eingang zu schieben, bestünde eine Chance. Doch Valerius musterte den Kanal erneut und wurde von einer Welle der Platzangst erfasst. Was, wenn der Tunnel irgendwo enger wurde?

Er schüttelte den Kopf. »Ich kann dir so etwas nicht befehlen.«

Messor erwiderte seinen Blick fest. »Ich würde es trotzdem gern versuchen«, wiederholte er, und Valerius staunte über den Mut, der erforderlich war, um diese Worte auszusprechen.

Dennoch zögerte er noch immer. Doch falls der junge Mann römisches Gebiet erreichte ... »Nun gut«, sagte er.

Als Messor sich über die furchterregend enge, quadratische Öffnung kauerte, gab Valerius die Informationen an ihn weiter, die er von Numidius erhalten hatte. »Der Kanal führt zu einem kleinen Raum am hinteren Ende des Tempelpodiums, in dem sich die Feuergrube befindet. Wahrscheinlich sind es jetzt noch zwei Stunden bis zur Dunkelheit, und falls du vorher dort eintriffst, musst du warten.« Messor nickte zum Zeichen, dass er verstanden hatte. Die Augen in dem jungenhaften Gesicht glänzten. Valerius reichte ihm ein kleines, eng zusammengewickeltes Bündel. Seinen Inhalt hatten sie einem der im Tempel in die Falle geratenen Briten abgenommen. »Keltische Kleidung und ein Dolch. Da draußen werden wohl noch viele Tausende Aufständische herumwimmeln, doch in der Dunkelheit sollte es dir gelingen, dich ungehindert zwischen ihnen hindurchzuschleichen. Wenn möglich, nimm eine Waffe an dich, damit würdest du weniger verdächtig wirken, aber riskiere nicht die Entdeckung. Begib dich zum Tor. Dort wird dir die größte Gefahr drohen, aber wenn du einmal hindurch bist, solltest du dich nach Norden wenden – nicht nach Westen, nach Norden –, bis du auf die andere Seite des Berges gelangt bist. Erst von dort kannst du die Richtung nach Londinium oder Verulamium einschlagen. Inzwischen muss es überall von römischen Kavalleriepatrouillen wimmeln, und mit etwas Glück wirst du nach wenigen Stunden einer begegnen. Sag ihnen, dass sie sich beeilen müssen. Colonia hält die Stellung, aber lange wird es nicht mehr durchhalten.«

Er zerbrach sich den Kopf, ob es noch etwas gab, was dem Jungen helfen würde. Messor saß am Rand des Lochs und ließ die Beine hinunterhängen. Es wirkte ausgeschlossen, dass selbst dieser schlanke Körper durch die Enge dort unten passen sollte.

»Warte noch! Lunaris, das Olivenöl.« Das dicke, zähflüssige Öl würde helfen, Messor vor Abschürfungen an den Tunnelwänden zu schützen und ihm vielleicht den Weg erleichtern.

Der junge Legionär wartete, bis sein Kamerad jeden Fingerbereit seiner Haut mit der Flüssigkeit eingerieben hatte, und als er aufblickte, sah Valerius, dass er mit seiner Angst kämpfte. Er begegnete dem Blick des Jungen und nickte. »Möge Fortuna dich leiten«, sagte er. Messor schlüpfte kopfüber in die Dunkelheit.

Sofort hatte es den Anschein, als würde der Versuch scheitern, da sich seine Schultern zwischen den beiden Kanalwänden verkeilten. In dem Raum hielten alle kollektiv den Atem an, doch Messor wand sich ein wenig und tauchte tiefer. Er schlüpfte davon wie ein bleicher, schimmernder Aal, bis schließlich auch seine Fußsohlen verschwanden. Sie warteten eine scheinbare Ewigkeit auf die unvermeidlichen Schreie, die zeigen würden, dass er feststeckte. Auf Hilferufe, die er im Kampf mit der ihn unerbittlich festhaltenden Enge ausstoßen würde, bis schließlich, wenn ihn die Kraft verließ, nur noch ein ersticktes Keuchen kommen würde. Jeder von ihnen stellte sich lebhaft vor, wie es wäre, lebendig in der erstickenden Finsternis unter dem Tempel begraben zu sein. Doch die Schreie blieben aus, und nach einigen Stunden gestatteten sie sich, etwas zu empfinden, das sie für immer verschwunden geglaubt hatten. Hoffnung.

Valerius befahl, eine Ration des kostbaren Wassers zu verteilen und dann den verbliebenen Inhalt der *amphora* über die Tür und den Riegel zu schütten, die sich von der großen Hitze schwarz verfärbt hatten. Der Zustand der Tür machte ihm zunehmend Sorgen. Sie musste inzwischen durch die doppelte Wirkung des Feuers und des gnadenlos hämmernden Rammbocks stark geschwächt sein. Aber vielleicht wachte Claudius ja doch über sie.

Kaum hatte er diesen Gedanken gedacht, da tauchte der Priester Agrippa neben ihm auf. In den letzten zwei Tagen war er sichtbar dahingeschwunden, und im matten Licht der Öllampe strahlte sein Gesicht etwas auf unheimliche Weise Undurchdringliches aus. Seine Augen brannten fiebrig.

»Der Gott ist in einer Vision zu mir gekommen«, verkündete er mit einer Stimme, die vor Ergriffenheit bebte. »Er hat mich ermahnt, dass die Zeit gekommen ist, ihn wegen unserer Anwesenheit in seinem Haus zu besänftigen. Nur durch ein Opfer von großem Wert wird es uns gelingen, uns aus dieser quälenden Lage zu befreien und die Aufständischen vom Tempelbezirk zu tilgen.«

»Wir haben nichts Wertvolles«, erklärte Valerius müde. »Es sei denn, Corvinus hätte etwas unter seinem Umhang verborgen.« Beim Klang seines Namens hob der Goldschmied den Kopf und warf einen giftigen Blick in Richtung der Tür.

»Wir haben Essen und Wasser«, beharrte der Priester, ohne die Warnung in Valerius' Stimme zu beachten. »Was könnte in unserer gefährlichen Lage wertvoller sein?«

Valerius hatte alle Priester, Tempel und Götter plötzlich einfach nur sterbenssatt. Wenn Agrippa recht hatte, waren es die Götter Roms, die es versäumt hatten, Boudicca und ihren Göttern entgegenzutreten, und es zugelassen hatten, dass er selbst und seine Leute nun an diesem schrecklichen Ort in der Falle saßen. Er hatte immer zumindest ein wenig Vertrauen in die Götter gehabt, doch da nun der Tod nur zwei Handbreit entfernt hinter der Eichenholztür wartete, bezweifelte er, dass sein Vertrauen belohnt worden war.

Vielleicht war ihr Leben der Preis, der dafür entrichtet werden musste, dass man Claudius dazu benutzt hatte, Männer wie Lucullus um ihr Vermögen zu betrügen.

Plötzlich kam ihm ein Gedanke. »Ich werde unser Brot und unser Wasser nicht für Claudius hingeben, denn dort, wo er sich befindet, haben sie alle Speisen, die sie brauchen. Aber wenn du darauf bestehst, werde ich etwas opfern, das sogar noch wertvoller ist.«

Agrippa blickte sich in der Kargheit des engen Raums um. »Ich sehe hier sonst nichts von großem Wert«, sagte er stirnrunzelnd.

»Was könnte für Claudius von größerem Wert sein als du, Priester?« Valerius zog sein Schwert langsam aus der Scheide, und die polierte Klinge schimmerte im Schein des Feuers auf. Er streckte sie vor, bis die Spitze sich nur noch einen Fingerbreit vor Agrippas Kehle befand. Er erhob die Stimme, damit jeder im Raum ihn hören konnte. »Ich stelle euch vor eine Wahl. Wir können unser Essen und Wasser opfern, oder wir opfern diesen Priester hier, der zweifellos bereitwillig zu seinem Gott gehen wird, wenn dadurch unser aller Leben gerettet wird. Das Essen oder der Priester?«

»Der Priester«, nötigte ihn vom Boden aus ein erschöpfter Chor. Valerius bemerkte, dass der lauteste Ruf von dem jungen Fabius kam, dem Augur.

»Nun?«

Einen langen Augenblick starrte Agrippa das Schwert an, als wäre es eine Schlange, die gleich zum Biss vorschnellen würde. »Vielleicht ist ein Opfer nicht mehr vonnöten«, gab er schließlich mit erstickter Stimme von sich und kehrte zu seinem Platz zurück, der Gang ein wenig unsicherer als zuvor.

Kaum war der Priester fort, da hörte Valerius, wie jemand an der hinteren Wand des Raums seinen Namen rief. Petronius. Hatte Valerius nicht schon genug Sorgen, auch ohne dass der *quaestor* sich einmischte? »Behalte weiter die Tür im Auge«, wies er den Legionär auf Wache an. »Beim ersten Anzeichen von Verkohlen kühle sie mit zwei *amphorae* ab.«

Er schlängelte sich zwischen den Liegenden hindurch und fragte sich, was Petronius wohl von ihm wollte. Ihrer beider Anwesenheit brachte ein Problem mit sich, das er jetzt am wenigsten brauchen konnte. Als ranghöchster Offizier befehligte Valerius die Verteidigung Colonias und kommandierte damit auch im Tempel. Doch Petronius war der ranghöchste anwesende Zivilist, und seine Position verlieh ihm selbst in dieser Lage ein gewisses Maß an Autorität. Als *quaestor* hätte er das Recht gehabt, die Kontrolle über die Nahrungsmittel- und Wasserversorgung zu verlangen. Gewiss, er hatte sich erstaunlich wenig gewehrt, als Valerius darauf bestanden hatte, das Wasser zum Befeuchten der Tür zu verwenden, aber trotzdem bedeutete dieses Herbeizitieren – denn darum handelte er sich – zweifellos Ärger.

Petronius sah mitgenommener aus als sonst, aber hatte es sich unter den beengten Umständen so bequem wie möglich gemacht. Während die anderen Menschen in der Kammer nur ein paar Fingerbreit Abstand zum nächsten Nachbarn einhalten konnten, hatte sich der *quaestor* mithilfe der Truhen, in denen Colonias offizielle Dokumente lagen, einen kleinen Stützpunkt geschaffen, in dem er und seine Begleiterin nicht nur ein gewisses Maß an Bewegungsfreiheit besaßen, sondern auch den relativen Luxus genossen, einen Sitzplatz zu haben. Bei näherem Hinsehen erwies sich das Mädchen als sogar noch jünger, als Valerius angenommen hatte. Es war wahrscheinlich um die fünfzehn, hatte eindringliche, dunkle Augen und einen Körper an der Schwelle zur Frau. Ihm fiel plötzlich auf, dass er es kannte. Es war das Mädchen von Lucullus' Beerdigung.

Unter dem Saum von Petronius' Umhang lugte der abgenagte Knochen eines Hähnchenschlegels hervor, was nicht nur auf ein gewisses Maß an Vorbereitung hinwies, sondern auch zeigte, dass die ›Dokumente‹ oder zumindest ein Teil von ihnen nicht das waren, was sie zu sein vorgaben.

»Was kann ich für dich tun, *quaestor*?«, fragte der Tribun misstrauisch.

Die Antwort überraschte ihn. »Komm, mein Junge, ich denke, wir brauchen nicht so förmlich zu sein. Ich dachte, du würdest dich vielleicht über einen Platz freuen, an dem du dich eine Weile ausruhen kannst.« Petronius deutete auf einen der Kästen.

Valerius war in Versuchung, das Angebot abzulehnen, aber es war ehrlich gemeint, und eine Zurückweisung wäre unhöflich gewesen. Als er es sich bequem gemacht hatte, sagte er: »Jetzt nenne mir den wahren Grund, aus dem ich zu dir kommen sollte.«

Petronius lächelte. »Ich habe dich unterschätzt, Valerius. Ich dachte, du wärest ein weiterer dieser hochmütigen jungen Aristokraten, die die Legion nur als einen Zwischenschritt für Größeres betrachten.« Er hob die Hand. »Sei nicht gekränkt; ich war schließlich selbst so einer. Aber ich habe heute gesehen, wie ihr, du und deine Männer, mit dem Tod vor Augen gekämpft habt, und so weiß ich nun, du bist ein wahrer Soldat; ein Krieger und ein Anführer. Es war eine bemerkenswerte Aktion, die unsere aufständische Königin teuer zu stehen gekommen ist. Ich bezweifle, dass sie Ruhe gibt, bis sie dich hier ausgeräuchert hat.«

»Die Neunte ...«

»Deshalb habe ich dich gerufen«, unterbrach ihn Petronius. »Die Unterlagen in diesen Truhen könnten sich als äußerst wertvoll für die Königin erweisen. Darin finden sich Listen von Informanten und Freunden Roms, von denen einige nicht das sind, was die Briten glauben. Diese Menschen befänden sich in großer Gefahr, wenn die Truhen erhalten blieben, während wir ums Leben kämen. Wenn die Neunte Legion wirklich zu unserer Rettung kommt, bräuchte ich mir natürlich keine Sorgen zu machen.« Die letzte Erklärung war gleichzeitig eine Frage, aber Valerius sah das Mädchen an und zögerte.

»Ich habe keine Geheimnisse vor Mena« versicherte ihm der *quaestor*. »Sie ist der Grund, aus dem ich hier bin.« Er bemerkte Valerius' bestürzten Blick und lächelte müde. »Ich lernte ihre Mutter vier Monate vor dem Zeitpunkt kennen, an dem ich damals nach Abschluss der Eroberung nach Rom hätte zurückkehren sollen. Sie war eine Trinovantin, genau gesagt Lucullus' Schwester. Als wir feststellten, dass sie schwanger war, entdeckte ich zu meiner Überraschung, dass ich eine wichtigere Pflicht als die Rückkehr hatte.«

Erneut dieses Wort ›Pflicht‹. Valerius war zwischen Bewunderung und Verachtung für Petronius hin- und hergerissen. Es war schwer zu glauben, dass hinter dem kühlen, berechnenden Bürokraten ein Liebender versteckt war, der seine Karriere aufgegeben hatte, um einem britischen Mädchen Vater zu sein. Und doch war dies derselbe Petronius, der Falco die Waffen vorenthalten hatte, die er so verzweifelt brauchte.

»Vernichte sie«, sagte Valerius leise. »Vernichte die Unterlagen.«

Einen Augenblick lang verlor Petronius' Gesicht seine weltmännische Selbstsicherheit. »Und dein Legionär?«

»Falls er hat fliehen können, wird Messor die Geschichte von Colonias letztem Gefecht erzählen, aber darüber hinaus ... Die Tür hält vielleicht bis morgen stand oder auch nicht. Selbst falls er die Neunte erreicht, bezweifle ich, dass sie sich rechtzeitig zu uns durchkämpfen kann.«

Petronius lächelte seine Tochter traurig an und ergriff ihre Hand. »Danke«, sagte er, aber Valerius war sich nicht sicher, wem die Worte galten. Er stand auf und kehrte zu seinem Platz an der Tür zurück, die inzwischen unten eindeutig glühte.

»Wasser«, befahl er barscher, als er beabsichtigt hatte. Mit seinem Eingeständnis gegenüber Petronius hatte er zum ersten Mal auch vor sich selbst zugegeben, dass alle Hoffnung verloren war.

Es war wohl kurz vor Mitternacht, als das Feuer vor der Tür gelöscht wurde. Alle im Raum warteten mit angespannten, bleichen Gesichtern auf das erste Krachen des Rammbocks und hofften inständig, dass das Eichenholz auch diesmal standhalten würde. Doch das Krachen kam nicht. Stattdessen vernahmen sie gleich darauf das schärfere Klopfen eines schweren Hammers, begleitet von einem Schrei, bei dem jedem Mann, jeder Frau und jedem Kind im Tempel des Claudius das Blut in den Adern gerann. Als Valerius das Ohr an die Tür legte, vernahm er gedämpftes Gelächter und raue, gequälte Atemzüge. Erneut ertönte ein Schlag des Hammers, und wieder folgte ihm ein Schrei. Valerius musste einen Schritt zurücktreten, weil er befürchtete, dass die Qual des Gefolterten auf der anderen Seite der Eichentür ihm die letzte Kraft rauben würde.

Messor. Der arme, tapfere Knochenfisch, der Mann, der die erstickende Hölle des Hypokaustums durchgestanden hatte und nun kurz vor dem Entkommen doch noch gefasst worden war.

Der zweite Schrei wich dem kindlichen Flehen eines Mannes, dessen Qual über das Maß des Erträglichen hinausging. Dieses Flehen holte Valerius zur Tür zurück, doch er fand keine Trostworte, nichts, was die Mauer aus Schmerz um den jungen Soldaten durchbrechen könnte, den er in den Tod geschickt hatte. Was könnte er sagen? Dass er wünschte, er könnte Messors Platz einnehmen? Dass er wünschte, er selbst würde an seiner statt nach seiner Mutter wimmern und darum flehen, von seiner Pein erlöst zu werden? Er lehnte den Kopf gegen die tröstlich feste Tür und betete seinerseits um einen leichten Tod für den Soldaten. Als der Qualm in den Raum waberte und die Glut unter der Tür wieder aufleuchtete, wusste er zweifelsfrei, dass die Götter nicht mehr existierten – nicht für ihn, nicht für Messor und für niemanden in diesem einem falschen Gott geweihten Tempel. Jetzt erkannte er auch, dass die ersten Schreie in Wirklichkeit noch gar keine Schreie gewesen waren.

In den Stunden, die folgten, schienen die Wände des Raums sich zu verengen, und die Bedingungen wurden noch unerträglicher. Vom Gestank nach Qualm, verbranntem Fleisch, Kot, Urin, tagealtem Schweiß und dem einzigartigen, widerlichen Geruch menschlicher Angst geschwängert, kratzte die Luft in der Kehle, als bestünde sie aus etwas Festem. Der Latrinenbereich war längst übergelaufen, und jene, die am tiefsten in der Lethargie versunken waren, die mit Hoffnungslosigkeit einhergeht, gaben sich damit zufrieden, in ihren eigenen Exkrementen zu liegen, während ihre Kinder neben ihnen schluchzten. Die Gewissheit des Todes übte eine unterschiedliche Wirkung auf die Menschen aus. Viele gaben sich einfach der Verzweiflung hin, aber für andere, zu denen auch Valerius gehörte, hatte sie etwas eigenartig Befreiendes. Gewöhnliche Sorgen waren jetzt bedeutungslos. Wenn er an Rom und seinen Vater dachte, und an den Vetter, der alles erben würde, was eigentlich ihm selbst zustand, war das eine abstrakte Überlegung, als wäre er eine dritte Partei, die sich dieses ganze sinnlose Drama von außen ansieht. Selbst Maeve war zu einer unbestimmten, schönen Erinnerung verblasst; eine Art tröstliche Gestalt, die ihn sicher auf die andere Seite geleiten würde.

Petronius hatte in seinen Aktentruhen auch Schreibmaterial mitgebracht, und Valerius verbrachte zwei Stunden damit, einen Bericht über Colonias Verteidigung und den Mut der städtischen Miliz zu verfassen, über Lunaris' unerschrockene Tapferkeit, Paulus' Heldentaten und Messors letztes Opfer. Als er die letzte Zeile geschrieben hatte, las er sie noch einmal durch: *Wir leben in der Hoffnung auf Rettung und im Wissen, dass der Tempel des Claudius bis zum letzten Atemzug verteidigt werden muss.* Er schüttelte den Kopf. Das entsprach wohl kaum der Lage, doch inzwischen verschwammen ihm die Worte vor den Augen, und sein erschöpfter Kopf verlangte nur noch Ruhe. Er wickelte die Schriftrolle um sein Messer, krabbelte zum Loch im Boden und warf das Päckchen so weit wie möglich in die Tiefe. Als er diese Aufgabe erledigt hatte, grübelte er darüber nach, dass erst der Angriff der Aufständischen von der Rückseite des Tempelbezirks die Reihen der Verteidiger aufgebrochen hatte. So ein Angriff hätte ausgeschlossen sein sollen, war es aber offensichtlich nicht gewesen. Er meinte zu verstehen, wie es dazu gekommen war, aber nicht, warum. Doch das spielte jetzt keine Rolle mehr. Nichts spielte mehr eine Rolle.

Maeves Gesicht trat ihm vor Augen, während er in einen benommenen Schlaf versank, und als er zitternd daraus erwachte, wusste er weder, welche Zeit es war, noch, wo er sich überhaupt befand. Schließlich erhob er sich mit trockenem Mund und hämmerndem Kopf so weit, dass er Lunaris befehlen konnte, eine Ration Wasser auszugeben, doch der Legionär schüttelte den Kopf. Die letzte *amphora* war leer.

Der Durst machte den Alten und den Jungen am meisten zu schaffen. Stundenlang wiegte Numidius sich in der Hocke und stöhnte jämmerlich. Dazu gesellte sich das Greinen der kleinen Kinder, das die Luft durchschnitt wie das Schaben einer Messerklinge auf Backstein. Irgendwann in der Nacht kapitulierte Corvinus' Frau vor der immer stärkeren Folter durch das Geschrei ihres Babys und drückte es so fest an die Brust, dass das Kind erstickte. Als sie entdeckte, dass der Junge tot war, stellte sie sich mit seiner Leiche im Arm mitten in den Raum und heulte wie ein Wolf. Schließlich ergriff Corvinus sie sanft am Arm, redete beruhigend auf sie ein und führte sie in eine dunkle Ecke. Dort schnitt er ihr die Kehle durch, legte sich neben ihre noch warme Leiche, und öffnete sich die Pulsadern, um langsam zu verbluten.

Valerius verfolgte die Entwicklung der Tragödie und war überrascht, wie wenig sie ihn berührte. Vielleicht waren seine Empfindungen von all dem abgestumpft, was dem Drama vorangegangen war und ihm zweifellos noch folgen würde. Konnte jemandes Vorrat an Gefühlen auf dieselbe Weise aufgebraucht werden, wie diesem tapferen Mann der Mut ausgegangen war? Corvinus war vielleicht sein Freund gewesen; er erinnerte sich, wie stolz der Zeugmeister auf das goldene Keileramulett gewesen war, das er für Maeve geschaffen hatte, und daran, wie gelassen er Lunaris seine Lektion in Demut erteilt hatte. Er hatte den Goldschmied niemals wirklich für einen Feigling gehalten. Corvinus hatte die Männer im Stich gelassen, an deren Seite er ein halbes Leben gedient hatte, um seine Frau und sein Kind zu beschützen. Aber machte ihn das zu einem besseren oder einem schlechteren Mann?

»Valerius!« Auf Lunaris' Ruf hin stand er auf. Ein großer

Bereich in der Mitte der Tür glomm in der Dunkelheit leuchtend rot, und die Flammen fraßen sich allmählich durch den Spalt zwischen den beiden Eichenholzflügeln hindurch. Der Riegel, der sie so lange sicher bewahrt hatte, war schwarz verkohlt. Ein einziger Stoß des Rammbocks würde ihn jetzt zerbrechen.

»Macht euch bereit«, sagte er ernst.

In seinem schwarz verschmierten Gesicht glänzten Lunaris' Augen wie zwei Leuchtfeuer. Sie waren rot gerändert von der ständigen Wachsamkeit, doch Valerius erkannte etwas in ihnen – keine Botschaft, keinen Glauben. Eine Eigenschaft? Er hätte es niemals verstanden, wüsste er nicht, dass seine Augen dasselbe zeigten. Es war die Fähigkeit, ohne Bedauern zu sterben: die letzten Momente als ein Krieger auszukosten, in dem Wissen, dass man von anderen Kriegern umgeben war. Er erinnerte sich plötzlich an eine Kritzelei, die er einmal an der Wand einer Gladiatorenschule gesehen hatte: *Ein Schwert in meiner Hand und ein Freund an meiner Seite.* Zum ersten Mal begriff er wirklich, was das bedeutete.

»Es hätte anders kommen können«, sagte er. »Du könntest auf Mona zum Held geworden sein, und ich könnte in Rom Wein trinken.«

Lunaris sah sich in der orangerot schimmernden Dunkelheit um. »Ich hätte es nicht anders haben wollen.«

Valerius holte tief Luft, um das zu ersticken, was in ihm aufsteigen wollte, und bedeutete Lunaris mit einem Nicken, die überlebenden Legionäre zu wecken. Er zog seine Rüstung aus und legte sie sorgfältig neben seinen Helm. Die anderen folgten seinem Beispiel. Kein Schutzpanzer der Welt würde sie jetzt noch retten. Sie würden bis zum Ende kämpfen, aber besser eine tiefe Wunde und ein rascher Tod als Gefangennahme durch Boudiccas Aufständische. Noch hallten ihnen Messors Schreie in den Ohren, und keiner von ihnen hatte die Absicht, sein Schicksal zu teilen. Wie alle anderen hatte Valerius erwogen, sich selbst zu töten, um einer Gefangennahme zu entgehen. Aber er war Soldat, und Soldaten starben nicht wie Schafe. Als er jetzt zwischen den anderen stand, wusste er, dass er die richtige Entscheidung getroffen hatte. Er stellte die Männer in zwei Reihen auf, zupfte ihre Schwertgurte zurecht und schalt sie scherzhaft für ihre ungewaschenen Uniformen. Dabei nahm er jeden Einzelnen bei der Hand. Die mageren, wilden Gesichter grinsten zu ihm zurück, mit Zähnen, die im Dunkeln leuchteten, und er fühlte Stolz in sich aufsteigen.

»Es war eine Ehre, mit euch zu dienen«, sagte er.

Sie jubelten ihm zu: ein heiseres »Hurra!« aus rauen, vom Durst ausgedörrten Kehlen, das von den Wänden des Raums wiederhallte und die Zivilisten erschreckte, die niedergeschlagen beieinanderkauerten. Er spürte, wie es heiß in ihm aufstieg, und liebte die Männer dafür. Der Gedanke an den bevorstehenden Kampf dröhnte in seinem Kopf wie der Schlag einer riesigen Trommel. Wenn er schon sterben musste, könnte er sich keine bessere Gesellschaft dazu wünschen. Jemand trat an seine Seite, und als er sich umdrehte, stand dort Petronius mit einem gezogenen Schwert in der Hand, die Klinge rot vom Blut.

»Ich konnte nicht zulassen, dass sie sie gefangen nehmen«, sagte er mit erstickter Stimme, und Valerius nickte.

Von Flammen umzüngelt, brach die Tür in einem Funkenregen auf, und eine heulende Woge von Kriegern schoss herein. Valerius tötete den ersten Mann mit einem einzigen Stoß seiner Waffe, doch die Schwertklingen und Speerspitzen waren zu zahlreich, um ihnen lange Widerstand zu leisten, und in einem Hagel von Metall drangen sie aus jedem Winkel auf ihn ein. Er hörte Petronius' Todesschrei an seiner Seite, als eine Klinge in dessen Rippen hämmerte. Heulend vor Schmerz und wahnsinnig vor Angst und Wut schmetterte Valerius seinen Schwertgriff in ein schreiendes Gesicht mit wild aufgerissenen Augen. Dieser Ausfall öffnete die Deckung auf seiner rechten Seite, und als er versuchte, mit der Rückhand ein Geprassel von Hieben zu parieren, die auf seine Augen zielten, war ihm klar, dass alles zu spät war. Ein Blitz von tausend Farben explodierte in seinem Kopf, und er spürte, wie er in die Dunkelheit stürzte. Der Tod streckte die Hand nach ihm aus, und er hieß ihn willkommen. Das Letzte, woran er sich erinnerte, war ein Gesicht aus seinen schlimmsten Albträumen.

XXXVIII

Das Gesicht, das ihn im Elysium begrüßte, war anders. Er wusste, dass es das Elysium sein musste, weil er sich in einem ständigen Nebel befand, in dem Schmerz nur eine ferne Erinnerung war und sanfte Hände seine Stirn kühlten und seinen Körper wuschen. Das Elysium kam und ging, doch das Gesicht blieb. Nur gelegentlich drangen irdische Dinge in das Idyll des Jenseits ein, ein nagendes Verantwortungsgefühl oder eine unerklärliche Traurigkeit, doch das waren nur kleine Störungen, und immer war das Gesicht da, um sie zu vertreiben. Die Zeit war im Elysium ohne Belang und die Bedürfnisse des Körpers eine Illusion. Das Elysium war da, und Valerius war in ihm.

Der erste Hinweis, dass dieser Zustand vielleicht nicht von Dauer sein würde, erreichte ihn in Form einer Stimme aus der Dunkelheit, in einer Sprache, die er kannte, aber nicht verstand. Und ein Name erklang, der sein eigener Name war. Die Stimme klang grollend und brüchig und wurde von einer Empfindung begleitet, die ganz anders war als die ›seligen Gefilde‹ des Lebens nach dem Tod. Angst. Sie öffnete eine Tür, durch die Bilder hereinmarschierten wie blendend helle Blitze von den Speerspitzen einer fernen Legion. Er hatte wilde, unbarmherzige Gesichter vor Augen. Eine Frau kauerte weinend über der Leiche ihres Mannes. Schwerter, die mit gnadenloser Präzision ausholten und niedersausten. Und Blut. Ströme von Blut. Ganze Seen von Blut. Blutspritzer an einer Wand und Blut, das die Stufen eines großen Tempels hinabfloss. Schreie hallten in seinem Kopf wider, und obgleich er wusste, dass es seine eigenen Schreie waren, konnte er sie nicht unterdrücken.

»Valerius.« Erneut der Name, aber diesmal war es eine andere Stimme, und eine sanfte Hand berührte ihn an der Schulter. Er schlug die Augen auf, und zum ersten Mal hatte er das Gesicht deutlich vor sich. Etwas Metallisches berührte seine Lippen, und eine wohltuende Flüssigkeit rann ihm die Kehle hinunter. Unmittelbar bevor er erneut das Bewusstsein verlor, fiel ihm ihr Name ein.

Maeve.

Eine Zeit lang fiel es ihm schwer zu unterscheiden, wo der Traum endete und die Wirklichkeit begann. Einmal hörte er ein sonderbares, pfeifendes Geräusch. Als er erwachte, stellte er fest, dass eine bedrohlich wirkende Kapuzengestalt über ihm wachte, und da wusste er, dass er sich wieder im Jenseits befinden musste. Bei einer anderen Gelegenheit empfand er einen heftigen Schmerz, während er in einem überfüllten Raum um sein Leben kämpfte, als er aber Augenblicke später die Augen aufschlug, stellte er fest, dass er durch ein Fenster auf vertraute Sterne schaute und in einem Zimmer lag, das nach altem Rauch roch und Brandspuren an den mit Kalk geweißelten Wänden hatte.

Beim nächsten Aufwachen wusste er, dass er lebte, weil die Sterne am selben Ort standen und er eine hochgewachsene, schlanke Gestalt erkannte, die sich mit ihrer dunklen Haarmähne vor ihnen abhob. »Maeve?« Der Name kam heraus wie das Knurren eines einwöchigen Hundewelpen.

Sie bewegte sich nicht, und er befürchtete schon, sich wieder in einem Traum zu befinden, doch schließlich drehte sie sich um, und das Mondlicht schien ihr ins Gesicht. Sie hatte sich verändert, das sah er sofort. In seinem Fiebertraum hatte er sie so vor Augen gehabt, wie sie einmal gewesen war, doch Hunger und Kummer hatten ihre Gestalt gezeichnet. Jetzt hoben sich dunkle Schatten und tiefe Höhlen in scharfem Kontrast vom Milchweiß ihrer Haut ab, ließen alle Flächen kantiger wirken und verliehen ihr das abweisende, ernste Äußere einer viel älteren Frau. Sie ist immer noch schön, dachte er, aber anders schön als früher: so wie ein scharfes Schwert gleichzeitig schön und gefährlich sein kann.

Er lag auf einer harten Holzpritsche unter einer stockfleckigen Decke aus rauer Wolle, und wie schwach er geworden war, merkte er erst, als er sich aufzusetzen versuchte. In seinem bandagierten Kopf hämmerte es, als wollte er gleich zerplatzen, und Arme und Beine wogen mehr, als er heben konnte. Maeve bemerkte, wie er sich mühte, und eilte durchs Zimmer, um eine Flüssigkeit aus einem Tonkrug in einen Becher zu schenken. Doch als sie den Becher an seine Lippen setzte, nahm er den Geruch des mit Kräutern versetzten Biers wahr, das Cearan ihn im Wald hatte trinken lassen, und instinktiv wusste er, dass dieses Getränk für seinen Schlaf gesorgt hatte.

Er wandte abwehrend den Kopf ab. »Nein«, flüsterte er. »Erzähle.«

Ein Schatten fiel über ihre Augen, und zuerst glaubte er, sie würde sich ihm verweigern, doch nach kurzem Zögern begann sie leise zu sprechen, den Blick auf einen fernen Punkt jenseits des Fensters gerichtet.

Sie berichtete, wie Boudicca an der Spitze einer dreißigtausend Mann starken Armee südwärts geritten war und alles in ihrem Weg niedergebrannt und niedergemetzelt hatte, das durch den Kontakt mit den verhassten Römern befleckt gewesen war, und wie ihre Reihen durch Kriegertrupps der Catuvellaunen und Trinovanten noch angeschwollen waren. »Jeder wollte den anderen an Tapferkeit in der Schlacht und an Grausamkeit ausstechen, denn jeder hatte das Gefühl, am meisten unter deinem Volk gelitten zu haben«, erklärte Maeve, als ob das die Auswüchse, das Pfählen, Brandschatzen und Vergewaltigen irgendwie entschuldigen könnte.

Von allen Bauwerken der Römer war der Tempel des Claudius das eindringlichste Symbol der Schande der Besetzung, und Boudicca hatte dieses Symbol benutzt, um die Flammen des Hasses ihrer Gefolgsleute zu einem Inferno blinden Zorns anzufachen. »Sie hat ihnen befohlen, das Bildnis des Gottes zu entweihen und den Tempel Stein um Stein zu schleifen und in den Fluss zu werfen. Er sei in diesem Land ein Schandmal, und sie würden ihn aus dem Gedächtnis tilgen, genauso wie sie auch die Römer aus ihrem Gedächtnis tilgen würden.«

Als sie damals auf dem Berghang im Norden von Colonia angekommen waren und auf die jämmerliche Truppe niedergeschaut hatten, die sich ihnen entgegenstellte, hatten Boudiccas Krieger über die Aussicht gelacht, den alten Männern der Miliz gegenüberzutreten. Andere, erfahrenere Krieger hatten zur Vorsicht gemahnt, doch die jungen Männer hatten sich durchgesetzt. Und so hatte Boudicca sie über die Brücke in den Tod geschickt.

»Dreitausend wurden getötet, und dreitausend weitere haben Wunden empfangen, die sie viele Wochen lang am Kämpfen hindern werden«, klagte Maeve. »Es waren die mächtigsten Recken der drei Stämme, und die Königin kann ihren Verlust nur schwer verkraften.«

Als Boudicca beim Tempel ankam, erwartete sie, ihn in Flammen und die Statuen gestürzt zu sehen. Sie tobte, raufte sich die Haare und verlangte, dass er bis zum Einbruch der Nacht eingenommen und bis zum Morgengrauen zerstört sein müsse. Doch die Römer im Tempel leisteten ihr noch zwei Tage lang Widerstand, und enttäuscht führte sie ihre Armee nach Londinium, ohne selbst Zeugin seiner Zerstörung zu werden.

»Den Rest weißt du«, sagte Maeve. »Sie haben niemanden verschont.«

Er hatte viele Fragen, doch keine blieb ihm lange genug im Kopf, um sie laut stellen zu können. Schließlich begriff er, dass es nur eines gab, was er wissen musste.

»Warum lebe ich, wo alle anderen gestorben sind?«

Maeve warf ihm einen seltsam befangenen Blick zu, und er wurde einer dritten Person im Raum gewahr. Eine mit einer Kapuze verhüllte Gestalt erhob sich aus den Schatten bei der Tür und kam auf das Bett zugehumpelt. Valerius erkannte sie aus seinen Träumen und spürte, wie ihn ein Schauder durchlief. Die Kapuze glitt langsam zurück, und er blickte in das Gesicht eines Monsters.

Crespos Schwert hatte Cearans Gesicht links oben an der Stirn getroffen, Kopfhaut und Schädel durchtrennt und ihm einen Schnitt schräg übers Gesicht versetzt. Die Wucht des Schlags hatte die linke Augenhöhle zerstört und das Auge in einen roten Brei verwandelt, der an den Blick in einen Vulkankrater erinnerte. Gnadenlos hatte die scharfe Schneide Knochen und Knorpelgewebe der eleganten Nase zerschmettert und eine klaffende, rot geränderte Höhle zurückgelassen, durch die lauthals der Atem pfiff. Schließlich hatte ihm das Schwert das Fleisch von der oberen rechten Lippe getrennt und drei Zähne herausgeschlagen. Dann hatte es ihm den Unterkiefer gebrochen, der jetzt unnatürlich schief nach unten hing. Das Ergebnis war eine grauenhaft entstellte menschliche Fratze. Wenn er sprach, dann in der Sprache der Briten, und nur die linke Seite seines Mundes bewegte sich dabei. Daher waren die Worte ein kehliges, unverständliches Gemurmel, in dem trotzdem die ganze Kraft seines Zorns deutlich wurde. Maeve übersetzte für Valerius.

»Er hat geschworen, dass ihm deine Sprache nie wieder über die Lippen kommen wird, und als Erstes will er dir sagen, dass du sein Todfeind bist.« Sie zögerte, während Cearan fortfuhr. »Als Prasutagus euch die Hälfte seines Reiches vermacht hat, habt ihr das ganze genommen. Als Boudicca euch Frieden anbot, seid ihr mit Schwertern gekommen. Ihr habt Cearans Frau und seine Söhne getötet, seinen Stamm zugrunde gerichtet und dessen Frauen geschändet.«

Getrieben von dem unsinnigen Bedürfnis, das alles abzustreiten, versuchte Valerius erneut, sich aufzurichten, obwohl der Schmerz ihm fast die Besinnung raubte. Dabei wusste er, dass jedes Wort wahr war. Maeve legte ihm eine Hand auf die Schulter und drückte ihn sanft zurück.

»Seine eigenen Verletzungen sind ohne Bedeutung; was gerächt werden muss, ist das Unrecht, das seinem Volk widerfahren ist. Darum weigerte er sich zurückzubleiben, als Boudicca ihre Armee hierherführte, um den Tempel des falschen Gottes niederzureißen. Er jubilierte, als Colonia brannte, und beim letzten Angriff auf den Tempel trieben sein Hass und sein Verlangen nach Rache ihn noch vor den anderen Kriegern her. Er erkannte dich zwischen deinen Soldaten und hieb mit dem Schwert nach dir. Als du zu Boden gingst, wollte er dich erst töten, doch im letzten Moment lenkte die Erinnerung an eine vergangene Freundschaft und das Leben, das er dir schuldet, sein Schwert zur Seite.«

Valerius hatte ein Bild des blonden Kindes vor Augen, das bei Venta in den Fluss gefallen war und vom Wasser fortgerissen wurde. Er zwang sich, in Cearans verwüstetes Gesicht zu blicken. Das verbliebene Auge glomm wie die erlöschende Glut in der Esse eines Schmiedes, und er begriff, dass der Schaden, den der Brite erlitten hatte, viel tiefer ging als die äußerliche Entstellung seiner Gesichtszüge.

»Trotzdem hätte man dich vielleicht in Stücke gehauen, wie es deinen Kameraden widerfahren ist, und man hätte deine Gliedmaßen wie Früchte an die Bäume gehängt, doch Cearan gebot den Schwertern Einhalt und sagte, er wolle dich für seine eigene Rache, um dich langsam zu Tode zu martern. Zwei seiner Männer trugen dich aus dem Tempel und dann insgeheim hierher, in die Villa meines Vaters. Dein Feind, der Römer Crespo, ist ebenfalls tot.« Valerius erschauerte, als sie in allen Einzelheiten von Crespos schrecklichem Ende erzählte. Es fiel ihm schwer zu glauben, dass irgendjemand, wie grausam auch immer er gewesen war, einen solchen Tod verdiente. Doch nach allem, was Maeve berichtete, war das, was der Zenturio den Töchtern Boudiccas angetan hatte, ebenso sehr Ursache des Aufstands wie die Machenschaften der Druiden oder Decianus' Gier. Und das Blut von Zehntausenden Unschuldigen war durch noch so viel Qual nicht zu sühnen.

In dem langen Schweigen, das folgte, versuchte Valerius, die widersprüchlichen Gedanken, Erinnerungen und Gefühle, die seinen Kopf bis zum Bersten füllten, miteinander zu versöhnen. Eigentlich müsste er sie beide hassen, weil sie dazu beigetragen hatten, all das zu zerstören, was ihm teuer war. Doch stattdessen empfand er nur eine tiefe Trauer, deren Last ihn niederdrückte. Er verstand nicht, wie er Maeve noch immer lieben konnte, doch irgendwo unter dem Schmerz waren seine Gefühle für sie so stark wie eh und je. Nichts konnte das Geschehene ungeschehen machen, aber es konnte auch nichts die Erinnerung an das tilgen, was sie füreinander empfunden hatten. Ob sie ebenfalls so dachte? Falls ja, ließ sie es sich nicht anmerken. Vom ersten Augenblick an, in dem er das Bewusstsein wiedererlangt hatte, war sie kein einziges Mal seinem Blick begegnet.

»Und was geschieht jetzt?«, fragte er. »Wie soll es weitergehen?«

Sie wandte sich ab, und er wusste, dass sie Tränen verbarg. »Wenn du so weit wiederhergestellt bist, dass du reisen kannst, werden wir dir helfen, zu deinem Volk zurückzukehren.«

Er nickte dankbar.

»Aber du solltest wissen, dass das Leben seinen Preis hat, Valerius.«

Sie ergriff seine rechte Hand und zog sie zu sich. Gleichzeitig hörte er, wie Cearans Schwert zischend aus der Scheide fuhr. Mit einem Schauer des Entsetzens begriff er, was das lodernde Feuer und der Gestank von kochendem Pech zu bedeuten hatten.

Das Schwert zuckte nieder, und ein durchdringender, brennender Schmerz war das Letzte, was er empfand, ehe ihn erneut Dunkelheit umfing.

XXXIX

Als sie im Kielwasser von Boudiccas Armee westwärts ritten, übernahm Cearan auf einem seiner Pferde die Führung, während Valerius und Maeve ihm Seite an Seite folgten. Valerius war noch immer kaum bei Bewusstsein und konnte sich nur mit Maeves Hilfe im Sattel halten. Sie hatten ihn auf keltische Weise gekleidet, und er hatte die Kapuze über den Kopf gezogen, um seine Gesichtszüge zu verbergen. Ihr Weg führte sie an den rauchenden Trümmern Colonias vorbei, und in einem Moment der Benommenheit sah Valerius die Stadt wie durch tiefes Wasser hindurch, schimmernd, schwankend und keinen Augenblick still. Der Bogen des Westtors stand so stabil da wie nur je, doch die Statuen, die es geschmückt hatten, lagen zerbrochen beim Fundament. Wo dahinter früher einmal Häuser gestanden und Ladenbesitzer ihre Waren feilgeboten hatten, war über eine Strecke von einer halben Meile nichts zurückgeblieben als graue Asche sowie der eine oder andere verkohlte Baumstumpf oder gelegentliche Überrest einer Mauer, der selbst für Boudiccas grenzenlosen Hass zu stabil gewesen war. In dieser unfruchtbaren Zone der Zerstörung bewegte sich nichts Lebendiges. Kein Hund, keine Katze, kein Vogel. Auch die Tiere waren getötet worden. Valerius bezweifelte, dass selbst die Ratten überlebt hatten, so vollkommen war die Zerstörung.

Doch der wahrhaft bemerkenswerte Anblick bot sich hinter diesem Streifen verbrannter Erde.

Denn der Tempel des Claudius stand noch immer.

Feuer und Rauch hatten die weißen Wände und die stolzen kannelierten Säulen geschwärzt. Das Dach war verschwunden, und Tausende von Marmorfliesen lagen überall zerschmettert auf dem Boden. Doch der Kern des mächtigsten Symbols römischer Herrschaft in Britannien blieb massiv und dauerhaft in der Mitte des zerstörten Tempelbezirks erhalten. Valerius erinnerte sich an Numidius' prahlerische Behauptung, der Tempel werde tausend Jahre stehen, und fragte sich, ob der Baumeister vielleicht tatsächlich recht gehabt hatte.

»Sie haben versucht, ihn niederzubrennen, aber Stein brennt natürlich nicht«, erklärte Maeve. »Und selbst als sie alles daransetzten, ihn niederzureißen, widerstand er ihren Bemühungen. Sie haben so viel wie möglich zerschlagen, aber diejenigen, die mit der Zerstörung beauftragt waren, haben aufgegeben und sich ein leichteres Ziel gesucht.«

Valerius wollte sein Pferd zu dem Bauwerk lenken, doch Maeve ergriff es am Zügel und führte es davon weg. »Ich glaube nicht, dass du das Innere sehen möchtest.« Sie hatte recht. Die Erinnerung war noch zu frisch.

Doch manchmal gewähren einem die Götter keine Wünsche, oder vielleicht sind sie so grausam und launisch, wie ihre Lästerer sagen. Als sie die Lücke im großen Erdwall westlich der Stadt passierten, bemerkte Valerius eine Art lange Allee, die sich in die Ferne erstreckte, als hätte jemand zu beiden Seiten der Straße einen Zaun aufgestellt. Aus größerer Nähe wurde die Allee zu einer endlosen Reihe von Pfosten, deren jeder mit etwas Rundem gekrönt war.

Die Krähen bereiteten ihn auf den Anblick vor, der ihn erwartete. Tausende von Krähen, die in dunklen Wolken vor ihm über der Straße ihre Kreise zogen, und als Nächstes trug der Wind ihm den Geruch zu: den einzigartigen, süßlichen Gestank der Verwesung. Sein erster Gedanke war, dass sich da jemand sehr viel Mühe gemacht hatte. Alle Pfähle waren genau gleich hoch, und jeder abgetrennte Kopf schaute genau auf die Mitte der Straße. Der letzte Appell der Miliz Colonias.

Manche waren so entstellt, dass er sie nicht identifizieren konnte, aber andere erkannte er auf Anhieb: Falco, Saecularis, Didius und sogar Corvinus, der hier noch einmal mit seinen Kameraden vereint war. Nach Lunaris suchte er vergebens. Leb wohl, alter Freund. Für Rom.

Eine Meile ritten sie schweigend zwischen den dicht geschlossenen Reihen der Toten hindurch, und Valerius hatte das Gefühl, dass jedes leere Auge ihn anklagte. Warum war er als Einziger gerettet worden? Schwalben flitzten mit scharfen, aufgeregten Rufen zwischen den Pfählen hin und her, unangemessen festlich mit ihren roten Wangen und übermütigen Flugmanövern, und labten sich an den Schwärmen von Insekten, die sich ihrerseits an den Gesichtern von Valerius' Freunden gütlich taten. Maeve schaute weder nach rechts noch nach links, aber er bemerkte, dass die Farbe aus ihrem Gesicht gewichen war und ein winziger Muskel an ihrem Kiefergelenk zuckte in ihrem Bemühen, die Zähne zusammenzubeißen.

Die Erschöpfung oder die Folgen seiner Verwundung vernebelten seine Gedanken. Er nahm wahr, dass Cearan die Zügel seines Ponys ergriff und ihn von der Straße wegführte und dass die Bäume sich immer dichter um sie schoben und die Zweige wie mit Händen an seinem Umhang zerrten. Stille Waldpfade, die von Vogelrufen widerhallten. Die tröstliche Wärme von Maeves Schulter, die sich gegen die seine stemmte, damit er nicht aus dem Sattel fiel. Zwei obszöne Gestalten von unbestimmt menschlichem Äußeren, die von dem geschwärzten Torbalken eines niedergebrannten römischen Bauernhofs hingen.

Während des ganzen Ritts redeten sie kaum ein Wort. Allerdings flüsterte Cearan, der zusammengesunken über dem Hals seines Pferdes hing, durch seine zerstörten Lippen unaufhörlich vor sich hin, und einmal stieß er einen lauten Schrei aus, der Maeve veranlasste, an seine Seite zu eilen. Am zweiten Morgen konnte Valerius sich kaum noch im Sattel halten, aber immer wieder verlieh ihm ein Schluck von Maeves Elixier die Kraft weiterzumachen. Bei Anbruch der Abenddämmerung hielten sie in der Nähe eines Wäldchens im Windschatten eines kegelförmigen Hügels, doch noch bevor Maeve etwas sagte, erriet Valerius aus der Art, wie sie ihr Pony neben das von Cearan lenkte, dass die beiden ihn nun verlassen würden.

»Du musst deinen Weg jetzt allein finden«, sagte sie,

doch obgleich sie sich bemühte, mit harter Stimme zu sprechen, lag doch ein Ton darin, der mehr sagte als alle Worte. Etwas golden Glänzendes an ihrem Hals gab ihm Hoffnung.

»Komm mit mir.« Er hatte so lange nicht gesprochen, dass seine Stimme belegt und unbeholfen klang, und er musste sich räuspern und die Worte wiederholen, bevor sie sie verstand. »Kommt beide mit mir. Ich kann euch retten.« Er war sich nicht sicher, ob es stimmte, aber er wollte nicht ohne sie leben.

Ihre dunklen Augen wurden feucht, doch ihre Entschlossenheit geriet nicht ins Wanken. »Du warst immer ein Römer, Valerius, und ich war immer eine Trinovantin. Eine Weile haben wir eine wunderschöne Lüge gelebt, doch keiner kann eine Lüge für immer durchhalten. Und jetzt sind wir Feinde.«

Er schüttelte den Kopf. Nein, sie würden niemals Feinde sein.

»Bist du denn mit geschlossenen Augen geritten?«, rief sie. »Es wurden Taten begangen, schreckliche Taten, die wir niemals vergeben können, weder du noch ich. Du möchtest, dass ich dich begleite, doch es gibt nur eine Art, wie ich Rom besuchen würde: in Ketten.«

»Ihr könnt nicht gewinnen. Boudicca hat die Miliz besiegt, doch es war ein teurer Sieg. Er hat sie ihrer besten Krieger beraubt. Jetzt kommt Paulinus mit seinen Legionen, und wenn die beiden Heere aufeinandertreffen, kann es nur einen Sieger geben.«

Sie wurden von Cearans kehligem Knurren unterbrochen. Maeve lauschte und deutete auf den Hügel über ihnen, der sich als Silhouette vor einem leuchtend orangefarbenen Glutschein abzeichnete. Irgendwo brannte noch eine weitere Stadt. »Er sagt, dass Londinium zerstört ist und damit auch Roms Gewalt über diese Insel endet. Andraste wacht über Boudicca, und jeden Tag scharen sich Tausende weiterer Krieger unter dem Wolfsbanner. Selbst eure Legionen können nicht alle von uns töten.«

Valerius erinnerte sich an eine silurische Bergfestung, wo die unbarmherzigen Schwerter der Legionäre an einem Herbstnachmittag ein Leben nach dem anderen geerntet hatten, und er fragte sich, ob Cearan recht hatte. Er unternahm einen letzten Versuch. »Ich liebe dich«, sagte er. »Und du hast meine Liebe erwidert. Sag mir, dass du mich nicht mehr liebst, und ich gehe.«

Sie schloss die Augen, und einen Moment lang glaubte er, mit seinen Worten die alte Maeve erreicht zu haben. Er wusste, dass sie an die Höhle in den Wäldern und an die dort verbrachten Stunden dachte. Doch dann hob sie den Kopf und wandte ihr Pony ab. »Reite Richtung Norden, und halte dich von den Straßen fern.« Sie warf ihm den Trinkschlauch zu, und er fing ihn mit seiner linken Hand auf. »Geh sparsam damit um. Es betäubt den Schmerz, aber wenn du zu viel davon trinkst, wirst du vielleicht den nächsten Morgen nicht erleben.«

Er sah ihr nach, wie sie mit Cearan davonritt. Sie waren beinahe außer Sichtweite, als ihm die Frage einfiel, die er ihr hatte stellen wollen.

»Du hast ihnen das mit den Leitern verraten, oder? Ohne

die Leitern hätten sie den Tempelbezirk niemals eingenommen.«

Sie wandte den Kopf zu ihm zurück, doch er konnte ihren Gesichtsausdruck nicht erkennen. »Sie sind mein Volk, Valerius. Was auch immer ich für dich empfunden haben mag, sie waren immer mein Volk.« Er seufzte, und alle Kraft verließ ihn. Sie hatte ihn verraten. Doch an diesem Tag kam es ihm im Vergleich zu allem anderen wie ein kleiner Verrat vor. Sie hatte jedoch noch eine Botschaft für ihn. Auf der Kuppe der Erhebung drehte sie sich im Sattel um. »Meide Verulamium, Valerius. Meide Verulamium, wenn dir dein Leben lieb ist.«

Als er aufblickte, war sie verschwunden.

Er ritt in der einsetzenden Dunkelheit nach Norden und überließ es dem Pony, das instinktiv den Weg des geringsten Widerstands einschlug, sich seinen Pfad über Weiden und durch Wälder selbst zu suchen. Die Geister der Nacht ängstigten ihn nicht, denn Nacht war die Farbe seiner Seele. Schiere Leidensfähigkeit hielt ihn im Sattel – das und ein gelegentlicher Schluck aus dem Trinkschlauch. Beim Reiten träumte er von Maeve, von der Farbe ihres Haars und der Glätte und Festigkeit ihrer Haut. In dem Traum nahm er sie mit nach Rom, und sie staunte über die Wunder, die es dort zu sehen gab. Doch je weiter er ritt, desto heißer brannte das Feuer in seinem rechten Arm, und das Hämmern in seinem Kopf wurde lauter und schließlich unerträglich. Er überlegte sich, ob er das Risiko eingehen sollte, mehrere Schlucke der Flüssigkeit zu trinken, doch er musste wohl im

Sattel eingeschlafen sein, denn irgendwann blieb das Pony stehen und gab ein leises, beunruhigtes Wiehern von sich. Noch immer mit geschlossenen Augen gab er ihm die Fersen und nötigte es weiterzugehen. Es machte noch ein paar vorsichtige Schritte, doch schließlich blieb es endgültig stehen. Alles drehte sich um Valerius, und er spürte, wie er aus dem Sattel rutschte, doch er hatte noch die Geistesgegenwart, die Zügel um seine linke Hand zu schlingen.

Als er die Augen wieder aufschlug, war sein Geist klar, doch sein Körper fühlte sich so an, als wäre er von einer Kohorte von Legionären für Schwertübungen benutzt worden; jeder Muskel tat ihm weh, und sein rechter Arm war eine wild pulsierende Qual. Er zögerte das Aufstehen noch ein wenig hinaus und sah durch dicht belaubte Zweige, die im leichten Wind rauschten und knarrten, zu einem vollkommenen, zartblauen Himmel hinauf. Etwas fehlte jedoch, und ihn überkam ein Moment der Panik, bis er an seinem linken Handgelenk das Ziehen der Zügel spürte. Überraschenderweise ruhte sein Kopf auf etwas, das weich und anschmiegsam war, obwohl er sich nicht erinnern konnte, dort etwas hingelegt zu haben. Die Luft war von einem intensiven Geruch erfüllt, doch der war ihm inzwischen so vertraut, dass sein Gehirn Zeit brauchte, um darauf zu reagieren.

Sorgsam darum bemüht, seinen verletzten Arm zu schonen, wälzte er sich herum und starrte das Ding neben sich an. Ein menschliches Bein. Der Rumpf, zu dem das Bein gehörte, lag ein oder zwei Schritte entfernt, die Haut so weiß wie der Marmor, mit dem der Tempel des Claudius verkleidet war. Störend war nur das obszöne Rot der Wunden, wo Gliedmaßen und Kopf abgehackt worden waren.

Unwillkürlich ließ er seinen Blick über die Szene um ihn herum schweifen. Der erste Eindruck war der von einem Schwarm toter Fische, der auf einen Strand gespült wurde; elfenbeinbleich, aufs Geratewohl verstreut und vollkommen leblos. Die Leichen lagen auf dem Gras und zwischen den Bäumen und Büschen, manche mit Köpfen und manche ohne, andere mit aufgeschlitzten Bäuchen oder abgeschnittenen Genitalien. Man hatte den Toten alles abgenommen, was irgendeinen Wert besaß, doch das wenige an Kleidung, das noch da war, verriet Valerius, dass es sich um römische Soldaten handelte, entweder Hilfstruppen oder Legionäre.

Er kam mühsam auf die Beine und erbrach ein schmales Rinnsal gelber Galle, einen Moment lang überwältigt von der Ungeheuerlichkeit dessen, was ihn umgab. Doch die Pflicht und der Überlebensinstinkt des Soldaten mahnten ihn, sich einen Reim auf das alles zu machen.

Zunächst verwirrte ihn die Verteilung der Leichen – Hunderter, vielleicht sogar Tausender von ihnen. Doch als er zwischen ihnen weiterging, erkannte er allmählich ein Muster. Die Soldaten waren südwärts marschiert, mussten also zur Neunten gehört haben, und das Fehlen von Transportwagen sagte ihm, dass sie mit wenig Gepäck und in Eile unterwegs gewesen waren. Er versuchte, sich die Marschordnung vorzustellen: berittene Kundschafter voneweg, der Flankenschutz an den Seiten, die Legionäre an der Spitze der Kolonne, die Hilfstruppen dahinter in deren Staubwolke gehüllt, und die Reiterei – bei einer Truppe dieser Größe musste es auch Reiterei gegeben haben – bereit, auf jeden Angriff zu reagieren. Doch als der Kommandant die Armee durch dieses breite, bewaldete Tal führte, waren all diese Vorsichtsmaßnahmen vergebens.

Er gelangte zu einer Stelle, an der die Toten zahlreicher zu sein schienen und in unregelmäßigen Reihen dalagen. Ja. Hier hatte es angefangen: die Vernichtung einer Legion. Er musterte seine Umgebung sorgfältig und begab sich dann vorsichtig zwischen die umstehenden Bäume. Zerdrücktes Gebüsch und zertretenes Gras zeigten, wo die Krieger im Hinterhalt gelegen hatten, und schwarz verfärbte Haufen von Exkrementen zeugten von Geduld und einer langen Wartezeit. Eine große Truppe und, wenn er sich nicht irrte, weitere Krieger auf der gegenüberliegenden Seite des Tals. Die Angreifer hatten hier zuerst zugeschlagen, entlang einer Front von einer Viertelmeile, und die Legion gezwungen, ihre bevorzugte zweireihige Verteidigungsaufstellung einzunehmen. Panik hatte es anscheinend nicht gegeben. Hätten die Römer die Zahl der ihnen entgegenstehenden Krieger gefürchtet, hätten sie ein Quadrat gebildet und sich zu einer günstigeren Stellung durchgekämpft, aber nichts wies darauf hin, dass sie das getan hatten. Wären die Flanken und die Hinterseite angemessen geschützt gewesen, hätte es einfach einen Kampf von Schild gegen Schild und *gladius* gegen Schwert oder Speer bedeutet; eine Schlacht, die die Legionäre hätten gewinnen müssen. Aber anscheinend hatte eine Kriegerschar von vergleichbarer Stärke von hinten angegriffen, was dazu geführt hatte, dass die zweite Reihe sich umdrehte, den Angreifern entgegen. Wie hatte es dazu kommen können? War die Kavallerie durch irgendeine List weggelockt worden? Mit Sicherheit waren hier nur wenige Kavalleristen gestorben; er hatte höchsten vier tote Pferde gesehen, wahrscheinlich die Reittiere der Kohortenkommandanten oder der Kommandanten der Hilfstruppen. Und schließlich war dann der vernichtende Schlag erfolgt, ein verheerender Angriff auf die linke Flanke, der einen ungeordneten Rückzug ausgelöst hatte. Wenn auch keine wilde Flucht.

Er folgte der Rückzugslinie und konnte sehen, wo kleine Trupps von Legionären bis zum Tod gekämpft hatten, um ihre Kameraden zu verteidigen. Doch während die Soldaten unaufhaltsam zurückgedrängt worden waren, waren es immer weniger geworden. Die Leichen führten ihn zu einem frei stehenden Wäldchen, in dessen Mitte eine riesige Eiche stand. Die Eiche hatte den Römern Schutz für ihr letztes Gefecht geboten. Er sah es geradezu vor sich, das Werfen der letzten *pila*, während die *signiferi* die Standarten ihrer Einheit verteidigten und auf die Kriegerscharen um sie herum einhieben, bis nur noch ein einziger Legionär verblieb, der bis zum letzten Atemzug kämpfte. All das wusste Valerius, weil diese kleine Gruppe von Leichen im Gegensatz zu den anderen nicht angetastet worden war; sie hatten sogar ihre Panzer behalten. Einer, ein Riese mit lederiger Haut, der noch immer seinen Wolfsfellumhang trug, lag ein wenig abseits unter seinem Schild, in dessen Schildbuckel der unverkennbare angreifende Stier der Neunten eingraviert war. Anfangs glaubte Valerius, die Angreifer seien durch eine Störung vom Schänden der Leichen abgehalten worden, doch es lag etwas nahezu Ehrerbietiges in der Art, wie dieser letzte Mann aufgebahrt worden war. Die Briten schätzten nichts höher als Mut und Heldentum. War dies die Weise, wie ihr Fürst oder König einen gegnerischen Helden ehrte?

Er blieb eine kleine Weile bei den Toten sitzen und versuchte, das Ausmaß der Katastrophe zu begreifen, die sie ereilt hatte. Ganz Südbritannien musste sich gegen Rom erhoben haben. Hier war eine vollständige Legion ausradiert worden. Waren diese Männer im Kampf um den Legionsadler gestorben? Das würde das wilde Gefecht erklären. Aber eine vollständige Legion von Barbaren vernichtet? Das kam ihm unmöglich vor. Er hatte den Beweis jedoch mit eigenen Augen gesehen, und er dachte an die Krieger zurück, die sich über Berge von Leichen zur Miliz Colonias vorgekämpft hatten. Hier im Tal mochten drei- oder viertausend Tote liegen. Der Verlust des Adlers würde jeden Legionär beschämen, der je mit der Neunten marschiert war. Schlimmer noch, die Schande einer Niederlage dieses Ausmaßes würde sich bis nach Rom auswirken. Auch Paulinus würde davon in Mitleidenschaft gezogen werden, obwohl er während des Geschehens hundert Meilen entfernt gewesen war.

Er durchsuchte die Toten nach persönlichen Erkennungszeichen oder nach einer Waffe, die ihm zumindest eine Chance auf Gegenwehr gegen eine umherstreifende Schar Aufständischer verschafft hätte, doch er fand nichts. Als er sich dessen sicher war, stieg er von Schmerz gepeinigt in den Sattel und ritt auf den Spuren der Legion nach Norden weiter.

Dorthin, wo sich die Kräfte der Vergeltung sammelten.

XL

Die Reiterpatrouille fand ihn, als die Sonne im Zenit stand, und sie hätten ihn getötet, wäre er nicht so geistesgegenwärtig gewesen, den Namen seiner Einheit zu rufen, als sie mit blitzenden *spathae* und nervös glänzenden Augen herangaloppierten. Der befehlshabende Decurio ritt misstrauisch um ihn herum und befahl ihm dann mit starkem germanischem Akzent, vom Pferd zu steigen.

Valerius schüttelte müde den Kopf. »Ich habe dringende Nachrichten für den obersten Befehlshaber in diesem Gebiet. Bringt mich sofort zu ihm.«

»Auf wessen Befehl?«, fragte der Germane.

Valerius schüttelte seinen Umhang ab und hörte die Ausrufe des Entsetzens, die den Soldaten beim Anblick seiner Wunden entfuhren. »Ich brauche niemandes Befehl als meinen eigenen. Ich bin Tribun Gaius Valerius Verrens, letzter Kommandant von Colonia und der einzige Überlebende aus dem Tempel des Claudius. Entweder ihr bringt mich zu ihm, oder ich gehe allein. Wer hat den Oberbefehl?«

Der Kavallerist zögerte. »Suetonius Paulinus. Bei ihm sind die Vierzehnte und die Zwanzigste.«

»Dann bringt mich zum Statthalter, aber gebt mir erst noch etwas zu trinken«, sagte Valerius. »Seit dem Sonnenaufgang habe ich nichts gehabt als diese Druidenpisse.«

Als sie die Hauptkolonne erreichten, hatten die Legionen bereits ihr Marschlager für die Nacht aufgeschlagen, und Valerius und seine Begleiter brauchten ein paar Minuten, bis sie in der Mitte der von der Vierzehnten aufgeworfenen Schanzen Paulinus' Pavillon fanden. Valerius bemerkte eine Reihe von Männern mit frisch verbundenen Wunden. Auf Mona war also nicht alles reibungslos gelaufen; in dieser Hinsicht hatte Lunaris immerhin recht gehabt. Das Lager der Zwanzigsten war beträchtlich kleiner als das der Vierzehnten; offenbar hatte Paulinus einen Teil der Legion im Westen zurückgelassen, um die erreichten Gewinne zu sichern. Hätte er diese Entscheidung auch getroffen, wenn ihm das Ausmaß des Aufstands klar gewesen wäre?

Der germanische Reiter übergab ihn einem Tribun in Paulinus' Stab, einem Offizier, den Valerius nur vage erkannte. »Gnaeus Julius Agricola, zu deinen Diensten. Der Statthalter möchte dich sofort sehen, aber ...«

Valerius schwankte auf den Beinen und hatte Mühe, den Groll aus seinem Tonfall herauszuhalten. »Es tut mir leid, ich habe meine Uniform in Colonia zurückgelassen, zusammen mit allem anderen.«

»Nein, du verstehst mich falsch. Bitte entschuldige dich nicht«, widersprach Agricola. »Ich habe nur Angst, du könntest zusammenbrechen, und ich würde Ärger bekommen, wenn ich dich jetzt verlöre. Der Statthalter braucht dich dringend.«

Der Tribun führte ihn an den Wachen vorbei zu Paulinus, der wie hypnotisiert auf eine Landkarte Südbritanniens starrte, die an einen Holzrahmen geheftet war. Ein zweiter Mann im bronzenen Muskelpanzer eines Legaten stand neben ihm. Schließlich drehte der Statthalter sich um, und trotz aller Erschöpfung bemerkte Valerius, wie sehr sich dieser Mann verändert hatte. Die granitharten Augen lagen tief in den Höhlen, die mächtige Stirn war gefurcht, und die Haut hatte eine kränklich graue Blässe angenommen, noch unterstrichen durch den weißen Stoppelbart, der ihn zehn Jahre älter wirken ließ. Paulinus erwiderte seinen Blick nicht weniger verblüfft und versuchte offensichtlich, die struppige Erscheinung mit den blutigen Verbänden in der zerlumpten keltischen Kleidung mit einem Namen in Verbindung zu bringen. Valerius konnte ihm das kaum verdenken; schließlich musste er sich an einen gesunden jungen Mann in der Blüte seiner Jugend erinnern und nicht an ein ausgemergeltes Gespenst mit nur einer Hand.

Das war der Preis für sein Leben gewesen.

»Du wirst nie wieder eine Waffe gegen mein Volk führen«, hatte Maeve gesagt, bevor Cearan sein Schwert erhob und ihm die rechte Hand mit einem sauberen Hieb zwischen Ellbogen und Handgelenk abhackte. Sie hatten die Blutung mit heißem Pech gestillt, doch Valerius erinnerte sich an nichts anderes als den Gestank versengten Fleischs und das Wissen, dass er jetzt ein Krüppel war. Während des Ritts waren die Gedanken, die sich wie Maden durch sein Bewusstsein bohrten, so zersetzend gewesen wie die Wunden in seinem Fleisch. Zunächst hatte er gewünscht, er wäre zusammen mit den anderen gestorben. Wozu war ein versehrter Mann noch nütze? Seine Zeit als Soldat war vorbei. Er konnte kein Schwert mehr führen und in keinem Schildwall mehr mitkämpfen. Natürlich würde sein Vater ihn unterstützen, doch im Herzen würde Valerius sich fühlen wie einer der Invaliden, die hoffnungsvoll am Clivus argentarius bettelten. Das letzte Gefecht der Neunten hatte jedoch seinen Stolz neu entflammt und ihm innerlich Kraft gegeben. Die Standartenträger hätten weglaufen können, doch von Pflichtgefühl, Ehre und Mut getrieben, hatten sie gekämpft. Das hatten sie mit Falcos Veteranen gemeinsam. Wenn sie um dieser Werte willen den Tod erlitten hatten, konnte er selbst dann nicht das Leben erleiden?

Paulinus' Reaktion überraschte ihn. »Mein Junge. Mein armer, lieber Junge. Du bist es. Ich konnte es kaum glauben. Du hast so viel durchgemacht. Hätte ein Mann mehr für Rom opfern können?«

Valerius dachte an die mehr als sechstausend Soldaten, die alles für Rom geopfert hatten, doch die Zeit, dem Statthalter das in Erinnerung zu rufen, würde noch kommen. Paulinus war eindeutig ein Mann, der am Rande des Abgrunds stand, und der kleinste Stoß mochte ihn umwerfen.

Doch manche Dinge ließen sich nicht umgehen. »Tribun Gaius Valerius Verrens bittet um Erlaubnis, den Verlust Colonias und das Scheitern seiner Mission zu melden«, sagte er förmlich. »Er möchte den Kampfgeist und die Führung der Veteranenmiliz lobend erwähnen, die in der besten Tradition der römischen Armee stand. Sie haben bis zum letzten Mann und zum letzten Speer gekämpft, und am Untergang der Stadt trifft sie keine Schuld. Falls Schuld besteht, ist es allein die meine.«

»Und doch habt ihr die Angreifer zwei Tage lang aufgehalten und den Tempel des Claudius bis zuletzt verteidigt.« Der andere Mann im Raum verband natürliche Autorität mit der Miene eines Verzweifelten, und er griff nach dem Positiven wie ein Ertrinkender, der sich vor einem Wasserfall an einem letzten Ast festklammert.

»Ich hatte das Privileg, die Verteidigung zu befehligen«, räumte Valerius ein. »Keiner hätte mehr tun können als diese Männer.« Die Erinnerung an Lunaris und Messor überflutete ihn, und er taumelte leicht, von einer Welle der Übelkeit ergriffen.

»Einen Stuhl für den Tribun, rasch, und Wasser«, rief Paulinus einem seiner Helfer zu.

Valerius setzte sich, und der Statthalter sah ihn aufmerksam an.

»Petilius hat recht«, sagte er. Der Name bestätigte Valerius' Verdacht und erklärte, warum der zweite Mann so niedergeschlagen wirkte. Quintus Petilius Cerialis hatte den Oberbefehl über die Neunte Legion und war somit letztlich verantwortlich für das Massaker, über das Valerius gestolpert war. Das beantwortete zugleich seine Frage bezüglich der Adlerstandarte. Hätte die Neunte ihren Adler verloren, wäre Petilius Cerialis jetzt schon tot; darauf hätte Paulinus bestanden.

Als der Statthalter fortfuhr, lag wieder etwas von dem alten Feuer in seiner Stimme. »Seit ich Mona eingenommen habe, haben wir Verrat, Katastrophen und Niederlagen erlebt, und das haben wir diesem Dummkopf Catus Decianus zu verdanken, dessen Habgier und Ehrgeiz die Provinz in tödliche Gefahr gebracht und der dich, Valerius, direkt zu den Toren des Hades geschickt hat. Colonia war wenigstens eine ehrenvolle Niederlage, wie es uns unsere Spione und die Kelten, die bereits zu uns übergelaufen sind, bestätigt haben. Das Lob der Verteidiger wird sogar von den Gefolgsleuten der aufständischen Königin gesungen, und das Lied über die Verteidigung des Tempels, den sie unbedingt einnehmen wollte, schallt am lautesten. Und du, du allein, hast dich freigekämpft.« Valerius öffnete den Mund, um das abzustreiten, doch Paulinus hob die Hand, damit er schwieg. »Du bist ein wahrer Held Roms.«

Es dauerte eine Weile, bis die Worte zu Valerius durchdrangen, doch als es so weit war, begann der Raum sich um ihn zu drehen. Die Art, wie Paulinus diese Worte aussprach, mit der Betonung auf ›Held‹ zeigte, dass es hier nicht nur um ein Lob ging, sondern um ewigen Ruhm. Ein Held Roms erhielt die Corona aurea, die Goldkrone der Tapferkeit, aus den Händen des Kaisers persönlich. Man würde ihn im ganzen Imperium feiern, und er bekam Zugang zum Zentrum der Macht. Sie kam unmittelbar nach der Corona graminea, die man für die Rettung einer ganzen Legion erhielt ... und er hatte sie nicht verdient. Er schüttelte den Kopf, doch Paulinus fuhr bereits fort: »Und jetzt muss ich alles wissen.«

In der nächsten Stunde erstattete Valerius Bericht über das Gefecht der Veteranen gegen Boudiccas Fünfzigtausend und die letzten, schrecklichen Stunden im Tempel des Claudius. Paulinus brummte zustimmend, als er hörte, wie die britischen Recken mittels der Brücke aufs Schlachtfeld gelockt worden waren, und seine Augen wurden feucht, als er von Messors Mut und Opfer hörte. Doch als Valerius versuchte, sein eigenes Entkommen zu beschreiben, winkte er ab. »Die Einzelheiten brauche ich nicht zu wissen. Es genügt, dass du überlebt hast.«

Als er zum Hinterhalt gegen die Neunte kam und die Entdeckung der verstümmelten Leichen beschrieb, schauten die beiden Zuhörer weg.

»Du hattest recht«, bestätigte Petilius grimmig. »Vier Kohorten – zweitausend Legionäre – und die gleiche Anzahl an Hilfstruppen. Unmittelbar bevor wir das Tal betraten, entdeckten unsere Kundschafter im Süden eine größere Truppe, und ich ritt mit der Reiterei los, um der Sache nachzugehen. Die Feinde schlugen zu, während wir Schatten nachjagten. Als wir zurückkehrten, waren die Fußtruppen überrannt worden, und wir hatten noch Glück, dass wir selbst mit dem Leben davonkamen.«

Paulinus sah ihn auf eine gewisse Weise an, und Valerius begriff, dass Petilius noch eine Abrechnung bevorstand, doch im Moment brauchte der Statthalter jeden Mann, dessen er habhaft werden konnte, um Britannien für Rom zu halten – und um die Tausende von römischen Bürgern zu rächen, die bereits gestorben waren. Valerius hatte von Agricola gehört, dass Paulinus gezwungen gewesen war, Londinium seinem Schicksal zu überlassen. Das Gesicht des Statthalters war noch bleicher geworden, als Valerius ihm die Schrecken beschrieb, die er gesehen hatte, doch jetzt zeichneten sich seine Adern wie die Tentakel eines Oktopus an den Schläfen ab, und sein Gesicht glühte rot.

»Das sind keine Krieger.« Er rang um Atem. »Diese Leute sind Tiere, und wie Tiere werden wir sie schlachten. Die Neunte und die Veteranen von Colonia werden gerächt. Fünfzigtausend, sagtest du, und jeden Tag werden es mehr?« Kopfschüttelnd wandte er sich der Karte zu und sagte leise zu sich selbst: »Es sind zu viele. Ich muss sie auf einem von mir gewählten Schlachtfeld bekämpfen. Aber wo? Wohin wird sie sich jetzt wenden, da Londinium brennt? Wohin wird ihr Blutdurst sie führen? Nach Osten, zurück ins Flachland? Nein, denn nur Siege halten ihre Armee zusammen. Nach Westen? Möglich. Wenn sie die Silurer behexen kann, bekommt sie Kontrolle über das Gold, und Postumus marschiert bereits mit der Zweiten von Isca her, um uns zu verstärken. Nach Süden? Leichte Siege und Kontrolle über unsere Kommunikationswege mit Rom. Oder nach Norden?« Valerius spürte seinen eindringlichen Blick. »Um uns zu vernichten. Sie wird zwangsläufig scheitern. Eine Armee muss essen; Boudicca hat keine Vorräte, und ein solcher Schwarm kann nur wenige Wochen vom Land leben. Lange vor der Ernte werden sie ihre Schwertgurte verspeisen. Aber es genügt nicht, dass Boudicca scheitert. Sie muss vernichtet werden, und alle, die ihr folgen, müssen mit ihr zusammen untergehen. Ich schwöre beim Blut des Mithras, dass ich sie auslöschen werde. Aber wo?«

»Im Norden.« Die Worte hallten durch die Stille, und Valerius hatte den sauren Geschmack des Verrats auf der

Zunge. »Sie wird nach Norden marschieren, um Verulamium zu zerstören.«

Mit ihrer Warnung hatte Maeve ihm das Leben retten wollen; jetzt würde sie Boudicca ins Verderben führen.

Als Valerius sich erhob, um zu gehen, war Paulinus dabei zu erklären, wie er seine Truppen einsetzen würde. Verulamium und seine Bewohner würde man opfern müssen; der Statthalter konnte die Stadt nicht rechtzeitig erreichen und auch nicht mit Boudicca kämpfen, während er einen Zug hilfloser Flüchtlinge beschützte. Verulamium, so römisch es sich auch gab, war die Hauptstadt der Catuvellaunen; sollten sie doch versuchen, zu einer Übereinkunft mit ihren icenischen Verwandten zu kommen. Er würde die leichte, schnell marschierende Fußtruppe verwenden, um Boudicca in einem Tempo hinter sich herzulocken, das ihren Kriegern die Fänge ziehen würde. Dann würde er sie zur Schlacht stellen und sie schlagen, aber wo?

Agricola fing Valerius vor dem Zelt ab. »Ich soll dich zum Leibarzt des Statthalters bringen. Hat er es dir gesagt?«

Valerius nickte. Er begriff, dass der Tribun von der Ehre sprach, die ihm zuteilwerden sollte. »Ich werde es ablehnen, weil ich es nicht verdient habe.«

»Das ist die Antwort, mit der ich gerechnet habe, aber ich fürchte, du hast keine Wahl. Du hast die Pflicht, die Ehrung anzunehmen, und du kommst mir nicht wie ein Mann vor, der vor seiner Pflicht zurückscheut.«

Der Raum schien unter Valerius' Füßen zu schwanken, und Agricola trat vor und stützte ihn mit einer Hand.

»Komm«, sagte er sanft. »Wir haben dich lange genug aufgehalten.«

»Ich verstehe das nicht. Es gibt ein Dutzend Männer, die die Corona aurea mehr verdient hätten als ich, aber sie sind alle tot. Ich habe überlebt, aber meine Mission ist gescheitert, und ich bin kein Held.«

»Du warst tapfer, du hast gekämpft, und du hast dem Feind großen Schaden zugefügt, nicht wahr?«

Valerius zuckte mit den Schultern, und Agricola fasste es als Zustimmung auf.

»Dann bist du ein Held, und mein Statthalter braucht einen Helden. Heute Abend wird er einen Bericht für Rom verfassen und die Vorgänge der vergangenen Monate erläutern. Dieser Bericht wird auf niemanden ein gutes Licht werfen, manchen seine Stellung kosten und vielleicht andere das Leben. Du magst es noch nicht gehört haben, aber Postumus, der Lagerpräfekt von Isca, weigert sich, mit der Zweiten ins Feld zu ziehen. Er fürchtet den Kaiser mehr als Paulinus, aber er fürchtet Boudicca mehr als beide zusammen. Paulinus braucht einen Sieg, und wenn er keinen Sieg bekommen kann, legt er es auf eine glorreiche Niederlage an. Du würdest doch den Veteranen ihren Ruhm nicht verweigern?«

Valerius schüttelte den Kopf. »Sie haben wie Löwen gekämpft und sind als Helden gestorben. Sie verdienen es, dass man ihrer gedenkt.«

Agricola ergriff ihn bei den Schultern und sah ihm fest in die Augen. »Dann sorge dafür, dass man ihrer gedenkt. Dass man ihrer vermittels deiner selbst gedenkt.«

Inzwischen standen sie auf der Schwelle des Lagerhospitals. Valerius blieb kurz stehen, bevor er zwischen den Zeltklappen hindurchging. »Deiner Logik halten meine Argumente nicht stand. Sag dem Statthalter, dass ich annehme.«

Im Zelt stürzte ein kleiner Mann mit scharfen Gesichtszügen und schnellen, rastlosen Händen so eilig auf ihn zu wie eine Hühnerglucke auf ihr Küken. Ein dunkler Bart und ein schütterer, grau melierter Kopf ließen ihn älter wirken, als er wahrscheinlich war, doch seine Augen schauten lebhaft und intelligent. »Tiberius Calpurnius«, stellte er sich vor. »Früher Einwohner Athens, heute Bewohner dieses von den Göttern verlassenen Schlammlochs.«

Er nahm sofort den Verband ab, der die Wunde über Valerius' rechtem Auge bedeckte, und erklärte dem Tribun dabei die Gründe für sein Vorgehen. »Du hast vielleicht den Eindruck, dein Arm bedürfe dringlich meiner Hilfe, junger Mann, aber ich kann dir versichern, dass das nicht der Fall ist. Ich habe gesehen, wie Männer, die nach einem Stich mit dem Schwert vollkommen gesund wirkten, wenige Stunden später tot zu meinen Füßen zusammenbrachen. Ein Mann mit abgeschlagenem Arm kann dagegen einen Monat ohne Behandlung durchstehen, wenn der Blutfluss gestoppt wurde und die Wunde nicht brandig wird.«

Calpurnius untersuchte die Kopfwunde durch geschicktes Abtasten. »Du hast wirklich Glück gehabt. Ein Streifschlag. Einen Fingerbreit weiter links, und du hättest vielleicht ein Auge verloren; ein wenig mehr von der Schneide, und deine Schädeldecke wäre weg gewesen. Prellungen, jedoch kein Hinweis auf einen Bruch, und die Wunde heilt gut, wie es bei einem Mann deines Alters zu erwarten ist. Ohnmachtsanfälle? Verschwommene Sicht? Ja? Das ist zu erwarten, aber wenn es sich wiederholt, komm erneut zu mir, dann gebe ich dir etwas zu trinken. Jetzt zu deinem Arm.«

Valerius zuckte zusammen, als Calpurnius den dicken Stoffverband abnahm und einen marmorierten, gelblich-violetten Stumpf zum Vorschein brachte, der ihn an ein Stück faulendes Fleisch erinnerte. Übelkeit stieg in seiner Kehle auf, doch der Arzt hatte diese Reaktion vorhergesehen und stellte einen Eimer vor seine Füße, in den er sich würgend erbrach.

Calpurnius stieß einen leisen Pfiff aus, während er den Stumpf aus jedem Blickwinkel genau ins Auge fasste. Als Valerius die Hand danach ausstreckte und ihn zum ersten Mal berührte, stöhnte er vor Schmerz auf.

»Ja, das tut leider weh.« Der kleine Mann lächelte schmallippig, doch gleich darauf wich dies einem Ausdruck des Erstaunens. »Auch hier hast du wieder Glück gehabt. Eine solche Kampfwunde habe ich noch nie gesehen. Der Schnitt ist perfekt gerade, und die Waffe war scharf wie das Skalpell eines Chirurgen.« Valerius stieß einen leisen Schrei aus, als der Arzt die geschwärzte, feuchte Wundfläche betastete. »Ein paar Knochensplitter, mit denen ich mich gleich befassen werde. Das versengte Fleisch muss entfernt werden, sonst stirbt es ab, aber die Salbe, mag sie auch primitiv sein, hat einen Wundbrand fürs Erste verhindert.«

Er sah Valerius direkt an, und in seinen Augen lag Neugierde. Nicht gerade Misstrauen, aber gewiss eine Frage.

»Wäre eine Säge verwendet worden, wäre das eine Amputation, auf die ich selbst hätte stolz sein können.«

»Wie du schon sagtest, ich hatte Glück; mehr als der Mann, der mich behandelt hat. Er ist tot.« Die Lüge ging ihm leicht über die Lippen; die Miliz hatte über einen Medicus verfügt, doch er war als einer der Ersten auf dem Schlachtfeld von Colonia gefallen.

Calpurnius zuckte die Achseln. Offensichtlich interessierten ihn die Toten nicht besonders. »Schade. Und nun zur Behandlung. Gleich verabreiche ich dir eine Tinktur aus Mohnsamen, die dein Bewusstsein dämpft und den Schmerz lindert. Unter anderen Umständen hätte ich vorgeschlagen, dass du dich vor der Operation ein paar Tage ausruhst, aber ich spüre, dass du ein Mann mit starkem Herzen und gesunder Lunge bist und sie überleben wirst.« Er musterte den Stumpf erneut und saugte an den Zähnen. »Ich habe vor, den Knochen zwei Fingerbreit über dem derzeitigen Ende noch einmal zu amputieren. So kann ich einen Hautlappen über der Wunde zusammennähen und sie so vor Schmutz und Infektionen schützen. Das ist das bei Weitem wirksamste Vorgehen«, fügte er hinzu, weil er Widerstand gegen seinen Vorschlag spürte.

»Nein. Ich behalte, was ich habe. Näh es zusammen, oder tu, was du tun musst, aber morgen muss ich wieder auf den Beinen sein.«

»Ha«, brummte Calpurnius. »Wieder einmal ein junger Mann in Eile. Es wird dein Tod sein, aber ich tue, was ich kann.« Er hielt inne, und dann hellte sich sein Gesicht auf.

»Eine lederne Abdeckung, Kuhleder, dick und haltbar. Ich habe genau das Richtige. Und dann, wer weiß?«

»Werde ich einen Schild halten können?«

Calpurnius machte ein gekränktes Gesicht. »Vor hundertfünfzig Jahren erhielt Marcus Sergius, Großvater des verhassten Catilina, nach seiner Amputation eine Eisenhand angepasst. Er kehrte innerhalb einer Woche in die Schlacht zurück und nahm zwölf gegnerische Lager ein. Seit damals hat die Medizin gewaltige Fortschritte gemacht. Und jetzt leg dich hin, während ich die Tinktur zubereite.«

XLI

Am Tag der Entscheidungsschlacht stand Valerius früh auf. Nebel verhüllte den Morgenhimmel, so wie ein Schleier das Gesicht einer alternden Frau verdeckt. Der Sonnenaufgang kam in einer blassen Andeutung von Gold hinter einem ziehenden Vorhang von rauchähnlichen, am Boden hängenden Wolken. Mit ihm kam Boudiccas Heer.

Sie hatte die Spur aufgenommen, die Paulinus ihr gelegt hatte, als die Asche von Verulamium und die verkohlten Knochen seiner Einwohner noch heiß waren. Eine Woche lang hatten die Hilfstruppen sie hinter sich hergelockt, erst nach Norden und dann nach Westen; ein Gewaltmarsch nach dem anderen. Oft genug konnte sie einen verführerischen Blick auf den Feind erhaschen. Die roten Umhänge und die glänzenden Rüstungen tauchten immer wieder auf dem nächsten Hügel oder hinter dem nächsten Fluss auf. Sie waren jetzt wie Wölfe, die Briten, mit dem Geruch der Römer so deutlich in der Nase wie die Witterung von einem tödlich verletzten Hirsch, der seinem letzten Zufluchtsort entgegentaumelt. Dreißig Tage in ständiger Bewegung, Tage des Kämpfens und Tötens, hatten ihren Zoll gefordert, doch der Blutdurst war geblieben und mit ihm der Hass. Der Zorn Andrastes und Boudiccas Rachebedürfnis ließen niemals nach. Sie hatte genug Blut vergossen, um einen See zu füllen, und genug Seelen zu den Göttern geschickt, um selbst deren legendären Hunger zu stillen, doch es reichte noch immer nicht. Nur durch die Vernichtung der Legionen und den Tod des Mannes, der sie befehligte, würden sie und ihr Volk Frieden finden.

Als ein paar Hundert Schritte zu seiner Linken die geisterhaften Schemen von Bäumen hervortraten, wusste Valerius, dass es bald so weit sein würde. Die Lagerfeuer der Aufständischen waren am Horizont zu sehen gewesen, als Paulinus' Legionen sich in ihrer Stellung zur Nachtruhe begaben. Gewiss war der Feind bereits eine Stunde vor dem Sonnenaufgang aufgebrochen, bereit für einen weiteren Tag der Jagd nach Schatten. Doch jetzt würden die Schatten nicht mehr davonlaufen.

Aus der Dunkelheit drang das bereits bekannte, nicht menschlich wirkende Geräusch – wie das Summen einer Million Bienen – und erfüllte die Luft. Dann erhob sich die blasse Sonne über den östlichen Horizont, und der Nebel zerfiel in Fetzen und wurde weggebrannt. Das Summen verebbte zu einer verwirrten, nervenzermürbenden Stille, und von seinem Platz an der Seite des Statthalters blickte Valerius auf Tausende und Abertausende von Kriegern, die in einer endlosen, gewundenen Marschkolonne aus der Ferne heranzogen. Paulinus hatte Tage damit verbracht, sich auf diese Position zuzubewegen, um Boudicca hinter sich her auf das von Bergen eingeengte Schlachtfeld zu locken. Die fünftausend Mann der Vierzehnten Legion bildeten am Ende eines langen, sanften Anstiegs eine dreifache Verteidigungslinie quer über das schmale Tal. Fünf Kohorten der Zwanzigsten, die Paulinus begleiteten, verankerten ihre Flanken an den Talwänden. Unter ihnen hatte er auch seine ›Schildspalter‹ aufgestellt, die Ballisten, die schwere, mit Metallspitzen bewehrte Pfeile über eine Entfernung von einer Viertelmeile schießen konnten. Außen schwärmte die Kavallerie, um jeden Versuch zu vereiteln, die verwundbaren Flanken zu umgehen oder anzugreifen. Und hinter den Legionen wartete die aus Hilfstruppen bestehende Reserve, bereit, jeden Erfolg auszunutzen oder aber ihrerseits zu sterben. Denn einen Rückzug würde es nicht geben.

»Dies ist meine Schwäche und meine Stärke zugleich«, hatte Paulinus erklärt, als er den Schlachtplan erläuterte. »Wir haben nur eine einzige Gelegenheit, sie zu vernichten. Selbst wenn wir einen großen Sieg erringen, ihre Armee aber intakt bleibt, werden wir so in Mitleidenschaft gezogen sein, dass wir Wochen brauchen würden, um wieder kampffähig zu sein. Sie dagegen müsste gerade einmal Atem holen. Unser Ende wäre lang und käme langsam, wäre aber unvermeidlich. Wir müssen ihren Marsch aufhalten, jeden einzelnen Krieger zu unseren Speeren und Schwertern locken, töten und unausgesetzt weiter töten, bis sich kein Kelte mehr auf den Beinen hält. Die Stellung, die ich gewählt habe, bedeutet, dass meine Soldaten kämpfen oder sterben müssen, doch Boudiccas Selbstvertrauen und das riesige Heer, über das sie gebietet, werden dafür sorgen, dass sie auf keinen Fall umkehren wird.«

Agricola brach das darauf folgende Schweigen. »Aber wenn sie sich trotzdem zum Rückzug entscheidet ...?«

»Dann werden wir alle sterben.«

Die Königin der Aufständischen benötigte Zeit, um ihre Truppen in die Schlacht zu werfen. Valerius konnte die Zahl der Krieger nicht schätzen, aber sein Blick sagte ihm, dass sie noch einmal angeschwollen war, seit er die Scharen zum letzten Mal auf dem Berghang über Colonia gesehen hatte. Vielleicht hatte sie sich sogar verdoppelt. Über eine Fläche von tausend Schritt Breite und der dreifachen Tiefe schienen sie so zahlreich zu sein wie die Vögel am Himmel oder die Fische im Meer. Die Stille war inzwischen einem gedämpften Gebrüll gewichen, das so klang, als stände man zu nah an einem tosenden Wasserfall; ein unerbittliches An- und Abschwellen, das die Luft zum Erzittern zu bringen schien.

Dass er das Ganze ohne Gemütsregung mit ansehen konnte, überraschte Valerius. Er saß auf seinem Pferd, die Zügel in der damit noch unvertrauten linken Hand, und beobachtete so leidenschaftslos wie der Zuschauer eines Hahnenkampfs, der bereits seinen letzten *sestertius* verspielt hat, wie Boudicca ihre Kräfte entfaltete. Angst konnte ihm nichts anhaben, denn ein Mensch konnte nur einmal sterben, und er war in Colonia gestorben. Doch wie konnte ein Soldat ohne Leidenschaft kämpfen? Maeve hatte ihn seiner Hand beraubt; hatte sie ihm auch die Seele genommen?

Er vertrieb den Gedanken an sie aus seinem Kopf und musterte die Szenerie erneut. Am Eingang des sanft ansteigenden Tals verdichtete sich die Menge der Krieger sichtlich, da immer mehr Aufständische sich dem Pulk anschlossen, der sich aus einer Meile Entfernung auf die römischen Reihen zuschob. Einige Streitwagen drängten sich nach vorn durch, und er erkannte das Glitzern der Torques und Armreifen der keltischen Stammesführer. Von Boudicca selbst war jedoch noch immer nichts zu sehen. Hinter der Masse der Kämpfer bemerkte er die Staubwolke, in die gehüllt die Transportwagen der Aufständischen und die Schar der Mitläufer die Haupttruppe einholten und sich nach links und rechts auffächerten, um einen besseren Blick auf das Schlachtfeld zu haben. Sie waren fest entschlossen, Zeugen der Auslöschung der roten Plage zu werden, die ihnen seit beinahe zwei Jahrzehnten das Leben schwer machte.

Irgendwo da draußen war auch Maeve, dessen war er sich sicher. Cearan war entschlossen gewesen, sich seiner Königin wieder anzuschließen, und wo er hinging, da würde sie ihm folgen, da sie wusste, dass nur sie den völligen Zerfall dieses gebrochenen Geistes verhinderte. Er schloss die Augen und versuchte, sie sich in diesem Menschengedränge vorzustellen. Als er die Lider wieder aufschlug, weckte ein goldenes Funkeln in der Vorhut der Aufständischen eine Erinnerung. *Wenn du mich nicht geliebt hast, warum trägst du dann immer noch den Keiler-Anhänger, den ich dir geschenkt habe?*

Inzwischen war der Vormittag vorgerückt, und Paulinus beobachtete schweigend, wie die Kräfte der Aufständischen das sanft ansteigende Tal vor ihm füllten. Seine Schultern waren gebeugt, und seine Augen glühten unter dem goldbeschlagenen Rand seines Helms hervor. Er hatte seine Entscheidungen getroffen und seine Befehle erteilt. An ein Scheitern dachte er nicht, weil ein Scheitern den Tod bedeuten würde. Der mächtige Kopf hob sich, als eine neue Gestalt die Bühne betrat.

Boudicca.

Mit ihrer feuerroten Mähne, die hinter ihr im Wind wehte, stand sie hoch aufgerichtet stolz auf dem Streitwagen. So tauchte sie aus dem tosenden Meer von Kriegern auf und kam zwanzig Schritte vor ihrem Heer zum Stehen. Sie hatte der römischen Front den Rücken zugekehrt, und Valerius spürte die Verachtung in dieser Geste. Unter seinen Augen floh etwas Braunes, Huschendes zwischen ihren Füßen hervor und flitzte über die Wiese zu seiner Rechten. Erst war Valerius verwundert, doch dann fiel ihm ein, dass eines von Boudiccas Wappentieren der Hase war. Das Omen musste positiv sein, denn die Königin wurde mit einem donnernden, grollenden Gebrüll begrüßt, bei dem jedem Römer ein Schauder den Rücken hinunterlief. Gleichzeitig wurden Hunderte von Bannern, stolze Symbole der vereinigten Macht der Stämme des südlichen Britanniens, zu ihrer Huldigung erhoben.

Zum ersten Mal hörte er Boudiccas Stimme, tief und beinahe männlich, und fing Fetzen ihrer Rede auf, die der Wind herantrug. Verstehen konnte er die Worte nicht. Paulinus musste sie ebenfalls gehört haben, aber falls dem so war, tat der Statthalter es ab. »Kommt«, befahl er und ritt, von Valerius und Agricola gefolgt, die Front der Legionäre ab, die schweigend und reglos dastanden.

»Ihr habt auf Mona wacker gekämpft, Jungs, aber jetzt habe ich euch hergebracht, damit ihr noch einmal ein bisschen Schwerttraining bekommt.« Die Worte waren entlang der Reihen zu hören, und Valerius sah, dass einige Männer angesichts der ungewöhnlichen Vertraulichkeit grinsten. »Der Gegner, der euch gegenübersteht, hat römische Bürger, Männer, Frauen und Kinder, ermordet, gefoltert und vergewaltigt – Unschuldige, deren einziges Verbrechen darin bestand, dass sie diesem Land die Zivilisation bringen wollten. Die Krieger haben eure Kameraden von der Neunten niedergemetzelt und verstümmelt, und ebenso die tapferen Veteranen Colonias, die bei der Verteidigung des Tempels des vergöttlichten Claudius gefallen sind.« Er hielt inne, und in der Stille ertönte ein Knurren, als machte ein riesiger Hund sich für einen Angriff bereit. »Wir haben ihnen unsere Freundschaft, unser Vertrauen und unsere Hilfe angeboten, und sie haben alles mit dankbarem Lächeln angenommen, doch als wir ihnen den Rücken zukehrten, haben sie nach Dolch, Schwert und Speer gegriffen, wie es ihre Art ist. Sie halten euch für bereits besiegt. Seid ihr das?«

»Nein!« Das Gebrüll aus vielen Kehlen schallte durchs Tal und hallte von seinen Hängen wider.

»Sie sind das wahre Gesicht der Barbarei. Sie sind eure Feinde. Sie zeigen keine Gnade und verdienen keine Gnade. Gewährt ihnen keine. Für Rom!«

»Für Rom!« Die Worte brachen aus zehntausend Kehlen hervor, und Valerius spürte, wie das Eis in seinem Bauch schmolz und sich zum ersten Mal wieder Leben in seinem Herzen regte.

»Für Rom«, flüsterte er.

Der laute Schall von Hörnern signalisierte das Vorrücken

des Feindes, und die römischen Reihen öffneten sich, um Paulinus und seine Helfer durchzulassen, damit sie sich in die relative Sicherheit hinter der Vierzehnten Legion zurückziehen konnten. Von dort aus beobachtete Valerius, wie die Briten vom Talboden zu den wartenden Legionären hinaufstürmten. Dieser Anstieg war lang, und es dauerte eine Weile, bis die ersten Krieger die kleinen Pfähle erreichten, die die Zenturionen vierzig Schritte vor der Front in die Erde geschlagen hatten. Dies war die optimale Wurfentfernung für das pilum. Aus dieser Nähe würde kein Legionär sein Ziel verfehlen. Während die Briten heranstürmten, rissen die Ballisten klaffende Lücken in die vorderen Reihen, denn die großen Pfeile durchbohrten zwei oder drei Männer auf einmal, bevor ihre Wucht verbraucht war. Vier Kohorten bildeten die vorderste Front der Römer, darunter als Eliteeinheit auch die verstärkte Erste; mehr als zweitausend Mann. Sie hatten nur Zeit für einen einzigen Wurf, bevor die heulende Schar der Briten sich auf sie stürzte, aber damit mähten sie die Vorhut des Angriffs nieder, als wäre sie aus Sommergras und nicht aus Fleisch, Blut und Knochen gemacht.

Doch Boudicca verfügte über einen endlosen, willigen Vorrat an kämpfenden Männern, und diese Männer besaßen anscheinend einen unbegrenzten Vorrat an Mut. Nur die Wohlhabenden waren mit Schild und Schwert ausgerüstet; die meisten kämpften mit Speeren. Wenn einer fiel, wurde er sofort ersetzt, und wenn dieser wiederum ebenfalls fiel, stritten sich zwei oder drei darum, seinen Platz einzunehmen. Keltisches Eisen und römische Schilde krachten aufeinander wie der vereinigte Zorn der Götter, und die Kelten übertrafen die Römer an Zahl noch immer um das Zehnfache. Doch erneut wurde Valerius Zeuge, wie gerade die zahlenmäßige Überlegenheit der Angreifer sich gegen sie auswirkte, wenn sie auf Männer stießen, die fest entschlossen waren, hinter ihren schulterhohen Schilden die Stellung zu halten. Die Krieger in der Vorhut des Angriffs wurden vom Gewicht der Nachkommenden unmittelbar gegen die römischen Reihen gedrängt. Wie kann jemand kämpfen, wenn er kaum Raum zum Atmen hat? Die Legionäre ächzten und knurrten Beleidigungen, wenn die langen Schwerter und mit breiten Spitzen versehenen Speere nach ihnen hieben oder stießen, und die Briten ächzten und knurrten zurück, während sie sich gegen die undurchdringliche Wand vor ihnen warfen und darauf einschlugen. Doch die Briten waren diejenigen, die starben. Zwischen jedem Schildpaar stieß rasch wie ein Schlangenbiss ein *gladius* hervor, und jeder Stoß verlangte mit mörderischer Präzision seinen Zoll. Hinter der Frontreihe schleuderten die Kohorten der zweiten und dritten Reihen Salve um Salve von Wurflanzen in die dicht gedrängten Kämpfer vor den Schilden.

In der ersten Viertelstunde des Angriffs verlor Boudicca nach Valerius' Schätzung fünftausend Krieger, die getötet oder verwundet wurden. Die stöhnenden Verwundeten wanden sich in ihrem eigenen Blut unter den Füßen der Unverletzten, wurden aber zertreten und erstickt.

Hinter der römischen Frontreihe eilten die Zenturionen hin und her, schrien sich heiser und befahlen, schwer verwundete oder vollkommen verausgabte Männer, die ihre Schilde nicht mehr heben konnten, zu ersetzen. Einer nach dem anderen fielen die Erschöpften zurück, benetzten ihre ausgedörrten Kehlen und schnappten sich einen Kanten Brot, bis sie mit Tritten und Gebrüll wieder in die Tötungsmaschine zurückgejagt wurden. Diese Rotation sorgte dafür, dass die Schildreihe nicht zerfiel, und die Kurzschwerter zuckten gnadenlos vor und töteten oder verkrüppelten mit jedem Stoß einen Feind. Und solange der Vorrat reichte, sorgten die beinahe dreitausend Mann der sechs unterstützenden Kohorten für einen steten Hagel von Wurflanzen, und die schweren Geschosse mit ihren Bleigewichten stürzten auf das Gewimmel der Leiber nieder.

Zur Mittagszeit hatten die Briten enorme Verluste erlitten, während Paulinus' Schlachtreihe eisern die Stellung gehalten hatte. Eine Stunde später spürte Valerius, dass die britische Entschlossenheit nachließ. Es war nichts Greifbares; der Druck auf die vorderste Reihe war so gnadenlos wie eh und je. Aber nachdem sie sich stundenlang ohne sichtbaren Erfolg gegen die Rücken ihrer Kameraden gedrängt hatten, war das Feuer in den Herzen der Krieger in der Mitte und hinten erloschen. Paulinus bemerkte es ebenfalls, und sein Kopf fuhr hoch wie der eines Hirschhunds, der Witterung aufnimmt. Er blickte auf das Schlachtfeld hinaus und sah, dass seine Feinde zum Stehen gekommen waren. Die hinteren Reihen bewegten sich lethargisch und kraftlos. Dies war der entscheidende Moment, in dem es in der Schlacht um Sieg oder Niederlage ging. Wenn er jetzt nicht handelte, konnte er mit Sicherheit davon ausgehen, dass er den Kampf am Ende verlieren würde. Seine Männer konnten nicht ewig das Schwert führen und den Schild tragen. Die

Kraft eines Legionärs war wie die jedes anderen Menschen begrenzt. Die Alternative war ein Wagnis, aber ein Wagnis, das er eingehen musste.

»Signal geben zur Keilbildung«, befahl er. Der Bläser neben ihm setzte das Horn an die Lippen, und die unverkennbare Tonfolge schallte die Reihen entlang.

Mit schnellen, genau abgestimmten Bewegungen nahmen die Zenturien der ersten beiden Reihen die zum vernichtenden Angriff bestimmten Keilformationen an und bohrten sich in die Front des britischen Angriffs. Die Keile schnitten breite Schwaden durch die Reihen der Aufständischen, und hinter ihnen folgten die römischen Reservetruppen, noch immer in ihren disziplinierten Reihen, und schmetterten ihre Schilde gegen jeden, der zwischen den Keilen hindurchkam.

»Reiterei hineinschicken«, befahl Paulinus, und die Reiter der Hilfstruppen ritten die britischen Flanken nieder und steigerten das Blutbad zum Gemetzel.

Valerius hielt den Atem an. Jetzt war der Moment gekommen, da Boudicca ihre Truppen zurückziehen und retten musste, was zu retten war. In den laufenden Kampf waren nur etwa zwanzigtausend Krieger verwickelt gewesen; die anderen hatten zugeschaut. Wenn die Königin sich zurückzöge, müsste Paulinus am Tag darauf erneut gegen sie kämpfen und am nächsten Tag wieder. Doch Boudicca hatte es nicht mehr in der Gewalt, einen Rückzug zu befehlen. Die Tausende mit Beute beladenen Ochsenwagen und Streitwagen im Tross der Aufständischen wirkten wie ein Damm, gegen den die römischen Kräfte den großen, brodelnden See von Boudiccas Gefolgsleuten drängten. Wenn ein Mann fiel, fielen zehn weitere mit ihm, und alle wurden unter den Füßen ihrer Kameraden zertrampelt, die auf der Suche nach einer Zuflucht oder einem Gegner, mit dem sie kämpfen könnten, wild umherwimmelten.

Paulinus wandte sein Pferd ab.

»Keine Gnade«, sagte er.

Boudicca beobachtete, wie die römischen Keile sich in ihre verwirrten Truppen bohrten, und spürte, wie die Schockwellen ihres Herannahens selbst im hinteren Teil des Heeres, wo sie mit Banna und Rosmerta bei ihrem Streitwagen stand, für Erschütterung sorgten. Es war zu spät, um in den Gang der Schlacht einzugreifen, die sie an einem anderen Tag und einem anderen Ort hatte schlagen wollen. In diesem Moment erkannte sie ihre Niederlage. Andraste hatte sie verlassen.

Sie wandte sich den beiden Mädchen zu, und diese sahen zu ihrer Überraschung, dass die Augen ihrer Mutter mit Tränen erfüllt waren; es war das erste Mal seit dem Überfall der Römer auf Venta, dass sie sie hatten weinen sehen. Keine der beiden hatte ihren schrecklichen Rachedurst geteilt, aber sie waren ihr nie von der Seite gewichen. Nun bereiteten sie sich darauf vor, ihr Schicksal zu teilen.

Boudicca griff nach dem Fläschchen, das unter dem goldenen Torques an ihrem Hals hing. Es war blau und aus feinem römischem Glas gefertigt, doch darin lag für sie keine Ironie des Schicksals. Der Inhalt war ein selbst gemischtes Gift, das sie an römischen Gefangenen getestet hatte, welche so zu den wenigen Glücklichen gehörten, die ein schnelles und schmerzloses Ende fanden. Sie merkte, dass ihre Hand zitterte, als sie das Fläschchen an Bandas Lippen setzte, doch das blonde Mädchen hob selbst die Hand, um die der Mutter zu stützen. Dann trank es einen tiefen Schluck aus dem Gefäß. Rosmerta folgte rasch ihrem Beispiel; ihr Gesicht war eine Maske der Entschlossenheit, die von dem Entsetzen in ihren Augen Lügen gestraft wurde. Boudiccas Herz schwoll zum Bersten an. Wie sehr sie die beiden liebte.

Gwlym schaute ohne jede Regung zu, ungerührt durch Trauer, Mitleid oder Angst. Wie er selbst waren sie alle Werkzeuge der Götter. Sieg oder Niederlage waren nie von Belang gewesen. Was zählte, war, dass Boudiccas Name und ihre Taten ewig überdauern würden. Bevor sie den Rest des Giftes trank, rief Boudicca ihn zu sich. »Wenn alles vorüber ist, bring uns zu einem Ort, an dem sie uns niemals finden werden. Begrabe uns tief. Wenn ich die Römer schon nicht im Leben schlagen konnte, will ich sie wenigstens im Tod besiegen.« Sie setzte das Fläschchen an die Lippen und trank. Dann hob sie die Hände, um ihren Töchtern ein letztes Mal über die Wangen zu streichen. »Lebt wohl«, sagte sie. »Wir sehen uns in der Anderswelt wieder. Dort wird das Leben besser sein.«

Die Sonne stand tief am westlichen Horizont, als Valerius sich zu Pferde vorsichtig einen Weg über das Feld der Toten bahnte. Er wusste nicht, wie viele es waren, nur dass man das ganze ansteigende Tal von unten bis oben und quer von

Ost nach West durchschreiten könnte, ohne ein einziges Mal den Fuß auf die Erde zu setzen.

Er ritt wie ein Blinder, und nur die Erinnerung an ein bestimmtes Gesicht war sein einziger Anker in der Realität. Seine Sinne waren schon längst von den Anblicken, Geräuschen und Gerüchen des Gemetzels überwältigt worden, dessen Ausmaß die Vorstellungskraft eines jeden überstieg, der nicht dessen Zeuge geworden war. Ein übler Brodem waberte über dem Schlachtfeld wie ein tief hängender, dünner Nebelschleier, und er stellte sich vor, er könnte den Tod auf der Zunge schmecken und spüren, wie er ihm den Hals zuschnürte.

Die Schlacht war den ganzen langen, heißen Nachmittag weitergegangen, und Paulinus' Rachedurst hatte sich als ebenso unstillbar erwiesen wie der Boudiccas. Als seine Offiziere meldeten, die Männer könnten mit dem Töten nicht mehr weitermachen, weil ihnen die Kraft fehlte, das Schwert zu schwingen, hatte er geantwortet: »Dann sollen sie ihre Dolche nehmen.« Und als der letzte keltische Krieger neben seinen Kameraden verblutete und die erschöpften Legionäre sich dankbar hinlegten, um zwischen ihren Opfern zu ruhen, war er aus dem Zelt gestürmt und hatte auf die Tausende von Frauen und Kindern gezeigt, die von der Kavallerie zusammengetrieben am Boden kauerten. Schon bald begann das Geschrei erneut.

Valerius erkannte die Nutzlosigkeit seiner Suche, als er bei den Tausenden von verlassenen Wagen und Karren ankam, deren Inhalt in einem Rausch der Plünderung verstreut worden war. Doch etwas, das noch stärker war als das Wissen, dass er den Verstand verlieren würde, wenn er keine Gewissheit bekam, hielt ihn im Sattel.

Es war fast schon dunkel, als er das lange kastanienbraune Haar erkannte, das wie eine am Boden liegende Fahne unter einem umgekippten Ochsenkarren hervorflatterte. Und in der Ferne vermeinte er den Schrei einer jagenden Eule zu hören.

Glossar römischer militärischer Ausdrücke

Ala – Ein aus 500, gelegentlich auch 1000 Reitern bestehender Reiterverband der römischen Hilfstruppen.

Auxiliarsoldaten oder Hilfssoldaten – In den Provinzen rekrutierte Soldaten, die keine römischen Bürger waren. Sie dienten als leichte Fußtruppen oder nahmen Spezialaufgaben wahr, zum Beispiel als Reiterei, Schleuderer oder Bogenschützen.

Balliste – Wurfmaschine zum Schleudern großer Pfeile oder anderer schwerer Geschosse verschiedener Größen und Formen.

Cingulum – Gürtel mit dekorativem Schurz aus metallbesetzten Lederstreifen.

Decurio – Unteroffizier einer Zenturie oder Kommandant einer Einheit der Kavallerie.

Denarius – Eine Silbermünze.

Duplicarius – Wörtlich ›Doppelsoldmann‹. Ein bewährter Legionär mit einem Amt oder ein Unteroffizier.

Gladius – Das von den Legionären verwendete gefährliche Kurzschwert.

Kohorte – Taktische Einheit einer Legion, die normalerweise aus sechs Zenturien (480 Mann) besteht. Nur die Erste Kohorte, die Elitetruppe, verfügte über fünf Zenturien doppelter Stärke (800 Mann).

Legat – Der für eine Legion verantwortliche General.

Legion – Eine ungefähr 5 000 Mann starke Einheit, deren Angehörige ausnahmslos römische Bürger waren.

Mithras – Gott einer bei römischen Soldaten beliebten östlichen Religion.

Pilum – Schwerer Wurfspieß zum Aufbrechen eines feindlichen Angriffs.

Präfekt – Ein Kavalleriekommandant der Auxiliartruppen.

Primus Pilus – ›Erster Pfeiler‹ (die genaue Bedeutung ist umstritten), der ranghöchste Zenturio einer Legion.

Principia – Das Stabsgebäude einer Legion.

Procurator – Ein dem Statthalter direkt unterstellter ziviler Verwaltungsbeamter.

Quaestor – Ein ziviler Finanzbeamter.

Scutum – Rechteckiger Legionärsschild aus Eichen- oder Birkenholz.

Sestertius – Römische Münze vom Wert eines Viertel-Denarius.

Signifer – Ein Standartenträger der Legion. Unter diesen hat der *Aquilifer*, der die Adlerstandarte trägt, den höchsten Rang.

Spatha – Langes Schwert der Kavallerie.

Statthalter – Ein Bürger vom Rang eines Senators, der die Verantwortung für eine Provinz innehat. Normalerweise hat er einen militärischen Hintergrund.

Testudo – Wörtlich ›Schildkröte‹. Eine Formation von Soldaten, deren Schilde sich zum Schutz vor Beschuss überlappen.

Tribun – Einer von sechs aus dem Adel stammenden Offizieren, die dem Legaten direkt unterstellt sind. Oft, aber nicht immer, sind sie nur für begrenzte Zeitspannen ab sechs Monaten verpflichtet.

Zenturie – In der Regel 80 Mann starke Einheit einer Legion.

Dank

Noch einmal danke ich meinem Lektor Simon Thorogood und dem Team bei Transworld sowie meiner Agentin Jenny Brown. Viel verdanke ich außerdem Philip Crummys großartigem Werk *City of Victory: Story of Colchester – Britain's First Roman Town*, das mir grundlegendes Wissen über Colonia vermittelt hat.

Er ist der Held Roms und er hat nur eine Bestimmung: seine Heimat zu verteidigen

Rom, 63 nach Christus. Nach dem erfolgreichen Feldzug gegen Boudicca in Britannien kehrt der Tribun Gaius Valerius Verrens zurück nach Rom. Doch ebenso wie Valerius nicht mehr der ist, der er einst war, so hat sich auch Rom verändert: Kaiser Nero leidet zusehends unter wahnhaften Vorstellungen und hört auf Männer, die ihm düstere Dinge zuflüstern. Eins dieser Gerüchte besagt, dass eine neue Sekte - Anhänger des Christus - Neros Göttlichkeit leugnet und die Menschen im Reich aufwiegelt. Der Kaiser ist beunruhigt. Er beauftragt Valerius damit, die Sekte aufzuspüren und den Anführer festzunehmen. Versagt der Tribun, droht ihm der Tod. Valerius bleibt keine Wahl. Er begibt sich auf die gefährliche Suche, die ihn bis an die Grenzen des Reichs führt.

Douglas Jackson
Der Verteidiger Roms
Roman

Historischer Roman
Aus dem Englischen von Barbara Ostrop
Taschenbuch
Auch als E-Book erhältlich
www.ullstein-buchverlage.de